Dezső Sándor

A
BOSZORKÁNYOK
VÉDŐSZENTJE

Lelkek útján

novum pro

www.novumpublishing.hu

© 2022 novum publishing

ISBN 978-3-99131-348-9
Lektor: Sósné Karácsonyi Mária
Borítóképek:
Olga Miltsova, Daniel Schweinert, Andrii Afanasiev, Darkbird77, Irina Kharchenko | Dreamstime.com
Borító, tördelés & nyomda: novum publishing
Illusztráció:
Olga Kovalenko | Dreamstime.com

www.novumpublishing.hu

Climate neutral
Print product
ClimatePartner.com/16547-2201-1002

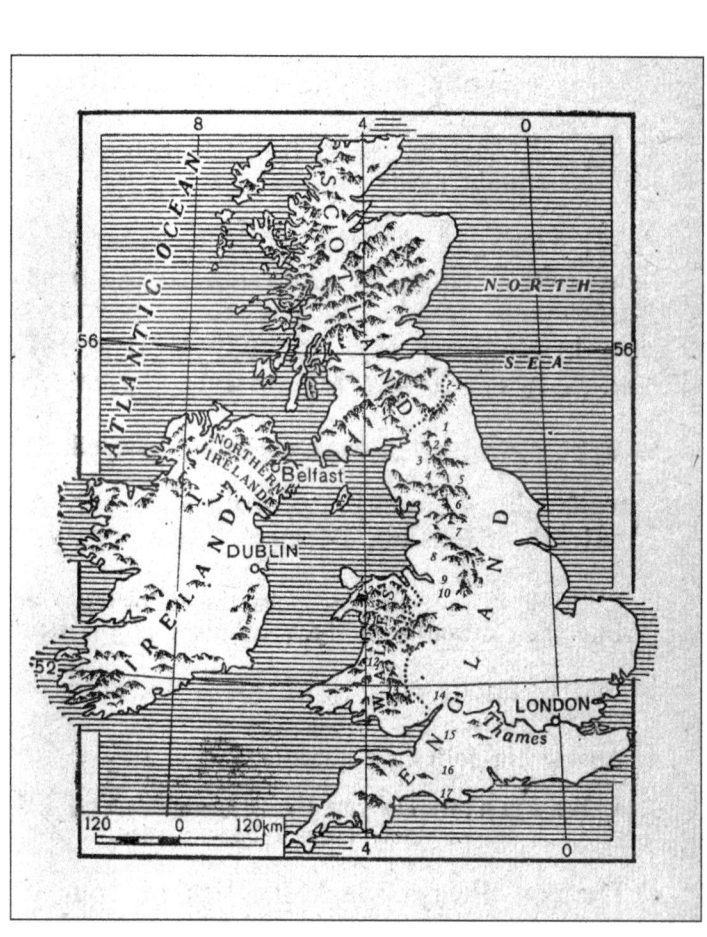

TARTALAMJEGYZÉK

I. FEJEZET

ÁRNYAK

– Atyám, vétkeztem – mondtam, közben vér folyt végig az arcomon. Bal kezemben késem, a jobban pedig egy szál cigaretta. Sebhelyes fejbőrömet nekitámasztottam a gyóntatófülke törött, koszos rácsának. Hörgő, halálra vágyó hang vonyított lábam alatt. Barna csuhás, szakadt ruházatú, félig megskalpolt pap szólt hozzám utolsó erejéből.

– A pokol tüzén fogsz elégni! Megrontottad Isten házát, és elengedted a vétkeseket! – kiabált rám.

Felnéztem nagy levegőt véve. Boltíves plafon köszönt, amin apró darabokból kirakott színes kövek tündököltek. Körülöttem hullák. Mind papok. Az egész templom vérben úszott. Lángolt középen a Jézus-szobor. Folyt le dicsőn a festék, melyet hitetlen kezek festettek reá. Akárcsak a megtisztulás. Vajon most büszke híveire, kik oly sok rosszat tettek e Földön, mindet az ő nevében? Létezik egyáltalán? Ugyanazt tenné, mint én, látván tébolyult követőit? Rengeteg kérdés, válaszokat mégsem hallok. Életem akkor számítana, ha megtudnám, van-e értelme annak, amit művelek. Hűvös, mégis kellemes éjszakánk kerekedett. Hollók társaságában gyenge szellő vitte messzire a holtak hamvait.

– Ha maga is ott lesz, atyám, akkor tudom, jó helyre kerültünk mindketten – válaszoltam kifújva füstömet.

Ezután összezúztam a pap fejét bakancsommal. Ha az általuk említett Túlvilág létezik, biztosan megvár ott. Roppant koponyája, majd még több vér csorgott a fa padló korhadt deszkáira. Nyelte, mintha újszülött csecsemő lenne, aki az anyja melléből örökkön szívná a kellemes, meleg tejet. Felálltam székemből nehezen, környezetemben kapaszkodót keresve. Kilépve a fülkéből a kápolna közepére értem, ott görnyedten a földön feküdt egy nő. Lenéztem rá. Ő halott tekintetével az égre bámult. Sápadt arcán száradó, koszos vér honolt. Könny csordult szememből. Sérült bőrén korbácsnyomok forrtak össze hegként. Zúzódások lábain zöldre színeződtek.

– Elkéstem. Nem tudtalak megmenteni... – térdeltem le hozzá. Felemeltem testét, majd magamhoz öleltem. Könnyeimmel áztattam ruháját. Közben bocsánatot kértem tőle. A bejárati ajtónál állt némán két nő. Engem néztek. Fekete ruhákban. Fehér bőrük, sötét hajuk csak úgy nyelte a tűz vöröslő színét. Ők is szomorúan tekintettek rám. Majd közelebb sétált az egyik, és azt mondta:

– Megtettél mindent. Ne hibáztasd magad. – Ekkor felnéztem, egészen mélyen, lilán tündöklő szemébe.

– Megmentek mindenkit! Senkit sem hagyok meghalni többet! – válaszoltam. Felálltam, és testét továbbra is magamhoz szorítva pillantottam a másik nőre, aki reménnyel teli szemmel tekintett rám. Egy ideig figyelt, majd megszólalt:

– Mennünk kell! Méltó temetésben részesítjük. – Elindultunk kifelé a templomból, ami szépen lassan leégett. Fekete füstje és omladozó belseje csodás képet festett az éjszakában.

Valahogy mégsem élvezhettem e képet. Számomra egy újabb bukás. A sokadik ártatlan élet, amit elvesztett világunk. A Fekete Erdő közepén létezett egy sötét sírkövekből épült temető. Ez a hely, amire senki sem talál rá. Ide azok kerülnek, akiket boszorkányság vádjával ölnek meg. Vízbe fojtás, máglyán égetés, és minden más kínzás, kivégzés. Papok teszik az Úr nevében. Mit gondolok én? Azt, hogy ez nem helyes! Próbálom megvédeni az ártatlan nőket. Az összes papra lesújtok utam során.

Valamiért mégsem tudok ott lenni mindenhol. Bár az összes nőt és gyereket megmenthetném! Esténként álmomban az ő hangjukat hallom. A sírást, a segélykérést. Azt a sok életet és fájdalmat érzem, s nem hagynak nyugodni.

Miattuk vagyok úton éjjel-nappal. Mert nem engedhetem meg senkinek e bűnt, amit gondolkozás nélkül elkövetnek az emberek. Mit tenne az Úr, ha létezne? Ugyanazt, amit én. Elsöpörné tébolyult híveit, majd új alapokra helyezné amúgy is ingatag hitét. Ő viszont ezt hátradőlve nézi. Vicces, mert nem tudom, hogy ki vagyok. Csak egy ember, aki tüzes bottal jár. Az árnyékban mozog. Valójában senki sem ismer. Senki sem lát. A nevem Sasy. Legtöbben viszont a Boszorkányok Védőszentjének hívnak.

Anglia, 1621

Tavasz

Rettegő emberek. Tébolyult királyságok. Rengeteg bűnözés, tömeges erőszak. Valaki igazságot tesz? Ki jó és ki a rossz? A történelemben az én fajtám elvész, akármit cselekedne. Engem ez kicsit sem zavar. Régi, ismerős hangok csengtek fülemben.

Nyugodtan ittam egy kisvárosi kocsmában a sörömet. A negyedik hordó kakassört nyitotta vendéglátónk. Az aranypénzek csörgése a padlón illett a heves hegedűszó mellé. Cigarettám füstje magasra szállt. Háttérben nagy zsivaj, félig meztelen felszolgálólányok, undorító, részeg alakok mindenütt. Markosabb férfiak sorban késeket dobáltak a királyi címeres plakátra a falon. Hörögve csúfolták a trónörököst, és nyál- csorgatva gondoltak a hercegnőre. Átlagos estének ígérkezett.

Fekete kabátot viseltem, ami földig érő hosszal büszkélkedett. Sötét bőrbakancsom a széken támasztottam, viszont ha kellett, szántotta az utakat. Többszíjas öveim derekamon lógtak, fekete kalapom takarta arcomat. Sokan alkimistának néztek. Ruhám alatt lapult egy ritka szamurájkard, melyet hátamon viseltem. Bal oldalamon késem lógott, míg jobb felemen, derék tájt, puskám díszelgett. Egycsövű, 3-as cilinderű lőfegyver, ezüstszínnel. Bakancsom belsejében néhány tőrt rejtegettem. Mellemen végigvezettem a tölténylevedert – ázsiai mestertől vásároltam évekkel ezelőtt. Tüzes bot. Sokan ennek nevezték lőfegyveremet. Az előkelők nyelvén így csengett. Ízlelgetve a húst, melyet három ezüstért vettem, rájöttem: ezt még egy kutya sem enné meg élete utolsó pillanatában. Biztosan nem tetszettem a pultosnak, vagy épp macskáját sütötte ma estére főfogásnak, aki nem fogott elegendő patkányt gazdájának. Sok helyen hasonlóan ehetetlen moslékot szolgáltak fel. A bab, ami mellé járt, talán ehető is lett volna, viszont fűszer helyett hajszálak pihentek benne, mik kevésbé hozták meg az étvágyam. Többen lelkesen fogyasztották az ételt. Megszokták az évek alatt, hogy az egyre mélységesebb élelmiszerhiány okozta válság miatt kénytelenek megenni akármit, ami eléjük kerül. Ennyit a kocsmáról. Nyugatabbra takarosabb csehók szolgálnak fogyaszthatóbb táplálékot. Ideje továbbállni.

Fekete nadrágomról lesöpörtem a dohánymaradványt, mely a sodrásból maradt rajta. A Sarokban fekvő kutyák emelték fejüket magasba, szaglászva utánam, hátha maradékomat megkapják vacsorára. Felálltam és távoztam. Vizslató tekintetek követték léptemet. Éppen időben, mivel a népek már siettek a dombra. Jómagam is arra tekintettem. Fáklyák égtek, füstjük, mint a kígyó tekeredett felfelé. Talán be akarja kebelezni a helyet. Megemészteni szépen lassan, és magába olvasztani. Akár az egyház országunkat. Ma boszorkányégetést tartottak a *Szent Hegy*nek nevezett dombon. Mindenki, aki félte Isten nevét, vagy csak szórakozni szeretett volna, oda tartott. Ismét egy ártatlan nő, aki halálra ítélve hamis bűnei miatt lakolna. Tegnap óta hangosan örvend a türelmetlen pórnép. Viszik fiaikat, beléjük nevelve az átlag polgárok gondolatait. Kivégzésekkel öntözve a gyermeki fejükben csírázó gyűlöletet. Ahogy haladtam a tömeggel lassan felfelé, úgy nőtt a hangzavar, illetve olyan szavakkal dobálóztak, amik nem illették meg e helyet.

– Remélem, üvölteni fog, míg el nem ég a tüdeje! – Az egyik paraszt ezt akarta hallani.

– Hadd süljön át a bőre a boszorkánynak!

– Égjen tisztátlan teste, mert magába engedte a gonoszt! – És folytatták. Talán a félelem beszélt belőlük. Vagy szimplán erre vágytak?

Már felért mindenki, aki a mai tisztító tüzet látni akarta. Türelmetlenül toporzékoltak, összenyomva társaikat próbáltak kedvezőbb helyre kerülni, mire kezdetét veszi az ítélethozatal. Oszlopnál állt lehajtott fejjel egy barna hajú nő. Erősen szorította testén lenge ruháját összegyűrve az öreg kötél. Lábai alatt a sok fa már lelocsolva olajjal. Sebzett talpát szúrta a fenyőből kiálló tűlevél. Középen állt egy pap szürke köpenyben. Fakereszt a nyakában, hasonló kereszt bal kezében, a jobban pedig sötét borítós, sárguló lapos Biblia. Széttárta karját, és nekilátott szokásos beszédjének.

– Urunk, Jézus Krisztus, lásd e bűnös testet, és szabadítsd fel a lelkét! – Miközben ezt mondta, én elővettem egy fán rejtegetett íjamat, hosszú nyíl társaságában. Ráillesztettem a húrra. Lassan, magabiztosan feszítettem néma fegyverem. Hollók ültek szomszédos ágon párosával, várva a megmaradt hulla átsült húsát, amiből talán csipegethetnek. A pap mögött jobbra álló, zsákba bújtatott fejű hóhér felemelte a kezében lévő fáklyát.

– Most eljön érted e tisztító tűz, mely segít a Mennybe jutásodban! Ott Isten megbocsájt neked! – Mikor ezt befejezte, a hóhér készült begyújtani máglyát. Hangosodó tömeg moraja halkult utolsó levegővételemnél. Ekkor szállt nyilam egyenesen a szívébe. Sok őrjöngő ember elcsendesült, mert a hóhér még állva tudott maradni, míg nem tudatosult benne, hogy ő már halott. Mikor összeesett, a pap is reá vetette tekintetét, bár ekkor már mögötte álltam. Szaggatva, némán vett levegőt. Remegő arccal fordult felém. Csuklyám elrejtette arcomat, kalapom pedig a fán hagyott íjamon díszelgett.

– Hát eljöttél értem? Mondd, mit vétkeztem?

– A válasz maga mögött van, atyám – utaltam ezzel a nőre. Lassan késemet az alhasába szúrtam, és szépen elkezdtem felnyitni a tüdeje felé.

– Ő egy boszorkány! – fejezte be rekedt hanggal, vért hányva maga elé. Mellkasánál kitéptem a késemet. Többen a tömegből hátrálni kezdtek, illetve suttogva találgatni, vajon ki lehetek. A helyzet adta magát. Hamar zártam a beszélgetést.

– Maga pedig pap. Ahova tart, ott rájön az igazságra. – Ezután balról jobbra irányított, hirtelen vágással fejeztem be a keresztet testén.

Élettelenül esett a nép elé. Ők rettegve legeltették szemeiket rajta. Közben már siettem a kikötözött nőhöz. Felnézett rám könnyes szemeivel, kócos hajjal, piros szeplős arcával köszönt. Tekintetében láttam fájdalmát, a rettegést. Vajon mit tehettek vele? Míg gondolkoztam, eloldoztam. Kezeim közé zuhant. Megfogtam, magamhoz ölelve. A fáklya lángjait szél fújta a gyorsan csordogáló olajra, ami meggyújtotta alattunk a máglyát. A jobbágyok azt hitték, mindketten a tűzbe vesztünk. Mi ketten végül a lángok között szöktünk egy csendes, sötét helyre. A fák között verekedtem át magunkat holdnak gyönge fényében oda, ahol senki sem bánthatott. Óvtam karommal az ágaktól puha bőrét. Erősen kapaszkodott kabátomba, hevesen lélegezve. Szívverése ütemesen pulzált, amivel erőt adott lábaimnak. Letérdeltem szembe vele, a földre. Ő rám nézett, majd azt mondta:

– Megmentettél. Miért tetted?

Viszonoztam pillantását, de nem feleltem. Csak megtöröltem az arcát régi kendőmmel, amin vörös hímzés fakult. Ő szipogott, és folytatta:

– Az Úr azt akarta, hogy ma meghaljak. Te pedig szembeszálltál vele!

– Egy pap akart megölni téged valami miatt, amit nem követtél el – válaszoltam. Félrenéztem, majd vissza rá.

– Ki vagy te? – kérdezte ekkor már kicsit összeszedettebben. Nem tudtam belemélyedni a beszélgetésbe, ugyanis éreztem valami egészen furcsát. Mintha szemek lestek volna rám.

– El kell hagynod ezt a falut! Ismerek egy helyet fenn, a hegyek mélyén. Ott békében élhetsz – mondtam, kicsit siettetve a dolgot.

– Nem ismerem az utat! Engem ott csak a magány várna – tekintett félre a hűvös éjszakába meredve.

Levettem csuklyám, ami meglepte őt. Szőke, hátrafésült hajam, kék szemem, sima bőröm szőkés szemöldökkel párosult. Ajkaim kissé kiszáradtak, néhol vércseppek alvadtak arcomon. Ekkor megérkeztek azok, aki segítenek majd neki.

– Semmi gond. Vannak, akik utat mutatnak. Míg érzéseidet szívedben hordozod, s oda tartasz, ahol sorstársaid várnak, magány nem érhet utol. – Ebben a pillanatban mosolyt csaltam arcára.

Nekem elég volt e köszönet. Mögöttem persze már megjelent két nő. Az egyik minden általam kiszabadított lelket kísért új otthonába, míg másik társaságomat kereste. Felálltunk, végül a bemutatkozást követően útra keltek. Még egyszer visszapillantott, de a fák elnyelték őket. Ketten maradtunk a másik nővel a fák bölcsőjébe burkolózva. Mosolygott, mint mindig.

– Megmentetted – kezdte mondandóját Stella, aki évek óta a Fekete Erdő boszorkánya.

– Őt igen. Sokaknak viszont éreztem fájdalmát. Nem segíthettem nekik – folytattam. Stella közben lassan sétált, becserkészve engem.

– Mindenkit te sem menthetsz meg, Sasy. Igyekszel, és egyszer ez okozza a veszted. – Ekkor már mögém ért. Kezeivel hátulról átölelt. Lehajtott fejjel tekintettem a földre némán.

– Sok embert fogsz megmenteni. És még annál is több boszorkányt. Mind biztos helyre kerülnek, neked hála. De a holtakat nem támaszthatod fel – suttogta utolsó mondatát fülembe. Vett egy mély levegőt, aztán lassan körbe kezdett sétálni, bal tenyerét rajtam tartva.

– Pedig nagyon közel vannak hozzám. – Mikor befejeztem, már előttem állt. A szemembe nézett. Hosszú fekete haja magába szívta környezetünk csodás színeit. Lila szemét tükrözte a holdfény.

– Tudom mióta nem aludtál. Annyira közel vagy, mégis távolnak érzem. Évek óta látlak szenvedni. Sosem csillapítja az éhségedet egy megmentett lélek sem – simította végig arcomat. Már tompultak az érzéseim. Tudtam, nem használ átkot, mégis hirtelen csendes lett a világ, még a szél sem lengedezett.

– Szeretnél ma pihenni, igaz? Tudod, hogy én segíthetek. Csak egy szavadba kerül. – Ahogy közeledtek ajkai, nekem a szemeim úgy csukódtak le. Majd beköszöntött az éj, s az erdő elcsendesült.

Csókja egészen reggelig hagyott pihenni. Egy hang sem zavart. Egy lélek sem tűnt fel. Tényleg ki tudtam pihenni magam. Álmomban sárga búzamezőn jártam fényes nappal. Ismeretlen nő fogta a kezem. Húzott maga után, nem nézve hátra. Szép álom. Olyan meleg. Talán ez emlék lenne, vagy sokadik képzelgésem csapdájába zuhantam?

Hirtelen maguktól nyíltak szemeim. Öreg fa tövében feküdtem, ujjaimat nyugtatták a fűszálak, amik bőrömön táncot jártak. A felszerelésem mellettem gondosan összekötve hevert. Jobb oldalamnál kis csomagban szárított hús, illetve pár répa. Kulacsomban szerencsére még lötyögött egy kevés víz. Lecsavartam tetejét, ami koppant a falán, mikor kiittam belőle kristálytiszta vizemet. Száraz torkomat minimálisan átmosta a kellemesen hűvös ital. A tegnapi rum után könnyedén keltett életre ez a fél korty.

Környezetem gyanúsan csendes, békés hangulatot teremtett nekem a reggeli mellé. Szerencsére tudtam, merre tartok majd tovább, így nem gondolkoztam máson. Talán már meg is feledkeztem a reggeli füstölt hús finom ízéről. Közel hozzám, magas fa ágáról szólt hozzám egy vékony lányhang.

– Jó reggelt, Sasy! Hogy aludtál? – tette fel a kérdést valaki. Mozdulatlanul ültem tovább. Ettem-ittam. Kis idő múlva előbújt a fák közül az ismerős.

Alacsony, százötvenöt centiméter magas lány fiatal arccal, kis, arányos testalkattal. Szoknyát viselt, ami testéhez simult. Sárga-szürke ruházata a felettünk tündöklő napra emlékeztetett. Kezében fa botot tartott, míg másikban egy könyvet. Szájából szalmaszál lógott. Rövid, szőke haja válla vonalában vágva minimálisan arca elé lengett. Rose mágustanonc volt. Alacsony varázserővel bírt, de gyorsan tanult a korához képest. A természet élővilága iránti szeretete messze felülmúlta nem csak az emberekét, hanem fajának tagjaiét is. A mágusok tornyának örököse ezen kívül az apja, a végtelen hatalommal és bölcsességgel bíró Chaos Mágus elmondása szerint.

– Nem szeretem, mikor bujkálsz – válaszoltam. Rátekintettem, ő pedig elpirosodva közelebb lépett.

– Most is érezted a közelben a jelenlétemet? – kérdezte aranyosan, illetve meglepetten. Rose-zal pár éve találkoztam először futólag, mikor a hegyekben jártam. Barátságosan és segítőkészen támogatott, míg vissza nem kellett térnie pár nappal később a toronyba.

– Igen. Te viszont mit keresel itt? – érdeklődtem, továbbra is magam elé nézve. Ő elfordult, majd válaszolt.

– Csak épp erre jártam – vágta rá. Meglepett a helyzet, ugyanis nem szokott makacs lenni.

Felszerelkeztem, közben gondolkoztam. Tegnap egy falu kimaradt. Azt talán ma kéne pótolnom.

Lehetséges, hogy a helybéliektől megtudom, ki az, akit halálra ítéltek és ma lesz a kivégzése. Viszont Rose még mindig csak állt. Némán, orrát fennhordva. Nem bírtam már nézni. Közel mentem hozzá. Leguggoltam, vállára tettem a kezem, ezzel rávettem, hogy magától felém forduljon. Amint megtette, egészen közel került arca az enyémhez, erről tágra nyílt, világoskék szemei, továbbá piros arca árulkodott. Botját erősebben szorította. Cipőjének orrát a földbe nyomta, és kis tányért formált odalenn. Kivettem szájából a szalmaszálat, és másik felét az orrára csaptam gyengén.

– Miért vagy itt, Rose? – kérdeztem, közben a szemébe néztem. Ő kicsit észbe kapva felelt, vékony hangon.

– El kell, hogy vezesselek a boszorkánytanácshoz. Mágus mesterem ezt a parancsot adta. Minél előbb indulnunk kell! Fontos hírek vannak számodra. – Elképedve néztem rá, bal vállát még mindig fogva. Miért hívat engem a boszorkánytanács? Sosem volt erre példa.

– Rendben. Mennyi idő, míg odaérünk? – kérdeztem, majd felálltam.

– Ha most indulunk, egy napnyi járóföld.

Viszonylag közel vagyunk. Tudtam, útközben pár falut meg kell látogatnom. Rose északkeleti irányba mutatott botjával.

– Induljunk! – vágtam rá. Már akart volna valamit mondani, de akkor szájába visszadugtam a szalmaszálat, ezzel pontot téve a dolgokra. Ő követett, és útra keltünk. Rose elég beszédes kis varázslólány. Fiatal lelke tiszta és reménnyel teli. Ha ügyesen tanul, biztosan nagy mágus lehet. Főleg úgy, hogy az apja a hatalmas Chaos Mágus. Elképesztő. Gondolataim nagy részét mégis a tanács foglalta el, akár bőséges étellel megrakott asztal, ahova még egy pohár bor sem fér kísérőnek két fullasztó falat között. Mit szeretnének? Évek óta járom a településeket boszorkányok után kutatva. Ennyiről szól az életem. Biztosan Stella keze van a dolgokban. Mindig ő az, aki a háttérből mozgatja a szálakat. Lefogadom, most is szemmel tart. Vagy csak vár rám valahol, ahova úgyis el fogok menni. Ezen gondolatok közepette értünk be egy nagyobb faluba. Rothadó falak fogadtak mohás tetőkkel, negatív emberekkel. Sokan szekerekre rakodtak bútorokat vagy apró gyermeküket. Készültek talán valahova? A falu szívében haladtunk, ahol több plakátot láttam a falon. „A boszorkány tömlöcben", „Elkaptuk a strigát".

– Ma délután végzik ki – mondta egy arra járó részeg alak. Mocskos ruházatban, cipő nélkül, borát kincsként őrizve álldogált. Napégette nyakára vizes rongyot rakott.

– Merre tartják fogva ezt a nőt? – Kérdésem közben rámutattam a plakátra. Rose közelebb lépett a hirdetőfelülethez, kémlelve a többi felkérést. Olvasgatta egyszerű köznyelvünket, miben néhol helyesírási hibákat is észrevett.

– A falu végén egy börtönben van, a templom mögött – válaszolt, mire szememmel megtaláltam célomat. Olyannyira tudta, merre küldjön minket, hogy az már gyanakvásra adott okot. Válasz nélkül hagytam az öreget. Kezemet zsebre téve indultam Rose támogatásával abba az irányba.

Mohás tető, kissé görbe kereszt. Épp annyira ingatag, mint maga az egyház. Bakancsom sarkának kopogása emlékeztetett a bordák ropogására. Néhol megreccsent talpam alatt egy-két faág.

A macskaköves utca egyenesen oda vezetett, ahol raboskodott a nő. Rose tartotta az általa jónak vélt távolságot, s botjára támaszkodva figyelte a falu kultúráját. A templom falai mellett gyorsan elmentem. Kezemben késem forgott, pengéje párszor megcsillant a nap erős sugarainak köszönhetően. Sietve kerültem körbe az épületet. Az alkoholista igazat beszélt: öreg fémketrecben feküdt a nő, maga alatt fa padlóval. Hosszú szoknyát és vékony pulóvert viselt. Barna haja a koszos földnek szennyét szívta magába. Egy tálba kirakva neki algás víz, illetve száraz, penészes kenyér. Undorító látvány. Hogy bánhattak így vele? Közelebb mentem, egészen a tömlöc ajtajához. Késemet erősen az öreg lakat zárjába helyeztem. Pár másodperc forgatást követően ügyesen kinyitottam a zárat. Leesett, halk koppanással a föld tikkadt, kavicsos területén. Csörögtek a láncok. A nő feküdt tovább, Rose pedig eltűnt mögülem. Az előbb még mellettem figyelt, s tudtam, rosszat jelent távozása. Ekkor szólalt meg valaki.

– Mit művelsz, idegen? – kérdezte egy fiatalabb hang. Ifjú pap volt, ő vezette az itteni egyházat. Két másik szerzetes állt a háta mögött, ők valamivel idősebbek. Jobb-bal oldalamnál megjelent pár zsoldos katona. Még mindig a nőt néztem. Lecsuktam szemeim és válaszoltam.

– Atyám... Örülök, hogy ön jött el hozzám – szóltam magabiztosan, aztán csuklyám megigazítva feléjük fordultam. Arcomat így orrtól lefele láthatták. Másik kezemmel előhúztam a szamurájkardomat. Késemet hátrafelé fordítottam. Saját harcstílusomban ez elengedhetetlen volt. Enyhén hátrébb léptek a csuhások, viszont az atya rendületlenül állott előttem.

– Az Úr látja tetteinket, és nem habozik ítéletet mondani a vétkesek felett! – jelentette ki, miközben Bibliáját szorongatta. Társai szemében félelem foglalt helyet. Remegett kezük, térdeik enyhén megrogytak.

– Ha ezt itt mögöttem látná, valószínű nem lenne boldog, atyám – folytattam higgadtan. A pap persze rendületlen maradt. Magabiztosan előrébb lépett, a bal karjában lévő Bibliát szívéhez szorítva. Tekintete szinte lángolt. Hatalmas önbizalommal készült szavakat formálni.

– Ez a nő egy bosz... – Hirtelen berekedt a hangja: elvágtam egy suhintással a torkát. Míg odarakta kezeit, Bibliája lehullott a porba, a vérrel áztatott földre.

Ezt látva a zsoldosok támadtak. Gyors kitérés után az egyiknek a lábát, míg a másiknak a kezét vágtam le. Kiáltottak hangosan, bár szavaik süket fülekre találtak. Lassan véreztek talpam alatt. Többre nem is futotta volna. Sokkot kapva remegtek pár pillanatig a sáros földön, ahol még fű sem nőtt. Hogy merik ezek katonáknak nevezni magukat? A maradék két csuhás imádkozott. Már bántotta füleimet. Az egyik nyakába vágtam késem, míg a másik futásnak eredt. Kardom viszont reá is lesújtott. Csontjaik ropogása zengett a tájban, míg kifújtam a tüdőmben tartott száraz levegőt.

Felnéztem, közben arcomon lefolyt az utolsó csepp szentelt vér. Már ha az övékét lehet ennek nevezni. Egy pillanat elteltével sarkon fordultam. A nő ülve, remegő lábakkal figyelt a ketrec sarkából. Meglepődtem, közben fegyvereimet helyükre raktam.

– Jól vagy? – kérdeztem. Alaposan szemügyre vettem. Mintha meg lenne rémülve. Kezei bekötve tenyerénél. Az egyik lábán pedig horzsolások. Ő nem felelt. Közelebb mentem. Egészen be a kalitkába, ahol kirekesztettnek érezhette magát ez az ártatlan lány. Remegtek lábai továbbá zihálva lélegzett.

– Kérlek... Ne gyere közelebb. Én... – mondta értelmetlen mondatokat formálva.

– Segíteni jöttem.

Rám nézett teljesen sötét szemével. Boszorkány – rögtön tudtam. Erős aurája volt. Levettem tekintetemet róla, majd kezemet nyújtottam. A bizalmába szerettem volna férkőzni, mielőtt használná rejtett képességeit. Ő halkan felelt.

– Nem tudom, hogy ki vagyok. Senkit sem akarok bántani – mondta, közben sírni kezdett.

Valószínűleg képtelen használni az erejét, és bántották. Hol van ilyenkor a fajok segítsége egymásnak? Kezét átraktam vállaimon és felálltam vele. Tartottam, mintha esküvőre mennénk, végig a falu frissen mosott macskaköves útjain. Mindenfelé rózsák, szép ruhák. Minket éltető boldog tömeg. Rokonság, kik lengetik kendőiket. Ehelyett véres Bibliákon vágtunk át, felakadt szemű hullák között. Célom a burjánzó kis mező volt, melynek lábánál gyenge patak csordogált. Rose közben újra mellém szegődött. Odafele elmondta, hogy keveset mutatkozhat emberek előtt, mivel nem teljesen kitanult mágus. Természetesen azelőtt nekem is szavát adta: míg nem tudja megvédeni magát, biztos helyre megy, ha mellettem harcba keveredne. Leérve a partra, helyet foglaltam a víz mellett az ifjú boszorkány hölggyel. Zsebemből elővettem egy kis, foltos rongyot. Bevizeztem, majd elkezdtem az arcát törölgetni. Rose fél szemmel figyelte az eseményeket, közben a halaknak dobált a vízbe kenyérdarabokat. Növésben lévő halak úsztak sebesen hozzá, csipegetve a puhára őrölt és gondosan munkált lisztből sütött kenyérből. Boldogan köröztek, mintha játszanának egymással. Rose csillogó szemmel figyelte őket.

– Jobban vagy?

– Igen. Téged hogy hívnak? – kérdezte. Rám nézett halványlila szemmel, melyből könnyek szöktek elő.

– Csak egy ember, letépett szárnyakkal. Hívj Sasynek.

– Léna vagyok. – Gondolta, ő is elárulja nekem saját féltve őrzött nevét.

– Bátor boszorkány vagy, Léna. Szép hosszú hajad van.

Mikor Rose ezt említette, én is jobban megnéztem. Valójában ülve egészen a földig leért, arca elől gondosan eltűrve. Ez persze Lénának is feltűnt. Kicsit mosolygott, ezután megköszönte. Kellemes légkör alakult ki köztünk. Persze tudtam, hogy nekünk dolgunk van, és a patak másik felén már ott állt a nő, aki segít elvinni őt. Színes virágok illatát élvezve hallgatta szavainkat.

– Tudod, van egy szép hely, ahol békében és nyugalomban élhetsz. Sok hasonló lánynak segítettem. Van egy barátom, aki tudja az utat – mondtam, egyenesen Samanthára pillantva. Ő vezette az árvákat falujukba.

– Te is velem jössz? – kérdezte. Ekkorra felálltam. Szembe szél fújt, közben Samantha várt a túlparton, minket figyelve.

– Nekem még sok hozzád hasonló boszorkányon kell segítenem. De ha végeztem, meglátogatok mindenkit. – Remény töltötte tele törékeny szívét és lelkét. Búcsúzkodásunk után átsétált a vízen. Samantha kézen fogva a fák közé vezette, a jobb világ felé. Rose rám pillantott. Kis ideig gondolkozott, bár nem szerette volna megtörni ezt a pillanatot túl hamar. Kezével szorítani kezdte botját.

– Hamarosan tizennyolc éves leszek, és azt szeretném, ha ugyanúgy vinnél a kezedben egy kicsit, mint ahogy őt! – Mikor ezt kijelentette, lenéztem rá felhúzott szemöldökkel.

– Ez elég nagy kérés, nem gondolod? – kérdeztem vissza, hajamat hátrasöpörve.

– De én csak ezt akarom! – folytatta panaszkodását, közben az utat mutatva előttem sétált.

– Még át fogom gondolni.

– Gonosz vagy velem!

– Te pedig telhetetlen.

– Nem is igaz!

Rose természetesen mondta a magáét, be sem állt a szája. Valamiért elfeledtette velem a gondokat. Lehet, hogy egy kis társaság hiányzott nekem. Oly rég nem beszélgettem senkivel. Az utóbbi fél évben öltem és aludtam. Magány volt a társam, a lelkek pedig hajtottak előre. De ez a kis szünet, amíg nem saját gondolataim őrölnek, hanem Rose szavai, talán a kisebbik rossz.

Így meneteltünk át még egy falun, ahol papokat tűztem saját keresztjeikre. Rájuk gyújtottam a templomot, hogy többé ne zsarolhassanak egy ártatlan embert se. Adókkal sanyargatták szegény földműveseket, kik utolsó zsák gabonájukat is nekik ajánlották. Örömlányokat kínoztak, és bántalmazták, akik szembeszegült velük. Volt pár szó, ami fülemben csengett. „A bolondokat ki kell használni!" Ha nem tartottak volna fogva számos nőt, talán útba sem ejtem azt a települést. Ezen utolsó momentum zárta a napot.

Kis domb tetejére értünk, amin zöldellő bokrok körül erősen növekvő fű markolt bakancsomba. Lenyugvóban volt a nap, vöröslő, narancssárgás égbolt köszönt reánk. Előttünk, mező közepén kövek hevertek, nonfiguratív formát öltve. Szélcsend uralkodott. Se fák, se növények, illetve állatok odalent. Ez lehetett a kapu. A tanács helye. Lenéztem, s ekkor furcsa érzés kerített hatalmába. Rose érdeklődve figyelte a völgyet, ugyanis náluk más a felállás. Persze még közelebb mentünk, egészen le, a kör közepére. Utoljára alaposan szétnéztem. A kövek egymásra rakva díszelegtek. Sötét tollakat fújt a szél. Rose lába előtt lyukas szikla állt, ismeretlen jelekkel körülvéve. Botját rádobbantotta, varázsszavakat formálva közben. Ebben a pillanatban máris egy teremben találtuk magunkat.

Háromszög alakú asztalt ültünk körbe, mely fekete márványból készült. Lábain liánok kúsztak fel. Az asztalon gyümölcsök voltak kis tálban. Összesen tízen tartózkodtunk itt velem és Rose-zal együtt. Körbetekintettem. Az egészen öreg banyák mellett, akiknek kampós orruk, szemölcsös arcuk, ősz, fehér hajuk volt, több ifjabb foglalt helyet büszkén. Páran könyvet bújtak, vagy macskájukat simogatták. Stella is részt vett a tanácsban, bár körmével unottan az öreg márványlap repedéseit kapargatva szórakoztatta magát. Cintia szúrós tekintetét bőrömön éreztem. Szőke, hosszú, fonott haja mellkasához igazítva fénylett. Talán az egyetlen volt fajából, kinek nem sötét árnyalatú volt frizurája. Lumia szintén semleges arccal tekintett a többi tagra. Páran ismertek régebbről, míg mások életükben először találkoztak az ismeretlen férfival. Az asztal csúcsánál ülő főboszorkány, Stella anyja üdvözölt minket. Találkoztam már vele futólag, semleges kapcsolatot ápoltunk. Bőre hófehér, tekintete fagyos. Fekete hosszú haja elütött mélységesen lila szemétől. Körmei hosszúak, feketék. Bal tenyerében vékony kis pálca, jobb kezén lévő hosszú körmével vörös ajkához ért.

– Üdvözöllek, Sasy! Téged is, ifjú varázsló. Örvend a tanács, hogy végre megismerhetünk! – jelentette ki. Körbetekintettem. Sokan semleges arcot vágtak, mintha csak egy darab fűszer lennék valamelyik főztjükbe. Néhányan viszont érdeklődve mértek fel. Stella továbbra is az asztalt nézte, rám sem hederítve. Kerülte a tekintetem.

– Mélységes tiszteletem a tanácsnak! Örülök szíves fogadtatásuknak. Mire véljem ezt a felkeresést? – kérdeztem. Ekkor tisztelt meg két gyönyörű szemének pillantásával Stella, csatlakozva többiekhez. A boszorkányok tanácsának vezetője mosolygott, és belekezdett mondandójába. Rose közben szemügyre vette a tagokat, akik figyelmen kívül hagyva beszélgetésünkre fókuszáltak.

– Hallottuk híredet messzi földekről. Sok száz nőt, boszorkányt mentettél meg az évek alatt. De hiába a temérdek jótett, ha ugyanúgy mindennap halnak meg ártatlanul. Sok tanácskozás után arra a döntésre jutottunk: elárulunk neked egy titkot. A kulcsot, mely egész életed eddigi erőfeszítéseit megkoronázná. Már vártam, mit szeretnének kihozni a beszélgetésből. Ittam szavait, és minden szempár őrölte testem. Rose is érdeklődve követte az eseményeket. Keresztbe rakva kezeimet, mélyen egymás szemébe nézve folytattuk.

– Mi lenne az?

– Tudjuk, hol van az angol fő püspök, aki irányítja, továbbá támogatja tragikusan szörnyű, boszorkányüldözésnek nevezett harcát. Akinek szolgái, a papok kivégzik fajunk és a te fajod ártatlan gyengébbik nemét. Tudjuk, neked ez különösen fáj. Látom szemedben a sok elveszett lélek tükrét. Érzem, hogy nehéz cipelni nap mint nap. De ha a püspök meghal, akkor ez az egész véget érhet.

Annyi minden kavargott bennem hirtelen. Fogalmam sem volt, mit kéne tennem. Annak az embernek a halála valóban lezárná az összes többi igazságtalan halálesetet? Megrengetné hitüket olyannyira? Már Rose is várta a reakcióm. Botját lábára fektette, míg tekintete rám irányult.

– Számotokra nehéz ez a korszak. Miért nem léptek az ügy érdekében? Hisz' erősek vagytok!

Erre egy banya rekedt, nyekergő hanggal válaszolt.

– Mi már eleget harcoltunk, fiam. Lassan mind megpihenünk.

Csak néztem rá. Hirtelen emlékképek ugrottak be gyerekkoromból. Idős néniről, aki gyógyfüveket adott. Faházról, aminek ablakában fekete macska aludt. Vagy az nem is én voltam?

– Van biztosíték arra, hogy a halála valóban megoldást nyújt?

– Az esély nagyobb, mintha szabadon hagynánk folytatni tevékenységét.

– Hol van a püspök, és mit kell tudnom róla? – tettem fel a kérdést a tanácsnak. Persze a vezető máris vázolta a dolgot.

– Anglia déli partjainál tevékenykedik jelenleg, és a következő hónapokban, úgy néz ki, ott fog tartózkodni. Terjeszti a hitet, illetve egyházakat szentesít – gyakorlatilag iszik, eszik, szórakozik, gyerekeket bántalmaz. Ez a szokás ilyenkor, mikor „hittérítő" útra mennek.

– Az ottani boszorkányok segítik utadat, viszont most sok nehézségbe ütközhetsz, ha óvatlanul cselekszel.

– Mégpedig? – kérdeztem, közben az almára tekintettem a magam előtti tálban.

– Anglia középső részén a vámpírok és vérfarkasok háborúskodnak. Területmegosztás miatt dúlnak a harcok. Valószínűleg kereskedelmi útvonalakat építenek az emberek, és ez befolyásolja a dolgokat. Ezzel egyetemben nagyon megugrottak a vadászok száma, akik semlegesként mind a farkasokat, mind a vámpírokat tizedelik. Járj tehát nyitott szemmel.

– Abban a régióban magas a különböző fajok aránya. A boszorkányüldözés milyen mértékben aktív?

– Sajnos az események csak erősítik ezt a folyamatot. Lesz dolgod azokon a területeken. De ami még fontosabb: délebbre a többszörösére emelkedtek a katonai megmozdulások. Valószínűleg Franciaország irányába akarnak az emberek terjeszkedni, illetve az Újvilág felé veszik az irányt. Így érthető e része. Kellemetlen számunkra az, hogy nem sikerült eléggé beférkőzni közéjük, ezért csak nagy vonalakban hallottunk egy baljós hírt.

– Újabb ellenség? – Ekkor többen összenéztek. Stella megigazította haját, aztán félrepillantott. Rose a lábfejét forgatta az izgalomtól, úgy fürkészte a reakciókat. Cintia lábát keresztbe rakva pihentette tekintetét széles vállamon és hatalmas aurámon. Szemével látott egy törést mellkasom közepén a ruhámon keresztül, bőröm alatt viszont csak találgatta okát. Először vágásnak hitte, de hamar rájött: ez sokkal mélyebben gyökerezik.

– Létrejöttek a *papharcosok*. Ezek az egyház legerősebb szolgái, vörös csuklyájuk főbb ismertetőjelük. Mind könnyű fegyverzetű. A szörnyek, illetve bérgyilkosok ellen lettek kiképezve. A püspök és egyéb magas rangú egyházi szerv testőrei. Ők védelmezik a déli részt, ahol tanyázik.

Nem örültem a híreknek. Gyakorlatilag közölték, hogy a vesztembe indulok, mert dél felé a pokol vár. Elvettem az almát, jól megnéztem. Szép piros, talán túlérett. Gondolataim heves esőzésbe kezdtek. Némán vártam pár percet, amit tiszteletben tartottak az asztalnál ülők. Stella le sem vette rólam szemét. Rose kezdett bizonytalan lenni. Lumia a kezein lévő gyöngyöket igazgatta.

– Rendben, tisztelt tanács, meghoztam a döntésem! Befejezem, amit elkezdtem. Útra kelek holnap reggel.

Nyugalom töltötte szívüket.

– Köszönjük! – hálálkodott a boszorkányok vezetője.

– Ha sikerrel járok, aznap biztosan máshogy kel majd fel a nap.

Páran mosolyogtak, utána felálltam az asztaltól. Rose is követett. Stella rám nézett, becsukta a szemét, majd azt mondta:

– Buta.

Határozottan sarkon fordultunk, és ahogy eltávolodtunk az asztaltól, úgy nagy füst és szél kerekedett előttem. Tollak repültek velünk szembe, majd Rose-zal sétálva ismét a mezőn jártunk.

Kiérve a körből tiszta, szép éjszaka fogadott. Semmilyen jellegű légmozgást nem tapasztaltunk. Körbetekintve idegen élet jelét sem láttam a közelben. Rose megfogva a kabátom ujját, és szemét dörzsölve azt mondta:

– Alszunk itt az éjjel? – Már félálomban lehetett talán. Máguskalapja homlokán lejjebb csúszott, amit próbált botjával megigazítani. Lenéztem rá, és válaszoltam:

– Igen. Feküdj csak le, rakok tüzet. – Persze gyorsan sikerült mindezt kivitelezni. Száraz ágakért messzebb mentem. Állatok legelésztek óvatosan, s keresték helyüket, ahol nyugalomban tölthetik az estét. Végül elegendő tűzifát összegyűjtve tértem vissza.

Rose álomba merült. Magához szorítva a botját néha nyögdécselt vagy szuszogott. Kicsit sem változott. Kabátomat ráterítettem, nehogy fázzon az éjjel. Régebben szerette takaróként használni. Fenn a hegyekben több hűvösebb estét vészeltünk át közösen. Ültem némán, hallgatva a ropogó fa hangját, nézve a tűz lángoló szívét. A parazsat, mely úgy izzott, akár a szívem, mikor ismét előveszem kardom. Emlékképek után kutatva ittam kulacsomból. Végül hátradőltem a puha földre és lehunytam két szememet. Kialszom magam ismét. Talán semmi sem zavar meg ma éjjel. Lassan elsötétült minden körülöttem. Csendes, sötét álomba zuhantam. Mintha függőágyon feküdtem volna, és egy felhőben lengedezve, lustán pihennék egész nap. Kedves hangokat hallottam. Meleg szavakat. A holnapra már nem gondolva kattogott kabátom belső zsebében az ezüstóra, ami álomba ringatott minket.

2. FEJEZET

A TÓ

Miként döntik el azok, akik írják a történelmet, hogy mely események kerülhetnek bele? Sok ország fejlődő népe másképpen éli meg azon napokat, amiket most mi. Ezrek gyászolnak bánatukban, míg számos házban örömkönnyek hullnak. Színes és rejtélyes országunkban túltengett az idegen népek tudatlan hite. Némán követték az árat, amivel ha szembefordulnak, biztosan maga alá forgatja őket. Az élet számos területén mást sem tehetünk, maximum megpróbálhatunk kiúszni a partra. De ott jobb élet várna ránk? Kinn tán saját lábaink összecsuklanának, akkora nyomás helyezkedne testünkre. Ezért is maradnak sokan gondolkozás nélkül sodródva a tömeggel. Egy dolog teljesen biztos: a nagy sziklát sosem viszi magával, akármekkora is az ár, maximum formálja külsejét hosszú évszázadok alatt. Van nekünk még ennyi időnk?

Kellemes napsugarak ébresztettek. Végigsimult arcomon, gyengéd melegséggel töltve. Furcsa illatok játszottak orrommal. Rég nem éreztem ilyet. Lassan nyitva szemeimet mellettem feltűnt a ropogó tűz. Rajta egy fém lap, amin Rose tojást sütött. A sistergő étel barnuló széle és a ráégett fűszer harmonikus egyensúlyt teremtett. Felmerült bennem a kérdés: vajon honnan szerezhette, mikor a közelben fák sincsenek. Mindez a pillanat hevében el is szállt. Felültem, körültekintően a kulacsomat keresve. Kalapom félretettem, s környezetemben sehol se találtam. Mire észbe kaptam, Rose nyújtotta felém nagy mosollyal.

– Tessék. Hoztam neked friss vizet.

Kedves gesztus tőle. Milyen figyelmes! Ittam belőle kis kortyokat. Hűvös italom feltöltött energiával. Nem sokkal később a reggelinek is nekiláttunk. Fa tálat nyújtott felém, rajta fél szelet kenyér mellett szárított hús, továbbá tojás pihent. Lassan fogyasztottuk el az ételt. Útitársam mosolyogva tömte szájába.

– Köszönök mindent, Rose. Nagyra értékelem – mondtam tálamra tekintve. Ő nagy szemekkel rám nézett és boldogan válaszolt, közben kalapját arrébb tolta az enyém mellé a földön. Kezeivel kényelmesebben támaszkodhatott maga mögé.

– Ugyan, semmiség, tényleg! Korán keltem, és gondoltam, jólesne mindkettőnknek – mondta, majd szelt magának a tojásból. Kenyeret törtünk, azzal társítva kivételes reggelinket.

– Na, és merre megyünk tovább? – kérdezte kis hallgatás után.

– Egyenesen délnek. A Repedt Sziklák között haladunk.

– Úgy hallottam, a katonák használják azt az átjárót. Innen, északról vonulnak heti rendszerességgel – válaszolta haját félresöpörve.

A Repedt Sziklákról az a hír járta, hogy régen a napokig zajló csatározásoknak és véres küzdelmeknek az égiek vetettek véget villámcsapásokkal. A testek mind porrá s hamuvá lettek, csupán a sziklákon maradt nyoma az ég haragjának. Árnyékok bolyonganak esténként a kövek közt, fegyvereik után kutatva.

– A nagyerdőbe nem tervezek bemenni. Az elfek szent földjére csak kiválasztottak tehetik be a lábukat. Pár mérföldre, keletre, mellette a végtelen síkságon talán elhaladhatunk – mondtam, kissé átgondolva szavaimat. Rose befejezte reggelijét és felvetett pár dolgot.

– Az ország középső részén mindenütt dúl a fajháború. Városok, falvak, hegyek, völgyek. Szerintem mindegy, hol kelünk át.

Egyszerű gondolatok.

– Végül is a harcot nem kerülhetjük el. Nekem pedig fontos, hogy több lelket mentsek meg. Nem rossz ötlet a városokon való átkelés. Talán kapcsolatokat építhetünk ki. Vagy belefuthatunk egy vadászba, aki elárulhatja, merre ne menjünk a fajok háborújának ideje alatt. Szeretnék távolságot tartani mindenfajta konfliktustól. Farkast öltem már, viszont vámpírral eddig csak egyszer volt dolgom; más kaliber mindkét ellenség. Valószínűleg félvér lehetett. Gyorsak és vérszomjasak, de ha már megsérülnek, ők is felhúzzák a nyúlcipőt. Ezzel ellentétben a farkasok addig támadnak, míg erejükből telik. Mindenesetre nem lenne jó belefutni egy tiszta vérű vámpírba. Állítólag azzal, hogy rád néznek, már meg tudnak ölni. Egy mozdulattal kivégeznek bárkit. Elég látványos harc dúlhat hazánk szívében. Nekem szerencsére nincs időm ott nézelődni.

Gondolataim ismét magukba szívtak, és arra eszméltem fel, hogy Rose az orrom előtt mered rám, majd megszólal.

– Nagyon elbambultál. Mi a gond? – kérdezte szememben saját tükörképét figyelve, szájában szalmaszállal, amit úgy irányított kis nyelvével, hogy nekiütközzön az orromnak. Meglepett ismét, ám visszahúzva a valóságba mély levegőt vettem. Mókás kedvében lehetett. Haja előrelógott, amit a szél közelebb fújt arcomhoz, kellemes illatokkal kedveskedve.

– Semmi. A városok felé vesszük az irányt, kerüljük a konfliktust. Te pedig különösen vigyázz! – szóltam rá. Felálltam, s öszszekészülődve előkerestem térképemet. Miközben azonosítottam az utat, Rose bombázott kérdéseivel.

– Miért kell különösen vigyáznom? – kérdezte, miután ő is talpra állt.

– Mert kicsi és fiatal vagy – vágtam rá, ekkor már látva az ösvényt. Kezdtem faszénnel bekarikázni az útba eső településeket. Régi íróeszközömet kiette az idő vasfoga, akár bakancsom sarkát.

– De nem ártok senkinek! Ha pedig bántani akarnak, úgyis krumplivá változtatom őket – vágta rá arcomat fürkészve, várva reakciómat. Összehajtottam térképemet, utána válaszoltam a helyes irányba tekintve.

– Arra nem lesz szükség. Aki kezet mer emelni rád, annak levágom mindkét karját. Akármi történjen, míg velem vagy, nem eshet bajod. Ezt megígérem! – válaszoltam. Ő szótlanul figyelt. Könnyesek lettek a szemei, majd odafutott hozzám. Kis tétovázás után mellkasom alsó részéhez nyomta homlokát.

– Sasy... – Kezemet vállára tettem. Pár másodperc múlva megbékélt, és könnyeit elkente arcán.

– Minden rendben – nyugtattam. Arcomat végigsimította közben a szél.

Érzékeny teremtés Rose. Tapasztalatlan és naiv. Viszont amíg velem tart utamon, bizonyára érni fog eddig ki nem forrott személyisége.

Rendületlenül dél felé vágytam. Bőven elmúlt nyolc óra. Hoszszú séta várt reánk. Persze az idő nagy részében gondolataimban kezdtem kutatni. Tudatosult bennem, mégis mekkora út áll előttünk. Mennyi időbe telhet, míg célba érünk. Néhány kereskedő haladt el mellettünk. Kövekkel díszített hídon keltek át. Szekereiket húzták, melyeknek kerekei nyikorogtak a köves úton. Magasan telepakolták bútorokkal, ruhákkal, s kötéllel rögzítették kocsijukhoz.

Egy asszony sietett utánuk kisgyermekével, kit kezében hordott. A fák mellettünk szellősen nőttek. A bokrok, követve példájukat, csendesen, mintha csak versenyt akarnának futni a végtelen magasnak tűnő fák lombjaival. Gyengéden csordogáló patak kísért minket. Megállva újratöltöttük kulacsainkat. Rose lebegve tette ezt, engem pedig furdalt a kíváncsiság.

– Rose, mégis miért tartasz velem?

– Chaos mágus azt mondta, segítselek utadon, míg meg nem leled az igazi ösvényt. Tanulmányaimat tudom útközben fejleszteni, illetve egy kis terepgyakorlat sem árt – válaszolta, ezzel teljesen meglepve. Miért akarja a fő mágus, hogy az egyetlen lánya nekem segítsen? Hisz' mágiára vagy annak fejlesztésére nem taníthatom. Valami furcsa ebben az egészben. Legutóbbi közös sikeres küldetésünk adhat okot neki arra, hogy bízzon bennem?

– Értem. Hát, akkor egy ideig még biztosan velem leszel – válaszoltam.

– Nagyon örülök – jelentette ki hangosan, ezzel minden apróbb halat elüldözve a közelből.

– Viszont nem lehetsz annyira felelőtlen, mint pár éve a hegyekben.

– Tudom... Jobban fogok figyelni! – Sárguló fűszálakat simítva felelt. Botját szorítva emlékei közt kutatott.

– Ne nézz így! – szóltam, bár tekintetem rég a csordogáló vízen honolt, miben árral szemben haladó halak úsztak.

– Mire gondolsz?

– Mosolyogj, az sokkal jobban illik hozzád. – Válaszomtól azonnal minden fekete felhőt távol hessegetett magától. Ajkai görbültek, haját igazgatva boldogan szipogott. Fénylő kék szemei melegséggel töltötték a tájat.

Ennyit az ebédről. Talán nem is gond. A közelben térképem szerint van város. Ott a csehó jobb ételekkel szolgál. Eközben már az út szélén álló Rose integetett, hogy menjek. Kezében lengette mágusbotját, amit szerencsére a legtöbben átlagos, gyalogláshoz használt fának hittek. Sóhajtottam, végül siettem utána. Gyíkok futottak lábam körül, kis békáktól menekülve. Társam fennhordva orrát járt előttem, mintha zászlós sereget vezetne a csatába. Nem messze tőlünk a város tündökölt. Igaz, ez már kisebb erődnek minősült a fa falakkal, kőépületekkel. Járdák és utak, melyek keresztülmetszették az egész települést. Néhol részegek, akik más világokról tartottak előadást egymásnak. A város szép hölgyei együtt keresték a legjobb ruhát a piacon. Hangoskodó árusok ékszereket kínáltak aprópénzekért. Fiatal, könnyű páncélos katonák őrködtek, szemüket az utcákon tartva. Oldalukon kard csillogott a napfényben, míg lovaik nyerítésükkel nyitottak utat. Néhol gyermekek futkároztak. Míg ezeket figyeltük, szemem megakadt egy plakáton. Több is fel volt tűzve, de azt ezer között kiszúrnám.

„Boszorkány a városban! Vízben tisztítjuk testét Isten színe előtt". Ez állt a papíron. Több nem kellett. Elmém sötét lett, szívem kővé dermedt. Rose legeltette szemét az utcai árusok portékáján. Többen közülük kiabáltak, magukhoz csalogatva a vásárlókat. Táblákat raktak magukra, ezzel hirdetve minőségi termékeiket. Kovácsműhely zaja vonta varázsló útitársam figyelmét a szemben lévő házra. Nyitott ajtók, ablakok, izzott benn a parázs. Jobbágyok énekelve jártak fel-alá.

– Gyere, Rose! – mondtam megtörve észrevételeit, majd egyenesen a csehóba mentünk. A pultnál kértem ennivalót mindkettőnknek. A kalapom nem volt rajtam, Rose pedig jóízűen ette a szárított húst. Magam mellé nézve szóra bírtam egy ittas állapotban lévő urat.

– Jóember. Nem tudja, hol és mikor lesz a boszorkány kivégzése?

Kérdésemre felkapta fejét. Jól megnézett magának, válaszra sem méltatva. Szakadt, koszos ruhái bűzt árasztottak. Velejéig romlott kisugárzásából az élethez való hozzáállása köszönt vissza rám. Továbbra is figyeltem. Intettem a kocsmárosnak, aki egy korsó sört tett le elém. Koppanása kellemes zeneként hatott partnerem füleire. Két ujjammal odatoltam beszélgetőpartnerem elé. A kocsmáros fél szemmel figyelte az eseményeket. Óvatosan törölgette a mások által otthagyott moslékos tányérokat. A maradványokat a földre szórta kutyájának, aki ropogtatta a csontokat. Fülét némán szegezte, hátha hall valamilyen történetet vagy információt, amit majd elmesélhet családjának otthon.

– Most sem tudja? – ismételtem kérdésemet.

– Fiam, az a nő nem boszorkány! Ismertem az apját, akit már elvitt a járvány. Van egy kis tó a falakon kívül. Úgy tudom, délben kezdik a kivégzését. – Amint ezt mondta, egyszerre lehúzta sörét.

Bal kezével megtörölte szakállát, majd elhagyta a helyet. Tántorgott bizonytalan léptekkel; talán a kivégzést ment nézni. Korsójának falát figyeltem, miről lefolyt egy csepp ital. Ebben a pillanatban kapta be utolsó kenyérdarabját Rose, én pedig végső harapásomat ejtettem a száraz disznóhúson. Tovább nem pazarolva az időt magunk mögött hagytuk a csehót. Sóvárgó tekintetek meredtek Rose gyermeki külsejére. Éhes ebek dugták össze fejeiket. Heves léptekkel egyenesen a kisváros végébe siettünk. Felmásztam a falra. Letekintve láttam egy őrjöngését kezdő kisebb tömeget, középen egy atyát, mellette négy katonát. És az eszközt, amin a nő ült. Felvonóhoz hasonló faszerkezet volt. Egyszerű a használata: ráültetik a végére rögzített székre az áldozatot, majd beleengedik a vízbe. Fullasztják, aztán kiemelik. Ezt addig folytatva, míg bevallja el sem követett bűneit. Ha megtörtént, vízbe vetik, és hagyják megfulladni. Ettől tisztul hófehérre bűnös lelke? Rendületlenül hisznek ebben. Kész könyvek íródtak kifejezetten boszorkány-kínzási módszerekről. Fajunk rettegését bizonyítja mindez. Az új dolgokat, mi nem emberi, el kell pusztítani. Ezért tartunk ott, ahol. Persze már feszítettem íjamat. Sárga tollak között egy fekete büszkén tündökölt. Arcomat végigsimította e dicső toll. Célba vettem az atyát. Ő folytatta szónoklatát, integetett keresztet vetve a levegőbe. Többen köveket fogtak vagy botokkal hadonásztak.

Az emberek körülötte nyelték szavait; mind a nő kínjait és sikolyát várta. Rose a mellettem lévő torony tetején ült. Lábait lengette fel-alá, s néha rám pillantva követte az eseményeket, míg kezében botját tartotta. Sokadik alkalommal szemléli rezzenés nélkül rideg, gyilkos tekintetem. Fagyos arcom, ami képtelen kegyelmezni. Játszott gondolataival esténként. A lány hangosan sírt, és próbálta kezeit kiszabadítani. A régi, vizes kötelek viszont nem engedték. Szorították, erősen vágták csuklóját. Két ujjam a húrt tartva nem remegett. A lengedező szelet beleszámolva elengedtem nyilamat.

A vessző szállt, egyenesen a pap kezében tartott Bibliába. A nyílhegy, átlyukasztva tüdejét, felnyársalta. Utolsó pillanataiban egy árnyat látott, amely leugrott a vár faláról. Összerogyott, vérrel áztatva a szent könyvet, illetve a rothadó mezőt körülötte. A hóhér meglepetten állt. Nem tudta, mit tegyen. Az elítélt nő felkapta fejét. Ekkor már csuklyámat magamra húzva futottam a katonákhoz. Meglepetten tekintettek körbe, ordítva a népnek, hogy távolodjanak el a parttól. Ők bátran kardot rántottak, és kiáltozva rohantak felém. Szinte láttam dinamikátlan mozdulataikat. Képzetlen támadásaik hasonlósága semmi újjal nem szórakoztatott. Az első oldalról suhintott csapásától könnyedén kitértem. Lehajoltam, majd elegáns fordulatot téve kardommal elvágtam hasát. Ellenfelem rögtön odakapott, de mire megtette, már késem egyenesen gerincébe fúródott. A második alulról próbált vágni. Ezt a csapást kardommal hárítottam, így az ő pengéje kettéhasadt. A letört darabot elkaptam a levegőben és a nyakába állítottam.

A harmadik harcos íjat szegezett rám. Lőtt is magabiztosan, amit félreugrással céltalanná tettem. Késemet belehajítottam tüdejébe. Sebére tette kezét, de addigra a csizmám szárából egy tőrt vetettem szívébe. Kitéptem belőle mindkettőt. A negyedik katona félt. Hátrálni kezdett, odaszólt a hóhérnak, aki, figyelve az eseményeket, maga alá vizelt. Szégyenét figyelmen kívül hagyta. Többen undorral takarták gyermekik szemét.

– Engedd bele a boszorkányt! Had fulladjon meg! – A hóhér így tett. A nő még sikított, és gyorsan zuhant a tóba. Buborékok szöktek a felszínre, míg az emelőszerkezet reccsenés után megrogyott. Valószínűleg tönkrement. Rozsdás szögek hullottak a földre. Tompa esésük örökkévaló helyük nyughelyévé vált.

Mire tekintetét visszafordította rám a katona, kardom elválasztotta fejét a nyakától. Sok értékes másodpercet veszítettem, de végül a partra rohanva gondolkodás nélkül a nő után ugrottam a mélybe, ahova a fény már nem jutott el. Gyorsan úsztam hozzá. Talán három méter mélyen lehettünk fülemben növekvő nyomásból ítélve. Ő visszatartva lélegzetét kapálózott. Elé fordultam, majd intettem neki, hogy nyugodjon meg. Kabátom lebegett a vízben, mintha fekete szárnyakat eresztene, hátam kívánkozott a felszínre. Mögé siettem. Pengémmel elvágtam a kötelet. Nagyon lassan sikerült.

Ekkor egy kar nyúlt hozzám. Rothadó, algás női arc nézett rám. Még néhány a tó végtelen sötétjéből úszott felém, mind elkapva a végtagjaimat. Hangjuk élesen fülembe zúgott. Körmeiket bőrömbe mélyesztették. Málló ruháik, félig kopasz fejük az átlagemberek által alkotott alvilág megtestesülése volt.

– Minket is ments meg!

– Hol voltál?

– Segíts rajtam!

– Az anyukámat akarom!

– Túl sötét van, vigyél haza!

Rángattak rendületlenül. Szorítottak, mintha ki tudnám szabadítani őket e tó börtönéből. A sírból, amelybe belökték őket, s örökre ez lesz a nyughelyük. Végül sikerült eloldoznom a nőt. Ő persze mit sem várva menekült. Úszott felfele ezen a végtelen vízen. Engem erőszakosan lent tartottak a kezek. Hívtak magukhoz. Hiába harcoltam, nem bírtam szabadulni. Feltekintettem még egyszer, és láttam a nőt, kinek testét holtak húzták magukhoz. Elfogyott talán a levegője? Vagy ereje, ami az életben maradás akaratától megfosztotta? Ezt nem engedhettem! Erőteljes mozdulattal szabadultam tőlük. Rothadó ujjaikkal kapálóztak utánam. Megfogtam a nő kezét, és magammal húztam a felszínre, egyenesen a partra. Nehezen toltam a vizet hátam mögé. Sűrűbb folyadéknak éreztem, mint a mocsár lápos tengerét. Köhögve szálltam ki a vízből, hajam az arcom elé lógott, amit félresimítottam szemeim elől. Távol a tótól hátára fordítottam a nőt. Nem lélegzett. Mellkasát pumpáltam ütemesen, míg száján keresztül tüdőm állott tartalmát fújtam át neki. Pár pillanattal később köhögni kezdett, oldalára fordulva levegőért kapkodott. A falusiak csak távolról figyelték az eseményeket. Névtelen mosoly tűnt ki a tömegből. Rose a kalapomat kezében tartva vett mély levegőt. Még mindig térdelve elsimítottam a nő haját az arca elől. Lassan kezdett megnyugodni. Egyenletesen lélegzett.

A hóhér mögöttem fejszéjét lendítette hangos kiabálással társítva. Ebben a pillanatban kardomat hasába döftem. Kiegyenesedtem, aztán közelebb léptem hozzá, és a víz fele fordítva oldalról lerúgtam fegyveremről, vérével itatva minden lakóját. A hóhér fejszéje a pap fejére esett, kettévágva, még inkább rondítva arcát. Falusiak elindultak a biztonságos falakon belülre. Számukra teljesen megérte kivárni e néhány gyötrelmesen hosszú percet, amiről éjjel beszélhetnek majd a kocsmában. Gyerekek rángatták szüleik kezét, kérdésekkel bombázva őket. Idősek pipájukat tömve maradtak hátrébb. Rose leszállt hozzám. Boldogan sietett a nőhöz, aki már összeszedte magát és ült a zöld gyepen.

– Jól vagy? – kérdezte a nőt.

– Igen köszönöm! Annyira féltem a haláltól! A pap a kegyeibe akart fogadni, de megtagadtam, ezért elítélt engem – mondta arcát lefelé fordítva. Könnyei gyarapították e bűnös tó tiszta vizét. Innen fentről nézve egészen szépen tündökölt a víz. Mintha csak megtörtük volna az itt elterülő rossz varázst.

– Most már senki nem fog bántani! Ismerek, egy helyet ahol békében élhetsz – próbáltam kicsit enyhíteni a körülmények hatását. Reakciója semleges volt, bár megnyugvást sugallt. Rose barátságos mosollyal biztatta.

– Itt már úgysem látnak szívesen – fújta ki magából minden bánatát. Megtörölte ajkait.

– Ahova megyünk, ott mindenki egy családként tekint egymásra. Biztosan örülnek majd neked – szólt mögöttem a hang. Hatalmas aura és végtelen szépség csatlakozott körünkhöz.

– Hálás vagyok. – Nyugalom és béke töltötte szívét, majd Samantha kézen fogta. A lány szó nélkül távozott, utoljára intett, aztán a fák bújtatták őket. Figyelemmel követtük mindezt, míg el nem tűntek. Belső zsebemben cigarettát kerestem. Fél marék dohányon kívül viszont mást nem tapintottam. Rose sem bírt magával, és megtörte a csendet.

– Nagyon jól harcolsz, Sasy! Fejlődtél a legutóbbi alkalom óta! – mondta mosolyogva.

– Mire gondolsz?

– A hegyekben, a banditák elleniről beszélek! Emlékszel még?

Természetesen élénken élt emlékeimben az a nap. A hideg szél fagyos tájjal.

– Megtettem, amit tudtam.

Ekkor a víz tükrére néztem. Minden halott nő és gyerek arca rám meredt, úgy kaparva a víz belső tükrét, mintha csak egy vékony üvegfal választana el tőlük. Magukkal rántották a hóhér testét, bőségesen lakmározva gyilkosukból. Szemeimet mégis a tájra vetettem.

– Ne legyél ilyen lehangolt. Megvédünk sok boszorkányt!

– Igazad van – mondtam. Sarkon fordultam, és séta közben visszatekintettem a várkapuba. Ott állt az öreg alkoholista a csehóból. Nézett; valószínűleg mindent látott. Némán kísért szemeivel, míg látótávon kívül nem kerültünk. Sóhajtott, kezében szorongatva a rumos palackot. Halkan hálát adott utoljára. Vajon megbékélt a lelke? Túléli a mai estét alkoholba fürdetett háláját ünnepelve?

Mi viszont egy fejlődő kisvárosba tartunk, nem messze innen. Neves tiszta vizéről, illetve művészetében gazdag tevékenységük is tiszteletreméltó.

– Rose, az íjam és a kalapom merre van? – kérdeztem, félpillantást vetve rá.

– Nálam! Elraktam a mágikus zsákomba, amibe minden belefér – mondta, és felemelt két ökölnyi fekete zsákot. Gondolom, mágia által létrehozott ez a feneketlen zsák. Hasznos eszköznek bizonyult.

– Tarthatnám nálad még a fegyveremet?

– Persze! Szólj, ha valami kellene!

Bal karom felé tartottam, végigmérve az apró mágust.

– A kalapomra szükségem lesz.

Nem is kellett több. Előrántotta, s azzal a lendülettel kezembe adta. Fejemre téve kicsit megigazítottam.

Mély levegőt vettem a zsebemben kutatva. Fa kulcsot forgattam, rejtve mindenki szeme elől. Rose a haját igazgatta pár mozdulattal. Magabiztosan tartotta a lépést. Kezébe könyvet vett, amit a jelölt helyen kinyitott. Így siettünk tovább. Talpunk alatt pattogó kövek játszottak furcsa dallamot. Állatok legelésztek csoportosan. Madarak szálltak, árnyékot vetve a földre előttünk. Míg a sűrű erdő mélyén, nem olyan távol tőlünk, árnyak suhantak csendesen.

3. FEJEZET

A VADÁSZ

Nem először éreztem magamon a hosszú út minden terhét. A fájdalom pedig csak előre hajtott. Két falut jártunk meg Rose-zal, melyek közül az egyikben végeztek boszorkányűzést. A papot beleiből kiforgatva találták kápolnájuk közepén az éjféli misére járó hívek. A nő, szabadulva börtönéből, boldogan távozott egy jobb helyre. Valamiért azt érzem, mintha nem örülnének az emberek annak, amit teszek. Vagy csak nem mernek, s végtelen álarcuk mögé burkolózva bólogatnak kifele a világnak? Ez a természetes, sőt korunkra felettébb jellemző. Ha más lennél, mint egyszerű földműves, katonának visznek. Kezedbe kardot adnak, fejedre rozsdás sisakot húznak. Pökhendi királyok címerét melleden viselve várod nyilak tengerét, ami szíved szúrja kegyesen. Gondolkozol csörgedező véredet figyelve, mikor léptél téves útra. Gondolkozol; földművesként gyermekeid mosolyát csodálhatnád. Helyette hollók csípte sebes arcodat temeti az idő homokja. Ha más, vagy mint egy átlag háziasszony, kinek vállán oly sok teher nehezedik, akkor boszorkányként égetnek mindazok szeme előtt, akik végig követték addigi életedet. Ez mindig így ment. Ostobának születtünk, és ebben a korban halunk meg. Hatalmas malomkerék, mely sosem áll senki kérő szavára, csak fáradhatatlanul pörög. Hajtja a végtelen patak vize, magával rántva minden apró követ, amit kis világunk elvisel. A kérdés az, hogy létünk a víz haragos habja, vagy netán az egyhelyben forgó kerék? Ha nekem kéne válaszolnom, a kövekre gondolnék.

Hányinger kerülget jelenleg, hisz' épp a Gyöngy város egyházát vezető pap lábaiba állítom késemet. Ha jól számoltam, ez a huszadik csapás. Véres salátára hasonlít combja. Biztosan nem fog tudni felállni többé. Kezeit hátrakötöztem egy székhez. Lábait stabilan rögzítettem. Egyedül bekötött, véres szájával próbált szavakat formálni. Sírt, üvöltött, nyála csorgott végig ruháján, kiáztatva belőle vérét. Ebben a templomban viszont süket fülekre találtak szavai. Hófehér Jézus-szobor nézett le reánk, követve az eseményeket. Lehet, hogy ő maga is gondolkozott valamin. Körülöttem halott férfipapok, szájukból csörgedező vérükkel itatták e szent ház padlóját. Szépen berendezett teremben tevékenykedtem. Sok hosszú paddal, amik előtt asztalok sorakoztak, rajtuk apró fekete Bibliák. Sárguló lapokkal, szakadt borítóval. Egy gyóntatófülke is felfedezhető, amiben annyian bánták meg bűneiket gonosz embereknek. Rendületlen hitték: ostoba szavaik tiszta lelkű fülekre találnak. Számos díszes motívum, illetve végtelen ránk vetülő, hideg arcú szobor hullajtott könnyeket. Meséiket élvezettel hallgatnám napestig, s annyi rónát vésnék tébolyult, hitetlen szónokok hátán, amennyi szenvedést okoztak az itteni papok más átlagos, ártatlan polgároknak. Karmolásnyomok sorakoztak a padlón. Több rétegnyi festék honolt rajta. Tán rejtegetni akarták híveiktől, kiket uruk fényes aurája vakított. Száradó fekete tinta csepegett a felettünk lévő terasz padlójára. Hatalmas könyvben nevek szerepeltek, mellettük keresztek.

– Mondja, atyám. Megbánta bűneit? – A pap persze rázta fejét s nyüszített, mint egy kutya. Vérben forgó szemei, koszos arca már megváltásért kiáltott. Gondoltam, leveszem a kötést szájáról. Társalgok még vele, mielőtt Uruk színe elé küldöm. Amint letéptem róla a rongyot, köhögésbe kezdett. Öklendezett, közben levegőért kapkodott.

– Nos, atyám. Befejezhetjük végre ezt a játékot? – kérdeztem, csuklyám mögül egyenesen a szemébe nézve. Kabátom alja már súrolta a padlót, mégsem ért teljesen hozzá. Nadrágom kis vérrel szívta magát, így száradt hozzá bőrömhöz. Felesleges ellenállás részéről, ennek kárát látta ruházatom. Bár hamarabb meghaltak volna! Könyörgő szavaik tömkelege csengett fülemben, zajként szakítva dobhártyámat.

– Kérem! Nem tettem semmit a gyerekekkel! Minden a tudtom nélkül zajlott – mondta ismét. Harmadszorra hallgatom végig. A többi pap azt visította: ő engedélyezte titokban a gyermekek örökbefogadását és nevelését. Hamis szavakkal mentené magát, akár követői, miután megtörtek mentálisan, s a vég rideg pengéjét torkukhoz szegezi.

– Gyerekeket erőszakoltak ebben az épületben! Fogva tartották őket! Mit gondolt, atyám, ez megbocsájtható? – kérdeztem, késemet körbefordítva koszos tenyeremben. Fénye szemében csillant, így még inkább remegtek kezei, amik hátrakötözve majdnem leszakadtak a már sokadik menekülési próbálkozás miatt.

– Kérem... Jó Uram, ments meg! Esküszöm Jézus Krisztus nevére! Én... – Be sem fejezhette, már a jobb vállába szúrtam késemet, és közelebb hajoltam.

– Lásson hozzá! De úgy, hogy itt mindenki hallja – néztem a hullákra, majd bólintottam Jézus szobra felé.

Már fájdalmaktól félig rekedt hangon belekezdett lassan imáiba. Némán elhagytam székemet. A kápolna másik végébe sétáltam. Halkan hallottam csukló hangját, miképp dadogva fohászkodik urához. Befognám füleimet, ordítanék, ha tehetném. Lábaim késztetést éreztek szaladni. Feszült karom, akár láncok a veszett vérebeken. Érdekes módon végig egyszer sem tudtam hallgatni az istenükhöz címzett szavakat. Ez ma sem változott részemről. Hátat fordítottam, lépteimet nyújtva közelíteni kezdtem felé. Kardom elővettem, ő ezt látva hangosabban fohászkodott, a végére kiabált, utána egy suhintással fejét eltávolítottam nyakától.

Mintha csak a világ terhe esett volna le szívemről. Ekkor körbetekintettem. A templom törött ablakán beszűrődő fény megvilágított egy helyet, ahol magányosan feküdt egy öreg Biblia. Lapjai rongyosak, borítója repedezett. Nem sokkal ezután hangot hallottam. Abból a lejáratból jött, mely a kápolna mellett vezetett le. Sötét és hideg hely. Ott szenvedtek a gyerekek is. Sikolyokat halottam, temérdek segélykérést. Pökhendi nevetéseket, poharak koccintását és megannyi kínt. Ezek a papok élvezkedtek, míg minden gyermek örök sebet kapott. Árnyak jelentek meg előttem. Valószínűleg ők nem bírták, s meghaltak. Ez marad lelkük börtöne, míg világ a világ. Magukkal végeztek, vagy az egyház szolgái velük? Talán sosem derül ki. Arc nélküli, sötét, alacsony alakok. Húzott magával társaságuk üres hideg gondolata. Kérdéseket mégsem tettek fel, csak néztek. Mérgesek, mert nem értem előbb ide? Lehet, szemlélik a helyet, nem tudván, velük mi történhetett. Lehajtottam fejem, majd elsétáltam. Követtek tekintetükkel mozdulatlanul, némán. Olvadt gyertyák illata búszúzott kegyesen. Kiértem a templom mögé nyíló ajtón. Samantha és Rose beszélgettek, közel hozzájuk négy másik gyerek mosolyogva játszott egymással. Köveket szorongattak, összekocogtatva énekeltek mellé. Tekintetüket útitársam nagyban lekötötte. Kiszabadultak a börtönből, az új élet reményekkel gazdagon várt rájuk. Rose pár perc múlva mosolyogva búcsúzott tőlük, míg Samantha ezt kihasználva közelebb lépett. Arca oly hűvös, tekintete viszont gyönyörű. Ámulatba ejtően magabiztos nő.

– Rendben lesznek. Elviszem őket a közösségbe.

– Hálás vagyok! Dél felé továbbállunk. Ha keresnél, úgyis megtalálsz.

– Tudni fogom, merre jártok! És ő is – nézett szemembe mélyen, várva reakciómat.

– Nem muszáj ezt tennie.

– Neked sem, mégis oly rég eldöntötted.

– Megvan az okom. – Zsebembe tettem kezem, utána félrenéztem.

– Neki talán nincs?

– Nem tudod, mi történt akkor! Ez az én sorsom.

– Annak neveznéd?

– Mi másnak lehetne?

– Ha belegondolsz, rájössz, nincs igazad – felelt, majd megfordult, és a gyerekek kezét fogva útra kelt. Távolodtak, amit figyelemmel kísértem, ízlelgetve szavait.

Nem kérdeztem semmit, mert tudtam, mire gondol. Felszakítani régi sebeket emlékekkel ma nem szerettem volna, ezért tereltem más irányba gondolataimat, ami a következő városra öszszpontosult. Hiszen rohamosan közeledünk az ország középső feléhez. Egyheti járóföldre van a határ, mit fejben meghúztunk veszélyzónaként, viszont a háború szele minket is el fog érni. Mostanában több páncélos katonát látunk. Sokasodik a rejtett arcú emberek száma. Több inger ér minket. Türelmetlenül menekülő népek rombolják észak békés hangulatát. Errefelé változik az élet. Magasabb a népesség annak ellenére, hogy a kivándorlás is emelkedik, így más fajok száma arányosan növekszik.

Rose érdeklődve sietett hozzám, miután intve köszönt a már távolban járó gyerekektől.

Boldogan állt elém, mintha a háborút nyertük volna meg. Pedig ezek kis csaták. Mégis tud örülni a pillanatnak, míg én a jövőbeli problémákon agyalva őröltem magam minden percben. Ezt a tulajdonságát csodáltam. Örök mosolya napsugár szürke fellegekkel borított elmémben. Hangja kedves hegedű dallama. Törékeny tollpihe-léte nehezedik vállamra.

– Ma is elképesztő voltál, Sasy! Bár kegyetlenül bántál a pappal – mondta. Kezével óvatosan dörzsölte homlokát, majd újra rám pillantott.

– Azt kapta, amit érdemelt – vágtam rá a város szívébe tekintve. Mi a dombon elhelyezkedő templom lábánál időztünk. Távolabb, alattunk gyönge, pislogó település szólított meleg fényeivel.

– És most merre haladunk tovább? – Kezében tartotta a térképet, amit úgy kémlelt, mintha öreg tengerészkapitány lenne egy rég süllyedő bárkán.

– Először is lemegyünk a csehóba. Szükségünk lesz információra a helyes út kiválasztásához.

– Legutóbb sem voltak túl segítőkészek velünk – válaszolta, közben sétált utánam és nézegette a templom falát. Az ablakban rég elhagyatott madárfészek díszelgett kiszáradt galylyal. Törött cserepek kapaszkodtak egymásba. Mohás fal szívta rendületlen magába az éjszaka csendjét.

– Lehet, de most megszűrjük az informátorainkat.

– Miből állapítod meg, kitől lehet hasznos információt szerezni?

– A szemébe kell nézni az embereknek. A tekintetük árulkodik.

– Azt hittem, az öltözködésük alapján szűröd a lehetséges jelölteket.

– Furcsa, bár téves gondolat borító alapján könyvet ítélni. – Ekkor kezembe vettem egy fáklyát, és bedobtam a templom ablakán.

Sok nem is kellett a régi, száraz fa berendezésnek. Szebben égett, mint akármelyik lámpás széles e világon. Éreztem minden lelket, mely levetette rabláncait. Rég leértünk a magaslatról, mire a falu népének feltűnt a baleset. Persze rohant rögvest megnézni az eseményt. Ezzel a kocsmában ülő emberek számát, illetve minőségét javítva haladtunk közösen oda. Széles, fehér kövekkel kirakott utca dicsőítette e várost. Erről lett népszerű az egész immáron növekvő és fejlődő település. Az emberek többsége kifejezetten kedvesebb, mint máshol, köszönhetően az itteni kultúrának vagy beidegződésnek. Elvégre Gyöngyváros a háborúk határától épp elég messze húzódott, kis dombokkal körülvéve, továbbá az északi barbároktól is biztos távolságban fekszik. Sok pletyka terjengett az itteni vezetőség hovatartozását illetően. A földesúr, aki egy ideiglenes vezető, de nem megkoronázható, keveset mutatja arcát népének. Páran azt rebesgetik, száműzött vámpír. Mégis támogatja a vadászok kiképzését illetve az egyház munkálatait. Talán pénzt spóroltam neki ma este.

Már a város nagyja felsietett a dombra a tűz láttán. Vödröket ragadtak, miket a közeli kútból telemertek kristálytiszta, finom vízzel. Nem szabadna erre használni, kifejezetten pazarlásnak minősül. Számos falu küzd ivóvízhiánnyal, ezek meg locsolják az égig nyújtózkodó lángokra. Mi talán pár saroknyira lehettünk a kocsmától. Halk léptekkel közeledtünk, bár sarkam kopogott a talajon. Rose kifejezetten megválogatta, melyik kőre is lép rá; próbálta azokat válogatni, amiken én véletlenszerűen tapostam. Két lélegzetvétel között hirtelen feltűnt az utca közepén egy vékony, szakadt ruházatú ember.

Megálltam, ránéztem, és láttam, hogy kést szorongat kezében. Szája habzott, mint a mérgezett patkányé. Kezemet kinyújtva jeleztem Rose számára ideiglenes pihenőnket. Hangos kacaj

44

hangzott. Még ketten előjöttek mögöttünk, illetve a bekötőutakról is néhány társuk. Körbekerítettek hatan, mind banditák első ránézésre. Rövid kardok, kések, páncélzat nélkül, teljesen átlagos kiállással. Pár pillanatig méregettek minket. Incselegtek, játszva fegyvereikkel. Valószínűleg a hullámon állva szórakoztatták volna magukat Rose társaságában. Fejükben mi más járhatott? Nem szerettem átlagembereket ölni, de ezek hulladékok, e föld szégyenei! Kis gondolkozás után megszólalt a vezetőjük rekedt hangon, közben dobálta kezében a kését. Talán utalni szeretett volna, mennyire halálos fegyver birtokosa. Társai fogukat csikorgatva figyeltek minket. Cserepes ajkukat rágták. Mocskos ruháik és büdös testük szaga csavarta orromat. Bőr cipőjük szakadt oldalán egér-rágta lyukak tátongtak.

– Ha kedves az életed, fattyú, minden pénzed és a lányt nekünk adod! Akkor könnyebbé tesszük halálodat! – mondta öntelten. Rose természetesen mögém lépett, botját kezében tartva. Tudatosult benne az alja réteg beidegződése. Csukott szemmel válaszoltam, teljes higgadtsággal kezemet oldalra, Rose elé nyújtottam, érezve a kis mágus közelebb jövetelének apró, gyönge szelét. Szívének dobogása hallatszott a néma utcának két másodperces csendjében.

– Ma hideg acélt és sáros földet kaptok. – Ebben a pillanatban rontott nekem az egyik bandita balról, akit oldalra fordulást követően kardommal szabályosan kettévágtam válltól derékig. Csontjain és belein könnyedén szaladt át pengém.

Akár kés a friss sajton, úgy szeltem húsát. Rose kicsit arrébb állva, nekem helyet hagyva szorította erősen botját. Tenni szeretett volna valamit, bár teste mozdulatlanul várt. Ekkor ordítani kezdtek, és kivétel nélkül nekünk rohant. Az egyiket fejbe rúgtam, míg egy másiknak elkaptam a kezét, és kitörtem a könyökénél fogva. Ezután lelőttem szemből futó mindkét banditát – egyikük talán vezetőjük lehetett –, míg a másikat, aki tetőről ugrott felém, keresztülszúrtam. Társuk, buzogányát kezében bátran forgatva, támadásba lendült. Nagyokat suhintva hol a földet, hol egy hordót zúzott szét fegyverével. Kitérve a csapások elől végezetül hasát mélyen vágva zártam le a dolgot. Bele kifolyt az utca kövére. Lassan összerogyott, koponyája koppanva csengett, dallamot játszva fülembe. Szürke érzéseim közt ragadtam. Ernyedt ujjaim hirtelen vészjóslóan feszülni kezdtek.

Sikítást halottam: Rose-ra támadt az egyik bandita. Mire felemelte rozsdás kardját, Rose egy suhintással, botja erejével nekitaszította a szemben lévő ház falának. Nem tudom, menynyire lehetett tudatos, de elbánt vele. Agya kikente az amúgy fehér épületet. Rose nagyon meglepődött. Kis ideig néztem, és meglepett, ahogy védte magát. Ő rémülten, remegő kézzel, bár boldogan felém fordult. Viszont mosolya hamar lefagyott.

Ugyanis mellettem egy hosszú barna csuklyás férfi állt. Testét részben gesztenyeszínű palást fedte. Kardját nyakamhoz tartotta. Az ezüst penge rúnajelektől díszelgett. Magasabb volt, és több izommal rendelkezett az ismeretlen. Kesztyűt viselt; barna varrással erősített, három fűzős darab. Nadrágja övén karók, illetve ezüst kések díszelegtek sorba rendezve. Bal csizmáján zöld és kék kövek csillantak. Nyakában hasonló medált viselt. Fehér pólóját igényesen varrták. Több dolog is átfutott fejemen, míg vártam, mit lép. Valószínűleg vadász lehetett, a külsejéből ítélve. Ahogy ránéztem, levette szabad kezével csuklyáját, ami férfias, szőrös arcát leleplezte. Barna szemekkel rendelkezett, s közepes méretű orral, melyen karmolás szalad le egészen az álláig. Meglepően semlegesen szólt hozzám.

– Ezek a nők mindig elterelik a férfiak figyelmét, igaz?

– Talán akkor nem kéne nézned őket – mondtam szemeit figyelve. Ő letekintett és látta, kardom a hasánál van, egy mozdulatnyira attól, hogy felnyissam, s tovább itassam a földet, mely nemzett minket. Nem meglepetten, kardját továbbra is rám szegezve válaszolt.

– Gondolom, kerestek valamit. Mi másért járna erre egy ember és egy mágus? – Rose kiléte eszerint túl hivalkodó. Ha felismerte ez a vadász, akkor mások is gyanakodhatnak.

– Csupán átutazóban vagyunk. Bár szívélyesebb fogadtatást vártunk ettől a várostól – vágtam rá. Ezután leengedte fegyverét. Szemét társamra vetette, aztán ismét rám.

– Ismerek egy kocsmát a közelben. Tán elemózsiát vinnétek az útra – jelezte egyértelmű szándékát a beszélgetésre. Nem rossz hír ez nekünk. Ha tényleg vadász, többet megtudhatunk, mint eleve terveztem.

– Inkább válaszokat keresünk, mintsem szárított húst. – Ezután Rose-ra néztem, és jeleztem neki, hogy indulunk. Botját szorongatva bólintott. Kezei immár többé nem remegtek. Haját lengetni kezdte a szél, míg kardomat visszacsúsztattam tokjába.

– Igyunk is meg valamit, vándor!

Közösen álltunk tovább. Pár percnyi csendes séta után békés, mégis zsivajos kocsmába értünk. Rose kezébe ezüstöt adtam, így rá maradt a vásárlás. Elment ételt, italt kérni az útra, míg én a vadásszal asztalhoz ültem a sarokban. Egy pók szőtte hálóját éppen felettünk.

A kocsmában pedig szokásos beszélgetések zajlottak. A falu főbb értelmisége összegyűlt ma este, és a nagy templomtűzről meséltek egymásnak. Itt is híre ment az árnynak, aki megöli a papokat, ezzel megmentve a boszorkányokat ítéletüktől. Sokan démonnak nevezték ezen ismeretlen lényt, kinek arcát nem látták. Néhányan szemüket legeltették Rose törékeny testén, elvégre rövid, citromsárga szoknyát, magasított sarkú cipőt nem sűrűn látnak errefelé. Pláne ilyen aranyos apró lányon. Természetesen Rose nem tartott ettől, főleg a legutóbbi incidens után; bárkit a falnak csapna ismét. Kezébe szorítva botját, a másikkal fizetett. Lassan csomagolt, ágaskodva a pulthoz. Ha jól emlékszem, ez az öltözet a tanoncok egyenruhája, amit kötelesek hordani a toronyban. Vadászkutyák időztek a pult mögött szimatolva, hátha hullik alá pár falat kenyér. Halk lant ütemes dalt zengett szüntelen háttérzajnak.

Eközben mi társalogtunk. Korsó söréből kortyolt a vadász. Cigarettámat határozottan gyújtottam a köztünk lángoló gyertyának vörös lángjával, melynek lassú füstje úgy szállt a magasba, mintha ezer kéz tartotta volna lenn köztünk. Lehet, az állott levegő volt az oka. Két nyitott ablakokon sem távozott a szag, amit beivott az itteni berendezés nagy része. A padló ra-

47

gacsos deszkáiról nem is beszélve, mik hektószámra szívták magukba az italt.

– Szóval, mit keresel itt, vándor? – kérdezte, szorítva a korsót.

– Biztonságos utat dél felé – vágtam rá kezemet az asztalra téve, melyben cigarettám parázslott.

– Számos semleges kereskedelmi út vezet arra! Néhol katonák is járőröznek! Bántódásotok nem eshet.

– Feltűnésmentesen terveztünk utazni.

– Nem tűntök bűnözőknek. Miért bujkálnátok? – Nyilvánvalóan megjátssza magát. Tisztában volt vele, hogy egyikünk sem átlagember. Belementem természetesen a játékba.

– Azt beszélik erre, hogy növekszik a vérfarkasok és a vámpírok száma Anglia középső része felé haladva. Nem lenne jó döntés egyenesen a kereszttűzbe sétálni – folytattam, nagyot szívva a cigimbe. A füstöt magam elé fújtam. Nem bántotta partnerem szemét. Nagyot kortyolt korsójából és folytattuk.

– Sok mindent beszélnek az emberek. Fele igaz, fele nem! Ki tud eligazodni rajtuk? – válaszolta, aztán intett, mellyel újabb korsót kért.

– Ezért kérdezlek téged, vadász! Biztosan tudod, merre vannak kiskapuk – vágtam rá, ezzel a lendülettel pedig az asztal közepére hamuztam. Ő kis mosolyt eleresztve válaszolt.

– Én ezen a környéken vagyok szolgálatban. Szerencsére nem sok farkassal találkozni erre. Persze vannak, de nyilvánvalóan a vámpírok száma emelkedett mégis: dél felé sietnek! A háborújukat vívják, ahogy mi. – Sok semmitmondó szó. Arról beszél, amit már én is tudtam. Valószínűleg nem fog lényeges dolgokat említeni. Talán megvárom Rose-t és továbbállunk. Ha nem akadékoskodik, életben hagyom ezt a süketelő vadászt. Félrenéztem, semleges tekintettel az utcán keresve valamilyen érdekességet. Elnyomtam cigimet a fekete, szenesedő faasztal sarkán. Többen hasonlóképp cselekedhettek azelőtt.

– Viszont az meglep, hogy a nagy tűz előtt mintha téged és a kislányt láttalak volna besétálni a templomba. Tudod, éppen arra jártam, mikor feltűnt. – Ez az ember többet tud, mint kéne.

Hogy nem vettem észre? Lehet, hogy bujkált, vagy éppen arra járt? Némán hallgattam tovább szavait.

– Lehetséges lenne az a feltételezés, miszerint velem szemben ül a sok száz pap gyilkosa, vagy másképp nevezve a boszorkányok védelmezője? – Mikor ezt befejezte, már biztosra vettem, hogy megölöm. Fejemben lezajlott a képlet. Tudtam, mit fogok tenni vele, továbbá már így is eleget időztünk.

– Nem tudom, miről beszélsz, vadász. Egy kérdésem volt, amire nem kaptam választ! Szavaid biztosan süket fülekre találnak – vágtam rá, ezzel zárva a beszélgetést. Ő csak mosolygott.

– Sokan azt gondolják, mindenki felett állnak vagy megváltoztathatják a világot. Végül ugyanabban a sírban kötünk ki! – Ekkor már felálltam. Rose rám tekintett, immár elkészült a csomagolással. A sok újdonsült hódolója pedig félrenézett, ki nem ürülő korsójukat bámulva tovább.

– Nem mindegy hogyan kerülünk abba a jelöletlen tömegsírba. Addig hosszú út áll előttünk! – mondtam, és Rose felé vettem az irányt. A kabátom ujjában késem figyelt, mint csendes, lesben álló kígyó, mely áldozatára vár.

– Keresd Stonekillt! Ő majd eligazít titeket. A középső régió Fehérfalú nevű városában van jelenleg, több vadásszal együtt. Mondd neki, a Sebhelyes küldött!

Mikor ezt hallottam, átgondoltam szavait. Talán ez kompenzálja a dolgokat... mellesleg ha akarná, már rég felfedhette volna általa vélt kilétemet. A térkép jelzi Fehérfalú várost, biztosan tudtam. Az viszont már jócskán a háborús régió szívéhez közel fekszik. Pár éve érinthetetlen helynek véltem. Történeteket meséltek róla. Büszke lovagok, csodás nők, és végtelen mennyiségű rum.

– Remélem, igazat mondasz – bólintottam.

Rose elhagyta a kocsmát, én pedig követtem. Még visszatekintettem Sebhelyesre, aki boldogan fogyasztotta harmadik korsó sörét. Számomra nem jelentett veszélyt. Különösen furcsálltam higgadtságát, illetve intelligenciáját. Ezek szerint a vadászok nem egyszerű bérgyilkosok. Ki képzi őket? Mire képesek igazi harc közben? Ma erre biztosan nem derül fény. Sebhelyes korhadó asztalát bámulva mosolygott. Sörének társaságánál jobban semmit sem élvezett. Monoton napjaiból kiszakadva különösképp pozitív napként könyvelte a mait. Magában érezte ő is: ez a találkozás nem véletlen. Biztosan találkozunk még a sír előtt, ahova mindkettőnk hideg testét vetik majd.

– Szóval te lennél a híres védelmező... Meg kell hagyni, nem egy átlagos harcos vagy. De miért teszed ezt? – gondolkozott halkan kimondva e szavakat. Elkalandozott szemével a sörben felszökő hab látványa, közben arcát megtörölte. Lerakott az asztalra egy kis érmét, amit bámult. V domborulat honolt az érme tetején. Hátuljára a kétszáztizenhármas szám vésve.

Mi búcsúztunk Gyöngyváros utcáitól. Fenn, a hátunk mögött még intenzíven füstölt a templom, az éjszaka zaja pedig lassan elcsendesedett. Kialudtak a lámpások és bezáródtak az ajtók. Kilépve a kapun utánunk bezárták az őrök a nagy fa ajtókat. Kellemes illat járta környéken haladtunk a sötétben. Kitaposott úton, mely szélein lámpások világítottak erőlködve, egyenesen a következő faluig. Eddig sehol sem láttam hasonlót. Valószínűleg a város vezetője kívánta létrehozni ezt az éjszakai folyosót. Kereskedők és átlagemberek életét könnyítheti, biztosra veszem. Rose türelmetlenül, a kalapját igazgatva megtörte a csendet.

– Képzeld, két napra való élelmet tudtam venni! – mondta lehunyt szemmel, széles mosollyal arcán.

– Ez nagyszerű hír.

– Sikerült kideríteni valami hasznosat attól a kabátos férfitól? – kérdezte előrepillantva.

– Fehérfalú városba kell mennünk, és megkeresni Stonekillt. Ő is vadász, mint ez a férfi. Elvileg tudja, melyik út vezet egyenesen és biztonságosan át a háborús régión. – Mikor ezt mondtam, Rose elővette térképét, melyen keresni kezdte a várost. Kék szemeivel fésűszerűen szelte át az ország minden szegletét. Lassan memorizálta a létező összes nagyobb város nevét, azok elhelyezkedésével együtt. Kis keresés után végül rábukkant a helyre.

– Ez a város nagyon messze van még tőlünk! – kiáltott fennhangon. Próbálta kiszámolni az utat, bár nem egyszerű az ilyet megállapítani. Számos momentum lassíthat minket utunk során. – Addig sok helyen meg fogunk állni, hisz' minden útba eső településen dolgunk van – mondtam fél szemmel ránézve. Ő kissé bosszankodva, de elrakta feneketlen zsákjába a térképet. Tekintetét rám irányította, folytatva mondandóját.

– Mindenesetre nem félek egyáltalán, míg veled vagyok! Most már én is harcolni fogok! – büszkélkedett botját a magasba emelve.

Meglepően magabiztos lett az elmúlt időben. Talán tényleg hasznát vehetem a harcban, és nem csak fegyverraktáram lesz a zsákja, ő meg a közönségem. Ez a felállás persze kicsit sem zavar, sőt örülök, hogy utamban sincs harc közben. Végül is, ha átadnám neki tudásomat, amit párosítana a mágiával, tényleg eredményes lenne. Főleg önvédelem szempontjából. Első találkozásunkkor határozottan elvetette a harc minden formáját. Azóta változhatott a gondolkozása, hisz' közel három éve annak. Ma lassan cselekedtem, és az elé kerülő bandita majdnem gondot okozott. Igaz, egy lövéssel megoldható lett volna a helyzet, viszont ő lépett, jó döntést hozva.

– Meglátjuk, Rose. Ma viszont tényleg ügyes voltál! – mondtam, teljesen feltüzelve őt.

Rose arcára nagy mosoly kerekedett. Örömében dúdolva valamilyen éneket sétált büszkén tovább. Szeme sarkából engem figyelt, hálálkodva támogató szavaim miatt. Végtelen boldogsága koronázta napunkat. Kissé fáradtan, de céltudatosan haladtunk a távoli falu fényeihez közelebb. Az mező körülöttünk szép színekbe burkolózott éjszaka. Fehér félhold kísért utunkon, megvilágítva előttünk ezen ismeretlen ösvényt. Madarak tértek nyugovóra, őzek lesték lépteinket. Néhol cserjét rágcsálva nyulak ugráltak odújukba. Lágy szellő simította arcomat. Kalapomat felvettem, árnyékot vetve arcomra. Rose a csillagos égre szegezve szemeit, kezeit hátrakulcsolva élvezte a meleg éjszaka kellemes csendjét.

A TALÁLKOZÁS

A boszorkányok között számos különleges fajta létezik. Képességekkel bírnak néhány kiemelkedő vérvonalának a leszármazottjai. Látják a jövőt, magasabb affinitás az átkok irányában, állatok manipulálása, továbbá az elmék befolyásolása. Valaki köztük tisztában van az erejével, fejleszti. Nem mindig pozitív értelemben. Az újabb generációjuk kevésbé akar kárt tenni környezetében ellenségesnek vélt hatásokat észlelve, mint az idősebb boszorkányok. Számos rémtörténet kering az országban, miszerint boszorkányok gyerekeket rabolnak, az erdőben megsütik, utána felfalják, csontjaikból pedig álomfogót és más spirituális tárgyat készítenek. Többen állati alakot öltenek, amivel megbabonázzák a gyengébb elméjűeket, könnyedén vesztükbe rántva őket. Sok faluban indultak férfiak tucatjai levadászni a helyi boszorkányt, több-kevesebb sikerrel. Rettegnek tőlük – néha okkal. Az elmúlt években viszont kevesebb az efféle aktivitás. A boszorkányok nem vadásznak emberekre, míg a másik oldal fénykorát éli e téren. Előbbiek okultak hibáikból, amiknek tanulságát átadták idővel a fiatalabbaknak. Ellentétben az emberekkel, akik folyamatosan elkövetik ugyanazokat, ezzel vonzva életünk és fajunk pusztulásának közelgő napját. Az öregek félelme valahol érthető. Viszont a határokat időben meghúzták. Miért kell átlépni azokat, és feszültséget generálni? Lételemünk lenne az örökös harc és halálvágy? A tisztelet hiánya, továbbá a rögeszmék örökös kergetése jellemző ránk. Talán ennyi különbség van köztünk, ami vesztünket okozza.

A sokadik romlott kis település szépsége ragadott magával. A táj, vagy éppen egy virágoskert. Burjánzó mezők, hol juhok legeltek. Bőséges tiszta vizű patakok, amikben halak úsztak végtelen könnyedséggel. Gyerekek ugráltak boldogan a szalmakazalban, bujkálva egymás elől. Sok ember szűrt, fényes világot teremtett magának, ahol nincs helye semmi rossznak. Legalábbis ez látszott megtört anyukák tekintetén, fáradt apukák verejtékes testén. Óvják gyermekeiket, tudván, számukra is eljön a nap, mikor már nem lesz okuk őszintén nevetni. Ahogy jártuk utunkat, az ország középső része felé sietve, kategorizálni tudtuk országunk élőhelyeit. Nagyjából az ötszáz fő alatti falvak nem aktívak boszorkányüldözés terén. Míg az ezer fő fölöttiek esetében szépen, szakaszosan emelkedett ezen események száma. Nemrég ellátogattunk egy gondosan rendben tartott templomba, melynek oldalában színes virágokat neveltek. Az épület háta mögött frissen festett kút csillapította a szomjat hűvös vízzel. Fák nőttek magasba, alattuk bokrok pihentek, rajtuk apró rovarok hűsöltek. Gondosan locsolt kertet tartottak fenn az egyházi személyek, nem túl messze, templomuk árnyékos végén. Áttetsző ablakok engedték be a fényt, ahol az atya büszkén szólt híveinek:

– Ez a falu tiszta és békés! Nincsenek sem szörnyek, sem démonok – tárta szélesre kezeit, az emberek pedig tapsoltak, illetve imádkoztak hangosan.

Se hírét, se hamvát nem hallottuk e településeknél az ártatlanok lemészárlásának. El voltak szigetelve a külvilág hangos zajától. Gyermekek futkároztak nevetgéltek. Segítettek szüleiknek. Néhol zsoldos katonák járták fényes ruháikban a falvak határait, jelképesen arra várva, hogy a váltáskor friss vörösbort ihassanak napestig. Szép hölgyek, mint gyöngyszemek fedezhetők fel itt-ott. A legények sorban szálltak rájuk, akárcsak méhek a frissen nőtt egynyári virágra. Ez az élet rendje. Különös érzést keltett bennem mindezek látványa.

Rose kulacsának száját teljesen bekapva próbált minél több vizet kiszívni, mely csillapítja végtelen szomját. Néha úgy érzem, mintha feneketlen lenne a hasa, akár csak a zsák, miben a világ összes titkát illetve kevésbé használt fegyvereimet rejtegeti. Az erdő közepén vertünk ideiglenes tábort. Egy kövön ültem, kezemben késem, amit próbáltam megtisztítani a sok halott pap vérétől. Ördögi kör számomra, mert mikor már tisztán tükröződik arcképem vissza róla, akkor is törölgetem, hátha lelkemről eltávolíthatom azt a rengeteg mocskot, mi az évek alatt gyűlt össze. Kardomat élezni nem lehetett: az ősi, tengerentúli harcosok elkészítették, végtelen pengeként áldották a bölcs halak tavában. Íjam természetesen jó állapotban, vesszőim pedig megfelelő mennyiségben sorakoztak. Rejtett tőrjeim már az alig használtságtól menekülve csillogtak a napnak fényében. Rose, miután végzett kulacsának kifacsarásával, magas fűbe rakta, zsákja mellé. Könyvét kezébe véve nekiállt a tanulásnak, amíg időnk engedte. A burjánzó fű szépen szőtt szőnyegre hasonlított alattunk. Világoszöld színe visszaverte a napsugarakat. A rajta mászó rovarok békésen falatoztak belőlük. Társam botját precízen egy fának támasztotta, közben másik kezével furcsa mozdulatokat tett. Pár pillanat múlva erőteljes varázsigét hangoztatott.

– Nastrava intression! – Kezét előrenyújtotta a fa felé. Egy repedés, amit az idő vasfoga kikezdett, hirtelen elkezdett öszszeforrni. Meggyógyította vén fa sebes kérgét. Talán kezdésnek nem is rossz. A madarak hirtelen a lombok közül fészküket hátrahagyva repültek az erdő sűrűjébe. A máguslány követte őket, utána a földre tekintett. Észrevett maga előtt a fűben rejtőzni egy szürke kis kavicsot. Felvette, aztán lebegtetve maga elé tartotta.

– Santagor! – Mikor ezt mondta, a kő porrá lett. A szél felkapta, akár súlytalan tollpihét, és eggyé vált a levegővel. Ezután kissé mintha elfáradt volna. Szuszogni kezdett, hátratolta kalapját és megtörölte homlokát. Ennyi erőt felemésztene néhány varázslat kibocsájtása? Mennyit tud varázsolni, ha bajba kerülne? Lehet ezek ellen védekezni? Ismét rengeteg kérdés gyötört, amikre tán választ kaphatok a közösen töltött idő alatt.

– Mi a gond, Rose? – kérdeztem. Lassan raktam fegyvereimet a ruházatom alá.

– Sok manát használtam – mondta ekkor már összeszedve magát. Könyvét még mindig kémlelte, és néha lapozott. Szemeivel pásztázta a sorokat, valami újat keresve benne. Hitte: eddig tán észre sem vett valamit. Gyűrte minimálisan lapjait, ujjaival néha erősebben szorítva, hátha rálel arra, mit áhítottan kutat.

– Neked ezek szerint nincs sok, igaz?

Közben könyvét elrakta, botját pedig kezébe vette.

– Ahogy fejlődik a varázsló, úgy nő a mana vele. Minél többet használjuk, annál magasabb szinten lesz, és gyorsabban gyűjtjük össze a természetből. Viszont némely varázslathoz nem csak mana kell, hanem életerő is. Ez a gyógyítás például, vagy éppen a tiltott mágiák használata. Sok fekete mágia felemészthet egy tapasztalatlan varázslót. Ezért ez a könyv, ami nálam van, még az alapokra helyezi a hangsúlyt – mondta büszkén, kezével zsebére mutatva, ahol az a bizonyos könyv lapult. Meglepetten követtem végig mondandóját. Könnyebb lenne nekem is a dolgom, ha kitanulhatnám a varázslást. Sajnos szárnyát vesztett fajom bukott angyalai képtelenek néha az alapgondolkodásra. Mi jogon kérhetnénk még többet az élet rövid, keserű ízénél?

– A gyógyítás, gondolom, nem az alapokban rejlik, igaz? – kérdeztem, majd felálltam. Kezemet összekulcsoltam. Laposra tapostam pár gombát, amit az éjjel figyeltem. Rose meglepetten fordult felém. A szőke haját fújdogáló langyos szél erőteljesen vonzotta tekintetemet.

– Nos... igazából szeretném megtanulni minél előbb azt a képességet. Számomra mások megmentéséről szól a mágia.

Ezzel választ adott kérdéseimre. Többet akar fejlődni, mert sokakat szeretne védelmezi. Mintha magamat látnám. Kezében szorította botját és kalapját. Lehajtott fejjel állt hosszas másodpercekig. A zsebemben kattogó óra siettette lábaimat. Végül odamentem, és kezemet selymes, kellemes illatú, szőke hajára tettem. Meglepetten kinyitotta szemét, de fejét nem mozdította.

– Az lehetsz, ami csak akarsz, Rose. Sose hagyd, hogy mások formálják az igazi énedet – mondtam. Ő csendesen, könnyes szemmel élvezte kezem melegét.

Bal karjával szárazra törölte arcát, a jobbal pedig a haját tűrte füle mögé. Puha bőrén megcsillanó napfény festette sárgára a tájat. Akár az ecsetvonások egy érintetlen vásznon.

Kicsit később útnak indultunk. A dombról leereszkedve nagyobb falut vettünk észre, melyet a térkép sem jelzett. Bár, nem először történt ez velünk. A sűrű cserjés domboldal felől közelítettük meg élőhelyük határát. Őzek törtek elő a bokrok közül békésen szaladva. Madarak csicsergése festett kellemes hangulatot. Amint előléptünk a fák közül, feltűnt, hogy a falu kapujában őrök állnak. Kicsit sem barátságos kinézetükkel nyilván zsoldosok lehettek. Az is érdekesség volt, hogy ahogy haladtunk délre, e települések köré magas fa falakat állítottak. Lehetséges, hogy a háború miatt? Vagy északon már mindet leromboltak a mohó királyi sarjak, akik felhígult vérüket bizonygatva saját becstelen erkölcseik határait feszegetve hódítónak érzik magukat? Mindenesetre eléjük sétáltunk, ők pedig megállítva minket kérdésekkel szegeztek falhoz.

– Mi járatban Völgyfalva határain belül?

– Szállás és étel reményében szeretnénk falaitokon belülre jutni – fontam hamis szavakat füleiknek, bár biztosan nem először próbáltak így bejutni ide.

– Étel, ital mind bőséges, de szállást itt nem találtok! Tán élnek e falakon belül rokonaitok? – kérdezte a másik szakállas, középkorú zsoldos, közben szemével végigmérte Rose apró termetét.

– Nekünk élelem bőven elég, s továbbállunk – mondtam a másik szemébe nézve, aki kezét nyújtotta.

– Tíz ezüstért beléphettek.

Gondolkoztam, míg zsebemben kutattam, hogy vajon leszúrjam-e őket faragatlan modoruk és sablonkérdéseik miatt, végül kezembe akadt néhány ezüst.

– Tessék, itt a pénz – válaszoltam, az ifjabbik közben elvette tőlem. Készültem bemenni, ekkor a másik kezét mellemre tette, közelebb állt, szájából áradt a bűz sárguló, rothadt fogai miatt.

– Az én részem hol van, vándor? – Ebben a pillanatban csavartam ki csuklóját és szúrtam szíven. Mire a másik felfogta, mi történt, kardom már torkának szegezve állt. Ránéztem, ő pedig rémülten ejtette fegyverét köves útra, továbbá a tíz ezüstöt is mellé hullatta.

– Hány zsoldos kutya van még e falakon belül? – kérdeztem nyelőcsövéhez fokozatosan erősebben nyomva kardom, mely átvágta bőrét.

– Még négyen a falu végén. Egy nőt őriznek!

– Miért?

– Mert boszorkány! – Ebben a pillanatban toltam át pengémet a torkán, s végignézve halálát, rántottam ki belőle. A hullákat a fal melletti bokrokba, sűrű növények közé vetettem. Pénzünket zsebre téve toltam be két kézzel a könnyű fakaput, ami nyekeregve tárta elénk a féltve őrzött falu szívét. Rose követett, közben könyvét bújta. Teljesen elkötelezte magát önfejlesztése iránt. Haja fedte arcát, míg külseje vonzotta a tekinteteket. Kezdte megszokni a rá vetülő szempárokat. Valamiért neki a tudat, hogy jobb szeme sarkából sötét ruhám látóterében van, mindennél nagyobb nyugalmat biztosított.

Hosszú léptekkel tartottunk a falu végébe. Felettünk az örök körforgásban sosem unatkozó nap már egész magasan járt. Hosszú, egyenes, földes, néhol macskaköves út vezetett minket. Néhányan megnéztek maguknak, ahogy e helyeken szokás az idegeneket. Páran lovon ülve suhantak mellettünk, ugyanabba az irányba tartva. Magas, kidőlni készülő fal mögé bújtunk, mikor kiáltásokat hallottunk. Négy katona állt tétlenül, egymással társalogva a nyitott kapus cella előtt, mely fából készült. Még kettő lovon, kezében vasvillát vagy éppen baltát szorongató, kik lovagnak képzelve magukat, tanácstalanul fürkészték az előttük lévő mezőt.

– Elfutott a boszorkány! Az erdőbe menekült! – kiáltotta az egyik, egyenesen előre mutatva.

– Utána kell mennünk, nem szökhet meg! – ordította a másik.

– Rendben, siessünk, nehogy az atya rájöjjön! – beszélték gyorsan.

Követtem szememmel rövid ideig őket, majd a cella elé léptem. Letérdeltem, és kiolvastam a nő nyomaiból, merre tart. Könnyed lépekkel távozott. Bőr lábbelit viselhet. Rose bólintott, kezében szorítva botját. Szorosan mögöttem, néha hátrapillantva követett. Kalapját tartotta ujjaival, nehogy lefújja róla az erősödő keleti szél. Sebesen vágtunk át a zöldellő búzamezőn, amiben nyomaink ösvényként rajzolódtak ki, teljesen eltérően a jobbágyok görbe, rossz irányba tartó vonalaitól. Futva értünk az erdő hűvös lombjai alá, melynek levelei között gyengén áramlott be a fény. Meglepő csend uralta az erdő külső peremét. Avar árulkodó hangját füleltem környezetünkben. Öreg ágakon ülő holló figyelt fentről. Rose valamit érzett beljebb, a fák között. Egy másik aurát. Valami sötét és erős személyt.

– Nincs messze tőlünk! Kelet felé tart lassan – mondta, és az utat mutatva előresietett. Követtem, közben a környezetünket fürkésztem. Ropogott lábam alatt az aljnövényzet. Hogy szökhetett meg a katonák elől? Miért pont kelet felé tart? Biztosan cél nélkül menekül. Ebben a pillanatban rohant oldalról belém egy nő. Rám zuhant, kis sikollyal kísérve az esést. A máguslány megállt a levegőben lebegve. Nézett ránk, nem értve a helyzetet.

– Rose. Szerintem megtaláltuk – mondtam, közben a rajtam fekvő nőre pillantottam.

– Igen, de mást is éreztem... – válaszolt. Magában persze nyugtalanította az ismeretlen jelenléte. Nagyobb és sötétebb lény. Nem tagadás, a rajtam fekvő nő boszorkány. Rose leszállt a földre és felsegítette. Kicsit szédelegve a fejét fogta és hátrébb lépett, távolodva tőlünk pár métert. Kabátomat megigazítottam, míg lassan talpra álltam, lesöpörve magamról a leveleket. Rose próbált közeledni hozzá.

– Szia! Rose-nak hívnak. Te vagy az elveszett boszorkány? Ekkor kezét kinyújtotta, és közéjük tövisfal magasodott. Valószínűleg ezzel védte magát. Félt, ez tisztán látszott rajta. Remegtek ujjai, sebes lábán szakadt cipő hűtötte talpát sárosan. Hosszú fekete haja és fakó, lilás szeme gyönyörű volt. Ajkai szárazak, tán rég nem ivott. Rám tekintett, én pedig érdeklődve viszonoztam.

– Sasy vagyok. Azért jöttem, hogy segítsek. – Mikor ezt kimondtam, ő leengedte kezeit és a tövisfal is eltűnt. Végignézett rajtam, mintha rég elfeledett barát lennék. De neki ennél sokkal több voltam. Megkönnyebbült arccal rohant hozzám, s átölelt. Sírni kezdett, és hálálkodott.

– Hát eljöttél? Nem csak álom? – kérdezte a nyakamat szorosan karolva. Rose értetlenül állt a dolgokhoz. Furcsa érzések kavarogtak benne. Azelőtt sosem látott ennyire őszintén örülni mást annak, hogy rátaláltunk. Kis mosolyra görbült ajka, szívébe melegség költözött.

– Honnan ismersz? – kérdeztem. A nő hátrasimította haját az arca elől, rám nézett és felelt.

– Sok mesét mondtak nekem az árnyról, aki északon megmenti a boszorkányokat, egy békés világba átkísérve őket. Fekete ruhát visel, és tüzes bottal jár.

Ennyire híre ment volna tetteimnek az ország középső részén? Ez viszont azt jelenti, hogy túl sok nő vesztette életét abban a hitben, hogy talán megjelenek nála az utolsó pillanatban, még mielőtt a lángok végleg elemésztik testét. Vagy éppen a hideg vízben, mielőtt tüdejét megtelítette a mocsár, s lelkét kiragadták az arc nélküli démonok. Sok könnycsepp hullott miattam. Napokat nem alszom miattuk.

– Semmi baj. Elmegyünk innen! – Mikor ezt mondtam, egy nyílvessző szállt Rose feje felé, míg engem nézett.

Kezemet kinyújtottam, megállítva a vesszőt, mielőtt célba érne. Tenyerem közepén bőrömet kissé lehorzsolta a sebes nyíl. Lassan kezemre fordította szemeit, majd vissza arcomra, ami már az előttünk lévő dombot fürkészte. Tudatosult benne szavaim súlya. „Nem eshet bajod", csengett füleiben. Karjaimban tartottam a nőt, akinek feltűnt szívem heves dobogása. Rose először meglepődött, utána boldogan fordult felénk. Hirtelen észrevette, hogy véres a vessző, mivel csúszott a megállás pillanatáig tenyeremben pár centit. Szeretett volna köszönetet mondani, viszont már erre ideje sem lehetett. Előre néztem, ahonnan négy katona íjakkal, illetve szekercékkel rohant. A vesszőt kettétörtem, majd Rose felé fordultam. Szemében égett, hogy a pillanatot őrizte. A ropogó gallyak, csikorgó kövek, akár az erdő zenéje.

– Siessetek keletnek! Várjatok be, ha egy tisztásra értek. Samantha biztosan ott lesz.

– És ha nem találjuk?

– Védd meg őt! Utol foglak érni titeket.

– Értettem!

– Ne nézzetek hátra!

Amint befejeztem, elővettem kardomat.

Másik kezemben a puskámat szorítottam. Kapucnim a fejemen, arcomat teljesen elfedve pihent. Rose és a nő utoljára visszapillantottak. Magányosan álló sötét alakot láttak, teljes eleganciával, türelmesen gondolkozni. Másodpercnyi levegővételt követően sietve távoztak a megbeszélt helyre. Kihúzott háttal, gyilkos tekintéllyel vártam a katonákat, akik felém rohantak. Saját maguknak megásott tömegsírba. Egy hátráló lépés után ugrottam és mellkason térdeltem az elsőt, akinek törött bordái átlyukasztották tüdejét. Utána egy pengét szívébe dobtam. A következő harcos suhintása elől hátrébb szökkentem, mikor balról szekerce hangja keltette fel figyelmemet, mely kettévágni szándékozott a koponyámat. Előrebukás után kitartottam magam oldalra, és térdét hátrafelé rúgtam, ezzel nyílt törést okozva. Kardom még koponyáját átvágta, ám ebben a pillanatban újabb nyílvessző szállt halálos szándékkal. Tudatos félfordulattal öreg fa mögé bújtam. A zsoldosok fejben kissé szétesve kiáltozni kezdtek:

– Gyere elő! Úgyis megtalálunk!

Eközben pár fával arrébb mentem, kardomat tartójába tettem, és fára másztam.

– Tűzre vetünk téged és a boszorkányt is!

Pár méterrel később sétáltak be alám tudatlanul, vakon bámulva környezetüket. Leugrottam, két pengémet elővettem, és az egyik nyakába beledöfve földhöz szegeztem. Gerince hangosan ropogott, nyakából spriccelt a vér. Társának, mire felfogta, már kardom szelte félbe hasát. Torkát megfogtam, ezzel tartva egész üreges testét, és csak annyit mondtam:

– Szánalmas. – Ellöktem magamtól hulláját, amit magáévá tehet az erdő és a bogarak. Lakmározzanak csak testükből, legalább visszaadnak kicsit abból, amit elvettünk. Nyerítést hallottam magam mögül.

Lovas parasztok, kezükben vasvilla és balta. Eltökélten siettek társaik halálhörgésének irányába. Az erősödő szél undorító dögszagot hozott magával. Kelet felé rohantam, de sebességemet sajnos a lovak könnyű vágtája gyorsan beérte. Az egyik jobbról, míg a másik balról próbált támadni. Közrefogtak, akár a sérült vadat. A bal oldali lovas villáját felém szegezte és lovát közelebb irányította. Ennek következtében a másik baltáját maga mögé emelve el akarta dobni, mivel tudta, társa közelebb kényszerít majd hozzá, könnyítve neki a sikeres célzást. Azt hitték, ezzel lelassíthatnak, vagy tán megsebezhetnek. Tapasztalatlan harcosok, kik a pillanat hevében jónak látták tettüket, akár a keresztes hadjárat szolgái. Kezembe vettem késemet. Másra nem is lett volna szükségem ellenük. A jobb oldali lovas eldobta baltáját, mely nem meglepő módon célt tévesztett, s az előttem lévő fába csapódott. Ekkor láttam a kulcsot, mely győzelmemhez vezetett. Pár nagy szökkenés után ráugrottam fegyverére: tökéletes támaszt, illetve elrugaszkodási pontot biztosított nekem. Hirtelen jobbra ugrottam, a lovasra, kinek szívét átszúrtam pengémmel, utána lekönyököltem a lóról. Átvettem így a vezetést, egyenesen nekiirányítva a másik parasztnak. Ő még bökni akart volna hirtelen, mégis kicsavartam kezéből fegyverét és magammal rántottam. A villa nyelét beletámasztottam a földbe, így önjelölt lovasunk nagy sebességgel leesve belezuhant annak fogaiba. Felnyársalva állt, kifeszülve. Szájából és orrából intenzíven csörgedezett a vér. Végtelen pillanatokig térdeltem, és fogtam a villa nyelét. Éreztem, kezemen lassan folyik meleg, sűrű vére. Fejemben visszajátszottam ez egész szituációt, feltéve magamnak hangosan a kérdést:

– Ki vagyok én?

– Ezt mindannyian megkérdezzük magunktól. – Amint ezt hallottam, magam mögé néztem, ahol meglepő módon egy barna ruhás, fekete borítós Bibliát szorongató idős pap állt rendületlen. Hirtelen nem tudtam hová tenni a helyzetet. Fejemről leemeltem a csuklyát, szembefordultam vele, utána tüzetesen felmértük egymást. Nem félt, láttam rajta. Dió színű szemében történetének lapjai pörögtek. Ráncos bőre visszataszító látványt nyújtott.

– Mit keres itt kinn, atyám? Tán megváltásért jött? – kérdeztem késemet övemre rakva. Lőfegyveremet másik kezembe vettem kényelmesen.

– Ők jó emberek voltak! Segítették a közösségünket. Mivel érdemelték ezt ki? – kérdezte tőlem az öreg. A halál torkába jött szentbeszédet tartani? Ez a vén bolond! Itt nyársra húzom, és kifeszítem a fák közé.

– Önnek kéne a legjobban tudnia. Egy nőt elítélt, mert más volt, mint a többiek. Ez ön szerint helyes? – kérdeztem. Ekkor hátrahúztam a kakast fegyveremen, egyenesen rá tartva. Az atya mosolyogva válaszolt.

– Az úr szolgái vagyunk. Csak azt tesszük, amit ő parancsol. – Ezzel telt be a pohár.

Fejbe lőttem, agya kifestette a mögötte lévő fát. Füstölő csövem szagát orromban éreztem. Gondolataimba meredtem, míg teljesen befejezte táncát szemem előtt. Tartójába raktam fegyverem, közel mentem áldozatomhoz. Összeesett hulláját félrerúgva fogtam fejemet. Szúrni kezdett. Valami hang beszélt hozzám. A Biblia, amit a kezében fogott, több helyen sérült. Láttam, ahogy néztem: azzal a könyvvel sok nőt és gyereket ütöttek. Vér tapadt lapjaihoz, melyeket szép szavak nem moshatnak tisztára. Senki lelkét sem váltják meg holmi imák. Életünk során követünk el hibát. Természetünkkel jár, bár jó lenne tudni, jelenleg emberek vagyunk, vagy éppen szörnyek. Mi a különbség? Mi határozza meg ténylegesen azt, ki ember s ki szörny? A kinézete vagy a viselkedése? A hite? Míg törtem a fejem, baltával rögzítve feltűztem a papot egy fára. Talán valaki megtalálja és eltemeti, vagy bőséggel vacsoráznak belőle a vadak, kutyák és rovarok.

Nagy levegővétel után siettem az erdő fogságából. Talpam alatt recsegő gallyak szóltak hozzám. Zörgő falevelek meséi kísértek. Magányos madarak csicsergése hűvös szellőt hozott magával. Lassan telő percek szaladtak tovább mellettem. Erősen sütött ma a nap, mely bántotta szememet, mikor kiértem a virágos mezőre. Rose és a nő beszélgettek Samantha társaságában. Mosolyogtak, mintha régi ismerősök lennének. Elfelejtették a rossz dolgokat, amelyek mintha az arcomon száradó vér formájában egyedül engem bánthatnának. Talán már összebarátkoztak a lányok. Mikor észrevettek, Rose nagy mosollyal az arcán üdvözölt engem. Integetett és kiabált. A nő is sokkal boldogabb volt. Samantha magabiztosan állt, kis mosolyt elengedve. Féloldalasan tekintett körbe, míg feléjük sétáltam, letörölve magamról az erdő mocskát.

– Hello, Samantha.

– Sasy.

– Látom ismerkedtek – mondtam egy pillanatra lila szemébe nézve, miből magabiztosság áramlott.

– Hála neked, mindig jönnek új barátok. – Tekintetem a nőre terelődött, aki mosolyogva büszkélkedett új híreivel.

– Képzeld, Samantha elvisz engem a faluba, ahol biztonságban élhetek!

Ilyenkor érzem magamon azt az apró könnyedséget, amit a következő városról alkotott képzelgésem háromszoros teherrel rak vissza rám.

– Örülök neki – mondtam, aztán Rose szólt fennhangon.

– Igen, és add át majd üdvözletünket nekik – nevetett nagyot. Samantha közben megfogta az új szabad lélek kezét. A nő reménykedve kérdezett.

– Eljöttök majd, ha ez az egész véget ért?

Csak néztem rá némán. Rose kicsit lökött karomon, utána válaszolt.

– Biztosan meg fogunk látogatni! Igaz, Sasy? – Ekkor a két boszorkányra pillantottam, s észbe kapva válaszoltam.

– Igen. Egyszer biztosan.

Kedvesen bólintottak, majd közösen útra keltek, immár gondtalanul. Lassú léptekkel, talán beszélgetve, nyugodtan távoztak.

Rose elővette a térképet, amivel próbálta kitalálni, mégis hol lehetünk. Vagy egyáltalán a helyes irányt. Biztosan nehéz feladat ezen a környéken az eligazodás. A tájat fürkésztem gondolataimba meredve. Sok furcsa érzés kavargott bennem. A vér színét figyeltem, ami már megszáradt az ujjaimon. A vén bolond szavai megmérgezték elmémet. Szerencsére elüldöztem minden téves gondolatot. De a könyv, amit fogott; a sok hang, amit hallottam belőle... fájdalom és félelem. Ismeretlen arcok bántottak szakadozva keserű szavaikkal. A papok pökhendi kacaja marta fülemet. Erre válaszolva sikolyok és segélykérések rohamoztak. – Megint a gondolataidban ragadtál – mondta előttem állva Stella. Mire tudatosult bennem és ránéztem, már ujjaival haját fésülte hátra.

– Jól vagyok – mondtam. Ő persze kis mosolyt arcán pihentetve közelebb lépett.

– Nekem nem tudsz hazudni, Sasy. Régebb óta ismerlek, mint te magadat. Kezdenek visszatérni a hangok igaz? – tette kezét a mellkasomra. Lecsukta szemét. Fekete ruhákat viselt. Fajára jellemző kiegészítőkkel. Mellei kihangsúlyozva, ahogy mindig is szokta. Hosszú fekete nadrágja tökéletesen kiemelte nőiességét. Haja lágyan lebegett a gyengéd szellő táncában. Magasított sarkú, hosszított szárú lábbelit hordott. Öve ezüst, karika formájú, benne nonfiguratív jelekkel. Megint folytatta játékát: tudtam jól, mit szeretne elérni. Évek óta rendületlenül menekülök érzéseimtől.

– Semmi bajom, Stella. Szólj a tanácsnak, hogy egy hét múlva elérjük a Fehér Falú várost. Onnan könnyedén átkelünk majd a háborús régiókon – válaszoltam, s ő erre számítva máris magabiztosan közelebb lépett. Lassan végighúzta ujjait az alhasamig. Pólómat szorította, úgy válaszolt.

– Elmondom nekik. Viszont egy dolgot ne felejts. – Ekkor átölelt, karjait nyakam mögött összekulcsolta. Fülembe súgott, közben végig vállamat figyelte.

– Mi lenne az? – kérdeztem tőle, közben üres tekintettel előremeredtem. Gyorsuló szívverésem persze neki önbizalmat adott.

– Ha segítségre lenne szükséged, én mindig itt leszek.

– Megoldom a dolgokat, nem kell aggódnod. – Néma másodperc erejéig egyszerre nagy levegőt vettünk.

– Régen mosolyogtál. Mikor fogsz nekem újra mosolyogni, Sasy? – kérdezte, közben tarkómat simogatta fekete, éles körmeivel. Hangja kellemesen hatolt füleimbe, így nyugalmat hozott magával.

– Ha mindennek vége lesz, akkor boldog leszek. Addig nincs időm mosolyogni – válaszoltam. Stella lecsukta szemét, fejét pedig a vállamra helyezte. Mintha kényelmes éjjeli párnája lennék egy végtelen hosszú, puha, báránygyapjas ágyban. Rose követte az eseményeket. Már féltékeny lett Stellára, amiért ilyen közel van hozzám, mégsem tett semmit, és nem is akart. Csodálta elsőre szokatlan kapcsolatunkat. Botját szorítva jobb lábát erősebben a földbe tolta.

– Komoly, mint mindig... Mostanában sokat változol – mondta, végül távolabb ált tőlem, csupán annyira, hogy még csuklójával körbefonta nyakam hátsó részét.

– Okkal történik. – Egyenesen a szemembe nézett. Olvasott bennem, akár nyitott könyvekben. Kék-fehér eres szememmel én is átláttam tekintetén, régi, láthatatlan kapcsolatot létrehozva egymás között. Végül vállam felett Rose szemébe pillantott.

– Vigyázz rá, míg vele vagy, kis varázsló. Ha apád nem engedélyezte volna maradásodat, lehet, hogy már rosszabb állapotba lenne, mint a mostani. Vagy mielőtt útra keltetek – mondta Stella, ezután csodás szemeit rám vetette. Oldalra fordítottam arcom, így hátrapillantva Rose-ra.

Azelőtt nem sokszor látott, inkább csak szóbeszédet hallott rólam, ahogy a legtöbben. Nem tudta, mire gondol az állapotommal kapcsolatban. Jól voltam, normálisan néztem ki, és hidegvérrel cselekedtem. Ő így látta. Persze, hisz' a vállamon cipelt súlyról mit sem tudhatott. Nem mutattam ki fájdalmaim, és nem is hangoztattam az éjjelenként reám támadó lelkek hangját. Szerettem volna, ha kimarad ebből az egészből, ami bennem folyik. De az igaz, hogy belsőm sem viharos annyira, mióta velem van. Egyfajta sebtapasz, mely ideiglenesen elállítja a vérzést, teret adva a gyógyulásnak.

– R-rendben. Megteszek mindent, ami tőlem telik!

Stella maga felé fordította arcomat. Pillantását követtem, mely az ajkaimra tévedt.

– Meglátogatlak később is.

– Tudod, hol találsz, ha keresnél – nagy levegőt vettem.

Stella végezetül levette kezeit rólam és hátrébb lépett. Az erős szél sok falevelet fújt közénk, ő pedig eltűnt velük együtt. Akár a kismadár, ki szárnyait kiengedve először repül, mit sem sejtve a világ veszélyeiről. Talán tényleg jelent a tanácsnak, de az is lehet, hogy csak leül egy magas szikla tetejére, ahol kitisztítja fejét. Nekem is azt kéne tennem. Rose ujjait dörzsölve óvatosan közelebb lépett, és halkan szólt.

– Jól érzed magad? – kérdezte, közben arcomat kereste, ami lehajtva bújt most előle és a világ elől. Gondolataim elkalandoztak. Törtem a fejemet. Mióta Rose velem volt, valóban nem estem át a ló másik felére. Több önkontrollal rendelkeztem. Már nem csak magamra, hanem rá is figyelnem kellett. Sőt... Rá vigyáznom. Ezt sosem felejthetem.

– Igen, Rose, ezt neked köszönhetem – mondtam halkan. Végig néztem rajta, ő ökölbe szorította kezeit, a sarkára állt, és kicsit bátrabban válaszolt.

– Igyekezni fogok, hogy ne legyek terhedre, és segíteni szeretnék minél több mindenben! Csak kérlek, szólj, és én... – folytatta csukott szemmel, egyre hangosabban. Közben odaléptem elé, féltérdre ereszkedtem, vállára téve a kezem. Emiatt elakadt a szava, majd kinyitotta a szemét.

– Maradj ilyen, amilyen vagy. Akkor boldog leszek. – Amint ezt befejeztem, könnyes szemmel lehajtotta fejét és bólogatott.

Kezéből elvettem a térképet, majd egyenesen láttam az utat keresett városunkhoz. Ami zavart, az óriás erdő volt. Az ugyanis Elfek földje. Megkerülni száz mérföld keletnek, vagy kétszáz nyugatnak. A nyugati kerülőút viszont a trollok földjére vezet. Legendák szerint barlangokat alakítottak ki, ahol a nappalt töltik. Bár történeteket fél évtizede hallottam utoljára. Részeg alakok meséjének tűnik inkább, mintsem valós tényeknek. Bár a kockázat, hogy valami más szerzet él ott, kétségtelenül kockázatot jelent. Keletnek a banditák fennsíkja és városa található. Gyilkos söpredék, kik egymást lopják, illetve a főbb kereskedelmi útvonalakat vámolják saját törvényeik szerint. Furcsa, de számtalan királyi próbálkozás árán sem tudták bevenni az erődjüket. Szoros összetartást ápolnak, mikor földjük védelméről van szó. Az Elfek Erdeje ehhez képest az egyetlen alternatív megoldás. Talán nem ölnek meg, és békésen átvezetnek földjükön. Bár több szóbeszéd kering, miszerint fajuk kihalóban, ezért idegeneket sem engednek közel határaikhoz.

– Induljunk Rose! – mondtam, ekkor már kezében kalapomat tartotta. Elvettem tőle, majd fejemre helyeztem. Ő hasonlóképp cselekedett. Utoljára átnézte a körülötte heverő, széles mezőt, amin apró fák növekedtek szerteágazóan. A magunk mögött hagyott pap hulláját vaddisznó ette, a katonákét pedig farkasok rágták. Lelkem tüze így csillapodott, míg a következő városig nem érünk.

– Tudod az utat Fehérfalú városhoz? – kérdezte Rose.

– Igen. De előtte lenne egy kérdésem.

– Mégpedig? – Érdeklődve pillantott rám, közben angyalként rugaszkodott el a talajtól és lebegve követett.

– Melyiket választanád? Ezer banditát, vagy az esetleges sötétben rejlő szörnyeket? – tettem fel komoly tekintettel a kérdést. Kis gondolkozás után bizonytalanul válaszolt.

– Nincs harmadik lehetőség? – Előrepillantottam, lecsukva a szemem. Kezemet kalapomra helyeztem.

– Mindig van. Ezt sose feledd! – S közösen álltunk tovább e gyönyörű mezőről.

Rose könyvét olvasta. Tágította tudását, és botját lebegtette maga mellett. Könyve lila borítója furcsa írásjeleket viselt magán. Számomra ez a nyelv ismeretlen. Ő pedig olyan dolgokat tanul, melyek emberi ésszel fel nem foghatók. Rápillantva érzem igazán aprónak magam tudásban, és minden más téren. Merre lehetnek ennek az apró lánynak a határai? Foglalkoztatott régebben is a mágia, ami annyira elérhetetlen számomra. Neki életének szerves része.

Szép napunk van ma. Távolban feltűnt egy szekér nyikorogó kerekekkel, mellette juhászkutyával; valószínű a környező településeknek szállított árut. Igényes földút vezetett minket utunkon, minek növények nőtték be szélét. Közel hozzánk fürge gyíkok rohangáltak át keresztben. Állatok szaladtak néhol mögöttünk. A természet itt nagyszerű egyensúlyban volt az emberekkel. Mennyivel másabb világunk lenne, ha mindenhol ugyanígy élnének.

5. FEJEZET

A KERESZT

Angliának sok kis és nagy faluja borítja e széles ország büszke földjét. Átlagemberekkel, akik normális életre vágynak. Isten nevét félik, és a vadállatoktól óvják gyermekeiket. Tömegével kelnek útra dél felé családok, annak ellenére, miféle hírek látnak napvilágot. Kikötőket vesznek célba, menekülve azon rémes árnyak elől, amik félelemben tartanak sokakat esténként. Máshol talán meglelik a sajátjuknak vélt boldogságot? Félnek szomszédjaiktól, ismerőseiktől, vagy épp a szobában búvó sötétségtől. Földhözragadt elménk képtelen tisztán látni. Pedig a gonosz sokkal közelebb van, mint hinnénk.

Stewet végtelen mosoly jellemezte. Barátságosnak látta szülőföldjét. Tízéves, erős fiú, aki nagy faluban élt, amit a helybéliek Tölgyfalvának hívtak. Településüket többnyire sík, puszta mező vette körül. Szívében egy kút bámulta egész nap az eget. Kis erdő, ami tölgyfában bővelkedett, ölelte körbe a zöld burjánzó mezőjüket. Apró nyulak végtelen üregei hálózták a fás terület szélét, melyekből naponta újabb kölykök merészkedtek elő. A falu peremén, nem messze a temetőtől és a központi piactól élte Stew életét, szüleinek takaros házában. Napi szinten sütöttek a pékek meleg, puha kenyeret, amivel etették közösségüket. Kereskedők kiabáltak, eladni kívánt termékeiket fényezvén. Szarvasirhából készült lábbelit, továbbá keleten kovácsolt késeket. Községükben több kétemeletes ház díszelgett, mik mellett ikerházak épültek, gyarapítva és vonzva az odaérkező vándorokat, letelepedés esélyét kínálva nekik. Hősünk tízéves fiú létére meglepően talpraesett teremtésnek számított közössége szemében. Mindig azt hangoztatta, hogy katona lesz, ő bizony elmegy innen, ha felnő, és lovagként védi majd hazáját. Sok hasonló korú fiúnak ez az álma, míg a lányok inkább a tökéletes házimunka titkát, néhányan pedig az olvasás művészetét szeretnék kitanulni. Magas toronnyal, zöld ablakkal, fehér, néhol mohás tetején nagy kereszttel díszelgett a falu szívében egy templom, melynek vezető tiszteletese Borbun atya volt. Mélységes tisztelet övezte a falusiak részéről. Fiatalabb korát homály fedte, viszont mikor sátrat vert s letelepedett, hamar az emberek bizalmába férkőzött. Meséltek róla, miszerint kiűzött egy gonosz démont az egyik nőből otthonában. Többen is segítettek neki – ekkor még pályakezdőként tevékenykedett –, majd mikor egy vérfarkas megölte az akkori vezető atyát, Borbun lépett helyére. Stew szülei jó kapcsolatot ápoltak a pappal, mindig az első sorban ültek a miséken, és bő vízzel vetettek keresztet Isten házában. A templom mögötti kertgondozóknak többször vittek hűvös vizet és pár pogácsát, amit az atyák jó szemmel néztek. Érezték családjuk tiszteletét az Úr felé.

Reggel, mikor Stew felébredt szobájában, rögvest öltözködni kezdett. Kitárta az ajtót, és reggelizni sietett a konyhába. Anyja fából faragott poharába vizet öntött, tányérjára kenyeret és egy főtt tojást rakott. Az anyukája tipikus háziasszony. Barna, öszszekötött haját kontyban viselte. Dió színű szoknyája gyengén súrolta a földet. Mellén fehér kötényt viselt, amivel óvta magát a kosztól. Talán ez az egy ruhája volt, amire a legjobban vigyázott. Ebben vásárolt, illetve ment mosni a tóra. A mindennapi reggeli ezen a helyeken a kenyér, kolbász, tojás, és szárított disznóhús. Amikor bőségesebb volt a termény, több bevétele lett a falunak, közösen vásároltak teheneket, kecskéket. Míg meg nem ölik a vadak vagy maguk le nem vágják őket, addig megengedhetik maguknak a sajtot reggelente. Szokás szerint bárányaik gyapjából párnákat készítettek. A tehenek bőrét páncélkészítőknek adták jó pénzért.

– Jó reggelt, anyám! – jelentette ki hangosan, az asztalhoz ülve. Boldogan evett, csillogó szemekkel, közben gondolatai már a mai napi tervein jártak.

A kis Lilivel szeretne elmenni a folyópartra. Vagy Arthurral vívjon saját készítésű, faragott fakardjaikkal? Maga sem tudta. Bármit megtehetett gyakorlatilag, de egyedül az erdőbe sosem merészkedhettek. Arrafelé a farkasok bőséggel szaporodtak. Néhol medvék is feltűntek. Őzek vándoroltak délre, nevelni borjaikat; talán ezért követték őket. Hozták magukkal azt a sok veszedelmes fogat és karmot. Pár apának látnia kellett szétmarcangolt fiának tetemét. Néhány asszonynak el kellett temetni férjének emlékét. A falu vezetősége éppen ezért fa falat szeretett volna emelni az egyre növekvő településük köré. Igaz, ezzel korlátozzák az újabb házak építését, viszont míg nem múlik a veszély, kénytelenek türelemmel várakozni. A munkálatok elkezdődtek, régebben Stew apja is ott dolgozott. Termelték ki a temérdek tölgyet, mások a földben ástak minél mélyebbre. Páran hordák oda a nagy fa oszlopokat letisztogatni, vagy éppen a lyukakba beleállítani. Nehéz munkának számított természetesen, és nagyjából minden férfit lefoglalt ez a folyamat. Stew befejezte a reggelit. Egyszerű, zöld, szakadt pólót viselt hosszú, barna, foltozott nadrággal. Növő barna haját hátra kezdte söpörni, néha mert szemébe lógott. Ez természetesen anyjának is feltűnt, bár legtöbbször mosolygott cseperedő fiának állandó változásain. Bőr cipője kikopott az évek alatt, így jobb lábának sarkánál már nem is maradt anyag. Tervezett a sarkára faragni fából talpat, ami kitarthat a nyár végéig.

– Hamarosan levágom a hajadat, Stew – jelentette ki mosolyogva anyja, közben fia kiitta poharának utolsó csepp vizét.

– Rendben, anya! De ne olyan rövidre, mint a szomszéd néni! – Érthető volt aggodalma: legutóbbi hajvágása után Arthur kopasznak csúfolta többször, amit Stew kevésbé tartott viccesnek.

– Nem kell aggódnod! Csak keveset vágok belőle.

– Rendben, anya, elmentem! – válaszolt, utána sietve maga mögött hagyta házukat.

Széles mosollyal az arcán szaladt ki az utcájukból, minek elejét ásták fel, és rengeteg szép fehér macskakövet hordtak oda. Valószínű új utak lesznek itt, a külső peremnél. Stew egyenesen a főtérre sietett, ahol az előtte sétáló zsoldos katonák könnyű páncélzata, hosszú dárdája, csillogó láncinge teljesen elragadtatta hősünket. Követte szemével minden mozdulatukat, és utánozni próbálta őket. Keresett magának vaskos botot, kezébe kérget ragadott. Sietett vissza a főtérre, ahol nyüzsgő embereken, illetve kiabáló kereskedőkön kívül mást, akivel játszhatna, nem látott. Ekkor szólt neki Lili, egy kis utcából, nem messze tőle.

– Szia Stew! Gyere játszani! – integetett. Stew boldogan rohant hozzá. Kérgét eldobta útközben, de botját, mely lándzsaként funkcionált, kezében tartotta.

– Szia, Lili! Ma nem segítesz az anyukádnak? – kérdezte Stew, közben barátja mögé tekintett.

– Nem. Ma megengedte, hogy játsszak a faluban – mondta, lábával arrébb rúgott egy követ, aztán mosolygott.

– Morgan bácsi kertébe eljöhetsz?

A tanya, ahol élt, a falu végében helyezkedett el, kicsit meszszebb esett a többi háztól. Morgan bácsi gabonát, kukoricát termesztett, és állatokat nevelt. Disznókat, csirkéket. Csendben, elzárkózva másoktól tevékenykedett, bár rendkívül kedves személyiséggel rendelkezett. Ötven év feletti lehetett az öreg, de ő is csak találgatta.

– Nem tudom. Az még biztonságos? Apukám azt mondta, hogy sok farkas van mostanában errefelé – bökte ki orra alatt Lili. Természetesen menni szeretett volna, inkább csak kérette magát.

Bordó, szépen horgolt szoknyát viselt fehér felsővel. Szőke haját copfban hátrafogta neki szép rendezetten az anyukája. Piros masni lógott belőle – talán az tartotta egyben. Ügyes cipész által készített lábbelit viselt. Tehetősebbek voltak a szülei, mint Stewé, ugyanis Lili apukája nem favágó volt, hanem kőművesként tevékenykedett egy közeli bányában. Nagyobb és erősebb termettel rendelkezett. Tőle örökölte sötétzöld szemét, míg Stewé mogyoróbarna színű volt, ami szívta magába a nap sugarait.

– Semmi gond, Lili. Megvédelek a farkasoktól! Gyere, siessünk! – fogta erősen kezét, és húzta maga után Stew.

Ahogy a lábuk bírta, rohantak végig a falun. Sebesen el a tiszteletes mellett, aki füstölővel járta körbe az egész helyet, ezzel biztonságot és hitet terjesztve hívei között. Két másik pap járt vele közösen. Stew és Lili lassan megérkeztek az öreg Morgan házához. Pontosabban a hátsó részhez, mert apró testükkel könnyebben bejutottak onnan. Bogarak repkedtek körülöttük az állatok trágyája miatt. Méhek porozták a virágokat, ami színesre festette a tájat. Juhászok terelték kutyáikkal a bárányokat falujuk felé. Lelapulva, csendesen kerülték meg a tanyát. A fa kerítésen átbújtak, majd lassan belopakodtak a búzába. Bőven ellepte őket, így láthatatlanok lettek minden szem számára. Madarak csicseregtek és köröztek felettük, néha rászállva a termésre, lecsippentve annak tetejét. Hőseink leültek kicsit pihenni.

– Stew mit keresünk itt? – kérdezte Lili nagyokat lélegezve.

– Be fogunk lopakodni a malacok közé! – jelentette ki, ezzel új mérföldkövet állítva maga elé.

– De hiszen az a ház melletti karámoknál van! És ha meglát minket Morgan bácsi? Tudod, hogy nem szereti, ha piszkáljuk az állatokat. – Bűnösnek érezte még a gondolatát is ennek a tervnek.

– Csak odamegyünk, köszönök a malacoknak, és rohanunk haza! Délben a templomba kell mennem anyával.

– Nekem is! – bizonytalankodott Lili.

– Akkor siessünk!

– Óvatosan, Stew!

– Egyet se félj, míg velem vagy! – biztatta, és előresietett. A gyenge szelet a magas fák széles lombja forgatta körülöttük. Makkok potyogtak az avarba.

Lili csillogó szemmel figyelte, mintha csak egyetlen lovagját követné a végtelen harcba és tovább. Stew megfontoltan szlalomozott a veteményeskerten keresztül. Termesztettek különböző gyógyfüveket távol egymástól, míg arrébb zöldségek értek a tikkasztó nap melegében. Néhol magasodó gabonakupac mögé bújtak. Stew morajló csatamezőként játszott gondolataival fejében e percekben. A cél adott, az út tiszta. Ilyen messziről hallatszott a malacok röfögése és a tyúkok kotkodácsolása. Lilinek az orrát persze csavarni kezdte ez a bűz, mely minden lépéssel zavaróan erősödött. Végül a csirkeól mellett gyorsan szaladva megérkeztek a malacokhoz. Szépen felhizlalt jószágok voltak, megerősített karám mögött. Biztosan a farkasok miatt építette így Morgan bácsi. Stew zsebéből elővett egy kis répát, amit a piacról csent. Odadobta az állatoknak, akik mint vad keselyűk rontottak rá az értékes elemózsiára.

– Stew, vigyázz, kinyílt az ajtó! – emelte meg vékony hangját Lili, ezzel a lendülettel maga után húzva társát kezénél fogva. A karám másik végén sikeresen elbújtak. Csendben leskelődni kezdett Stew, figyelve ellenségük útvonalát. Hátha kikerülhetik valahogy, utána menekülőre foghatják mindketten. Morgan bácsi vidáman hagyta háta mögött kuckóját. Vaskos kezében két vödröt tartott. Egyikben a csirkéknek hozott élelmet, míg a másikban malacoknak.

– Rendben, drága csirkéim, tessék, egyetek! – Beszórta nekik a búzát. A boldog kis állatok persze kapkodták egymás elől az élelmet. Stew hátrébb húzódott, Lilire nézett, aki a mellettük fekvő malac hasát simogatta.

– Lili, ha Morgan bácsi visszafordul, rögtön futunk, és megyünk haza! – Amint ezt kimondta, Morgan odahajolt hozzájuk.

– Hát itt vagytok, csirkefogók!

Ekkor felkiáltott mind a két gyerek, és végleg helyet foglaltak az ól mellett. Porzott fenekük alatt a homokos talaj. Kezük ragadt valamitől, mibe véletlenül beletenyereltek. Szerencsére csak régi, fonnyadt zöldségnek és gyümölcsnek tűnt.

– Morgan bácsi, hogy vettél észre minket? – kérdezte Stew. Számára ez bukott küldetés volt. Kereste a problémát, de sehol sem hibázott a terve. Morgan nevetett, és Lilire mutatott.

– Ilyen boldogan még egy malackám sem napozott, miközben valaki simogatta a hasát. – Lili kipirult arccal tudta: az ő keze buktatta le őket. Stew a fejét fogta, majd botját Morgan felé fordította.

– Nem megyek várbörtönbe, kapitány! – jelentette ki. Viccesre fogva a figurát Morgan feltette kezét és annyit mondott:

– Én csak egy földműves vagyok, fiam. Na, gyertek, ideje a disznóknak enni adni. – Stew és Lili boldogan követték az öreg bölcset. Etetés közben beszélgettek.

– Morgan bácsi, mióta él itt? – kérdezte Lili.

– Ó, kislányom, még az apám építette ide az első házak egyikét. Azóta pedig meg sem áll a fejlődés – mondta büszkén, beöntve a bőséges vödör kukoricát a malacoknak, akik röfögve falni kezdtek.

– Morgan bácsi, a felesége még mindig tud olyan finom cipót sütni? – kérdezte Stew.

– Bizony ám, de már ő sem gyúrja olyan fürgén a tésztát, mint azelőtt – mondta, és az ablak felé tekintett. A ház oldalánál felvette a másik vödör kukoricát, majd indultak a disznókhoz ismét.

– Na és Morgan bácsi, miért nem jár templomba? – kérdezett Lili, ezzel kicsit elakasztva szavát Morgannak. Hirtelen nem tudta, hogyan kéne elmondania nekik gondolatait. Érdemes egyáltalán? Megértik szavait? Végül is mit veszíthet vele?

– Nos, az én apám úgy tanította, ha valami gondom van, akkor bizony ne térdeljek le senki elé, hanem húzzam ki magam és álljak a sarkamra. Oldjam meg a gondokat egyedül. – A gyerekek érdeklődve rakták össze szavait, de értették a lényeget. Stew különösen jónak gondolta ezt a logikát, ugyanis egy igazi lovag addig harcol, míg nem győz a harcmezőn. Ő sem térdelne senki másnak, csak a királynak hajtana fejet. Magáénak érezte ezt a mondatot.

– Én megfogadom, hogy mától nem térdelek senki elé! – jelentette ki hangosan Stew. Lili szájához kapott és válaszolt:

– De este, amikor imádkozol, csak térdre ereszkedsz? – Stew kicsit gondolkozott, Morgan bácsira nézett, aki nagy mosollyal az arcán öntötte malacainak az élelmet.

– Morgan bácsi, maguk szoktak imádkozni? – Stew figyelte az öreg arc reakcióját, aki tekintetével végigszántott szép, termékeny földjén.

– Én már azért is hálát adok, ha reggel felébredek az ágyban, fiam! – dörmögte, kerülve a kérdést. Lassan visszaértek a házhoz, aminek ablakpárkányáról, egy kosárból Morgan kivett két almát. Odanyújtotta nekik, és folytatta.

– Azt, amiben hisztek, gyerekek, senki sem veheti el tőletek. De a hit nem feltétlen csak az lehet, amit a templomban tanítanak. – Lili értetlenül állt a dologhoz, mivel az anyukája nagyon vallásos volt, Stew viszont nyitottabb lélek.

– Mire gondol, Morgan bácsi? – kérdezte Lili. Morgan a kezükbe szorongatott gyümölcsre mutatott és a szemükbe nézett. Lángoló tekintet és parázsló mosolyt viszonoztak az ifjak.

– Ez az alma itt a cél, amivé válni akartok, gyerekek. Ha ezt el akarják venni tőletek, mit tesztek?

– Nem adom oda senkinek! – vágta rá Stew. Morgan nagyot mosolygott és folytatta.

– Én sem adtam oda az almám az egyháznak. Megtartottam, utána elültettem a magokat. Sokszor csúnyán néztek rám, és nem láttak szívesen pár helyen. Ezért megteremtem magamnak és a feleségemnek az élelemmel együtt az életet. Ez az én almám, értitek? – Lili teljesen összezavarodott, míg Stew, új fejezetet nyitva az életében, másképp tekintett a világra. Nem szerette volna sosem másnak adni az almát, mit kezében szorított.

– Értem, Morgan bácsi, és köszönöm! – mondta Stew, majd törölgetni kezdte pólójával.

– Köszönjük a szép napot, Morgan bácsi! – kiabált Lili.

Morgan bement a házába lepihenni, és feleségének segíteni a házimunkában. A gyerekek lassan kiértek a telekről, büszkén harapva az almába. Elfalatozták, minden beleképzelt álmukkal együtt. Stew sokat gondolkozott az elmúlt nap eseményein, míg Lili azon töprengett vajon mit fognak játszani a délutáni órákban.

– Figyelj csak, Lili, én most sietek haza, de majd a templomban találkozunk – intett egy nagyot Stew. Futva időben elérte házukat, ahol az anyja várta.

Az ajtóban, kis kosárral kezében éppen indult a templomba. Stew boldogan csatlakozott hozzá, miközben újságolta délelőtti kalandjait. Anyja örömmel hallgatta naphosszat fia elbeszéléseit, hisz' a boldogság a legfontosabb, amit ebben a korban magáénak tudhat az ember. Eszébe sem jutott megfosztani fiát ettől. Tán ezért kért keveset tőle, hogy több ideje legyen nevetni.

Lili épségben hazaért. Anyukája kezét fogva mentek be a templomba, ahol a falu minden tagja imára kulcsolt ujjakkal együtt imádkozott a tisztelettessel. Stew mélyen gondolataiba merülve ült a közösségben. Lili hangját tisztán kivette a tömegből. Ők a harmadik sorban, míg Stew és anyukája az elsőben foglaltak helyet. Lassan teltek a percek számára. Inkább menne játszani barátaival, vagy Morgan bácsival beszélgetni. Aztán egyszer csak mindannyian áment mondtak, büszkén keresztet vetve közben. A belülről szép templom hűvös falaitól kissé kelletlenül vettek búcsút az emberek. A tiszteletes percekig állt középen, várva hívei távozását. Átfésülte a falon lógó festményeket, amelyeken az arcképek régóta nézték a földet meleg tekintetükkel. Ekkor az egyik pap odaállt elé, és valamit a fülébe súgott. Az atya furcsa mosollyal meglepett arcot vágott.

Stew délután kiment játszani; Arthurral kardoztak, szaladgáltak. Nemesi lovagoknak képzelték magukat hosszú, fényes pengével, ami a levegőt félbe szeli. Fehér szőrű lovon vágtattak ezer harcos közé. Artúr apja az ásásból hazajövet, vállán szerszámaival kiáltott fiának, aki azonnal sietett hozzá. Stew is így tett, mivel apja baltájával vállán igyekezett házukhoz. Beléptek otthonukba, ahol köszöntötte családját. Stew apukája begyújtott a kis cserépkályhába. Közösen vacsoráztak, közben ő elmesélte napját. A család többi tagja érdeklődve figyelte. Állítólag még egy farkassal is találkoztak a favágók. Stew anyukája óvva intette férjét, aki természetesen higgadtságot sugározva nyugtatta őket. Jelezte társainak a fokozott figyelmet, így másnaptól állandó őrszemet állítanak a többiek védelmére. Vacsora után csendesen telt az éjszaka. A hold beszűrődő fénye forgatta hősünk gondolatait, és álomba ringatta, ahol teljes fegyverzetben, lovagként küzdött a csatában. Ellenfélre nem találva csak vágtatott a semmiben.

Reggel napsugarak simogatták arcát. Mintha ágyúból lőtték volna ki, úgy öltözött. Az apja már az erdőn dolgozott, míg anyja reggelit készített asztalukra a kamrából. Stew türelmetlenül fogyasztotta az ételt, végig az alma ízletes, puha húsára gondolva. Elfelejtette már a tegnapi farkasos incidenst. Tudta: apja nagy és erős, ezért semmi baja sem eshet. Északi szél járta át a házukat. Madarak vetettek fészket ablakukban. Tojásokat neveltek, naphosszat dalolászva.

– Anya, mehetek játszani Lilivel a faluba? – kérdezte, közben cipőjét vette nagy büszkeséggel, minek talpát befoltozta apja.

– Igen, fiam, de légy óvatos! Hallottad, tegnap farkast láttak az erdőben.

– Rendben, anya!

Hősünk útra kelt. Egyenesen Lili házához szaladt az újdonsült bottal, amit talált az út mentén. Türelmetlenül kopogtatta sarkát a földnek. Lili anyukája ajtót nyitott neki. Meglepetten nézett Stew arcára.

– Szia, Stew! Lilit keresed? – kérdezte, közben körbenézett az utcán.

– Igen. Itthon van? – válaszolt lelkesen, majd benézett a házba és látta, hogy Lili az asztalnál ül, szemben pedig egy pap. Mindketten italt fogyasztottak beszélgetésük mellé. Anyukája szólt neki, ezzel megszabadítva a kellemetlen helyzettől. A félhomályba burkolózó helyiséget maga mögött hagyva Lili boldogan futott Stew elé, köszöntötte, majd megkérdezte:

– Megyünk játszani? – Stew a csuklyás papra tekintett, aztán vissza barátjára, semlegesen felelve neki.

– Igen. Gyere, menjünk! – Lili anyukája óvatosan integetett. A pap kis mosollyal arcán az ifjú szülő felé fordult. Az ajtó lassan bezárult, kicsukva a fényes, melegedő külvilág összes zaját.

– Mit keresett nálatok az a pap? Házat áldott? – kérdezett Stew, és a földet kémlelte.

– Nem. Azt mondta, tegnap látott minket falujáráskor kijönni Morgan bácsi házából, és tudni akarta, hogy minden rendben volt-e – felelte, aztán letépett egy kék virágot az út széléről.

– Értem. Remélem, nem történt Morgan bácsival semmi! – válaszolt Stew saját cipőjét bámulva, oly sok kérdést rég eltervezve, hogy felteszi ma neki.

– Mire gondolsz?

– Hisz' hallottad tegnap. Nincs jó kapcsolatuk az atyával.

– Biztos vagy benne? – Lili aggódóan félrepillantott. Többen kikerülték a két gyereket, sietve dolgukra.

– Nem tudom pontosan.

Rohantak kérdés nélkül Morgan házához. Ő kinn állt a kapuban, előtte, a kerítés másik oldalán a tisztéletes, Borbun atya. Sejtelmes beszélgetést folytattak. Ahogy közelebb értek a gyerekek, egyre lassabban léptek. Meg akarnák lesni, mi forr ki ebből. Természetesen végeztek eszmecseréjükkel, s a pap heves legyintés után sarkon fordult, és indult vissza a templomba. Stew és Lili egyenesen felé sétáltak. Természetesen nem kerülhették el a találkozást. Borbun megállította őket, fél térdre ereszkedett. Kedves mosolyt erőltetett arcára. Nyakán régi, heges vágás honolt, mit általában takart valamilyen díszes kendő.

– Merre mentek játszani, gyerekek?

– Csak itt, a környéken fogunk kavicsokat dobálni. A faluban veszélyes lenne – vágta rá Stew.

– Ez bizony így van. Nagyon okos fiú vagy! De az öreg Morgan bácsival vigyázzatok! Régen konfliktusa volt az előző egyház vezetőivel, és szegény azóta is haragtartó – mondta kedves hangon Borbun tiszteletes. Lili minden szavát hitte, lelkesen bólogatott, míg Stew csak gyanakvóan nézett a pap mellett Morgan otthonára, aki lassan lépkedett háza régi fa lépcsőinek fokán.

– Rendben vigyázni fogunk! – bólintott Lili kis nevetéssel, és szaladtak játszani.

Borbun percekig figyelte őket, végül felszívódott. A gyerekek tényleg kicsit távolabb sétáltak, utána lelkesen játszani kezdtek. Morgan távolabb állva az ablaktól, függöny mögé rejtve magát követte az atya minden mozdulatát.

Stew és Lili két órát dobálóztak, szaladgáltak, végül csak Morgan kapujához keveredtek. Leskelődtek befelé. Tanakodtak, hangosan ötletleltek. Kis kezük szorította a hideg vasrács kaput.

– Lehet, hogy elment itthonról? – kérdezte Lili.

– Nem! Nekem annyi kérdésem van hozzá! Szökjünk be! – mondta fennhangon, Lili pedig hátuk mögé lesett.

– És ha meglátnak megint? Nagyon ijesztő volt ma az a pap! – vágta rá.

Stew ezzel teljesen egyetértett.

– Rendben, akkor majd talán máskor beszélünk vele.

Ekkor jelent meg mellettük a kapu túloldalán Morgan.

– Miért lógatjátok az orrotokat, gyerekek? – kérdezte, s mosollyal az arcán kitekintett az útra.

– Azt hittük, ma nem tudunk beszélni, Morgan bácsi! – szólt Stew.

Az öreg közelebb sétált, kaput nyitott, és azt mondta:

– Látom, újabb kérdésekkel felvértezve érkeztetek.

Lili nem bírt magával.

– Morgan bácsi tudja, mire gondolsz, Stew!

Ezen még ő maga is meglepődött. Stew persze nem tétlenkedve, miközben lábát a kerítésre támasztotta, hangoztatta kérdéseit.

– Morgan bácsi, maga nem szereti Borbun atyát?

– Ez bonyolult, fiam. Sokszor nem értünk egyet a dolgokban, de ez az élet velejárója. Nincs más problémánk.

– Borbun atya miért nem akarja, hogy itt játsszunk a háza mellett? – kérdezte Stew, ismét türelmetlenül várva a választ. Morgan nem szerette volna a gyerekeket lázítani a rendszer ellen, sem gondot okozni a szüleinek, ezért kissé görbítette az igazságot.

– Borbun atya azt szeretné, ha mindenki járna a templomába – még az is, aki mást gondol a dolgokról. Ezért nem akarja, hogy ti is hasonlóan járjatok. A munka nagyon fontos, és hogy miben hisztek itt benn – mutatott saját szívére, másik kezével pedig két almát nyújtott feléjük. A gyerekek szeme fényesebben ragyogott, mint a legfényesebb csillag a sötét éjszakában. Büszkén kezdték falatozni, mire Lili közbeszólt:

– Szerintem Morgan bácsi nagyon jó ember!

Ekkor az öreg rátekintett, és eszébe jutott valami érdekes történet.

– Képzeljétek, gyerekek, régen messzi faluban jártam, és beültem enni egy csehóba. Sokan azt mesélték, hogy van egy árny. Senki sem tudja, ember-e, vagy miféle teremtmény lehet. Mindennap másik faluba és városba teszi lábát, s az ott lévő bajba jutott nőkön és gyerekeken segít. Elűzi a gonoszt és továbbáll. Fényes, hajlított kardja, akár sárkánykarom. Nagy, fekete kalapja, mint hajónak vitorlája. Ráadásul tüzes bottal jár.

A gyerekek ezt a történetet úgy hallgatták, hogy közben egyre hevesebben rágták az almájukat.

– Tüzes bot? – Lili legvadabb képzelgésében sem tudta mihez kötni ezt a szót. Életében először hallotta.

– Pontosan. Szikrázik és hatalmasat dörren, utána fényes vasat repít ki magából. Akár a mennydörgés! Stew szeme szinte kiugrott a helyéről, Lili pedig barátjával helyettesítette be a titkos megmentő szerepét.

– És mi lesz a bajba jutott nőkkel és gyerekekkel? – kérdezte Stew.

Morgan mosolygott, utána válaszolt.

– Sokan azt feltételezik, hogy elrabolja vagy megöli őket.

– De ez nem igaz, ugye? – kérdezte Lili.

– Szerintem ezek az emberek félnek tőle! Hisz' mikor észreveszik, a nők mind mosolyogva tekintenek rá. Körbefonják karjaikkal! – felelt, utána pár emlékkép tört fel benne. Sötét hajú nőről, aki az életéért könyörög. Fához szorította egy alak, kezében nyílpuskával. Hirtelen mögötte szőke, fonott hajú lány közelített, mélységesen gyönyörű lila szemekkel.

– Mit gondol, Morgan bácsi? Mi történik nőkkel és gyerekekkel? – Stew türelmetlenül várta válaszát. Az öreg eleget rágódott az évek alatt.

– Magával viszi egy helyre, ahol senki sem akarja bántani őket! Soha többé nem tűnik fel sem ő, sem a megmentettek. Hűlt helyén kérdéseket, na meg békét hagyva. Én így gondolom – öntötte kellemes formába szavait Morgan, a gyerekek pedig végleg befalták az almát. Stew teljesen feltüzelt állapotban nézett az égre. Hangos esküt tett, miszerint ő is védeni fogja az ártatlanokat. Lili rendületlenül megmentőjének érezte Stew lényét. Vidáman köszöntek el Morgan bácsitól, hálálkodva mind a történetért, és az almáért. Siettek haza; lassan delet ütött az óra. Ekkor nagy kiabálás vette kezdetét.

– Segítsenek, sebesültek!

– Hívják a papokat!

– Három embert támadtak meg a farkasok kinn az erdőn!

Stew egyenesen otthonára nézett.

Sokan álltak ott. Lili könnyes szemmel szaladt a házukhoz, és nehezen, de odajutottak az ajtóhoz. Stew apját tették az asztalra. Egy pap sétált át a tömegen, kezében ruhákkal és Bibliával. A férfi kínok között vonaglott, fájdalmai mélyre hatottak. Felesége vérét itatta ruhákkal, amiket talált. Ő maga, és az asztal is vérben ázott. Remegő kézzel lépett félre. A pap letette könyvét a feje mellé, kezeivel pedig sietve kezdte bekötni sebét. Tán mindez hiába volt, hiszen egyből átvérzett a kötés. A gyógynövények, amiket a karmolásra szórt, nem csillapíthatták fájdalmait. A pap felvette könyvét, majd azt mondta a többi embernek:

– Az Úr legyen irgalmas! Hozzanak ruhát és vizet! Kérem, a többiek menjenek házaikba és zárkózzanak be! A farkasok ma kimondottan elevenek. Ez rossz ómen. – Tekintetét Stewre fordította, akinek ámult tehetetlenségét nem tükrözhette volna jobban semmi annál, mint hogy dermedten nézte apja szenvedését s anyja sírását.

Lili kezét erősen fogta az anyja, majd hazavitte. Búcsút sem tudtak venni egymástól. Stew körül csendes lett a világ. Elejtette kardját, utána megfogta a fejét. Abban reménykedett, ez csak rossz álom. De nem az volt. A tiszteletes még rögzítette a kötéseket apján. Gyógynövényeket tett szájába, közben nyugtatta anyját. Stew ült az ágy szélén, gondolataiba merülve. Tényleg az ő hibája lenne? Megingott a hite, ezért apja itta meg a levét? Morgan bácsi biztosan nem akarta ezt. Amit mondott, nem rossz dolog. De akkor miért történt ez velük és még másik két családdal? Isten így akarja bebiztosítani tiszteletét hívei között? Ezzel jelezte, ha folytatja pogány gondolkozását, végül rá is lesújt a haragja? Őrölte magát kérdések közepette, míg a nap egyre lejjebb bújt. Délután fele járt az idő. A pap közelebb lépett, Stew mellé. Helyet foglalt, és nyugtatni próbálta.

– Semmi gond, fiam. Apád Isten kezében van. Biztosan meg fog gyógyulni!

Stew könnyes szemmel kérdezte a papot:

– Mit kéne tennem, hogy segítsek az apámon?

– Imádkozz, fiam. Az Úr hallgatja szavaidat! – jelentette ki. Stew felidézte, miket Morgan mondott. Nem fogadta el az imák segítségét, ő cselekedni akart. Gyógynövényeket keresni, és újrakötni apja sebeit. Elhatározta magát lángoló tekintettel. A pap végig követte a fiú lépéseit, mégse állította meg. Anyja sírva férje arcát törölgette, míg fia felvette vékony kabátját, utána Arthur házához sietett. Bekopogott, de senki se reagált.

– Arthur! – kiabált, és ütötte az ajtót. Üres fülekre találtak szavai. Ezután egy hölgy szólt neki az útról.

– Mi a gond, fiatalember? – kérdezte tőle az idősebbnek kinéző nő kendőbe burkolt arccal, hosszú, hímzett, fekete-piros ruházatban, barna csizmája sarkát a másik elé helyezve. Stew ránézett, megtörölte az arcát, odasietett és azt mondta:

– Az apukámnak gyógyfüvek kellenek! Megtámadta egy farkas és nagyon vérzik.

A nő végighallgatta a gyermeket, majd elővett kis kosarából pár füvet, illetve zsebéből pár marék bogyót.

– Figyelj rám, fiam! Ezeket otthon törd össze és morzsold össze. Sűrű massza legyen belőle, azután öntsd fel kis vízzel. A levét itasd meg apáddal, a sűrűjét tedd sebeire. Arra, amelyik legjobban vérzik.

Hősünk fél lélegzetvételnyi ideig tanakodva nézte a már saját kezében lévő gyógyfüveket. Mire észbe kapott és megköszönte volna a néninek, köddé vált. Csodálkozva tekintett körbe. Lila szemeit jól eszébe véste. Hálát szeretne mondani, ha apja ismét lábra áll.

– Hova tűntél? – tette fel a kérdést saját magának. Ezután farkasvonyítást hallott, ami arra ösztönözte, hogy mihamarabb hazatérjen. Teljes erejéből szaladt. Végül otthonukban, míg anyjuk sírt, a pap imádkozott, Stew összes erejét és tudását ötvözve elkészítette a titokzatos gyógyfőzetet. Hosszú percekbe tellett, de megitatta apjával, majd a maradékot kis kezével belekente a sebeibe. Érdeklődve figyelte a dolgot az anyja és a pap. Utóbbi nem hagyta szó nélkül a dolgot.

– Honnan szerezted ezeket a füveket, fiam?

– Egy néni adta nekem. Ő mondta, hogy készítsem el!

– Értelek, gyermekem – válaszolta. Az anyuka reményeit beleölve egész éjszaka virrasztott férje hörgő, néha köhögő teste mellett. Stew lassan álomba merült.

A pap gondolkodva vissza tért a templomba. Kereszt lengett nyakában, szent szavakat motyogva figyelte ringását. Összehívatta társait, akik kezükben gyertyákkal vagy Bibliákkal érkeztek, furcsállva ezt a sietséget. Leültek, fejüket összedugták az oltár és Jézus szobra alatt. A teremben fagyos levegő volt a társaságuk. A fehér falak hegyezve fülüket várakoztak. Öreg festék hullott némán a padlóra.

– A farkasok támadása jelzi nekünk e falu gyengülő hitét!

– Ma este az egyik gyermek saját főzetével gyógyította apja sebeit. Szentül állította: idős nő adott neki utasításokat – vágta rá a másik.

– Többen járnak Morgan házához mostanság. Mérgezi az embereket! – felelte az utolsó pap.

– Eljött az idő, hogy tisztára mossuk Tölgyfalva egész arcát! Holnap cselekszünk, híveim.

Még ezen az estén Arthur apja belehalt sebeibe, a másik favágó pedig eleve életét vesztette kint az erdőben. Így a következő napon nem mentek dolgozni az emberek, illetve az őrséget is kettőzték. Rettegéssel teli, borús idő honolt, a szürke fellegek baljós dalokat zengtek. Hollók gyűltek több kerítésre, csőrükkel félelmet keltettek.

Hősünk székén hagyta reggelijét vasmarkú apjának, akinek kötései átáztak, és a hidegtől remegő testét betakarták még egy réteg ruhával. Az apja persze nem kelt fel reggel, de lassan lélegzett. Feleségének bőven elég volt. Stew szólt, hogy kerít még gyógyszert, ezért elindult körben az eleve kihalt faluban. Sehol sem találta az öreg nénit. Bejárta a főutakat, a külső peremet, még a temető felé is körbetekintett. Halálmadarak károgása kísérte lépteit. Zárt ablakok, ajtók, hűvös szél társultak hozzá útján. Végül Morgan háza elé érkezett. Az öreg kint állt a kapuban, figyelve az amúgy nyüzsgő, most teljesen üres falu utcáit.

– Morgan bácsi, kérem, segítsen! Az apukám megsérült, és szükségem lenne gyógyfüvekre!

– Jó ég, fiam! A te apádat is elkapták a farkasok? – kérdezte feszülten.

– Igen, és tegnap kaptam egy nénitől gyógyfüveket, de ma is kelleni fog az apukámnak!

– Rendben, körbenézek! Itt várj meg, kint.

Pár perccel később visszatért Morgan, kezében ugyanolyan füvekkel, mint amilyeneket a tegnapi idegen adott neki. Stew meglepődött, de csak hálálkodott és sietett haza. Útközben viszont feltűnt neki Liliék háza. Nyitott ajtó, sehol egy lélek. Úgy gondolta, körbe kéne néznie. Odarohant, köveket ropogtatva bőr cipője talpával. Lassan betolta a nyikorgó ajtót. Lili apja a sötétben ült, az asztalnál. Székének csákánya támasztva, az asztalon pohárban vörösbor pihent. Stew közelebb ment, utána illedelmesen köszöntötte. Nem kapott választ. Ő viszont folytatta:

– Elnézést, Lili nincs itthon?

Az apuka lehajtott fejjel felelt:

– Elvitték őket a papok, míg nem tisztázódik a jelenlegi helyzet.

– Milyen helyzet?

– Azt mondták, az Úr haragja! Többeknek megingott a hite. Ki akarják hallgatni a családomat.

– Farkasok támadtak ránk! Lilinek ehhez semmi köze! – vágta rá Stew, rémülettel szívében.

– Morgant gyanúsítják. Lilivel sokat jártatok hozzá. Ezért vitték el őket.

Stew persze teljesen kikészült. Nyitva hagyta az ajtót, utána hazarohant. Megcsinálta a főzetet az apjának, amivel tűzforró testét ellátta. Ekkor már delet ütött az óra, továbbá beborult az ég. Eső közeledett. Hősünk apja pár perc múlva kinyitotta szemét és fiára nézett, aki az ágy szélén ült sírva. Az anyjának néhány órája nyoma veszett.

– Fiam… Gyere közelebb! – mondta fuldokló hangon, köhögve. Stew könnyeit törölve odahajolt.

– Hallak, apám. Itt vagyok.

Az apja lecsukta szemét. Lassan formált szavakat.

– Védd meg anyádat, és mindenkit, aki fontos neked. Légy bátor! – Amikor befejezte, az anyuka berontott a házba, s elejtve kosarát sietett férjéhez, aki ismét álomba merült.

– Drágám, itt vagyok, hallasz? Kérlek, mondj valamit!

Bár választ nem kapott, férje légzése folyamatos és stabil volt. Felesége ráhajtotta vastag, izmos karjára fejét, és sírva könyörgött párja életéért.

Stew tudta, mit kell tennie. Mikor kilépett az utcára, néma házat hagyott maga mögött. Hirtelen kopogás hallatszott az ajtón. Kettő rövid, és egy erősebb, hangosabb. Stew anyja kezét szorítani kezdte férje. Halkan, erőlködve, csukott szemmel motyogott:

– Engedd... be.

Hősünk közben kabátját összegombolva futott a templom elé. Utat keresett, de az ajtók zárva voltak. Arrébb szaladt, fellépett az egyik oldalsó ablak alatt lévő fadobozra, amiről benézett. Borbun atya állt Lili anyja előtt, aki lányával együtt széken ült, hátrakötözött kézzel. Az egyik pap keresztet tartott feléjük, míg az atya kérdésekkel bombázta. Stew elképedve nézte, mégsem tudta, mit kéne tennie. Hívjon segítséget? Kinek szóljon? Neki kellett cselekednie, ekkor viszont az egyik pap észrevette.

– Mit keresel itt, kölyök? Gyere csak ide!

Stew tudta: nem kaphatja el őt ez a pap.

Ahogy bírta, rohanni kezdett Morgan házához. A pap követte hosszú léptekkel, s útközben egy másik is csatlakozott. Valamelyikük Morgan otthona előtt utolérte a fiút, és fellökte a kavicsos úton. Hősünk kiáltott, mert égette bőrét a horzsolás. Fáklyákkal a kezükben közeledtek ezek a csuklyás, arc nélküli Isten-küldöttek. Stew botot ragadott kezébe, így próbálta védeni magát. Ekkor megjelent Morgan a kapun kívül, kezében fegyverrel, ami hősünk apjának baltája volt.

– Mit műveltek ezzel a fiúval? – kérdezte közelítve hozzájuk.

A nap már fellegek mögé bújt falujuk felett, és csak a felhők takarta égboltot lehetett látni.

– Ránk hozta a gonoszt veled együtt! Ha elűzzük, talán Isten megbocsájt! – Stew még mindig Morgant nézte. Az öreg viszont két kezével szorítva a baltát válaszolt:

– Itt ti vagytok a gonoszok! – Mikor befejezte, elhajította fegyverét, ami egyenesen az egyik pap tüdejébe hatolt, ahol megnyugvást talált.

Stew arcára vér fröccsent, és látta összeesni az embert testében apja baltájával, mely az ő haragjával sújtott le. Ekkor a másik pap hátrálni kezdett, körbenézett. Fáklyáikat bedobta Morgan házába, mely a régi fának és textilnek köszönhetően gyorsan lángra lobbant. Morgan sietve futott oda a paphoz, akinek testéből kirántotta a fejszét. Sarkon fordult, támadta a másik papot. Erős suhintással a kezébe állította, amit hangos ropogás kísért. Vérfagyasztó üvöltés után, nagy nehezen futásnak eredt. Morgan nem rohant utána. Letérdelt Stew elé, és sietve beszélt:

– Ez a fejsze hordozza apád érzéseit. Fogd, erősen védd meg vele azt, akit szeretsz! – Ekkor felnézett, tudván, lángra lobbanó házában felesége tartózkodik.

– De én nem tudom megtenni, Morgan bácsi, jöjjön velem! – könyörgött sírva hősünk. Morgan óvatosan fogta a fiú arcát és felelt:

– Az én utam itt véget ért, fiam. Légy az a bátor katona, aki akartál lenni! Ne feledd: életet megőrizni mindig nagyobb erő bizonyítéka, mint elvenni! – ezzel otthagyta a fiút és berohant a lángoló házba, felesége nevét kiáltva.

– Olívia!

Ez volt az utolsó szava. És a kép mit a lángok festettek, erősen hősünk fejébe égett.

A ház egyre jobban égett, Stew pedig csak ült és várta azt, ami sosem fog bekövetkezni: Morgan visszatér, hogy segítsen rajta. Mikor ez tudatosult benne, erőt vett magán a fiú. Felállt és gyorsan Liliék házába rohant, ahol az apja vérben feküdt, felette sötét szemekkel egy pap, késsel és Bibliával a kezében vigyorgott. Az eső közben eleredt. Stew rémülten szaladt a templomhoz apja fejszéjét szorítva, ahogy csak bírta. Kívülről leláncolt ajtó fogata. Rángatni kezdte, de hiába. Hirtelen erőt vett magán, és határozott csapással kettévágta a zárat, mintha felnőttek ereje lakozna benne. Amint beért, a látvány, ami fogadta, végleg padlóra küldte. Lili anyja vérben feküdt, mellette egy halott pap. Lilit éppen lefogta a másik, kinek Morgan csapásától vérzett a keze. Borbun atya egy keresztet tartott a homlokához, jobb kezében rövid kardot tartva. Stew hevesen emelte fejszéjét, utána felkiáltott:

– Engedjétek el őt! – Lili sírt és rettegett. Anyja holtan áztatta vérével e szent helyet. Biztosan lánya védelmére kelt. Mi másért ölték volna meg?

– Ez mind miattad történt, fiam! – kiabált a tiszteletes.

– Nem! – vágta rá Stew, közelebb sétálva hozzá.

– A te lelkeden szárad itt mindenki halála! – folytatta.

– Ez nem igaz! – A provokálásra rohanni kezdett a papok irányába. A sebesült karú félredobta Lilit, aki anyja hullája mellé esett. Stew határozott csapással az elé álló pap oldalába állította apja fegyverét. Szörnyethalt, viszont Borbun a lehetőséggel élve fejbe rúgta hősünket. Stew padlót fogott. Nézte a plafont, mely hűvös érzetet keltett az amúgy is esős időben. Émelygett, amihez hányinger társult. Az atya pár kört ment teste felett, gondolkozva: ha szimplán megöli, az elég-e az Úrnak bocsánatkérés gyanánt. Végül Lili kiáltott rá.

– Hagyja őt békén!

A pap ettől meg sem riadva kardját rászegezte.

– Isten nevében! Bocsásd meg bűneiket! Hozd el nekik a megváltást! – Stew apja fejszéje után tapogatott kezével, végül ujjai beleütköztek. De már késő volt: az atya felemelte kardját. Lili ekkor kifeszítette anyja véres kezéből a kést, mellyel lányát védelmezte, és a pap hátába szúrta. Az atya oda fordult, erősen megragadta a lány nyakát. A fuldoklástól könnyek gyűltek szemébe.

– Mit képzelsz, mit csinálsz? Anyád után küldelek, boszorkány!

Ebben a pillanatban sújtott volna le rá Stew a fejszéjével utolsó erejéből. Lili nézte hercegét felnőttként harcolni. Azt képzelte, ő az a bizonyos „sötét ruhás" alak, kinek valódi létét egyedül ő ismeri. Hitt benne rendületlenül.

Ekkor Stew mögött megjelent Lili apjának gyilkosa, az utolsó pap. Elkapta a baltát, hátrarántotta a fiút. A tiszteletes, folytatva dolgát, beleszúrta rövid kardját a kislány hasába. Lili halkan nyüszített, utána sírni kezdett. Utolsó pillantását, végső lélegzetvételét hősére vetette. Őt már így is megmentette. Tudta, nem sokáig lesznek külön: várni fog rá, akárhova kerüljön.

Könnycsepp folyt végig arcán, s apró mosoly kísérte, ami végül ráfagyott gyermeki arcára.

Stew dermedten nézte gyerekkori barátjának utolsó pillanatait. A pap félrerúgta a fejszét és felemelte a fiút, aki sokkot kapott rongybabaként lógott karján. Erőt vett magán, aztán hátradobta. Hősünk feje koppant a padlón. Nehezen lélegezve, de ismét megfogta a baltát, amiből eddigi erejét nyerte. Mielőtt felállt, még körbenézett. Látta a hullákat. Érezte a szagukat. Rettegett, közben két pap közelített, maguk mögött Jézus-kereszttel. Stew elvesztette minden hitét és reményét. Már feladta a harcot. Tudta, sosem lesz lovag. Ő túl gyenge, hogy akárkit megmentsen. Nem lehet olyan, mint az árnyékban mozgó alak, aki védi az ártatlan bajba jutottakat. Stew csak egy gyerek volt, kinek fogalma sincs, mi van a fákon túl. Ez a gondolat verte be koporsójába az utolsó szeget. Fellélegzett még egyszer – utoljára. Sarkon fordult és kirohant ebből a házból, melyben több szenvedésben részesült, mint bárhol máshol eddig. Szakadó esőben, villámló felhők alatt menekült a faluból. Este volt, s ő a hűvös, erős széllel szemben, éhesen rohant. Mögötte a papok követték. Figyelték minden léptét. Tudták, a vesztébe szalad, és talán így lesz a legjobb. Stew kiért a tisztásra. Utoljára hátranézett anyja házára. Szorította rendületlenül fegyverét tovább rohanva, vágyva mélyen a fák közé. A papok megálltak a mező közepén, Stew pedig a tölgyekhez ért. Vonyítás hallatszott. Kellemetlen szagokat érzett, továbbá temérdek szempárt látott. Mind őt nézték. A morgás hangja erősödött, néhol csillogó, méretes fogak tűntek elő a sötétből. Stew a szívéhez tette a fejszét, aztán hátradöntötte fejét, feltekintve az égre. Tudta, mi fog történni. Gyermeki elméje azonnal átlépte a valóság határait, tudván, jobb világba tart, amint elhagyta ezt a gonosz helyet.

Az esőcseppek, mik utoljára hullottak arcára, puhák és lágyak. Végső csók számára e földről való távozás előtt.

– Mondd, hol vagy? Miért nem segítesz? Szükségünk volt rád! – Ezeket a szavakat ordította utoljára, mielőtt a farkasok rávetették magukat.

Ugyanez a sors várt a papokra is. Ők kiélvezték a látványt, majd ugyanúgy megtapasztalták az állati fogak erejét. Semmi más nem maradt ebben a faluban, csak halál és reménytelenség. Leégett ház és elvesztett, szétszakadt család. Ártatlan gyermekek vére tapadt a padló kövéhez. Hősünk utolsó szavai tovaszálltak a széllel messzi távolban.

Tisztán hallottam fülemben, miközben egy kis erdőben feküdtem, mellettem pislákoló tűzzel. Hirtelen megéreztem fájdalmát, szavainak súlyát. Ugyanazt kérdezte tőlem, mint mindenki más. Felültem lassan, bal karommal támasztva testemet. Tettem a tűzre néhány fát, amik azonnal lángra kapva ropogtak. Rose szemét dörzsölve ébredt. Nyújtóztatta lábait, utána rám nézett.

– Mi a gond, hallottál valamit? – Kezével felhúzta a lecsúszott pólója oldalsó részét. Én a távolba tekintve vettem mély levegőt, mit alaposan megforgattam a tüdőmben. Miután visszafeküdtem, kezeimet a tarkóm alá helyezve válaszoltam:

– Nem... Csak eső közeleg.

6. FEJEZET

AZ ERDŐ

Csontváros egyik csehója messze híres angol földeken. Nevezetes sörei akácfa hordóban érlelődnek. Dús keblű asszonyok szüretelték az árpát, szeretetükkel fűszerezve. Vendégszobái palotának kivételes királyi szárnyának minősültek a közemberek szemeiben. Puha paplanok és levendula illatú párnák altatták a fáradt vándorokat. Díszes, tiszta ablakok, amiken néhol kötegben virágok lógtak. Kedves nők fogadták a látogatókat, és a kocsmáros úr is figyelmesen bánt vendégeivel. Csontváros a nevét arról kapta, hogy aki meghalt itt, azt nem temették el. Betegség áldozata, netalántán időskor az oka? Senki sem foglalkozott vele. Érezték, mikor utolsó percük közelített, s akkor hátrahagytak mindent. Családot, barátokat, emlékeket. Nyitott ajtónak küszöbén átléptek, majd szó nélkül távoztak. Lebomlottak az utakon, földeken, vagy épp megették a húsukat kóbor kutyák, macskák. Viszont csontjaik ott maradtak, ahol az illető életét vesztette, legyen nő, férfi, vagy épp gyerek. Számtalan legenda keringett a városról, melyre sötét varázst bocsátott egy mágus az idők kezdetén. Így az itteniek tartottak tőlük bár sose látták őket. Sokfajta ember élt ettől függetlenül itt pozitív hangulatot mutatva szürke világ felé. Igényes belső tereket hoztak létre házaikban, összekötve azokat egymással. Ikerépületek alkották többnyire a települést. Csupa melegség, néhol remény töltötte meg szívüket négy biztos faluk biztonságában. Viszont kívülről minden fehér, rothadó és ködös volt. A falak foltosan, repedezve borították be az utcákat. Hullák silbakoltak a sikátorok gerendáinak támaszkodva. Ezen kívül csontok borították a földes, homokos járdákat. Amerre kövesutak kanyarogtak, az azon lévő csontokat a végtelenül haladó szekérkerekek

porrá zúzták, s úgy siklottak ezeken, mintha botokon hajtaná-
nak át. Megszokták már az évek alatt az itt élők. Generációk
nőttek fel abban a tudatban, hogy meghalni járnak ki. Kendő-
vel fedett arcok, hosszú, csuklyás köpenybe burkolt idegenek
barangoltak odakinn, amikor árut hoztak. Többnyire napokat
pihentek. Lovaikat, ha nem zárták karámba, másnap rothadó
belsővel lelték az út szélén.

Én és Rose az egyik csehó vendégszobájának szeretetét él-
veztük. Annak a szobának, mely mind közül a legjobbnak mi-
nősült e szerény kis városban. Előző este három papot öltem
meg Fenyőfalva templomában. Szerencsére időben cseleked-
tünk, minek hála egy nőt kiszabadítottunk. Samanthával végül
útra keltek a jobb világ felé. Sikerült meglelnünk a néptől ello-
pott ezüst, illetve arany adományokat. Este mindet visszaszol-
gáltattuk nekik, s persze telt belőle egy takaros szobára illetve
pár italra is. Rose lelkesen fogyasztott velem, ezért berúgott,
így gyorsan álomba merült, én viszont a hold fényében órákig
figyeltem a kihalt utca esti életét. A lélektelen utak, akár a friss
hamu, porzottak odakinn. Sehol senki, csupán egy magányos
kutya szaladt be a házak közé, ahol elnyelte a sötétség. Holdnak
fénye csillogtatta a csontokat, amiket napról napra pusztított a
föld örök körforgása. Mielőtt szobánkba érkeztünk, két hölgy
ajánlotta szolgálatait, amit természetesen visszautasítottam.
Errefelé többen élnek ebből. Vajon hol ronthatták el az egészet?
Mindig ezt a kérdést teszem fel magamnak, mikor újabb lélek
ébreszt rövid pihenésemből. A lassan múló napok néha rohan-
nak mellettünk. Közel három hete indultunk útnak. Fájó ujjaim
remegtek éjjelente. Sarkamon az ázott bőr szétszakadt a csiz-
mám durva belseje miatt.

Ébren, nyitott szemmel a sárga plafont bámultam. Puha,
fehér ágyakon feküdtünk; hatalmas dunyha alattam, kellemes
tollpárna polcolta fejemet. Mellettem alacsony szekrény, me-
lyen lőfegyverem és késem pihent. A kabátom a velem szemben
lévő fotelban virrasztott, felszerelésem többi kiegészítő darab-
jával. Szorosan az ágy végében csizmám állt arra várva, mikor
taposhat földbe egy újabb bűnöst, ezzel tisztítva e föld felszínét.

Rose természetesen a szokásos módon, hason fekve pihent az ágyán. Halkan vette a levegőt. Magához szorította dunyhája felső részét, mintha gyermek tartaná kezei között játékát. Feje teljesen belesüppedt a párnába. Rövid szőke haja kócosan arcát takarta. Kalapja és kis mellénye a szoba másik felében lévő fotelen lógott. Előtte a magas sarkú, hosszított szárú cipőjének jobbik párja a padlóra borulva józanodott. Talán ő is azért alszik ilyen sokáig. Rám támaszkodva, lassan tudtunk csak feljutni az emeletre, miközben lehajtott fejjel értelmetlen szövegeket motyogott. Fogalma sem lehetett, merre van, botját is nekem kellett magammal hozni, mert egy mosolygós kereskedő három aranyért ajánlatot tett rá részeg útitársamnak. Ha jól emlékszem, mielőtt megártott neki a második korsó sör, azt mondta nekem: „ezt a közösen töltött boldog napjainkra iszom". Vajon miért gondolja így? Hisz' mindennap öltem. Sok életet nem mentek meg azok közül, akik várnak rám. Számomra napjaink, amelyeket hátrahagyunk, inkább nehezek. Azt viszont tény, hogy párszor tényleg elfeledtette velem a gondokat, és akkor jobban éreztem magam.

Ez lenne a boldogság? Nem hiszem. Régen boldog voltam, de akkor mást éreztem. Ismeretlen számomra, annyira elhidegültem az évek alatt. Mostanság többet foglalkoztatnak ezek a kérdések. Egyszer átélhetem újra? Remélem, megnyugszik a lelkem, mielőtt mennem kell e földi börtön rácsai közül. Hamuíz járta át szám hátsó felét érkezésünk pillanatában. Amint beléptünk a csehóba, rögtön elmúlt, és kellemes borillat kényeztette orrunkat. Tán a halál pillanatában is hasonló változás játszódhat le bennünk. Életünk pereg szemünk előtt: láthatjuk rég feledésbe merült szeretteink arcát, hallhatjuk hangjukat, érinthetjük bőrük puha felszínét. Akár selymes, könnyed ital, ami hasunkba kerülve fokozatosan jobb kedvre derít. Végül álom hull szemünkre, nyugalmat hozva tudatunkra.

– Napsugár? – gondolatom hangosan hagyta el a szám. Világoskék szemembe villanó sárga fény köszöntött. Pupillám öszszeszűkült, ezzel ösztönözve az indulásra. Felültem az ágyam szélére. Hajamat hátrafésültem először kézzel, utána fa fésűmmel formát adtam neki. Pólómat kivettem a szekrény fiókjából, és öltözni kezdtem. Lassan a kabátom is rám került. Ismét nyomni kezdte vállaimat a sok acél súlya. Rose végtelen nyugalommal aludt tovább. Ránéztem; ekkor ő már háton fekve jobb karját hasára rakta, másikat oldalra nyújtotta, így csuklója lelógott az ágy széléről. Lábai szorosan egymáshoz simultak, közöttük dunyhával. Alvópólója testére simulva óvta az éjjel hűvös levegőjétől. Közel léptem hozzá, majd kis szekrénye mellől fölé hajoltam. Egy ideig néztem arcát, mely melegséget árasztott. Az igazi ártatlanság megtestesülése ebben a rothadó világban, országban, városban. Pár percig gondolkoztam, hogyan ébreszthetném. Akaratlanul bájos, hosszú szempilláin és vékony nyakán időzött tekintetem. Végül a homlokának nyomtan mutatóujjamat, még beljebb süppesztve fejét a párnába.

– Ébresztő, Rose, hamarosan indulunk. – Elvettem kezem, ő pedig félig kinyitva szemét válaszolt:

– Még egy kicsit hadd pihenjek. – Mire kimondta, szinte újra álomba merült. Jobb oldalára feküdt, s magához szorítva dunyháját szuszogott tovább. Sóhajtásom után kiegyenesedtem, átgondolva a dolgot. Lemegyek reggeliért, és ha addig magához tér, még időben leszünk.

– Míg visszaérek, készülj össze. – Indultam volna, de Rose megfogta a kezemet. Apró tenyerével szorított, utána vékony, félálomban lévő hanggal szólt hozzám.

– Ne hagyj itt! – Feltámaszkodott, haját félresöpörte. Szokásos, bő alvópólójával kibújt a dunyha alól.

– Egész este egyedül aludtál – vágtam rá, és a kezeinkre pillantottam. Gyermeki tenyere melegítette bőrömet. Szorított törékeny ujjaival.

– De a szobában voltál. Ha kimész, bárki betörhet! – folytatta a karosszékre nézve.

– Akkor krumplivá változtatod a betörőket. Abban ügyes vagy. – Kezemet elvettem az övétől, és az ajtó elé álltam. Fogtam a kilincset, ő pedig az ágy szélére ült.

Piros pólója felcsúszott combja közepéig. Nyújtózkodni kezdett, ettől mellei domborultak. Meglepően higgadtan viselkedett a szemét dörzsölve. Levettem róla tekintetem, s ismét magam elé meredtem. Kinyitottam az ajtót és elhagytam a szobát. A zár kattanására lett figyelmes. Meglepetten mérte fel a szobánkat, ugyanis neki nem rémlett, mikor és hogyan került ide. Tetszett neki a színes, meleg hatás, amit keltett benne. Lepedőjébe markolt jobb kezével, míg ujjain időzött tekintete.

– Kemény a tenyere – mondta magának halkan. Ujjait dörzsölve gondolkozott percekig. Közben egyenesen lementem a kocsmároshoz. Öklömben pár ezüst pihent. Rose lassan felöltözött. Félrerakta a toronyban előírt sárga-szürke ruházatát. Úgy érezte, már nem számít diáknak, mivel küldetésen vesz részt. Ma teljes piros-fekete ruhaszettet vett elő, amit apja készíttetett neki. Hosszított szárú, vörös, közepesen magasított sarkú cipőt, melyhez kis gumis szalagok rögzítették rövid, szintúgy vörös szoknyáját. Testhez álló volt, akár felsője. Ugyanolyan színvilágban, melleit félig takarva. Viszont a hasa felett, továbbá az oldalánál szándékosan kivágott. Mellényt se hordott többet; a feneketlen zsákba rakta. Teljesen új kalapot viselt. Hegyesen, csúcsosan, piros-feketében, oldalt csíkosan díszelgett. Botján változtatott, ami inkább pálcára kezdett hasonlítani. Szőke haja lazán lógott máguskalapja alól, továbbra is válla vonalában vágva. Igazított rajta mágiával, még jobban kiemelve arcát.

Utoljára kék szemeivel átfutotta szobánkat, véletlenül nem hagytunk-e hátra valamit. Kezével lenyomta halkan a kilincset, így távozott. Izgult megjelenése miatt, bár várta reakciómat. Lassan lépkedett a csendes, világosbarna lépcsőn, kezében szorította a szobánk kulcsát. Amikor leért, én már fizettem az ételért és a kocsmáros egyik régi sztoriját hallgattam semleges arccal. Egészen addig, míg meg nem pillantottuk Rose új külsejét. Sokan, akik reggeli italukat fogyasztották, félrenyeltek, vagy éppen szemüket legeltették rajta. A kiszolgálólányok is megálltak egy lélegzetvételnyi időre. Szemem lassú pillanatokig kalandozott ruháin, nőies testén. Szavam elakadt, mert mintha teljesen kicserélték volna a korábbi máguslányt. Rose észrevette, miképp nézem őt, ezért piros arccal megállt. Pár pillanattal később levettem róla tekintetem. Mire a kocsmárossal ismét beszélgetésbe keveredtem volna, ő már rég figyelt.

– Látom, nem unatkoztál az éjjel! – mondta kis mosollyal. Besöpörte a pult alá pénzemet, utána elővett egy korsót.

– Hozzá sem értem. Még gyerek – mondtam, belső zsebembe rakva az ételt.

– Egyszer mind felnőnek! Tudja, errefelé repül az idő – válaszolta pökhendin kacagva. Teletöltötte a korsót tiszta forrásvízből készült sörrel.

– Néha úgy érzem, mintha egy percet sem haladna – kortyoltam nagyot az italba.

Rose felült mellém a kemény hátlapú székre, vizet kérve magának. A kocsmáros kenyeret és sajtot is adott neki, „a ház ajándéka" szándék hangsúlyozása mellett. Rose boldogan megköszönte. Nekilátott rég megérdemelt reggelijének, amit végtelen figyelemmel fogyasztott, mivel nem szerette volna összekoszolni új ruháit. Sörömet kortyoltam, a falon lévő italosüvegeket figyelve némán. Rose oldani akarta a hangulatot, de mit is mondhatott volna ebben a feszült hangulatban, amit még inkább felfújt magának. Hisz' nem tettem szóvá, új öltözetét. A kocsmáros örömmel figyelt minket. Amint befejeztük, felálltam. Az asztalra tettem még pár ezüstöt, ezzel rendezve a számlát.

– Az italért és a reggeliért – mondtam. Rose szorosan követett.

– Nem tartozik semmivel.

– Ebben a világban semmi sincs ingyen – fordultam az ajtó irányába.

– Ami igazán fontos, annak nincs ára – tette hozzá búcsúzásképpen. Ez a mondat kísért minket a csehó előtti utcára.

Kinn a város szíve fogadott. Utunk a keleti kapun át vezetett, ahonnan délkeleti irányba kellett tovább haladnunk. Rose végigmérte az utcát. Elindultunk normál tempóban a kapu felé. A házak falai mellett holtak feküdtek; néhol állatok, valahol rothadó emberek. Bűzük beterítette a nehéz fojtogató levegőt.

A kinti környezet nyomasztó hangulatot hozott magával. Hűvös szél kísért az utcák labirintusán át, a homokos út közben játszott cipőnk talpa alatt. Koponyák lesték lépteinket, félig kibújva a hamvas földből. Oly régóta pihenhettek már odalenn.

– Mintha egy teljesen más világ lenne. Bent minden meleg és barátságos, itt pedig hideg és sötét – fejezte ki magát éleslátón Rose. A hely talán tényleg mágia hatása alatt állt.

– Ez a város mindig ilyen volt. Az emberek meghalni járnak ki az utcákra – mondtam, és eszembe jutott a tegnap esti eset. Az ablakon keresztül láttam, amint egy kutya bódult állapotban esett össze a ház falánál. Reggelre lebontották a rovarok a dögevők segítségével.

– Miért nem temetik el itt az embereket? – szegezte rám tekintetét, közben megérkeztünk a város keleti kapujához. Előremutattam, egyenesen az őrökre, akik csontvázként álltak lenge köpenyükben, ami vállukon rögzítve lengett a szélben. Néha arrébb sétáltak, ha kedvük vagy épp a szolgálat kívánta.

– Mert itt senki sem hal meg igazán. Akit föld alá temetnek, az visszatér. Számtalanszor el akarták pusztítani a csontvázakat, akik nem maradtak e föld mélyén. Hamarosan rájöttek, hogy többségük békés lélek. Őrzik otthonukat. – Ekkor tisztelettel elsétáltunk az őrök mellett, akik üres tekintettel engedtek át városuk magas kapuin. Rose persze elképedve nézte, és értetlenül állt a dolgokhoz. Ténylegesen érezte a sötét varázslat hatását az egész helyen. De miért tenne ilyet bármilyen mágus? Okkal büntették régmúlt elődjeiket, kiknek utódai már maguk sem tudják, miért bűnhődnek, sosem szabadulva innen?

– Furcsa ez a város. Kívülről halott, belül él. Valahogy biztosan lehetne segíteni az itt élőkön. – gondolkozott maga elé nézve a megoldáson. Ereje, sem tudása a közelébe nem ér azon személy képességeinek.

– Régebben páran felgyújtották az egész várost. Feledésbe akarták taszítani mindazt, ami itt nyugszik. Az öreg házak sorra lángoltak. Viszont reggelre magától elaludt a tűz. Hihetetlen bár, semmi sem vált porrá. Az itteni épületek, akár az el nem égő gyertya. Védi az egész helyet valami, ami nem akarja, hogy az emberek és a város elpusztuljon.

Rose hallgatta szavaimat, ám teljesen lehetetlennek tartotta. Elképzelt sok házat, miközben lángol, és mégsem dől össze. A ropogó csontok fehérebbek, mint valaha. Tündököltek a piros éjszaka fényében. Az emberek reakciója vajon mi lehetett, mikor ezt látták? Hogy dolgozhatták fel a tudatot, miszerint mindenki csontja e falakon belül lesz porrá?

– Elképesztő ez a hely – válaszolta. Ismét az égre nézett. Gondolatai tengerébe fejest ugrott, láttam csillogó tekintetén. Azonnal tiszta fellegek fogadtak amint elhagytuk a kaput és a végtelenül omladozó kőfalat.

– Vannak dolgok, amik messze túlmutatnak rajtunk. Ez is közéjük tartozik – feleltem. Érezni kezdtem arcomon azt a meleg napot, mely a szoba üvegén át ébresztett álmomból.

Rose utoljára hátranézett, és látta a ködbe burkolózó várost homályba veszni. Feneketlen zsákjából pár pillanattal később elővette a térképet. Hosszas nézegetés és tanakodás következett. Térképész tudását folyamatosan bővítette. Dombokat jártunk át és mezőket szeltünk keresztül. Rose végül megfejtette a dolgokat. Kalandor hozzáállása lévén piros kesztyűjével mutatott valamire.

– Itt lennie kell egy hídnak és egy nagy folyónak! – szólt hangosan, s szemét becsukta kis mosollyal az arcán. Kalapjánál fogva megállítottam a szakadék szélén, mivel környezetét egyáltalán nem figyelte, csak periférikus látását használva követte árnyékomat.

– Az új térképet nézed, amit tegnap este vettél? – kérdeztem, miután a kezében tartott térképre pillantottam.

– Igen! – bólintott büszkén, ugyanis egy részletesebb fajtát sikerült beszereznie, ami valamivel hasznosabbnak bizonyult.

Ha jól láttam, Anglia középső harmadáig jelölt dolgokat, tehát gyakorlatilag onnantól ismét az én régi papíromra kell hagyatkozni. Szegény, minden erejével próbálta felidézni kitől szerezhette ezt a kincset, de sajnos akkor már szétfolytak a percek számára. Arcok, szavak, és pénzcsörömpölés zúgott fejében. A ragacsos padló bűzétől a hideg rázta. Arra viszont büszke lehetett, hogy saját maga ruházott be erre a dokumentumra, könynyítve dolgunkat.

Természetesen a híd is a közelben lengett. A lécek eléggé réginek tűntek, és a kötél, ami egyben tartotta az egészet, sem az a fajta volt, amire rábíznám életem. Választásunk természetesen nem volt: megkerülni ezt a folyót nem lehetett. A legközelebbi átkelőhely közel húsz mérföldre, nyugatnak pihent. Az már hídnak minősült kő alapzattal, és nem egy szakadék tátongott alatta. Rose lebegni kezdett, mivel lábait semmiképp sem akarta a korhadó lécek stabilitására bízni. Kifújtam a levegőt, miután visszanéztem a szakadékról. Erősen áramló víz köszönt onnan. Sziklák sorakoztak szélén, természet-formálta külsővel.

– Induljunk, Rose. A híd másik felétől már nincs messze az elfek erdeje. – Társam természetesen tisztában volt vele, ugyanis térképe jelzett neki még egy kis épületet, illetve pár köves mezőt.

Nem tudta hova tenni a látottakat, ezért bízva bennem elrakta zsákjába térképét, s lassan lebegett utánam. Teljes higgadtsággal jártam. Lefele szegezett fejjel. „Hosszú és nyikorgó átjáró ez a híd", gondoltam magamban sok minden máson kívül. Ekkor megálltam. Felnéztem, és láttam magam előtt húsz méterre állni valakit. Rose mögöttem ereszkedett lejjebb, vállam felett kémlelve az idegent. Rossz érzés kerített hatalmába. Félig görnyedten, nagyon hevesen lélegezve, kezeit közepesen széttárva állt mozdulatlanul. Szemeit rejtegette, koszos bőrét rég nem mosta vízzel. Szaga facsarta orromat, régi emlékeket idéző módon.

– Ki lehet ez a férfi? – kérdezte Rose költőien. Aggódni kezdett miatta, hátha sérült.

– Valószínű útonálló vagy vérfarkas.

– Miből gondolod?

– Mindkettővel volt dolgom régebben. Közös bennük, hogy sosem járnak egyedül. – A szél ekkor kezdett mögülünk fújni. Szagunk rögtön megcsapta a férfi orrát. Ránk nézett sárga szemekkel. Vonyítani kezdett, s hirtelen négykézlábra ereszkedve, morgást követően átváltozott farkassá. Ruhái elszakadtak, kezei manccsá, továbbá hegyes karmokká alakultak. Bundája szürkén fénylett a napfényben. Rohanni kezdett, éles, fehér fogaival vicsorogva közben.

– Rose szállj fel, majd én elintézem! – kiáltottam rá, és ebben a pillanatban kardomat előrántva a levegőbe ugrottam. Egy határozott mozdulattal fejétől a farkáig kettévágtam a farkast. Segített nagy lendülete, amivel felém rohant. Fél térdre ereszkedve érkeztem a régi pallókra. Némelyik deszka eltört az érkezéskor, a többi csak recsegett. Rose fentről előrehajolva figyelte az eseményeket. Kis idő múlva vonyítást hallottunk. Távolból látta azt, amit én legkevésbé sem akartam hallani.

– Még három közelít!

– Maradj ott!

– Segíteni akarok! – Mire kimondta, már tudtam: minél előbb le kell érnem erről az öreg hídról. Normálisan harcolni képtelen vagyok rajta.

Szaladni kezdtem, de hiába.

Mikor az első farkas rárontott a hídra, az egyik tartókötelet elszakította. A baloldali kapaszkodó gyakorlatilag megsemmisült, instabilabbá téve így az egész szerkezetet. Szerencsére a lőfegyveremmel fejbe tudtam lőni a farkast, és az utolsó csapást sikeresen bevittem neki határozott vágással. A másik falkatag morogva érkezett, s elvitte ezzel az utolsó merevítő kötelet. Egyensúlyom ekkor már nekem is megingott – ez persze nem volt elmondható a farkasról, ki könnyedén, karmait a korhadó fa pallókba eresztve nekem rontott. Hátrébb repültem négy métert, magam alatt széttörve pár deszkát. Esésem közben a farkas fokozatosan közelített. Szerencsére ezzel számoltam. Kezembe vettem repülés közben a kabátom belső zsebeiből az edzett acél dobótőröket, és a deszkáról, ami reccsent, magasba nyomtam magam a lendületnek köszönhetően. Fejjel lefelé hajítottam irányába mindkét tőrt. Ezzel kilyukasztottam ellenfelem koponyáját. Hátrabukfencet követően talpra álltam, és sikeresen kirohantam immár a szilárd talajra. Megfordultam, és tisztán láttam az utolsó farkast, amint életemre törne, mit sem törődve korábbi erőfeszítéseimmel. Dühös lehetett: szájából ömlött a nyál. Kardomat fogva határozott mozdulattal elválasztottam a már így is gyengén álló hidat a talajtól. Ellenfelemet a szakadék mélyére küldtem, továbbá egy fontos utat zártam el magunktól, illetve sok más vándortól. Szemeimmel követtem a híd és a farkas vízbe hullását.

Rose mellém ereszkedett. Ismét két lábbal a földön nyugodtabban érezte magát. Hajába kapott a gyenge szél, szemeivel rögtön mereven álló testemet figyelte. Kardomat tokjába csúsztattam, utána lőfegyveremet újratöltöttem. Az övem hátulján rohamosan fogyó készletek zavartak. Tudtam, soha többet nem találkozom azzal, akitől származnak.

– A farkasok mit keresnek itt? Főleg ennyi – gondolkoztam hangosan. Az ország északi részén vagyunk gyakorlatilag. Igaz, rohamosan közelítünk a középső régióhoz. Ekkora szörnyaktivitásra nem számítottam.

– Szerencsére nem sérültél meg! Aggódtam, mikor elszakadt a másik kötél – mondta kicsit félrenézve. Rátekintettem, egyhangúan válaszolva.

– Miattam sosem kell aggódnod. Ezt megtanulhattad volna.

– Tudom… – dörmögte orra alatt, közben útra keltünk. Csoportosan növő fás területen vágtunk keresztül. Tikkadt avar ropogott talpunk alatt. Sok idő nem telt el, míg egy domb tetejére értünk. Gerincének legmagasabb pontján kőrakás díszelgett. Mellette faragott, öreg fatábla nyílheggyel rögzítve. Két betű várakozott árván, hátha olvassa őket valaki. Titkos jel lehetett, amit az arra méltóak ismertek. Törhették fejüket jelentésén az átlagemberek.

A nap már egészen magasan állt. Az északi szél gyengéden lengette a fűszálakat. Szemeim észrevették a bizonyos épületet, mely a térképen, furcsa módon, jelölve volt. Régebben mesélt egy öreg a délen néhol felfedezhető pogány szentélyekről. Nem sok maradt az országban, ez az egyik lehetett közülük. Zarándok hitetlen emberek építették és járták be ezeket évente, hálát adva a természetnek minden jóért, ami az életükben érte őket. Az egyház természetesen kerestette ezeket az eretnek mentsvárakat. Többségüket porig romboltatták, és híveivel kivégeztette az ott pihenőket. A férfiakat azonnal leszúrták, míg a nőket megerőszakolták, végül kegyelemből kivégeztek. Ilyenek a keresztes lovagok papok vezetésével.

Közelebb merészkedtünk, egészen a kapuk árnyékának határáig. Kőből rakott falak magasodtak. Korhadó fa merevítőoszlopok tartották a már omladozó, mohás, zöldülő épületet. Szürke, megmunkálatlan kövek tornyosultak egymáson. Talán akkora lehetett az egész, mint egy nagyobb szoba. Vagy esetleg takaros parasztházhoz tudnám hasonlítani. Igen, arra jobban emlékeztetett. Belül a falakon polcok, szorosan porosodó tárgyak sorakoztak. Az emberek hagyhatták itt, mikor erre jártak. Néhány szőnyeget terítettek a szálkás fa padlóra, ami díszesítette e hűvös kis helyet. Kandalló állt a bejárattal szemben, oldalának támasztva sok aprított fával. A kandallón piszkafa pihent szenes, száraz, repedt külsővel. Egy ablak balról nyitva tátongott, az ajtó pedig le volt szedve és a falnak támasztva. Tán jártak itt papok? De akkor miért nem rombolták földig ezt a helyet? Rose csodálkozott. Ifjú szemeit forgatta, hátha talál valami kedves tárgyat. Gondolatai az itt hagyott kincseken kattogtak. Hangosabban órám néma zajánál. Mennyi történet és emlék zárkózott e térbe? Beleélte magát ebbe az egyszerű atmoszférába, amit a szentélynek nevezett, üres, szürke szoba teremtett. Sok kéz építhette a helyet, és mindenki tett hozzá egy kis pluszt. Talán ezért sugárzott ekkora erőt a ház. Temérdek lélek tanyázott itt, biztosan éreztem. Apró, keserű félelemmel töltve, békésen pihentek.

– Mi ez a hely? – kérdezte tőlem.

– A pogányok szentélye. Sokan zarándokoltak ezen épületek között. Akik nem találták útjukat vagy szembeszálltak az egyház tanításával. Régen én is jártam egy ilyenben. – Rose tekintetét végigvitte a helyiségen, és közben kezét érdeklődően hátra kulcsolta, benne botját szorította.

– Gyerekkorodban jártál ott?

– Nem sok mindenre emlékszem. De biztosan tudom. Fiatal voltam.

– A szüleiddel mentél?

– Nincsenek szüleim. Magamra hagytak gyerekként. Emlékem sincs róluk…

- Ne haragudj! Akkor kivel lehettél?
- Nem tudom.
- Ezt hogy érted? – lépett közelebb, míg fejemben több kép villant.
- Nem emlékszem az arcára. Csak fogtam a kezét, és beszélt hozzám. – Hangja mélyen füleimben csengett, viszont semmi más. Meleg ujjainak szorítása a mai napig bőrömön hagyta nyomát.

Sóhajtottam, utána sarkon fordulva kimentem az ajtón. Rose tanakodva követett. Nagy levegőt vettem, aztán hagytuk pihenni az egész helyet. Mi mást tehetnénk? Kihaltak azok a vérvonalak régen. Már nem becsüli senki semennyire ezeket az épületeket. Ismét két lélek, akik érezhették azt, amit előttük oly sokan. Távolodtunk a mezőtől, kék virágok búcsúztattak, magukba szívva a napnak fényét. Kis cserjés részhez érkeztünk. Éppen ittam, mikor Rose meglátott egy málnabokrot. Míg kortyoltam párat a már fogyóban lévő kulcsom savanyú ízű szájából, Rose teleszedte markait félig érett piros málnával. Párat bekapott, és hozzám sietett.

- Nézd, Sasy, szedtem neked is! – közölte hangosan, kis mosollyal arcán. Ránéztem a tenyerében lévő gyümölcsre. Szemei csillogtak, elütve vörös ruhájának mélységes színétől.

- Köszönöm, Rose, de nem vagyok éhes – mondtam, ő pedig magasabbra nyújtotta a kezét és erősködött tovább.

- A kedvemért kóstolj meg egyet! Biztosan nem bánod meg!

Ismét a málnákra pillantottam. Elvettem a legpirosabbat, amit jól megnéztem.

- Ez a málna hasonlít rád – válaszoltam halkan. Nem sokkal később megettem. Finom, édes érzés töltötte tele a számat. Azonnal hatalmába kerített a málna. Ahogy a kis bogyók szórakoztatták a nyelvemet, szinte azonnal függőséget okozott. Rose persze látta az arcomon érzéseimet, ezért továbbra sem engedte le tenyerét, ami néhol piros foltos volt a gyümölcs nedvétől. Igaz, a másik kezével csipegetett párat, de továbbra is fenntartotta a lehetőséget, amivel bármikor élhettem.

- Ízlett? – kérdezte nagy szemekkel.

– Igen, pont kifogtam a legjobbat. – Ránéztem, vettem belőle
újra, mielőtt továbbálltunk. Rose boldogan sétált velem. Osztoz-
tunk az utolsó szemig minden bogyón. Régen ettem már mást
a csehós ételen kívül. Gyümölcsöket és zöldségeket ritkán fo-
gyaszt az ember. Persze piacokon megtalálható, már ahol van rá
igény. A mai napig vannak olyan települések, ahol a patkányhús
és a retek fenséges reggeli. A termékeny földeket művelő köz-
emberek izzadsága hiábavaló, ha képtelenek pénzt csinálni. A
kereskedők olcsón vásárolják tőlük terményeiket, bőséges ha-
szonnal továbbadva dicső városok piacán. Nyomornegyedben
fél karéj kenyér jut két gyerekre. Ismerős az érzés. Az éhség va-
lakiben haragot, másokban félelmet kelt. Utóbbiak hamar tá-
voznak világunkból.

– Nem teszed fel a kalapodat? – kérdezte társam vékony
hangján. Érdeklődött, én persze meglepetten álltam az egészhez.

– Vendégségben nem illik viselni. A mágusoknál ez nem így
működik?

– A mágusok mindig hordanak kalapot. Kivéve alvás közben.

– Furcsa szokás.

– Ránk ez jellemző. Nektek nincs hasonló közös viselet?

– Uralkodóknak tiszta gazdagság, közembereknek végtelen
butaság – mondtam. Ebben a pillanatban két lándzsa repült fe-
lénk. Az egyiket félretereltem alkarom külső részével, míg a má-
sikat megfogtam Rose háta mögött. Fiatal társam észbe kapott,
majd lebegni kezdett. Körbenézett, és látott hat banditát. Mind
eltakarta arcát ronggyal, testüket barna ruha borította. Gör-
nyedt testük, vékony karjaik és undorító szaguk szinte hiányzott.

– Elbánok velük.

– Segíteni szeretnék!

Iramosan egyre közelebb értek.

– Szállj fel, és védd magad a dárdákkal szemben! – szóltam
rá, ő pedig csalódottan követte utasításomat.

Természetesen kardomat előhúztam tokjából. Másik kezem-
ben késemet szorítottam. Ezek a férgek nem érdemelnek golyót.
Az első hirtelen suhintott lándzsájával, mit könnyedén kikerül-
tem. Késem úgy átvágta torkát, mint a vajat. A másik bandita

fejem felett lendített kardjával, a második csapásra pengéink összeverődtek, hatalmas szikrákat csiholva. A mögöttem lévő bandita hasába beleszúrtam késemet. Fél térdre ereszkedve végig tartottam kardommal társának kardját. A hasba szúrt bandita kitépte magából fegyveremet és mellkason akart rúgni. Gyorsan levágtam támaszkodó lábát egy határozott mozdulattal, míg késemet a másik halántékába döftem. Egyszer megforgattam benne, mitől szemei fennakadtak. A vér úgy folyt ki szájából, mintha fékezhetetlen vízesés lenne. Egy idősebb bandita dárdát hajított Rose irányába. Ő sikeresen hárította és arrébb szállt. Mire ez megtörtént, fényes, tiszta acélpengét dobtam ennek a harcosnak a szívébe. Következő ellenfelem két kézi baltával próbált kárt tenni bennem. A régebbi, rozsdás darabot felém dobta, de sikeresen kikerültem oldalra ugrással.

A másikat természetesen már két kézzel hajította. Abban a pillanatban fordultam oldalra, a lendületben lévő baltát pedig elkaptam a levegőben. Félfordulattal társítva mozdulataimat ellenségem irányába ismét útjára engedtem a fegyvert. Természetesen a tüdejébe állítottam, ezzel zárva élete utolsó nehéz, de főképp meggondolatlan szakaszát.

Eldobni a fegyvereidet elég nagy hiba. Ezt már ő is tudja. Végignéztem a hullákon. Sok üres tekintetet láttam. Váratlan kiáltás zendült mögöttem. Lőfegyverem gyorsan előkerült. Balra fordulva készültem lelőni támadómat, mely épp elég közel került, hogy gondot okozzon. Rose ebben a pillanatban érkezett.

– Rondello! – Határozott kiejtéssel intett botjával. Megakadályozta, hogy csapása kárt tegyen bennem. Ellenfelemet pedig lőszerem fájdalmas sebétől mentesítené. Rose rémisztően nagy erővel taszította földnek a banditát. Csontjainak roppanása és a kiáltása meggyőzött arról, hogy az illető halott. Kis ideig néztem a hullát, végül kiegyenesedtem és tartójukba raktam fegyvereimet.

– Mondtam, hogy maradj ki ebből! – szóltam, közben csukott szemmel rögzítettem derék szíjamhoz a puskám.

– Nagyon közel volt! Segíteni akartam… – Aggódóan a földre meredt, immár mögém ereszkedve, akár egy angyal.

– Azzal segítesz, ha nem kerülsz bajba – léptem oldalra, és arcom délnek fordítottam.

– Tudom. Ne haragudj... – motyogott sajnálkozva. Végig a hátam mögött maradt. Feltűnt, hogy kicsit letört; persze, az ő érdekét helyeztem előtérbe. Nem hagyhattam semmilyen veszélynek kitenni. Néma árnyékom társasága vigasztalta.

– Mindenesetre... Ez a varázslat egész ügyes volt. Látom, gyakoroltál – tettem hozzá, és tovább indultam.

– Köszönöm – válaszolta sokkal kellemesebb hangon. Rose felemelte fejét és meglepetten követett, közben boldogan olvasta varázskönyvét. Bújta tovább a lapokat, mit sem törődve a környezetével. Szeme sarkából látta hosszú fekete kabátom hátulját lengeni. Sebességemet kis távolságot hagyva tartotta.

– Érzem magamon, hogy a mana-szintem növekedett. Még többet kéne varázsolnom!

– Lesz alkalmad rá. – A lassan tisztuló tájban láttam a távolban, amire mindeddig vadásztam tekintetemmel.

Elfek Erdeje. Óriás fák, vastag törzzsel. Így vette körbe kilométereken át a belső Két Fát. Nagy, terebélyes lombkorona, zöldellő élővilág. Lélegző tenger, míg a szem ellát. A levelek csillogtak a napfényben. Vastag, fehér külső fasor, mely körbeölelte a benti vékonyabb, de annál magasabbakat. Kemény kéreggel rendelkeztek. Többnyire a fák úgy nőttek, hogy azok első három-négy sora után már nem látható az élővilág. Természetesen így alkalmazkodott, az itteni szisztémát védve. Vagy az idősebb Elfek ültették szándékosan e technikával? Örök rejtély számomra. A fák előtt – és valószínűleg utána is – burjánzó zöld fű takarja, óvva az erdő belsejét. Mégis oly furcsa érzés kerített hatalmába.

Egykoron szent szövetség köttetett elfek és emberek között. Bántódásunk talán nem esik. Bár az tény hogy az elfek sokkal erősebb és gyorsabb fajta, mint mi halandók. Stabilabb csontozatuk mellett éles az elméjük. Íjjal harcolnak, ettől függetlenül csodálatosan forgatják a kardot. Ritka fémet kovácsolnak sajátos technikával, ezzel létrehozva fegyvereiket, különleges pengéjüket. Nemes kinézetűek, hosszú szőke hajat viselnek, melyben néhol fonások is felfedezhetők. Legtöbbször zöld szeműek, és gyengéd az érintésük. Külön nyelvet beszélnek, melyet ők maguk értenek csak. Közben már a fák előtt álltunk, rendkívül kicsinek érezve magunkat. Lépni akartam, valami mégis abban a csapásban tartott. Rose kereste tekintetem, mely elveszett a fák sűrű ágai között. Várakozásom nyomasztóan sokáig húzódott.

– Mi a gond? – kérdezte felém fordulva.

– Az erdő hozzám szól.

– Beszélnek a fák?

– A maguk módján igen. A levelek másképp susognak érkezésünk óra. Sűrűbb a levegő és gyengébb a szél.

– De hisz' békések a szándékaink – erősítette gondolataimat.

– Ezt majd az elfek eldöntik – mondtam. Nagy levegőt vettem és elindultam. Rose szorosan mögöttem lépett be a fák közé.

Az erdő lakói természetesen érezték jelenlétünket. Szemek figyeltek minden lomb mögül. Ez a birodalom sok mindent megélt. Bűnös emberek, kik rossz szándékkal érkeznek, sosem távozhatnak innen. Elnyeli az erdő, s tápanyagként megváltja a földanya lelküket. Fogalmunk sem volt, de harcok dúltak. Túl sok vér tapadt e szent erdő s föld tiszta felszínéhez. Egyre kiélezettebb a helyzet. Még a levegő is másként hatott ránk. Mit várhatunk e helytől? Ki fogunk jutni innen? Foglalkoztattak más dolgok is, de ezek voltak, amik talán Rose fejében is motoszkáltak. Persze addigra késő volt. Pár száz métert haladtunk, mikor megálltam. Kezem oldalra nyújtottam, Rose elé. Kisebb tisztáson ragadtunk. Társam mellettem érdeklődve rám pillantott.

Egy elf állt előttem hosszú, szőke hajjal. Világos ruhát viselt barna csizmával, illetve karvédővel. A mellénye inkább vajszínűként hatott. Mögötte kétoldalt még egy-egy hasonlóan kinéző elf harcos. Valóban zöld szeműek, és fonott a hajuk. Körülöttünk fákon, bokrok mögött felhúzott íjjal állt több tíz-húsz társuk. Erős kisugárzásuk nyomasztóan hatott ránk. Hang nélkül vettek körbe. Egy jelre vártak, vagy talán a következő mozdulatomra. Kezemet nem vettem el Rose elől, aki botját magához szorította és kémlelte környezetét. Innen neki sem volt menekvés. Hosszú nyilaik mindkettőnket felnyársalnak egy pillanat alatt. Valamiért nem tudtam levenni tekintetem az előttem álló elfről. Teljes nyugalommal várta reakciómat. Ettől én is higgadt lettem. Egyáltalán nem féltem. Belül éreztem az erdő hangját. Apró levél hullott kézfejemre, mivel Rose-t védtem az ismeretlenektől. Ezt végignézték némán, büszkén tartva magukat. Vezetőjük meglepetten pihentette szemeit a levélen, mely őrizte kezem. Később rubinzöld tekintetét rám vetette. Közelebb lépett elegánsan. Könnyed mozgását nyomatékosították a feszülő íjak.

– Üdvözöllek titeket a Két Fa Erdejében! – Karjait a háta mögé rejtette. Ekkor lágy szellő lefújta a levelet, mely csendesen ért földet. Végül kezem leengedtem, és felpillantottam köszöntőnkre, aki semleges arccal várta válaszunkat.

7. FEJEZET

A KÉT FA ERDEJE

– Mi célból érkeztetek e szent földre? – kérdezett ismét az elf. Magabiztosan állt, míg társai a hatalmas fáknak gyökereit taposva várták a fejleményeket. Rose környezetünkben gyönyörködött. Bűvöletébe esett ennek a gyönyörű, békés helynek. Lélekjelenléte nyugalmat sugárzott. Sokan azelőtt sosem láttak mágust. Ritka és kiváltságos helyzetben érezte magát vezetőjük. Tudta, tisztelettel kell bánnia a tudást legmagasabban képviselő személlyel. Kezeimet leengedtem, s könnyed levegőt szívva tüdőmbe válaszoltam:

– Csupán útbaigazítás és tanácskérés szándéka vezérel minket. Elnézésedet kérjük, hogy hívatlanul léptünk be erdőtök végtelen tiszta fái közé – válaszoltam, reménykedve, hogy szavaim elérik a fülét.

– Szavadból ítélve áthaladnátok erdeinken? – kérdezte, közben lesétált a magaslatról. Kardja oldalán dicső kifinomultsággal alig rezzent. Lábbelije külső felén hosszított, vékony kése barna tárolójában pihent.

– A fehér falú városba tartunk. Békében szerettünk volna átkelni erdei utatokon – feleltem. Rose figyelmesen követte az eseményeket. Kezével kevésbé szorította botját, mivel magában érezte: fogadóink nem feltétlen szeretnének harcba keveredni. Megszokta már a tárgyalás nélküli rideg gyilkolást. Most viszont teljesen más szituációba keveredtünk, ahol inkább a szavaknak van súlya, mintsem az acélnak. Az elf elém járult, közelebbről felmérve minket. Könnyed szárnyú madarak hagyták hátra fészkeiket. Boldog csiripelés kísérte a füleinkben honoló feszült csendet. Fehér bundás nyúl ugrott a bokrok rejtekéből közelünkbe. Nyugodtan rágcsált pár fűszálat, és dobogtatta talpát a puha talajon.

– Miféle tanácsra szorul egy ember és egy varázsló az elfektől? Hisz' az emberek évszázadok óta szövetségeseink, a mágusok pedig minden tudást a kezükben tartanak – felelte. Rose szemébe nézett, a katonák közben mozdulatlanul tartották ránk nyilaikat. Rezzenéstelenül figyeltek. Kezük rendületlenül tűrte a terhelést.

– Mi mégis az elfek tanácsát kérnénk. Van, amiről nem írnak a könyvek, és csataterek sem mesélnek róla.

– Azok a könyvek, mik rólunk meséltek, világotokban már nem léteznek. És a háborúkat rég elfelejtették királyaitok.

– Sokan a mai napig gondolunk rátok. Fajotok más szemmel látja világunkat.

– Pont e látásmód miatt kell távol maradnunk tőletek.

– Most viszont csak az segíthet. Ha fajom szava kevés, én távozom. Viszont társam nevemben járhat, és kérdéseimre ő is választ kaphat. Türelmesen várok addig, ha így döntenek. – Rose rám pillantva várt válaszukra. Készült mellém lépni, és pár szóval támogatni.

– Gyertek velünk! A királyunk megválaszolja kérdéseiteket, utána eligazít utatokon. Kérlek, kövessetek. – Kezét maga mögé nyújtotta, míg a többi harcos leengedte íját. Egységesen fordultak menetirányba, elfogadva vezetőjük döntését.

Egy sorba verődtünk és kettesével haladtunk a kikövezett járdán, amit egységesen nőtt be a fű. Fák ágai fonták körbe az utat. Végtelen béke lopta magát szívünkbe. Nem zavart a világ zaja.

Sok időt gyalogoltunk mélyen a fák közé. Néhol mellékutakat, folyókat, és fákon kialakított leseket fedeztünk fel. Rose szívesen járta volna körül az erdő rejtett zugait. Örömmel ismerkedett volna minden itt élő elffel. Ő különbséget sem látott tán fajaink között. Ez a gondolat, a régi közös elvek, a tudás miatt köttetett szövetség e két faj között. Régi nagy királyokról és elfekről hallani meséket, dalokat, legendákat. Olyan tettekről, amik fel nem foghatók. Együtt sokaknál erősebbek voltunk. A szövetség, mindenek felett állt. Mostanában viszont háttérbe szorultak az elfek, számuk jócskán megfogyatkozott. Az emberek sem támaszkodnak feltétlen rájuk, mivel a fontos, nagy csatákat évszázadokkal vagy tán évezredekkel ezelőtt megvívták. Mi felejtünk, de sokan közülük ott voltak azokon a napokon. Sebek, fegyverek, és emlékek. Az elfeken sem fog az idő. Szemükben minden pillanat egy emberi királyság bukása illetve felemelkedése. Életük végtelen, amin talán csak a magány vagy épp a háború változtathat. Lassan megérkeztünk egy magaslat elé. Végig lépcsők vezettek az oldalán, és gyönyörű növények díszítették az utat. Kevesen tartózkodtak kinn, de azok arcán mosoly honolt. Többen fegyverben jártak, kémlelték a tájat. Éreztek valamit, ami fajuk újabb veszteségével járna?

Szépen munkált lépcsőket tapostunk szüntelen és felértünk azon szintre, aminek belsejében kivájva hoztak létre erődítményt. Alattunk hatalmas város, körben biztos fallal. Kellemes, széles utcák hálózták otthonukat. Sosem látott virágok növekedtek. Illatuk erőteljes, és csillogtak szirmaik. Az épületben, ahova érkeztünk, nemesek és fenségek laktak. Köztük a tanácsuk két tagja: király és királyné. Egyetlen lányuk született, akinek élete a háború. Viszont csak hazájáért képes harcba szállni. Faját szerette jobban, mint saját életét. Hatalmas bizalmat fektettek belé, amit viszonzott.

A katonák mögöttünk lemaradtak, egyszerre sarkon fordultak, és a fal peremére álltak. Mintha vigyáztak volna ránk, míg bemegyünk intézni ügyeinket. Előttünk sétált az elf, ki vezetett minket. Két társa lemaradt a főbejáratnál. Magas fa kapuk nyíltak előttünk, gyönyörűen kifaragva, díszes külsővel. Bent fények tükrözték letisztultságukat.

– Kérlek, fáradjatok utánam – mondta, közben az előcsarnokba értünk. Ekkor az egyik oldalsó ajtón kisétált a király lánya. Közömbös tekintettel sietett a lépcsők felé, mikor észrevett minket. Először meglepődve pillantott rám. Furcsa érzés kerítette hatalmába, s kiállásán látszott a sok harcban szerzett tapasztalata. Zöld szemének pillantása utoljára végigfutott külsőmön, majd mély levegőt vett. Maga elé nézett ismét, aztán továbbállt. Elf vezetőnk fejet hajtott, kezét mellkasára helyezte. Rose csodásnak tartotta elegáns öltözetét, mely vajszínű,

110

testhez álló ruhákat és magas szárú csizmát jelentett. Hosszú
szőke haja összefogva lógott derekáig, zöld szeme pedig kitűnt
ezer ember közül. Sima, nőies arca magabiztosságot sugallt.
Könnyű léptekkel haladt. Felfele lépkedve a lépcsőn utoljára visszatekintett ránk, majd
gondolatai rögtön más vizekre sodorták. Mi ellenkező oldalon
szintúgy a magas lombok irányába lépcsőztünk, több szintet ár-
ván hagyva. Fehér, faragott márványlépcsőkön mentünk, mi-
nek közepére gyapotszőnyeg simult. A legfelső szinten az elfek
királya éppen a nagy teraszon gondolkozott, figyelve a nap ál-
lását. Selyem köpenyt viselt, fehér öltözettel. Kényelmes, lábá-
nak pont megfelelő cipőt hordott, haját pedig oly elegánsan és
tisztán tartotta, minek párja nincs e világon. Tekintete bizal-
mat és nyugalmat árasztott. Vezetőnk kezét királya felé tárta,
ezzel engedve nekünk a találkozást. Vendégként fogadott: sem-
milyen jellegű őrséget nem tartott maga körül. Amint kiléptünk
ajtaján elébe, ő felénk fordult. Ragyogó kék szeme azonnal fel-
tűnt, s Rose gyakorlatilag rabjául esett. Csodálta tisztaságát,
az eleganciát, továbbá az egész hely olyannyira kiszakította az
emberi világ mocskából, hogy azonnal otthon érezte magát. A
király, miután felmért minket, kísérőnkre nézett.

– Köszönöm segítséged, Zöld Lenger. Kérlek, vidd csapatai-
dat és segíts keleten – fejezte be. Ekkor Lenger meghajolt, és ki-
hátrált a teraszról. Rose és én közelebb léptünk. A király ránk
nézett, majd széttárta kezeit.

– Üdvözöllek titeket Bagolyles városában. Minek köszönhe-
tem látogatásotokat?

– Csupán útbaigazítást kérnénk, és áldásodat, hogy átkel-
jünk az erdőn. Délnek tartunk, a fehér falú városba. – Mikor
befejeztem, ő folytatta bölcsen.

– Manapság minket is elért a háború szele. Rég szövetsé-
ges elfek támadják határainkat, ezzel veszélyeztetve a Két Fát.
Amerre tartanátok, arra a nyilak harca egyre hevesebben zajlik.

Miért dulakodnak ők egymás ellen? Nem jellemző ez fajukra.

– Semleges felek vagyunk, nem szeretnénk belekeveredni har-
caitokba. Csupán a biztos úton szeretnénk megvetni lábainkat.

– Olyan út a nagy tűz óta nem létezik. Áldásom csupán az első ellenségig kísérne titeket. Onnantól saját magatoknak kell átjutni az erdőn. A legbölcsebb az lenne, ha visszafordulnátok. Számotokra nem vezet biztos út dél felé – jelentette ki arrébb sétálva. Egy kis asztalhoz járult, mely átlátszó kristályból készült. Teát öntött nekünk. Rose figyelemmel követte a fejleményeket. Érezte azon kellemes illatot, amit a teafüvek bocsájtottak ki magukból. Orrát nyugtatta, továbbá szemével az asztalon lévő dolgokat figyelte.

– Mi ettől függetlenül útra kelnénk, engedelmeddel – folytattam. Ő kezével a két csészére mutatott és megkért minket, hogy csatlakozzunk. Rose leült egy székre, aztán lassan kortyolni kezdte a teát. Ízlelőbimbói azonnal rabul estek. Szájában forgatta minél tovább az italt, azt kívánva, bárcsak sose érne véget az érzés. Türelmetlenül helyet foglaltam. Finom, ízletes teával szolgált. Teljesen feltöltötte az elmém. Rose elégedettségét mutatta, miután kiitta a csészét.

– Mennyei a tea! Bár tudnék főzni hasonlót odahaza! – Kezével megigazította a kalapját.

– Örülök, hogy ízlik! Bátran fogyasszatok belőle.

– Köszönjük! – A király csészéjét az asztalra helyezte. Kortyolni akart, viszont szemei megragadtak rajtunk. Néma másodpercekig nézett, majd szóvá tette észrevételeit. Társam az égen járt gondolataival. Mosolya vidám és meleg volt. Velem másképp festett a helyzet. Sötét ruházatom és a földet kémlelő aurámat türelmetlenkedő ujjaim hevesen való dörzsölése jelezte. Fejünk felől régóta vízesés zuhogott a keleti oldalon lévő, bőséges vizű tóba. Mélyről áradó, erős forrás, messze híres.

– Ember és mágus. Milyen ritkán látni főleg manapság ezt a párosítást. Régen jártak erre mágusok, törpök és emberek. Mind túlmutatott egyszerű szövetségen. Társakként járták a földeket és vívták harcaikat. Ti is valószínűleg okkal tartotok a dicső Fehérfalú városba – tapintott ezzel rögvest a lényegre. Ennyire egyértelmű lenne célunk? Felismerte a helyzetet. Közben teát töltött Rose csészéjébe, amitől jobb kedvre derült vendéglátónk, főleg látva arcán az elégedett, hálás mosolyt, mivel Rose a gőzölgő teát nézte.

– Egy bizonyos vadászt kell keresnünk. Fajok közti háborúba keveredett, és fontos híre van számunkra. El kell jutnunk hozzá mielőbb – feleltem, addigra viszont Rose lelkesen kortyolta új kedvenc italát.

– Értelek titeket. Lenger segíteni fog megmutatni az ösvényt holnap reggel. Ma estére legyetek vendégeink! Bizonyára fárasztó a hosszú út – fejezte be, és intett. Két elf nő jött be, és vártak az ajtóban. Díszes, fehér, földig érő köpenyük alól lábukon viselt cipőjük szinte azonosult a terasz világos hangulatával.

– Köszönjük, felség. Hálásak vagyunk! – Nem is volt más választásunk. Hallottam meséket elf erdőkről, milyenek éjjel. Senkinek sem kívánom azt a félelmet, ami akkor érheti a kint lévőket. Azok, akik nincsenek összhangban a természettel, mind odavesznek. Elnyeli őket a végtelen sötét.

– Biztos nem nagy teher, hogy ma este itt pihenünk? – kérdezte Rose, ismét kiürítve csészéjét.

– Boldoggá tesz minket, ha vendégek szállnak meg nálunk. Viszünk ételt a szobáitokba, és elegendő vizet. – A király kis mosollyal fordult a már lenyugvó nap irányába. Arcát még utoljára süttette érezve rajta az idő végtelen hosszát és múlhatatlan perceit.

– Kérlek, kövessetek minket! – szólt hozzám az egyik elf lágy, barátságos hangon.

Rose és jómagam végigjártuk a palotát. Világos falain növények díszelegtek. Talpunk alatt a szőnyeg puha és tiszta, akár az egész hely. Némán követtük őket, míg elértük a szobánkat. Két ajtó nyílt. Ugyanolyan hangulatúak pár lépésnyi távolságra. Furcsán kovácsolt kilincsen akadtak meg szemeim. Friss levegő áramlott ki szobáinkból. Rose mégsem ment be sajátjába. Csak fogta kabátom hátulját, és rám nézett. Szemeiből kiolvastam gondolatait.

– Mi a gond? Nem tetszik a szoba? – kérdeztem. Ő lehajtotta fejét, és válaszolt.

– De… csak én… veled szeretnék lenni… – dadogta lassan, míg kísérőink magunkra hagytak, indulva az ételért, illetve vízért.

– Itt nem eshet bajod. Ez békés hely. – Válaszom után ismét a szobába tekintettem.

– Ezt nem tudhatod. Ha kell, alszom a földön... – Szavai kissé megleptek. Nagy levegőt vettem, utána kezemet a kalapjára tettem, amivel lejjebb csúsztattam a fején.

– Hamarosan felnőtt leszel, igaz? – kérdeztem, bár ő azt hitte, viccelni próbálok.

– Igen! Tudod, én úgy gondoltam...

– Félreérted. Ha velem érzed magad biztonságban, aludjunk itt. Elférünk ebben a nagy szobában. – Utána beléptünk a szállásunkra. Ő mosolyogva követett. Haját csavarta ujjaira, míg gondolataiba mélyült s halkan válaszolt.

– Rendben.

Nagy ágy fogadott minket, szép festmények, és igényesen faragott bútorok. Mindent saját kezűleg, rengeteg időt belefektetve készítettek. Tényleg elviselhető lenne ez a kényelem. Rose gyorsan beleugrott az ágyba. Meglepődött a párnán, amiben nem tollak, hanem bárányygyapjúhoz hasonló puha anyag lapult. A takaró selymes kellemesen könnyed volt, továbbá széles, akár a végtelen óceán. Egy fotel és büszke hintaszék is szorosan egymás mellett díszelgett. Hasonlítani sem lehetne emberi vendéglők első osztályú szobáikhoz. Képtelenek azt biztosítani odahaza, amit itt nyújtanak. Közben megérkeztek az elfek, kezükben tartva egy tálcát, rajta sok zöldséggel és gyümölccsel. Másik kezükben üvegkancsókat hoztak be poharakkal. Vendéglátóink, miután lepakoltak, elhagyták a szobát.

Rose közelebb lépett, kis ideig bizonytalanul nézegette a tál ételt. Meglepte az elrendezése és a szín szerinti szisztéma. Sosem látott ehhez hasonlót. Én sem, bár én ennyire nem tartottam különlegesnek. Töltöttem fél pohár vizet kettőnknek, közben beszélgettünk.

– Az elfek nem esznek húst? – kérdezte, ujjaival arrébb tolva a vörös, szeletelt paradicsomot.

– Nem. Ők teljesen elvetik az állatok ölését táplálékszerzés céljából.

– Furcsa... Én szeretem a husit! – mondta büszkén Rose, és zsákjában kezdett kutatni.

– Holnap, ha elhagytuk az erdőt, majd lövök egy őzet – mondtam, s visszaraktam poharamat a tálcára.

– Addig nem tudok várni, most fogok enni! – Mire ezt befejezte, már elővette a csehóból szerzett szárított marhahúst. Rakott bőven mindkettőnk tálja mellé, majd hatalmas kék szemeivel rám pillantott. Az ablaknál állva figyeltem a lenyugvó napot. A lent lévők életvitelét annyira a magaménak éreztem valamiért... szerettem volna közülük való lenni. Kultúrájuk tetszett, furcsa érzelmeket keltve bennem. Régi időkre emlékeztetett. A sok történetre, amiken felnőttem. Szűk, köves utakra. A természet kezében bölcsőt formált és így óvott városokról. A hegyes fülű családok boldog nevetéséről képzelt pillanatot sajátomnak éreztem. Érinthetetlennek, valami sokkal többnek tartottam. Érdemel hazánk ilyen szépséget? Messzire kéne hajózniuk, oda, ahol békében élhetnek.

– Mi a baj? Percek óta csendesen nézel kifele az ablakon.

– Gondolkozom. Figyelem a tájat.

– Szép a naplemente, igaz?

– Régen láttam. Majdnem elfelejtettem, mennyire nyugtató.

– Igen. Nem vagy éhes?

– Később eszem. Most még járok egyet. Addig ne csinálj semmi butaságot! – mondtam. Odaálltam elé, és elvettem egy paradicsomdarabot. Bekaptam, majd rágás közben hagytam el a szobát.

Rose apránként majszolta a szárított marhahúst. Gondolkozott, végül elővette varázskönyvét, és evés közben tanulmányozta a lapokon nyugvó szavakat, ezzel fejlesztve tudását. Lassan ereszkedtem a végtelenül hosszú lépcsőkön. Akár a patak vize, ami a kijáratott útján csordogál a végtelenségig. Viszonylag sok elf járt fel-alá a palotában, mind úgy tekintett rám, mintha csak közülük való lennék. Semmilyen megvető pillantást nem éreztem. Pedig teljesen fekete ruházatom a végtelenségig elütött vajszínű, letisztult megjelenésüktől. Más mentalitást képviselnek. Sokkal fejlettebb és elfogadóbb népek. Nem véletlen vannak egyre kevesebben. És az sem véletlen, hogy nem járnak már emberföldeken sem. Őket megvetik a hegyes fülük és a magasságuk miatt. Pedig értük harcoltak évszázadokon át. Ilyenek az emberek. Mérgeznek maguk körül mindent felejtve testvéreiket. A sok vért, amit ontottunk közösen. A gondolatmenet közepén szólt hozzám valaki.

– Sasy! – mondta a gyenge hang. Arcom előre, szemeim a hang irányába fordultak. Viszont a látvány megdöbbentett. Az elf királynő várakozott a közeli folyosónál. Mosolygott és intett. Akár régi ismerősnek. Nem mondta, viszont éreztem, hogy oda kell mennem. Tisztes távolságot tartva elé álltam. Végigmértem; hosszú, letisztult selyemruhát viselt, haja egészen a földig leért. Nyakában zöld medált viselt. Szemei világoszölden csillogtak a lenyugvó nap fényében. Kezeit összekulcsolta, lábai szorosan egymásnak simultak. Végig a szemembe tekintve, boldogan fogadott. Kedves mosolyát tökéletesen kiegészítette az illata.

– Örülök a találkozásnak! – mondta kézfejét derekáig emelve. Megfogtam alulról puha tenyerét. Bal karomat hátra tettem, és üdvözöltem.

– Részemről a megtiszteltetés, felség. – Mikor ujjaink öszszeértek, a hangom elakadt. Szememben végigfutott sok pillanat emlékképe a gyerekkoromból. Hegyes fülű öregről, akinek a vaskos, ráncos kezét szorítottam. Egy szekérről, ami a hegyek közé vitt. És a föld melegéről. Az öreg hangját hallottam fülemben. Minden szavát. A becsületről és a tiszteletadásról. Lassan szabadon engedtem puha, meleg ujjait. Rátekintettem, ő pedig kis mosollyal folytatta.

– Kérlek, tarts velem sétámon – mutatott maga mögé, ahonnan egyenesen a kinti teraszra és szobrok kertjébe vezetett az út.

– Örömmel – feleltem. Talán valami hasznosat megtudhatok így tőle. Az egész helyzetükről és a múltamról. Lassú tempóban zajlott, inkább tájnézéssel és könnyed beszélgetéssel töltöttük időnket. A márványpadlón cipőjének sarka halkan kopogott. Szívem dobogása ütemesen ráhangolódott. Akár sokat használt lant, minek húrjai pontosan azt a zenét játsszák oly könnyedséggel, mit hangszerésze kíván.

– Sok kérdés nyomja szívedet?

– Egész életemben válaszokat keresek – sóhajtottam.

– Biztos vagy benne, hogy a helyes kérdést teszed fel magadnak?

– Azt érzem, mintha emlékeimet homály fedné. Események, ismerős hangok, arc nélküli emberek fogadnak, mikor kutatok magamban. – Ujjaimat összedörzsöltem.

A királyné végigfuttatta hajamon pillantását, utána folytatta.

– Úgy gondolod, előrébb vinne téged, ha meglelnéd ezeket?

– Kevesebb terhet kéne cipelnem a hátamon.

Ő mosolyogva, lassú léptekkel járt tovább velem, ekkor már a teraszra érve.

– De hisz' már ketten osztoztok a terheken. Az útitársad segítőkésznek tűnik. Minden rendben köztetek?

– Nem fogom őt is magammal rántani. Még gyerek! Neki is meglesznek a harcai, ahogy most nekem.

– Ketten harcoltok jelenleg. Ezt ne felejtsd el, mivel számít rád! – folytatta. Már a szép szobrok között jártunk. Ábrázoltak elfeket, embereket és törpöket. Akár a legendák csarnoka az emberek váraiban.

– Azelőtt egyedül jártam a falvakat és városokat. Őt is meg kell védenem magamon kívül. És még sok más embert – feleltem. Elolvastam egy szobor nevét: Tremendor.

Ki lehettél te, kinek szobra elf kertben áll? – kérdeztem magamtól. Ködös, dicső történetet takarhat büszke neved? Harcoltál népedért vagy ismeretlen földekért? Tudod, mit jelent az áldozat? Te kinek nyilától vesztetted életed? Hány kardcsapást háríthattál, mielőtt földre hullott páncélba bújtatott tested? Leltél örömet napjaidban?

– Sosem voltál teljesen egyedül. Tán elfelejtetted, ki volt melletted oly sokáig?

– Akkor még gyenge voltam. Többé nem fordulhat elő, ami azon az estén. Rose teljesen más nekem – feleltem, pontosan tudva, kire gondol.

– Ő nem egy teher. Sosem gondoltál rá úgy, mint segítő kézre? Hidd el, ha rábíznál néhány dolgot, vagy elmondanád, mi bánt, mikor egyedül, a sötétben a hangok nem hagynak aludni, biztosan segítene rajtad. – Ahogy befejezte, rájöttem, hogy ő többet tud rólam, mint gondolnám. Ismer, de honnan? Vagy csak híremet hallotta? Ettől még minden szava valós.

– Az igazat megvallva mentálisan kiegyensúlyozottabb vagyok az elmúlt időben. Utunk során számíthattam rá. Ennél többet viszont nem kérhetek tőle – válaszoltam, kezemmel megigazítva kabátomat. Nagy levegőt vettem, elhaladva több madáritató mellett, félig töltve friss, hűvös vízzel. Felettünk szobák ablakai sorakoztak a palotának falán. Színes ékkőként ragyogtak a napsugarak tükröződésnek köszönhetően.

– Légy őszinte vele. Feltétel nélkül a kezedbe adná az életét.

– Ez nem helyes... – válaszoltam halkan, nézve a csodálatos várost a talpunk alatt. Az elf királynő pedig a terasz szélén állva kezét a hátamra helyezte.

– Meg akarom védeni őt. Vele együtt minden más ártatlan nőt és gyereket. Nem helyezhetek rájuk terhet magamról, mivel nekem kell cipelnem helyettük. Boldogan kell élniük! Értük kelek reggelente. Nem tudok rá és senki másra támaszkodni, mert ez az én harcom! Egyedül kezdtem, és egyedül is fejezem be – jelentettem ki, és hirtelen még több emlék jutott eszembe. Zenét hallottam. Zöldségek illatát éreztem. Kellemes hangot, ami mesélt nekem a világról. Mosoly ült a királynő arcára. Szavaimban érezte szívem fájdalmát.

– Tudod, ismertem azt az elfet, aki mellett felnőttél. Szerette ezt a helyet, viszont sietve északra indult. Maga mellé fogadott téged, mikor mindenki hátat fordított. Tanított és nevelt. Akkor még mosolyogtál is. Ő viszont...

– Elhagyott – vágtam közbe. Kezét levette rólam, s maga elé nézett.

– Szeretett, Sasy. Fiaként. Ő is minden terhét magán hagyta, és nem engedte, hogy segíts neki hordani.

– Megtanított túlélni. De amit már hét éve el kell viselnem, arra nem lehetett felkészíteni. A boszorkányok segítenek utamon, ha már a szakadék szélén állok, minden emberségemet elveszítve – mondtam rezzenéstelen arccal, meredve az egy szinttel lejjebb lévő városrészre. Ebből a magasságból zuhanásom végzetes lehetne.

– De most nem ők vannak itt veled. És nem állsz a szakadék szélén – fejezte be sarkon fordulva. Selyemruhája csillogott, mutatva, mennyire különleges személlyel társalgok.

– Beszéltem a boszorkánytanáccsal. Érdeklődtek felőled! Szóltam nekik, hogy holnapra elhagyod a Két Fa Erdejét, és hamarosan a Fehér Falú városba érkezel.

– Köszönöm, felség – emeltem fejem lágy szellő kíséretében.

– A lányom, Hina, és Lenger, a harcosaink parancsnoka fognak titeket átvezetni az erdőn. Kérlek, szólj neki a nevemben. – Mikor ezt mondta, észrevettem a lenti utcán sétálni lányát. Hátán íja, illetve tegze, amiben vesszők csodás tollai játszottak szememmel. Oldalán kardja díszelgett. Lassú léptekkel tartott a palota irányába.

– Örültem a beszélgetésnek. – Mikor befejeztem, előredőltem és zuhanni kezdtem a szakadék mélyébe, egyenesen az alattunk lévő szintre.

– Vigyázz magadra – mondta halkan, kezét mellkasára helyezve.

Szemem csukva tartottam, hagytam a levegőnek, hadd simítsa végig arcomat. Sok gondolat futott át rajtam. Azt viszont homály fedi, hogy miért nem emlékszem sem rá, sem a gyerekkorom nagy részére. Tizennyolc éves voltam, az öreg akkor távozott életemből, és nem sokkal utána indultam útnak. Hátrahagyva házunkat, miben nevelkedtem.

A királynő mosolyogva indult, ismét átvágva a kertrészeken a szobrok között. A madarak boldog csicsergését hallgatta, akik lassan nyugovóra tértek fiókáikkal. Büszkén továbbállt, visszatérve a palotába.

Hina természetesen egy arcrezzenés nélkül járta békésen e szép város útját. A mai napot értékelte fejben. Az apjával váltott szavakon törte fejét. Több lehetőséget szeretne kapni, amivel bizonyíthat népének. A trón a legkevésbé sem érdekelte. Számára a régmúlt béke eljövetele számított; igaz, többször kételkedett benne, hogy a harc lenne a legjobb megoldás. Hirtelen sötét árny érkezett mögé féltérden. Ő oldaláról előrántotta kardját, és fordulatból a nyakamnak szegezte. Könnyed mozdulattal elvághatta volna torkomat. Hina rezzenés nélkül szorította pengéjét, szememben kutatva önmagát. Én is ránéztem, végül megtörtem a csendet.

– Szép esténk van, hercegnő – mondtam semleges hangon. Felmért, utána kardját elvette nyakamtól. Várt kicsit, végül tokjába csúsztatta fegyverét, aminek pengéjéről érezni lehetett a halál szagát. Hallottam keserű hörgéseket és sikolyokat. Kegyetlen lehet a trónörökös harc közben. A kegyelem valószínűleg ismeretlen számára. Helyes gondolatok közt nevelhették. Ölj, vagy veled végeznek.

– Ki vagy te? Nem ismerlek – felelt, s továbbra is féloldalasan várakozott. Közben magában furcsa érzés kerítette hatalmába. Mintha óvatlan mozdulatomat lesné, mire egyből lesújthat.

– Talán jobb is így – vágtam rá, kihúzva magam. Hajamat kicsit hátrasöpörtem, mivel a zuhanás megviselte. Alaposan figyeltük egymást, hasonló kiállásunk miatt. Kék szemeim átfutottak nőies alakján, amin néhol felfedezhetők voltak a folytonos harc apróbb jelei. Ő végtelen sötét ruházatomon időzve zöld szemeivel kereste érzéseinek gyökereit, ami nem hagyta nyugodni. Hina kezét kardjához közel tartotta, míg én leengedve magam mellé inkább csak reakcióit kémleltem. Valamiért közelinek éreztem lelkünket. Magyarázatot viszont nem leltem.

– Mit szeretnél? Talán híreket hoztál?

– Csupán a királynő üzenetét szeretném átadni – fordultam szintúgy féloldalasan. Érdeklődve reagált.

– Holnap te és Lenger kísértek át minket a déli erdőrészre, ahonnan folytathatjuk utunkat – mondtam elsétálva mellette. Ő pár pillanatig időzött hűlt helyemen. Rejtélyes gondolatába burkolózott, és utánam szólt:

– Ha arra megyünk, meghalunk! Főleg ti, akik sosem harcoltatok földünkön – mondta abban reménykedve, talán bizonytalan leszek dolgomban. Lehet, hogy a karddal jól bánt, de a szavakkal kevésbé.

– Számomra megváltás lenne a halál akármilyen formája – folytattam, még egyszer az elbújó napban gyönyörködve. Fénylő szemeimen időztette tekintetét, utána kezeit leengedte.

– Reggel korán indulunk. Legyetek fenn, mikor az első sugarak áttörnek a fák lombjai között.

– Kint fogunk várni rátok a kapuban, hercegnő. – Egy lépést előre tettem, mire felém fordult.

– Ne hívj így! – emelte hangját – persze értettem, mire gondol.

– Akkor hogy szólíthatlak?

– Hina. Nem kell a nemes megnevezés. Harcos vagyok inkább, mintsem hercegnő. – Tekintetében magabiztosság uralkodott. Szőke haját lengette a szél, ami nekem kabátom alját hordta hátrébb.

– Rendben, Hina. Akkor reggel találkozunk – fejeztem be a palota felé véve az irányt. Hina valamiért nyugtalannak érezte magát. Képtelen volt elengedni anélkül, hogy biztos lenne abban, amire éppen gondol. Kezét ökölbe szorította, majd utánam szólt:

– Várj!

Hátrapillantottam, mire ő közelebb lépett és folytatta:

– Velem tartanál a Tükör szökőkúthoz?

Meglepett kérdése. Érdekelt valamiért a hely, viszont a szálka, hogy Rose egyedül van szobánkban, sietségre adott okot. Másrészről udvariatlanság lett volna visszautasítani.

– Szívesen – feleltem, míg ő nagy levegőt vett, mellém lépett, és közösen keltünk útra. Hosszú lépcsőn ereszkedtünk a város szívében, aminek házai egységesen, mégis apró különbségekkel felruházva díszítették békés otthonukat. Rendületlenül követtem szemeimmel kultúrájuk legapróbb szeletét. Hina, sokat ízlelgetve előre megálmodott kérdéseit, útnak eresztette.

– Láttam, hogy mágussal érkeztél városunkba. Keleti régióban nevelkedtél?

– Északról származom. Rose pedig kísér utamon, míg a tanács engedélyezi.

Hina biztosabb lett dolgában. Türelmetlenség gyötörte.

– Hallottam meséket északról. Hegyek és apró falvak jellemzik, feltörekvő királyságokkal.

– Sokat tudsz északról. Talán élnek arra fajodból? – kérdeztem, mire ő bólintott.

– Egy régi ismerősöm. Lehet, hogy már nem él – válaszolta, utána balra fordultunk. Fáknak árnyéka sötétséget vetett az útra. Kis csendet követően Hinára pillantottam.

– Nekem ott élt valaki, aki fontos volt számomra. Nem családtag, csupán örökbe fogadott, mikor kivert kutyaként éheztem. Hina meglepődött, mikor szemeimben az igazságot látta. Ajkait összezárta, utána nagyot nyelt.

– Nincs családod?

– Nem meglepő ebben a világban. Valószínűleg kidobtak, már magam sem emlékszem. Az öregre nevelőapámként tekintettem. Sokat tanított, miután magához vett.

– Mennyi idős voltál akkor?

– Hétéves lehettem. Ő azt mondta, a tenyeremből képes olvasni. Koromat és a jó szívemet említette, bár az utóbbit törődésből mondhatta.

– Kedvelt téged?

– Fiaként bánt velem.

– Jószívű volt.

– Kevesen tettek volna hasonlót, nem gondolod? Örökbe fogadni egy ismeretlen gyermeket, aki a halál szélén küzd. Mi haszna lehetett ebből?

– Néha nincs szükség okra. Lehet, hogy gyermekre vágyott, de nem adatott meg neki.

– Mesélte, hogy régebben neki is volt fia.

– Valóban?

– Meghalt egy ütközetben. Ha jól emlékszem, sötét nyilak és fekete pengék végeztek vele. Hallottál már erről?

– Igen... – Ekkor Hina jobbra fordult.

Egy pillanatra ledermedtem. Előttem állt a hatalmas szökőkút, ami két részből tevődött össze. Szintenként külön folyt a víz. Kristálytiszta, halk csobogás húzott magához. Fénylett az éjszakában, akár a hold. Fehér-kék színekben pompázott, érthetlen módon vonzva magához. Hina büszkén, biztos léptekkel közelített, végül hátrafordult. Szemeimet levettem a kútról, utána a hercegnőre szegeztem és követtem. Amint a víz fölé értünk, belenézett. Saját arcát látta csak a gyengén hullámzó tükrös felszínen. Magamat véltem felfedezni a visszaverődésben. Hina tükörképemhez beszélt.

– Ne csak nézd. Tekints mélyebbre. Akarj többet látni magadból. – Szavai hatására újra a tükörsima vízre meredtem, amiből gyerekkori énem mosolygott vissza rám. Nagyra nyíltak szemeim. Azonnal tudtam, kivel nézek farkasszemet, s amint kezemet mellkasomra tettem, a gyermek a másik oldalon utánozott. Hihetetlennek tartottam, viszont a kút szavait nem értelmeztem.

– Mit akar nekem mutatni ez a hely?

– Akik belenéznek, a víz tükrében lelkük rejtett zugait kutathatják. Azt az énjüket, amit oly rég eltemettek. – Szavai transzként hatottak rám. Lejjebb néztem. A gyermek mellkasán törésfoltok voltak, amik repedésekre hasonlítottak. Fehéren fénylettek szakadt, barna ruhája alól. A kétoldalra lógó szőke hajú gyermek kezét a víz belső tükrére helyezte, velem együtt. Meg tudtam érinteni, s mikor hullámokat keltettem, örökre nyoma veszett. Hűvös cseppek hullottak vissza a kútba. Bal kezemmel támaszkodtam peremén. Hinára néztem, ő pedig csodás világoszöld szemeivel rám.

– Ki vagy te valójában? – kérdezte azt, amire már magam sem tudtam a választ. Félrepillantottam fénylő szőke hajáról, és elléptem előle.

– Visszatérek a palotába. Köszönöm a sétát – fejeztem be, és indultam. Hina utánam fordult és rám szólt:

– Várj!

Természetesen szavai nem érték füleimet.

– Hallasz? Még beszélnem kell veled! – emelte meg újra hangját. Továbbra sem hatottak rám szavai, csupán menet közben válaszoltam neki.

– Nincs miről beszélnünk. – Hina előrántotta kardját. Féloldalasan, szorosan egymás mellett lábaival harci pozíciójába került. Jobb kezében háta mögé tartva fegyverét, közben bal karját oldalra nyújtva rám kiáltott:

– Állj meg!

Ebben a pillanatban a penge és szavai rávettek akaratára. Felé fordultam, látva kezében csillogó fegyverét.

– Mit művelsz, Hina? – kérdeztem világoskék szemeimmel, amivel láttam lelkének belső viharát. Immár bizonytalanság honolt szívében.

– Vedd elő a kardod. Küzdj meg velem!

Hátradobva köpenyemet, közepes terpeszben várakoztam. Tegezét és íját a kút tövébe tette.

– Miért tenném? – tűnődtem szándékain. A hercegnő teljesen komolyan gondolta a dolgokat.

– Meg kell győződnöm valamiről! Csupán szavak nem elegendőek hozzá! – felelte hevesen.

– A beszélgetés a legjobb módja a másik fél megismerésének – rántottam elő kardomat hátsó lábam mellé szegezve, jobb karommal szorítva. Bal kezemet első lábam vonalába nyújtottam, szokásos harci állásom szerint. Hina nagyra nyitotta szemeit: azonnal felismerte a második kezdő pozíciót. Több emlék tért vissza neki, ezzel tüzet gyújtva szívében.

– Mire vársz? – kérdezte, miután néma perc telt köztünk víz csobogását hallgatva. Lehunytam szemeimet, mély levegőt vettem. Annyira kellemes ez a helyzet. Békesség kezdett körbeölelni. Tiszta fuvallat játszott hajával.

– A megfelelő pillanatra.

Hina összeszorította fogait.

Megunta a várakozást, ezért hirtelen lépett előre. Rohanni kezdett felém, és magasra ugorva a levegőbe, két fordulat után lecsapott. Könnyedén hárítottam, és félrecsúsztam a sima márvány úton. Erős vágást mértem rá kardommal; ezt könnyedén védte, s gyors váltást követően fejemre célzott rúgásával. Lehajoltam, s lendületét kihasználva elsodortam támaszkodó lábát. Földet érés előtt sikerült hasra fordulnia, így kezeivel tompította az esést és balra lökte magát. Lendületből talpra állt, amit követően sorozni kezdtem vágásaimmal. Elképesztő sebességgel védekezett, mire rést talált csapásaimon. Közelebb lépett, oldalamba könyökölt, felugrott és arrébb rúgott, amit azonnali vágással kísért. Látványos kitérést követően pengéink több csapás után méretes szikrákkal világították az éjjeledő várost. Többet szúrtam irányába zavarás céljából. Látszólag lassabban készült támadni, így beléptem elé, lejjebb vittem testsúlyomat, és feltolva magam bal karommal hasánál fogva a talajtól magasba emeltem. Egy megfagyott pillanat után a márványpadlónak taszítottam Hinát. Halkan jelezte fájdalmát. Utána azonnal kardommal vágtam arca felé, amit sikeresen védett, és hirtelen kirúgta lábaimat, így ráesve megtámaszkodtam felette úgy, hogy jobb csuklóját a talajnak szorítottam bal karommal, míg jobbal a kezén lévő ruhát szegeztem a földhöz kardommal. Mozdulatlanul támaszkodtam felette, mélyen a szemébe nézve. Nagy levegőt vettünk mindketten. Arcomat nézte és szabadulni akart, amit nem engedtem. Vékony csuklóját tartottam, földön szétterülő szőke haja pedig csillogott a kékes, világító kút fényében. Szóhoz sem jutott. Kissé piros lett bőre, és hevesen vert szíve.

– Elég ennyi számodra? – kérdeztem, szemében céljait keresve.

– Tényleg te vagy az. El sem hiszem...

– Miről beszélsz?

– Azt mondta, pár év, és találkozni fogunk.

– Ki mondta?

– Ő – felelte. Én értetlenül ízlelgettem szavait. Pár pillanattal később leszálltam róla, kardomat visszacsúsztatva tartójába. Hina hasonlóképp cselekedett, megigazítva ruházatát.

– Mire gondoltál az előbb?

– Megérted idővel – zárta a beszélgetést. Közösen útnak indultunk vissza a palotába, csendesen, fejünkben többször lejátszva az előbbi jelenetet. Mindketten az ismerős mozdulatok és harci technikák emlékein rágódtunk. Sablonszerű vívásunk majdhogynem elrendeltetettként folyt. Két ismerős, akik sosem látták egymást, ettől függetlenül azonos kardforgatást alkalmaznak. Hina biztos volt a dolgában. Kétség sem fért hozzá. Fejében kitisztult a kép, az eddigi tanítások értelmet nyertek. Amint a lépcsők elé értünk, Hina ledermedt. Kifújta magát, öröm járta át szívét. Hátranéztem, fél fokon támasztva lában.

– Valami gond van?

– Semmi. Menj csak előre. Holnap találkozunk! – Tekintetemet ismét előrefordítottam, és felfelé lépkedve az előttem szélesre tárt ablakok látványa kísért. Hina még kicsit várt. Elfelejtette harcának veszteségeit. Mindent, amit holnap a mi kíséretünkön kívül kéne csinálnia. Gyenge mosolyt engedett útnak, rám nézett utoljára. *Végre találkoztam a másik fiaddal* – gondolta magában. – Igazad lett. Eljött hozzánk – mondta régmúlt mesterének, közben a csillagos égre tekintett.

Végül mire én már a lépcsők tetején jártam és felkísért az utolsó napsugár is, Hina erőt véve magán utánam jött. Lassan mindenki elfoglalta szobáját. Néhány lámpás világított köztük szentjánosbogarak szlalomoztak. Halkan értem a palota azon szárnyába, amelyben szobánk burkolózott teljes nyugalomba. Hina is pihent, akárcsak mindenki más.

Az ajtónk elé léptem. Kezemet lassan ráhelyeztem a kilincsre. Lenyomtam és benyitottam. Pár mécses világított benn, az ágy körül. Az étel félig elfogyott. Rose ruháinak egy része a fotelben terült szét rendezetlenül. Pálcája nekitámasztva a falnak, rajta kalapja lógott. Az ágy bal oldalán feküdt, immár mély álomban. Szokásos pólóját viselte. Haja szétterült a párnán. Félig bújtatta magát takaróval. Lábujjai kilógtak, és a háta is végig, a csípőjéig. Néha mozgolódott, kényelmesebb alvópózt keresve. Ismét álltam, kénytelenül elfogadva a helyzetet. Becsuktam az ajtót, majd levettem kabátomat, amivel fegyvereimet takartam a karosszékben. Magam mellé, a földre, lőfegyveremet helyeztem. Félmeztelenül dőltem a puha párnára. Alattam a takaróm elegendő meleget sugárzott. Hűvösen kellemes a mai este. Csend és nyugalom. Rég nem éreztem hasonló biztonságot. Holnap pedig újra harcba szállunk. Ma egy lelket sem mentettem meg, valahogy a hangjuk mégsem érte fülemet. Itt nem. Rose fél méterrel arrébb, háttal nekem, álmában kereste takaróját. Talán fázott. Ez természetesen észrevettem. Erőt vettem magamon, és teljesen betakartam kis testét. Ő egy elégedett sóhajtás után ismét álomba szenderült.

– Mit művelek? – kérdeztem magamtól halkan. Még egyszer kinéztem az ablakon, s a csillagos éjszaka látványára merültem álomba.

Másnap hajnalban békésen ébredtem. Álmomban egy nő nyújtotta felém a kezét. Kiabált és sírt, mégsem ért hozzám. Tétlenül láttam, míg távolodtam tőle.

Félig nyitott szemmel néztem a plafonra. Hajnalodott némán a felhőtlen, büszke égbolt. Friss, hűvös levegő áramlott be kintről. Valami furcsát kezdtem érezni magamon. Mire észbe kaptam, Rose a bal karomat átölelve, fejét a vállamnak támasztva aludt mellettem. Szőke, rövid hajának pár szála takarta gyermeki arcát. A takaró hasához és mellkasához volt gyűrve, így az egész hátsó része gyakorlatilag kinn volt. Pólója felcsúszott, éppen takarva fenekét. Mégis testére simult. Kezeivel nem engedte el karomat, bármennyire szerettem volna.

Túl közel engedtem magamhoz megint. Puha ujjai úgy fontak körbe, mintha indák végtelen hossza szeretne magába olvasztani.

Mit gondolhat ez a kis lázadó lány? Megengedem neki, hogy velem legyen az éjjel, reggelre pedig rám mászik? Mindenesetre aranyosan pihent. Hogy ronthatnám el a felnőtté válásának utolsó pár hónapját azzal, hogy az én harcom terheit rakom rá? *Sehogy* – válaszoltam saját kérdésemre magamban. Egy mély lélegzetvétel után felültem. Kezeinket nehezen elszakítottam egymástól. Rose álmában kutatta azt a valamit, ami eddig biztonságot nyújtott neki. Szorítani kezdte a lepedőt maga alatt, de nem lelte karomat. Megfogtam homlokomat és talpra álltam. Pólómat felvettem, lassan készülődni kezdtem. Még mielőtt cipőmbe helyeztem lábam, Rose fölé hajoltam.

– Ideje felkelni.

– Még egy kicsit hadd pihenjek!

Nem is tudom, hányadik alkalom, hogy ezt mondja.

– Talán tényleg a földön kellett volna aludnod. – Óvatosan megnyomtam homlokát, ami belesüppedt a párnába. Ő próbálta elkapni a kezem, de túl lassan legyintett.

– Még két percet kérek! – dünnyögte. Én ekkor már a cipőmet kötöttem össze. A hintaszékben, várakozás közben gondolkoztam, teljes felszerelésben. Rose vett egy nagy levegőt és talpra állt. Lassan odasétált ruháihoz, dünnyögve készülődni kezdett, míg én csukott szemmel pihentem. Rose nem győzte hangjával jelezni, mennyire nem áll készen a mai napra.

Pár pillanattal később viszont teljes ruházatban, fésült hajjal, frissen lépett elém, kicsit előrehajolva hozzám, a hintaszékbe.

Kellemes illata oly üdítően hatott rám. Hatalmas szemeit szőke frizurámon legeltette. Apró nyelvét szájában forgatta türelmetlenül, néha ráharapva.

– Mehetünk? – fűzött mellé kis mosolyt.

– Igen – vágtam rá, majd elhagytuk a rendezett szobát. Mire leértünk az aulába, a lépcső lábánál fogadott minket a király és a királyné. Eléjük sétáltunk, ők őszintén mosolyogtak.

– Sikerült kipihenni magatokat? – kérdezte a királynő.

– Igen, nagyon jól aludtunk! – vágta rá Rose, és botjával együtt a magasba nyújtózott.

– Örömmel halljuk – felelte a király.

– Hálásak vagyunk a vendégszeretetért. Kitartást az egész nemzetének ezekben a nehéz időkben – tettem hozzá. Ekkor megjelent az emeleten Hina, környezetét elemezve, teljesen frissen. A király intett, és két elf nő sétált be melléjük. A baloldali kezében egy gyönyörűen faragott íjat hozott, összekötve bőr tegezzel, amit a harcos oldalához lehet rögzíteni. A másik hölgy kezében kis, fényes, világoszöld ékkő díszelgett. Közelebbről szemügyre véve kristálynak nézett ki. A király kezébe vette az íjat és a nyilakat. Felém nyújtotta büszkén. A fegyver elején Két Fa-faragás büszkélkedett. Alatta két vonal, és egy nagy S betű pihent.

– Ez az elf íj, tegez és vesszők a te ajándékaid, Sasy. Régen egy büszke harcos használta. Kísérjenek téged is szerencsével utadon, hogy végül vele együtt térj vissza hozzánk – fejezte be. Elvettem tőle. Kis ideig figyelve olyan szörnyek lelkét, hörgését és haragját éreztem rajta, amilyenekkel még azelőtt sosem találkoztam. Büszkén tartottam, sokáig le sem véve tekintetem róla. Mintha korábbi tulajdonosának erejét érezném magamban. Szőke, hosszú hajú, hegyes fülű férfi két zöld szemét láttam. Nem volt idegen az a szempár.

– Ez a kristály pedig a te ajándékod, Rose. A Két Fa Erdejének mágikus köve, mellyel a természetet segítségül hívhatod. Végtelen mágiával és lehetőségekkel van tele, akár te magad. Tanulj alázattal és szorgalommal, s mikor készen állsz, térj vissza hozzánk! – mosolygott a királynő, Rose pedig nagyon boldogan vette át. Úgy érezte, botja jelez neki. A kristállyal szinkronba került. Végül belehelyezte, és kezében formálódott letisztultabbá a botja. Kicsit hosszabb és vékonyabb lett. Fás indák szöktek fel az oldalán. Rose elképedve nézte az átalakulást.

– Nagyon szépen köszönöm az ajándékot, felség! – jelentette ki hangosan. Hina némán érkezett közénk, Lenger viszont már a kapuban állt két másik harcossal.

– Itt az idő – szólt hozzánk a király.

Ekkor sütöttek át az első napsugarak a lombok között. Megvilágították az ébredő szobrokat a kertben, továbbá a mi arcunkat, miközben lesétáltunk a hosszú, széles lépcsőn. A király és királyné figyelték lépteinket, végigkísérve egészen addig, míg a fák sűrű törzsei el nem rejtettek.

Számukra tanulságos és építő jellegű találkozás volt, békésen töltött estével koronázva. Népe örvendett vendégeik láttán, mivel rég nem nyílt alkalom fogadni másokat.

– Ő az a gyermek, akiről az írások szóltak? – kérdezte a király, miközben a felkelő napot nézte.

– Igen – felelt a királynő.

– Képes lesz valóra váltani a hozzá fűzött reményeket?

– Bíznunk kell benne. Hisz' nem véletlen esett rá Welf választása.

– Gondolod, ő látta a fiúban azt, amit oly rég jövendöltek?

– Idővel kiderül. Tanúi leszünk tetteinek.

Ezzel hagytuk magunk mögött békés városukat.

Jó ideje sétáltunk délnek. A két elf, akik kísérték Lengert, elbújt a lombok között. Előttünk sok száz méterrel, továbbá mögöttünk jártak. Figyelték a területet, biztosítva számunkra a szabad járást. Magasba nyúló, sűrű fák lombjai lengtek a szélben. Enyhén felhős, bár tisztuló égbolt köszönt reánk. Állatok zörögtek a bokrok között. Már az út kétharmadán túlestünk, mikor Lenger váratlanul megállt. Kezébe vett egy fa sípot, amit fújni kezdett. Furcsán, hang nélkül süvített a szélben a számunkra ismeretlen jelzés. Kis ideig némán vártunk, választ viszont nem kapott. Ebben a pillanatban nézett Hina rám, én pedig a fák közé. Körbeálltuk Rose-t három oldalról, felhúztuk az íjunkat, és a minket övező bokrok sötétjébe céloztunk. Rose pálcáján a kristály zölden, élénken világítani kezdett: hívta magához a föld. Óvatosan letette, egészen belenyomva alját a talajba. Szemei élénkzöldek lettek. Eggyé vált a természettel. Érezte az erdő minden apró mozzanatát. A légzését és fájdalmát. Rose most jött, rá mit tud a kristály: az egész természetet érzékeli maga körül.

– Körbevettek minket a fákon lévő elfek! Nagyjából húszan lehetnek itt, és még tízen tartanak erre keleti irányból! – mondta. A szemébe néztem, és feltűnt az új képessége. Szavaiban bíztam, viszont a szám, amit mondott, soknak tűnt.

– Biztos vagy benne? – kérdeztem. Rose persze bólintott, ezzel Hina is megbékélt.

– Árnyékvadászok? – gondolkozott hangosan Lenger.

– Lehetetlen! Északon küzdenek! – válaszolt Hina.

– A szagukat sem érzem! Mások vettek körbe!

– Sötét elfek? – kérdeztem társainkat.

– Honnan tudsz róluk? – kérdezte Lenger, nem értve szavaimat.

– Szóval innen származnak... – válaszoltam halkan.

– Figyeljetek!

Hina ismerte az erőt, amit Rose még csak most fedezett fel. Lenger próbált találni egy célpontot, de sehol sem látta a rejtőzködő elfeket. Mégis mikor támadnak majd ránk? Hol ütik fel a fejüket? Egy néma perc telt el így. Rose hevesen szorította pálcáját, nagyot nyelt, s egyszer csak harminc nyílvessző kezdett szállni felénk. Fényeket láttunk, ahogy megcsillant a fém a napsütésben. Semmit sem tehettünk. Rose ekkor balra forgatta botját, ami után gyökerek törtek elő a földből, megállítva minden ellenséges vesszőt.

Elképedve néztem körbe, azon tanakodva, mégis mikor lett ilyen erős ez a lány. Több időm nem volt ezen gondolkozni. Az elfek kis része felfedte magát, és leugorva a fáról, kardot rántva rohantak felénk. Abba az irányba lőttünk három nyílvesszőt, s két harcossal végeztünk. Természetesen még hat ugrott elő, és rohant felém. Páran támadni kezdtek Hina oldalán, ő pedig az íjával lőtt rájuk. Lenger vállvetve hasonlóképp cselekedett. Rose segített nekik a természet mozgatásával,-- így célt kínált nekik. Közben a gyökerekkel és földdarabokkal védte őket a nyilaktól. Ezzel temérdek manát felemésztett. Az ellenséges elfek más fajtának tűntek. Magasabbak voltak, és rövidebb hajjal, sötétzöld szemmel rendelkeztek. Harcmodorukból adódóan szét akartak választani. Kifárasztani és levadászni, mint egy csordányi sebesült állatot. Ezt nem hagyhattam. Íjamat újra felhúztam, majd a tüdejébe lőttem első ellenfelemnek. A következő gyorsan vágott, és mire kitértem, már a térdével mellkason talált. Hátrébb repültem, egy fának. Fentről társa lőtt rám – ezt kikerültem hirtelen félreugrással. Az érkezésem pillanatában a fák közé lőttem egy nyilat, és az elf leesett a lombok közül. Íjamat feszítettem ismét, amivel a Rose felé rohanó ellenséget céloztam. Nyakába kapta a vesszőt. Végül hátamra helyeztem az íjat, és kardomat, továbbá késemet rántottam elő. Harci pozíciómban várakoztam, kifújva tüdőm állott tartalmát.

Most meglátjuk, ezek tényleg olyan szívósak-e, mint a történetekben.

Elém állt az előbb belém térdelő elf. Kardját forgatta, alábecsülve képességeimet. Kis gondolkozás után rám támadt. Gyorsan használta a pengét, amit hárítani tudtam sikeresen. Oldalra ugrás közben megsebeztem lábát, amire ő egy karvágással válaszolt.

Kihasználja a holtidőt ő is támadásra. Végre egy ellenfél! Pár lépés megtétele után én kezdtem támadni. Felső csapással, és oldalról, késsel. Mindet sikeresen védte. Ebben a pillanatban rúgni akart, aminek a vége az lett, hogy késemben találta lábfejét, amit fejemhez raktam önvédelem céljából. Kardommal hirtelen átszúrtam hasát. Lerúgtam fegyveremről; a következő már háton talpalt, aztán lendületes csapással vágott a levegőbe.

Elf nyelven kezdett beszélni hozzám, amiből pár szót értettem. Ránéztem, gondolkozva, megpróbáljak-e szavakat formálni olyan nyelven, amit régen ismertem.

Végül elegáns csapásokkal sorozott. Hátrálás közben a lábamat megvágta, és fordulatból való döféssel majdnem átszúrta a

131

torkom. Időben hárítottam szépen gravírozott pengéjét. Hirtelen a levegőben ruháival együtt hasát felhasítottam. Ő a maradék erejéből utoljára arcon tudott rúgni, amitől földre kerültem. Időm sem volt oldalamra fordulni, már gyomorszájon térdeltek. Késemet elejtettem a véres, sáros földre. Acél tőrt dobtam felé a földön fekve, amit könnyedén hárított. Kardját beleállította bal tenyerembe. A másik fölém lépett, íjával fejemre célozva. Sérülésemtől összeszorított fogaimon kellemetlen hangok szűrődtek világunk süket füleibe.

Ez lenne a vég? Elintéz pár elf? – gondoltam magamban, néma emlékképek közepette. Ennyiben nem hagyhattam! Lábammal kirúgtam az előttem álló bokáit, aki rám esett felettem támaszkodva, így az íjász őt lőtte keresztül. Kitéptem ellenfelem halott kezéből kardját, végül a másik hasába szúrtam. Szemembe nézett szótlanul, pillantással kísérve utoljára.

Nem láttam benne rosszat. Csupán saját elveit védte. Tán minden háború ez miatt folyik?

Lassan könyökömre támaszkodtam. Késemet övemen lengő tartójába raktam. Levegőt sem bírtam venni: tüdőn rúgott egy másik harcos. Majdnem hátraestem, de félfordulattal és közben pár elengedett tőrrel az újabb ellenségemet halálba küldtem.

Sosem adják fel. Ezt megtudtam. Érzem rajtuk a végtelen erőt. Nem véletlen született meg köztünk a szövetség. Ekkor sebesen szálló nyíl állt bele a combomba. Majd újabb a jobb alkaromba.

Sípolni kezdett körülöttem a világ. Néztem kis ideig a veszszőket. A karomból kitéptem és félredobtam. Hirtelen összecsuklottam, mitől fél térdre borultam. Sebeim intenzívebben kezdtek vérezni. Kardomat rendületlenül szorítva kerestem a következő ellenségemet. Nem láthattam, honnan érkeztek a vesszők, ezért a néhol feltűnő Elfeket képzeletemben öltem. Rose érezte a gyengülő életjeleimet. Tekintetét rám fordította, és körém masszív gyökérfalat húzott. Lassan, térdelve vártam az utolsó vesszőt, mely kézen fogva kísér utamon. Hina és Lenger kegyetlenül mészárolták saját fajukat. Náluk ez talán még nagyobb fájdalommal jár, mint nálunk, embereknél.

Temérdek íjász vett engem célba. Kaptam még egy vesszőt a bal vállamba. Akkora lökéssel érkezett, hogy majdnem hátraestem. Végül pengémmel támasztottam magam. Az általam megölt elfek szemeit kezdtem nézni. Láttam bennük magamat. Éreztem, amit ők. Talán az erdő elnyeli ma az én testemet is? Hatalmas, nagy fa nőhet belőlem ebben a végtelen lombtengerben? – NEM! – kiabált Rose. Botját felemelte, ettől zöld kristályának ereje teljesen kibontakozott. Minden elfet leráztak magukról a fák, és gyökér dárdákba estek. Akik a földön menekültek, mindnek indák szegezték testüket, amit az erdő lassan kezdett megemészteni.

Rose zöld szemmel, ugyanilyen fénnyel maga mellett sétált felém. Lassan leengedett körülöttem a bölcsőként óvó gyökérfal. Nyugodt tekintettel láttam az erdő valós erejét. Minden ellenséget, ki aláhullott. Rose felvette fegyveremet a földről, íjamat a zsákjába helyezte, kardomat pedig tegezébe csúsztatta. Végül erőtlenül dőltem hátra, egyenesen az ő karjaiba. Elkapott, még mielőtt földet értem volna. Tartotta fejem, és óvatosan ölébe fektetett.

Még mindig világított a kristály, szemeivel együtt tündökölt. Mágiát szavalt ismeretlen nyelven. Mintha nem is ő lenne. Csodás szavakat formált. Órákig tudnám hallgatni. Puha bőrén koszos hajam kellemesen pihent. A tarkómon száradó vért vörös ruhája szívta magába.

Rose minden rosszat megsemmisített környezetében. Hina és Lenger elképedve figyelték, mit művel ez a fiatal mágus. Közelebb nem mertek jönni hozzánk. Hina aggódva figyelte gyenge testemet. Hitt benne: kitartok ebben a nehéz helyzetben.

Rose pár pillanattal ezek után a kezét sebeimre helyezte. Zölden fénylő tenyere begyógyította a lábamon lévő sebet. A karomon vérzőkkel folytatta, és így tovább. Ismét kezdett helyreállni a keringésem, távolodni éreztem a közelgő sötétséget, ami lerántana a mélybe, minden cserbenhagyott lélek mellé. Rose kihúzott a halál karmai közül. Gyógyításának hála, teljesen felépültem.

Hirtelen minden kellemes fényben pompázott, és Rose szemei is normálissá váltak. Az erdő békésen zöldellt, tovább míg Hina és Lenger csatlakozott hozzánk. Némán figyeltem Rose arcát az öléből. Fölöttem nagy levegőkért kapkodott. Fáradtnak tűnt, erre néha megremegő teste utalt. Arcán összegyűlt izzadságcseppek gyöngyöztek. Az egyik szemem alá hullott. Éreztem azonnal, mekkora erőt használt. Lélekenergiájából bőséggel adott nekem. Temérdek manát vesz igénybe a gyógyítás. Kicsit kócos haja árnyékot biztosított felettem. Kezeim széttárva, lassan sütkéreztek a napfényben. Gyengéden homlokához toltam az ujjamat, ő pedig az érintésemtől mosolyra fakadt. Nagy levegőket vett, nyugtatva szívét. Mutatni próbálta, mintha nem lenne kimerült és fáradt. Közben az utolsó csepp erejét is beleadta ebbe a varázsba. Izzadt homloka mellé remegő kezei társultak, amik lassan regenerálódtak. Görbülő, kedves ajkai nyugalmat hoztak törött lelkemre. Csukott szemeiben mintha könnyek gyűlnének. Sós ízű izzadságát ízleltem, miből újabb csepp hullott rám.

– Miért tetted ezt? – kérdeztem.

– Nem hagyhatom... azt, hogy meghalj – felelte homlokát törölve.

– Akkor sem áldozhatsz fel mindent egy ember életéért.

– De hisz te is ezt teszed – vágta rá, kedvesen.

Tehát ezt tanultad tőlem. Végül sikerült valami jót továbbadni. Rose ma bebizonyította, hogy megoszthatok vele némi terhet, ezzel könnyítve az én vállamon lévő súlyokat. Lassan tényleg felnő a varázslólány. Nagy levegőt vettem, majd felültem. Megtapogattam sebeimet, amiknek hűlt helyét sem leltem. Rose összeszedte magát, végül megpróbált talpra állni. Láttam, még bizonytalanok a léptei, ezért fogtam jobb karját.

– Nem muszáj sietni, Rose. Pihend ki magad.

– Semmiség, tényleg! Indulnunk kell – mondta, utána talpra állt. Hina meglepetten követte az eseményeket. Sokat nőtt szemében társam, s tudta, nincs miért aggódnia. Rose lassú léptekkel, de magára vette feneketlen zsákját. Rálelt botjára, amire támaszkodott.

– Felelőtlen vagy, Rose.

– Bocsánat – mondta lehajtott fejjel, kalapját igazgatva.

– De hálás vagyok mindenért – mondtam büszkén. Ő nagy mosollyal az arcán válaszolt.

– Bármikor számíthatsz rám! – és ezzel pontot tett a dolgokra. Csatlakoztunk Hina és Lenger társaságához. Ők előrementek, mutatták az utat. Hina gondolkozott, kezét kardján tartva haját néha félresöpörte. Magabiztosan lépte át a gyökereket, régmúlt mesterének szavaira emlékezve. Lenger a keleti front megerősítésére szánt egység indulási idején elmélkedett. Kényelmes tempóban, néha beszélgetve értünk az erdő külső részére. Az utolsó fa árnyai mögül kiléptünk. Hina megállt határain, és hozzánk szólt kedves hangon.

– Örülök, hogy megismertelek titeket!

– Mi is örültünk, és hálásak vagyunk mindenért! – felelt Rose.

– Ha léteznek becsületes lelkek e világban, ti közéjük tartoztok. Rég küzdöttem vállvetve emberrel, és sosem lehettem hálás mágusnak büszke kezének védelméért! – Lenger szavai jólestek. Őszinte beszédét jól eszembe véstem.

– Emlékezni fogunk rátok. Kívánom, erdőtök mihamarabb lépjen a béke útjára.

A hercegnő magabiztosan válaszolt.

– Hamarosan megnyerjük a háborút, és újjáépítjük nemzetünket.

– Harcotok akkor lesz eredményes, ha a vége előtt békére leltek. Néha a megoldás nem nyilaitokban, hanem magatokban keresendő – válaszom. Vendéglátóink boldog szemekkel bólintottak.

– Látunk még valaha titeket? – kérdezte Lenger hátratett kézzel. Hinát leginkább ez a kérdés foglalkoztatta.

– Hosszú út áll előttünk. Ha nem is térünk vissza, valaki biztosan érkezni fog majd helyettünk. Fogadjátok oly kedvesen, akár velünk tettétek – mondtam, utána sarkon fordultam. Rose integetett, Hina ízlelgette szavaimat. Emlékeztettem valakire, aki immár kellemes emlék. Társával közösen visszatért az erdőbe.

Előttünk magas dombok csúcsosodtak, rajtuk végtelen mezővel. Sziklák is bőséggel tornyosultak. Szép, meleg táj fogadott minket. Madarak boldog csicsergése buzdított az út folytatására. Rose már kezében tartotta a térképet, és mutatni akarta az irányt. Én persze egyenesen indultam, hallgatva az ösztöneimre. Tudtam, hogy délnek megyek, és azt is biztosra vettem: előbb-utóbb városok esnek utunkba. Sok gondolat futott át fejemen, és tiporta porba az azelőttieket. Séta közben ez Rose-nak is feltűnt. Térképét zsákjába rakta. Kezébe ragadta lebegő botját.

– Megint gondolkozol?
– Igen.
– A következő városon?
– Nem – mondtam, semleges és rejtélyes tekintettel.
– Talán a déli partról?
– Nem.
– Akkor mi jár a fejedben? – kérdezte mellém lebegve.
– Te – vágtam rá. Ő teljesen elpirult és leszállt a földre. Kicsit lemaradt, de lassan követett. Kellemesen indult a reggel, neki pedig kifejezetten ez volt a nap csúcspontja. Mosolygott, kapargatva botját. Törni kezdte a fejét valamin, amit sosem tudok meg.

8. FEJEZET

A FEHÉR FALÚ VÁROS

Miképp hullik az égből alá egy csillag? Tán elfáradt odafenn és megpihenne a Földön? Vágyódik az új környezet rejtett titkaira? Kik is vagyunk mi valójában? Létezik befolyásoló különbség népeink között? Kultúra, világnézet, vagy berögzült eszméink végtelen üldözése? Temérdek kérdéssel bombázom magam. Vakon követem elveimet, söpörve magam előtt minden ellenséges bábut a táblán. Halálom után valószínűleg ráébredek, hogy én sem vagyok más, mint egy gyalog, ugyanazon dobozba kerülve, ahova ellenségeimet küldtem.

Éppen a Hollószem nevű kisváros nyilvános akasztását figyeltem egy félreeső, öreg fal tetejéről. Omladozó külseje porzott, ha erősebb szél fújt kelet felől. Indák kúsztak nyújtózkodva a nap felé, sűrűn hálózva a téglák közti repedéseket. Rose mellettem ült és könyvét lapozta, sarkával pedig rugdalta a falat, minek széle azon a két ponton kis gödröt formált. Koszos lábbelijének látványa nem izgatta különösebben. Halk varázsszavait olyan szépen formálta, hogy bármikor kivehető lett volna száz ember morajából. Ajkai kedves hangját állandóan fülembe hordta a szél. Illik hozzá könyve, és annak tartalma. Jelzi, mennyivel magasabb szintet képvisel. Mert akármilyen alacsony vagy törékeny ez a lány, közelébe sem érhetünk semmilyen téren. Közelünkben, a város főterén három férfi állt remegve, maga alá vizelve, hangosan imádkozva. Lentről a kegyetlenül őrjöngő tömeg rothadt paradicsomokkal dobálta a kitaszított, bűnös lelkeket. Az arc nélküli hóhér határozott mozdulattal rántotta őket a halálba, és pár másodperccel később már mind élettelenül lógtak. Hollók repültek ernyedt testükre. Vállukba mélyesztették karmaikat, csőrükkel pedig kezdték szemüket csipegetni. Redős, fehér bőrüket könnyedén lehántották a madarak, bőségesen lakmározva belőlük. Az alattunk lévő nép örömmel figyelte a dolgos jószágok munkáját.

Zajos kocsmában hallottuk tegnap a történetet, miszerint egy Striga honol a város végén lévő elhagyatott kápolnában. Régen meg akarták ölni boszorkányság vádjával a nőt, kit megköveztek a város közepén, ő pedig átalakult, és lemészárolta az egész egyházi szervezetet. Azóta természetesen újra alapult, bölcsebb vezetőkkel. Befalazták kijáratait annak a kápolnának. Valamiért hetek óta sűrűbben tűntek el a kutyák a környékről, illetve sikolyát éjjelente hallani lehet. Gyermekeiket féltő anyukák zárt ajtókkal és rozsdás késekkel ágyuk mellett hunyták álomra szemüket. Természetesen létezett megoldás a problémára, hisz' épp ezért jöttünk ide. Egy úr a nevünkben beszélt papokkal, aki pénzjutalmat ajánlott annak, aki örök nyugalomra küldi ezt a szörnyet.

Mi mást is tenne? Ők képtelenek elintézni. Különleges zsoldosokat keresnek, mivel nekik érdekük a jó hír, miszerint „szabaddá teszik a várost". Hatalmukat féltő papok és uralkodók remegve ajánlanak temérdek vagyont ismeretlen utazóknak. Sikertelen próbálkozásokról a mai napig lehetett hallani. Manapság, ha szóba kerül a Striga neve, inkább a csehóban isznak tiszteletére a zsoldosok, utána kihasználják a helyi nők vendégszeretetét, és reggel továbbállnak. Látni lehetett ebből a magasságból az omladozó, lyukas tetejű, feketedő falú kápolnát. Az informátorunk szerint három helyiségből áll az egész. Egy fenti terasz, amiről krónikáztak a papok annak idején. Egy középső csarnokrész, ahol a hívek gyűltek össze minden misére. És végül a kis, földalatti raktárhelyiség. Állítólag ott pihentek a papok, továbbá régi sír is felfedezhető azon terem közepén: az évtizedekkel ezelőtt az ország által becsben tartott Walker atyának nyughelye. Tömegek vándoroltak díszes temetésére. Ötven évig irányította ezt a várost, és szentelte házait. Utód nélkül vesztette életét idős kora miatt. Álmából már nem ébredt többé. Furcsa véletlen lenne, hogy azon az estén egy lánygyermek született? Előtte sem, utána sem két évig senkinek. Ő azóta felnőtt, és pont hozzá indulunk a kápolnába. A Striga valószínűleg pihen napközben. A csendes, hűvös és sötét helyet kedveli. Ott nem érhetik el a bántó kezek.

Türelmesen meg kell várnunk az éjjelt, mikor felébred hoszszú álmából prédánk. Bár a történetek alapján ő lesz a vadász. Harag és fájdalom gyötri szívét. A fiatalok fekete bárányként csúfolták az idősek beszámolója szerint.

– Képzeld, az este mondták nekem, hogy mióta a Striga félelemben tartja a népet, nincsenek boszorkányüldözések! – büszkélkedett információjával Rose. Elrakta könyvét, utána lenézett az itt élők végtelen sorára.

– Talán itt ő védi az ártatlanokat. – Az emberek végtelen öröme alattunk mind a lógó társaik halálában rejlik. Mi mást tehetnének? Ha elvetnék, tán ők is hasonlóképp járnának.

– Szerinted tényleg félnek tőle?

– Biztos vagyok benne. Kiszámíthatatlan a cselekedete, és az ösztönök vezérlik. Szemet szúr a vezetőknek. Tudod, ennek hatására csökkenhet az itt élők száma.

Válaszom után kalapját igazította.

– Menekülnek a városokból?

– Pontosan. Így pénz- és munkaerőhiány lép fel.

– Szóval mi azért dolgozunk, hogy itt maradjanak a családok, és legyen munkájuk.

– Nem. Mi a nő miatt léptünk kapcsolatba informátorainkkal. Az első napsugarak fénye visszaváltoztatja, és megtöri az átkot.

– Átok? Ha jól tudom, azt csak boszorkányok tudják megtenni – nézett rám. Törte kis fejét, hátha tudna valakit, aki képes erre. De oly kevés boszorkányt ismer... miért átkoznának meg egy lányt, akit bántottak?

– Boszorkányokkal csak kétféleképpen találkozhatsz. Az első: ha ők találnak rád. Akkor viszont jóval azelőtt figyeltek, mint azt sejtenéd. A másik módja, ha te azt akarod, hogy átkozzanak meg valakit. Bizonyos helyeken és időpontokban lehet szerencséd találkozni velük.

– A lány maga keresett egy boszorkányt?

– Valószínűleg. Azt akarhatta, hogy adjon neki valamit, amivel megvédheti magát.

– Többféle átok létezik?

– Temérdek! Viszont az átkokkal nem tudsz adni. Más, mint a mágia, mert ezzel csak elvenni lehet. És annak hatalmas ára van.

– Csak elvenni? Mégis mi az ára ennek?

– A saját lelkeddel kell fizetned. Sikerült megállapodniuk, hiszen ellenkező esetben a lány halott lenne.

– Striga akart lenni? – Rose kérdése közben kulacsát szorongatta, és inni készült.

– Nem hinném. De pontosan kell beszélned, és lényegre törően a boszorkányokkal. Sokan félreértelmezik, és más átkot használnak. Előző generációjuk szándékosan ezt tette. Néhol a mai napig feltűnnek az idősebbek, kik életben vannak távoli földeken, apró házaikban.

– Te hogy találkoztál legelőször velük? Rád találtak?

Több emlékem közül talán ez él bennem legerősebben. Az illatos fenyőerdő és a sötét kéregtenger. A magányos ház és a recsegő avar.

– Ki tudja? Lehet, hogy az volt az első alkalom, hogy valaki rájuk talált teljesen véletlenül – feleltem, majd felálltam a falra. Rose nagyra nyílt kék szemei és kedves mosolya többet mondott minden szónál.

Csuklyám mögé rejtettem arcomat és leugrottunk. Sötét sikátorba, két ház közé érkeztünk. Hordók, döglött macskák vettek körbe. Szaguk marta orromat. Ekkor az ablakból, távolabb tőlünk, vizet öntöttek a homokos földre. Nyelte magába a talaj, mintha régi szomját oltaná. Rose gyalog követett, míg elszántan haladtam a kisváros kavicsos útján, egészen a kápolnáig. Számos ember kereskedett az utak szélén. A gyerekek felügyelet mellett botokkal játszottak.

Közelebbről szemügyre vettük az egész környezetet. Sok rémült szempár figyelt ránk. Általában nem mentek ilyen közel a Striga fészkéhez. A környéken lakók pedig már új házba költöztek. Kezemet a bomladozó falra helyeztem. Csak félelmet és haragot éreztem. Bentről ez sugárzott. Egy lélek-jelenlét, mely éppen pihent. Rose óvatosan körbejárta az egész kápolnát. Falra festett kereszteket vett észre. Mécsesek kirakva, némelyik félig üres viasztárolójában várta, mikor ragyoghat újra. Sehol sem talált bejáratot, kivéve a tetőn lévő rést. Valószínűleg esténként ott jár ki, amikor már éhezik. Mi viszont ott megyünk ma be. Tudtam a dolgomat. Rose visszaszállt mellém, kalapját igazítva. Kezében lévő botját a földbe dugta, hátha érzékel valamit, amit szemei nem láthatnak. A falakat néztem ujjaimat dörzsölve. A szegecselt ablakon lévő deszkák több helyen eltörtek.

– Rose, szükségem van a segítségedre! – Mikor ezt kimondtam, rám nézett, és meglepetten reagált.

– Mire gondolsz pontosan?

– Tudsz bájitalokat keverni? – fordítottam felé tekintetem, ám ő még mindig nem értette céljaimat.

– Azt hiszem, igen. De pontosan milyenre gondolsz? – kérdezte kíváncsian.

Az emberekre másképp hatnak a mágikus bájitalok. Sok halálos lehet ránk. Szervezetünk közel sem annyira ellenálló, mint akár az elfeké, vagy a törpöké.

– Hallottam régen meséket, miszerint keleti országból származó harcos egész éjjel küzdött egy Strigával. Számtalan főzetet ivott, azokkal erősítette magát. Nekem is hasonlóra lenne szükségem. Olyanra, amivel az állóképességem viszonylag hosszú időre javul. A sérüléseim fájdalmát is szeretném csökkenteni. Összesen így két főzetre tartanék igényt.

– Két főzet? Mikor szeretnél indulni a kápolnába?

– Ha éjfélig elkészülnél vele, hálás lennék.

– Nem keverek túl erőseket, inkább hosszú időtartalmút. Lehet, hogy a szervezeted megsínylené.

– Rád bízom. Képes vagy jó döntést hozni, ezért nem tartok tőle – fejeztem be, utána hátat fordítottam. Rose figyelmesen hallgatott. Tartva a dolgoktól felelt:

– Rendben, megteszek mindent! – Közben elővette könyvét.

– Addig elmegyek a csehóba és iszom valamit. Ott találkozunk! – végeztem a beszélgetéssel. Porzott az út talpam alatt távolodva társamtól, aki haját félresöpörte, készen állva feladata teljesítésére. Bíztam benne, így bátran hagytam önállóan dolgozni. Amíg finom szeszért indultam Hollószem város szívébe, addig Rose az erdőbe, hozzávalókért sietett, majd rálelt településünk elhagyatott tornyának tetejére, ahol megpihent, hogy előkészítsen mindent. Nagy munkálatokat végzett, zavarni pedig nem szerettem volna. Megoldja egyedül. Biztosan tudtam. Temérdek mágia, és furcsa, növényi levek. Hihetetlen, mire képesek.

A csehó egyszerű volt, mégis fényesen tündökölt belülről. Összeszegelt székek és asztalok alatt szépen rakott padló ragadt a temérdek italtól. Lábnyomokat lehetett látni odalenn, mikor úgy tört rajta a fény. Szépen festett falak, féltucatnyi képpel. Mind festett tájakról mesélt. Régi, kellemes időkről. Gondtalan gyerekkorokról. Szerető családokról. Hová lett ez a világ? Valaki bezárta a létező összes kellemes érzéssel azon portrékba, mik falainkon lógnak? Vagy mi vagyunk bezárva, és ha ránézünk, a külvilágba tekintünk? A komor kocsmáros keserű sört öntött és tett elém. Pimaszul söpörte pultja alá az ezüstöt, amit az italért fizettem. Többen megnéztek maguknak, találgatva kilétem. Szőke hajam több felszolgálólány figyelmét felkeltette. Pimasz mosolyuk, lenge, sokat mutató ruhájuk akármelyik férfit levenné a lábáról. Elfoglaltam az egyik sarokban lévő asztalt, és falnak befele fordulva ittam. Rumra vágytam, de ebbe a kocsmába rég nem hoztak belőle. Állítólag tíz hordót kértek levélben, azóta válasz sem érkezett. A kocsmáros felesége lóra ült tegnap, és személyesen ment intézni üzletük ügyeit. Ajándéktálon kenyeret kínált nekem a legszebbik, barna hajú hölgy, édes mosollyal arcán.

– Bántja valami a szívedet? – Kérdése váratlanul ért a semmiből.

– Csupán a hosszú út kimerít.

– Vándor lennél délről, vagy zsoldos nyugatról?

– Számítana valamit? Kényelmes ágyaitok híre vonzott ide.

– Ha gondolod, velem pihenhetsz az éjjel. Meglátod, nem csalódsz majd a vendégszeretetemben – adta magát oly könnyedén, mitől azonnal a hányinger kerülgetett.

– Kihagynám ma. Köszönöm az ételt! – feleltem, utána az ablakra pillantottam a külvilágot figyelve. A nő kuncogott, utána folytatta.

– Ha mégis meggondolnád magad, csak szólj. – Ezután intett, és távozott.

Gondolataim ismét rabul ejtettek. Nem csak az emlékeim között kutattam arcok után, hanem az utam végén váró kapun is kattogott az agyam. Mégis mit tegyek, miután elvégeztem a feladatom? Induljak vissza északnak? Járjak át más falvakat, városokat még több nő után kutatva, akik rám várnak életük utolsó pillanatában? Biztosan tudni fogom, ha arra kerül a sor. Lassan sötétedett. Korsóm félórája kiürült. Puha kenyér és túlsózott disznóhús íze kényeztette számat. Órák repültek el mellettem észrevétlenül. A kocsmában lévők korán hazatértek. Kivétel nélkül féltek a Strigától, akárhány italt fogyasztottak. Persze a bátrabbak még fennhangon ordítva a kocsma másik végében fényezték magukat. Lenge ruhás, szakadt nadrágos kőművesek. Kiállásuk és testalkatuk erre utalt.

– Felőlem jöhet a Striga, biztosan megölöm!

– Egyetértek, Francis, nem félek tőle! – folytatta a másik.

– Öltem már farkasokat, ez a boszorkány gyerekjáték lenne!

– Nem értem, miért félnek tőle az itteni parasztok!

Egymást ingerelve játszották a legényt, ezzel dominálva a felszolgálólányoknak. Meguntam a zsivajt. Ki szerettem volna tisztítani a fejem. Csendesen hagytam magam mögött nyikorgó székemet. A kijárathoz közeledve egy kar szorította meg vállamat. A Francis nevű srác erősködött. Részeges állása és tekintete magának ásta sírját. Egy pillanatra elgondolkoztam, hogy fejét zúzzam össze, vagy csak terítsem ki beleit a földre és hallgassam halálhörgését, míg a sokktól össze nem esik.

– Mi a gond, ember? Talán te is hazafutsz a Striga elől? – kérdezte. Kezére néztem, ő pedig szorított rajta.

Ebben a pillanatban fogtam alkarját, és eltörtem a könyökét. Csontja kiállt, hasznavehetetlen keze lefelé lógott. Határozott mozdulattal a fejét belevertem az asztalba. Végignézve testén csak átkoztam tovább saját fajom fattyait. Mindenki rám szegezte megvető pillantását. Félelem ült az arcukra.

– Valamikor mind megjavulunk – vetettem közéjük még ezt a mondatot, közben kisétáltam a csehóból. Magamba szívtam végre egy kis friss levegőt. Egész sötét lett. Már a csillagok kezdtek előbújni az égen. Rose hirtelen megjelent az utcában. Leszállt mellém, a teljesen kihalt térkövekre.

– Itt is vagyok! – hangoztatta büszkén.

– Mondtam, hogy településeken ne repülj. Kerüljük a feltűnést! – szóltam rá. Végül is a mágusok trófeái és egyéb tartozékok sokat érnek a feketepiacon. Tisztában volt ezzel, bár bátorságát saját fejlődésének, illetve állandó jelenlétemnek köszönhette.

– Már nagyon késő van! A teljes városban csak pár kutya mászkál. Az új kövem segítségével láthattam ezt a toronyból.

– Biztos vagy ebben?

– Teljesen! – mosolygott, és bólintott.

– Rendben. – Rose kezében három fiolát szorongatott. Felém nyújtott kettőt, utána elkezdte a fejtágítást, miközben elindultunk a sötét, hűvös utcán a Striga fészkéhez.

– Viszont elkészültem az összes főzettel!

– Nagyszerű hír. Mit érdemes tudni róluk?

– A kék az erőnlétedet duplázza. Ez egy közepesen erős főzet. Tisztább gondolkozást és gyorsabb cselekvést, fokozott problémamegoldást fogsz tapasztalni. – Elvettem tőle, alaposan szemügyre véve.

– Negatív mellékhatásokról valami említésre méltó?

– Ha még párat meginnál, biztosan felrobbanna a szíved. Vagy leállna a tüdőd. Ez a mennyiség nem okozhat problémát. Maximum fáradtságot, és pár órás tompa gondolkozást – felelte. Tekintetemet a következőre szegeztem.

– A piros pedig csökkent minden jellegű fájdalmat. Sebeid nem véreznek majd, továbbá az ütéseket sem érzed, egészen addig, míg hat a varázs – felelte.

– Gondolom, amint kiürül belőlem, azonnal visszatérnek a fájdalmak.

– Igen, sajnos a ti szervezetetek magától nem lép kapcsolatba ezzel a szerrel és nem képes a gyógyításra, csupán halasztja a fájdalmakat. Ugyanez igaz a másik főzetre. Ha véget ér a hatása, lelassulsz és fáradt leszel.

Az ár nem olyan megfizethetetlen, amennyiben sikerül eredményesen küzdenem a Strigával.

– Rendben, Rose, köszönöm! Most már készen állok. – Rose erősen szorítva tartogatott magánál valamit.

– Várj! Még egy főzetet készítettem – mondta, utána maga elé nyújtotta. Viszont itt már arcára kiült a félelem.

– Harmadik főzetet? Én csak ezeket kértem – néztem kezére, amiben fekete fiola feküdt.

– Arra az esetre készítettem, ha a kettő másik nem lenne elég a harc közben. Viszont ezzel nagyon vigyázz, és ha lehet, ne idd meg!

– Miért, mit készítettél?

– Ez fekete mágia. Ezzel az összes lélek-erődet kiszabadítva emberfeletti hatalomra tehetsz szert. Bárkit legyőzhetsz vele, viszont saját korlátaidon belül használhatod. Amint elfogyott a lélek-energiád, a hatása megszűnik, és szörnyű kínokat élhetsz át. De... talán még az is jobb, mint a halál – fejezte be, átadva nekem. Meggyőzött tekintettel vettem el tőle, és a hármat kezembe tartva raktam belső zsebembe őket.

– Nem lesz baj, Rose – nyugtattam. Ekkor éjfélt ütött az óra, és a Striga vékony, démoni hangon üvölteni kezdett.

Már a kápolna előtt álltunk ekkor. Gyorsan felmásztam a tetőre. Rose utánam repült. Benéztem az egyik tátongó lyukon, ahonnan csak a sötétség köszönt vissza. Utoljára mély levegőt vettem, majd leugrottam. Hirtelen értem talajt.

Állott levegő fogadott. Néhol beszűrődő fény világította a fenti teraszt. Talpam alatt ropogott a fa padló omladozó szerkezete. Síri csend közepette húztam ki magam. Kardomat kezembe vettem, másikat szándékosan üresen hagytam.

– Rose, maradj ki ebből.

– Én is segíteni akarok! – emelte fel hangját, én pedig lefele nézve válaszoltam.

– Már megtetted! Viszont ha minden áron ezt szeretnéd, csinálj nekem fényt.

– Ha itt lennék veled, a teljes teret világossá tudnám tenni.

– Minimálisra van szükségem. Ő valószínűleg lát a sötétben.

– De...

– Most menj! Már tudja, hogy itt vagyunk – intettem neki határozottan.

Ő felszállt a kápolna tetejére, és pálcáját a letört kereszt helyére állította. Összpontosítani kezdett, segítségül hívva a természetet. Hála neki, szentjánosbogarak repültek be a réseken, kis fényeik minimális világosságot biztosított az egész térnek. Apró segítőim repkedtek, ezzel könnyítve a látási viszonyokat. Sokat nem tétlenkedtem.

Leereszkedtem a padok és a kápolna belső terébe. A nyikorgó lépcső fokai bizonytalanul engedtek utamon. Néhol szegek álltak ki a régi fa fokokból. Feldöntött, széttört berendezés fogadott. Karmolásnyomok a falakon. Éjfél már elmúlt, halkan indultam az alsó szárnyba. Lélegzetvételeim némák voltak, bár fülemben zengő harangnak minősültek. Homályos környezetemben mohás, repedt falak köszöntek rám. Zöld színük vonzotta tekintetem. A zárka letépett ajtaja a falnak támasztva, közepén félbe metszve a vasrács. Sokasodó száradt vér, s ruhák vezettek a lépcsőkön mélyen a föld alá.

A lenti látvány viszont meglepett. Kétoldalt több járat ismeretlen irányba vezetett. Illetve hosszan előttem cellák sorakoztak. Ágyakkal, tálakkal, koszos, büdös, felborított vödrökkel kiegészítve. Az árulkodó jelek sokasága lassan verő szívemet zabolázta. Pár lépést tettem, egészen a lenti folyosó végéhez közeledve. A koporsó, ami kőből épült, és teteje is abból állt, félre tolva, üresen szellőzött. Körülötte tisztaság, viszont savanyú szag áradt belőle. Talpam élesen csúsztattam hátra, várva környezetem kétséges válaszát.

Hová tűntél? – kérdeztem magamtól. Ekkor mögöttem felegyenesedett egy sárgás szempár gazdája. Éreztem, ahogyan levegőt vesz. Mire kardom felemelhettem volna, már oldalról egy csapással a földre terített.

Repültem talán három métert. Annak lendületét kihasználva, kezeimmel talpra állítottam magam esés közben. Fegyverem magam elé tartottam. Fél lélegzetvételnyi időt sem adott. Újra előttem állt, és ismét távolabb parancsolt egy ütéssel. Sok bogár repült közelembe, félhomályt teremtve nekünk. Nem láttam tisztán mozgását. Túl gyorsan egyik helyről a másikra került, mintha csak eltűnne, és máshol megjelenne. Igazak a szóbeszédek: ez a boszorkányok legfurcsább faja. Erősek és gyorsak. Súlyosabb sebet nem akartam rajta ejteni, mindössze távol tartani a sírjától. Hátráltam óvatosan, ő viszont szemtől szemben tűnt fel váratlanul. Meg szerettem volna vágni a lábait, hátha azzal lelassítanám, viszont ellenfelem gyorsan mögém került. Lendületben lévő csapásom közben már nem térhettem ki. Karmaival végigsértette a hátam, majd elkapta a kabátomat nyakamnál, és kegyetlenül nekirántott az egyik cellának. Még épp időben reagáltam a következő csapására. Kardommal oldalról sikerült megvágnom a karját. Mit sem számított neki: tovább közelített.

Tisztában voltam azzal, hogy ha hagyom magam, könnyedén kibelez itt, a kápolna közepén. Ezért új terven agyaltam. Siettem a fenti részre. Fordulásból a biztonság kedvéért hátravágtam, és az arcát megsértettem. Akár olaj a tűzre. Lábával mellkason rúgott, amin csak a kardom, amit magam elé tettem pengével előre, tompított. Pár padot mögöttem összetörtem. Az utolsó ledöntött asztalból faszilánk sértette fel hátamat mélyen. A vesém körül szúrt sebet szereztem, viszont nem tűnt mélynek. Kitéptem magamból, utána a kék fiolát kerestem a földön. Az apró parafa dugóra haraptam és törmelékekre köptem, végül mindet megittam. Egy pillanattal később már hatott a szer. Pupillám kitágult, szemeim kékek lettek. Átfutott testemen az erő. Elmém érzékelte környezetét: oly lassúnak tűnt az egész világ. Láttam a Striga mozdulatait. Nagyjából hasonló szinten álltunk a sebességet tekintve. Felém ugrott, én hirtelen talpra álltam. Kardom markolatával hasba ütöttem, másik karommal pedig az arcát. Természetesen viszonozta ezt, és egymást gyalulva telt két óra. Már kezdett múlni a szer hatása. Hiába fárasztottam és zúztam szét testén akármennyi széket vagy padot, ő fájdalommentesen küzdött. A Striga karmát bal lábamba döfte, én másikkal az arcába térdeltem. Szétvertük az egész belső teret. Határozottan, céltudatosan siettem a felső teraszhoz. Kapaszkodtam, amiben lehetett, hogy mielőbb célba érjek. Már elhagyott majdnem a főzet teljes ereje, és ebben a pillanatban nyitottam a vöröset. Miközben kortyoltam, forrón égette torkomat. Hirtelen elmúltak testem fájdalmai, amit addig éreztem. Magabiztosság töltötte csordultig szívemet. Sebezhetetlennek éreztem halandó létem. Talán a kombinált bájitalok hatása lehetett, ennek hála sebességem tovább nőtt. Izmaim dagadtak, tüdőm tágult. A Striga rám támadt, rémisztő, éles kis fogaival vicsorogva. Sötét nyál ömlött ajkai szélén. Talpammal az arcába rúgtam, ezzel visszalöktem a fő csarnokba. Amint földet ért, már ugrottam a mellkasára, és hiába döfte karmait az oldalamba, egészen bordáimig, észre sem vettem. Átszakadtunk a legalsó szintre, bele egy cellába. Leugrottam róla, ki a helyiségből, utána rárúgtam az ajtót. Gyilkos, éles sikolya bántotta dobhártyámat. Karmaival kettétépte a rácsokat és nekem ugrott. Fejével a másik ketrecnek tolt. Elkaptam a nyakát, szabad kezemmel gerincvonalára ütöttem. Ő meg sem rogyott, csak félredobott, mint egy unott gyermek a használt játékát.

Neki repültem a Striga koporsójának, minek belsejéből rég kiette a nyugalomra helyezett papot.

Elképesztő erővel bírt ez a lény. Sok félelem és szenvedés lapult a szívében. Rose a tetőről várta a fejleményeket. Megint eltelt két óra. A harcunkba ölt percek folytak észrevétlenül. Zúzódások, repedt csontok tömkelege borította testemet. Fájdalmaim kezdtek előjönni. Éreztem sebeimet, és sajogtak helyeik. Lelassultam, tompának éreztem magam. Védekeztem, lomhán kitértem támadásaitól. Hirtelen nyakamat körbefonta hosszú ujjaival, és nekivert a falnak. Felnyomott rajta, az arcomba üvöltve. Szemében kerestem azt a nőt, aki legbelül szenved, viszont csak mihaszna emberi testemet láttam, aki utolsó erejéből lélegezni próbált. A Striga nem kímélt. Utolsó erőmmel belső zsebembe nyúltam. Kivettem mélyéről a végső fiolát, közben nyelvemet haraptam, sürgetve magam. Karmait mélyen torkomba tolta, levegőt nem engedve tüdőmbe. Lassan megleltem utolsó esélyem. Kinyitottam, és a számba tudtam önteni a felét. Remegő kezeim és a szűkülő látásom mellé párosuló tömény légszomj torzította tudatom. Végül a Striga kiütötte kezemből a fiolát. Gyenge hanggal széttört a padlón.

– Ne! – kiáltotta Rose a tetőn. Kis kezeivel jobban markolta botját. Könnyed szél fuvallata játszott fülével. Távolban szürke felhő borította az eget. Esőillat járta orrát.

Szemeim befeketedtek. Hirtelen a világ minden erejét magaménak éreztem. Furcsán láttam környezetemet. Érzékeny lettem a hangokra és a szagokra. Egyenesen a Strigára néztem, majd kezét akkora erővel ütöttem félre, hogy még ő is megingott. Amint leértem a földre, egy csapással fejét átütöttem a rothadó fapadlón, ezzel az alagsor folyosójának közepére érkeztünk. Felém suhintott, de karmait a kardommal elvágtam, majd azonnal nekirúgtam a koporsónak, ami így kettétört.

– Már nincs hova futnod! – szóltam közeledve felé. A világ minden haragja előjött belőlem. Kellemetlen szagok bántották orromat.

Lemészároltam volna az egész falut. Porrá égetném csontját minden papnak és banditának. Sebeimből fekete vér csörgedezett. A Striga új menedék után kutatott. El akart menekülni az egyik résen fölöttem. Gyorsan elkaptam lábát, majd hirtelen visszarántottam. Mellkason térdeltem, ettől a mögötte lévő, öreg, repedezett, kopott festett falnak repült. Kardomat előrántottam és készültem kettévágni, hogy megízleljem a szörny vérét, ami talán új határokat feszegethetne bennem. A Striga tehetetlenül állt. Valószínűleg elfáradt, vagy már vágyakozott a halálra. Szemeimben önmagát kutatta. Mit láthatott? Utolsó lélegzetvételét rám fújta, ettől testemet kirázta a hideg. Összefutott nyál a számban. *Bár vége lehetne!* – ordítottam magamban. Termekben zengő zongorák dala játszott fülemmel.

– Elég! – kiabált rám egy ismerős hang. Kardom pont megállt a szörny teste előtt. Fekete szemekkel hátranézve láttam, hogy Rose kezében botjával figyel mögöttem.

– Ne avatkozz közbe! – szóltam rá, majd még erősebben nekitoltam a falnak a Strigát. Mozdulatlanul lélegzett, már csak én tartottam testét.

– Fejezd be! – kiabált Rose. Zavarni kezdett. Sötét szemeimmel gyönyörködtem kardomban. Pengémen csillogni kezdett a szentjánosbogarak zöldes fénye.

– Segítek rajta! Samantha hamarosan eljön érte. De még meg kell szabadítanom ettől a testtől! – Fegyverem felemeltem, mivel gyorsan le akartam sújtani. Hirtelen vékony gyökér tört elő a földből, elkapva a kezemet. Mozdítani sem bírtam, s a pillanat hevében tudatosult bennem a dolog: csak az utamba akar állni! Rose könnyes szemmel mutatott felém pálcával. A kristályának fénye beragyogta az egész teret.

– Hogy mered ezt tenni? – kérdeztem tőle. A Striga testét szorosan átfonta az inda. Nekem viszont rendületlenül tartotta kezemet.

– Miért csinálod ezt? Nem vagy önmagad! – kiabált rám csukott szemmel. Én leejtettem kardomat jobb kezemből, majd a ballal elkaptam, és kettévágtam minden gyökeret, ami tartott. Ránéztem gyilkos kisugárzásommal. Ziháltam, szinte forrt a vérem.

– Senki sem tudja, hogy ki vagyok! – kiabáltam rá. Ekkor beszűrődött a reggeli nap fénye. Az egyik éppen a Striga testére, megtörve az átkot. Visszaváltozott nővé. Eszméletét vesztette. Az indák tartották gyenge testét. Haja fekete lett, arca pedig sebes, de fiatal. Rose és én néztük kis ideig. Akár rügyező virág, aminek törődésre van szüksége, hogy nagyra nőhessen és ragyoghasson. Végül lehajtott fejjel odaálltam a nő elé. Haját félresimítottam, és azt mondtam:

– Üdv köztünk. Látom, mindent beleadtál.

Ő persze álomba merült. Levettem a kabátomat, majd ráterítettem. Így vettem kezeimbe, magamhoz szorítva törékeny testét. A kápolna imatermébe indultam.

– Hát sikerült? – kérdezte Rose, kifújva magát.

– Vigyáznunk kell rá – válaszoltam még mindig fekete szemekkel. Rose féltett: nem hitte, hogy ezt váltja ki belőlem a szer. Mikor felértünk, a kápolna bejárata nyitva állt. Három pap fogadott minket, kezükben kereszt és biblia. Fa lánc lógott nyakukból. Boldog arccal köszöntöttek, és becsukták maguk mögött az ajtót.

– Imáink meghallgattattak!

– Ez egy csoda! Legyőzték a Strigát! – kiáltották. Én rájuk nézve vártam a fejleményeket.

– Ez a nő végre megtisztulhat Isten színe előtt! – léptek előre kicsiket szinte habzó szájjal, türelmetlenül a törmelékek közt.

– Hozzá sem érhettek, kutyák! – közöltem velük. Komor tekintettel feleltek:

– Tán Isten akarata ellen szegülsz?

– Térdelj, és bánd meg szavaidat! – ordított a másik. Ebben a pillanatban ültettem földre a nőt. Rose mellé térdelt, végig az üres, sötét arcomat figyelve. Látta, magamban tartottam azt a könnyed levegőt, amit még lent szívtam magamba. Remegtek ujjaim és szorítottam fogaimat.

Lassan kiegyenesedtem és a papokra néztem. Aztán Striga-szerű gyors mozdulattal eléjük kerültem. Az egyik gyomrába késemet döftem, míg a másiknak az állát félbe törtem véres, sebes öklömmel. Az utolsó rejtett tőrért nyúlt, de addigra fejébe állítottam az enyémet. Bőrömre undorító vérük fröccsent, szemük felakadt.

A papnak, melyiknek az állát roncsoltam, ösztönszerűen fejére léptem és összezúztam. Ridegen néztem rájuk. Hang nélkül távoztak.

Samantha ekkor lépett be a nagy faajtón. A szokásos látvány fogadta. Gyönyörű ruházata és mélységes szemei tiszteletet parancsoltak. Haja durva, bár tiszta és sima volt. Érinthetetlen, mióta ismerem. Egymásra néztünk. Rideg külsőm régóta képtelen belőle reakciót csikarni. Míg sétált mellettem, szóvá tett pár dolgot.

– Most már leállhatsz, Sasy.

– Vidd őt is magaddal! – Samantha óvatosan térdelt elé, majd homlokát simította. A nő kinyitotta fáradt, lila szemeit. Megrémült, mikor látta a többieket.

– H… Hol vagyok? – kérdezte furcsa kiejtéssel.

– Nincs semmi baj! Elvihetlek egy biztonságos helyre. Ott nem kell félned soha többé. – Samantha levette a kabátomat róla, majd ráadott pár egyszerű ruhát, amit Rose vett elő zsákjából. Felálltak mindannyian, és a nő köszörült fájó torkán, utána hozzám szólt.

– Köszönöm, hogy segítettél! Régóta éltem itt, és rettegtem. Hálás vagyok! – mondta. Én továbbra is lefelé néztem, a papok hulláiból csordogáló vér színén csodálkozva. Még többet akartam belőle látni. A szaguk felettébb tetszett. *Undorító emberek, nem valók e világra* – gondoltam magamban.

– Szabad vagy! Élj boldogan. – Samantha és a nő észrevétlenül távoztak. Kimentek a hátsó ajtón. Rose odahozta kabátomat. Rápillantottam, végül elvettem tőle. Hátamra terítettem, sarkon fordultam, ő viszont rendületlenül utamban állt. Szomorú szemekkel figyelt, végül elmentem mellette. Botját szorongatta, s talán mondani akart valamit.

– Induljunk, Rose! – utasítottam, bár tudtam, bármi áron követni fog.

– Rendben… – felelte. Már kiértünk a kápolnából, előttünk a végtelen mező látványa, amit a felkelő nap sugarai színeztek, melengetően sütve hátamat.

Mire a gondolataim tovább peregtek volna, a szer hatása kiürült szervezetemből. Szemem ismét normális, kék-fehér eres formáját vette fel, mint eddig. Az erőm elhagyott, aztán fél térdre ereszkedtem. Homályosodni kezdett a kép. Nehezen lélegeztem. Lehetséges lenne, hogy az összes lélek-energiámat felhasználtam? Meghalok, mivel sötétedik a táj körülöttem? Előredőltem, szemeim csukódtak, ami ellen semmit sem tehettem. Rose viszont elkapott. Fejem mellkasán pihent, közben fogta gyenge testemet. Apró tenyerével hajamat arcomból félresimította.

– Most pihenj egy kicsit. – Hangja mély álomba ringatott. A sötétben rémek kergettek. Hallottam Rose hangját, ahogyan sikít. Láttam elfek fejét dárdákra tűzve. Sok vörös keresztes zászló hadát.

Izzadtan ébredtem, egy erdőben. Körülöttem nagy kövek és párás levegő. Puha fű simította ujjaimat. Két madár szállt felettem, mire észrevettem éjszakai környezet. Rose a tűz mellett ült, velem szemben. Kezében kulacs víz. Nyárson barnára sült hússal.

– Jól érzed magad? – kérdezte aggódó tekintettel.

– Mennyi ideje aludtam? – Rose közelebb jött, letérdelt, tarkómat támasztotta, így próbált segíteni kulacsából inni. Utána mellém tette a maradék vizet.

– Két napja. Próbáltalak gyógyítani... de a testeden kívül mást nem hozhatok rendbe. A lélek-erőd nagy részét felemésztetted. Azt pedig te magad rakhatod csak rendbe – válaszolta. Én kifújtam a levegőt.

– Sajnálom... Kipihenem magam, és útra kelhetünk. – Lassan lecsuktam a szemem. Rose megfogadta magában már tegnap délben, hogy soha többé nem készít nekem fekete főzetet. Mélyen belül érezte természetesen, hogy annak hiánya bizony a halálommal járt volna éjjel. Ám negatív személyiségem is előjött a főzet hatására. Könnyeivel küzdött, végül szipogott, és a fák közé meredt.

– Van a közelben egy forrás. Odamegyek és lefürdöm. Addig pihenj. Holnap majd elindulunk! – mondta. Talpra állt, és eltűnt az erdőben.

Mély levegőt vettem. Remegő kézzel kiittam kulacsomból a maradék kis vizet. Törtem a fejem a történteken. Mégis merre lehetünk? Milyen messze van a fehér falú város? Furdalt a kíváncsiság. Rá kell jönnöm!

Közben Rose a forráshoz ért. Kiterítette ruháit, botját egy sziklának támasztotta, ami körbeölelte a vizet. Zsákjából öszszehajtott törölközőt rakott a közeli kőre. Beleült a meleg forrásba, annak hatására gondolataiba meredt. Arcán kívül mindenét rejtette a fürdő, testének porcikáit lazítva. Hatalmas felelősséget érzett. Tudta, érettebben kell viselkednie mostantól. Lábujjaival tolta távolabb a vizet, és a generált hullámokat

153

figyelte. Élvezte a bőrén játszó folyadék táncát. Pár perccel később hozzá szólt valaki.

– Kellemes a fürdő? – Rose felkapta fejét. A kezét kinyújtotta, amibe belerepült a pálca. A hang irányába tekintett, aztán meglátta, hogy ki van ott. Kívül, a forrás egyik kövén ült Stella. A víz hullámzását figyelte, körmeit kocogtatva a szikláknak. Haja hosszan lógott hátán, arcán barátságos mosoly pihent.

– Te vagy az? Bocsánat, csak megijedtem – tette vissza botját a kő mellé. Stellára nézett, aki felállt, és közelebb sétált Rose mellé.

– Nem gond, ha csatlakozom? – kérdezte. Rose meglepődött kicsit, elpirult, úgy válaszolt.

– Nem. Csak nyugodtan. – Rose a víz tükrét bámulta, Stella pedig levetkőzött. Gondosan kiterítette ruháit, utána belemerült a forrásba. Némán ültek egymás mellett, élvezve a pihentető fürdőt, végül Stella megtörte a csendet.

– Szóval manapság te kíséred Sasyt. Hogy szólíthatlak?

– R-Rose. Te pedig Stella vagy, igaz? – kérdezett vissza. Stella kis mosolyt engedett el, és Rose tiszta arcához fordult.

– Jól tudod! Mesélt neked rólam?

– Néha, mikor kérdeztem. De általában szűkszavú e téren.

– Aranyos lány vagy. Értem, miért kedvel annyira – mondta Stella haját oldalra simítva, minek végei áztak a tiszta vízben. Rose kicsit elpirult, de visszakérdezett zavarodottan:

– Mármint kire gondolsz?

– Sasyra, természetesen! Látom, törekszik arra, hogy megvédjen, és minél kevesebb harcban vegyél részt. Ez mind a törődése jele. – Rose mégsem értette a helyzetet. Miért beszél neki erről?

– Sasy minden nőt meg akar védeni. És segíteni nekik új életet kezdeni – válaszolta, közben haját kezdte piszkálni.

– Naiv vagy, Rose. Rajtuk azért segít, mert rászorulnak. Az igazságtalanság miatt folytat hadjáratot. Őket azért védi, mert régen nem tudott megmenteni senkit. A szeme láttára végeztek ki gyerekeket, égették máglyán a faluban élő gyógyító nőt, ráadásul vízbe fojtották az egyik barátját. – Rose elképedve hallgatta a dolgokat, miközben végigmérte Stella nőies alakját. Álomszép bőre és alakja bárkit elcsábítana.

154

– Sasy sosem beszél erről – jegyezte meg.

Stella közelebb ült, szemébe nézett, és folytatta:

– Miért szakítana fel régi sebeket? Tán nagy részükre már nem emlékszik, belülről mégis szúrják a szilánkok, amik sosem hagyják nyugodni lelkét.

– Biztosan tudunk rajta segíteni! – jelentette ki Rose, majd törni kezdte fejét.

– Próbáltam. Évekig együtt jártuk Angliát, és segítettem neki az élet minden területén. Szoros kapcsolat kötött össze minket. Mosolygott, és... – végül elhalkult. Kezét összeszorította, s Rose tisztában lett vele, hogy köztük régen sokkal több volt.

– Sajnálom, Stella... én...

– Semmi baj. Miért ne tudhatnád?

– Tényleg nem kell beszélned róla.

– Egyszer harc közben túl sok ellenség vett körbe. Őt súlyosan megsebesítették, és nézte, ahogy engem is bántanak. Ordított. Kikelt magából. Végül mikor már majdnem eszméletemet vesztettem, ő a karjaiba vett. Mindenkit megölt. Szemeiben a gyűlölet és harag honolt. Saját magát utálta az miatt, mert túl gyenge volt. Később telt az idő, ami egyre távolabb sodort minket egymástól. Már nem aludt velem, inkább ébren várta a reggelt. Mire észbe kaptam, arra kért, hogy hagyjam egyedül. Nem akart a közelében tudni. Mert tudta, hogy így leszek biztonságban. – Rose némán hallgatta a történetet. Könnybe lábadt a szeme. Kezdte megérteni a helyzetet,

– Sasy jó ember. Meg akar védeni minket. Még mindig kedvel téged, Stella!

Ő a vízbe meredt, lassan lecsukva szemeit.

– Mostanában, mikor nagyon maga alatt van, akkor látogatom meg. Segítek neki aludni. Mást nem tehetek érte.

– Ha beszélnél vele, lehet, hogy feloldódna ez a dolog köztetek. Miért nem próbálod meg? – kérdezte kis mosollyal az arcán.

– Köztünk semmi sem lesz már a régi. Ha egyszer te is átéled azt, amit én, ha nem tud megvédeni, akkor egyik napról a másikra el fog távolodni tőled. Ezzel óvja a szeretteit. Rájött arra, hogy maga körül akkor menthet meg mindenkit, ha egyből elengedi azt a kevés jót, ami éri őt. – felelte Stella, aztán elkezdte a vizet dörzsölni sima, fehér testén.

– Nem szeretném elveszíteni. Én... vele akarok még lenni... – motyogta Rose. Beszélgetőpartnere fél szemmel ránézett, majd folytatta:

– Pedig gondolj csak bele, ez a te érdeked. Én boszorkány vagyok, gyakorlatilag több száz évig élek. Ugyanez igaz rád, sőt te még nálam is tovább őrizheted fiatalságod. Az apád immár háromezer éve uralkodik a mágusok tornya felett. Rád is ez a sors vár. De Sasy más dió. Ő egy ember. Még ha sikerül is lezárnia ezt az egész háborút, amit a boszorkányokért vív az egyház ellen, akkor is maximum hatvan évet élne. És mit gondolsz, sikerrel jár? Egyedül van az egész vallás ellen. Számára már nincs sok hátra. Túl nehéz neki ez a teher.

– Miért mondod ezt? Érted és a fajtádért küzd! Támogatnunk kell teljes szívünkből! – mondta Rose. Hevesen Stellára nézett, aki immár a csillagos eget kémlelte.

– Ő maga sem tudja néha, hogy miért harcol. Tán a halált keresi, vagy egy boszorkányt, aki segítségért kiált? Mi a különbség? – Rose némán várakozott, válaszolni akart, de Stella folytatta, elfojtva a szavát.

– Láttad már halálközeli állapotban? Akár az ellenfelek menynyisége miatt, vagy szimplán felülmúlta egy kivételes harcos a képességeit? Nem inog meg! Csak áll, és várja az utolsó, végzetes csapást. – Rose emlékeiben élt ilyen kép. Az elfek földjén. Ha nem avatkozik közbe, akkor vége lett volna.

– Láttad már az igazi énjét? Nem azt, amit mindig mutat, hanem mikor elárasztja a szívét lelke sötétsége! Amikor akárkit meg tudna ölni szemrebbenés nélkül, ráadásul élvezi. Vágyik rá legbelül, már rég elemésztette a gyűlölet és a harag. Ezt a kis falat, mi emberi mivoltát tartja benne, régen a nevelőapja, azután én, és most te próbálod összefogni. A lánc viszont nem szakad meg, Rose! Sasy újra sötétségbe burkolózik majd. Végül ez okozza a vesztét. Mi pedig végig fogjuk nézni. – Rose hevesen könnyeivel küzdött. Az egyik kezével már fogta arcát, mivel Stella kegyetlen szavai igazak lehettek. Ő ezt nem szerette volna átélni. Nem állt készen rá.

– Ki fogok tartani mellette!

– Mind ezt mondtuk.

– Most pihen, és reggel útra kelünk. Hamarosan elhagyhatjuk az ország középső részét, egyre közelebb kerülve a célunkhoz. Le fogjuk zárni közösen ezt az egészet! – mondta magabiztosan Rose. Stella lassan felállt. Lenézett rá, és folytatta:

– Mit gondolsz, vége lesz, ha megöli azt a püspököt? Számos vallás van még, ami ennek hatására megerősödhet. Lehet, hogy egy új kezdetet hoz, amiben még több nő leli halálát.

– Az lehetetlen! Véget fog érni! – emelte fel hangját Rose. Stella meglepetten nézett félre. A néma pillanatok közepette könnycsepp hagyta el a kis mágus kék szemét. Halkan cseppent a forrás vizébe. Ujjait a víz alatt dörzsölte.

– Mit gondolsz, hol van most Sasy?

– Hogy érted? A tűz mellett pihen.

Stella mosolygott.

– Először oda mentem. Nyoma Völgyszéli faluba vezetett. Nagy tűz lángolt a főtéren, tehát valószínűleg máglyára vetettek valakit.

Rose elképedve gondolkozott. Hisz' még állni sem bírt...

– Nem lehet...

– De bizony. Éppen egy pap koponyáját zúzza össze, vagy veti élve a tűzre. Samantha pedig elviszi a nőt, akit kiszabadított.

Természetesen minden szava igaz. Pont a pap fejét nyomtam lábammal az izzó parázsba és lángok tengerébe. Mikor a falu népe már elfutott, csuklyám alól a csillogó szemű nőre néztem, akit Samanthához segítettem. Békésen indultak a szebb világ felé, én pedig vissza a táborba.

– Odamegyek hozzá! Még nem épült fel – szólt határozottan Rose, kiszállva a vízből. Felöltözött, amit Stella figyelemmel kísért. Alaposan szemügyre vette beszélgetőpartnere nőiesedő alakját. Rose sietett a táborba. Körbenézett – én épp akkor érkeztem meg. A tüzet néztem, amiből kivettem az egyik nyárson sült húst. Beleharaptam, élvezve füstös ízét.

– Finom lett.

Társam mit sem törődve ezzel kérdezett.

– Merre voltál?

– Csak jártam egyet. Kellett a friss levegő.

Rose fejében összeállt minden, amit Stella mondott. Tudta, még jobban segítenie kell. Nem engedheti meg magának azt, hogy bármi történhessen velem.

Stella ekkor már felöltözve, új, sötétlilás-fekete ruháiban közeledett a fák közül. Hátratett kézzel, csendben, mintha be akarna cserkészni újra meg újra. A botot tűzre vetettem, és ránéztem. Stella lassan környékezett. Végig fenntartva a szemkontaktust, mely heves érzéseket váltott ki belőle.

– Mi a gond, Sasy? – jött közelebb. Én tekintetemet a földre szegeztem.

– Mit keresel itt? A tanács küldött? – kérdeztem. Ő határozottan elém állt. Egy ideig kereste tekintetem.

– Rideg vagy velem, pedig semmit sem tettem. Miért nem ölelsz át? – kérdezett, ezzel sok olyan emléket felidézve, amikre már nem tudtam szívesen gondolni. A kapcsolatunk és a közelség. Nap mint nap. Pont emiatt halt meg majdnem.

– Nem tehetem. Te is tudod – feleltem. Átkarolta a nyakam. Egészen közel hajolt. Rose elképedve követte az eseményeket. Átérezte a helyzetét. A viszonzatlan érzéseket. Ő nem szerette volna így leélni az életét.

– Ma este veled szeretnék lenni. Talán segíthetek elfeledtetni azt a sok dolgot, ami most kavarog benned. Érzem, törnek fel azok a démonok, amiket oly régóta bezárva tartasz – fejezte be lassan, s halántékomon végighúzta hegyes, fekete körmeit. Közben lilás szemei rabul ejtettek ismét.

– Add át a tanácsnak, hogy holnap elérjük a várost. Megkeressük a vadászt, és továbbállunk délnek. – Mikor ezt mondtam, mosolyogva megcsókolta az arcomat. Hosszan, érzékien. Ajkai nehezen váltak el a bőrömtől.

– A vesztedbe rohansz. Miért sürgeted halálod napját? – kérdezte ekkor, leengedve kezeit.

– Jó volt látni, Stella. Most menj – zártam le a dolgot. Stella hátralépett. Arca szomorúan festett, szemeimben pedig iránta táplált érzéseimet kutatta.

– Ha szükséged van valamire, szólj. Itt leszek. – Szavaival eltűnt a fák között. Rose még kis ideig nézett utána, s leszegezte tekintetét. Gondolataimba burkolózva feküdtem és aludni próbáltam. Rose hasonlóképp nehezen tudta kiüríteni elméjét. Stellával folytatott beszélgetése csengett füleiben. Igaznak vélte szavainak nagy részét – miért hazudna neki? Testközelből tapasztalta mindazokat, amit mesélt neki. Félelemmel töltötte szívét éjjelre.

Hűvös széllel ébresztett a reggel. Útra keltünk, elhaladva számos favágótelep mellett, és pár kőfejtőt is magunk mögött hagytunk. Több órás sétát követően, mit madarak büszke repülése kísért a távolból, látni kezdtük a Fehér Falú várost. Tanyák, őrtornyok vették körül. Vizesárkot ástak katonák, a jobbágyok pedig itallal szolgálták ki őket. Néhány ember arcán honolt a félelem. Ez a város bőven a fajok közti háború szívéhez közel helyezkedett. Bizalmatlan tekintetek ostoroztak minket. Rose viszont élvezte a tájat. Teljesen más méretű városokban jártunk eddig. Búzamezők mellett sétáltunk, amiben asszonyok és fiatal legények dolgoztak. Gyermekek játszottak ezen a külső peremen. Tyúkokat kergettek, vagy kavicsokkal dobálóztak.

Katonák járőröztek sűrűn. Néhol csuklyás alakok bújtak a tömegben. Vadászok tevékenykedtek aktívan a sötétben.

– Elértük a várost, Rose. Már csak meg kell találnunk Stonekillt.

– Hogy fogjuk kideríteni hollétét?

– Megkérdezünk egy vadászt.

– Szerinted találunk olyat, aki elárulja nekünk?

– Ő fog megtalálni minket – mondtam, s kezeimet a kabátom zsebébe raktam.

Nagy fekete kalapom takarta a napot. Rose haját igazgatta, és bízott szavaimban. Követett, mellettem szedve kis lábait. Fényes, meleg napunk kerekedett. Megfelelő tevékenységünkhöz. Talán ma nem alszunk, de biztosan meg fogom találni a vadászt. Egy esetleges vámpír- vagy vérfarkas-küzdelem nem esne jól sem most, sem a későbbiekben. Főleg Rose-zal az oldalamon. Sietnünk kell. Az óra ketyeg. A nap észrevétlenül lenyugszik.

9. FEJEZET

STONEKILL

Az élet tele van váratlan momentumokkal. Fájdalmas látni az embereknek, mikor szeretteiket elveszítik. Üresség tátong szívükben, mit valakinél gyűlölet és harag kárpótol. Volt időnk beszélni azzal a személlyel? Tudattunk vele mindent, amit akartunk? Többnyire boldog pillanatok rohamozzák tudatunkat, és azt a sok rosszat kitöröljük. Simára, akár a homokos partra rajzolt pálcikaembereket. Egyesek gyászolnak, miután beletörődnek az elmúlásba. Nincs hatalmuk sem az idő, sem a természet rendje felett. Akiknek pedig van, azok nézik mindezt.

A Fehér Falú város. Keserűen ízlelgettem sokadszorra e nevet. Igaz, végtelen magas, hófehér falairól kapta nevét, minek köszönhetően ide ellenséges katona sosem tette be lábát. Dicső lovagok védték a helyet. Páratlanul képzett fegyverviselők. Nehéz páncélzattal, és tudásuk akár a harcban, úgy a hétköznapi életben is kiemelkedő. Tudtak leveleket írni, mellesleg edzettek, mikor épp nem szolgálatot teljesítettek.

Világos szőrű lovakon járták a környező területeket, fényes, ezüst hatású páncélban. Mélységes tiszteletet kaptak az itt élő polgároktól, akik gondolkozás nélkül adták életüket a kezükbe. Nemes katonai vérvonalak őrizték életük árán szülőföldjüket. Zsoldosoknak errefelé nincs helye. Azok gyáván megfutamodnak a túlerővel szemben. Számos veszteség érte az itt lévő harcosokat jelenlegi csatározásaik miatt. Szövetségeseik támogatják, ettől függetlenül a kard ott lebeg fejük felett. Fű alatt egyezséget kötött királyuk a vadászokkal. Többségük arc nélkül, az árnyékban mozgott. Feladatuk a szörnyek keresése, valamint irtása. Szabad kezet kaptak a királytól számtalan eszköz bevetésére. Ideiglenesen megszűnt mindenfajta boszorkányüldözés, amíg a krízishelyzet fennáll. Ennyivel kevesebb dolgom van.

– Figyelj, Sasy! Elképesztő ez az utca! – Rose csillogó szemekkel mutatott előre. Szőke haját lengette a kellemes szellő. Botján néha zölden csillogott az ékkő, büszkén fogta. Kénytelen voltam igazat adni neki.

Hosszú, szépen rendezett fehér kővel kirakott utcák díszelegtek. Sokszínű házak, mindnek ablakában virág nyújtózkodott a nap felé. Boldog emberek beszélgettek széles e város öszszes szegletében, olyan hangulatot teremtve, mint Csontváros kocsmáiban.

Hangosan nevető gyermekek fogócskáztak, rohanva a véget nem érő járda szalamandraszerű kanyarulatain keresztül. Férfiak cölöpöket hordtak, oldalukon kalapács és szegek töltötték zsebeiket. Rohamos tempóban épülő városba érkeztünk.

– Igyunk valamit, Rose. – Mire kimondtam, már fordultam be a kocsma ajtaján. Rose rögvest észbe kapott, majd követett. Kezével támasztotta az ajtót, amit a minket követő kereskedő hangosan megköszönt. Az utca túlsó felén a falnak támaszkodott egy hosszú hajú férfi. Figyelte az eseményeket, utána fintorral az arcán utánunk jött.

– Egy pohár Tiszavirágot kérnék, és még egy frissen facsart narancslevet. – A kocsmáros elővett két poharat. Az előbbi alacsonyabb volt, abba került az én italom. Tömény, alkoholos lötyty, rajta egy szirom tiszavirággal. Nagy múltú ország ritka, királyi itala. Nehezen beszerezhető a virág rajta, főleg a szállítása. Ritkaság errefelé, így csak a gazdagok és a tolvajok engedhetik meg maguknak. Előbbiek vagyonuknak, utóbbiak kapzsiságuknak hála. A hozzám hasonlók életük során talán ha háromszor kortyolhatják e különlegességet. Rose poharát telefacsarták naranccsal. Neki sem túl sűrűn lehet ehhez hasonlót venni. A déli országokból származó gyümölcsöt hatalmas hajókkal szállítják. Évek során mesélték vén tengerészek, hogy az áru több mint fele szétrothad, míg ideérnek. Nem véletlenül kerül hasonló árba a két ital. Kezemből egy aranyat és öt ezüstöt raktam a pultra, utána megfordultam. Láttam, társam helyet foglalt közben az ablak mellé, ahonnan mosolyogva bámészkodott kifelé. Lassan leültem, kezébe adva poharát. Boldogan nézte, és nagyokat kortyolt. Mohón borította kis szájába az ízletes, savanykás narancslevet.

– Máris megittad? – kérdeztem, közben cigarettát gyújtottam. Kezemet poharam felett tartottam, ujjammal köröztem körben a száján. Nagyot szívtam sodort, száraz dohányomba, minek füstjét az orromon kifújtam.

– Ez a narancslé a kedvencem! Teljesen más, mint északon!

– Van bőven ebben a városban. Akármennyit ihatsz. – Szerencsére a királynak is legalább annyira tetszik ez a gyümölcs, mint Rose-nak. Vitaminokkal van tele, ami nem árt a fejlődő szervezetének. Mellesleg lehet, hogy nekem is fogyasztanom kéne pár pohárral. Nem csak a tömény szeszt, és a patak kristályos, hűvös vizét.

– Kérek még egy pohárral belőle. Neked hozzak?

– Nem kell. Viszont töltesd tele a kocsmárossal mindkettőnk kulacsát friss vízzel – mondtam, Rose pedig a pulthoz indult. Botját mellém rakta, lefektetve ülőhelyünkre. Ráérősen kereste elő a kulacsokat, közben a legtöbb férfi nyálát csorgatva bámulta nőiesedő alakját. Vágytak rá, akár veszett kutyák a csontra. Tűzpiros és éjfekete hivalkodó ruhája bőven kitűnt a tömegből. Sikeresen tereltem az apró feladattal a figyelmet az asztalunkról. Csukott szemmel kortyoltam méregdrága italom, s mire poharamat letettem, már szemben ült a nemrégiben kinn álló férfi. Néztük egymást pár pillanatig, végül megszólalt:

– Mi szél hozott ide téged, kiről oly sok legenda terjeng Anglia földjein?

– Miről beszélsz? – kérdeztem vissza, közben cigarettámat hamuztam.

– A boszorkányok védelmezője. Teljesen fekete ruházat, gyilkos tekintet. Varázslólánnyal érkezik majd, és kocsmában pihen. Ez állt a levélben. Északról kaptam, egyezik a leírás – fejezte be, körmével közben kocogtatta a fa asztalt. Eszembe jutott, ki értesíthette őt érkezésemről: természetesen az egykori vadász ismerős lehetett.

– Nem hittem, hogy írni fog valakit. De ezek szerint te is vadász vagy – folytattam. Közben Rose már megkapta a narancslevet, és várta a kulacsok töltését.

– Milyen éles szemed van! Azt is tudom, kit keresel – szólt flegmán. Stílusa nem tetszett túlzottan. Gondolkoztam azon, miképp kéne végeznem vele a következő hasonló válaszánál.

– Akkor hát beszélj. Hol találom Stonekillt? – Csikkemet asztal fekete pontjára nyomtam, majd kipöcköltem az ablakon. A vadász félrenézett, terelve a témát. Mind ugyanolyanok. Kerülik a válaszokat és húzzák az időt.

– Aranyos az útitársad! Biztos megtanítottad már egy-két új varázsigére a hosszú út alatt, igazam van? – nézett rám egyik szemöldökét felhúzva. Bal karját az asztal alá tette, másikon pedig tovább támaszkodott. Rose már kezébe kapta a kulacsokat, és éppen koptatta az őt környékező férfiakat.

– Ha még egyszer ránézel, levágom a fejed és a farkasok közé vetem – feleltem egyenesen a szemébe mondva. Kezeim az asztalon pihentek. A vadász komor arcára viszont hamar visszatért a derű.

– Nagy szavak, mégis üresen csengenek. – Ezzel feszítette túl a húrt. Számomra csak egy óvatlan mozdulat hiányzott, ami megadja a kezdő löketet a gyors mészárláshoz.

– Próbára teszel, vadász? – tettem fel a kérdést, s barna szemeiben kezdett halványodni az a bátorság, ami érkezésekor jelen volt.

– Az élet dolga próbára tenni. Osztja a lapokat, mi pedig imádkozunk, hogy minél lassabban hagyjuk el azt a kört.

– A gyengéknek való az ima. Akik komolyan veszik, okosan játsszák ki lapjaikat.

– Attól függ, mi a cél. És hogy a te téted menyire befolyásolja a melletted ülő döntését.

– A cél az, hogy én maradjak legtovább az asztalnál.

– És ha az utánad lévő egy boszorkány, aki feláll, ha te emelsz a téten céljaid érdekében?

– Akkor én távozok, mintsem neki kelljen.

Pár másodperc csend után válaszolt a vadász.

– Napnyugta előtt gyertek a Gyémántlovag szobrához. Elviszlek titeket hozzá – fejezte be, és ezzel a lendülettel nyoma veszett. Szemeim az asztal figyelték, míg pár pillanattal később Rose ült helyére.

– Visszaértem! Elég nagy tömeg várt italra körülöttem – mondta, közben átfutotta tekintete egész lényemet. Már kifele néztem az ablakon, jobb kezemmel támasztva az állam. Mély levegőket vettem folyamatosan, mivel a szesz összehúzta torkomat.

– Megtudtam, hová kell mennünk. Egy összekötő fog elvezetni Stonekill tartózkodási helyéhez.

– De hisz' egyedül ültél itt. – Rose gyanakvóan körbenézett.

– Sosem vagyunk egyedül – vágtam rá, utána távoztunk a kocsmából.

Körbejártuk a komplett várost. Szemügyre vettem az itteni hatalmas templomot, amibe özönlöttek a hívek, akárcsak végtelen kasba a méhek hada. Hangos imák szálltak a falakon kívül. Harangok zengettek dicsőn széles e város utcáin.

Meglepően kellemes hangulatot sugárzott az egész hely. A beszélgetésekből annyit szűrtem le, hogy fokozatosan csökken a rablások száma. Banditák nem fenyegetik a népet. Nyilvánvaló, hisz' ennyi katona mellett nem lenne egyszerű normálisan kivitelezni. Állandó járőrszolgálatot teljesítettek nemes lovagok. Párban fésülték reggeltől estig a belső gyűrűket.

Kis idő után megpihentünk. Fenn ültünk egy fal tetején, amikor bíbor színű, hosszú ruhában elsétált előttem egy pap. Talán az itteni egyház vezetője lehetett. Dicsőn járt hívei között, kezéből olvasva hangosan a szentírás hamis szavait. Mögötte három fehér ruhás tiszteletes járt füstölővel, mit lengettek jobbra-balra, hipnotizálva azon gyengeelméjűeket, kik csodálva éltették lépteiket. A legutolsó teljesen más pap volt.

Hosszú, vörös, földig érő, sima egyberuhát viselt. Fejébe húzva piros kapucnija, arca pedig a talaj felé szegezve. Kezei lógtak maga mellett, mégsem látszódtak ruhája alól. Erős aurát érzékeltem. Ő más, mint a többi. A mozgása kifinomultabb volt, továbbá stabilabb lábakon állt. Végig követtem tekintetemmel. Hirtelen fejét irányomba fordította. Egyenesen rám nézett, mégsem láttam az arcát. Biztosra vettem, hogy érzékelte a jelenlétemet. Egészen addig felém fordulva követte társait, míg a házak fala mögé nem értek. Tudatosult bennem számos dolog, rengeteg kérdést függőben hagyva. Erős harcosok lehetnek? Nem láttam nála fegyvert. Csak az öve, ami derekánál tartotta ruháját. Ezen kívül egyszerű szandál díszítette még lábát. Veszélyesnek sem tűnt. Viszont észrevett. Néha ennyi bőven elég. Homályosan él fejemben valami emlék a hozzá hasonló ifjú papról, akit még öt éve megöltem. Lehet közük egymáshoz, vagy véletlen lenne?

– Induljunk, Rose. Lassan lemegy a nap. – Kalapját igazítva felkelt, könyvét fürkészve követett. Megérkeztünk a találkozópontra. Lenyugvó nap fényében sütkéreztünk. Egy óriás szobor hófehéren tornyosult mögöttünk. Rose az alján lévő táblát olvasta, amin a „Védelmező" szó kiemelve szerepelt. Gyönyörűen vésett, lovon ülő, páncélos katona, amit naponta takarítottak ezzel megbízott személyek. Türelmetlenül vártunk. Hirtelen mellettem megjelent a vadász. Fintorral az arcán, csendes léptekkel. Barna bőr szerelését kicsit sem rejtegette. Lengett hátán köpenye, ami alatt karók, ezüst pengék bújtak.

– Rég találkoztunk! – mondta, utána kezeit zsebre tette. Kihúzta magát, így kissé magasabbnak tűnt, mint én.

– Vezess minket Stonekillhez – feleltem. Ő szemét rajtam tartva mosolygott és intett.

– Türelmetlen vagy, vándor. Mire ez a sietség?

– Túl kíváncsi vagy, vadász. Mutasd, merre menjünk, és nélküled is boldogulunk. – Természetesen vezetője a lelkére kötötte, hogy vele érkezzünk, így kénytelen volt befejezni munkáját.

– Kövessetek! Hosszú az út. – Észrevétlenül haladtunk a városban. Három falgyűrűből tevődött össze a királyság. A külső peremhez érve vártunk, hátha valaki követett. Társam szemei érzékelték környezetünket. Bólintott, én pedig intettem a vadásznak.

A dicső, áttörhetetlen falhoz értünk, ami oly magasra nyúlt, hogy Rose szédülni kezdett, mikor felnézett rá. Mellette állt egy kis ház, mi készenléti fegyverraktárnak álcázva, magányosan pihent. Beléptünk. A légtér engem temető szagára emlékeztetett. Félretolta az asztalt, amin páncélok tisztítására alkalmas eszközök sorakoztak. Felszedte a földről a szőnyeget. Régi fa csapóajtó fogadott minket, több repedéssel, ismeretlen, festett logóval. Alaposan szemügyre vettem, míg nyitotta. Bizonyára sokat használták, mert egy pókhálót, sem törmeléket nem találtunk, miközben lépcsőztünk lefelé. Gondosan visszacsuktuk a lejáratot, és egyre mélyebbre érve siettünk át a vár falai alatt.

Patkánynak éreztem magam, aki követi az étel szagát e végtelen útvesztőben. A fáklya kezünkben bevilágította a járat kevés szakaszát. Pont elegendő a környezet vizsgálatára.

Gyökerek lógtak a plafonról, és gyertyák sorakoztak végig az úton, mellettünk, szemmagasságban. Talán csak arra vártak, hogy meggyújtsuk őket. Végtelen éjszakában tudnánk a helyes ösvényt, azoknak hála. Igaz, több már olvadt, félig leégett. Valószínű alkalmazták régebben, az építés idejében.

Pár száz métert megtettünk. Talpunk alatt kis víz gyülemlett. Rose enyhén elrugaszkodott a talajtól. Kicsit sem akarta összekoszolni ruháit, ezért míg rossz a talaj, lebegve követett minket.

– Beszivárgott a talajvíz. Ne törődjetek vele, hamarosan kiérünk. – Már vártam. Fullasztóan sűrű lett a levegő. Pislákolni kezdtek fáklyáink. Hirtelen a vadász kinyitotta a sziklából vésett ajtót. Kívülről inkább kőből épült háznak tűnt. A talaj szintjére értünk. Lassan, nyikorogva csuktuk be magunk mögött e bejáratot. A vadász egyből leguggolt a sötét avarba. Morgó hangokat hallottunk. Farkasok lehetnek? A mellettünk lévő utcán szelíd szekér haladt. Kivilágítva a lovász rajta halkan valamilyen dallamot dúdolt. Közben lejjebb ereszkedtünk. Figyeltük az eseményeket. Rose szívesen rászólt volna, viszont intettem neki, belefojtva a szót. Helytelennek tartotta hozzáállásunkat.

A ló, ami lassan húzta a recsegő szekeret maga után, hirtelen megállt. Zavarodottan nyerített és hátrált. Patáit földre verte. A fák közül törtek rájuk a farkasok. Hárman pillanatok alatt közösen széttépték a lovat és gazdáját. Este ezért nem ajánlott a szállítás. Ették az út közepén mindkettejük húsát. Nem adatott meg neki a segítségkérés. Összeszokottan és rendszer szerint támadtak. Az itt élő vérfarkasok nagyobbaknak és erősebbeknek tűntek.

– Ez a probléma – suttogta a vadász.

– Nem a mi dolgunk. Ha ennyit akartál mutatni, tovább is állunk – feleltem, aztán hirtelen furcsa sípszó hallatszott. A kutyák orrukat magasa emelték, de addigra már a baloldalinak fejébe balta repült.

Megjelent a semmiből egy vadász. Fejszékkel harcolt, mellette rövidített nyílpuskát alkalmazott. Mire megtámadta volna, a másik két farkas rögtön kapott egy-egy nyilat a tüdejébe. Összeesett, hangos nyüszítés kíséretében. Az utolsó még csapott néhányat, de a vadász beleállította kis baltáját a mancsába, végül fejszéjével lesújtott. Híg, piros vér folyt, itatva talpa alatt az erőlködve növekvő gyomokat.

Kilépett a vadász az útra, mi távolságot tartva követtük.

– Ma sem kímélted ezeket a korcsokat! – szólt rá társára. Közelebbről nézve ez a mészáros nagy és izmos volt. Széles vállai mély hangjával jó párost alkottak. Tenyere hatalmas, vaskos bőrrel büszkélkedett. Farkasbőr köpeny melegítette hátát. Bakancsa fekete, min a fűzők inakból készültek. Továbbá felsőjén gombok helyett ragadozófogak díszelegtek. Nyaklánca méretes vámpírszemfogakból állt.

– Fogd be, Sasszem! Így is elkéstem! Téves útvonalat adott meg az a mihaszna informátor – szólt dühösen. Biztosan berögözött eszméje volt neki a gyilkolás, amit trófeák gyűjtése koronázott. Gyorsan mozgott ahhoz képest, amilyen nagyra nőtt. Sasszem lomhán félreállt előlünk, és társára mutatott.

– Ő itt Stonekill! – Mire kimondta, rég tudtuk. Már csak szóra kell bírni. Talán ez lesz a nehezebb része. Közelebb álltam felmérve őt. Hasonlóképp tett, tenyerében a véres baltáját fogva. Másik kezével tartójába rakta a fejszét, és medve-hangon kérdezett.

– Kik vagytok?

– Egy társatok küldött annak reményében, hogy tudsz nekünk segíteni útmutatásoddal.

– Hallottam a levélről. Te vagy az a bizonyos árnyék, akitől rettegnek a papok? – kérdezte, utána vállára tette a fejszét. Keresztbe kulcsoltam a karom válaszom előtt.

– Sokféleképpen neveznek. Kérdésem viszont egyszerű.

– Mégpedig? – kontrázott rá az óriás.

– Melyik a legbiztonságosabb út délnek? Kicsit sem szeretnénk belefolyni a fajok közti csatározásba. – Amint ezt mondtam, Stonekill szakállát simítva közelebb lépett.

– Nincs biztonságos út. Harc nélkül nem juthatsz délre! – csengett undort keltve a válasz. Ízlelgettem rágtam kocsonyás szavait, végül lezártam magamban a dolgot.

– Akkor hát nincs tovább maradásunk – feleltem sarkon fordulva. Rose merengett reakciómon. Rám pillantott, és földet súroló kabátom után a két különböző személyiségű vadászon pihentette hatalmas, kék szemeit. Rögtön követni akart, mire Stonekill utánam szólt.

– Egy esélyetek talán lehet az átjutásra! – Ez a mondat már jobban kedvezett füleimnek. Mégsem kell pazarolnom lőszereket az öntelt vadászokra?

– Beszélj.

– Holnap este érkezni fog egy szállítmány. A királynak lesz, ami fokozott figyelmet követel. Nekünk biztosítani kell az árut, amit épségben a király elé fogunk vinni.

– És ezt ti, vadászok, nem tudjátok megoldani? Sokan vagytok, számtalan lovaggal, kik harcra készen mozognak szerte a királyságban.

– A lovagok mihaszna férgek! Az északi hordák ellen vívott harcok során már csak a királyságon belül tevékenykednek. Kinn nekünk kell fenntartani a rendet.

– Nem fogunk belefolyni a harcba! Számunkra nincs maradás – folytattam mondandóm, s lassú léptekkel távolodtunk egymástól. Rose hátratekintett, végül a vadász megtört.

– Ha segítesz épségben bejuttatni a király szállítmányát e fehér falak közé, garantálom biztonságodat egészen a háborús régió végéig.

Fogalmam sincs, miképp lenne képes rá, viszont tetszettek szavai. Valamiért furcsa érzés kerített hatalmába. Rose várta a válaszom. Szorította botját, apró lábait összezárva. Pillantást vetettem haja alatt bujkáló arcára. Mindkét vadász az utca közepén állt. Lassan beszűrődött a hold fénye mindannyiunk arcára. Pontosan érzékelték a sakk-helyzetet. Farkasvonyítás törte meg a csendet köztünk, mitől semelyikünk sem rettegett. Ujjaimat összedörzsöltem, talpammal félre lépve kis bogárból tapostam ki az életet.

– Rendben. Segítek. Viszont ha nem tartod be ígéreted… – fejeztem be, hátrapillantva rá.

– Szavamat adom – bökte ki a vörös szakálla alól. Vaskos kezével nyílpuskáját tartójába rakta.

Sok gondolat futott át fejemen, közben sétáltunk a városi csehóba. Remélem, van számunkra egy üres szoba. Rose szemét dörzsölte, mire megérkeztünk. Még ilyen későn is többen jártak az utcán. Kicsit sem félve semmi külvilági veszélytől. Fények pompáztak, a kereskedők portékáikat ugyanúgy árulták, mint nappal. Talán ennyire biztonságos lenne ez a város? Valami mégsem hagyta nyugodni a szívem.

Kivettük az estére fogadójuk legigényesebb szobáját, átlagon felüli, tíz ezüstért. Igényesen faragott csigalépcső vezetett az emeletre, amin maximum ketten fértek el egymás mellett. Beléptünk a fémkilincses szobába, ahol két külön ágy és egy hintaszék fogadott. Közös kis szekrény pihent ágyaink között. Rácsos, zöldes ablak engedte be gyengéden a holdnak ártatlan, fehér fényét. Néztem az utcán bolyongó embertömeget. Békésen élték életüket. Páran a templomba siettek, míg mások épp vitték haza a vacsorát. A kedves mosoly arcukon őszintén sugárzott. Lovagok szelték át az utat, hatalmukat dicsőn éreztetve népükkel. A biztonságtudat bőven elegendő volt, ami jelenlétükkel növekedett a köznép szívében. Páncél-rejtett arcukat, a testük alatt rothadó bőrt és a száradó könnyeket senki sem látta.

Percek múltán erotikus hangok szűrődtek a szomszédos szobából. Meglepetten fordítottam arra fejemet. Rose rég aludt hatalmas pólójában. Félig betakarta magát ezzel a kifejezetten puha takaróval. Fel sem tűnt neki környezetének számos zaja, míg odaát egyre aktívabban tevékenykedtek.

– Ezt nem hiszem el – dörmögtem orrom alatt, közben Rose kis, törékeny testét betakartam. Nem volt annyira meleg ez a mai éj. Holnap szükségem lesz az erejére, győzködtem magam, a törődés legkisebb jelét is kiölve tudatomból. Rose álmában szüntelenül motyogott.

Percekig figyeltem az arcát, és kezemet ökölbe szorítottam. Tucatnyi alkalommal tisztázom tudatomban: Vigyáznod kell rá az életed árán!

Pár pillanattal később a fejem szúrni kezdett. Hirtelen odakaptam, mire vékony hang szólt hozzám.

– Hol vagy? – Félrenéztem, mégsem láttam senkit.

– Itt kéne lenned! – szólt rám a másik árny. Mellkasomhoz szorítottam tenyerem. Ernyedt végtagjaim bizsergése csontomig hatolt.

– Szedd össze magad! – mondtam magamnak. Hirtelen minden sarokból sötét lelkek másztak elő. Arc nélküli lidércek.

– Siess!

– Segítened kell! – záporoztak a szavak. Én már a szoba közepén görnyedtem össze. Levegőt alig kaptam. Az egyik hozzám ért, láttatva halálának percét. Éreztem a perzselő lángokat.

– Hagyjatok! – kiáltottam hangosabban. Hevesen vert a víz, mozdulataimat gátolták. Térdre ereszkedtem, és kezeimen támaszkodtam. Fájdalmuk tudatomba hasított. Szaggatták lelkemet tehetetlenül. Szaguk facsarta orromat, és nem bírtam levegőt venni.

– Minden rendben, Sasy? – Rose felült az ágyában, majd fél szemét kinyitva, a másikat dörzsölve nézett rám. Nem értette, mit keresek a földön. Szavának hatására a lelkek eltűntek közelből. Hátra hagyták a szobát, belsőm gyötrését befejezve. Még magam elé néztem, izzadságom pedig csepegett a fa padlóra. Lefelé bámultam kis ideig. Kellemetlen küzdelmek árán normálisan levegőt tudtam venni. Feszült légcsövem ezer kés pengéjét tűrte. Társamnak halkan válaszoltam.

– Persze. Csak kimerültem. – Mikor ezt mondtam, talpra szerettem volna állni, de lábam nem bírta el súlyomat. Még transzban tartott az előző eset. Kinyitottam a szemem, lassan Rose-ra akartam nézni, hogy megnyugtassam. Ő már mellettem guggolt, magabiztosan átfogva a karom.

– Semmi baj. Segítek – mondta halkan, és talpra állított. Szorított kis kezeivel, beleadva mindent, ami tőle telik. Kicsit ránehezedtem, így vitt az ágyig. Cipelte testem súlyát rendületlenül. Végig szégyellve magam figyeltem a szobát. Kezei között tartott, elűzve a gonosz lelkeket körülöttem.

Leültem az ágyamra. Kifújtam magam. Ő előttem állt, és kicsit fel kellett néznem, hogy rendesen lássam az arcát. Rose mosolyogva bólogatott.

– Ha segítség kell, csak szólj! Itt leszek! – felelte kedvesen. Óvatosan sarkon fordulva visszamászott az ágyába.

Elképedve töprengtem, szüntelenül érezve oldalamon és karomon apró tenyerének szorítását, ahogy tartotta gyenge testem. Nagy változáson ment át ez a kis varázsló. Törtem a fejem, miközben levettem pólómat és kabátomat. Kinyújtóztam az ágyra. Lecsuktam szemeimet, várva a démonokat. Hamarosan eljönnek újra értem?

Csak a szél fújdogálta lágyan az ablakot. Varázslólányt figyeltem; ő felém fordulva szuszogott halkan. Jelenleg ő óvna a rossztól? Van erre esély? Ezen kérdések ringattak álomba. Sötétséget és nagy vihart láttam magam körül.

Perceknek titulált éjt követően szemembe sütött a nap. Reggeli fények ébresztettek. Kellemes, hűvös levegő és a takaró melege. Kiszáradt szám tiszta vízre vágyott. Dörzsöltem az arcom, közben felültem az ágy szélére. Félmeztelenül söpörtem hátra hajam. Hátamat melegítette a nap.

Lassan társam fekhelyére pillantottam. Rose nem az ágyában hevert. Szokatlannak találtam az esetet. Amint a szoba másik felére fordultam, ő ott állt: kis kezeivel épp vörös szoknyájához kapcsolta a hosszított cipőjéből felfutó harisnyát. Meglepett az, hogy előttem tért magához. Indulásra kész? Nehezen sikerült összekapcsolnia ruháit, viszont utána ébredező, fáradt testemre nézett. Feltűnt neki a figyelmem, mi rá vetült. Szemeimet levettem róla, hintaszékemhez sétáltam. Ő persze végigmért, ugyanis sosem vett szemügyre alaposan ruhák nélkül. Tetszett neki a kidolgozott felsőtestem, ezen kívül a rajta húzódó seb, ami a jobb mellkasomtól egészen a bal alsó hasfalamig vonult, így még több kérdés fogalmazódott benne. Ökölbe szorította kezét, nagyot nyelve. Mire észbe kapott, hogy elkalandozott gondolataiban, már magamra húztam a pólóm. Kellemes csendet élveztem eddig a percig. Lélegzetvételünk könnyed fuvolaként zenélt a szobának fehér falai közt.

– Meglep, hogy ilyen korán felébredtél.

– Kipihentem magam. És gondoltam, kicsit összekészülődöm – vágta rá zavarodottan, majd botjáért nyúlt.

– Talán ennyire lefáraszt a hosszú út? – kérdeztem nagy kék szemeibe őszinteséget kutatva. Piros arca válaszokkal szolgál kora reggel.

– Nem... vagyis, talán a sok varázslás.

– Értem. – Fegyvereimet helyükre raktam. Rose ruháját igazgatta.

– Nem szeretnék terhedre lenni, ezért próbálok odafigyelni az erőm beosztására a nap folyamán. Korábban kelek majd, és... – Ekkor léptem elé, kezemet kalapjára téve.

– Semmi szükség rá. Pihend ki magad, mert szükségem van rád. – Rose, lehajtva fejét, mosolyogni kezdett. Apró könnyek szöktek szemébe, amit minden erejével visszatartott. Fölé magasodva néztem az ajtónkra, utána a mellette lévő képre, amin magányosan álló, esernyős nő ült.

– Rendben – válaszolt Rose, két kézzel szorítva botját. Felettébb kellemes reggelnek ígérkezett a mai. Kalapjáról elvettem tenyerem.

– Nos, akkor reggelizzünk és készüljünk – mondtam, közben indultam az ajtóhoz. Rose büszkén bólintott.

Lementünk a végtelenül tekergő lépcsősoron, minek több foka ragadt a tegnapi ünnepléstől. Félúton kézzel mosta egy nő, lassan haladva. Kikerültük, csendben hordva a koszt a már készen lévő fokokra. Nyitott ablakok, tiszta asztalok vártak lenn, kevés vendég társaságában. A csehó tulajdonosa széles mosollyal fogadott minket.

173

– Jó reggelt! Kellemesen telt az este? – kérdezte. Rólam azonnal Rose szőke hajára pillantott.

– Kissé zajosak voltak a szomszéd szobában – folytattam, majd öt ezüstöt tettem a pultra, amivel a reggeli menüt előlegeztem.

– Egek! Mélységesen sajnálom! Azt hittem, önök érzik annyira jól magukat – mondta. Kissé nyomatékosítottam a dolgot, amíg az ételünket szedte tálba.

– Nem, mi pihenni szerettünk volna. – Az italok polcán ásítozó macska karmait mélyesztette a fába. Alatta szőrösen és porosan öreg rum honolt. Évek óta bontatlanul szívta otthonának zaját és szagát magába. Érdekes történeteket mesélhetne.

– Valaki zajongott a szomszéd szobában? Nem is hallottam – vágta rá Rose mit sem sejtve. A tulajdonos persze szerette volna megmagyarázni a dolgot.

– Igen. Tudod, ebben a csehóban nem csak szobákat lehet bérelni hanem... – Az asztalról határozottan elvettem az ételt, másik kezemmel pedig rácsaptam a fennálló ezüst-tartozásom.

– Ezt a vendégszeretetért, uram – ezzel zárva a beszélgetést. Rose és én a hátsó sarokban lévő asztalt foglaltunk el. Rajtunk kívül egy úr cigizett a kocsma tulsó végében. Lassan reggeliztünk, két narancslé társaságában. Az ital zamata régi emlékeket idézett. Savanyú illata, akár a tavasz rég várt köszöntése. Színe, mint pihenésre készülő fáradt nap. Kint fújó szél rezgette az öreg ablakot. Társam természetesen nem bírta csendben élvezni e különleges perceket.

– Ma este segítünk a vadászoknak?

– Muszáj lesz. Ha Stonekill velünk tart egy ideig, talán több esélyünk van sértetlenül eljutni délnek – folytattam, s villámmal sárgarépa darabot vettem a számba.

– Bízom benne. Nem tűnik rosszindulatúnak. Csak ijesztő a külseje! – mondta, sajtdarabot halászva a sok zöldség közül.

– Meggondolatlanság bízni bennük! Emberek ők is, mind kapzsik és vakok. Saját eszméiket követik akár az életük árán. Bárkit eltaposnak, aki szembeszáll velük – folytattam reggelimet. Rose kicsit elgondolkozott. Vörös húsdarab bekapása után tele szájjal válaszolt.

– Minden élőlény a saját maga által helyesnek vélt utat követi. Akár ember, mágus, vagy épp boszorkány. Megvan a joguk arra, hogy ezek szerint éljenek és cselekedjenek.

– Kivéve, ha ölnek is miatta – vágtam rá, és kiittam poharamból a maradék narancslevet.

Rose egyetértően nézett rám, majd tekintetét az ablak másik oldalán lévő világra vetette. Biztos sok gondolat fut át most az ő fején. Egyre érettebben gondolkozik. Hamarosan megáll majd a saját lábán.

Kellemesen töltöttük a reggelt, dél körül elhagytuk a csehót. Késő délutánig sétáltunk a vár körül. Társam észrevette a legnagyobb táblát, amin hatalmas térkép volt. Szegek tartották négy sarkát. Tucatnyi jelöléssel rajta. Látványosságok, illetve helyi nevezetességek. Gondolkozás nélkül rángatott magával. Körbe kellett járnunk őket. Igényes pékségek, továbbá hatalmas szobrok. Emlékkövek, belevésve nevekkel. Képzeletünkben lovagi arcokkal párosítottuk azon dicső szavakat. Mikor lábaink fáradtak, kifeküdtünk a várárok melletti csapásba. Rose szájába vett egy szalmaszálat és szórakoztatta magát, közben figyelte végének a mozgását. Én lehunyt szemmel pihentem. Éreztem bőrömön a nap gyengülő sugarait. Lassan ideje indulni. Igaz, hogy semmit sem tudunk a helyről, ahova megyünk, és az áruról sem, de ez végtére nem a mi dolgunk. Óvatosan belemarkoltam az alattam növő fűbe. Puha, kellemes a tapintása. Ebben a pillanatban lépett elénk Sasszem, Rose játékán csodálkozva.

– Nem tanította meg neked, hogy ne vegyél mindent a szádba? – kérdezte grimasszal az arcán. Rose hümmögött, mielőtt felnézett a szájából lógó szalmaszállal.

– Elsőre talán nem volt világos, amit mondtam? – kérdeztem tőle még mindig fekve, a hűvös talaj végső ölelését taszítva magamtól. Sasszem rám pillantott. Sietve keresni próbált valamit zsebében. Mire megtalálta, már álltam. Tekintetét nem merte levenni rólam, Rose közben érdeklődően figyelt.

– Induljunk… Stonekill vár minket a lesen – fejezte be, és sarkon fordult. Rose mellém sétált, nem értve helyzetünket. Kivettem szájából a szalmaszálat, aztán az orrára csaptam gyengén. Ő bosszankodva pillantott rám. Éhező tekintete a kezemben pihenő, nyálas növényre szegeződött.

– Tényleg ne vegyél mindent a szádba – fejeztem be, aztán eldobtam a mezőn. Lassan követni kezdtem Sasszemet. Rose kis gondolkozás után csatlakozott. Közösen értünk be a falaktól pár kilométerrel messzebb lévő erdő belsejében búvó leshez. Bár jobban hasonlított egy faházra. Erős gerendák és lécek tartották össze. Lombokkal fedett külseje valamennyire rejtette az idegen szemektől. Kötélen kapaszkodva vagy fa deszkák segítségével lehetett feljutni rá. Mi másztunk, míg Rose utánunk repült. Beléptünk az épületbe, ahol Stonekill hevesen fejszéjét élezte. Felénk fordult gyanakvóan. Morgolódott, viszont örült segítségünknek. Szakállát összefonta, mint az északi vikingek.

– Üdvözlet. Hogy tetszik a város?

– Kellemes, bár az itt élőkről ez nem mondható el – pillantottam Sasszemre, aki hasonlóképp tett. Rose viszont az épület belső terén csodálkozott.

– Hozzá lehet szokni. Kedves asszonyok és erős ital oldja a férfiak gondjait errefelé.

– Olyannak tűnök, aki él hasonló szolgáltatásokkal?

– Utóbbival bizonyára.

– Manapság inkább a gyümölcslevet fogyasztom.

– Melyiket kedveled leginkább, vándor?

– Az almát. – Pár másodpercnyi csend után Stonekill folytatta.

– Innen délnyugatra, kicsit beljebb merészkedve fogjuk közre a szekeret. Gyors tempóban fog haladni. Követjük, és biztosítjuk minden oldalról! Se fények, se hang! Ha valós az információ, két órán belül ide ér. Addig foglaljuk el a helyünket – tette egyértelművé a dolgot, majd a kijelölt pontokra mentünk. Érdekes módon több les kiépítve, üresen korhadt, hasonló célokra tervezve. A magas fák lombjain állva a sötétedő éjszakát kémleltük.

Fokozatosan növekedett az állatok zaja. Vonyítások és ugatás törte meg a csendet. Egymástól ötven méterenként, az úttal szemben fogtuk volna közre az érkező szekeret. Látótávon belül térdeltünk a teraszos fa pallókon. Lassan itt kéne lennie a szállítmánynak, legbelül tudtuk. Fejemet már azon törtem, ha netalántán mégsem érne ide, akkor melyik kereskedelmi útnak vágjunk neki holnap. Stonekill valószínűleg nem tart velünk a bukást követően. Sasszemet meg biztosan kivégezném ennek ellenére. Régóta furdal a kíváncsiság, milyen lehet a fajtája ellen harcolni. Mert a nevük bizony híres, valamiért mégsem érzem pár tagjukat annyira élesnek. Magam sem tudtam, melyik opció lenne a kedvezőbb. Mind meredten figyeltük az utat. Hirtelen észrevettünk egy sötét szőrű lovat, rajta szépen öltözött lovásszal. Lassan és halkan közlekedett. Viszonylag kis, négykerekű, zárt külsejű, magas, kocka alakú kék kocsit húzott. Kívülről belakatolva – erősített falakkal lehetett ellátva. Az ilyen szintű szállítmányok tartalmát titokban tartják annyira, hogy még aki viszi, sem tudja, pontosan mit rejt sötét belseje. Nem is érdekelt. Azt a pár kilométert tegyük meg itt a fák között. Stonekill intett, majd leugrottunk. Földet éréskor rendületlenül ment tova a szekér, vezetőnk viszont elé lépett.

– Jöttünk kísérni önt és a szállítmányát a várba! Gondtalanul telt az út?

– Igen! Köszönöm, jóemberek. Kérem, siessünk! – mondta a középkorú kocsis, utána jelzett lovának, aki továbbindult. Közrefogtuk, biztosítva mind a négy sarkát. Rose előttem sétált, szorítva botját, közben figyelt lépteire. Én mögötte, a bal oldalon kémleltem a fák közt bujkáló szörnyeket. Kis lábnyomait kérdés nélkül eltüntette bakancsom talpa, mintha itt sem lenne társam. Stonekill mögött Sasszem tartotta a tempót. Idegőrlő percekig feszítette a környezet érzéketlen színe és hangulata. A lovász türelmetlenül bámészkodott. Kellemetlen szagok facsarták orrát. Pár száz métert hagyhattunk hátra békésen, mire éles vonyítást hallottunk.

– Kiszagoltak minket? – kérdezte Sasszem.

– Csendet! Lehet, hogy csak vonulnak – mondta Stonkill.

– Rose – jeleztem. Ő pálcáját a földbe dugta, és látta szemeivel az egész erdőt. Kicsit rémült arccal összeszorította fogait.

– Sokan közelednek! – Idegesen indultunk tovább, gyorsabb tempóban.

– Mégis mennyien? – kérdezte ingerülten vezetőnk.

177

– Legalább ötvenen! – Mire ezt kimondta, az első hullám már rajtunk ütött.

Sasszemet elkapták, hirtelen földre rántva. A lovaskocsi tetejére felugrott Stonekill, kezében baltája és nyílpuskája. Én a hátulját védtem, szorítva kardom, másikban puskám állt készen. Rose zöld szemekkel, balról követte a szállítmányt. Sasszem kivágta ellenfele karmai közül magát, és a jobb oldalra csatlakozott két ezüst dárdájával. Faragott keményfa markolata volt, ennek ellenére elég könnyen forgatta mindkettőt.

A farkasok megállás nélkül rohamoztak több irányból. Lassabb tempóban futottunk a szekér után, és fedeztük a szörnyektől. Rose gyökereket használva bénította a farkasok végtagjait, végleg megállítva őket. A természettel tökéletes összhangban védte az oldalát. Néha, mikor túl közel kerültek hozzá, akkor varázsigét kiáltva vékony hajával repítette őket fáknak, gerincüket szilánkosra törve. Kegyetlen stílusban küzdött.

Számomra nehezebb volt a harc, bár merőben más, mivel a folytonos mozgás több koncentrációt igényelt. Lőfegyverem roncsolta a koponyákat egészen addig, míg a hármas cilinderem kifogyott. Újratöltésre időm sem volt. Rögtön kardomat kellett használni. Tárolójába helyeztem puskám, a továbbiakban késem szolgálatait vettem igénybe. Több szívósabb farkast félbe szeltem. Temérdek tetemet hagytunk hátra. Vérszagtól ingerültebb fajtársaik vicsorogva közeledtek. Éreztük magunkon a rohanás és harc fáradságát. Tompultak képességeink, lemaradva minimálisan szekerünktől.

Sasszem dárdáival darálta hússá, vérré e szörnyeket. Lábát megkarmolták, majd nekifejlte egy farkas a kocsinak. Ő két körmét leszakítva kapaszkodott, mégsem tudta érdemben védeni a szállítmányt.

– Stonekill, cseréljünk helyet! Fentről fedezlek titeket! – szóltam. Ő éppen egy farkas fejéből kitépve a fejszét kiabált vissza.

– Siess, árnyék! – A tömegbe ugrott, két farkasnak leszakítva az állát. Sasszem jól érezte magát, mivel maradt a kocsi oldalán kapaszkodva, onnan szurkálta ellenfeleit. Stabilan beálltam a kocsi tetejére, kihúzva magam. Hátranéztem a falkára, aminek több tagja hófehér fogait mutatva rohant.

– Rose, az íjamat! – Ő a talajtól búcsúzva repülni kezdett. Elővette zsákjából az elf íjamat. Oldalamra helyeztem a tegezt. Hosszú, dicső, ráadásul számtalan vesszőt birtokoltam. Kezembe fogtam csodás fegyverüket. Végignéztem rajta, aminek hatására egy régi emlék villant bennem. Ismerős hanggal. Sötét szempárral.

„Húzd fel az íjat, fiam. Úgy jó lesz! Tartsd benn a levegőt. Most lőj!" – Elképzeltem, ahogy a sárga búzamezőn, gyenge oldalszéllel mellettem egy arc nélküli, hegyes fülű öreg tanít. Ki voltál te valójában?

Amint visszatértem a valóságba, tartva íjamat útjára engedtem a vesszőt. Hibátlanul célba találtam. Ekkor ízleltem függőséget okozó ízét fegyveremnek.

A következő pillanatban kegyetlenül kezdtem osztani a mögöttünk futó farkasokat. Olyan szinten, hogy Stonekill meg Saszszem már szinte nem is öltek. A város szélső pereméig tartott ez a lendület. Rose az útra, mögénk állított rácsos földfalat, amivel a farkasokat lassította. Nekem viszont elfogytak a vesszők. Visszaadtam Rose-nak az íjat, ő zsákjába rakta. Kezembe vettem ismét kardomat. Készültem leugrani a farkasok közé, mire nagy kiabálás hallatszott.

Mögöttünk megjelentek csillogó páncélban a lovagok. A falakon íjászok sorakoztak. Kivétel nélkül fedezni kezdtek, és öszszecsaptak a farkasokkal. Így biztonságban vonultunk az erődbe. A kapuk lezárultak, az íjászok gondolkozás nélkül kioltották az utolsó életet is.

Amint beértünk, hevesen lélegezve a kocsi mellé léptünk. Sok katona, illetve lovag gyűlt körénk. Büszkén nézték a kocsit. Szépen öltözött írnok hosszú papirusszal kezében és maga a király jelent meg, fenséges kék-arany páncélban. Sokan letérdeltek, mi négyen pedig állva maradva figyeltük kisugárzását. Ősz, hosszú haja és fehér, rövid szakálla negyvenes évei közepére utaltak. A dicső és magas király kicsit sem lenézően járt köztünk. Felmérte rendületlenül a néhol végig karmolt kocsit.

Miért ereszkedett le közénk? Egy pap jött elő a tömegből. Kezében három kulccsal.

Óvatosan kinyitotta az összes zárat, s mikor lehullott az utolsó lakat, akkor tárult a recsegő, dupla rétegű vasajtó. Hosszú, világosbarna hajú, harmincas éveiben járó nő lépett elő belőle. Dicsőn szép öltözetben. Mosolya elégedettséggel töltötte sokak szívét. Királyuk hozzá lépett, kellemes mosollyal kezeit vállaira téve.

– Nem esett bajod az úton?

– Hála ezeknek a hős harcosoknak, sértetlenül ideértem. – A király felesége volt. Az uralkodó reánk pillantva bólintott tisztelete jeléül. A két vadász fejet hajtott, míg mi társammal szemébe néztünk töretlenül.

– Sikerrel jártál?

– Természetesen. – A kezében szorongatott kis fadoboz bizonyította.

– Örül a szívem. Imáimat hallotta az Úr odafenn!

– Bizonyára kegyes hozzánk.

Hosszú útról tért haza fáradtan felesége. A király hálája jeléül megköszönte nekünk az önfeláldozó tettet. Stonekill és Sasszem büszkén álltak, sütkérezve az uralkodó szavaiban. Engem jobban lekötött a velem szemben álló pap, aki régóta meredt rám csuklyája álarca mögül. Kellemetlenül érintett, hogy semerre sem fordította fejét. Ő volt az, akit láttam kinn az utcán alig egy napja. Mintha tudná valódi kilétem. Álla alsó részét láttam csupán, ami semlegesen kiegészítette nem létező arcát. Elcsendesedett a világ körülöttem. Mi léteztünk abban a pillanatban. Hűvös, szürke környezetem nyomasztotta lelkem.

– Látlak... – szólt sejtelmes hanggal, majd a kezébe csúszott ruhája ujjából egy fém kereszt. Zöld rubint volt rajta, amin ujját tartotta.

Türelmesen figyeltem az eseményeket. Lassan késemért nyúltam volna, mikor Rose elkapta a kezem és magához húzott.

– Nézd, milyen koszorút kaptam az udvarhölgyektől! – A fejére mutatott. Száz színű ajándék díszelgett ott, kellemes illatot árasztva. Tündökölt rajta, mintha hercegnő lenne. Illett külleméhez, tökéletes mosolyára emlékeztetett. Elterelte a figyelmem, és mire visszanéztem, már felszívódott a pap. Kik ezek? Gondolataimba meredtem, ujjaimat törölve ruhámba.

Rose persze bosszankodott, amiért nem figyeltem rá. Kénytelen volt nyomatékosítani jelenlétét.

– Szóval nem áll jól? – kérdezte ismét.

– Szép koszorú – feleltem és Stonekillre néztem, aki közelebb jött, büszkén bólogatott. A fegyvereiről száradó vér csepegett a fehér kövekre. Gyerekek futkároztak, és talpukkal széthordták fakítva sötét sűrű színét.

– Holnap reggel a vár kapujánál találkozunk. Átvezetlek titeket a háborús régión.

– Rendben.

– Jól harcoltál. Alábecsültelek titeket.

– Gyakori hiba.

– Pihenjétek ki magatokat, Árnyék! – Mikor befejezte, bólintottam, és a csehóba igyekeztünk. Rose követett, másik koszorúval a kezében. A virágszirmokat piszkálta rajta, semleges reakciómon tanakodva. Lassan kezdte megszokni hangulatom hajóként ingó pillanatait, amin utasként zötykölődött viharos napokon. Győzelmi hangulatban érkeztünk a rég látott fogadóba. Tulajdonosa üdvözölt ismét.

– Egy csendes szobát szeretnénk ma estére, ha lehet – feleltem, ő pedig a pultra tette a kulcsot.

– Ma ingyen van a szállás. Megmentették a királynét! Hálával tartozik önöknek a város.

– Tegnap este sem tettünk többet, mint ma.

– Ezt hogy érti? Nem kell szerénynek lennie!

– Ha lehet, ma tényleg pihennénk. Tudja ezt garantálni, jóuram?

– Természetesen!

– Köszönjük a szobát! – Rose széles mosollyal lábujjhegyre magasodott hálálkodás közben.

Az asztalra raktam pár ezüstöt és elvettem a kulcsot. A kocsmáros fejét rázva söpörte tenyerébe jussát. Felsiettünk a tiszta, fényes lépcsőn szobánkba. Vetett ágyak, friss levegő és tiszta padló várt. A kellemes összkép nyugtatóan hatott. Rose átöltözött, majd gyorsan álomba merült, észre sem véve, hogy ajándéka fején maradt. Meredten bámultam a frissen festett plafont. Próbáltam elképzelni annak a papnak az arcát. Törtem magam számos eshetőségen.

Biztosra vettem, hogy találkozunk később velük. Akkor fény derül, mennyire erősek az egyház legújabb szolgái.

Rövid idő alatt reggel lett. Ma sem aludtam sokat. A szürkület fényében öltöztem, baljós gondolataimat háttérbe szorítva. Csípős, hideg reggelre ébredtem. Rose fölé hajoltam, utána homlokáról levettem a szétcsúszott koszorút, amit az éjszaka folyamán párnaként használt. Arcára piros szirmok tapadtak. Ragaszkodtak a varázslólányhoz, akár ő hozzám.

– Ideje felkelni! – szóltam, mire ő elfordult és nyöszörgött.

– Még pár percet hadd pihenjek!

– Indulnunk kell. – Lázadva, fejét a párnába nyomva ellenkezett.

– Gonosz vagy – folytatta a takarót magára húzva.

Mi mást tehetnék? Ma lehet, hogy megvárom, míg önként felkel. Tegnap ügyesen harcolt. Kiszolgált, mikor kellett, és számtalan farkassal végzett. Elhajoltam felőle. Kifújtam a levegőt, ami benn rekedt hosszú másod percek óta tüdőmben. Hátraléptem párat, és sarkon fordultam. Leültem a székbe, csendesen várakoztam. Már majdnem kezdtem hevesen pörgetni az agyam a mai nap menetéről, számolva sok lehetséges útvonallal. Váratlanul Rose teljesen felöltözve elém hajolt.

– Visszaaludtál? – Kinyitottam kék, fáradt szemem. Újra láttam ezt a furcsa képességét, amivel minden reggel meg tud lepni. Sóhajtottam halkan ő mosollyal hátrébb lépett.

– Elképesztő vagy néha. – Rose természetesen dicséretnek vette, utána boldogan fogta botját. Közösen távoztunk reggeli után a csehóból. Kedves hangon köszönt társam a vendéglátónktól. Biztosan nem felejt minket jó ideig.

Időben kiértünk a kapuhoz, ahol a katonák bólintottak. Stonekill elszántan semleges arccal várakozott. Mikor észrevett, fejszéjét elrakta és köszönt.

– Hosszú és veszélyes út áll előttünk.

– Ezt már akkor is tudtuk, mikor elindultunk északról – feleltem, utána délnek vettük az irányt.

Kényelmes tempóban sétáltunk. Néhány falusi szedte össze a nyílvesszőket, páran pedig szekerekre hányták a halott farkasokat. A bűzlő tetemeken kívül vérben forgó szemek vetültek ránk. Eszünkbe jutott az a rohanás, és morgásuk csengett füleinkben. Hegyes karmaik nyomát a talpunk alatt sorakozó kis lyukak tudatosították bennünk.

– Küzdöttel már vámpír ellen, Árnyék? –

A földet kémlelve, semlegesen válaszoltam.

– Egyszer. De az félvér volt.

Rose természetesen fülelt, közben érdeklődően fürkészte a tájat. Nem messze tőlünk épp lovagot temettek. Térden sírt mellette imádkozva asszonya és két kisgyermeke. Tegnap este tehát egy harcos is odaveszett.

– Értem – válaszolt, zárva a beszélgetést. Lassan hagytuk hátra a város külső peremét. Az erdőn keresztül ismeretlen járhatatlan utakon közlekedtünk. Kövek és sziklák párosultak ehhez a terephez. Sok séta után viszont bűzlő, lápos terep fogadott.

– Ezen keresztül vezet az út. Ha túléljük, sziklás völgy következik. Onnan egy köpésre széles, lengén fás mezőn átkelve máris kiértünk a háborús régióból. Készen álltok? – kérdezte Stonekill. Innen amúgy sem vitt már minket haza út. Rose magabiztosan felelt.

– Igen! – Szemei rám figyeltek, míg én magam előtt a láp utáni földet kutattam. Vele együtt a napot, mikor végre orromba csapott a déli part sós szaga. Oly messzinek tűnik. Annyira sok időbe telik. Nyújtózkodom, de távoli a cél. Nincs maradásom!

Egyhangúan feleltem, miután a többiek előrenyomultak.

– Induljunk.

10. FEJEZET

SZENTÍRÁS

A Biblia. Temérdek ember hisz rendületlenül soraiban, melyeket leírtak ebben a könyvben. Vakon követik tanítását, nem törődve mások nézeteivel. „Isten vigyáz híveire", ezt mondják a papok. A nép túlnyomó többsége büszkén kulcsolja össze ujjait és hangoztatja az imákat. Térdre esve hálálkodnak a jóért, és isteni áldásnak állítják be azt. Istentől kérnek egészséget, szerelmet, ételt és italt. Ha mindez megadatik, természetesen nem maga az ember érte el kemény munka árán, hanem az Úr hallgatta és váltja valóra imáikat. Anglia túlnyomó része féli Isten nevét, mellette templomba jár. Szürke népség, akik azt remélik, hogy míg hitük rendületlen, semmi baj sem történhet velük.

Ahhoz képest pestis tombolt, ami kiirtotta az emberek nagy részét. Szörnyek falják fel gyermekeiket. Banditák erőszakolják az ártatlan nőket. Növekszik a kivándorlás évek óta. Hol itt az igazság? Az a bizonyos Úr most miért nem tesz rendet? Tán ez a büntetés, amiért sokan fajukat megszégyenítő módon élik életüket? Páran képtelenek cipelni saját keresztjüket.

S elszámolunk magunkkal életünk utolsó percében. Látni fogjuk azt a sok jót, illetve rosszat. Elnyeri végül az összes ember a megbocsájtást? Mi van a halál után?

Várni fog valaki a túlparton? Erről nem írnak a könyvek.

– Isten áldjon, gyermekem! – mondta a fő püspök. Kezével keresztet rajzolt maga előtt a levegőbe egy ifjan felavatott pappal szemben. Boldogan és alázatosan nézett rá tanítványa.

– Köszönöm, atyám!

– Most már útra kelhetsz az Úr áldásával! Északon szükség van rád – fejezte be mondandóját.

A püspök fehér, hosszú ruhát viselt, tündöklő kék lepel borította hátát, melyet mellénél szépen munkált arany kereszt tartott össze. Ezen felül nyakában büszkén lógott az ezüstből készült Jézus Krisztus-feszület. Szövetcipőt hordott, talpa halkan kopogott a márványpadlós templom gyönyörű dísztermében. Az ország legszebb és legbefolyásosabb templomában töltötte napjait. Több száz hívük fért be napszaknak megfelelően a misékre. Bőven dolgoztak itt papok, mellettük elkötelezett apácákkal, kik a gyógyítás mesterségét hivatottak tanulni. Bőséggel hirdették a legfőbb püspök szavait, aki épp idelátogatott. Hetek óta járta a vidéket. Szeretett délen híveivel együtt imádkozni. Ötvenes évei közepén járhatott a tisztelétes. Kopasz fejét bíbor sapka takarta. Arcának meztelen bőre kissé ráncos. Barna szeme átlagosnak számított. Épp elhagyta e termet az ifjú pap, akit máris szekérre ültettek, és másokkal karöltve útnak indítottak északra. A püspök süttette magát az előtte lévő nagy ablakon beáradó nap fényében. Pár perc múlva mögé lépett egy tanítványa fehér lepelben.

– Tiszteletes atyám, zavarhatom? – kérdezte. A püspök óvatosan nyitotta szemét, majd felé fordult. Kitárta kezét, amivel engedélyt adott neki. Közelebb lépett ezen egyház vezetője, és folytatta.

– Atyám, mielőtt útra kelne a városba, még tanácsra lenne szükségem. – A püspök lassan lement a lépcsőn, mit puha, vörös szőnyeg borított. Híve rendületlenül követte.

– Folytasd, fiam. Látom az aggodalmat szemedben.

– Északról több hír érkezett hozzánk. Számos pap vesztette életét tragikus módon, miközben terjesztették az Úr szavait. Leveleket kaptunk keletről, miszerint félnek az ördög szolgájától.

– Az Úr álmomban megmutatta nekem azt az alakot, aki e súlyos vétkekért felel.

– Azt mondják, hogy az árnyékban mozog, és éjjel sújt le tüzes botjával. Elrabolja a nőket és a gyerekeket! Sajnos a zsoldos katonák sem képesek megfékezni – zengtek kétségbeesett szavai a hatalmas termekben.

– Az erőszak csak még több erőszakot szül. Kénytelenek vagyunk az Úr segítségét kérni!

– Gondolja, lenne ideje foglalkozni velünk, kik oly aprók szemében?

– Tiszta szívű követőit óvja a sötétség szolgáitól.

– Értem, atyám.

– Küldess díszes levelet több templomba. Az álljon benne, hogy imádkozom értük esténként. Az Úr megvédi őket! – Amint befejezte, már a templom kapujában álltak. Hatalmas, díszes ajtó, amin több szent faragott arcképe tündökölt. Az ajtó melletti tálban szenteltvíz pihent hűvösen. Felette kereszt lógott, ezüst, apró szemű láncon. Szokásos módon néha forgolódott a beérkező széltől. A festett fapadokat serényen takarították az apácák. Puha kezeiket áztatta a hűvös víz délelőttönként.

– Igen, atyám! Rögvest megírjuk e leveleket. Hitünk biztosan kisegít e nehéz időkből – felelte, kezét a keresztre tette, majd az írnoki szobába sietett. Szemeivel átfutott a kis Bibliákon, mik az asztalokon sorakoztak. Némely gyűrött külseje azonnali helyrehozást igényelt, bár erre külön atyák álltak rendelkezésre.

A püspök mély levegőt vett, ujjaival a mellén lógó feszületet igazgatta. Lassan lépett a fénybe, ahol hívei a téren éltették szavaikkal. Örvendtek, virágokat lengettek. A püspök felettük tekintett a végtelen, kék óceánra, minek sós illata átjárta öreg tüdejét. Hajók érkeztek párban, kereskedelmi árukat szállítva. Naponta ötöt számoltak átlagban az egyházi személyek, ugyanis itt ők vezetik a várost. A püspök széttárta kezét, utána híveihez szólt. Néhány tiszteletes még körbevette. A tömegben csuklyás harcos papok hallgatták szavait. Éberen várakoztak, a háttérben munkálkodva. Furcsa virágillat terjengett a levegőben.

– Az Úr az én pásztorom! – Amint ezt mondta, sebes arcú bandita rohant elő karddal kezében.

Pár lépést tudott tenni, miután három fém kereszt állt testébe. Szívébe kettő érkezett, melyek azonnal végeztek vele. Illetve halántékába fúródott egy, hangos ropogás kíséretében. Több csuhás lépett közel hozzá. Figyelték élettelen testéből áradó, csekély mennyiségű, világospiros vérét. Keresztet vetettek, végül rózsafüzér koszorút dobtak fejére. Testét megfogták és elhurcolták. Vörös kapucnis pap térdelt a vérfolthoz közel, utána vödörbe mártogatva rongyát kezdte sikálni a szürke követ. A hívek újra békére leltek, mire végeztek a takarítással. A püspök, fenntartva rendületlen tekintélyét, fáradhatatlanul állt és mondta tovább imáit. Csillogó szemű gyermekek próbálták utánozni szavait. Lehajtott fejjel, összekulcsolt kezekkel szólván Istenhez. Példaértékűen tiszta lelkű lányok keresztet szorongatva álmodtak róla, hogy egyszer itt apácaként tevékenykedhetnek. Több férfi szomorúan, bár büszkén fogadta döntéseiket. Örök szüzességet fogadó, meseszép lányukat gyászolták apáik.

Közben az előbbi hullát bevitték a várostól távolabb eső templom mellett lévő kőházba. Körülbelül négy ehhez hasonló épület bújt a fák között, dombok mögött, vagy a tengerparttól nem messze. Indák, moha nőtte, beolvasztva a természetbe ezeket az öreg, idejétmúlt építményeket. A jelenlegiben álarcos pap ült tölgyfa asztalnál. Némán vetették földre a banditát. Két vörös csuklyás pap várta az utasítást. Látta áldozatuk sebeit a tanítójuk. Fegyvereiket az ide vezető úton kiszedték testéből.

– Hány kereszttel sújtottatok le? – kérdezte egy mély hang a kapucni mögé burkolózva.

– Három – válaszolt a bal oldali.

– A tiszteletes nem sérült meg? – Közben felállt, gyertyát gyújtott a hűvös, sötét helyen.

– Nem.

– Nagyszerű! Hatékonyabbak vagytok, az Úr áldásának köszönhetően. Hamarosan még több testvérünk csatlakozik hozzátok. Északra, illetve az ország középső részére is menni fognak tőletek. Túl sok pap veszti életét mocskos kezek által!

– Megfékezzük, ha az Úr is úgy akarja – felelte a másik.

– Isten mellettünk áll! Sose feledjétek – fejezte be, aztán a hullát egy tömegsírba vetette.

Rothadó gödörnek minősült inkább, mit a tanonc vörös csuklyásokkal ásattak este, évekkel ezelőtt. Számos, a püspököt támadó ember hullája hevert benne. Csatlakozott hozzájuk ez a bűnös lélek. Keresztet nem vetettek, csak nézték, ahogy a bomladozó, állatok által megrágott hullák közé zuhan.

Férgek másztak elő a testekből. Döglegyek beköpték a nyitva ragadt szemeket. Semleges tekintettel hagyták maguk mögött a helyet. Senki sem jár még a közelében sem, ezeknek a helyeknek látogatását ugyanis az egyház hivatalosan tiltja népének, vadakra és katonai gyakorlatokra hivatkozva.

Escanor atya vezette az országuknak létrehozott harcos papok kiképzését itt délen. Jelenleg a part melletti templomának alagsorában tevékenykedett. Híveik fent imádkoztak, zengetve az öreg, rideg falakat. Dicső zongoraszó kísérte tevékenységüket. Kék borítós Bibliák nyitva szívták magukba a tenger sós vizének illatát. Escanor közben tiszta, világos ruházatban, kék lábbeliben odalenn gratulált az újabb sikeresen kiképzetteknek. Merev háttal mozdulatlanul álltak. Escanor immár harminc éve szolgálta az egyházat, ezen kívül ő javasolta az isteni „haderő" felállítását. A püspök beleegyezett, mivel a zsoldos katonák drágán dolgoztak. Nekik, papoknak viszont az életük a hit védelme. Ingyen, önmagukat feláldozva óvták az atyákat egyre több templomban.

A vörös csuklyás papok nem szóltak bele semmilyen egyházi tevékenységbe. A harcon és a Biblián kívül mást nem ismertek. Követték vakon a parancsokat. Támadás esetén kegyetlenül gyilkoltak. Egész fiatalon kiölték belőlük az együttérzést, a kegyelmet, továbbá minden jellegű félelmet. Lelkileg megtörték, testileg fenyítették őket, így tökéletes harcost létrehozva. Válogatott, bennfentes tanárok dolgoznak velük, kiknek otthonuk a templom. Életük fő célja a gyermekek nevelése e téren. Szigorú titoktartáson kívül végtelen elkötelezettség szükséges ahhoz, hogy ide kerüljön valaki. A legbelsőbb bizalmi körökről nem beszélve, némán létezve.

– Üdv Escanor! Sikerült befejezni a nevelésüket? – kérdezte Meliod atya.

– Áldassék Jézus Krisztus neve! Tizenöt újabb sikeres vizsga! Hitük rendületlen. Nehéz kiképzésen estek át, de rászolgáltak az Úr kegyeire.

– Örömmel hallom! Megérte a fáradozást. Ismét támogathatjuk testvéreinket!

– Ahogy mondod, Meliod. Nézz rájuk, készen állnak! – mutatott fiaira, akik kezükben vörös borítós Bibliát szorítottak.

– Útnak indítja őket, atyám?

– Igen. Északon szükség van szolgálataikra! – Persze Escanor nem volt elégedett. Negyven pap lett kijelölve erre az éve. Kevesen végeztek tanulmányaikkal. Bár nem csoda. Válogatásuk random. Tíz éve az árva fiúgyermekek mind az egyház segítségére szorultak. Ők befogadták és kinevelték ezt a generációt. Bibliák között nőttek fel, harcra tanítva. Lábukon szöges vasláncot hordtak. Ráfeszítették bőrükre, ami egészen húsukig hatolt. Hátukat minden éjjel korbáccsal verték, fokozva a fájdalom tűrő képességüket. Imádkoztak reggel, délben és este. Keveset ehettek, amit egész napos edzés követett. Aki nem bírta, meghalt. Hullájukat elnyelte a víz. Harcolniuk kellett egymás ellen napi szinten. Fegyverzetük mégsem minősült nagy arzenálnak. Vörös ruhájuk alatt húsz ezüst kereszt lapult, miket tökéletesen lehetett akár szúrófegyverként, vagy éppen dobásra használni. Fele faragott nehézfém, különleges gravírozással, többnyire szent szavakkal. A többi kereszt közepén színes kő díszelgett, amit ha megnyomtak, előugrottak végeiből az ezüst pengék. Kemény bőr mellvértet viseltek, továbbá lábukon fekete szíjat. A derekukon lévő övön belül kis tüskék sorakoztak, melyek éreztették testükkel a földön való élet minden percét. A szíjon három fémtüske stabilan rögzítve. Ezek nagyjából tíz centisek voltak, két végük méreggel bekenve. Afféle utolsó mentsvár, mit szigorúan különleges esetekbe lehetett alkalmazni ellenfélre, vagy épp magukra. Továbbá mellkasuk előtt feszes öv futott keresztbe, amin három karó pihent. Az arcukat fedő csuklya nem gátolta őket a harcban. Sötétben számtalanszor követelték tőlük e fokozott figyelmet. Vakon, csak a hallásukra hagyatkozva küzdöttek. Vizsgájuk végéhez közeledve vérfarkasokkal vagy vámpírokkal kellett harcolniuk, attól függően, melyiket fogták be tanáraik. Sokan ezen a ponton vesztették életüket. A higgadt gondolkozás és gyors cselekvés elengedhetetlen volt. Papok új generációja jött létre.

Escanor atya minden tanítványa kezébe tekercset adott. Megjelölte nekik az útjukat, és hogy ki mellett kell szolgálatot teljesíteni. Amint átvették, habozás nélkül útra keltek. Nem beszéltek. Hitük vezette őket magas dombokon, végtelen mezőkön. Meliod büszkén, reményekkel teli tekintettel nézett rajtuk. Keresztet vetett, majd közelebb állt Escanorhoz.

– Atyám, kérem, jelentse a fejleményeket. A felső tanács kíváncsi önre, illetve tanítványaira. – Amint ezt mondta, elindultak a föld alatti, hosszú, köves folyosón. Több helyiséggel mellettük.

– A mélyen tisztelt tanács megnyugodhat. Újdonsült papjaink rendületlen követik az Úr szavát. Biztosíthatom hűségüket és hatékonyságukat.

– A tanács támogatja a tevékenységét, illetve számítanak önre a jövőben.

– Már elkezdtem kinevelni egy újabb generációt – folytatta, közben számos helyiség ablakán tekintettek be. Az egyikben éppen vizsgához közel álló fiút ütöttek korbáccsal. A másikban kereszteket dobáltak fa célpontokra. Csodálkozva szemlélődött Meliod atya. Mellettük gyerekek haladtak Bibliával kezükben, szemüket a földnek szegezték, könyvüket rendületlen szorították.

– Örömmel hallom, atyám! Értesítem a tanácsot ezen információkról. – A következő szobában remegő lábú kislány könnyes bőrét simította végig egy pap. Arcára fagyott mosollyal vágyakozott az ifjú tanoncra. Száraz ajkát nyalogatta, tudván, vágyai hamarosan kielégülnek.

– Escanor atya, mit gondol a püspök érkezése óta eltelt időről?

– Biztosan erősítette a hitét híveinknek. Érzem az Úr kegyét. Álmomban megmutatta a helyes utat – felelte, végül egy nagy fa ajtó elé értek. Öreg, rozsdás retesz pihent rajta. Beléptek, és lassan becsukták maguk után. Fiú feküdt véres arccal a földön, felette állt egy másik kereszttel a kezében. Többen körbevették őket, nézve e tetteket. Meliod atya meglepetten figyelte az eseményeket. Escanor odasétált a fiúhoz, aki túlvilágra küldte társát. Rátette kezét sebes fejére.

– Ne feledjétek, gyermekeim. A legerősebbek maradhatnak életben. Az Úr megvédi leghűségesebb szolgáit.

– Ámen – zengték kórusban, és lehajtották fejeiket. Meliod atya büszkén sütkérezett ragyogásukban.

Lábaikon szorosra húzott fém lánc mart bőrükbe. Vérük halkan csepegett a koszos kőpadlóra, ami temérdek sikolyt nyelt el az évek alatt. Kezükben kereszt csillogott, néhol gyertyák lángjainak fényében. Szemükben üresség, szívükben rideg űr, mit a Biblia eszméi töltöttek teli. Érzéketlen, hívő harcosokat neveltek belőlük.

Közben a püspök népe között járt. Füstölővel kezében, mögötte fehér ruhás papokkal. Többségük átlagos hittérítők. Leghátul követte őket némán egy vörös csuklyás. Dicső menetet jártak büszke városuk számos szegletében. Hangoztatva az Úr szavait. A hívek virágokat dobáltak lábuk alá. Kagylókkal díszített nyakláncokban futkároztak körülöttük a gyerekek.

Estére visszaértek a nagy templomba. Lepihentek az éjszakai mise előtt. Tekercseket másoltak vagy gyertyát öntöttek. Fiatal apácák írni és olvasni tanultak. A napi adományokat számolták, gondolkozva, melyik szegény faluba küldjék az élelmet és azt a pár ezüstöt. Lingard atya lépett a püspök elé, miután keresztet vetett.

– Kérem, szánna rám egy kis időt?

A püspök természetesen bólintott, és szelt beszélgetőpartnerének egy kis sajtot.

– Fogadd el, kérlek.

– Köszönöm, tiszteletes! – Megette a falatot, végül folytatták.

– Atyám, azt hiszem, téves gondolatok mérgezik elmémet – mondta, s arcát Jézus szobrára fordította.

– Miben nyilvánulnak meg e gondolatok? – kérdezett viszsza, majd társult Lingard csodálatához.

– Úgy érzem, mintha ön veszélyben lenne. Bár az úr házában vagyunk, és szemei reánk vetik fényeit, mégis árnyékot vetett bennem ez az érzés. – A püspök kifújta magát. Rágta a szájában forgatott falatot. Sós ízek kényeztették nyelvét. Kellemes levegő töltötte tüdejét. Áldott nap járt ma felette.

– Félelem járja át testedet, érzem. Kételyeid ne ingassák meg hitedet. Imáink tisztítják a bűnös gondolatokat!

– Értem, atyám. Viszont hallani az Árnyról. Közeledik dél felé. Azt beszélik, démon, akit Lucifer küldött.

– Jézus Krisztus, a mi Urunk mindent úgy alakít, ahogy helyesnek véli. Biztosan megtéríti majd azt az elveszett lelket!

– Aggódunk a testi épsége miatt. Kíván fokozott őrséget a városba?

– Láttam már démonokat, akik angyalnak álcázták magukat.

– De ő nem rejti valódi arcát.

– Azoktól jobban tartok, kik álarc mögé bújtatják önmagukat. Lehet, az égiek kitaszították! Tán visszatérne, és itt leli a lépcsőt.

– Segítene neki, ha kérné?

– Hisz' ez a feladatunk.

– Szavai mentsvárként nyugtatnak, atyám! Röstellem szavaimat – mondta a pap, és keresztet vetett a szobor előtt.

– Semmi gond, fiam. Ma éjjel tárd ki szívedet!

– Úgy teszek, atyám – felelte, majd befejezték a beszélgetést.

Hosszú percek teltek el némán. A püspök gondolataiba meredt. Nem félt ő sem a haláltól, csupán meglepően hallotta a feléjük közeledő Árny hírét. Lehet, az Úr küldi őt, és nem Lucifer? Ez az utolsó próbatétel, még mielőtt örök nyugalomra tér? Hisz' minden emberért eljön egyszer a végzete. A Földön töltött utolsó nagy csatája. Tán meg tudja téríteni azt a lényt, mely mások szerint életére tör?

Démonűzéseket sikeresen hajtott végre, ebből adódóan tapasztalta számtalanszor a gonosz jelenlétét. Boszorkányokat tisztított, mellette pedig a gyermekeknek adományozott sok élelmet. Emlékeiben kutakodva szomorúan gondolt vissza saját fiatalságára. Több tébolyult tanára rossz útra lépett, ahonnan nem tértek haza. Sötét napokon pengeélen táncolt hite, mivel látott síró kislányokat heverni egyházi padlón. Véres arcú nőket, akiket boszorkányság vádjával ítéltek halálra. Érezte orrában a mai napig az égett hús szagát, füleiben kísértett gyermekkora óta a boszorkányok sikolya, mely segítségért könyörög. Mikor idősebb korában taníthatott, úgy nevelte az alatta lévő papokat, hogy bölcsen hozzanak döntéseket, felesleges áldozat nélkül. Esküt tett Isten oltárán térdelve, amikor püspökké nyilvánították. „Ártatlanokat nem ítélek el." Alapos gyanú és döntő bizonyíték szükséges számára. Hiányuk számtalan nőt oldozott fel a vádak alól. Könyörületessége Angliát hamar keresztüljárta. Bölcsessége s tekintélye rohamosan nőtt. Országunk uralkodója kiváló kapcsolatot ápolt vele.

Ekkor lépett be a kapun díszes ruhában, mélységes tekintéllyel a királyné, a Fehér Falú város királyának felesége. A püspök elé járult könnyed léptekkel, mosollyal az arcán.

Boldogan tekintett reá, majd közelebb lépett és átölelték egymást.

– Örülök, hogy épségben ideértél, felség.

– Hosszú és fárasztó volt az út, Ervin főpüspök. – Piros arca a sietség és izgalom jeleként mutatkozott. Kellemes illatú haja frissességet árasztott.

– Részt vesz, felség, az éjféli misén?

– Igen. Imádkoznom kell városom békéjéért! Farkasok támadják falainkat.

– Ezt szomorúan hallom. – Közben helyet foglaltak. Az apácák serényen dolgoztak. Virágokat raktak vázákba. Topogó cipőik hangja kellemes dallamként zengett a teremben.

– Bátor katonáink életük árán óvják falainkat, ami megnyugvást hoz szívemre.

– Királyuk bizonyára büszke lovagjaira.

– Természetesen hálánkat fejezzük ki, és támogatjuk családjaikat.

– Régen jártam csodás városukban. A fehér utcák évek múltán sem untatják szemeimet.

– Tisztasága népünk jelképe. Múltunk és jövőnk bölcsője.

– Örömmel hallom. – Beszélgettek hosszú percekig, míg kezdődött az éjféli mise.

Sok száz ember vett részt rajta. Pompában és boldogságban tündöklött az egész csarnok. Számos pap lenn énekelte imáit, addig a püspök fentről nézett híveire a teraszról. Büszkeség és boldogság öntötte csordultig szívét. Célja, hogy az összes bűnös lelket e vidéken megtérítse, lassan sikerrel járt. Kevesebb a bűnözés, mióta járja az utcákat. Továbbá három másik nagyvárosba kell hamarosan utaznia segítőivel. Rengeteg közül a jelenlegi tetszett neki a legjobban. Számtalanszor jött délre évek alatt, s a fejlődő környezet mindig lenyűgözte. Különösképp eme tenger melletti város. Szívében őrizte, mivel gyermekként ő maga is végtelen vizek mellett nevelkedett. Halakat etetett, közben holdnak fényében sütkérezett faragott fa kereszttel nyakában, amit mai napig zsebében hordott.

A szertartás végén leereszkedett híveihez, majd kenyeret és sajtot ajándékozott. Boldogan figyelte csillogó szemeiket, mik erőt adtak öreg lelkének.

– Tisztelettel főpüspök úr! – szólt neki egy gyermek. Anyja kezét szorosan fogta, mosolyogva figyelte az eseményeket. A püspök boldogan tekintett rá.

– Tessék, csak beszélj, fiam.

Csillogó szemekkel, kicsit dadogva kezdte mondanivalóját.

– Képzelje, mióta itt van, nem félek a sötétben! – jelentette ki fennhangon, majd Ervin mosollyal az arcán bólogatott.

– Nagyon örülök ennek, és az anyukád is biztosan büszke rád! – Válasza közben az anyára nézett.

– Köszönöm, atyám, hogy védelmezi a gyerekeket! Isten áldja önt! – hálálkodott a nő keresztet vetve. A püspök gyermeke szájába adta a sajtot.

– Az Úr segít nekem megvédeni híveinket! Áldásom rátok száll! – fejezte be. Így, biztató szavakkal, továbbá hittel töltötte tele a jelenlévő polgárok szívét.

Boldogan nézte a királyné e tetteket. Megvárta csendesen, míg végez Ervin atya, utána ismét eléállt. Fáradt arccal, erőltetett mosollyal.

– Az éjszakát itt fogom tölteni. Holnap intézzük el a dolgokat, amelyek miatt érkeztem – nyomatékosította a királyné, majd indult a számára kijelölt szobába pihenni. Ervin fejet hajtott mosolyogva.

Két pap sétált a püspök mellett. Jó éjszakát kívántak neki, és kimentek a templomból. Ervin tiszteletes szobájába sietett.

194

Gondosan bezárta az ajtót, majd asztalához ült. Elővett egy lapot és tintát. Hatalmas fehér tollát alaposan beáztatta a fekete tintába. Gyújtott pár gyertyát óvatosan maga körül. Tisztán akarta látni a lapot.

Végül írni kezdett. Mondatokat alkotott szent szavakból, miket beivott a száraz, szomjas papirusz. Elvégezte feladatát. Egy óra alatt befejezte. Gondosan borítékba zárta a kéziratot. Vörös, egyházi címeres pecsételővel zárt le. A levelet kis fadobozba tette. A fontos nyilatkozatot teljes biztonságban szerette volna tudni egészen addig, míg célba ér. Mély levegőt forgatott tüdejében, elméjét próbálta kiüríteni. Csukott szemei a sötétben kutatva felé közeledő, fekete árnyat vetítettek álmaiba. Az arcát leplező kalap miatt hiába érdekelte kiléte. Várnia kell türelmesen. Bár érezte a napok múlásával nehezedő terhet. Az ő szívét nyomja, enyémet könnyíti.

Későre járt az idő. Magasba nyújtózkodó hold köszönt fényével a kint lévő polgárokra hazaútjuk során. Messze, lenn a város alatti katakombákban Escanor kezében kereszttel, másikban fáklyával sietett fontos találkozójára. Pontosan tudta, merre halad. Egy rácsos ajtóhoz ért. Fokain támaszkodott sötét, ismeretlen szerelésben a gyűjtőnek nevezett személy. Bűzlött az egész hely. Patkányok rohangáltak környezetükben. Rágcsáltak, cincogtak, és apró körmeikkel kopogtattak a köveken. Bogarak másztak a falakon végtelen fészkeket építve.

– Elhoztad, amit kértem? – tette fel a kérdést mély, rekedt hangon az ismeretlen. Escanor kis zsáknyi fogat lengetett kissé távolabb tőle az illetőnek. Átnyúlt a nyálkás rácsok között, elvéve tőle hosszú körmeivel, utána lassan, ádáz tekintettel kinyitotta. Véres, fehér fogak szagát szívta magába. Élvezte, majd az egyiket tenyerébe vette. Jól körbeforgatva nézegette, és folytatták a beszélgetést.

– Ennyi megfelel? – kérdezte Escanor, kutatva nem létező üzlettársa arcát.

– Igen. Meglehetősen frissek. Sok gyermek halt meg?

– A héten három. Minden fogukat abba rakattam.

195

– Csodálatos. – Nyelvével száraz ajkát nyalogatta. Rothadó, cserepes bőrét legyek lepték.

– Cserébe viszont hozz még gyermekeket!

– Rendben, hozok ezekért pár erős fiút – vágta rá, aztán sarkon fordult. Hosszú köpenye sikálta a koszos talajt, míg húzta maga után.

– Az sem baj, ha kislányokat hoz. – Mikor ezt mondta Escanor, az ismeretlen, csuhás lény megállt, s feljebb emelve fejét mosolygott.

– Hát persze... Előbb-utóbb mind ezt kérik... – zárta a beszélgetést, utána eltűnt az árnyak között. Escanor gondolkozás közben sietett vissza a felszínre. Keresztet vetett, még mielőtt átlépett birodalmába. Két pap várta érkezését. Kérés nélkül segítettek neki, aztán szállásaikra mentek.

Másnap korán ébredt Ervin. Furcsa álma volt az éjjel. Végére szeretett volna járni általában helyesnek vélt megérzéseinek. Reggeli ima és tisztálkodás után a misét tartotta híveinek. Beült pár közember mellé a gyóntatófülkébe. Hallgatta szavaikat és bizalommal gyóntatta őket. A királyné rendbe tette magát még időben. Lassan lement Ervin atyához. A püspök éppen másik papnak adott útmutatást, mikor feltűnt nekik a felség érkezése.

– Köszönöm, főtiszteletes! Máris megyek és megnézem – felelte, zárva a beszélgetést.

– Jó reggelt, Ervin atya.

– Jó reggelt, felség! Kérem, fáradjon utánam – mondta, végül szűkebb helyiségben foglaltak helyet a templom rejtett szobájában. Az ablakok nélküli falakon bundák díszelegtek. Asztalhoz ültek, majd kínos csend közepette tette a fa dobozt maga elé a püspök. Kissé visszatartotta a királyné a lélegzetét, amíg kapzsi tekintettel figyelte az eseményeket. Gondosan nyitotta Ervin atya a szelencét, amiből kiemelte a borítékot. Alaposan szemügyre vette a királyné. Kezébe mégsem foghatta. Elég bizonyíték volt számára.

– Ez lenne a megállapodási nyilatkozat?

– Így van. Az egyház napokon belül biztosít papokat önök királyságának. Védelem, míg az északi katonák meg nem érkeznek önökhöz – felelte Ervin. Visszahelyezte dobozába a levelet. Gyakorlatilag egyezségük megköttetett.

– Köszönöm, atyám! Nagyra értékeljük. Biztosíthatom, hűségünk rendületlen marad az egyház felé.

– Az Úrnak köszönje! Fényét reánk veti ezekben a nehéz órákban. – A királyné közben magához húzta a fadobozt.

– Mennyi papot küldenek hozzánk? – kérdezte biztosításképp.

– Ha jól tudom, jelenleg öten állomásoznak önöknél, és további tizenöt fog érkezni. Útra is keltek tudtommal. Escanor atya tegnap intézkedett.

– Nagyon hálás vagyok! Kérem, ha bármit tehetünk önért, jelezze a királynak.

– Óvják rendületlenül az ártatlan embereket. Sok szörny ostromolja falaikat és ingatja meg hitükben az embereket. Vigyázzanak népükre! – fejezték be, elhagyva a termet. Mintha mi sem történt volna, Ervin atya újra népéhez indult két pap társaságában. Homlokát bíbor kendővel törölgette.

A királynő elköszönt az itteni személyzettől, könnyed érezve lelkét erőfeszítéseinek gyümölcsét kezében tartva. Végső imával búcsúztatták, sikeres utat kívánva neki.

A lovász kinn várta, szürke füzetet lapozva. Gyerekei rajzai, illetve sok jókívánság lapult benne. Örömmel nézegette mindennap, évek óta. Lova éppen ette az előtte álló gyerekektől kapott érett, lédús almát. Páran kedvesen simogatták sötét szőrét. Tisztázta magában a gondolatot, miszerint élete talán legveszélyesebb útja következik. Sok vérfarkas, illetve vámpír él azon területen ahová siet. Reménykedett kíséretben. Biztonságban szeretett volna hazajutni. Bőséges arannyal jutalmazzák, amint beér a fehér város biztonságos falai mögé. Viszont ha nem, többé már aggódnia sem kell az életének hátralévő részén.

Egy katona ezüst páncélban, vörös keresztes láncingben állt elé. Végignézett a hétköznapi lovászon.

– Lovas katonáink kísérik a végtelen erdő pereméig. Onnantól már önnek kell megoldania! Ha szerencséje lesz, talán a király küld pár harcost. – Szavai nem nyugtatták rettegő szívét. Remegtek ujjai és izzadt a háta. Reménykedve nézte a némán távozó katonát. Imádkozott valakiért, aki segíti útján, egészen a nagy, fehér, dicső falakig.

– Megérkeztem, Tod. Indulhatunk! – Kocsisa kezébe vette a kantárt, utána a tiszta utcára pillantott. Előtte állt egy vörös csuklyás pap. Ő csuhásoknak nevezte őket. Talán ez a megfelelő szó rájuk. Jéggé dermedt benne a vér, mivel látványuk nem épp békét sugárzott. A királyné becsukni készült ajtaját, mikor Escanor atya szólt neki.

– Felség, kérem, várjon! – sietett hozzá.

– Üdvözlöm, atyám! Miben segíthetek? – kérdezte, közben összegombolta kabátját.

– Jó utat szeretnék kívánni, és ezt odaadni! – nyújtott át egy fém keresztet, aminek közepében zöld rubin díszelgett.

– Mire véljem, atyám?

– Ez a rubin megvédi a gonosz szellemektől, felség. Illetve álmodtam az ön útjáról. – Mikor ezt mondta, a királyné ránézett. Gyönyörű szemei akár az északi istenek bűbája.

– Mégpedig?

– Sötét utcán vörös szemek figyelik kocsiját. Fényt gyújtanak ön előtt ismeretlen hősök. Hála nekik, biztonságban jutnak majd a városba! Az Úr áldásával érkeznek! – Az atya végül keresztet vetett. A királyné mosolygott, és büszkén nézett reá.

– Köszönöm a jókívánságát, atyám! Remélem, tényleg eljönnek értem azok a szentek! – felelte, utána becsukta ajtaját. A pap félreállt és Escanorhoz lépett. Escanor intett, miután lezárta gondosan az ajtaját a szekérnek. Három lakattal, rá szentelt vizet fröcsköltek.

– Ezzel megköttetett egy újabb királysággal a szövetség. Erősítve hitünket. – A földet bámulta. Rezzenéstelen arcú, hű papja halkan felelt.

– Más testvérünk jelenlétét érzem a templomunknál. Akarja, hogy oda siessek? – kérdezte tompa mély hangon.

– Kérlek, fiam. Nem tudhat meg többet a kelleténél! A tanács bizonyára nem örülne. – Amint befejezte, a pap útra kelt. Escanor balra tekintett, ahonnan Ervin atya szemei tükröződtek vissza. Egymást bámulták rendületlen. Escanor hozzásietett, gondolván, kissé oldja a hangulatot. Hátha téves gondolatok tértek a püspök fejébe. Ervin atya kezében szentelt víz pihent. Belőle bőséggel a házak falára locsolt. Mikor elébe állott Escanor, beszélgetni kezdtek.

– Atyám, valami gond van? Tekintete nyugtalanságot sugall – szorosan mellé állt, így közösen folytatták útjukat.

– Éjjel ködös álmom volt. Szenvedő kisgyermekeket láttam. Anyák zokogva, arcukat elfedve borultak sírjaikhoz.

– Tán arról a démonról álmodott, aki tizedeli testvéreinket? – kérdezte ekkor szemét dörzsölve a püspök. Kis tanakodás után higgadtan felelt.

– Közelebbinek éreztem a szenvedést. Több papot küldtem, hogy felderítsék a part és az erdő környékét. Talán találnak valamit, ami nyugtalanságomat okozza. – Amint ezt kimondta, már késő és gyanús lett volna Escanornak akármit tenni. Csak reménykedett benne, hogy harcosai nem tesznek meggondolatlan dolgot. Remegő kezeit zsebre rakta. Kis Bibliáját szorította, majd felelt.

– Bölcsebb lenne több testőrrel járnia, tiszteletes atyám. – Ezt jobban átgondolta Ervin így felelt.

– Az Úr vigyáz rám, Escanor. Számomra ha eljön a vég, tudom, Isten előtt térdelhetek. –

Escanor egyetértően bólintott. Közösen járták tovább e szép várost. Sokat gondolkozott a megoldáson. Tán hibát vétett, amivel kockáztatja kiképzésének biztonságát? Lehetséges, hogy a mélyen tisztelt tanácshoz kell idővel fordulnia? Két dologgal – a püspök hatalmával és befolyásával – még ők sem tudnának tenni semmit. Kötött kezeik véresen áztatták a padlót. A püspök halála szélesebb és szabadabb utat eredményezne. Áldás lenne, kész csoda, ha utód nélkül távozna az élők soraiból.

Ervin atya reggel óta töprengett sötét álmain. Elkönyvelte isteni jelként magában az esetet. Reménykedett, küldöttei sikeresen, hasznos információkkal térnek haza, amikből közösen profitálva építkezhetnek tovább. Lassan idejét látta utódot jelölni. Féltette országának jövőjét.

A parton közben a pap belépett a templomba. Körbetekintett a szürke, hűvös falakon. Sós illat áramlott néma árnyék társaságában. Semmi kirívót nem talált, csupán rég járt erre, gondolta, alaposabban körbejárja az öreg templomot, mit elődeik építettek. Hirtelen baljós érzés kerítette hatalmába. Hátrafordult, s észrevette: mögötte vörös csuhás áll. Nyugodtan fordult felé, kutatva arcát. Nagyot nyelt, tüdejét lassan töltve hűvös levegővel. Izzadt tenyere ösztönös reakció volt. Miért fél tőle, hisz' testvérével néz farkasszemet?

– Minden rendben, fiam?

– Mi szél hozta, atyám?

– Körbe szeretnék nézni Isten házában. – Hátrébb lépett bal lábával, várva a másik válaszát hosszú másodpercekig.

– Az Úr rég elhagyta ezt a helyet – felelte a pap, kezéből előcsúsztatva a keresztet, aminek végein pengék csillantak a fényben.

A pap Bibliáját szorította, s mire a mellkasán pihenő feszülethez nyúlt volna, már torkába dobta a pap a keresztjét. Szinte azonnal sokkot kapott, vért hányva esett össze a padlón. Fejét bezúzva, a kövön nyitott szemmel fuldokolt. Elé térdelt a csuhás. Összekulcsolta kezeit, majd imádkozni kezdett.

Gyermekek sikolya hallatszott a katakombákból. Sírás és fájdalom járta át az egész helyet. Reménytelen könnyek áztatták azon mocskos, sötét termeket. Akár a fent fekvő pap, kinek hullája eresztette magából vérét. Úgy szívta ezen épület repedése, akár a tenger e gyermekek könnyeit. A pap térdelt tovább rendületlen. Kiállt honfitársa torkából egyenesen az ég felé a lüktető kereszt. Rájuk nézett a terem elejéből Jézus mohosodó szobra. Lelkét imájával segíthette az Úr színe elé. Lassan csukódott a tengeri széltől mögöttük az ajtó. Pár szó hallatszott már csak halkan, süket fülekre találva.

„Mi atyánk, ki vagy a mennyekben..."

II. FEJEZET

KÖNNYEK

Mit jelent a boldogság? Valakinek a mérhetetlen arany, tündöklés és pompa. Másoknak színes, tavaszi virágos mező. Értékrendünkön kívül céljaink és vágyaink százféleképpen léteznek. Két ezüst nekem reggeli italom olcsó ára. A pult másik végén ülő férfinak lehet a napi betevőjének összege. Ártatlanul és reményekkel teli születnek gyermekek. Az út, amit választunk, számtalan kereszteződést hordoz magában. Akarva-akaratlanul rálépünk, kétséges sorsunkat befolyásolva. Néha mégsem tudjuk megváltoztatni a dolgokat. Végig kell néznünk mások szenvedését. Örömét és bánatát. Akár növekvő fák végtelen zöld lombjait, vagy az eszméletlenül hatalmas tenger határtalan látványát. Lenyűgözi az ember szempillantásnyi rövid idejét e földön. Valakinek töredéke sem adatik. Páran esélyt sem kapnak az életre, és sorsukat megpecsételik olyan emberek, akik szintúgy rácsok között, szorosan kötött kézzel állnak a fal mellett.

Sokan térdeltek az igazság oltárára fejüket vesztve, kérdezve az égieket: „miért történik ez?". Tán szavaink elsuhannak füleik mellett, közben élvezik e világ apró problémáit, melyet földhözragadt elménk fúj végtelen nagyra. Mi értelme élni? Megszületsz, tanulsz, dolgozol, gyereket nemzünk, hogy koporsóba tegyenek utódaink, akik a mi hibáinkkal felvértezve újabbakat követnek el, tovább sodorva civilizációnkat kihalásunk napjához.

Álmaink a mágusok szerint az alternatív valóságban lévő személyünk életébe való betekintés. A sámánok véleménye erről az, hogy jövőnkről figyelmeztetnek, és óvva intenek. A papok az úr ajándékaként tekintenek rá. Valakinek folytonos átok. Akiket csak gonosz szellemek, rémálmok sújtanak, mennyire vágyhatnak az éjszaka eljövésére? A fehér hold kedves fényére? Mindegy, melyiket érezzük sajátunknak. Rá kell ébrednünk hamarosan, hogy világunkról semmit sem tudunk. Töredékét ismerjük átírt történelmünknek. Győztesek mesélnek hosszas háborúkról. A vesztesek igazát föld alá tolják. Pedig a valóság sokszor nem könyvek lapjain, hanem odalenn keresendő.

Már régóta meneteltünk a mocsár lápos, sötétzöld tengerében. Néhol faágak vagy növények gátoltak, folytonos akadályt állítva lábainknak. Szorították és köré fonódtak, akár egy kígyó, mely utolsó erejéből magával rántaná áldozatát. Sok erőt igényelt az e területen való átkelés. Szétszórtan kis szigetek csoportosultak. Ezeken bokrok vagy fák nőttek. Borús égbolt tekintett reánk vihart jósló arculattal, a nap olykor mégis kitört fényével, amivel az utunkat söpörte tisztára. Stonekill térdig merült a ragadós, sűrű bűztengerbe, nadrágja – akárcsak az enyém – rég átázott, és kezdte végleg magába venni az egész hely szagát. Kezeinket fenntartva, lassú, biztos léptekkel haladtunk a végtelennek tűnő mocsárban. Ötvenméterenként sekélyedett a láp, valamivel sűrűbbnek érzett talajt biztosítva talpunk alatt. Bokáig bőven belemélyedtünk az iszapba, bármennyire koncentráltunk a megfelelő helyre lépni. Természetesen környékünkön régóta egy élőlény sem mozgolódott. Két madár osont el fejünk felett némán, mint toll az éjszakai nedves papíron, szavakat vésve szakadozó lapok tömkelegére. Most már értem, miért nem járnak erre vérfarkasok. Nekik sokkal nehezebb ezen a terepen a mozgás. Tiszta vérű vámpírok meg elvből sem koszolják be fess öltözetüket. Jobb nekik sötét falaikon belül szüzek vérét kortyolgatni. Rejtőzni a világtól, akár a többi faj fennmaradt példányai, kik arcukat mutatni sem fogják az emberek önző vírusként szaporodó lényének. Rég lejárt az idejük, számukra sűrű erdők, ismeretlen várak, szemünknek láthatatlan erődök nyújtanak békét. Kiváltságos érzés számomra, amiért találkozhattam többségükkel. Sokkal előrébb tartanánk, ha nyitottabbak lennénk az ismeretlen, új gondolatokra, nem saját fásult háborús elménk csapdájában őrlődnénk.

Rose büszkén szállt a víz felett. Orra rég megszokta az undorító bűzt, mi páraként szivárgott tüdőnkbe. Jelenleg esélytelennek tartotta a gyaloglást. Könyvét lapozgatta, illetve a kristályt elemezte, ami botjának legbüszkébb eleme lett. Több írást talált: „a természet ékköve" néven boncolgatta a kristályt. Kevés hitelesnek tűnő információt, afféle találgatást fedezett fel a sorok között. Mágusok nem alkalmazták történelmük során ezt az erőt. Rose kiderítette, hogy léteznek másfajta kristályok, mik különböző erővel bírnak. Helyük ismeretlen, továbbá őrzőik kiléte szintúgy. Valódi, rendeltetésszerű használatáról jegyzetek legapróbb nyoma sem volt. A birtokosa képes önfejlesztés által kitanulni a kövek „hatalmát", s arra használni, amire hivatott. Rose a birtokában lévő természetkristály, a föld elemét magáénak tudva végtelen kaput nyithatna. Bár tudná, miképp léphet be rajta! Ideje jelenleg nincs a tanulmányozására, viszont elhatározása, hogy tökéletesre fejleszti, rendületlen ígéret önmagának. Tudta, manája nőtt, mióta hordozza a követ, s környezetének szervesebb részének érezte testét. Mágiával mozgatni eddig is képes volt természetben növényeket, most viszont már nincs szüksége rá. A kő külön erejét alkalmazva formálhat kedve szerint bármit, ami bizonyos távolságban van tőle. Mentális állapota valamennyire korlátokat szabhat. Sokat fejlődött az elmúlt hetekben. Bátrabb, továbbá okosabb lett. Nem véletlen számítok rá a harctéren egyre inkább. Közrejátszik talán a tanulásra való fokozott vágya. Erős és bölcs mágus szeretne lenni, akire főként az apja, illetve varázslótársai büszkék. Sok ezer éve lesz rá, míg eléri azt a formáját, amivel túlszárnyal sok legendás mágust. Hisz' a tapasztalatgyűjtés nélkülözhetetlen, épp emiatt keveredett mellém. Első lépésnek tán megfelel azon idő, míg elérem célomat. Lehet, egy napon, mikor a mágusok tornyában gondolkozik addigi évszázados életén, eszébe jut ez az út. Örömkönnyek gyűlnek majd szemébe, mert velem járta karöltve a reménytelenség gyomrát. Ki lehetek neki? Valószínűleg az első mérföldkő, amit lassan elfelejt, akár én a gyerekkoron szép emlékeit. Álmában visszatér néha egy azon képek közül, amiknek reggelre némán nyomuk vész. Múló pillanat a mágusok szemében az ember. Szándékosan kerülik a kontaktot fajommal. Értelmetlen kapcsolatot építeni velünk, mert míg pillantásuk tart, kész dinasztiák hullnak porba. Távolról elég évezredes összesítésben levonni következtetést rólunk. Bár sosem karcolhatjuk azt a szintet tudásban, amit az újszülött varázslók képviselnek. Folyvást gondolkoztat, mikor útitársamra nézek, s látom, menynyire törékeny, s néha buta viselkedése mögött végtelen hatalom, tudás áll, amit ha minimálisan használna rossz célokra, bőven tisztára moshatná országunk mocskos arculatát. Elfek és vámpírok hasonlóképp érzékelhetik az évszázadokat. Számít nekik, mi történt ezer éve? Valószínűleg nem. Érdekli őket a következő pár száz év? Lehetetlen. Fajunkat pontosan a halandóság tudata hajtja és nyomasztja. Minket őrületbe kerget a holnap rejtélye, mert abban sem vagyunk biztosak, hogy ha hajnalodik, kinyitjuk szemünket, új esélyt kapunk-e a mában.

– Nem látom a mocsár végét! – mondta Rose, miután könyve mögül felnézett.

– Ma biztosan nem szabadulunk innen. Itt kell éjszakáznunk – folytatta Stonekill.

– Ha egész este megyünk, talán hajnalra kiérhetünk – mondtam, tekintetemet rendületlenül magam előtt tartva.

– Az lehetetlen. Éjjel hatalmas rovarok és e földön lebomlott katonák hullái uralják a mocsárt – vágta rá. Szavai érdekesebbé tették az utat.

– Ezt hogy érted? – Rose meglepetten kérdezett, míg én az itt bolyongó lelkektől tartva kezdtem gyorsabb tempót diktálni. Ha hihetünk neki, az éjjel keményebb lesz, mint eddig akárhol.

– Régen, mikor emberek és elfek együtt harcoltak végtelen lidércseregek ellen, itt is ádáz küzdelmek folytak. Százak vesztek oda. Nagy esők zúdultak le minden csatában töltött nap után. Így vált az emberhús és a lidércvér iszapos láppá, amiben e holtak lelke sosem tért nyugovóra. A sírásók szándékosan kerülik e helyet. – Rose figyelte a történetet, fejében részletesen lejátszotta a harcokat. Sajnálta az itt elesetteket.

– Sírásók?

– Róluk sem hallottál? – Társam fejét rázta.

– Pestisjárvány során doktoronként két segéd és egy sírásó alkotott csapatot. Szerződésük a betegség végeztével semmis lett. A mai napig hallani magányosan bolyongó utódokról, akik elássák a testeket.

– Életben vannak?

– A mesék szerint külön fajnak számítanak. Hosszú életüket az égiektől kapták ajándékba. Vagy a doktorok főztjei adtak plusz tíz-húsz évet. Kérdéses az igazság.

– Elképesztő! – válaszolt csillogó szemmel Rose. Könnyen rabul ejtették az emberi gondolatok szülte történetek. Kocsmában fülelő öregek temérdekszer költötték újra az eleve hamis regéket. Se fülük, se farkuk. Valós talán a „sírásó" szó lehet ebből az egészből.

– Biztonságos helyen tábort verhetünk, és talán nem vesznek észre minket – vágtam rá, Stonekill viszont a fejét rázta.

– Sem tűz, sem hang. Teljes láthatatlanság. Így vészelhetjük át az estét. Ezek a lények, akár az éhes vadászebek. Éjjel szükség lesz őrszemre.

Eldőlt a sorsom. Számomra amúgy sem lenne nyugodt az este.

Egy pillanatra viszont lábam alá tekintettem menet közben. A sűrű, zöld láp néhol töredezett. Rég halott elf aludt, mélyen magába szívva a vizet. Csukott szemmel, sebesült arccal. Némán átléptem felette. Jobban figyeltem a lenti világot. Temérdek arcot, páncélt és lovat láttam. Mind lebegtek mozdulatlanul az iszapban alattunk. Mintha testükön keresztülgázolva sietnénk a túlpartra. Idővel hozzászoktam a látványukhoz. Mélyen, szavak nélkül hívott magához a hely. Csatlakoznom kéne? Hallani kezdtem a csata csörtető, végtelen zaját. Egyre több arcot és sokuknak utolsó halálhörgését fejembe zúdította a mocsár.

Régóta itt lehettek. Szabadulni próbálnak erről a helyről, de az éjjel fogva tartja őket. Őrzi testüket az idők végtelenségéig.

– Minden rendben, Sasy? – kérdezte Rose mellém szállva. Nagy szemeivel sötét ruhámat méregette. Tekintetem felemeltem, visszatérve a valóságba.

– Igen – válaszoltam semlegesen. Társamra pillantottam és folytattam.

– Az éjjel viszont szükség lesz a mágiádra. Védőfalat kell húznod körénk.

– Védőfalat? Földből és gyökerekből?

– Természetesen, ha képes vagy rá. Rengetegen jönnek majd elő.

– Rendben, bízhatsz bennem! – Magabiztos kijelentése után mosolyával nyugtatta lelkem. Egy ideig néztem az arcát, és megkönnyebbültem. Mondani akartam valamit. Szám formálni kezdte a szavakat, viszont elkéstem.

– Vigyázzatok, sáska! – kiáltott Stonekill. Számos fenevadat láttam, már de ilyet még soha.

Körülbelül három méter magas szörnyeteg jelent meg előttünk. Kiemelkedett a vízből, ismeretlen, vékony hangon visítva. A fejünk majdnem széthasadt. Két mellső lábán pengeszerű, éles karmait lebegtette. Szürkészöld színe és kemény páncélja volt. Fején az érzékelők ránk szegeződtek. Magabiztosan állt a sűrű mocsárban, mintha sétálni tudna rajta. Természetesen bő fél métert az iszapba mélyedt. Szemeivel alaposan felmérte az erőviszonyokat. Csapkodott a vízben, amivel hullámokat gerjesztett. Fitogtatta erejét; valószínűleg hangolta magát a küzdelemre. A legkevésbé érdekelt a mocsár undorító szaga, vagy a térdemig érő, iszapos láp. Szerencsénkre sekélyebb előttünk a terep, ami némi bizalommal szolgál. „Végezni fog velünk" – gondoltuk magunkban, bár addigra kardomat szorítottam.

Stonekill két fejszét ragadott. Maga mögé emelte. Máris tudtam, mi lesz a taktikánk. Rose botját markolta és mögém szállt. Hallott történeteket furcsa, rendellenes állatokról és bogarakról, amik merőben eltérnek fajuk jellegzetes kinézetétől, továbbá szokásaiktól. Élőben látni rémisztőbb, mint a könyvekben olvasni róluk. Tapasztalatunk efféle harcban nekünk sincs, ennek fényében Stonekill arcán valamiért koncentráció és önbizalom honolt. Kis ideig néztük ellenfelünket. A túlméretezett rovar végleg eldöntötte szándékait.

– Repülj magasabbra, Rose! Fentről állíts elé akadályokat! – mondtam, s ő azonnal így tett.

Amint emelkedni kezdett, a sáska egyenesen nekem támadt. Stonekill két fejszéjét testének dobta. Sajnos lecsorbultak vastag páncéljáról, aztán rögtön félreugrott. Egy céltalan csapást követően oldalról készültem potrohába vágni, ami sikeresen megtörtént, viszont nem tudtam sebet ejteni rajta. Kardom enyhe karcoláson kívül mást nem ért.

Nagy meglepettségem után túl gyorsan metszett karjaival. Hátrálás közben ugráltam, míg Rose folyamatosan emelt közém és a sáska közé gyökereket. Ezeket könnyedén átvágta a szörny. Stonekill izzadt tenyerével fogta baltáját. Rohanni kezdett a rovar hátsó részének irányába. Megfelelő távolságba érve az egyik lábát félbehasította dupla csapással. Pillanatok heves erejéig azt hittük, találtunk valamiféle gyenge pontot. Mozgásképtelenné kellett tennünk minimálisan, s távolodva tőle mély levegőt vettünk. A sáska viszont, kapva az alkalmon, agresszíven üvöltve rúgta mellkason vadásztársunkat. Rose zöld szemei bizonyos pontokon nem látták a talajt. Ereje így korlátozott volt. Nemrég sikerült kifejlesztenie a természet kontakt nélküli irányítását. Számára ez az egész terület Kánaán lehetne, ha összefüggő talajszerkezet húzódna talpunk alatt, ám korlátozták az ingoványban fekvő holtak, továbbá az apróbb szigetek, mikből képtelenség akkora földtömböt mozgatni, hogy akadály legyen ellenfelünknek.

– Legyetek óvatosak! Nem tudok mindenhol falat emelni! – kiáltotta. A sáska alatt átszaladva kardommal végigvágtam annak hasát. Sajnos most sem tudtam mélyebb sebet okozni.

– Folytasd! Kitalálunk valamit! – szóltam.

– Vigyázz, Árnyék! – ordított a vadász.

Felém fordult, s mire reagálni tudtam volna, éles karjával már oldalról csapott. Ezt látva ugrani képtelen voltam a magas ingovány miatt. Kardomat raktam csupán magam elé, tompítva végtagja rémisztő támadását. Messzire repültem, többet fordulva a levegőben, s hatalmas erővel zuhantam a mocsár vizébe, ami gond nélkül benyelte testemet.

Tüdőmben tartottam az utolsó levegőbuborékot. Próbáltam mozogni, de hiába. Kezek tapadtak testem minden részére. Elfek, emberek és lidércek nyúltak felém. Sárgás-vöröses szempárok, hosszú karmok, rothadó arcok közeledtek. Hangjuk tépázta fülemet, fogaik fekete színe mellé hullámzó hajuk társult. Lebegtek mélyen világukban, ami börtönük részben. Eljött hát az idő! Húztak magukkal. Utoljára kinéztem a megcsillanó nap búcsúzó fényére. Szűkülő fekete foltok fedték szemem, közben tüdőmből préselődött a végső levegőbuborék. Hűvös érzés simította arcomat.

Rose keresett tekintetével, de sehol sem talált. A sáska potrohát átszúrta egy gyökérrel, kis időre megállítva a mozgásban. Rémülten kiabálta többször nevemet, választ viszont sosem kapott. Kalapját hátrébb tolta, szélesebb látókör reményében. Hirtelen Stonekill nyúlt értem. Mellemnél erősen megrántotta a pólót. Kiszakította nemcsak a ruhát, hanem a szörnyek karjaiban raboskodó testemet is. Mikor a felszínre értem, bőséggel hánytam a számban és gyomromban lévő szutykos vizet. Szőke hajamról folyt az iszapos lé. Stonekill rám kiáltott.

– Soha ne menj le oda! Magukkal visznek, és a mocsár részévé válsz!

– Ne törődj velem!

– A társad érdekében teszem!

– Inkább találj ki valamit a sáska ellen! – válaszoltam félig szétszakadt pólómról tudomást sem véve. Levegőért kapkodtam, újra borús felszínünk szerves részévé válva.

– Sasy, jól vagy? – Rose hatalmas sebességgel érkezett. Aggódó tekintete és remegő kezei nyugtalanítottak.

– Semmi bajom. – A bestiára néztünk, aki épp most tépte ketté potrohát. Kiáltott, dühítve saját magát. Pár pillanattal később észrevett minket. Kapálózni kezdett, mellső lábaival a vízbe csapva, mivel támadási szándékát jelezte. Zöldes lé szivárgott sebeiből, itatva a mocsárt.

– Tereld el a figyelmét, Árnyék! Varázslólány, próbáld lelassítani! Felugrok, majd levágom a fejét! Talán ott gyengébb a páncél! – Mire ezt mondta, a lény hirtelen közénk csapott.

Félreugrottunk. Használva a sebességemet, kivágtam az egyik szemét. A sáska heves visítás után azonnal rohamozott. Rose keresztbe állított néhány gyökérakadályt, vagy épp a földet tömörítette lábai alatt. Néhány értékes másodpercet nyert nekünk.

Stonekill az egyik földből kiálló gyökéren futott fel, a szörny nyakához közelítve. Határozottan csapott fejszéjével, de célba nem talált. A sáska számított rá. Kivédte mellső lábaival Stonekill erős vágását, és még a levegőben határozott mozdulattal iszapba verte őt a terveinkkel együtt. Rose szemmel láthatóan fáradt. Szabálytalanul lélegzett a száján. Magasságából minimálisan veszített. Képtelen volt hosszú távon mágiát használni, láttam rajta. Ha belezuhanna, az iszapba, azonnal kivégezné a sáska. Új tervre lenne szükségem. És időre, ami nem adatik. Mire ezt végiggondoltam, már engem támadott az óriás szörny. Félreugrottam, aztán megszületett a gondolat.

Pár méternyi előnyre tettem szert, majd keményebb földre léptem. Kis sziget, amin fű növekedett. Rose szemébe néztem. Botját a sáskára tartotta, lábait nehezen szorítva a mocsár vizébe. Rendkívüli erőket mozgattak kettejük között. A sebesült rovar továbbra sem mutatta fáradságának legapróbb jelét sem. Hármunkkal játszadozott hosszú percek óta. Több esélyünk nem lesz. Kimerültek vagyunk, apránként, mentálisan hullunk szét.

– Rose, emelj magasra, a feje fölé! – Mikor ezt mondtam, még nem értette a dolgot. Az ereje is a végét járta. Fáradtan tartotta a vonagló sáskát, azon aggódva, ha elengedi, talán rohamával megöl engem.

– Bízz bennem! – kiáltottam neki, amire ő elengedte a lényt. Utolsó erejéből hangot adott.

– Enderium istergo! – Azonnal szárnyaltam a földdel együtt. Elrugaszkodtam róla, mivel ellenfelünk irányába szálltam.

A sáska két lábra állt, mellső karjaival felém hadonászva. Kardomat magam mellett tartva, két fordulatot véve a levegőben, hirtelen határozott vágással félbeszeltem zöld fejét. Stonekill támaszkodó lábait vágta el. Talpra érkeztem az iszapos, bokáig érő talajra, utána a sáska hátradőlt. Magas vízfalat emelt halott teste körül.

Lassan nyelte a mocsár visszavéve magához testét. Stonekill kifújta magát. Homlokát törölgetni kezdte belső zsebéből szerzett kendőjével. Elvesztett két fejszéje még inkább boszszantotta. Szerencsére nyílpuskája, és vesszői többsége épségben maradt. Tudta, használhatatlan lett volna ebben a harcban. Hasonlóképp vélekedtem lőfegyveremről. Mély levegőt vettem, hajamat hátrasimítva. A vadász szakállából facsarta az ingovány sűrű maradványait.

– Szép munka! Megkeresem a fejszéimet és indulhatunk. – Távozott társaságomból. Rose ereszkedett mellém. Kissé leverten, botját nehezen tartva lebegett. Kócos haját igazgatta, közben szabályozta heves légzését. Ránéztem, láttam állapotát, ezért kénytelen voltam szóvá tenni pár dolgot.

– Ügyesen harcoltál, de ne erőltesd túl magad. Nem szeretném, ha bajod esne. – Ő kifújta magát, és kis mosollyal arcán válaszolt:

– Köszönöm. Rendben leszek!

– Biztos?

– Persze!

– Lenne viszont egy kérésem – mondtam, felé fordultam, és a szakadt pólómra mutattam. Rose kis ideig gondolkozott.

– Meg kéne varrni?

– De csak ha van erőd hozzá. A következő városban veszek tartalékba párat. – Rose piros arccal nézett rám. Belenyúlt a zsákba, és elővett varráshoz szükséges eszközöket.

– Most lássak neki?

– Amikor akarsz.

– R-rendben, akkor vedd le a pólód. – Követtem az utasításait. Kabátommal kezdtem, amit magam mellé dobtam a szürke füves, apró szigetre. Koszos, ragacsos pólómat lassan levettem. Ő bambult, végül kezemből elvette a felsőt. Utána magamra terítettem kabátomat. Felsőtestem közepét szabadon hagyva lógott bele a mocsárba.

– Minden rendben? – kérdeztem tőle, látva szégyenlős tekintetét. Lehet, hogy kellemetlenséget okoztam neki?

– Igen... azonnal nekilátok! – válaszolt, utána gondolatait próbálta kevésbé zavarba ejtő irányba terelni.

– Köszönöm – feleltem, aztán Stonekill után mentem.

Sok kilométert gyalogoltunk, mire találtunk egy biztos helyet. Nagyobb sziget, rajta középen haldokló, sötétbarna, repedezett kérgű fával. Nem tetszett, de erre az éjszakára kibírjuk. Körben, a fa tövében foglaltunk helyet. Stonekill élezte fegyvereit. Morgott magában, átkozva a helyet. Ruháinkból kicsavartuk a láp bűzös vizét. Örültünk volna valamilyen rejtett forrásnak, minek vizében tisztára moshatjuk magunkat. Stonekill említett egy, a mocsáron kívül eső tavat. Nappal tiszta vize fogyasztható, míg éjjel halott halak lebegnek a tetején, mérgezett, forró folyadékká változva. Rose leterített maga alá egy leplet, amin helyet foglalt. Kezében szorította a pólómat hosszú ideje. Ajkára harapott, és körmét az ölében heverő botnak kocogtatta. Tisztára varázsolta régi ruhámat. Varázserejéből kár pazarolni efféle lényegtelen dolgokra.

– Sikerült megvarrni? – kérdeztem, és levettem a kabátomat. Közeli faágra akasztottam.

– I-igen, bocsánat. Csak véletlen… – dadogott kicsit, én elé térdeltem, szemébe nézve. Kicsit megszeppenve nyújtotta a pólót. Szemei átfutottak rajtam, utána gyorsan a földre meredtek. Fürkésztem tekintetét, benne kérdéseimre valamilyen választ. Szőke, tiszta haja rejtegette arcát, mit félrefordított, közben ujjai szorosan ölelték botját.

– Semmi gond. Köszönöm! – válaszoltam, s gyengéden elvettem kis kezei közül ruhámat.

Magamra öltöttem és annyira hibátlanul varrta, hogy fel sem tűnt a cérna menetének helye. Elképesztő technika. Kicsit az illata is benne maradt. Kellemes, virágos mezőre emlékeztetett, régi emlékeket idézve. Kabátomat újra hátamra terítettem.

Visszaültem a fa tövébe. Teljes környezetünket szemmel tartottuk. Rose magas növényburkot font körénk, annyira szellősen, hogy épp kiláttunk néhol. Megerősítette gyökérrel is.

Sötétedett. Buborékok törtek a felszínre. Kezdett életre kelni a holtak mocsara.

Már nem beszélgettünk. Lehullott az éjjel sötét leple. Halkan figyeltük a terepet. Sok kéz és fej bukott fel a mélyből. Hörögtek, üvöltöttek, járkáltak fel s alá. Keresték rég elveszett fegyvereiket. Lehet újabb csatába készültek? Egymást figyelmen kívül hagyva kutatták lelküket a mocsár felszíne felett. Én kezdtem az őrködést. Viszont akkora moraj és élettelen élet zajlott körülöttünk, ami nem engedte álomra szenderülni Rose fáradt testét.

Félve, csukott szemmel hallgatta a természet hangját. Stonekill is eljátszotta az időt, fantáziájával tervezve a holnapi napunkat. Kezünket rendületlen mindannyian fegyvereinken tartottuk. Fontos megfigyelésem egyike: az élőholtak ostobák. Továbbá összhangban vadásztak a mocsárban lévő bogarakra, vagy ki tudja milyen lényekre. Ették húsát, ami aztán lyukasra rohadt gyomrukból folyt vissza a vízbe. Valószínű ezért nem apad sosem ez a láp. Éltetik az itt elesett szörnyek. Elfek szemek nélkül kutatták a tájat. Emberek lovagi páncélban, ismeretlen, díszes címert viselve magukon, nehezen lépkedtek e talajban. Lidércek ették fekete beleiket és itták a mocsár szennyezett vizét. Lehet, hogy mégis élnek? Esélytelen. Lassan telt az éjszaka számomra pihenés nélkül. A többiek sem sokkal többet aludhattak. Váltásra sem került sor. Hajnalban vörösleni kezdett az ég alja. Minden holt visszamerült a végtelen víz alá. Félórát vártunk közösen, csendesen. Rose leengedte védőfalunkat.

Gyors szárított húsos reggeli után sietve keltünk útra. Órák teltek rendületlenn menetelő tempóban. Tán kis béke hangulata pihent e tájon. Sekélyedett szerencsére fokozatosan a víz. Tisztaságáról ugyan nem mondható, viszont szagát távol fújta tőlünk a szél. Stonekill büszkén szólt, kezét keresztbe téve.

– Hamarosan kiérünk a mocsárból! – Igaza volt. Óriási fűzfa állt a túlságosan kopár táj peremén. Az jelezte nekünk a szabadságot.

– Hatalmasra nőtt ez az öreg fűzfa! – mondta elképedve Rose. Természetesen igaza volt. Legalább negyven méter magasra nyújtózkodott. Ugyanekkora gyönge ágai súrolták a földet. Állatok éltek benne és rajta. Percekkel később kiléptünk a mocsárból. A fa alatt zöldes terület lélegzett, azon a tíz méteren kívül viszont sivár, száraz volt a talaj.

– Az itteni élővilág mentsvára – közölte Stonekill. Felnéztem végtelenül zöldes, fehér leveleire.

Dicsőn lógtak ágai. Meg akartam érinteni. Mintha a fa húzna magához.

Lassan nyúltam egy leveléhez, minek alja hófehéren fénylett. Mikor kontaktba kerültünk, zöld mezőn álltam. Sok ember körülöttem, kezükben fáklyákkal és vasvillával. Az akkor még negyed-ekkora fa szomorúan nyújtózkodott az ég felé. Kötélen lógott róla egy nő. Lengette hulláját az itteni puszta szellője. Szakadt ruhái és véres szeme kegyelemért könyörgött. A csonkított lábaiból csepegő vér hangosabb volt a reggeli harangoknál. Mégis megvető tekintetek küldték másvilágra. Hörgések között könnyes szemű kisgyerek tekintett a csillagos égre, néma kívánságot szavalva hang nélkül.

Lassan elengedtem a levelet. Közelebb léptem a törzshöz, amit megérintettem. Végigsimítottam érdes kérgét, míg a többiek követték lépéseimet. Szemem sarkából feltűnt valami a fa tövében. Fél térdre ereszkedtem, és előhúztam a sűrű mohával benőtt, továbbá foszló kötelet. Ez végzett a nővel? Lehet, hogy az ő vére növesztette ekkorára a fát, óvva más lányokat szörnyű halálától? A kötelet a magunk mögött gőzölgő mocsárba vetettem. Stonekill homokba lépett, mutatván az utat. Rose megvárta, míg mellé érek.

– Jól vagy? Nem aludtál sokat az éjjel. – Kérdése közben felé fordultam, és ujjamat a homlokához nyomtam.

– Ne aggódj miattam. – Szemeivel figyelt, és határozottan szólt vissza.

– Rendben! De nem tesz jót, ha napokig nem pihensz! – Lassan elvettem a kezem, utána zsebeim mélyére dugtam.

– Megszoktam. Te viszont nem fogod bírni az utat, ha így folytatod.

– Pár nap, és felnőtt leszek! Ne kezelj gyerekként.

– Nagykorú leszel, Rose. Más a kettő – válaszoltam.

– Mi a különbség?

– A gondolkozásmód.

– Ennyi lenne? Azt hiszem, akkor már most felnőttnek számítok!

– Vicces kedvedben vagy. Örülök, hogy a sáska nem szívta ki minden erőd.

– Az nehéz feladat ám!

– Valóban? – Ő makacs pillantást vetett rám, és eszébe jutott valami nagyon régről.

213

– Emlékszel, mikor megígérted, hogy a kezedben viszel szülinapomon? – kérdezte, közben lebegett utánam. Széles mosoly társult mellé, én pedig fél szemmel odapillantottam.

– Nem ígértem meg. – Őt ez mit sem zavarta. Előrehajolt, kezét hátrakulcsolta derekán, és folytatta:

– Rá foglak venni! Egyszer leszek tizennyolc éves.

– Aztán századévente ismét. Ha ügyes vagy, még ezertizennyolc éves is lehetsz – válaszoltam. Kezemmel kerestem cigit immár belső zsebemben, halkan kattogó órám mellett.

– Igen... de akkor már nem veled ünnepelném. És a száztizennyolcadikat sem. Csak ezt az egyet... – felelte. Megakasztotta a lélegzetem. Mik járnak a fejében? Hisz' számára ezek a napok is oly gyors pillanatok. Ennyire fontos lenne neki? A belső zsebemben talált cigimet számba raktam. Gyufám szikrája lángra lobbantotta a dohányt. Mélyen beleszívtam, forgatva a füstöt tüdőmben.

– Amíg a szívedben őrzöd az emlékemet, addig minden születésnapodon veled leszek. Teljen el akárhány év. Emlékem az egyetlen, amit magaddal vihetsz életed hosszú útja során! – Ő könnyes szemmel nézett a földre. Szipogott és válaszolni akart, de hangja elcsuklott. Kifújtam a füstöt, majd máguskalapját egészen szeméig belenyomtam a fejébe.

– Ne szomorkodj, Rose! Még nincs itt a napja a búcsúnak. – Ő kezével megfogta a kalapot és még lejjebb húzta.

– Gonosz vagy! – Igaza lehet. Mennyi időm van hátra? Megélem a következő születésnapját? Bár tudnám, az enyém mikor van! Ősszel Stella ajándékot hoz nekem minden évben. Ő úgy gondolja, azon a napon és évszakban jöttem világra.

Stonekill hirtelen irányt váltott, és meglepően sűrű fás területhez vezetett. Porzott bakancsunk alatt a földes út, mit taposott előttem. Meglepetten követtem magabiztos lépteit. Percekkel később négy fát kikerülve elértük a tavat, amiről beszélt. Büszkén nézte kristálytiszta vizét. Tíz méteres mélységéig bőségesen leláttunk. Kövekkel körbeölelt fala stabilan tartotta magában a tó tartalmát. Állati nyomokat nem találtunk, továbbá két fa hosszú levele lógott bele, kellemes árnyékot biztosítva. Rose csillogó szemekkel szállt a víz tükre fölé, miben arcát alaposan szemügyre vette. Mosolygott csukott szemmel, utána mutatóujját hozzáérintette a csendes felszínhez. Hűvös érzés kerítette hatalmába. Hirtelen látomás villant szemeibe. Lóról leeső, sötét ruhás alakot látott, ki arccal a fűbe zuhant. Többen gyászoltak csendben körülötte. Visszarántotta karját, távolabb emelkedve tükörképétől. Meglepetten gondolkozott, nagyra nyitva csillogó szemeit a víz fényeinek hatására. Rám nézett, nyugtatva lelkét. Hitt benne: téves képek vetültek fejében. Semlegesen Stonekill szavait hallgattam.

– Ez a Lélektó. Fürdünk, és kimossuk ruháinkat! – adta utasításba vezetőnk. Kivételesen helyesnek véltem gondolatát. Bűzöm a mocsár óta marta orromat, ragadós bőrömet irritálta a forró levegő, ami az oázison kívül uralkodott.

– Rendben, vadász. – Válaszom után Rose repült mellém. Kabátomnak tartalmát pakoltam az általam helyesnek vélt kő mellé. Stonekill távolabb állt, nekilátva felszerelése rendezésének.

– Valami furcsa érzésem támadt a tó közelében – mondta Rose, botját erősen tartva.

– Mire gondolsz? – kérdeztem. Kabátomat magas fa mellé dobtam, pólómat levettem.

– Nem átlagos ez a forrás. Alja teljesen zárt, a víz érthetetlenül hűvös. Cserélődnie kéne valahogy, vagy melegebbnek kéne lennie a levegő hatására – válaszolt. Én akkor már nadrágom övét csatoltam szét. Stonekill hasonlóképp állt a dolgokkal, viszont ő ruháit a vízbe lógatta.

– Vannak dolgok, amikre nincs magyarázat. Titokzatos világban élünk – feleltem, és mikor övem kihúztam nadrágomból, Rose akaratlanul követte annak forrását. Lábamtól fel a derekamig időzött, utána kidolgozott testemen legeltetve szemeit feljebb kalandozott. Az edzett hasamon pihenő izmoktól és a mellkasomon keresztülhúzódó hegtől sűrű nyál gyűlt szájába. Nagyot nyelt pirosodó arccal, majd szemeimbe nézett. Én a víz nyugodt tükrét figyeltem, gondolkozva szavain. Lehet, hogy igazat beszél?

– Sasy… mit csinálsz? – kérdezte félrepillantva. Haját óvatosan piszkálni kezdte. Én nadrágomat tartottam bal kezemmel.

Nyugtalan arcára vetült tekintetem. Jobb karom felemelve söpörtem szőke hajam, és válaszoltam:

– Fürdeni készülünk. Kimossuk a ruháinkat és indulunk tovább.

– Értem... szólhattál volna előtte – felelte hatalmas erőket mozgósítva, hogy szemei ne kalandozzanak ismét felsőtestemen.

– Miért? Valami gond van?

– S-semmi.

– Piros az arcod. Vigyázz a nappal, nehogy megsüssön.

– Rendben, figyelni fogok! – lépett hátra fél lábnyit.

– Mész valahova?

– Körbe nézek. Majd szólj, ha végeztetek – válaszolt, és árnyékomból kilépve elsétált a fák között. Furcsa reakcióját nem tudtam hova tenni. Szégyenlősnek könyveltem, mikor Stonekill hangot adott.

– Gyere, Árnyék! Nincs vesztegetni való időnk! – Bólintottam, utána belementem a vízbe. Hűvös volt valóban. Kellemesen frissítő. Azonnal megszabadított a kosztól és a szagoktól. Ruháimat alaposan, dörzsölve mostam. Furcsálltam, hogy a víz felületén semmilyen jellegű színesedést nem okozott ez a mocskos lápmaradvány. Amint lemostuk, azonnal tiszta lett a tó. Stonekill természetesnek vette, és már terítette ki a kövekre ruháit. Szakállát hevesen mosta érdes tenyerével. Baltájának pengéjével borotválta a szeme alatt bujkáló szőrszálakat. Tiszta ruháimat rendezetten terítettem a hegyes kövekre. Élveztem a frissítő fürdőt, mi új életet öntött belém. Árnyék felettem álomba ringatott. Csukódtak lassan szemeim. Arcomat simogatni kezdte a fák között beszökni kívánó szél. Hirtelen Stonekill hozzám szólt.

– El ne aludj! Sosem ébredsz fel.

– Esélyem sincs pihenni melletted, vadász – feleltem, utána belöktem magam a forrás közepére.

– Mondd, miért tartotok délnek?

Két aranyat mertem volna adni rá, hogy meg fogja kérdezni előbb-utóbb. A tó alját néztem, csillogó kövekben gyönyörködve.

– Új esélyt akarunk adni másoknak.

– Mire gondolsz?

– Mindenkinek jár a második esély, nem gondolod? – feleltem, közben ő baltáját kirakta a köveken kívül és felém fordult.
– Az attól függ. Ha utolsó gyilkosokról van szó, akkor nem érdemes vesződni vele. – Válasza oly egyszerű, s milyen igaz volt!
– Akkor nekünk nem jár. – Stonekill nevetett. Én a fa levelének árnyékába úsztam.
– Mi csak megszületünk, felnövünk, aztán megdöglünk. Nem hiszek semmilyen túlvilágban! Az viszont biztos, hogy elég szar helyre kerülünk, ha véget ér az életünk! – Pökhendi hangnemben válaszolt. Vállamat a víz alá tolva kifújtam a levegőt, apró hullámokat keltve.
– Érdemelnénk ennél többet? – Költői kérdésem közben mellig emelkedtem.
– Ez a sorsunk, törődj bele! – Válasza közben izmos felsőtestét öblítette.
– Már rég elfogadtam – feleltem, utána kimásztam a tóból. Arcomat szárazra töröltem, majd kulacsomba vizet töltöttem. Stonekill követett, lassan hátrahagyva a forrást. Elégedettségét hangos sóhajjal tudatta velem. Nadrágomat felvettem, és száradó pólómra néztem.
– Szóval ölni fogsz délen?
– Nincs más lehetőség. Szavak sosem hoztak változást.
– Volt már rá példa!
– Persze, előtte viszont ezrek vesztek a csatatéren. – Stonekill nevetett, utána felsőjébe bújt. Követtem példáját, és míg fegyvereimet magamra aggattam, gondolataimba meredtem. Frissnek éreztem testem; annyira tiszta lett, mint ruháim. Rose közben óvatosan kinézett egy fatörzs mögül. Cipőjével túrta a földet maga alatt. Feltűnt jelenléte, bár nem lepődtem meg: bujkálásban sosem jeleskedett.
– Végeztünk, Rose – szóltam közepes hangerővel. Ő kicsit elrugaszkodva a talajtól elém sétált nagy kék szemeivel. Háta mögött forgatta botját. Kabátomat ebben a pillanatban terítettem hátamra.
– Sikerült kimosni mindent? – kérdezte, oldva a hangulatot, mi számára szükségesnek bizonyult.

– Igen. Sokáig tartott? – kérdeztem szőke haján pihentetve szemeim. Ő fejét rázta, és az árnyékomban várakozott.

– Nem! Gyorsan végeztetek.

– Sikerült alaposan körbenézni? – Kérdésemtől zavarba esve félrenézett.

– Igen...

– Furcsán viselkedsz.

– Tényleg?

– Rendben, induljunk! Hamarosan dél van! – vágott közbe Stonekill, míg én Rose gyanús arcreakciójára készültem kérdést szegezni. Látszólag valami rossz dolgot csinált, míg mi fürödtünk. Gondolataim köddé lettek. Sarkon fordultam, követve a vadászt. Rose lemaradt kicsit, de felzárkózott, miután összeszedte magát. Sajnálkozva hagytuk magunk mögött a forrást. Kellemes, hűvös vize visszahúzta fájó testrészeimet. Lelkem nyugodtan, frissen hangolódott a mai napra. A zöld fűszál szomorúan búcsúztak bakancsunk talpától, várva az új vándorokat. A borús égbolt hamar tiszta, erős napsütésbe csapott át.

Régóta kopár volt a talaj alattunk. Stonekill elő vette térképét. Közelebb emelte, olvasva rajta valamit. Motyogva káromkodott, utána zsebébe gyűrte. Kis ideig álltunk, mire ráébredt a helyes útra. Biztosra vette, hogy innen délnyugatra kell haladnunk. Így is tettünk. Pár órával később elfogyott az összes vizünk. Rose rég talpon követett, minket hatalmas kalapjának árnyékában bujkálva. Kulacsomból megitta a maradék forrásvizet félórája. Idővel elértünk egy lefelé vezető, kivájt, földes-köves utat. Régi átkelőhelynek látszott; valószínűleg régebben kereskedők használta útvonal lehetett – vagy bányászoké. Kopár, kietlen vidék. Minimális árnyék sem vetült reánk. Cserepesedő ajkam már folyadék után könyörgött. Rose számára még kegyetlenebb volt ez a vidék. Bár nem jellemző az országunkra ez a hőség. Most akaratlanul kaptunk belőle.

– Megérkeztünk a sziklás völgybe! – jelentette Stonekill. Néztem a magam előtt lévő lejáratot. Mintha néhány lábnyomra hasonlító mélyedést láttam volna. Élnek erre állatok? Miért merészkedtek ide? Ha valamitől menekülnek, akkor értelmet nyerne a gondolat. Víz és élelem félnapnyi járóföldre van.

– Induljunk! – vágtam rá, aztán előresiettem. Stonekill viszont közbeszólt.

– Fokozottan figyeljetek. Igaz, nincsenek erre vérfarkasok és vámpírok, viszont a sziklák között élhetnek más teremtmények. – Rose legyezve magát, érdeklődően reagált.

– Miféle lények bírnák ezt?

– Goblinok. – Mikor említette, fél pillanatra megálltam, majd hátrafordítottam arcomat. Az összes történet róluk a fejemben zengett. A hátrahagyott fészkük bűze marta orromat. A nyomok a talpam alatt értelmet nyertek. A falvakat pusztító és nőket erőszakoló férgeket közel húsz éve kiirtott fajnak nyilvánították.

– Nyílt terepen levágjuk őket. Csendesen és gyorsan haladjunk át ezen a vidéken. – Stonekill kezébe vette fegyverét, Rose viszont kulacsából préselte az utolsó csepp vizet.

– Ne bízd el magad! Sok lúd disznót győz – felelte, és elsétált mellettem.

– Csakhogy most nem disznók jöttek ide – vágtam rá, s távolságot tartva követtem. Rose jött utánam, de a biztonság kedvéért hátraszóltam:

– Maradj közel hozzám. Ha meglátsz valamit, azonnal repülj magasra. Ne törődj velünk! – szögeztem le egyértelműen, mire ő értetlenül válaszolt.

– Ennyire tartotok a Goblinoktól? – kérdezte, és elővette könyvét, amiben számos lényről virítottak információk és képek, régi mágusírással papírra vetve. Többségük rég kihalt, mit könyvében feltüntettek.

– Ezek a lények rád veszélyesek. Ne habozz, ha eljönne az idő! – Rose szorgalmasan tanulmányozta az iratokat. Tisztán leírták, mi mindent tesznek ezek a kis vakarcsok a nőkkel. Rose elrettenve szorította botját, ezzel egyetemben alaposabban figyelve környezetére.

– Ma kiérünk ebből a kanyonból? – kérdeztem Stonekillt.

– Esélytelen! Az éjszakát itt kell töltenünk. A varázslólány védőfala talán ma este is menedéket nyújthat – mondta, kiadva a feladatot. Rose önszántából felhúzna akár három falat is, csak ezek a mihaszna lények rá ne tegyék kezüket. Kissé kellemetlen lenne legyilkolni egy egész fészket e magas falú kanyonok között. Harcban nincs stratégiájuk. Gyenge íjakkal és vékony késekkel küzdenek. Csoportosan veszélyesek, egyenként viszont körülbelül tízéves gyerek szintjén vannak. Gyorsabban szaporodnak, mint a patkányok. Undorító férgek. De ha ez az ára, hogy a püspök szívét átdöfhessem, nekem megérné.

Aggasztottak a papok új harcosai. Képességeik bizonyára kiemelkedőek. Bár nem lehetnek erősebbek egy elfnél, ami számunkra előny. Számuk véges, és szerintem fontosabb templomokban maximum kettő tartózkodhat. Kacskaringós, szerteágazó, sziklás utakon céltudatosan gyalogolt Stonekill. Neve eredetét bizonyára erejéről kapta. Már kezdtem hozzászokni jelenlétéhez. Viszont fogalmam sincs, miképp teszi meg ezt az utat hazafelé egyedül. Lehet, hogy nem is tér haza? Letelepedik máshol, vagy szolgálatot teljesít ismeretlen városban?

Szűkös falak között préseltük át magunkat. Némely annyira éles volt, hogy a vadász nadrágjának oldalát szétvágta. Hosszú percek teltek el, mire elértünk egy szikla belsejéből csordogáló forrást. Halk kopogása a mohás kövön rögtön extázisba hozta füleinket. Száraz nyelvünk, cserepes ajkaink vágytak a fagyos, kellemes víz ízére. Rose csillogó szemmel kulacsát készítette. Türelmetlenül akarta csillapítani szomját. Gondolkozás nélkül rugaszkodott a talajtól. Kezemet elényújtottam, majd Stonekill lépett közelebb. Gyanakvóan figyelte ezen édes nektár hűvös csordogálását. Vaskos tenyerébe engedett keveset, majd rám nézett.

– Ha meghalnék, egyenesen haladjatok. Ne térjetek le a szürke köves útról. Mire a nap a legmagasabban lesz, holnapra kiértek a kanyonból. – Bólintottam. Ő belekortyolt a vízbe. Nyelte, akár gyermek a mézet. Ízlelgette, forgatta szájában. Mély levegőt vett, aztán felállt.

– Tiszta – vágta rá, utána kulacsát alá rakta. Rose meglepően higgadtan várta sorát. Figyelemreméltó higgadtsága érett gondolkozásának jele volt. Kulacsát többször újratöltötte, mire visszarakta feneketlen zsákjába. Csillapítottuk szomjunkat, ennek hála tiszta fejjel álltunk tovább.

Most már inkább éjszakai szálláshelyet kerestünk. Türelmetlenül dörzsölte Stonekill ujjait, és törölgette izzadt tenyerét vérfarkas-bundájába. Megfelelő lenne bármilyen beugró vagy épp olyan szikla, aminek takarásában pihenhetnénk. Versenyfutásunk az idővel általában vereséggel zárult. Pár óra elteltével gyorsan besötétedett. Azonnal lehűlt a levegő. Gyenge szél köszönt arcon simítva, a kanyon homokját sodorva szemünkbe.

Hirtelen megoldásképp a sziklafal tövében vertünk sátrat. Tüzet nem gyújtottunk. Rose emelni akart körénk gyökérfalat, de mágiája hatástalannak bizonyult. Hiába mondogatta a varázsigét, semmi sem történt. Meglepetten néztünk rá. Sötét ruhám a falba olvadt. A vadász fegyveréhez érintette kisujját, nyugtatva lelkét. A dörgő ég lelkünkből szólt. Társam levegőjét magába tartva botjáról rám fordította hatalmas szemeit.

– Valami gond van? – Rose ijedten és zavarodottan válaszolt.

– Nincs a közelben semmilyen növény.

Nekem már leesett a probléma, míg Stonekill reménykedve, kezét fejszéjére helyezve kérdezett vissza.

– És az miért baj?

– Nem tudok körénk falat emelni.

– Földből sem vagy képes alkotni? – sürgette a dolgot, de a nap végleg nyugovóra tért.

– Ekkora méretű tömör, száraz földtömeget nem bírok mozgatni! Más megoldást kell találnunk! – Beszélgetésük közben az agyam szüntelenül kattogott. Nem nyugtatta a kedélyeket az sem, ami körülöttünk zajlott. Leszállt az éjszaka. Köztudott: a goblinok és náluk gusztustalanabb barlangi élőlények ilyenkor ébrednek.

– Nem maradhatunk itt. A szagunkat megérzik! – Mikor ezt kimondtam, morgást hallottunk. Valami futott előttünk.

– Rose, az íjamat! – A zsákjába nyúlt, de akkor már ugrott felénk egy farkas. Kardommal kettévágtam, és a távolabbi szikla mögül kinéző szempár közé lőttem nyilat.

Rose elé álltam, ő pedig a földön ülve várt. Stonekill megnézte az elejtett teremtményt. Kitépte fejéből a vesszőt. Morgott, utána visszadobta nekem. Alaposan szemügyre vettem a sűrű vért, ami büdös szagot árasztott. Rose szorította maga előtt botját. A kristállyal képtelen volt összehangolódni. Fejben szétesett, így lehetetlen volt számára a teljes tisztán látás a környezetében. Stonekill kezébe vett két baltát. Íjam húrjára helyeztem a vesszőt. A rajta ékeskedő sárga toll vonzotta szememet. Elfek erejét éreztem ereimben. Lüktetett ujjbegyem.

– Goblin. – Rose félni kezdett. Maga elé készítette pálcáját, majd a földbe szúrta. Közben válaszoltam:

– Ez csak felderítő! Ha szerencsénk van, csendesen odébbállhatunk. – Rose kissé megszeppent. Felvette botját. Bizonytalanul, árnyékomban bújva, halkan szólt:

– Sokan mozognak a föld alatt. Ha... ezek mind...

– Mennyien vannak? – kérdeztem, s körbenézve temérdek szaladó foltot vettem észre.

– Több százan. És mind mozgásban. Ezek... – Ebben a pillanatban nyújtottam ki a kezem, amivel elkaptam egy nyílvesszőt Rose feje előtt. Ő fel sem fogta hirtelen, mekkora veszélyben van. Közben alaposan méregettem a nyilat. Varázsló köszönetet akart mondani, viszont szavába vágtam.

– Kicsi és vékony. Ezek nem embernyilak, sem elf vesszők. – Stonekill két fiolát talált mély zsebében. Az egyiket nekem dobta.

– Idd meg, Árnyék! Ezzel látni fogunk a sötétben, és valamivel gyorsabbak leszünk! –

Elkaptam a fiolát. Ismertem ezt az italt. Macskaszem-főzet. Érdekelne, miért használnak vadászok régi boszorkányrecepteket. Viszont erre szükségünk van. Meg is ittuk. Szemem zölddé vált. Gondolkozásom és látásom merőben javult. A környezetem tiszta, átlátható, akár nappal. Rose rendet rakott fejében, talpra állt, és alkalmazta a kristály képességét. Stonekill előremutatott, majd futva követte a biztonságos utat. Rose mögött szaladtam, távolságot tartva, így közrefogtuk. A biztonságán kívül semmi sem érdekelt. Könnyed, hűvös levegő árasztotta hosszan metszve a kanyont. A ropogó kavicsok talpamat nyomták.

Goblin-seregek vonultak körülöttünk. A föld alatt, illetve a kanyonnak falán, hosszú, rendezetlen sorokban. Undorító, hörgő hangon kommunikáltak, de lehet, hogy csak ránk akartak ijeszteni. Mire várnak? Igaz, lőttem íjammal, célt nem tévesztve. Sajnos minden elesett után két újabb ugrott elő a földből. Ömlött a nyál szájukból, szemeikkel alaposan áldozataik kilétét vizsgálták. Kis kezeikben lomha íjukat szorongatták az értelmesebbek. A butábbak bunkóval rohangáltak, összetaposva társaikat. Ropogó csontjaik gyermeki lant hangolatlan húrjainak pengetését idézte. Visításuk drámai festménnyé formálta a szűkülő, máskor szélesedő utunkat. Egérnek éreztem magam, aki menekül járataiban.

– Rose, ha jelzek, azonnal emelkedj fel! Napkeltéig ne is ereszkedj le! – szóltam, s ő rémült tekintettel felelt.

– Nem hagylak itt titeket! – Válasza nem tetszett. Bíztam benne, hogy szót fogad, ha eljön a pillanat. Hirtelen utunkban több tucat goblin jelent meg. Érezték Rose édes illatát. Rá vágytak, ezért gondolkozás nélkül támadtak bunkóikkal. Könnyedén kaszaboltuk őket, beleikkel itatva a földet. Fentről, a falakról íjászok lőttek. Legfőképp rájuk összpontosítottam, míg fejszéjével a gyalogosokat irtotta társunk. Rose árnyékomban követett, közben erejével elzárta a kijáratokat. Bátorsága figyelemreméltóan működött gyakorlatban, teljes értékű társként. Hatékony volt a technika. Két kereszteződésen keresztülfutottunk. Végtelen mennyiségű szörny loholt nyomunkban. Váratlanul Stonekill elé lépett egy nagyobb goblin.

– Levágom, addig fedezd a varázslólányt! – Mondania sem kellett. Íjam kegyetlenül gyűjtötte áldozatait, míg Rose tíz centi vastag földoszlopokat kiemelve a talajból óvott a felénk szálló nyilaktól.

Stonekill két baltáját a goblin vállaiba állította. Ellenfele bunkójával határozottan félreütötte. Hegyes sziklának csapódva vért köpött. Kitépte a lény testéből az őt sebesítő baltákat. Feltűnt a probléma. Két nyílvesszőt tettem a húrra, amit a goblin torkába lőttem. Tegezem üres, viszont távolról sem rózsás a helyzet. Stonekill magabiztosan kettéhasította az óriás fejét.

Másodpercek teltek csupán, fél levegővételnyi idő, s az apróbbak folytatták rendületlen rohamukat. Harapni, karmolni képesek voltak ellenünk. Rose jelezte nekünk a közeledő csapatokat. Özönlöttek, akár veszett méhek, amik mézüket védik. Több alternatív megoldáson agyaltam a másodperc tört része alatt, közben íjamat zsákjába rakta Rose. Kardom és késem vettem kezembe. – Szorosan törjünk előre! Rose, mögöttünk zárd az utat! – szóltam, ezután felvettük a formációt, fordított háromszöget alkotva. Rose bebiztosította hátunkat.

A goblinokat kegyetlenül irtottuk, itatva a földdel gusztustalan, sűrű vérüket. Idővel kezdtek többen lenni. Hirtelen kötél szorult Rose kezére. Felfelé húzták, ellehetetlenítve a további varázslattól. Stonekill rendületlenül, bár fáradva küzdött, biztosítva az utat. Ott kellett hagynom, tudtam jól, s szeme sarkából rám pillantva benne is tudatosult. Hátralépve két nagyot, egy félfordulatot követően elvágtam a Rose kezét szorító kötelet. Érdes falnak toltam törékeny hátát. Fogait összeszorította, és arcát óvva keresztbe rakta karját. Pár másodperc múlva kinyitotta szemeit. Szorosan előtte támaszkodva a testemmel védtem. Két nyílvesszőt lőttek a hátamba. Egy ideig tűrtem a fájdalmat, lefele pillantva rettegő tekintetében önmagam kutatva. Váratlanul köhögtem, ettől pár csepp vérem fröccsent Rose hófehér arcára. Nézett engem, míg összeszorítva fogamat újabb vessző fúródott a hátam alsó részébe. Rose bőrén ennyi vér sosem folyt. Ujjaival hozzáért. Melegnek és hígnak érezte. Szinte azonnal körme alá száradt. Remegő kézzel várakozott. Idegen hangok nem zavarták fülét. Légzésemet és lüktető szívemet figyelte. Mit tudna most tenni? Újabb vessző szállt a bal vállamba, ami azonnal átütötte az izmot, és Rose feje mellé vért fröccsentett. Stonekill közben földre zuhant. Goblinok tucatjai vetették rá magukat, kis késekkel szúrták végtagjait. Akármennyit suhintott és fejet vágott le, annyival több jött helyettük.

– Itt az idő menni – mondtam rettegő társamnak, arcáról törölve, így teljesen szétkenve a véremet. Szőke haját füle mögé simítottam. Reszketett, és bizonytalan pillantásokkal ostoro-

zott. Cserbenhagytam? Csalódott bennem? Csepegett állam-
ról vékony lábaira a sűrűsödő vörös vér. Könny folyt szemeiből,
mégsem akart repülni. Hátrasuhintottam kardommal. A felénk
közeledő négy goblint félbevágtam. Zavarni akarják kettőnk pil-
lanatát? Haragudtam az összes szörnyre. Rághatják a húsomat
halott testemről, de várniuk kell még.

– Nem! – mondta, én pedig újra köhögtem. Rose nem za-
vartatta magát. Megszokta. Tudta, talán sosem kerülhet töb-
bé ilyen közel hozzám. Pólómat szorította és szemembe nézett.

– Ez nem kérdés! Indulj! – Ismét goblinokat öltem egy vá-
gással. Stonekill talpra állt, de lábába két nyílvesszőt kapott.

– Segíteni fogok! – emelte hangját Rose, és lefele nézett. Pál-
cáján a rubint olyan erősen világított, mint még soha. Zöld fé-
nye vakította a szörnyeket. Rám pillantott, én ráztam a fejem.

– Szárnyalj! – Több sem kellett: kezeim közül lassan a ka-
nyon közepére lebegett.

Sok nyílvessző szállt irányába, de mind hatástalan. Mágikus
szavakat szavalt, belőlünk kiszakítva a vesszőket. Vérzésünk
csillapodott, életerőnk visszatért. Társammal hasonló folyama-
tok mentek végbe. Szavai korántsem maradtak annyiban. Fü-
lemet kényeztette hangja. Érteni és beszélni akartam nyelvét.

– Mit művel? – kérdezte Stonekill.

– Felnő – mondtam. Rose befejezte a varázslatot.

– Andka da ikrexto! – Ebben a pillanatban növények gyö-
kerei törtek elő a semmiből. Pusztító óceánra hasonlító formá-
kat öltöttek. Minket magasra emelt, míg a goblinokat a mély-
be rántotta.

Végzett az öszessel. Végtelen erő és kisugárzás áramlott be-
lőle. Ereje már most túlszárnyalt minket. Elképesztő látvány
volt. Mégsem haragból cselekedett. Nekünk életet ad, tőlük el-
veszi. Földtömbök zúzták szét a távolabbra menekülni próbá-
ló goblinokat.

Másodpercek alatt a béke hírét hozta. Nyomuk sem maradt
a gonosz lelkeknek. Rose leszállt közénk, és majdnem össze-
csuklott. Időben sikerült érte nyúlnom. Támasztottam kis tes-
tét. Megfogta homlokát, utána igazított sapkáján. Angyalként

szállt közénk, reményt sugározva. Nélküle rég a halál markában, hamuként hullanánk alább.

– Mondtam, hogy ne hajtsd túl magad – szóltam rá. Rose biztonságban tudva magát felelt.

– Sajnálom. – Közben lecsukódtak szemei. Stonekill mosolygott, szakálla mögé rejtve érzéseit. Rövid keresést követően talált a gyökerek között biztonságos alvóhelyet. Önzetlenül segített, félretéve saját gondjait.

– Gyertek! Itt biztonságos. – Kényelmesnek tűnő gyökérágyra lelt a vadász. Rose botladozva száraz tenyerembe kapaszkodott. Lépkedett bizonytalanul, közeledve céljához. Semmit sem látott, csak bennem bízott.

– Pihend ki magad! Holnap útra kelünk. – Befektettem a saját maga által készített kuckóba. Azonnal lecsukta szemeit és álomba merült. StoneKill intett nekem, és medvehangon dörmögött.

– Őrködök én ma éjjel. Maradj vele, és aludj. – Kabátomat Rose testére terítettem, majd kicsit távolabb, de mellé feküdtem. A temérdek esemény miatt nehezen tértem nyugovóra. Számtalanszor lepergett szemem előtt az a pár másodperc, ami alatt Rose gyakorlatilag kiirtotta a fészket. Miféle erők birtokában lehet még, amiről fogalma sincs? Képes a növények és a föld összehangolt támadásait befolyásolni. Idomítani elemeket, továbbá szerves élőlényeket. Rémisztő ez a lány, s oly sok kérdést hagy maga után. Végtelen gombolyag, ezernyi színnel és véggel. Ha időm engedné, kibogoznám, alaposan tanulva belőle.

Stonekill az éjjel nyugodt csendjét élvezte. Gondolatai a mai események sebességén kattogtak. Szerencsére kiürült belőlünk a macskaszem-főzet hatása, ezért újra tiszta elmével nézhettünk neki utolsó veszélyesnek ígérkező napnak.

Vadász azt hangoztatta, másnap már kiérünk ebből a kanyonból. Örültem ezeknek a szavaknak. Főleg mivel majdnem itt hagytuk a fogunkat. Igaznak ígérkezik a „sok lúd disznót győz" mondás? Kételkedem. Rose megmutatta a köztünk és a szörnyek közti különbséget. Egy varázsló ennyit számít a csapatban. Elszántsága és bátorsága példamutató számunkra. Persze meggondolatlanság volt részéről. A goblinok kegyetlenül

kihasználták volna. Csodálom, hogy a mana-szintje bőséggel
kitartott. Régen pár egyszerű varázslat kimerítette. Jelenleg
komplett hadsereget taszított vissza a mélybe. Sokban támo-
gatta az elf kristály?

Képes ilyen szinten felruházni a használóját? Hányfajta kő
lehet még? Kérdésekkel bombáztam magam álomban. Bár in-
kább ez, mint a halál.

Stonekill félbetört vesszőt tartott a kezében. Alaposan szem-
ügyre vette, és feltűnt neki: a nyílhegy méregbe volt mártva.
Ránk nézett, utána vissza a ropogó tűzre.

– Ezek szerint nemcsak szimplán gyógyítani, hanem mérge-
zés semlegesítésére is képes vagy? Érdekes – beszélt magában
az idősödő harcos. Tanakodott, illetve a holnapi utat rakta ösz-
sze fejben. A szaladó évek sötét felhőket gerjesztettek. Múltjá-
ban ragadt gondolatai furdalták. Pakolta bőséggel a hatalmas-
ra duzzadó tüzet. Enni akart valamit, de étvágya továszállt.

Másnap hajnalban Stonekill reggelit készítette. Tojást szer-
zett, mellé kenyeret szelt. Kulacs vizét kortyolta lassan. Számá-
ra megnyugvás volt a felkelő nap.

Álmomból riadtan nyitottam szemimet. Kellemes reggel-
nek ígérkezett. Gyökerek árnyéka vetült az arcomra, óvva sze-
memet a nap első sugaraitól. Furcsán meleg érzés kerített ha-
talmába. Balra pillantottam, magam mellé. Rose – szokásához
híven – az éjszaka leple alatt kezemet átölelve aludt, szorítva
azt magához. Háton fekve néztem felfelé. Vajon szabad ennyi-
re közel engednem őt?

Jobb karomat a kabátom alá helyeztem, kifújva halkan a le-
vegőt az orromon. Ma nem ébresztem fel. Hadd pihenje ki ma-
gát. Stonekill sem szólt egy szót sem. A ropogó tüzet piszkálta.
Kereste önmagát a hevesen izzó lángok között. Jövőjéről el-
mélkedett. Bizakodva állt ehhez a naphoz, hisz' teljesíti ígére-
tét. Kell ennél nemesebb feladat és élmény egy vadász számára?

Ő maga sem tudta, mert nem gyilkolt farkast, sem vámpírt.
Engem az elvesztegetett idő bosszant, amit nem a boszorká-
nyok megmentésével töltöttem. Sok napja már. A hangok nem
értek utol. Elrejtőztem volna előlük? Itt nem találnak rám? Le-

het, csak északon hemzsegnek az elveszett lelkek, akik tőlem várnak megváltást. Samantha régen csatlakozott társságunkba. Biztosan azon a helyen pihen, ahol legközelebb megvetem lábamat, fajtája segítéségére sietve.

Rose ébredezése közben gyengén mozgolódni kezdett. Arcát lágyan simította szőke, puha haja. Vállamra rakta fejét, halk hanggal kísérve. Ennyire nem álmodhatott szépet efféle borzasztó este után – győzködtem magam, de mindhiába. Senki sem tudja, mi járhat a gondolataiban.

Kis helyezkedés után óvatosan nyitotta csipás szemét. Pár másodperc kellett, mire észrevette, mi történik. Én félmeztelenül, természetes kisugárzásommal bámultam, fölöttem szaladó apró hangyát követve tekintetemmel.

– Ma nem ébresztettél.

– Tegnap ügyes voltál. Pihenj nyugodtan!

– Nem sietünk talán? – kérdezte álmos hangon, szemét megdörzsölve.

– De – feleltem, majd kezemmel hátrasimítottam a hajam. Rose még mindig közel hozzám, karomat átfogva, az arcára vetülő fénnyel ragyogott.

– Hűvös volt az éjjel? – Hátát fedte a kabátom, ami alól válla kilógott minimálisan. Lábai egymáshoz szorosan, szintén közelemben melegedtek.

– Pont kellemes. – A szavak hallatán ráeszmélt közelségére. Meglepetten pirosodott az arca és kezdett izzadni kis tenyere. Mellei szorosan karomnak nyomódtak. Igaz, már megszoktam, neki mégis ez az első, amikor így ébred.

– És... nem zavar, hogy itt...

– Semmi gond. – Elmászott előlem a hangya, kinek útját figyelhettem eddig. Szemem irányába csúszott a nap, ezzel erősítve bennem az idő múlását.

– Holnapra elhagyjuk végleg ezt a régiót? – kérdezte, tovább élvezve a pillanatot szorosan mellettem Rose. Haja simította sebes bőrömet, nyugtatva hegeim lángoló érzését.

– Biztosan. Utána könnyebb lesz.

– Jó hallani. Örülök, hogy veled jöhettem! – Lehunytam szememmel, utána a vakító sugarak festették sárgára a tájat. Pár pillanatig néma csendben feküdtünk. Légzésünk összehangolódott. Kicsiket mozgott mellkasa, és próbált kényelmes pozíciójában szép jövőnkre gondolni. Képzelgéseit szinte magamban láttam. Bőrünk forrón tapadt, ragaszkodva a másikéhoz. Bár ilyen lenne az életünk! Számára biztonság, számomra nyugalom.

– Lassan készülődnöm kell. – Rose elengedett, én pedig kiléptem a kellemes gyökérház alól. Kabátomat rajta hagytam, míg a tűz mellé értem.

Stonekill köszöntött. Jó hangulatban töltöttük a reggelt. Rose magához szorította kabátomat, egész testét rejtegetve. Alatta mély levegőt vett. Órám kattogása játszott fülével. Más világba került, ő úgy gondolta. Mosolyát titkolta a világtól, mert őszintébben ragyogott, akár a Sarkcsillag.

Furcsa érzések kavarogtak benne. Szavakba jelenleg képtelen volt önteni. Félt, nem lesz ideje rá, ha túl sokat vár. Pár perc múlva, mikor összeszedte magát, csatlakozott társaságunkhoz. Az öreg vadász politizált hevesen. Társam visszaadta nehéz, fegyverekkel teli kabátom, amit magamra öltöttem. Kellemes illata lett. Átjárta az egész szövetet.

Közös tojásoskenyér reggeli közben Stonekill ismertette az utat. Megmutatta a feljárót. Nagy mező, végezetül pedig a ritkán növő fák követtek. Azután patakon kellene átkelni. Oly könynyűnek látszott papíron. Bár ott lennénk! Nyugodtabb szívvel járnánk a kereskedelmi utakat. A hátunkat melegítő napfény teletöltött erővel. Kortyoltuk a hűsítő vizet. Hatalmas holló repült felettünk, árnyékot vetve a kanyon közepén. Rajzolta az utat, hívott hangos károgásával. Ezer fajtársa közül felismerném. Büszke, tiszta tollazatú, hatalmas, horgas csőrű, felemás szemű régi barát. Ő az egyetlen.

– Induljunk. Ha jól haladunk, délutánra átkelhetünk a hídon! – szólt vezetőnk, közben felvette a földről fejszéjét, vállára helyezve.

– Mihez kezdesz utána? – kérdeztem.

– Haza térek kis időre – vágta rá. Tudtommal vadász gondosan válogatott emberekből lehet csak.

Feleségük nincs, mivel könnyedén a szörnyek célpontjává lehetnek. Utódokat nemzeni feleslegesnek tartják. Idejük sincs családalapításra, hisz' éveken belül eleshetnek egy erősebb szörny kivégzése közben. Sorra tizedelik őket, akár mindenki mást e vidéken.

– Értem.

– Neked van házad, Árnyék?

– Régen jártam benne. Nem tudom, visszatérek-e valaha oda.

– Otthonodnak érzed, ha rágondolsz? – Temérdek gyerekkori emlék és boldogság töltötte ketté hasadt lelkem.

– Azon négy fal közt nőttem és nevelkedtem.

– Akkor tudod a választ.

Nehezen, de biztosan haladtunk a gyökereken járva. Két órán belül elértük a feljárót. Sínek vezettek kifele a balra tőlünk lévő bánya törött szájából. Törmelékek, romok számtalan lábnyommal ölelték körbe a bejáratot. Lehet, hogy oda költöztek elsőnek a goblinok? Csillét nem láttunk a közelben. Felgyalogoltunk a sínek közti fa merevítőkön. Gyíkok rohantak lábunk alól; sütkérezésüket megzavartuk. Amint elértük a felszínt, zöldellő mező fogadott. Alacsony fű, min lovak legeltek. Nyulak ugráltak a mellette lévő erdőben. Jobbra tőlünk, nem messze kihalt kis falut láttunk romos tetőkkel, mohosodó falakkal. Furdalt a kíváncsiság, mégsem mehettünk be. Rose sem érzékelt életet onnan. Már rég továbbálltak az ott élő emberek. Bölcsen tették. Legalább gyarapították valamelyik közeli, fejlődő város népességét. Munkát vállaltak, otthont teremtettek. Gyermeküknek ételt tettek asztalra. Vagy rajtuk ütöttek a farkasok, míg oda tartottak?

– Most jön a legveszélyesebb út. Messze innen, keletre, mélyen az erdőben, emberi szemnek láthatatlan erődben él a tisztavérű vámpírok nemes klánja. – Szavai hallatán biztosra vettem: az út közel sem a legbiztonságosabb.

– Tudni fogja, hogy itt vagyunk? – kérdte Rose.

– Már most tudja – folytatta Stonekill. – Azzal is tisztában van, hogy e vidéken a tiszta vérű vámpírok nem aktívak, a farkasok pedig ritkán merészkednek erre. Gyors, csendes mozgással talán kikerülhetjük a kint lévő őrszemeket. Míg az állatok nyugodtak, a környéken nem eshet bajunk. Ők előbb érzik a veszélyt, mint mi.

Stonekill előttem sétált. Bakancsa félároknyi mélységbe tiporta a könnyű, puha talajt. Lédús fűszálakból csordogált a víz. A fekete föld termékenysége bőséges termést garantálhatott a földműveseknek. Egymás mögött haladtunk. A szembeszél jelenleg kedvezett. Rose figyelmesen követett, mikor valamit észrevett a fák között. A sebes, sötét mozgás rögtön kitűnt a táj festményszerű összképéből. Jelezte nekünk, szemét nem levéve róla.

– Fiúk. Valaki van a fák között! – mutatott balra. Mire odanéztünk, többen lettek. Stonekill elővette baltáját.

– Készüljetek! – Ebben a pillanatban fordultunk feléjük, ők mégsem mozdultak. Vonyítás hangzott mögöttünk. A nagy mező dombjai rejtekéből farkasok tucatjai sorakoztak és rohantak felénk. Karmaikkal mélyen szakították a talajt. Hörgő morgással uszították társaikat a kegyetlen harcra, a mellettünk lévő erdő irányába sárga szemekkel és habzó szájjal rohanva. A fák közül előjöttek a nemrégiben mozdulatlanul álló lények. Piros tekintetük, fehér bőrük, sötét, szakadt ruhájuk jellemezte őket. Vékony testüket minimálisan bántotta a lángoló nap. Tudták, árnyékban kell maradniuk, úgy javukra formálhatják a mérhetetlen túlerőt.

– Vámpírok! – kiáltott Stonekill.

– A másik oldalon farkasok! – jeleztem nekik.

– Két tűz közé szorultunk! Mit tegyünk? – Rose kérdezte, de akkor már a felek harca elkezdődött. Egymásnak ugrottak a levegőben.

Ilyen dinamikus csatát azelőtt sosem láttam. Kegyetlen csapással szakította ketté a vámpír a vérfarkast, mire annak fajtársa leharapta a vámpír fejét.

Próbáltuk semlegesen kerülni a harcot. Rose repült utánunk, néha levágva pár végtagot. Gyors léptekkel futottam a harcmezőről. Stonekill éppen farkast fejezett, mire a másik egyenesen földre vitte, ahonnan nem volt menekvés. Fogait csak a fejszéje nyele tartotta távol tőle. Észrevettem, így kardommal átszúrtam koponyáját és lerúgtam róla az állatot. Felsegítettem, de ekkor egy vámpír lépett közénk szürkés hajjal, nagy szemfogakkal, és két külön irányba dobott minket. Földet értem korhadó gallyakon, s mire észbe kaptam, rám támadt. Rose egy varázslattal válaszolt.

– Enderior! – A vámpír orrából ömlött a vér, és azonnal öszszeesett.

Felálltam, majd fordulásból félbevágtam egy farkast. Stonekill baltáját egy rohanó vámpír hátába dobta, ezután farkas tépte szét. Sietve próbáltunk kikerülni a mezőről. Az állatok rég menekülőre fogták, látva, miképp itatják a földet ezek a lények. Szemem sarkából észrevettem, hogy egy szürke bundás farkas mellső lábait kitépi egy póló nélküli vámpír. Futásom közben elém ugrott, mintha rám vadászna. Türelmetlenül, véres arccal nézett piros szemével. Félig görbe állása azonnal veszélyesnek bizonyult.

– Rose, menj, segíts Stonekillnek. – A mágus azonnal hozzásietett.

Kicsit körbejártunk, méregetve egymást. Senki más nem zavarta a harcunkat. Nézett, arra várva, mit lépek. Magabiztosan vettem elő késemet, forgatva könnyedén ujjaimmal. Ő nevetett. Hosszú körmeivel arcát vakarta. Le tudná tépni a bőrt, oly hevesen húzta szeméről, hátha jobban lát.

– Ostoba ember! Mit gondolsz, mit tehetsz?

– Megöllek, ha az utamba állsz! – vágtam rá. A vámpír hangosabban nevetett, és sokkal gyorsabban elém ért, mint hittem. Mellkasomba térdelt. Hátraléptem párat, miután megint közvetlenül szembe kerültünk. Kardommal vágtam oldalról, ő kitért, viszont késemet tökéletes tempóban feje irányába döftem. Ő persze számított rá, ezért kezével rámarkolt csuklómra, semlegesítve csapásomat. Kirúgta a lábaimat, majd karomnál fogva egy fának lökött.

– Ennyire vagy képes, fattyú? – kérdezte, undorító nevetést társítva mellé.

Magamban már bántam komolytalanságomat. Elugrottam az öreg, kérges törzstől, majd félbevágtam a vámpírt. Mozdulatlanul várt, de hasához érve abból ömlő vére tudatta vele: figyelmetlensége ma életébe került. Ezután fajtársa rontott nekem, akinek csapásából kitértem, és először a karját levágtam. Hirtelen tarkójába állítottam a késem. Jött nagy lendülettel, vonyítva egy farkas. Leguggoltam, pengémet fenn tartva, s fejétől a farkáig kettévágtam őt is. Leráztam fegyvereimről vérüket. Pont hevesen lélegeztem, ekkor hason ütött valaki. Hátraestem, vért köpve az avarra. Ismét vámpír próbálta kioltani életemet. Elszántabbak és szívósabbak, mint bárki más. Hoszszú szemfoguk ragyogott. Büszkén közelített, remegő ujjakkal.

Közben Stonekill és Rose főleg farkasokat öltek mágia, illetve fejsze használatával. Teljes polgárháború alakult ki, amibe semleges félként belecsöppenve, oldalválasztás nélkül küzdöttünk velük. Az így is megterhelő napok rontottak a teljesítményünkön. Nagy nehezen elvágtam az ellenséges vámpírom torkát. Körmeit kitéptem karomból, végleg elintézve.

Már a ritka fás erdőben jártunk. Tolódott a harc velünk. Kerestem Rose-t. Fák között cikázva rohantam, szemeimmel fürkészve az alakokat. A fogyatkozó farkasok csoportosan zabálták a halott vámpírok testét.

Hirtelen kereszt repült a hátamba. Megálltam. Pillanatokig gondolkoztam a furcsán égető érzésről. Kardomat erősen szorítottam. Belém nyilallt a fájdalom. Nyúltam érte, és kitéptem magamból. Véres tenyeremben tartva késem mellett, tudatosult a tény. Mikor megláttam, azonnal hátrafordultam. Hirtelen öt papot számoltam, akik szinkronban dobtak felém keresztet, melyek fényben tündökölve repültek. Zöld színű rubintok csillogása játszott szemeimmel. A szörnyeket vakította, égetve testüket. A farkasok bundája izzott, a vámpírok bőre lángolt, akárhol érte őket a vetület. Ezek a piros csuklyás papok! Mit keresnek itt? Hisz' ez háborús terület. Tiszta vérű vámpírok vidéke. Időm sem volt gondolkozni rajta. Elütöttem a felém tartó kereszteket, majd reflexszerű hátraugrást követően Stonekill jelent meg távolabb tőlem. Sebesen érkező farkas vitte földre, és megmarta kezét. Rose váratlanul szállt tőle távolabb, öreg, fehér törzsű fák között. Amint kivégzett pár vámpírt, egyből sietett volna Stonekill védelmére. Csakhogy az már nem következett be.

– Rose menekülj! – De későn mondtam. Egy kereszt repült karjába oldalról, aminek köszönhetően elejtette a botját. Figyelme rólam sérülésére terelődött. Fájdalma arcára volt írva. Remegő kézzel nyúlt a feszületért. A véres talajon botja távol tőle, ráragadt levelekkel várta gazdája varázsszavát. Öt pap jelent meg mögötte. Arcukat fedte a végtelen csuklya, ami piros színbe tündökölt. Láttam, Rose képtelen cselekedni sérülten, és rögtön érte indultam. Ebben a percben újabb keresztet kaptam – a térdem fölé.

Elestem. Kitéptem azt is magamból. Oldalról pap készült fejbe rúgni. Időben félregurultam, majd kardommal kivágtam a beleit. A következő pillanatban Rose varázsolt. Véres tenyerével elrepített egy papot, felszögezve a távoli fára. Én késemet beledobtam másik társuk torkába. Stonekill közben küzdött reménytelenül, egyre több sérülést gyűjtve a farkastól. Rajta már nem segíthettem. A sokadik kereszt repült a hátamba. Kardommal közben összecsaptam egy másik pappal, aki állta a sarat.

Rose lábába keresztet hajítottak, ettől elesett, arcát beverte a földbe. Csordogált gyenge bőre alól a vér. Szúró fájdalmait vékony, nyöszörgő hangon tudatta a világgal. Sáros tenyerével markolta a füvet.

Nem bírtam nézni. Elvágtam a pap torkát, aki elém állt, a következőnek meg alulról a tüdejébe döftem a késem. Hirtelen újabb keresztet dobtak a vállamba. Gondolkozás nélkül kitéptem magamból. Eltekintve jobbra, megjelent még öt pap. Kezükből feszületük irányomba szállt. Csillogtak a nap fényében, néma pörgés kíséretében. Néhányat sikeresen hárítottam, végül kettő célba ért. Egy a hasamba, a másik a bal vállam alá érkezett. Köhögtem, hosszú pillanatig levegő nélkül maradva, fél térdre ereszkedve. Túlerőben voltak. Rose nyakát közben társuk szorította. Kezében éles ezüstkereszt. Határozott mozdulattal Rose hasába szúrta. Ő kiáltott, vért köpött, majd határozott intés után összezúzta támadója koponyáját fekete mágiával. A földre esett tehetetlenül. Az arcára száradt koszon kívül könynyed falevél hullott ajkára.

Sípolt körülötte a világ. Mire észrevette pálcáját, ami talán utolsó esélye volt a menekülésre, egy pap lépett rá. Két másik oldalról közeledett. A baloldali fejbe rúgta, míg a jobboldali magasba emelte testét és messze taszította. Rose vért köhögött ismét, és szakadt ruhái sebeiből is szivárgott. Újabb keresztet dobtak, mivel apró tenyerét átütötték, amit azért emelt fel, hogy megygyógyítsa saját magát. Sokkot kapott. Remegni kezdtek lábai, kalapja félig lecsúszva fejéről koszosan védelmezte. Körbenézett, miután kihúzta lassan.

– Hol vagyok? – kérdezte magától.

Stonekill kiszabadult a farkas szorításából, de azonnal a fának lökte egy vámpír. Betörte a fejét, majd nyakából elkezdte szívni a vért. Szörnyethalt a vadász, törött csontjai, zúzódott izmai képtelenek voltak már ellenállni. Nem tér haza. Otthona üresen áll, míg a múló idő porrá köszörüli.

Hirtelen Rose nyakát szorították, és fehér kérgű fának nyomták. Arcon vágta az egyik, fejéről lerepült kalapja. A pap utána sebes arcának látványát élvezve elengedte, mitől a földre zuhant gyenge teste. Többen közelíteni kezdtek Rose élettelen testéhez. Bibliák szívták izzadságukat kezükből. Közösen szent szavakat hangoztattak. Vágytak a lányra, mit sem törődve környezetükkel. Ifjú teste tökéletes préda volt.

Eközben talpra álltam. Elütöttem két keresztet, ami fejem felé repült, utána puskámmal lelőttem két papot, kik rohantak balról. A harmadik golyót egy közeledő atyának címeztem, viszont kezemből kirúgták lőfegyverem. A másikkal egy pap lábát levágtam, végül arcon térdeltek. Nekiestem széttárt karokkal két egybe nőtt fának. Mindkét kezembe több keresztet dobtak. Könnyedén átdöfte fegyverük húsomat. Mozdítani sem bírtam végtagjaimat. Lábaimmal akartam valamit tenni, de sípcsontomba rúgtak párat. Térdeim összerogytak, mitől csak az ezüst feszületek tartották testemet.

Kivégezték az összes szörnyet. Rose kalapját félbevágták, rátapostak, és szőke hajába markoltak. Fejét hátrahúzták, majd keresztet rakott az egyik a torkához. Rose lehunyt szemmel, sok vért veszítve várta a halált. Négyen álltak körülötte. Arcán számos heg eresztette magából a koszos, földes vért. Végtagjai ernyedten lógtak, ellenkezésre képtelenül. Ruhái szakadtak, alig takarva törékeny testét. Botját félrehajította társuk, mivel a zöld ékkövet képtelen volt kifeszíteni belőle.

Hirtelen elült a harc zaja. Mindenki meghalt. Nyolc pap maradt életben. Ebből három körülöttem. Ugyanennyi maradt Rose élettelen testénél. A másik kettő tisztelettudóan Stonekill hulláját nézte. Keresztet vetettek, majd hangos imába fogtak, térdre borulva az avarba. Az ének kíséretében lépett közelebb hozzám a középső pap. Összekulcsolta ujjait. A közötte lévő keresztet szorongatva megszólalt.

– Imádkozzunk együtt. Az Úr meghallgatja szavaid. – Én persze erőt véve magamon feleltem:

– Meg… öllek… – mondtam vért hányva. A pap arcon ütött, s mire az a fájdalom tudatosult volna bennem, már éles fegyverét állította hasamba.

– Gyónd meg bűneidet! Békében távozhat lelked e földről. – Az előző csapás fájdalmait üvöltöttem a világba. Pillanatnyi sokk után fejemet lehajtottam és válaszoltam:

– Rose… Kelj fel… – szóltam halkan. A pap ismét ütött, és az előbbi keresztet jóval beljebb nyomta. Kezébe vett még egyet, amit a torkomhoz szegezett. A mellette állók is utánozták. Szinkronban összekulcsolták ujjaikat, utána hangos imákat énekeltek. Rose eszméletlenül feküdt. A pap erősen bele nyomta fejét a sárba. Vállát simította, kenve rajta a koszt. Végignéztem szőke haja mocskossá válását, miképp issza be a föld szennyét. „Ismét megtörtént?" „Nem tudtál vigyázni rá!" A pap előttem halkan hozzám szólt:

– Az Úr itt van küzdtünk. Fohászkodj hozzá! – Mikor ezt mondta, mentálisan szétestem.

Folyt megállás nélkül számból a vér. Az utunk végéhez értünk. Ennyit tehettem minden boszorkányért az országban. Itt halok meg, papok keze által keresztre feszítve. Az igazi karma. Más halál tán méltatlan lenne számomra. Ugyanolyan gyenge vagyok, mint öt éve.

De Rose nem halhat meg itt! Mozdulatlanul tűrte a fájdalmakat. Hátából kirántotta a pap a keresztjét. Utána lenyalta róla a vért. Elővett egy frissen készített töviskoszorút, és magasról Rose fejére ejtette. Éreztem, miképp sértette fejbőrét a tüske. Már őt sem zavarta a fájdalom. Túl sok sebet kapott; lehet, hogy számára ez megváltás. Itt veszítettünk, és fújjuk ki tüdőnk állott tartalmát lelkünkkel ezen a napon mindketten.

Végül körém gyűltek a papok. Küldetésük – az én kivégzésem – hamarosan sikerrel jár. Mindannyian félkörbe állva, kezükben kereszttel várták a pillanatot. Azt, mikor távozom.

Valamiért nem haltam meg. A szívemet forrón öntötte tele a harag. Egy hang szólt hozzám. Mélyen belülről. Az érzés hideg, erővel teli volt.

– Segítened kell!

– Hol vagy? – ordította a másik.

– Ments meg! – kiáltott egy gyermekhang.

– Köszönöm neked, ismeretlen! Megmentettél!

Talán ezek is lelkek. Közeledem hozzájuk?

– Itt akarsz meghalni, Sasy? – szólt a szellővel érkező kedves hang. Arcot nem tudtam társítani mellé.

– Mit tehetnék? – kérdeztem rekedt hanggal, magamba fojtva lelkem szavát.

– Ébredj – felelte a hang. Szavait értelmezve az álmosság, ami új ajtót akart nyitni előttem, bezárult. Hideg keresztet szúrtak a jobb mellkasomba. Pap hajolt közelebb.

– Gyónj, hitetlen! – A belsőmet elöntötte a gyűlölet. Szemem kifehéredett. Az összes gonosz démon előtört belőlem. Átadtam nekik a testem. Lefelé nézve utoljára szavakat formáltam.

– Atyám... vétkeztem. – Ezzel egyidőben hófehérré vált a hajam. Szemeimben végtelen szellemek dühe égett. Azok, akiket nem mentettem meg, mind erőt adtak.

Kezeimet kirántottam a fából. Elkaptam a pap fejét és kitörtem a nyakát. Hasamból hirtelen kirántva a kereszteket két másik pap torkába dobtam. A többi rám támadt. Lehajolva kitértem az ütés elől. Felvettem a földről a kardomat. Fehér hajamat félre fújta a rúgásuk szele, amit kihasználva levágtam lábaikat és az egyik tüdejébe döftem kardomat, míg a másik torkát puszta kézzel, szemrebbenés nélkül zúztam össze.

Rám támadott még két pap. Félreugrottam, elszakítva egymástól őket. Az első ököllel, kezében kereszttel ütött. Csuklóját visszaforgatva torkába állítottam fegyverét, míg az utolsót távolabb rúgtam. Sétáltam felé, míg ő hátrálva könyörögni kezdett. Szétszakadt pólómat félig letépte rólam a mögöttem bujkáló pap. Gyors vágással választottam el fejét nyakától. Kabátom öreg fán lengedezett a szélben. Közelebb léptem az utolsóhoz, aztán szívén lassan áttoltam a kardom. Ordítva távozott, nem mint társai.

A szellemek emésztették belülről a lelkem. Éreztem, mégsem zavart. Mérhetetlen erőt tudtam magamban. Tudatosult bennem: én vagyok az ajtó.

Hófehér szemeimmel keresni kezdtem Rose-t. Az avarban fekve vettem észre, minek hatására rohantam hozzá. Rose elé térdeltem. Lassan nyúltam gyenge, sebesült testéhez. Remegtek a kezeim. Emlékképek ugrottak be Stelláról; akkor ő volt ugyanígy előttem. Rose sebesült lábai alá nyúltam bal karommal, míg jobbal a hátát fogtam óvatosan. Felemeltem, és mint egy kisbabát, magamhoz szorítva két kezemben, fejét a mellemhez támasztva öleltem át. Szőke haját és fejét tartottam, míg a koszorút eldobtam messzire. Miért történik ez velem? – kérdezem sokadszorra. Lépkedtem lassan, a hullákat kerülgetve. Koszos arcát törölgetni próbáltam ott lévő ujjammal, de szétkentem rajta a vért.

– Sajnálom... – mondtam halkan. Könnyeim előtörtek, áztatva szétvert és roncsolt apró testét. Lehet, hogy itt halt meg kezeim között. Megint megtörtént. Gyenge voltam! Végignéztem szakad ruháin és sebein. Súlyosak. Semmit sem tehettem. Ő némán feküdt rajtam.

– Bocsáss meg! – kiáltam az égbe, s tovább hullott véres könnyem az arcára.

Pillanatokkal később lehajtottam a fejem. Megtöröltem az arcát és magamhoz szorítottam.

– Kérlek, nyisd ki a szemed! – Rám sem figyelt. Lassan felálltam. Bizonytalan lábaim még éppen hogy engedelmeskedtek. Tartottam könnyű testét. Fogalmam sem volt, merre mehetnék. Alaposan átnéztem a tájat, közben ujjaimmal simogattam a bőrét, ezzel tartva magamban és benne is a lelket. Perceket hagytunk magunk mögött, mik óráknak érződtek. Rose lassan kinyitotta szemét, rám szegezve figyelmét. Örömömben tovább áztattam az arcát. Ő meglepetten, lassan, gyengén lélegzett.

– Miért... sírsz? – Tüdejéből ennyire telt. A felhőkre pillantottam, aztán ismét rá.

– Miattad! Nézd meg, mi történt veled – mondtam, és elindultam az erdőben, hátrahagyva minden mást.

– Nincs semmi baj... – felelte kis mosolyt társítva mellé. Szabálytalanul lélegzett. Éreztem, hevesen zihál.

– Majdnem meghaltál! Ne legyél buta! – kiabáltam rá, ő viszont rendületlenül válaszolt.

– De hisz'... ez életem legszebb... napja... – Először nem értettem, könnyeimet visszatartva figyeltem szavait.

– Miket beszélsz már megint? – Keresnem kell gyógyfüveket vagy egy falut. Rose-t kicsit sem érdekelte. Kettőnk pillanatában élt jelenleg. Kizárt minden mást.

– A karjaidba tartasz... pontosan ahogy... megígérted nekem. – Rose az arcomhoz ért lassan, és fejét jobban mellkasomnak támasztotta, hozzám bújva. Szipogott kicsit, utána szakadozva fújta ki a levegőt. A felszakadt arcán lévő bőrből csordultak véres könnyei hasamon.

– Miért csinálod ezt velem? – kérdeztem, és megsimítottam sáros szőke haját, mi arca elé lógott, elkenve rajta.

– Veled lehetek a tizen... nyolcadik születésnapomon. Ezt kívántam... minden éjjel. Mióta... – Tovább már nem bírta folytatni. Rengeteg vért veszített sebeiből. Belőlem pedig kezdtek távozni a szellemek. Lassan tértem vissza halandó testem rabláncai közé, ami gyengült. Szemem és hajam viszont fehér marad. Egyensúlyomat elveszítve válaszoltam neki, közben ő kezét hozzám érintette.

– Kérlek, ne beszélj. Így is nagyon... – Mikor ezt mondtam, kiértem egy kis mezőre, aminek a szélén újra térdre zuhantam. Lenéztem Rose arcára: ő rám mosolygott. Erőtlenül lógtak kezei és lábai. Tartottam őt szorosan magamhoz. Sosem engedném el.

– Ha a kezeid között... halok meg... nekem boldog lesz a vég... – fejezte be, ezután a mellkasomra köhögött egy kis vért. A meleg cseppek szinte marták a szívemet. Az összes az érzéseit hordozta.

– Nem fogsz meghalni... ígérem... – válaszoltam.

– Kérlek... mosolyogj nekem... utoljára. – Minden erejéből próbálta nyitva tartani szemét. Én gondolkozás nélkül próbáltam magamra kényszeríteni hamis örömömet. Erőt véve magamon, oly sok év után. Mosolyogtam. Könnybe lábadtak szemei.

Hirtelen magamhoz öleltem. Nem túl szorosan, csak amennyire még bírtam. Rose a fülemnél mély levegőt vett. Fejét nekem döntötte, ajkai pedig fülem mellett súgták szavait.

– Szeretlek! – Tartottam kis testét, tán életünk utolsó percében. Csendes lett a világ. Mozdulni sem bírtam. Szívünk szinkronban dobogott ebben a pillanatban. Sok emléket idéztünk fel közösen.

Boldog pillanatokat, amikor mindketten jól éreztük magunkat. Reggeli ébredéseket. Vagy épp hűvös estéket. Ketten átélt hetek és hónapok. Most elillannak szemeink előtt.

– Rose... – Ebben a pillanatban hatalmas villám sújtott. Besötétedett az ég és megnyílt a talaj.

Még mindig térdelve, semmi másra nem figyeltem. Tartottam őt kezeim között. Az utolsó dolgot, ami számított jelenleg az életemben. Itt van, és magamnál tartom. Rose kiélvezte minden pillanatát. Számára teljes az élete, és az, hogy ezt most így, ebben a formában éli át, teszi felejthetetlenné. Nem bán semmit. Hiányzik neki az a kevés kis erő, amivel ő is átkarolhatná nyakamat és sosem engedné el.

Előttünk dicsőn alá szállt Chaos mágus, minden idők leghatalmasabb varázslója. Fekete, testhez álló ruházatot viselt. Derekán széles, szegecses öv futott, illetve hasán még két szíj. Mellén keresztben, középen gyűrű fogta össze. Vállán és felkarján szürke, sérült páncélt viselt, bicepszén övek feszültek. Arca fehér, haja háta közepéig érőn, sűrű feketén díszelgett. Szemei sárga alapon sötétpirosan tekintettek ránk. Fején kétoldalra lógó, fekete alapon vörös csíkos máguskalapot viselt. Kezében százötven centis pálcát fogott. Felfutott körben, a tetején és az alján is egy gyűrű. A pálca tetejét nagy zöld gömb díszítette, amit körben tartott több gyűrű, ezzel hegyes véget ábrázolva. Nadrágján lánc lógott, magas szárú csizmája hasonló szürke-fekete színekben parancsolt tiszteletet.

Az aurája elsöprően nagy és méltóságteljes volt. Egy szót sem szólva lebegett a talaj felett. Lehet, hogy gondolkozott a büntetésemen?

Boldogan fogadnék bármit, ami megmentené most Rose-t. Chaos mágus botjával intett felém. Utoljára a szemembe nézett, amiben a megbánás mellett száradó könnyek honolnak. Erősen tartottam lányának múló testét. Érzéseimet rideg tekintete fagyasztotta. Beszélni és lélegezni sem tudtam. Sárgán fénylő tűzpiros szemei fogták lelkemet láthatatlan, elképzelhetetlen erőkkel. Nagy sötétség takarta az elmémet és a szememet is hirtelen.

Semmit sem láttam. Az érzékszerveim megszűntek létezni. Mintha új világban lebegne a testem. Vagy talán ez a halál. Nem tarthatom be ígéretem? Mi történik velem? A túlvilág ez a mélységesen sötét hely lenne? Negatív érzések kavarognak körülöttem. Nem tudtam megmozdulni. Semmire sem reagáló testem szállt egy fénylő pont felé. Sodródott lassan.

Bukásomat éreztem a fény közeledtével erősödnek. Remélem, a szellemem visszatérhet a Földre. Mert ami most foglalkoztat… Rose életben maradt?

12. FEJEZET

ÚJ ESÉLY

Azt állítják egyes mindent tudó koponyák, hogy az emberek okkal születnek. Küldetése van az összes élőlénynek széles e világon. Bár előre látnánk a hibáinkat, és végül kijavítva állhatnánk tovább! Az idő sosem vár ránk, ezért pazarlás átlagos életet élni. Lehet, hogy valakinek szándékosan ez adatik? Vagy tán túl gyenge saját küldetése teljesítésére?

Magunk döntünk a sorsunkról. Látott e világ nyomornegyedből felemelkedni királyokat. Ugyanilyen könnyen buktak több lábon álló, mérhetetlen vagyonú urak is. Nehéz felépíteni magad körül azt a környezetet, amiben szívesen élnél. Falvakban álmodozó gyermekek megtörnek, mikor nem engedi őket szabadulni saját szülőföldjük.

Kislányok sírnak esténként kényszerházasságuk vészesen közelgő napja miatt. Hol az igazság? Rég elhagyta földünket. Káosz honol szívünkben és lelkünkben. Méreg tölti csordultig duzzadó poharunkat. Feszültség szét szakítja ép tudatunkat. A segítségért ordító hangokat néha tudatosan hagyjuk figyelmen kívül. Bölcs, keletről származó harcos mondta nekem régen: Akármennyire gyors a fény, amint célba ér, mindig a sötétség fogadja.

Meleg nap sütötte arcomat. Hűvös, kőfalú, prémekkel díszített szobában ébredtem. Kétszemélyes ágy, rajtam fekete takaró, fejem alatt báránygyapjú párna. Szembe velem tükör állt az ágyat bámulva. Émelyítő érzés szorította fejemet. Testemet több helyen kötések díszítették. Tán megtalált egy földműves, utána ellátta sebeimet? Több gondolat átfutott fejemen. Az öszszes ruhám és holmim szépen faragott fa széken hevert, a szoba sarkában.

– Élek? – kérdeztem magamtól. Fejemet fogva ültem az ágy szélére.

Ezek szerint nem ölt meg a mágus. Rose vajon merre lehet? Lassan szerettem volna felállni, de sajnos a testem nem engedelmeskedett. Térdem összecsuklott, bokám roppant. Földre zuhantam, akár egy rongybaba, tehetetlenül a hideg padló csókját élveztem testem több pontján. Szúrni kezdtek még be nem gyógyult hegeim. Orromból vér csordogált. Talán pihennem kéne.

Nehezen másztam vissza, az ágy oldalsó peremébe kapaszkodva. Tegnap született csecsemőnek éreztem magam. A mellettem lévő asztalon pohárban víz, illetve lapos tálban kenyér hevert. Nyúltam értük remegő kézzel. Csillapítani kívántam szomjamat és éhségemet. Mire észbe kaptam, az ajtómon kopogás hallatszott. Meglepődtem, mégsem feleltem. Tovább fájlalva fejemet szakadozva lélegeztem és fülemet tapogattam. Bal karommal lassan a hasamat, illetve az oldalamon lévő zúzódásokat érintettem óvatosan. Az ajtó nyikorogva kinyílt. Fekete, váll alá érő hajú nő lépett be. Testhez álló, éjsötét bőrnadrágja, továbbá pólója és vékony keblére simuló mellénye összhangban volt arcával. Vörös szemei tündököltek, akár egy kristály. Elegáns megjelenés és határozott belépő. Esélytelennek bizonyult, hogy ő átlagos ember legyen. Szemembe nézett, határozottan közelebb lépve.

– Jó reggelt. Látom, magadhoz tértél.

– Hol vagyok? – kérdeztem, végigmérve a nőt.

– Vörös Hold városának királyi kastélyában.

Gyakorlatilag a halál is egyszerűbb lett volna. A vámpírok birodalma. Minden tiszta vérű igaz otthona.

– Mit keresek itt? – kérdeztem. A nő elém lépett, ujjával az orromból kicsordult vért letörölte. Óvatosan szájához rakta. Párszor megszagolta, utána lassan lenyalta róla. Szemfogait villantva ízlelgette. Boldogan lenyelte, és magáévá tette maradék véremet. Lehet, hogy megtalálta nagyszerű reggelijét.

– Rin vagyok! Téged hogy hívnak? – kérdezte. Kis ideig gondolkoztam, végül félrenéztem és feleltem.

243

– Sasy. – Ő hátratett kézzel, érdeklődően közelebb hajolt. Nőies alakja valószínűleg több férfi fejét elcsavarhatta. Számos zsákmányát ejthette mentális csapdába, köszönhetően ösztönszerű, kiéhezett vágyaiknak.

– Finom ízed van, Sasy. Örülök a találkozásnak! Válaszolva kérdésedre, a királyunk hozott ide téged. Kérésére megmentettük az életed. – Átgondoltam, mi hasznomat venné a vámpírok vezetője. Mindenesetre kicsit sem érdekelt. Ismét megpróbálkoztam az állással. Kezemet a falnak támasztva szedtem össze magam. Rin félreállt, szemeivel sérült testemen időzött, közben mosolyogva folytatta.

– Makacs ember vagy! Kéne még egy kis idő, mire kimennek a gyógyfüvek hatásai a szervezetedből! – szólt rám. Ekkor már a szék elé értem, ahol összevarrt ruháim fogadtak. Leültem, és öltözködés közben válaszoltam.

– Nem maradhatok tovább. Dolgom van délen.

– A király beszélni szeretne veled, mielőtt útra kelsz – válaszolt kicsit elnyújtva szavai végét, minden mozdulatomat figyelve.

– Kihagynám. Így is késésben vagyok. – Pólóm ujján szerettem volna kezemet áttolni, de nem bírtam. Fájdalmasan határaimat feszegetve erőltettem magasabbra karomat. Rin segítőkészen elém lépett, és felsőmet igazgatva közösen megbirkóztunk a feladattal. Amint helyre került, távolabb lépett, haját félresimította, sejtelmes mosollyal társítva. Hajának illata és bőrének színe ámulatba ejtett. Gyengéd mozdulata és törődése becsülendő volt. Szemei közelről hevesen égő várost juttat eszembe. Fehér fogai tiszták és hegyesek voltak.

– A vendégszeretetéért cserébe talán szánhatnál rá pár percet. – Mély levegővétel után a tükör elé sétáltam, ízlelgetve szavait. Egész jól ment már a járás. Sajnos fegyvereim közül az íjaim a vesszőkkel Rose zsákjában maradt. A pengékből kettőt elvesztettem. Kardom, késem, illetve két dobható tőröm a puskámmal együtt végső arzenálom. Fele mennyiségű lőszerem viszont elfogyott. Készíteni biztosan nem fogok tudni. Spórolnom kell.

– Meglátjuk – válaszom, közben a tükör előtt szánalmas testem nézve szorosan mellém állt Rin. Tükörképe nem látszott.

244

Tényleg vámpír, semmi kétségem. Pár pillanattal később bal kezével megfogta az alkarom, a jobbal pedig a nyakamat simította. Szemeivel már rég kiszívta belőlem a lelket.

– Rád nézek, és a halál kapujában álló személy tekint vissza rám.

– Hamarosan belépek rajta. – Rin szemei vörösen izzottak; korlátlan önuralmát alkalmazva hajolt közelebb. Fülembe súgta szavait:

– Ha meghalnál, biztosan enyém lesz az összes csepp véred. Minden percét élvezni fogom, amíg tart kettőnk között az a pillanat. – Kissé meglepett a gondolat. Rin furcsa teremtmény. Akármennyire is vonzó a külseje, rám hatástalanok szavai. Könnyeden fogva kezét elvettem nyakamtól. Ránéztem, mivel a tükörben nem létezett.

– Arra várnod kell, Rin. – Higgadtságot mutatva szemeibe tekintettem. Biztosan átlátott lomha emberi képmutatásomon. Lábait felém fordította, halkan súrolta a padlón csizmája orrát, közelítve hozzám.

– Ígérem, óvatos leszek. – Szervezetembe fecskendezett méregként jártak át kedves szavai.

– Nem ismerlek, így szavaidban hogy bízhatnék?

– Sehogy. Csak feküdj hanyatt, és élvezd hosszas csókomat testeden.

– Álom ülne szememre tőle?

– Bizonyára. De nem csalódnál bennem. – Ajkain izzott tekintetem.

– Ha fognád kezemet és úgy távozhatnék, hálás lennék. – Óvatosan karolta nyakamat és tolt az ágy felé. Körmei mellkasomat simították.

– Más kellemes dologban lesz részed, ha hagyod, hogy enyém legyen a tested.

– Bár megtehetném...

– Talán ennyire sietned kell?

– Vezess királyodhoz! – szögeztem le a dolgot. Lassan szabadulni hagyott. Nyitni kezdte száját, amin puha ajkai ragadtak volna nyakamhoz. A benne rejtőző szemfogak hosszasan nőttek,

245

éhezve rám. Másik kezét levéve rólam, látványos fordulás után elhagytuk a szobát. Mosolya arcán szüntelenül piszkos gondolatokat keltett. Hitt benne: lesz alkalma több időt velem tölteni. Számos folyosón vezetett keresztül, melyeknek falai hasonlóak voltak a szobáméhoz. Sok vámpír elegánsan és büszkén öltözve járta e vár szegleteit. Páran megnéztek maguknak. Érezték emberi jelenlétemet, ami több kérdést felvetett bennük, bár sejtették ittlétem pontos okát. Rin büszkén sétált előttem. Vezetett hosszú, magas lépcsőn, egészen két még hatalmasabb kapu elé. Tenyerével határozottan intett, majd a kapuk kitárultak. Fehér prém díszítette a vámpírkirály trónját. Bal keze mellett vérrel teli kehely, míg jobb oldalán kis kerek asztalon gyümölcsök hevertek mély tálban. A király rideg és halálos tekintettel bírt. Vörös szemei azonnal lelkembe hatoltak. Hófehér arca és teljesen fehér, hátrafésült, félhosszú haja tökéletesen kiegészítette. Sötét, tüskés köpeny pihent hátán hatalmas gallérral, minek belső fele oly piros, akár kelyhének tartalma. Köpenye alatt vörös ruházatot viselt, derekán övvel. Fekete nadrágjának szárai sötét, szíjas bakancsába futottak, minek talpa alatt szőnyeg hevert. Fagyos pillantásokkal követte érkezésem. Rin arcára komolyság ült. Meglepően hideg érzés járta át lelkem. A csarnok, melyben sétáltunk, egyszerűen, mégis díszesen fogadta jelenlétem. Kevésbé sütött be termébe a nap. Nem is kedvelik a vámpírok annyira, ez nyilvánvaló. Amint elé értünk, felnéztem rá. Ő lefelé pillantott, aztán a következő másodpercben már előttem állt. Semleges reakcióm ellenére lassan vettem levegőt. Magas termete miatt jóval feljebb kellett fordítanom tekintetem. Készültem a harcra, továbbá sok más lehetőségre, hűtve gondolataimat, bár valószínűleg fel sem fognám, ha megölne. Rin kettőnket elemezve, hátratett kézzel szólt.

– Királyom, ő itt... – Ekkor intett neki. Rin csendben várakozott. Vörös szemével közelebb lépett a vámpír. Mély levegővétel után szólt fenséges hangon:

– A Boszorkányok Védelmezője. Te lennél Sasy? – Kérdése falhoz szegezett. Mondani sem tudtam volna mást. Amint hazug szavakra gondoltam, lelkemet ezer kés kezdte szúrni. Belülről karmok döfték át szívemet. Ereje elképesztő volt.

– Igen. – Ő kezével megigazította felsőjét.

– Ismertem a nevelőapádat. Találkoztunk egyszer, bár azóta eljárt feletted az idő. – Amint ezt mondta, tudtam, a beszélgetés hasznos lehet számomra. Emlékeim között kutatva sajnos nyomát sem leltem a királynak, sem találkozásunk pillanatának.

– Számodra tán szempillantás, nekem fájdalmas, éveknek tűnő percek korbácsolják hátamat.

– Beszéded kiemelkedő. Jól nevelt az elf.

– Próbálta átadni tudását. Többnyire sikerült neki, bár útjaink különváltak.

– Nincs fájdalmasabb a magánynál. – Beugrottak pillanatok Rose utolsó perceiről. Arról a napról. Sajogott a fejem és nyilalltak sebeim. Később kiskertben dolgozó nevelőapám hegyes füleit láttam. Érinthetetlen növényeit. Ugyanezt látta az szememben a vámpírkirály. Néma perc illant tova, meredten földre vetve tekintetem.

– Hogy kerültem ide? – kérdeztem zavarodottan.

– Miután Chaos Mágus elvitte lányát, rám bízott téged. Azt mondta, fontos küldetés áll előtted, amit teljesítened kell. – Válaszától megnyugodott a lelkem. Rose biztosan túl fogja élni. Viszont az érthetetlen számomra, hogy miért nem sújtott le rám. Hisz' lánya majdnem meghalt miattam. Lehet, hogy a boszorkányok tanácsával szoros kapcsolatban vannak? – bizonygattam magam, míg arrébb sétált a király.

– Hálás vagyok, amiért gondomat viselték. A mágus szavai mind igazak. Engedelmeddel folytatnám utamat. – Amint ez kimondtam, a király rám nézett. Testem mozdulatlanná dermedt. A levegőt keservesen nehezen vettem. Láthatatlan kezek szorítottak.

– Egyedül kelnél útra? A halál torkába? – kérdezte, két lépéssel közeledve hozzám. Rin természetesen várta a végkifejletet. Próbált kevésbé zavaró lenni. Remegő ujjaimon és szétszaggatott belsőmön merengett.

– Egész életem erről szólt – feleltem magabiztosan. Lassan engedni kezdett a lélek szorítása. Ismét fájdalmas emlékképek viharába csöppentem. A testemen lévő vágásokon kívül esőcseppeket éreztem bőrömön. Sötét égbolt felettem, villámcsapás. Lángolnak a házak, amit szörnyek romboltak. Sikoltozó családok. Nyers állati húst rágó bestiák.

– Tudok valakit, aki segítene utadon dél felé.

– Nincs szükségem senkire! A saját magam harcát egyedül kell vívnom – mondtam, míg ő a fehér hajamra nézett. Ujjai között faláncot forgatott, néma csörömpölést hangoztatva a büszke terem falai között. Kis gondolkozás után folytatta:

– Tudod, mi történt veled az erdőben? – Találgatni kezdtem magamban. Végtére a halál torkából szabadultam. Egy ismeretlen, sötét erő, ami kezét nyújtotta nekem.

– Szellemek hangja és ereje járta át a testem. Belém markoltak, kitépve valamit, ami a részemet alkotta – válaszoltam, várva az általa tudott igazat.

– Különös képességet birtokolsz születésed óta. Te afféle átjáró vagy az emberek és a lelkek világa között. Hallod őket, gyötörnek esténként? Emésztik a lelked, mert hagyod nekik! Persze abban a pillanatban, hogy az általad fontos személyek élettelen testét láttad, rájöttél olyan dologra, amit egyedül te birtokolsz – fejezte be kis szünetet tartva. Megörültem, miközben beszélt hozzám. Mire akar kilyukadni?

– Elvenni! A lelkek erejét tudod használni. Te is felemésztheted őket, ezzel élteted magadat. Haragjuk, továbbá bosszúvágyuk az, amiből akkor merítettél keveset. Tested persze megfizette az árát: percekre elvesztetted emberi mivoltodat. Te magad is szellem lettél. Kifakult hajad és szemed bizonyítja. – Amint befejezte, összeállt a kép. A lelkek erejéből táplálhatom magam. Erőt nyújtottak, mikor szükségem volt rá.

– Gondolom, megvan az ára ennek a képességnek – fogalmazódott meg bennem e kérdés.

– Ha hagyod a szellemeknek elemészteni a lelked, végül megszakad azon híd, amit képviselsz. Onnantól többé nem ember, hanem démon leszel. Akkor pedig halálod napja azonnal érted jön – fejezte be. Szemivel Rinre tekintett. Rin fejében nem a vérem ízét, hanem erőm valódi mértékét próbálta elhelyezni skáláján. Háta mögött körmeit óvatosan ütötte össze, szavainkra felettébb koncentrálva.

– A püspök halála után minden lélek örök nyugalomra lel. Még több ártatlan nőt ragadok ki e gyötrelmes világ karmai közül! – folytattam, aztán oldalra fordultam. Bal tenyeremet a tarkómra tettem, míg újabb gondolatok bombáztak.

– Úgy gondolod, azzal véget vetsz a haldokló boszorkányfaj irtásának? – kérdezte. Hirtelen nem tudtam, mit feleljek. Változtatna ténylegesen akármin?

– Ha minimális az esély rá, akkor is végigcsinálom. Ezt az utat minden ártatlanul elítélt nőért és gyermekért járom. Gyűlölöm a más fajokkal való ellenségeskedést! Rettegünk, ha valaki hegyes fülű vagy vörös szemű. Undorral tölt el az emberek hozzáállása.

– Ezt a gondolkozásmódot ültette fejedbe nevelőapád?

– Nem. Ő megmutatta az ajtót, amin beléptem. Felnyitotta a szememet.

– Cserébe mit ígértél neki?

– Tisztára mosom országunk arcát – válaszoltam, elveimhez hűen tartva magam. Ismerősen csengtek neki e keserű szavak.

– Erre tetted fel az életed immáron tizedik éve? Számomra egy szempillantás. A következőben már halálod napján, sírod előtt állva gondolkozunk, miképp próbáltad megváltoztatni a világot egymagad – szólt magabiztosan a szemembe nézve.

– Hamvaimat szórjátok szét abban a faluban, amelybe minden megmentett élet kerül. – Ebben a pillanatban fordult sarkon a vámpírkirály.

– Nem felejtem el szavaid. Most menj! A fiam kinn vár a kapuban. Veled fog tartani utadon dél felé! Rin odakísér – fejezte be, s lassan trónjához indult. Rin követte szemével.

Hamar mellém ért, bólintott, és elhagytuk a termet. Halkan becsukódott mögöttünk magas, öreg vasajtó, mit évezredekkel ezelőtt készítettek a király elődei. Az uralkodó helyet foglalt. Számos gondolatot vitatott magában. Lassan kelyhéből kortyolt, ízlelgetve a vért. Másik kezével piros almát vett ki táljából, amit körbe forgatott. Keresve az egyetlen hibát, ami miatt elmenne az étvágy tőle. Végül sehol sem talált. Beleharapott, ízlelgetve a halál keserű zamatát. Hullámos haja mellére hullva régóta óvta szíve néma szavait.

Közben Rin tempóját tartva sétáltunk céltudatosan ki a várból. Gyengén sütött reánk a nap fénye. Mégsem bántotta a vámpírok bőrét. A sugarak valamiért szűrten, összességében csekély világosságot biztosítottak az itt élőknek. Értetlenül álltam a dologhoz, amit az koronázott meg, hogy a gyermekek, kik futottak előttem, természetesnek vették környezetüket. Játszottak, ugráltak. A fiúknak hátrafésült hajuk, míg lányoknak fonott frizurájuk díszelgett. Szépen öltözött nők mellzsebükben kék kendővel társalogtak elegáns, sötét ruhában. Az egyikhez fia futott, derekát szorosan átölelve, kis szemfogai csillogtak fülig érő mosolya közepette. Furcsa érzést keltett bennem a pillanat. Férfi vámpírok fess, testhezálló ruházatban, szívüknél lévő zsebükben fehér kendővel siettek a vár irányába.

Rin végül megtörte a csendet.

– Tudod, szerintem jó dolog ennek az ügynek szentelni az életed. Minket, vámpírokat is tizedelnek a papok.

– Miért nem harcoltok velük? Könnyedén végezhetnétek velük.

– Vannak dolgok, amikbe nem szólhatunk bele. Királyunk garantálja biztonságunkat a falakon belül, külügyekbe viszont nem szól bele.

– Tehát ha elmentek innen, szabad kezet kaptok?

– Bizonyos korlátokon belül. Népünk számára fontos a tiszta vérűek nemes hírének fenntartása.

– Miért harcoltok a farkasok ellen?

– Mi nem harcolunk velük – vágta rá meglepetten.

– Értem – válaszoltam. Lehajtottam a fejem és vér folyt az orromból. A forró érzés ajkamon zavart. Mire akármit tehettem volna, Rin megállított. Érezte a szagát. Elém lépett, és ujjaival alaposan letörölte az egészet. Szájába vette, úgy ízlelgetve, akár gyermek az első gyümölcsös süteményét. Extázisba eshetett, ugyanis miközben nyalta le ujjairól, a szemembe nézett kiéhezett tekintettel.

– Ha befejezted, indulhatnánk?

– Nem sok tart vissza attól, hogy itt és most magamévá tegyem halandó tested – folytatta vörös szemekkel.

– Tégy, amit jónak látsz. Nekem dolgom van. – Ezzel félrenéztem, nyakamat kínálva neki. Mozdulatlanul figyelt mosollyal az arcán, közben elsétáltam mellette. Lemaradva, minimálisan türtőztetve magát követett. Lehet, már én mutatom az utat. A furcsán induló reggelen gondolkozva máris a kapu elé értünk. Magam mögött hagytam ezt a közepesen nagy, de igényes várost. Boldogan éltek itt a vámpírok. A gyerekek anyjuk kezét fogva járták az utcát. A férfiak itták poharukból a vért közösségekbe verődve. Különleges, mégis egységes hatást kiváltó házak sorakoztak a vár felé. Minden utca annak főterére vezetett. A kapu előttünk magasra emelkedett, hatalmas árnyékot vetve. Nem messze tőlünk, a tövében, a falnak támaszkodva, tenyérbe való pipát tartva egy vámpír várakozott. Ő lehetett a király fia.

Fekete és vörös ruhakombinációt viselt, hasonló színű bakanccsal. Fekete köpenye gallér nélkül pihent hátán. Bőre hófehér, akár az apjának. Megjelenése és magassága nagyjából egyezett. Fehér haja hátrasöpörve büszkélkedett. Dereka oldalán kis táska pihent. Arca erős csontozatú, sármos tekintetét vörös szeme egészítette ki, amiben fehér erek honoltak. Rin meglátta, utána intett neki.

– Jó reggelt, Ban! – Fél pillantást vetett ránk, utána tovább pöfögtette a pipát. Amint közel értünk Rin elélépett, míg én óvatosabban viselkedtem. Ban hasonlóképp reagált.

– Szóval életben maradt? – kérdezte flegmán, füstjét orrán kifújva.

– Én keltettem fel! – mondta büszkén Rin, és féloldalasan rám nézett, várva, mikor ered el az orrom vére. Bant zavarta ez a mondat, látszott arcreakciójából.

– Csodálom, hogy nem szívta ki minden csepp véredet azonnal.

– Neked biztos jobban esne – folytattam. Ő határozottan ellökte magát a faltól, pipáját kikocogtatta, utána zsebre rakta.

– Nekem egy séta esne most jól.

– Hasonlóan gondolom.

– Hallom, délnek tartasz és kell melléd valaki, aki figyel rád – folytatta a kakaskodást szüntelen. Kezdett zavarni a dolog.

– Délnek tartok, viszont segítséged felesleges. Rin majd viszszakísér a várba – feleltem kilépve a kapun. Rin mosolygott ellentétünkön és közbeszólt.

– Sajnos a király döntése végleges! Ban veled tart – közölte, ezzel mindkettőnk kedvét elvéve.

– Azt csinálsz, amit akarsz – vetettem utolsó pillantást hátra. Ban kifújta a levegőt és felelt:

– Szerencsédre ráérek, szóval indulhatunk. – Rin félesöpörte a haját. Óvatosan közelebb állt Banhoz.

– Köszönöm, hogy vele tartasz.

– Nem volt más választásom – pillantott utánam Ban a száját húzva.

– Amikor visszaérsz, velem tarthatnál egy közös vadászatra – puhította fagyos szívét Rin őszinte mosolyával társítva.

– A legutóbbi kalandunk során nagy bajba kerültél. Biztos vagy benne?

– Nagyszerűen éreztem magam akkor – válaszolt. Mélyen egymás szemébe néztek, számos emléket idézve.

– Rendben. Ha visszatérek, elmehetünk valahova – válaszolt Ban, s sarkon fordulva lassan utánam jött. Vékony kabátját magára öltötte, hossza lelógott a földig. Szakadt volt, néhol karomnyomokkal társítva.

– Járjatok sikerrel! – kiáltott utánunk. Mi némán, pár méter távolságban egymástól sétáltunk előre.

Térképemet nem találtam; az is valószínűleg Rose zsákjában maradt. Belőni sem tudtam, merre lehetünk. Viszont Ban magabiztosan gyalogolt mellettem.

Lassan eltávolodtunk a várostól, ami végleg megszűnt létezni. Kis erdő fogadott magába minket. Zsenge fű növekedett. Állatok rohangáltak kötöttünk, madarak dalolásztak felettünk. Hozzá tudnék szokni ehhez a csendhez. Így talán ki fogom bírni, míg végül a püspök fejét szálkás karóra szúrom. Ban tudta, számára hosszú kaland lesz, végtére is minden útba eső településre ellátogatok tiszteletemet téve. Apja elmondta neki, mi lesz a dolga. Szembeszállni aligha merne. Neki is jót tesz, ha rövid időre kiszabadul a szürke, mohás falak közül. Ban több száz vagy ezer éves lehet. Dinasztiák őrlődtek szemei előtt. Mit számít ez a kis séta végtelen életének? Nekem lehetne akár plusz száz évem, biztosan minden napját a mostani életem folytatásának szentelném. Ígéreteimet teljesíteném.

Már órák óta sétáltunk, mikor hangos kiáltásra lettünk figyelmesek. Heves dobverés és hörgések. Követtem a hangot, közben Ban tartotta a lépést. Pár száz méterre, az erdő mélyén magaslatra érkeztünk, sűrű cserjék közé. A fák mögül lenéztünk. Éppen egy nő feküdt kikötözve, véres lábakkal és kezekkel nagy keréken. Papok állták körbe. Köztük piros csuklyás, kezében kereszttel. Rossz emlékek villantak szemembe, miket hátrahagynék. Ban eddig még ilyen fajta kínzást sosem látott. Égetni nőket vagy vízbe fojtani nem újdonság számára, hisz' többet követett figyelemmel esténként fajom folytonos leminősítése közben. Kíváncsian várta az eseményeket. Sikított a nő, kérlelte a papokat, életét könyörüljék. Az egyik közelebb lépett, és a nő szeme feketévé vált ösztönösen.

– Megjelent a boszorkány valódi alakja! Halál vár reád! – kiáltotta. Készültem hátraszólni Rose-nak az íjam miatt, de mikor megtettem, csak Ban arca fogadott.

– Van még három katona a völgy végében – szólt semleges hangon.

– Értem. – Amint befejeztem, leugrottam a papok közé. Hirtelen minden jellegű tevékenységgel leálltak.

Csendben nézték fél térden támaszkodó testemet. Kardomat előhúztam. A pap felém dobott egy keresztet, amit magabiztosan hárítottam, aztán támadtam.

Lemészároltam az elsőt, elbúcsúztatva lábaitól. Térdeinek ropogása kedves dallam fülemnek. A következőnek torkába dobtam edzett acél tőrömet. A vörös csuklyás pap határozottan kereste, mikor állok meg egy lélegzetvételnyi időre. Hátrálásba kezdett, közben két csapást zúdítottam rá fokozatosan, amik erősödtek.

Kitért határozottan a második vágástól. Utána rögvest el akarta sodorni a lábam. Reagálva azonnal térddel beleálltam rúgásába. Sípcsontja hangosat reccsent. Mire ez tudatosult benne, kardom átdöfte koponyáját száján keresztül. Vérüket felegyenesedésem után suhintottam le pengémről. Siettem a nőhöz, aki sírva hálálkodott. Reszkető, sebes bőrét éreztem magamon. Szorítása őszinte és erős volt. Mosolya teletöltötte szívemet reménnyel. Gyorsan kiszabadítottam, és karjaimba ugrott.

– Köszönöm! Hihetetlen, hogy rám találtál! – Amíg ezeket a szavakat mondogatta, Ban közénk érkezett. Elégedetlenül nézte a hullákat, akiknek vérét itta a természet. Kínzóeszközeiket alaposan szemügyre vette. Undorítónak tartotta a papokat.

– Hamarosan ideérnek a katonák – szólt rám. Lassan talpra álltam a völgy felé fordulva. Két levegővétel között Samantha apró mosollyal az arcán kisétált a fák közül Ban mögött.

A három zsoldos üvöltve rohant. Késemet elővettem, pengéje csillogott a beszűrődő fényben. Amint a szürke ruhás vezetőjük közel ért, felugrottam és állon térdeltem. A második harcos csapása fejem felett suhant, ami elől elhajolva, fél fordulatot véve a hasát szétvágtam. Kezeit odarakta, viszont addigra a késem torkába állt. Az utolsó zsoldos kettőt szúrt lándzsájával. Élét levágtam, majd azt elkapva dobtam az éppen feltápászkodónak a szemébe. A korábbi katona kardot rántott, mire én fejem fölé tartva pengém védtem csapását. Fél térden, másik kezemmel lábába szúrtam a késem, majd azzal a lendülettel kirántottam alóla. Kardomat határozottan torkába döftem, és végigvágtam a koponyáján keresztül, lezárva az eseményeket. Zöldesbarna avar ölelte magához alattam bakancsom talpát. Sáros földbe vetett arcokra másztak a rovarok. A madarak csicsergése transzba ejtően hatott füleim csengésére.

Pár pillanatig gondolkoztam a mai napon. Lassú cseppek hullottak a földre kardomról. Hallottam az összes hulla hörgő hangját, némasággal töltve tele lelkemet. Ban felsegítette a boszorkányt, míg Samantha közelebb lépett. Boldogan köszöntötték egymást. Ban rám nézett, közben kardomat csúsztattam a helyére. Feléjük fordultam, aztán csatlakoztam társaságukhoz. Samantha méregetett. Tudta, mi történt velem. Láttam tekintetében az összes gondolatát.

– Régen találkoztunk – mondta, utána hajamra vetett gyors pillantást.

– Több dolgunk lesz mostantól – feleltem, míg a másik boszorkányra néztem, aki éppen haját igazgatta Ban mellett, kicsit távolabb.

– Sajnálom a történteket. Remélem, Rose is hamarosan...

– Elég! – vágtam rá. Samantha kezét ökölbe szorította.

– A tanács szüntelen érdeklődik felőled – terelte a témát. Én egyhangúan reagáltam.

– Hamarosan vége. Nincs okuk aggodalomra.

– Stella aggódik érted.

– Ha szükségem lesz rá, szólni fogok. Tudom, hogy figyel.

– Ő nem a játékod.

– Sosem tekintettem annak. Pontosan tudod.

– Mondd neki, ha lesz időtök.

– Nekünk minden volt, csak az nem.

– Tudom. – Samantha elfordult.

– A falusiak jól vannak? – kérdeztem. Kissé visszafordította arcát. Gyönyörű lila szemeivel kerülte az enyémet.

– Várják azt a napot, ami tán sosem jön el... –

Válasz nélkül hagytam. Ő lassan sétált a boszorkányhoz, akit Ban nevettetett. Értékes kincs ezekben az időkben a mosoly. Samantha kézen fogva a nőt, intettek. Pillanatokkal később a fák között nyomuk veszett. Szavai a fülemben csengtek. Mire gondolt? Ezen merengve állt elém Ban.

– Ha befejezted az álmodozást, indulhatunk. – Elhessegettem az összes gondolatot, majd ránéztem.

– Van térképed?

– A fejemben van az útvonal! – vágta rá büszkén.

– Kiszedjem onnan, vagy magadtól mutatod az utat? – kérdeztem vissza.

– Azt hiszed, képes lennél rá? – hajolt közelebb vörös szemeivel.

Szüntelen tartottuk a kontaktot. Mozdulatlanul meredtem rá, növekvő auráját érzékelve. Ban pár pillanattal később komoran félvállról vette szavaimat. Belső zsebéből elővett egy sokkal részletesebb és újabb típusú térképet. A földre helyezte, én letérdeltem. Ban is így tett. Fel volt tüntetve rajta jelenlegi tartózkodási helyünk, illetve minden közepesen nagy település és város. Számos útba eső helyet kell meglátogatnunk. A közelben két kisváros feküdt. Rámutattam, majd Ban szólt.

– Mit tervezel?

– Valószínűleg egyesülni fog ez a két település. Így az egyházi személyek problémája merőben sokszorozódik.

– Le akarod mészárolni őket?

– Csak a papokat. Ha aktívak a boszorkányüldözésben – vágtam rá, aztán a helyes irányba néztem. Ban visszarakta térképét.

– Remélem, nem kell közbelépnem.

– Felesleges – biztattam tovább abban reménykedve, talán tényleg elmegy a kedve az egésztől.

– Ha rajtam múlna, nem lennék itt. Apám szerint az út végén meglelem életem értelmét s végre tisztán látok. Talán ezzel rám hagyja majd a trónját, és végre elfoglalhatom a helyem – közölte teljes higgadtsággal, továbbá eltökéltséggel.

– Értem.

– Te már nem éled meg, amikor trónra ülök. Pedig az nagyon jeles nap lesz fajom számára! – folytatta büszkén, éreztetve halhatatlanságát.

– Lehet, hogy nem is baj – fejeztem be, cigit téve számba.

Gyufámmal lángra lobbantottam, lassan szívva tüdőm mélyére a füstöt. Kortyoltam kulacsomból, eközben Ban kedvet kapott rövid pipázáshoz. Ketten füstöltük az erdő zöldellő leveleit. Kiértünk egy kereskedelmi útra, amin egyenesen vezetett minket célunk felé a kavicsos út. Ban kezébe vett egy apró fiolát. Valószínűleg a nap hatása ellen alkalmazta. Véges számú főzetei miatt biztosan meg kell állnunk majd pár alkimistánál. A nagyvárosokon kívül viszont nem nagyon lelhetően tevékenykednek. Ezen kívül boszorkányok készítenek hasonló főzeteket, nyilván valamiért cserébe. Ban tőlük vehette. Tehát kell, hogy legyen kapcsolata más fajba tartozókkal. Tapasztalatuk bőséggel lehet, mivel a főzetkészítés akármilyen szinten kényes és hosszú folyamat.

Gondolataim közben Ban pipáját zsebébe rakta. Cigimet elgyúrtam talpammal e koszos földön. Otthagytam, akár átlagos életemet gyermekkori falumban.

Távolban rajzolódni kezdetek a települések háztetői, illetve az a halvány kis folyó, ami elválasztotta egymástól a már testvéri közelségben lévő falukat. Emberek kezdtek katonák társaságában nagyobb számban előkerülni a környékről. A napi szokásos beszélgetéseiket folytatták. Nők vitték a folyóra ruhás kosaraikat, a gyermekek pedig boldogan rohangáltak az épülő fa fal környékén. Felmásztak a legmagasabb cölöpre, onnan kiabáltak társaiknak.

– Lőni fogok rád, bestia!

– Én is kalandor leszek egyszer! – játszottak a gondolattal. Jövőjük annyira kiszámíthatatlan. Fogalmuk sincs, mit hozhat a holnap.

Tudatom viharából Ban hirtelen kirántott.

– Körbenézek a városban, addig intézd el, amit akarsz.

– Ha van csehó, ott várjál rám – szögeztem le, ő pedig szájával kiadott, érdekes hanggal jelezte egyetértését. Válaszra már nem méltatott.

Lassan értünk közelebb a városhoz. Csuklyás alakok bújtak meg a falak között. Papok fohászkodtak Istenhez. Nők kiáltottak segítségért.

Magabiztosan léptünk be a kapun, ahol útjaink szétváltak. Egymással nem törődve megyünk dolgunkra. Ismét egyedül vagyok. Maga a gondolat elrettent, hisz' annyi ideig tudtam kihez szólni és kire támaszkodni az utóbbi időben. Most saját lábon készülök sokadszorra harcolni. Lelkem nyomasztóan kezdett kellemetlen érzést sugározni. Mintha érdes kar szorítaná, aztán egy másik. Emészteni kezdenek a szellemek? Azt akarják, mielőbb csatlakozzak? Gyógyuló testem sebei szakadoztak lelkem terhe alatt. Valamiért a magány gondolata előhozta belőlem ezt az érzést, újra minden terhet vállaimra téve. Tudatosult bennem, mennyit számít, ha más is segít nekem a harcban.

Utoljára az égre pillantottam. A felhőkben Rose arcát kutattam, hátha köszön, mielőtt a templomtérre érek. Hirtelen a kereszt vetett reám árnyékot. Lehajtottam fejemet. Elfogadtam jelenlegi helyzetemet. Gondolataimat megtisztítva a nagy, zöldesfehér ajtóra pillantottam, amin éppen bement egy pap, kezében füstölővel.

– Megérkeztem, atyám – mondtam magamnak halkan.

13. FEJEZET

TÖRÉS

Az emberek a legbefolyásolhatóbb teremtmények. Hisznek semmitmondó szavaknak melyek elcsavarják fejüket, akár a kígyó szorítása áldozatának egyre roskadóbb testét. Érzelmeket táplálunk tárgyak vagy épp olyasvalaki iránt, aki sosem viszonozza nekünk. Kalandorok vesznek mély barlangok belsejében pár aranyért, amit fizetésképp kapnának a céh pultjánál. Gyermeeket rabolnak szörnyek, életüket végleg megpecsételve. Betegségek tombolnak világszerte, kezdve a vallási háborúval. Értelmet adunk a halálnak és az életnek. Büszkeséget ostobán elhunyt személyeknek. Önfeláldozó cselekedetek írnak történelmet, míg az igaz küzdelmek feledésbe merülnek. Halhatatlanságra vágyó emberek indulnak messzi útra, kétséges információra támaszkodva. Haláluk napját siettetve, akárcsak a homokóra, miben a porszemek darabja egy évet jelent. Az elmúlás látványa teszi tönkre az embereket belül nagyon mélyen, s mire ráeszmélünk, elszaladt az élet néhol lassú, olykor zakatoló kereke. Elhitetik sokakkal hamis igazukat, fejükbe verve saját önző vágyaikat. Lehet az a hibás, akit sikerül elcsábítania ennek a végtelen kígyónak? Vagy maga a rendszer tehet mindenről?

A Völgyszéli város fenséges, dicső, és büszkén növekvő település. Sokan költöznek kis falvakból ide, illetve számos kereskedő ver sátrat a jobb élet reményében. Gyerekek rohangálnak végig eme utcákon, kutyáik ugatva követik őket. Lányok ugráltak a macskaköveken, amiket beszíneztek fehérre vagy zöldre. Férfiak vállukon száraz fát hordtak. Mások ökröt húzva maguk után köveket hordtak a városfalhoz. Több támadás érte a vérfarkasok miatt ezt a helyet. Királyság címerét büszkén viselő katonák tucatjai járőröztek könnyű páncélzatban a falak külső peremén. Vezetőjük, a gazdag földesúr, hetekkel ezelőtt hívatott vadászokat, kik azóta sem érkeztek meg a nyugati régiókból. Íjászok lesték szüntelenül a fák között búvó árnyakat. Alkohol-tompította elméjük könnyebben viselte a napi stresszt. Ban épp a helybéli kocsmában itta el a pénzét. Rumot vagy whiskyt rendelt magának. Elegánsan kortyolta, míg másik kezében pipája füstölt. A hirdetményeket olvasta lassan maga előtt. Többen felfigyeltek kitűnő megjelenésére. Hölgyek környékezték meg, miközben ő rájuk sem hederítve gondolta át a jelenlegi háborús és politikai helyzetet.

Lapozás után dohányt tömött már így is fuldokló pipájába. Hatalmasakat pöfékelve törte fejét következő áldozatán. Pár várossal ezelőtt sikerült megegyeznem vele, miszerint nőket nem ölhet; ha mindenáron vérre van szüksége, a férfiakat tizedelje. Pedig a lányok fejét pillanatok alatt elcsavarja. Nézése rögtön ágyba fektetné őket, akármilyen vágyait kielégítve.

Számomra sem csendesen telt ez a pillanat. Koszos helyi templom alagsorában két nő sírt a tömlöcökben, és három pap állt előttük. Közömbösek átlagosak – piros csuklyások erre nem tartózkodtak.

– Kérem, engedjenek el! Nem vagyok boszorkány! – Folyt koszos homlokán a vér, ami szakadt sebéből szivárgott.

– Hallgass! Majd az Úr eldönti, bűnösek vagytok-e! – kiáltott rá a pap. A másik botjával a rácsokra vert. Sírva kúsztak távolabb, a tömlöc végébe, közben az atya kulcsaival kinyitotta a köztük lévő rozsdás, büdös, nyikorgó kaput.

– Kérem, ne bántsanak!

– Ha enni akarsz, akkor engedelmeskedj! – szólt rá. Készült hajába markolni, de a nő hátrált, feszítve magát a falnak.

– Kérem ne! Tegnap sem tettem semmi rosszat!

– Térdelj, és bánd meg bűneidet! – kiáltott sokadszorra, eres, barna szemmel. A nő könnyekkel küzdve takarta arcát. A másik a rácsokba kapaszkodva, remegő lábbal húzta koszos combjaira szakadt ruháját, kapkodva a levegőt. Ebben a pillanatban a lépcső alján állva, csuklyám fejemre hajtva, izzó szempárral néztem rájuk. Az egyik pap szeme sarkából két undorító nevetés között észrevett. Jelezte társainak.

– Ez Isten háza, ide nem léphetsz be! – kiabált keresztjét erősen szorítva.

– Akkor imádkozz hozzá! – Válaszom után pengémet torkába dobtam.

Társai befutottak a tömlöcbe, magukra zárva az ajtót. Lendülettel rohantam, nagyokat lépve, majd felugorva rájuk rúgtam a rácsos kaput, így péppé zúzva az egyik koponyáját. A másik pap még könyvét maga elé tette és értelmetlen kiabálásba, kezdett mielőtt kardom hasában fejezte be az útját. Haragban izzó szemem élvezte a halál látványát. Elmosódott arcok, rémülettel teli tekintetek üldöztek. Úgy téptem ki a pap torkából a tőrt, hogy azzal levágtam a fejét, és még lábammal ráléptem, összetörve állkapcsát. Hátradőltem, minimálisan tüdőmben tartva az állott, hideg levegőt. Egyenes gerincem halkan roppant párat, míg fegyvereimet tartójukba helyeztem.

Mindkét nő rémülten csendben figyelt. Szólni sem mertek – talán nem is akartak. Vegyes érzések fogták szívüket rabul. Rémisztő látványom feloldozta őket félelmeik alól. Mélyen belül tudták, már biztonságban vannak, testük ettől függetlenül remegett a hideg, köves talajtól. Vajon megmenekültek? Az egyik pap hulláját félrerúgtam az ajtóból.

– Most már minden rendben. – Lassan felálltak. Közelebb léptek és rám néztek.

– Köszönjük, hogy megmentettél. Nélküled szörnyű dolgokat tettek volna velünk.

– Senki sem bánt többé titeket.

– Ki vagy te? – kérdezte a fiatalabbik arcomat kutatva. A földön csörgedező sáros vér látványa után felpillantottam, ahol Samantha várakozott a rács túloldalán. Ránéztem, ő pedig a két nőre.

– Gyertek velem. Biztonságos helyre viszlek titeket. – Válasz nélkül hagytam őket. Kísérőjük mesélni fog rólam, mivel kérdéseiket kielégíti. Elmentek mellettem, hosszan fel a lépcsőkön. Tekintetük engem figyelt. Csuklyám rejtette arcomat. A földet szántva vártam kis ideig.

Több hang szüntelen a fejembe nyilallt. Számtalan ember halt meg ezen a helyen. Sötét kezek és árnyak jöttek elő a falból. Kimásztak onnan, mintha csak szabadulnának börtönükből. Lelkem egyre inkább fájdalommal telt meg. Térdre rogytam. Az árnyak átnyúltak mellkasomon, utána kíméletlenül szívembe markoltak. Ki akarták tépni, mert amikor már a sokadik kar szelte át testemet, földre zuhantam.

Kérdésekkel bombáztak fájdalmukat átadták nekem. Ordítani tudtam, közben fejembe ezer kés nyilat.

– Tűnjetek el! – kiáltottam, de ezek a lények tovább szaggatták lelkemet.

Hosszú percekig emésztették, mire erőt vettem magamon. Szívemhez nyúltam, az egyik kezét megérintettem. Téptem lassan mellkasomból, de rántott magával belőlem valamilyen szürke darabot. Üvöltésem végére hangom torzult, torkomba fájdalom nyilallt. Erőtlenül dőltem el, lefejelve a padlót, miután démonaimnak nyoma veszett.

Amint földet értem, zöldellő mezőn ébredtem. Zsenge fűszálak simították sebes bőrömet. Barátságos szél lengette összetapadt fehér hajamat. Könnyen lélegeztem, súlytalannak érezve magam. Rose feküdt mellettem mosolyogva. Véres, koszos arccal néztem törékeny, tiszta testét. Haját elsimítottam arca elől, közben lágyan megérintette a kezem. Meleg érzés kerített hatalmába, mit hűvös szellő tett kellemesebbé. Kis ideig élveztem a csendet, utána hátamra feküdtem.

– Miért mosolyogsz? – kérdeztem, s szememet az égbolton tartottam. Ő rendületlen fogta kezem, ujjaival pedig sebes bütykeimet simogatta.

– Láthatlak megint. Sokat vagy itt mostanában.

– Nagyon nehéz odaát. Kellemesebb ez a hely – feleltem, közben könnycsepp folyt végig az arcomon.

– Tönkre fogsz menni, ha így folytatod. Nem akarom, hogy bajod essen.

– Régóta zuhanok lefele. Ez ellen semmit sem tehetünk. Valamikor elfelejthetjük ezt az egészet.

– Vigyázok az emlékeinkre. – Kezét a mellkasomra tette, fejét pedig a vállamra. Egészen közel jött hozzám. Éreztem teste hőjét.

– Nem fűz hozzám túl sok jó emlék.

– Hozzád kötődik minden szép emlékem! – mondta halkan, magabiztosan. Kis mosoly kanyarult számra.

– Buta vagy… – Percek teltek némán, hallva szívdobbanásaink közös szimfóniáját.

– Lassan ideje lesz indulnod. Várnak rád – mondta ujjait elvéve rólam. Mielőtt túl messzire emelte apró tenyerét, megfogtam, úgy feleltem.

– Ugyanez vonatkozik rád is… – Ő másik kezével törődésképp arcomat simította. Utoljára lecsukta velem együtt a szemét. Boldogság és melegség járt át ezen a helyen. Bár maradhatnék, valósággá téve ezeket a másodperceket!

Ebben a pillanatban nyílt a szemem. Sötét tömlöc padlóján feküdtem, homlokomra vízcseppek hullottak. Orromat facsarta az undorító, bűzös, alagsori, állott, gyantaszerű folyadék. Rideg magány szorította össze szívemet. Mintha huzalok szabdalnának szét minden centin. Lassan, a falnak támaszkodva talpra álltam. Csuklyámat fejemre húztam, majd ismét végigsétáltam a templom néhol véres padlóján. Körülöttem sorakoztak a padok és Bibliák. Némán figyelt a Mária-szobor fentről rideg tekintettel. Beszűrődő fény melegítette hátamat. Szenteltvízben mostam arcomat, miben vérem és a sár csodás színjátékba mocskolta be a folyadék nyugodt felületét. Hosszúnak tűnő percek múltán távoztam a kapun. Tudtam, merre keressem Bant, így a csehóhoz siettem. Feltűnés nélkül jártam az utcán, keresve a házak közt lévő apróbb átjárókat. Berontottam a fogadóba, számos szempárt magamra vontam. A pulthoz érve italt kértem. Amint kiadta, rögvest lehúztam, és remegő kézzel két ezüstért újabbat igényeltem. A kocsmáros kis gondolkozás után inkább elém rakta az üveget. Nyakát megragadtam, és három nagy korty után, köhögést követően visszaraktam a pultra. Számos nyomasztó kérdést, bonyolult érzést fojtottam magamba. Rose gondolatát mélyebbre ültettem fejemben. Ban elhagyta aszta-

263

lát, magabiztosan mellém ült. Illedelmesen kért egy italt. Amint kezébe kapta, lehúzta.

– Elintéztél mindent? – kérdezte. A kocsmáros elé rakott szintúgy egy üveg italt, amit pénzel honorált.

– Levágtam mindet. Indulhatunk tovább! – feleltem, végül az utolsó csepp alkoholt is kiittam. Hosszan marta torkomat a tömény szesz. Melegség árasztott el, hevesen fűtve testemet. Undorító alaknak titulálva magam. Bant hidegen hagyta a dolog. Megszokta fokozatosan mélyebbre csúszó lényemet. Hisz' ilyenek az emberek.

– Az Árnyékváros lesz a következő úticél. Félnapnyi járóföldre van innen – vágta rá. Kortyolta maradék italát, természetesen poharából. Pipáját tömte, és füstjét magasra repítette mellettem.

– Akkor sietnünk kell. Messze van a déli part. – Ebben a pillanatban három piros csuklyás pap lépett be az ajtón.

Amikor körbenéztek, azonnal feltűnt nekik kilétünk. Tétlenkedés nélkül dobtak hat keresztet felénk. Irányukba fordultam, kardomat kirántva kettőt félreütöttem, egy viszont a vállamba állt, ettől átbukfenceztem a pulton. Testem jelenlegi instabil állapotában képtelen precízen működni. Ban hirtelen eltűnt, közben a papok szétváltak.

A falusiak fejvesztve szaladtak a kocsmából, hála nekik kialakult a harctér. Ban váratlanul megjelent az egyik pap mellett. Nyakát törte, aztán újabb két keresztet dobtak felé. Gyorsan kitért előlük, én pedig a pult mögül támadtam. Két csapást hárított a pap, majd hasba rúgtam, amitől nekicsapódott a tartóoszlopnak. Kis nekifutás után mellkason rúgtam, így áttörte a vastag oszlopot. Gerince valószínűleg tönkrement, mivel szájából azonnal vért hányt. A másik pap ebben a pillanatban felém dobott két újabb keresztet. Mindet kivédtem. Hirtelen Ban elkapta a nyakát. A pap úgy szúrta át a szorító kezet, hogy a saját torkába is beledöfte a keresztet. Ban tenyerén az átfúródott ezüst kereszt elkezdte égetni a bőrt, illetve szétmarni húsát.

Erős szorítással letépte áldozata fejét, utána gyorsan kihúzta magából e fegyvert. Kezét maga elé tartotta, s rejtegetve fáj-

264

dalmát a száját húzta. Gyógyfüveket vett elő, levélbe csavarba. Mélyen sebébe nyomta, gyorsítva regenerációját. Talán rendbe jöhet a következő városig. Tartójába raktam kardomat. Az eldobált kereszteket néztem szerte mindenütt. Vállamból lassan csordogált a vér. Több sebem fájdalmasan sajogni kezdett. Kabátomat felakasztottam a falba szúródott keresztre, pólómat meg az asztalra raktam, míg bekötöztem gondosan.

– Hogy találtak ránk? – kérdezte Ban, kezére bandázst tekerve.

– Egyre többen járják a nagyobb településeket. Valószínűleg eleve a templomba tartottak – feleltem. Kabátomat magamra vettem.

– Vagy onnan jöttek. Kerülni kéne a zsúfolt helyeket! – folytatta Ban, immár útra készen.

– Legközelebb várj meg valahol a városon kívül!

– Valószínűleg nem az én álcámmal volt probléma – folytatta, feszítve a hangulatot.

– Feltűnés nélkül kell távoznunk a későbbiekben.

Hasonló sietséggel búcsúztunk a várostól. A térképet néztem. Az igényesen kijáratott kereskedelmi úton társult mellénk pár nyúl. Nyugodtan rágták maguk alatt a füvet. Őzek futottak át előttünk, szemben pedig jobbágyok húztak szekeret társaik után. Mézesmázos szavakkal próbáltak eladni nekünk haszontalan ruhákat vagy szerszámokat. Némán hagytuk hátra őket – Ban persze erősen gondolkozott, melyikük vérével csillapítaná jelenlegi szomját.

Lassan lenyugvó nap köszöntött reánk. A vöröslő ég alja lelkem állapotát festette a természet szürkülő vásznára.

Ban hirtelen eltűnt mellőlem. Szememben megcsillant Árnyékváros egyetlen fénye. Pislákoló kék lámpás. Ennyit rajzoltak és írtak a térképen is róla. A város teljes tisztaságát jelzi nappal, éjjel viszont maga a pokol. Sok hamis mese, amivel az itt élőket tömik és elrettentik a banditákat. Elég közel kerültem e település kapujához, amikor Ban mellém lépett. Felnéztem a falon, mire nyikorogva nyílni kezdett a kapu. Két magas, vékony őr járt alabárddal kezükben, földet súroló láncingben. Könnyű páncélt viseltek. Higgadtan közeledtek, mi ugyanígy fogadtuk őket. Görnyedve, néhány méterrel távolabb álltak meg előttünk. Mély, nem emberi hangon szóltak hozzánk.

– Mi járatban erre, ismeretlenek? – A halál és rettegés érzete sugárzott szavaiból. Társa sötét, arc nélküli szemekkel bámulta Bant.

– Csupán szállás és élelem céljából szeretnénk e város falain belül kerülni – válaszoltam, erre mindketten rám néztek. Mélyen a lelkembe tekintettek. Láthatatlan kezük szorította torkomat, amit szó nélkül tűrtem. Fejemben hang szólott.

– Halottak vagytok mindketten!

– Akkor mi is e falakat őrizzük esténként – feleltem. Lassan csillapodott a szorításuk és félreálltak. Ban meglepetten indult befelé, én követtem. A két őr mellett sétálva utoljára ránk szólt az egyik:

– Szavad ne feledd, ember. Várni fogunk. – Számomra üresek fenyegetéseik. Sem ma, sem holnap nem halok meg ebben a szutykos városban.

Ban sem tervezett. Vörös szemeivel testetlen árnyakat látott, kik itt ragadtak a falak között. Utunk a közeli templomhoz sodort. Sok plakát a belváros utcáinak találkozásánál, nagy fatáblán halmozódott.

Egyházi felszólítás, miszerint a templomban ma éjfélkor feláldoznak az Úr színe előtt egy boszorkányt. Letéptem a papírt, majd összegyűrtem. Sötétben kutattam a templom tornyát, számos magasra épülő ház teteje között. Ban vörös szemmel tekintett rám. Zavarta valami, alaposan forgatta fejét.

– Gond van? – kérdeztem, míg körülnéztem az alacsonyan szálló ködben. Más élőlény jelenlétét nem érzékeltem, ezért nyugodtan indultam tovább.

– Láttam valamit – folytatta, és követett.

Nem viselkedett még így. Bizonyára fejébe szállt e város története. Zavartalanul értünk fél tizenkettőre a templom bejáratához. Őröket nem véltünk felfedezni. Gond nélkül lépkedtünk a fokokon. Tisztult a faragott, sötétbarna kapu, minek aljában só volt egyenes vonalban húzva a földön. Továbbá a komplett templom körül sóvonal húzódott.

Lámpafények világítottak bentről. Falusiak őrjöngése hallatszott. Ban mögénk nézett, utána hirtelen köddé vált. Fogalmam sincs, miért csinálja ezt állandóan. Ettől függetlenül észrevétlenül léptem be a terembe.

Szép márvány lépcsők díszítették az oltár előtti részt. A fa padló stabilan viselte több száz ember tiprását. Faragott, szépen festett angyalok figyeltek minden oldalról, szemüket le sem vették rólunk. Kicsit sűrűbb volt a tömeg, segítve elvegyülésemet. Ban csendesen guggolt fent a teraszon, könnyedén átlátva az egész templom belsejét.

Bukott angyal társult vele ezen a kiváló helyen. Négy pap félkörben állva, kezét magasra emelte, benne kereszttel. Alattuk fa asztalon kikötözve nő feküdt. Kendővel fedték szemeit, szájában koszos rongy. Nyögdécselni tudott csupán, mozgásra képtelenül szenvedett. Szentelt vízzel fröcskölték ketten. Minél előrébb jutottam, az emberek annál agresszívebben kiáltottak mocskos dolgokat. Pár falusi kezében kés vagy paradicsom várta a pillanatot, amikor lecsaphat.

– Imádkozzunk közösen, híveim, eme nő lelkéért! – Többen összerakták kezeiket, néhányan térdre rogytak.

– Ostobák – mondta Ban a mellette lévő szobornak, aki mozdulatlanul követte az eseményeket.

Az ima kezdetét vette, én kapucnimmal fedve arcomat az első sorokba értem. Az egyik pap leöntötte olajjal a nő testét. Sírását elnyomta azon koszos rongy, mely beitta az olajat, ezzel ellátva torkát azzal a sűrű folyadékkal. Köhögése, fuldoklása tudatta remegő testével a végzet szelét. Lassan megfordult ima közben valamelyik pap, és kezébe fáklyát vett. Készült lángra lobbantani a nő testét. A parasztok feszülve saját keresztjeiken várakoztak. Üvöltöztek, zajongtak. Isten szavait dobálták, a legkisebb együttérzést sem tanúsítva az áldozat nő iránt. Megelégeltem a dolgot.

– Most ideje végre elűzni a gonoszt e szent ház falai közül – mondta a pap. S mire karja lefele lendült, mellébe penge érkezett.

Hörgő hangon próbált levegőt venni. Mögöttem hagyva a tömeget gyorsan haldokló testéhez léptem. Kitéptem ujjai közül a fáklyát, átforgatva kezemben a mellette lévő pap szájába nyomtam. Tüdejéből magamévá tettem ismét a pengét, és az előbbi torkába szúrtam. Sok falusi futni kezdett a templom kijáratához. Páran viszont ezt látva rám támadtak késeikkel. Maradt két életben lévő pap; mint legyek oszoltak szerteszéjjel.

Az első falusi hadonászni kezdett bökőjével, amit határozott vágással, csuklójával együtt eltávolítottam tőle. Bordán rúgtam, törve csontjait, s letaszítottam a lépcsőn. Második támadóm magabiztosan dobta felém bicskáját. Félreütöttem, és mellkasába ugrottam a lépcsőkről térddel. Hasonlóképp szörnyethalt. Szemem sarkából észrevettem a menekülő papot.

Utánaeredtem: kegyelmezés nélkül ki akartam végezni. Testemet csordultig öntötte a harag. Felléptem a padokra, peremeiken rohantam. Mellé értem, a fejét oldalról rárúgtam az egyik székre. Kettétört a fa szerkezete, áldozatom koponyájából pépes állagú lé folyt a repedések között.

Többen nyitottak kaput, menekülve innen. Páran rendületlenül támadni akartak. Az első paraszt felettem suhintott késével. Képzetlen, ostoba földműves... szabadon hagyott nekem számtalan lehetőséget. Hasát félbevágtam, belei kiterültek a pap hullája mellé. Látta ezt a másik ember, szemében rémület lett úrrá. Elejtette fegyverét, nekem viszont ez kicsit sem számított. Utánafutottam, mintha becserkészném e menekvő vadat. Kardommal hátát félbevágtam, halálhörgése végtelenül néma lett a tömeg zajában.

Közben a pap felvette a földről immár alig pislákoló fáklyát. Remegő kézzel és hanggal rám förmedt.

– Ne gyere közelebb, vagy megölöm a boszorkányt! – Kiabálásának hatására felé fordultam. Arcomon vér folyt alá. Még többet akartam. Ez a bolond a maga szánalmas életének mentése helyett inkább fenyegetőzik?

– Holtak nem ölhetnek élőket, atyám! – Mikor befejeztem, kardomat szívébe dobtam.

Nagy lendülettel szegeztem a mögötte lévő fa táblához, amin kifaragott Jézus volt keresztre feszítve – most véresen simult a pap hátához.

Lassan elernyedt, testét csak kardom tartotta állva. Közel léptem a fekvő nőhöz. A kezén lévő szoros kötelet elvágtam. Lábait kiszabadítottam, majd szájából kivettem a rongyot. A szemét fedő kötést lassan lehúztam róla. Fekete haját félresöpörte sima arcából. Száradt könnyek helyét láttam. Sötét, fekete szemeivel figyelt. Kapucnimat levettem fejemről, mutatva bizalmam. Kis ideig még némán várakozott, aztán visszatért halványlilás szemszíne. Merőben könnyebbült a szívemben forgó kés fájdalma. Törölgettem olajos arcát, ő hófehér szememben gyönyörködött.

– Köszönöm a segítséged!
Kezemet nyújtottam.
– Nincs okod hálálkodni. – Felsegítettem, ő törölgette ajkát.
– Igenis van! Ezek a szörnyek porrá akartak égetni... – csuklott el a hangja. Könnycsepp bukott ki szeméből.
– Most már minden rendben. Kövess, kiviszlek a városból! – Sarkon fordultam, erre a nő megfogta kabátom ujját.
– Képtelenség este elhagyni a várost! – Ban felkapta fejét, aztán leugrott közénk. Figyelmesen hallgatta tovább a dolgokat, míg fél szemmel rápillantottam.
– Miről beszélsz? – kérdeztem vissza, nem értve szavait.
– Sötét varázslat sújtja ezt a várost. Próbáltam megtörni az átkot, eddig sikertelenül. Itt minden lélek szabadon jár az éjszakában, keresve halott testét. Ha mást találnak, abból kiszívják az életerőt, saját magukat erősítve.
– Reggel eltűnnek a szellemek? – kérdezte Ban.
– Sosem kel fel a nap. Amíg itt vagyunk, sötétség honol.
Nem nyugtattak szavai engem, sem Bant.
– El lehet hagyni a várost valahogy? – kérdeztem. Társam fejét a bejárat fele fordította, ahol a küszöbön sok lélek sorban állva, kezét fent tartva nézett minket. Kapartak egy láthatatlan falat, ami az ajtóban védelmezett minket. Rémülten pillantott rám onnan a boszorkány.
– Van egy kis kapu. Magamnak hoztam létre régebben... – válaszolta, én viszont az úttal problémáztam. Túl sokan vannak.

– Hogy jutunk oda? – Ban szegezte kérdését hozzá.

– Át kell vágnunk rajtuk – válaszolta odapillantva. – Maga a kijárat a nyugati oldalon egy kis átjáró. Virágok futnak körbe rajta, minek kapuja átlátszó kovácsoltvas. Így biztosítva a gondtalan átkelést. – Bölcs döntés volt létrehozni. Nélküle bizonyára örökre itt ragadnánk.

– Akkor készüljünk! – szóltam rájuk.

Ban szeme vörös, míg a boszorkányé fekete lett. Ősi szövegeket olvasott hangosan. Távol tudta tartani a dühös lelkeket kis ideig. Mintha gyenge védőfalat állítana, ami segíti utunk kezdetét. Samanthát sem láttam sehol. Lehet, ide nem merészkedhet be? Vagy szimplán tudja, úgyis kiviszem innen a nőt?

Mire ezt végiggondoltam, már egymás mögött, lassan a szellemek közé sétáltunk. Verték a láthatatlan falat körülöttünk. Ban legszívesebben eltűnt volna, viszont azzal saját halálát okozná. Türelmesen, hidegvérrel cselekedtünk. Fegyvereink jelenleg hatástalanok voltak. A lelkek rideg arcukat erősen a védőburoknak tolták. Hatalmas koncentráció által bírta fenntartani a nő.

Pár métert még sikerült haladnunk. Lábunk alatt minden bent lázongó vagy épp kifelé menekülő falusi holtteste feküdt. Szemük vérben forgott, arcukon rémület honolt. Elragadták lelküket, aztán soraikba állították őket.

Ebben a pillanatban hideg kéz ragadott ki eme védőfal mögül. Ban hátranézett, de semmit sem tehetett. A boszorkány kiáltott valamit, amit már nem hallottam. Földre zuhantam. Ők eltűntek.

Sok arc nélküli lélek gyűlt körém. Egymás után szakították lelkemet védő testem puha falát. Az összes démon minél nagyobb szeletet akart belőlem. Ordítottam, közben életerőm rohamosan cserbenhagyott. Sötétülő környezetemben épphogy kivettem a halkan közeledő őr testét. Láncinge csörömpölése, továbbá fegyverének kopogása a földön utat nyitott közénk. Hűvös szelet tolva létével a holtak közé lépett. Közel hajolt hozzám, görbe hátával halál sugallatát hangoztatva.

– Itt az idő – mondta teljesen nyugodtan. Mentálisan pengeélen táncoltam. Remegő ujjaim mélyen a kövekbe markoltak.

Ma kinyitom az átjárót magamban! Nem ellenkeztem tovább! A vámpírkirály szavai jutottak az eszembe. Kis gondolkozást követően szabadjára engedtem lelkem.

Akár ajtó, melyből fény árad. Magamba fogadtam az összes gonosz teremtményt. Áramoltak át testemen, gyötrelmes kínjukat és fájdalmukat sorban szenvedtem el. Térden és kézen támaszkodva üvöltöttem. Vér folyt ki számból, torkom kettéhasadt. Az agyam robbanásig feszült. Talán itt az idő? Nagy teher ez számomra. Amint életem utolsó ereje hagyta testemet földre zuhanni, nyitva maradt szemem sötétséget látott mindenütt.

– Sikerült? – kérdeztem magamtól szakadozottan. Lassan eszméletemet vesztettem.

Álomba merültem. Fáradt testem mozdulatlanul élvezte a hűvös kő viszonzatlan csókját. Kényelmesen éreztem magam ebben a pillanatban. Újra az elfek ágyába képzeltem, puha takarójuk védelme alá fáradt testemet. Egyre inkább melegség fűtötte arcomat. Tisztuló levegő ébresztgetett, folyton kedves szavakat mondogatva. Emlékeim közt kutatva rohantam szótlanul, tudván, merre tartok. Kosárral a kezemben szaladtam valakihez. Miért nem látom az arcát?

– Nézd, anya, itt fekszik egy fehér hajú bácsi! – szólt egy vékony kislányhang a közelemből. Hirtelen nem tudtam hová tenni a dolgot. Hangosodó cipőkopogás közeledett.

– Elnézést, uram, jól érzi magát? – kérdezte valaki más. Lassan nyitottam szemem. Nap sütött rám a magasból. Körülöttem sok járókelő; páran megnéztek maguknak. Elesett, részeg alaknak hittek. Fehér hajam visszaverte a nap egyre melegedő sugarait. Karommal lassan toltam távolabb a talajtól gyönge testem. Térden kissé támaszkodva újra körbejártam tekintetemmel a város utcáját. Szemem megakadt a rajtam segítő családon. A kislány előttem szőke, hosszú hajjal, mosolyogva nézett rám. Kedvesnek látta az arcomat.

– Felkelt a bácsi! – szólt, s már boldogságot tükrözött hangja. Anyja közelebb jött és lehajolt.

– Nem esett baja? – kérdezte. Fejemet megfogtam, hajamat hátrasimítottam, utána feleltem.

– Minden rendben. – Ők mosolyogva továbbálltak, miután elköszöntek. A biztonság kedvéért újra szétpillantottam. Lehet, hogy az előző városban estem össze részegen, és most ébredtem? Hirtelen Ban lépett mellém.

– Mi történt? – kérdeztem tőle. Magam mögé néztem, láttam az esti templomot ugyanolyan fényében. Hullák sehol, mindenütt boldog emberek. Szekerek zörgése és kutyák ugatása.

– Neked kéne megmondanod – vágta rá, utána Samantha is előlépett. Végigmért átlagos tekintetével, maga mellett tudva a boszorkányt.

– Vidd el a faluba – mondtam erőtlenül, utána nagy levegőt véve kezemet a mellkasomra helyeztem.

– Ha így folytatod, fel fognak emészteni... – válaszolta lassan. A szemébe néztem, közben fájó hátamat egyenesítve talpra álltam. Szemem alja feketedett az alváshiánytól. Fehér erek kezdtek bevérezni, ezzel átfestve világos szemem hatását.

– Ne törődj velem. Te csak... – Ebben a pillanatban rám nézett, és lelkem kővé dermedt. Éreztette erejét, ezzel még inkább nehezítve a légzést. Lila tekintete erős volt, és oly rég méltatott vele.

– Ha meghalsz, mielőtt célba érsz, utad feleslegessé, neved és szavaid súlytalanná lesznek! – emelte meg hangját. Mielőtt válaszoltam, viszonoztam kedvességét. Szemei, mik lelkembe láttak, hátam mögött sok száz démont véltek felfedezni. Mind nyomták a szívemet, szaggatták lelkemet. Rémület fogta el Samanthát. Meneküli próbált elmémből, ám az nem engedte. Falatoztak belőlem telhetetlenül.

– Fogalmad sincs, mit beszélsz... nem magam miatt csinálom! Tudnod kéne! – torzult hangom elmémben. Vérszomjas lidércek fölé magasodva támadták a bensőmbe furakodott nőt. Hirtelen távozott fejemből – hagytam.

Arcomat fogtam és hátrébb léptem. Samantha is fél lépést. Számos gondolat szelte át elméjét, utána kézen fogta a boszorkányt. Köszöntek, sarkon fordultak, és továbbálltak. Pár pillanat illetve nagy levegővétel után kiegyenesedtem. Ban követte az eseményeket. Apránként, napról napra fontolgatta: talán van értelme velem tartania.

– Ha meg akarsz halni, nyugodtan szólj. – Tekintetemet rá fordítottam. Összeszedtem magam és válaszoltam:

– Kölcsönös a dolog. – Ezután indultunk tovább. A város kapuit magunk mögött hagyva lecsillapodott belső viharom. Kifújtam tüdőm poshadt tartalmát és ittam kulacsomból. Átmosta a víz testem minden szegletét. Frissítette elmémet, ezzel tisztább gondolkozást biztosítva. Ban figyelte a térképet. Fejében összeállt a dolgok.

Leértünk a várostól nem mesze fekvő patakhoz, amiből merítettem, teletöltve kulacsomat. Gyerekek feküdtek a füvön, szájukban szalmaszállal nézték az eget. Beszélgettek, nevettek, belemarkolva a zöldellő talajba.

Ban felém fordult, majd pipájából szívott párat.

– Keresztül kell mennünk a jéghágón. Más út legalább száz kilométeres kitérő lenne.

– A terepviszonylatok miatt nem leszünk lassabbak?

– Két napot spórolhatunk, ha átkelünk. Amíg majd a következő városban irtod a papokat, én szerzek felszerelést – mondta. Döntött az útvonalunkról.

Feljöttem a mederből, zsebembe raktam kulacsomat, utána elindultunk. Gyönyörűen virágzó mező kísért minket ma reggel. A szél gyengén lengedezett. Hasonlóan burjánzó a környezet, mikor fejemben Rose mellett ébredek. Érzem ugyanígy teste melegét és a fűszálak simogatását. Többször felmerül bennem a csírázó gondolat: mi lenne, ha ma is velem lenne? Máshogy kellett volna alakulnia az egésznek. Annyi dolgot mondanék neki, és tudom, ő hasonlóképp érez. Szavait nem feledem. Lehet, hogy tudatom mélyéről származnak e vágyak? Vagy egyre jobban pusztuló sejtjeim csak bolond játékot űznek velem?

– Mondd, Sasy, neked vannak érzéseid? – kérdezte a semmiből Ban, vörös szemeit az úton tartva.

– Mire gondolsz?

– Hidegvérrel mészároltál le este minden embert, aki szembeszegült veled. Szívtad magadba vérüket, mint egy vámpír. Szemrebbenés nélkül fogadtál magadba rengeteg szellemet. És életben maradtál – fejezte be a mondandóját felém fordulva, várva reakcióm.

– Ne kerülgesd a dolgot.

– Mi vagy te valójában?

Néztem az égre, egy szép felhőn tartva tekintetem. A napsugarak kékebbre festették e tisztuló égboltot.

– A Boszorkányok Védelmezője.

14. FEJEZET

MÉLYPONT

Néha nehéz elhelyezni magunkat az idő végtelen skáláján. Évszázadokat sosem élhetünk békében e földön folytonos harcok, járványok, vagy épp otthonaink pusztulása miatt. Hogy tekintenek arra a néhány ezer évre, mi mögöttünk pereg? Emlékezni fognak utódaink ránk, mikor túl csendes az éjszaka? Elődeik vére motiválni fogja őket, mikor nehéz időket élnek? Lesznek forradalmárok, akik szembefordulnak az árral, vállvetve halálba rohannak elveik miatt? Mások elfogadása nehezen épül be tudatlan koponyánkba. A másság ellenszenvet vált ki sokakból. Félnek az ismeretlentől. Taszító minden, ami nem normális. De mi is a normális? A szürke hétköznapokban tengődés, végtelen mókuskerékben hajtás, az jelenti a szót? Kérdéseket szegezünk tapasztaltabb felnőttekhez, várva a választ. Amint felnövünk, saját kérdéseinkre magunktól vagy a világtól követeljük ugyanezt. Tönkrementek emberek, míg kutatták a lehetetlennek tűnő rejtélyek igazát. Kapzsikká váltak, és hátba döftek barátot mérhetetlen, hamis vagyonért. Szemünk láttára adnak el minket, földjeinket, gyermekeinket. Aki szembefordul az árral, keménynek kell lennie, mint a szikla. Különben elsodor a víz végtelen gyilkos folyama.

– Harmadik napja ébren, mi? – kérdezte Ban az éjszaka közepén, tábortüzünk lángjait figyelve.

– Nem vagyok álmos – válaszoltam, szorítva a nyársat, amiről leettem a vaddisznó húsát.

– Ha te mondod. – Ban a sertés vérét itta éppen. Megtörölte száját, mikor az utolsó kortyot lenyelte. Undorítónak tartotta és biztos volt benne, hogy hamarosan ifjú szűz vérét fogja ízlelni.

– Napkelte előtt kéne eljutnunk a következő városba. Hajnalban végzik ki a boszorkányokat, azt említette a kereskedő. – Nyársamat rádobtam a tűzre és megvakartam a tarkóm.

– Bolond az öreg! Olyan szaga volt, amivel egy egész falka farkast magára vonzana – vágta rá, utána hátradőlt, korhadó fatörzsnek támasztva fejét.

– Akár igaz, akár nem, a templomot átfésülöm.

– Lehet, hogy én is veled tartok ma – közölte halkan, aztán a földre ütötte kezét, ezzel a lendülettel talpra állt.

– Induljunk – feleltem immár útra készen.

Magunk mögött hagytuk táborunkat. Tüzünket kioltva, nyomainkat eltüntetve, halkan álltunk tovább. Szemeim remegtek, néhol foltok villantak. Izzadtam, indokolatlanul hevült testem. Percekkel később fáztam, összedörzsöltem ujjaimat, terelve gondolataimat az egybefolyó napok szakadatlan eseményeiről. Hajam első fele arcomba lógott, szemeimmel néha a koszos fürtöket figyeltem, vagy az alattam lévő barna talajt. Majdnem telihold fénye világította az erdőt. Ropogott talpunk alatt az avar. Sokasodó szempárok lestek rám a sötét zugokból. Lépteink lassultak, Ban vörös szemei pásztázták környezetünket. Beleszívott a levegőbe.

– Itt vannak.

Ebben a pillanatban rántottam elő kardom, másikba pedig késemet forgattam. Ban kihúzta magát és felmérte a terepet. Érezte a rezgéseket. Sok tíz farkas különböző irányból rontott felénk. Vonyításuk mellé éles karmuk szablyaként párosult. Kardommal az első fejét félbevágtam, míg a következőnek, alatta bukfencezve, a hasát sebesítettem hasonlóképp. Ban balra lépett, és a szembefutó farkast jobb keze kis lendítésével három méterrel hátrébb egy égig érő fának verte. Nyüszítve törtek ripityára bordái, majd meghalt. Másik ellenfelét bal kezével hátrafelé ütve ölte. Szerencsétlen kutyának leszakadt az alsó állkapcsa, még mielőtt kitört a nyaka.

Kicsit sem idegeskedett helyzetünkön Ban. Számomra mozgalmasabban telt ugyanez a perc. Több sebet ejtettem farkasokon. Néhány lábát vágtam szét, másoknak meg torkába döftem késem. Kíméletlenül kaszaboltuk az egész hordát. Nehezebbnek éreztem testemet a szokásosnál. Izmaim néha nem úgy engedelmeskedtek, mint ahogy elvárnám tőlük. Ban magabiztosan taposott az egyik hasára, teljesen földig nyomva talpát. Hirtelen az avar alól felé ugrott újabb bestia, annak fejét felütötte, ezzel az alsó állkapcsát díszítő hófehér fogakat agyáig döfve.

Az utolsóra én sújtottam kardommal: hátsó két lábát szeltem le, s mire reagálhatott volna, fejére lépve zúztam össze koponyáját, sürgetve útját a másvilágra. Hirtelen csendes lett az erdő. A tetemek sűrű, piros folyadékot eresztettek magukból. Bogarak szálltak nyitott, sárga szemükre. Ban tiszta ruhái, arca, kezei árulkodtak harcstílusáról. Nekem viszont sok vér alvadni kezdett kabátomon, ugyanígy az arcomon.

Tudatosult bennem, mennyivel erősebbek a tiszta vérű vámpírok. Hozzá képest a félvérek kis halak eme óceánban. A királyuk gyakorlatilag még nála is erősebb. Lehet, hogy ezért akar megfelelni, illetve túlnőni apján? A trónra lépése biztosítaná be erejének mértékét?

– Nincs több kutya a közelben. Mehetünk tovább – mondta Ban, és én követtem őt.

– Miért háborúskodtok a farkasok ellen? – kérdeztem, mivel Rin szavait a mai napig nem tudtam hova helyezni.

– Nem harcolunk velük. A félvér vámpír fattyak meg ezek a korcsok méregetik erejüket. Fajtám szégyenfoltjai. Értelmetlen emberi utak és települések birtoklása miatt mocskolják nemzetem tiszta nevét. – Értelmet adott ezzel gondolataimnak.

– A király miért nem lép ez ügyben? Neki lenne a dolga, vagy tévedek?

– Klánunk büszkesége és tiszta nevének megóvása a célja. Mióta anyám meghalt, semmilyen külpolitikai tényező nem érdekli – folytatta, közben pipájába dohányt tömött.

– Gondolom, te másképp látod a helyzetet.

– Számos küldetésben részt vettem a világon. Naponta jártam félvéreket ölni – vagy épp vérfarkasokat. Számomra nincs különbség köztük. Sosem fogynak el, akár a csótányok – válaszolta, nagyokat pumpálva régi, faragott pipájába.

– Apádnak mi a véleménye?

– Sosem volt jó neki, akárhogy cselekedtem. Ezerötszáz éve tekint rám elégedetlenül; anyám halála óta – válaszolta, nagy füstöt fújva a fák csendesen pihenő leveleire. Tücskök kezdtek ciripelni, míg lépteink folyvást gyorsultak.

– Értem.

– Neked van családod? – kérdezte, mire semleges választ kapott.

– Nincs.

– Akkor hogy kerültél ide?

– Elf nevelőapám hátrahagyta ezt az életet számomra.

– Mi választjuk az utunkat – folytatta, közben kiértünk egy tisztásra. Végén kisváros esti fényei világítottak.

– Sokáig én is ezt hittem. De ha igaz lenne, te sem lennél itt velem.

Belesétáltunk a mezőbe, aminek felétől gabonasorok közt közeledtünk. Kis patakon ugrottunk át mindketten. A túloldalán kihegyezett fatörzsek várták az óvatlan áldozatokat. Valószínűleg a farkasok miatt alkalmazták.

Csendesen elosontunk az őrök mellett, egyenesen célba véve a templomot. Több járőr lelkesen teljesítette műszakját. Ban kinézett az egyik bekötőutcáról, felmérve a terepet. Tisztának tűnt jelenleg, s ha jól időzítünk, a toronyból az íjászok sem vesznek észre. Hirtelen a mellkasomhoz kaptam és kis vért köhögtem fel. Fájt már, mintha belülről emésztene valami. Fejemben száz hang üvöltött egyszerre. A falnak kellett támaszkodnom, mert csökkent az erőm. Ban rám pillantott. Szánt jelenlegi állapotom miatt.

– Szedd össze magad! Most kell átfutnunk. – Szakadozva hallottam hangját, majd míg pislantottam, felszívódott. Mély levegőt vettem, ellöktem magam a faltól és utánarohantam. Az út közepén megbotlottam, aztán földre estem. Sípolás szaggatta dobhártyámat. Pár másodpercig a mezőn feküdtem. Rose állt, nézve élettelen testemet. Mosolya átjárta koszos lényemet. Nyújtózkodtam előre mindent beleadva, hogy hozzáérinthessem ujjaimat. Mire felé fordulhattam volna, már Ban fogta kezemet és felrántott a földről. Magával húzott a másik sikátorba, ahol nekilökött a falnak és rám szólt:

– Mi a francot művelsz? Meg akarsz halni? – Szavai kezdtek tisztulni, de értelmezni képtelen voltam. Árnyakat láttam mögötte.

– Nincs szükségem segítségre!

– Gátolsz engem, és magadat is! Zavarodott vagy! – emelte érces hangját. Ránéztem.

– Akkor tűnj el! Egyedül is megoldom! – kiabáltam, miközben kerestem a fényt szemeimmel az előttem terülő sötétség homályában.

– Egyedül fogsz megdögleni! – A fejem mellett lévő falba belevert akkorát, hogy szétrepedt a tégla, végig a tetőig. Pár cserép lehullott, én erre válaszképp késemet rántottam. Ő komolytalanul kiütötte a kezemből fegyveremet. Másik karjával rögtön elkapta a torkom és nekivert a falnak.

– Ne nevettess. Csoda, hogy lélegzel! Mit akartál tenni? – kérdezte. Egy ideig még szorított, felmérve életben maradási esélyeimet.

– Azt, amit mindig.

– Szánalmas.

– Ha most nem ölsz meg, engedj, hadd menjek a templomba! – Ban felhúzta szemöldökét. Torkomba mélyedt körmei lassan hagytak lélegezni. Kezének szorítása megszűnt, fejemből kitaszítottam a szellemeket, majd kicsit bizonytalanul, de egyensúlyomat visszaszereztem. Nehezen kiegyenesedtem, kezembe véve pisztolyomat. Ban félrefordult, majd az égre nézett, ami már nem volt annyira sötét.

– Szürkület van... sietnünk kell! – ment előre. Nagy levegőt vettem, aztán követtem.

Viszonylag gyorsan értünk a templomhoz. Magasra emelkedő, igényes lépcsők vezettek a nagy faajtóhoz, amin faragott motívumok díszelegtek.

Kékes ablakok bizonygatták felsőbbrendűségét e helynek. Az előző faluban alkimistától vettem kis fiolában éberséget növelő italt. Lehúztam, ami azonnal helyre rakta fejemben a ködösen eltemetett gondolatokat. Siettünk a kőlépcsők tetejére, honnan tisztán kiabálást hallottunk. Fogaimat összeszorítva, csuklyával fejemen határozott mozdulattal berúgtam az ajtót. Három átlagos és két vörös kapucnis pap állt reszkető kislányok előtt. A gyermekek sírva, arcukon pofonnyomokkal feküdtek. Biztosan megzavartuk reggeli tevékenységüket. Asztal állt nem messze tőlük, rajtuk szörnyű kínzóeszközökkel. Fekete borítós Bibliák semlegesítették tetteiket, míg a lapok elnyelték az ártatlanok sikolyát. Két gyermek ránk nézett. Könnyes szemükben kialudt a remény utolsó sugara is. Remegő kezeikkel koszos lábaikra húzták bő pólójukat. Sebes talpukon a hegek gyengén eresztették a vért. Cserepes, száraz szájuk korty vízért könyörgött. Halkan fojtották magukba fájdalmaik öszszes kínját. Ban vörös szemmel nézett rájuk. Biztosan tudta: vigyázni a kell a két csuhással. A másik hármat gond nélkül megölhetnénk.

– Mit kerestek Isten házában? – kérdezte az egyik normális pap.

– Mit műveltek e falak között?

Vártam válaszukat, aztán elővettem háromcilinderes fegyverem. Késemet másik kezemben tartottam.

– Segítünk helyes útra lépni nekik! Bőség várja őket Urunk gyümölcsöskertjében! – válaszolta a kövérebb pap széttárva kezeit, utána ádáz pillantást vetve a rettegő kislányokra, akik közelebb húzódtak egymáshoz. Talán árva testvérpár lehettek.

– Kínzásnak látszik, mintsem áldásnak! – megemeltem hangom, mire hátrébb lépett az előbbi pap. Társára nézett, ki válaszolt helyette.

– Egy vámpír és egy ember. Haláluk után a gyermekeken is segítünk – mondta a piros kapucnis. Le sem vették tekintetüket rólunk, arra várva, mikor mozdulunk meg.

– Hogy mertek kezet emelni rájuk? – kérdeztem apró félrelépésre várva, amivel okot adok azonnali gyilkolásra.

– Ezek boszorkányok és démonok leszármazottai! Szüleik az erdőkbe menekültek! – válaszolta a pap, mire Ban felelt:

– Valami sosem változik.

Ebben a pillanatban szokás szerint előrerontott nagy szelet csapva maga mögött, és a legközelebbi piros csuklyás pap mellkasába nyomta kezét, amivel a szívét összeroppantotta. A másik hátraugrott. Elővett két keresztet, s rögvest Ban felé dobta. Én fegyveremmel lőttem két golyót, s az egyik papot rögtön kivégeztem. A másik elkapta a földön fekvő gyermek karját, maga elé rántotta, mintha élő pajzs lenne. Vékony hangon sikítottak. A konfliktust kerülve a másik atya inkább menekülőre fogta – ezt természetesen nem hagytam szó nélkül. Késemet hátába dobtam, majd kitéptem belőle, végigvágva a nyakáig, mitől ordítva, kínok között elhalálozott.

Ban hárított két keresztet. Hamar közel lépett ellenfeléhez. Először mellkason ütötte, amivel kinyomta a maradék levegőt tüdejéből meg kettétörte az ott búvó fa karókat – bordáival együtt. Kegyelemdöfésként az összeeső test nyakára lépett, élvezve csigolyáinak ropogását. Közben a szemébe hajítottam késemet a gyermekkel védekező papnak, kíméletlenül végezve vele.

Barátjához futott a kislány. Szorítva fogták egymás kezét és ijedten néztek ránk, továbbá környezetükre. Mindenfele lemészárolt papok, vérfürdő és keresztek. Megszívta magát a földön heverő Biblia. Szomorú dallamot játszott mellettünk a barna zongora csendes billentyűje. Festmények ismeretlen alakjai bámulták a terem közepén elterülő gyalázatos testeket. Százéves mozaikok színeződtek pirosra holtak eretnek vére által. Tömény, állott a levegő. Fegyvereimet tisztogatva indultam a gyerekekhez. Kopogott bakancsom sarka, az üres terem hatalmas falainak hála.

Ennyi inger sosem érte még szegényeket. Sokk-közeli állapotba kerültek. Hevesen remegtek lábaik. Rettegtek, mivel fogalmuk sem volt, most szabadok, vagy mások kaparintották meg őket, további rosszra kényszerítve törékeny testüket. Ekkor letérdeltem hozzájuk, lassan félresimítva egyikük kócos haját.

– Erős és bátor lányok vagytok mindketten. Ugye ti is tudjátok? – Szavaim megnyugvást hoztak lelküknek. Eleinte féltek, viszont érzéseik hamar más irányt vettek. Rémisztő külsőm szeretetet sugárzott feléjük. Ők kétségkívül ezt érezték.

– Tessék, fog ezt – szólt nekem Ban. Kezében tiszta rongyot tartott. Átvettem tőle, utána a lányok koszos arcáról letörölgettem pár foltot. Ők mosolyogtak és nevetgélni kezdtek. Sajnos a zúzódások nyomát nem moshattam tisztára. Kék-lila ujjaim és koszos körmöm látványa undorral töltötte el társamat. – Köszönjük, bácsi! – hálálkodott az egyik lány. A másik öszszerakta két tenyerét, és ő is megköszönte.

– Ez csak természetes. – Utána felsegítettem őket a hideg márványpadlóról. Kis lábaikkal magabiztosan taposták a talajt.

– Miért van fehér haja a két bácsinak? – kérdezte a félénkebbik lány, aki szüntelenül fogta testvére apró, sebes tenyerét.

– Tudod, mi mások vagyunk, mint a többiek. Akárcsak ti. Különleges lányok vagytok! Ezért jöttünk segíteni nektek. – Arcukon a mosoly túlnőtte fájdalmukat. Ban kulacsából vizet adott nekik, amiért felettébb hálásak voltak. Elosztották testvériesen, boldogsággal töltve szívüket. Ban kedves gesztusa furcsán hatott rá. Vörös szemei törődés jelét hivatottak rejtegetni. Büszkén figyelte őket, azt képzelve, valamikor nagy és erős lányok lesznek.

Samantha megjelent a templom ajtajában. Végignézett rajtunk. Közel sétált hozzánk, végül megállt, és barátságos mosolya a gyerekekre irányult.

– Ki ez a néni? – kérdezte a fiatalabb lány a kabátomat szorítva.

– Vele elmehettek egy biztonságos helyre, ahol nem bánt többé titeket senki. Jól hangzik, ugye? – kérdeztem. Az egyiknek a fejére tettem a kezem, kicsit összekócolva haját.

– Én nem akarom itt hagyni a fehér hajú bácsikat.

Melléjük térdeltem. Zöldeslila szemükben tündöklő ártatlanság honolt. Őszinte szavaikra válaszoltam.

– Nekünk sok hasonló kislányért kell mennünk. Várnak ránk, pont, ahogy ti tettétek.

– A néni őket is oda hozza, ahol mi leszünk?

– Természetesen. Legyetek bátrak és kedvesek, ha odaértek, rendben? – Ők mosolyogva néztek rám, ugyanígy Samanthára. Kis gondolkozást követően hozzá futottak, átölelték a derekát, Samantha pedig simogatta sebes fejbőrüket. Ban közelebb sétált hozzám, mire valamelyik lány hangosan szólt, teljes akusztikáját kihasználva a templomnak:

– Elmegyünk, de nem felejtünk! Ha meglátogattok, fonunk koszorút nektek!

– Gyertek majd! – mondta a másik. Teljes nyugalom és béke töltötte csordultig szívüket. Samantha elégedetten pihentette szemét rajtuk, aztán folytatta.

– Útra kelünk, lányok. Köszönjetek! – Természetesen intettek, mielőtt kiértek a kapun.

Mosolyogva, hangosan búcsúztak.

Ban figyelmét a beszűrődő napsugarak kötötték le. Kellemes reggel köszöntött ránk. A hátsó ajtó irányában hagytuk hátra a templomot, tönkretéve a kínzóasztalt minden tartozékával. Míg sétáltunk ki a városból, ő is gondolatai közé meredt. Furcsa érzés töltötte lelkét. Sosem mentett meg átlagembert azelőtt. Főleg nem gyerekeket. Büszkén könyvelte el magában az eseményt. Örökre szemei előtt lebeg majd eme két kislány boldog arca. Elhatározta, hogy ha véget ér az egész út, biztosan meglátogatja őket.

– Tudod, Sasy, kezdem érteni, miért csinálod ezt szüntelenül. Kifújtam cigarettám füstjét, aztán felemeltem a fejem.

– Mire gondolsz?

– Ezek a lányok ma meghaltak volna. Szép jövő áll előttük. Bármit elérhetnek – folytatta, míg a patak kék vizére nézett zsebre tett kézzel. Haladtam mellette a kavicsos úton, füstömet orromon fújva.

– Tőlük függ az egész. Viszont sok más nő halt meg ma. Hallottam a hangjukat. Főleg északon. – Ban kezdte összerakni fejében életem és tetteim mivoltát. Fogalma sem lehet, mit érzek belül, viszont ha a holtak lelke tényleg megtalál, akkor bizonyára mérhetetlen fájdalom érhet.

– Foglalkozz a megmentettekkel. Mentálisan szétesel, ha őrölöd magad. Van célod, arra koncentrálj! – felelte utána a közeledő város falára pillantott.

– Számos dolog miatt vágtam ebbe bele. Tudod, merre kell továbbmennünk? – folytattam. Ekkor előremutatott és válaszolt.

– Nézd! Ott a hágó. Azon kell átkelnünk. – Amint befejezte, követtem ujját. Eltörpültünk a várossal együtt az óriási hegyvonulat előtt. Távol jártunk még tőle, mégis, kékes-havas csúcsai csillogtak a fényben. Hosszan húzódott körülöttünk, elzárva az utat. Megfordult fejemben számos lehetőség, de mind húzta az elkerülhetetlen találkozást. Ban szemét a hegyről más irányba terelte.

– Elmegyek venni ruhákat. Te szerezz élelmet és vizet. Állatok bizonyára kevesebben lesznek odafenn. Hegyi források kis eséllyel mutatják meg magukat előttünk.

– Rendben. – Két különböző irányba indultunk.

Ban kereskedőkkel alkudozott a vastag szarvasprémből készült, dupla rétegű felsőért. Vaddisznószőrméből horgolt sapkát talált egy másik rozoga pultnál. Félszemű eladó fűzte kiabálva csábítóbb alkura Bant, akinek szavai messzire repültek füle mellett. Unta a hangzavart, ezért kifizet a teljes összeget. Kereste számunkra a legmegfelelőbb öltözetet. Információt szerzett gyönyörű hölgyektől, járókelőktől, akik ellátták hasznos tanácsokkal. Beolvadt az emberek közé minden jel nélkül. Fogalmuk sem volt arról, hogy ő vámpír-e vagy sem. Talán ezért bántak így vele. Vörös szemei fedték átlagos, gyengeelméjű fajom tudata előtt az igazat. Amit nem akart, véletlen sem látták.

Közben utam kis, takaros csehóba vezetett. Előkotortam zsebemből az összes ezüst- és aranypénzem. Sózott szárított húsból vásároltam háromnapnyi adagot. Vizet töltettem kulacsainkba, továbbá két másik üvegbe kértem szeszt. Hűvösebb éjszakákon életet menthet – gondoltam magamban minden előítélet nélkül.

– Nagy útra készül, vándor! – jelentette ki csomagolás közben a pultos. Szájában uborkát rágott, fekete, rohadó fogai metszették a zöldséget. Arcán hegek, haja félig kihullott. Vaskos kezével gyengéden burkolta szalvétába élelmünket.

– A hágón kelünk át dél felé – feleltem, lehúzva csordultig töltött pohár rumomat.

– Azt mondják, legalább háromnapnyi járóföld. A viharok odafenn veszélyesek, sokan hagyták ott a fogukat! Na meg az élelem sem lesz biztosan elegendő – folytatta vészjósló beszédét, míg mögöttem többen suttogva összebeszéltek.

– Reménykedem benne, jó uram. Köszönöm szolgálatait – tettem közben a pultra minden pénzemet. Zsebeimbe raktam az élelmet, majd kisétáltam a csehóból.

A déli kapuban Ban hátán félszíjas táskával fogadott. Pipája füstjét ízlelgette szájában, mintha csak édes gyümölcs lenne végtelen zamattal. Árnyékban pihentette szemét, míg mellé értem. Ő felvette tempóm, így siettünk tovább.

– Mindent megvettél?

– Nagyjából. Te beszerezted, amit kellett? – kérdezte, ismét a hegy dicső magasságát kémlelve.

– Van elegendő élelem és víz.

– Rendben. Éjszakára már a hegy lábához kéne érnünk – mondta Ban, ezután haját hátrasöpörte.

– Ott táborozunk?

– Igen. Hűvösebb lesz az esténk, de legalább szokjuk az időjárást – felelte komoly tekintettel.

Lendületünk húzott magával. Számos köves területen verekedtük át magunkat, majd a csodás, dicső lobos fákat lassan felváltotta a fenyők sötétzöld, hosszú tűlevele. Ezen a vidéken állatok sem éltek. Talán egy-két medve járta szokásos útját a folyóhoz. Az erősen sütő nap melege már annyira nem fűtötte fekete ruházatunkat, ami állandóan nyelte a sugarakat. Biztosra vettük: ez lesz az egyik legnagyobb megpróbáltatás számunkra. Két napot viszont spórolunk az úttal. Madárrajok váltottak irányt, látva a hegyet. A hűvös szél semmi jót nem ígért nekik. A havas fellegvár számunkra ismeretlen vidéket kínált, mivel tisztázza erőnk valódi méretét, továbbá elszántságunk és kitartásunk határait feszegeti.

Közben megérkeztünk táborhelyünkre. Ban elégedetten helyezte fa tövébe táskáját, majd tüzet rakott. Élelmet vettem elő, mit nyársra szúrtam. Sistergett már a hús, mikor Ban kezébe vett két nagy bundát – ezeket takarónak használhatunk.

– Az egyik a tied – dobta nekem. Magam mellé helyeztem. Durva bunda, összevarrva bőr belsővel. Minőségi áru. Magas összegeket fizethetett érte.

– Elegendő lesz ez odafenn? – kérdeztem a lángok közé meredve.

285

– Bizonyára. Hoztam más felszerelést, ha viharba keverednénk.

– Menjünk el fáért! Éjjel felváltva rakjuk a tüzet. A maradékot meg visszük a hegyre.

– Alszol ma este?

– Ha nem keltenélek, tudni fogod a választ. – Utána talpra álltam és a sötét fák közé sétáltam. Ő a másik irányba ugyanígy, pár masszívabb ág reményében.

Ban eltávolodott a tábortól. Kezében fogott több, már lassan korhadó tűzifát. Vékonyabb ágakra vadászott inkább, miket tud rögzíteni ruházatához. Gondolataival küzdve szemei szántották a földet. Hallott legendákat ennek a hegynek a tetejéről. Számos titok övezi a kivájt belsejét, miben végtelen alagutak hálóznak. Titkos rituálék helyszíne. Régebben vámpírok merészkedtek fel; térképeket akartak rajzolni a valódi belső méretekről. Éveket töltöttek odabenn, törpök segítettek nekik, s mikor hazatértek, rengeteg felfedezetlen területet hagytak maguk mögött. Nem mertek tovább merészkedni. A rémisztő hangok és kellemetlen szagok kedvüket szegték. Talán túl mélyre ástak? Mit találhattak odalent?

Hirtelen Rin köszönt a sűrű gallyak közül. Ban meglepetten nézett végig rajta. Kis ideig némán vártak, majd Ban törte meg a csendet.

– Miért jöttél ide?

– Királyunk kíváncsi az eddigi utatokra és az elért sikereitekre – válaszolta egyhangúan Rin, kutatva Ban szemében őszinte érzéseit.

– Apámat nem érdekli. Önszántadból követtél, igaz? – Ban lehajolt fáért, amit másik kezébe helyezett. Rin kis mosollyal az arcán, melegebb hangon válaszolt.

– Sosem tudtam hazudni neked. Pedig ötszáz éve akarlak átverni.

– Lesz még időd tökéletesíteni a dolgot.

– Sok rossz legendát hallani erről a hegyről. Kevesen keltek át rajta épségben!

– Jöttél búcsúzni ismét? – kérdezte Ban, míg Rin közelebb merészkedett, a kezében lévő fákra pillantva.

– Igen. Illetve hoztam még fiolákat. Ebben a kettőben nap ellen van szer, míg a másik páros a hidegtől véd. – Ban meglepetten nyújtotta kezét értük, Rin viszont nem adta könnyen át. Erősen szorította a fiolát.

– Mi a gond?

– Bölcsen használjátok az italokat. Sok idő elkészíteni.

– Mennyivel tartozom értük? – Ban zsebre tette a fiolákat, majd kutatott valamit.

– Csak egy ígéretet tarts be, és az elég nekem – tette érdekessé a dolgot. Ban figyelmesen tekintett mélyen a szemébe. Rin kicsi félrenézett, majd közelebb lépett. A távolság kettejük között alig egy méter lehetett.

– Mire gondolsz?

– Érjetek át épségben a hágón! – Ban számára ez nyilvánvaló feladatnak minősült. Fejét lehajtotta és mosolygott.

– Csupán ennyi lenne? Azt hittem… – Rin az arcára tette kezét, s hűvös érintésétől barátja szava halkult. Rin vörös szemmel közelített hozzá. Ban tekintete ugyanígy izzott. Érezték egymás testének porcikáit. Rin átölelte szorosan, szívük közösen dobbant búcsúzva. A trónörökös átkarolta, magához szorítva a lányt, aki mosolyogva hajtotta arcát mellkasára. Szerette érezni illatát, kezeinek védelmét.

– Köszönöm… – válaszolta Rin, kicsit egymás karjaiban pihenve.

Közben számomra az ágak keresése érthetetlenül sikertelennek minősült. Számos fa tövét átnéztem, továbbá lejjebb sétáltam a kelleténél. Halványan sem látszódott már a tábortűz lángja. Hirtelen kis, üres rétre értem az erdőn belül, minek közepén hatalmas, terebélyes fenyő díszelgett. Törzsénél Stella állt. Lehajtott fejjel, fekete ruhájában, ami ma is nyelte a holdnak fényét.

Pár pillanatig mozdulatlanul figyeltem, kicsit sem készülve erre a találkozásra. Elősétált a fa lombja alól hátratett kézzel. A telihold sugara világította sima arcát, fekete ajkait és erős lila szemeit. Körmeit összekocogtatta, közben lassú léptekkel közelített. Idegfeszítő látványt nyújtott.

– Mit keresel itt? – kérdeztem. Mosolygott, aztán megállt. Lábával félretolt egy követ.

– Látni akartalak! Túl messze kerültél északtól. Most pedig a halál hegyére készülsz félholtan – válaszolta normális hangján, közelebb lépve hozzám.

– Nincs okod aggodalomra. Jól érzem magam. – Utána kicsit nagyobbat pislantottam a kelleténél. Kezeim izzadtak, lábam remegett.

– Látom, ahogy szenvedsz. Megint leejtőn vagy! Miért nem hagyod, hogy segítsek? – kérdezte egészen közel hozzám. Körmét végighúzta karomon, fel a nyakamig. Ott időzött, aztán arcomat kezdte simogatni.

– Rendben vagyok. – Átkarolt, közel arcomhoz. Tarkómat körmeivel cirógatta, mint régen. Megőrjített a régi emlékeket felidézve.

– Semmi sincs rendben! Hiányzik neked a megnyugvás lassú, meleg csókja. – Amikor ezt mondta, hevesen szájon csókolt. Hosszan, szenvedélyesen. Tartotta a fejem, ezzel esélyt sem adva a szabadulásra. Pár pillanattal később befejezte, s újra lelkembe nézett lilán tündöklő szemeivel.

– Régóta nem aludtál... szükséged lesz holnap a tiszta elmédre – folytatta, de az egyre jobban csukódó szemeim és fáradság kínzó érzésének hatására nehezebben válaszoltam.

– Nincs időm... aludni... – Stella ismét csókot adott.

Lehunyta szemeit, lassan várva a pillanatot, mikor elalszom. Hirtelen csókja közben fogaimmal az alsó ajkára haraptam.

Nagyon meglepődött. Kinyitotta szemét, én viszont továbbra is csukva tartva nagy levegőt vettem. Átfogtam derekát gyengéden és lassan. Szemeivel követte az eseményeket, kicsit sem értve a dolgokat.

Erősebben kezdtem szorítani fogaimmal az ajkát, ő halk hangon éreztette tetszését, amivel végképp feltüzelte testem. Kinyitottam a szemem, Stellát felemeltem, így az ölembe vettem, és a nagy fenyőfa törzsének toltam magamhoz szorítva. Érkezésünkkor elengedtem a száját, ő odarakta az ujjait, óvatosan tapogatva forró ajkait. Végignéztem rajta. Hátul összekulcsolt lábaival tartotta magát. Kezei nyakam körül végtelen láncot alkottak.

– Akárcsak régen – mondtam ránézve, és egyik kezemet elvettem a fenekéről. Hosszú, fekete haját félresimítottam gyönyörű arcától. Boldogan nézett mélyen a szemembe.

– Igen... – Ezután hevesen megcsókoltam. Hajamba túrt, vagy épp az arcomat fogta. Perceket töltöttünk így.

– Emlékszel, mikor a mezőn feküdtünk? Ugyanilyen teliholdas éjszakán. Csak te és én... – mondta. Hány éve lehetett? Magam sem tudom. Ismét derekára tettem kezem, míg ő melleit közelebb nyomta hozzám.

– Boldog voltál akkor? – kérdeztem, nézve lélegzetelállító testét.

– Nagyon... – válaszolta könnyekkel küzdve. Megtöröltem a szemét, és az ajkain végighúztam az ujjam.

– Mikor felidézem azokat a napokat, valamiért fájdalmat érzek. Tudom, minden emlékem végén az a kép villan be, mikor félholtan fekszel előttem. Én pedig erőtlenül nézem, ahogy szenvedsz. Ezért inkább sosem gondolok már rád... mert a végén csak a fájdalom, ami mindkettőnk utolsó emléke azokról az évekről – válaszoltam, tisztára festve neki érzéseimet. Sokáig gyűltek bennem ezek a szavak. Végre megértett mindent. Fejét vállamra helyezte. Átkarolt, miközben tartottam őt szorosan. Sose, engedne el, ha rajta múlna.

– Sasy... én...

– Stella, kérlek... – Nem bírtam egy szavát sem hallgatni. Csak fájdalmasabbá tenné ezt a percet, ami neki évek óta a legkellemesebb. Nagy levegőt vettem a füle mellett. Őt teljesen kirázta a hideg. Némán szorított magához.

– Miattad tettem mindent... meg kell értened. Nem kérem, hogy bocsáss meg... mert tudom, az lehetetlen, ahogy elhagytalak... – Stella könnyei áztatták kabátomat. Régen sírt már ennyire őszintén. Szipogott, szabálytalanul vette a levegőt. Fojtotta vissza kis hangjait, amennyire csak tudta. Számára más nem létezett e világon. Mikor döntenie kellett köztem és faja között, inkább velem tartott. Ezért hagytam, hadd sírjon ki minden, ami szívében felgyülemlett. Éreztem a lelkének hangját. Oly sok idő után az enyémhez kapcsolódott. Minden rosszat kiűzött belőlem. Békét, boldogságot és megkönnyebbülést hozott rám. Kifújtam magamból e terhek súlyát. Vállaimat már kevésbé éreztem nehéznek. Szívemről hatalmas kövek zuhantak le. Stella persze szüntelen szorított és könnyezett.

– Nem haragszom... én... nagyon magányos voltam. Azt hiszem, hibáztam... – Elcsuklott hangja, mire befejezte. Szemembe nekem is könnyek gyűltek. Miért csinálja ezt velem?

– Sosem hibáztál... – fejeztem be gondolkozás nélkül, s szorosan magamhoz öleltem.

– Szeretlek még mindig... – súgta halkan, mitől szemeim lecsukódtak.

– Stella... – Képtelen voltam válaszolni.

Már nem bírta magában tartani érzéseit. Halkan, de zokogni kezdett. Sok éves fájdalmát kiadta magából. Belül, mélyen a szívében felszabadult. Szárnyakat eresztett lelkének érzéseit átadta nekem, lecsillapítva régóta viharos tengeremet.

Pár néma perc múlva, mikor mindketten összeszedtük magunkat, leraktam Stellát a fa tövébe. Megfogtam két kezemmel az arcát, és letöröltem a tűzforró könnycseppeket róla. A szemébe néztem, lágy mosolyt mutatva. Meglepetten figyelte görbülő számat. Nem hitt szemének. Ő visszamosolygott, kezeivel az én kezeimet ott tartva arcán, bújva hozzá. Kellemes melegség árasztott el. Hiányzott e beszélgetés.

Örökké viszont ez a pillanat sem tarthatott. Lassan elengedtem, ő pedig kinyitotta szemét. Kis ideig figyelt, miután megtörtem a csendet.

– Értesíted a tanácsot?

– Ha ma este alszol, akkor igen – felelte. Tudtam és éreztem: a mai nap után kijár végre a pihenés.

– Rendben – válaszoltam. Utoljára óvatosan megcsókolt. Amint végeztünk, távolabb álltam, zárva a mai estét. Stella intett.

– Találkozunk még... – fejezte be, ezután fekete holló tollakká változva burkolózott az éjszakába.

Gondolkoztam pár másodpercet. Körbenéztem, majd a fa tövében pár masszívabb faágat véltem felfedezni. Magamhoz vettem, és amikor visszaértem a táborba, Ban is épp akkor lépett a tűzhöz. Raktunk rá fát, közben megettük a vacsoránkat. Csendesen, szó nélkül feküdtünk, betakarva magunkat a szarvasprémmel.

Ban gondolataiba meredve rakta össze a holnapi napot. Tudta, nehéz útnak nézünk elébe. Amint lehunytam szememet, azonnal álom ült rá. Esélyem sem lett volna gondolkozni. Lelkem, szívem mind békében nyugodott. Mi mást kívánhattam volna ma estére? Messze az egyik legkellemesebb pont az életemben. Új erőre tettem szert, mert már nincs mitől tartanom, mikor ránézek. Többé nem azt a tehetetlen, sérült képet látom magam előtt, mikor rá gondolok, hanem tündöklő, lila, könnyes szemét éjfekete hajával, puha bőre társaságában, amint rám mosolyog.

Egyensúlyt hoztam ezen a ponton életemben. Végre kipihenhetem magam oly sok nap után. Semmi sem zavarhat meg minket ma este nyugodt, békés álmunk közben.

15. FEJEZET

MÁGUSOK TORNYA

Tele van a világ számtalan érzéssel. Sok ezek közül viszonzatlan, vagy sosem derül fény rá. Elrejtjük magunkban szívünk szelencéjébe zárva, arra várva, mikor emészt fel teljesen minket. Bánat formájában mutatkozik, sokszor arcunkon próbáljuk hamis mosollyal leplezni, amikor tényleg nehéz időket élünk. Számos könnycseppet nyeltek el a koszos utcák, magával sodorva ki nem mondott szavakat. Végtelen mennyiségű hangot hallott már a szél, míg táncát járta a Föld körül. Valójában az emberek társas lények. Viszont mélyen legbelül egyedül vagyunk. A legnagyobb csendben lassan a külvilág összes zaja elcsendesül a fejünkben, és saját hangunk az, ami válaszol egyszerű kérdéseinkre, mielőtt végleg elnyom bennünket az álom.

Az álmunk talán szebb, színesebb távlatokba repít minket. Valamit nem befolyásolhatunk: ez pedig az idő lassú malomkereke, mi a lelkünket lisztté őröli, a testünket porrá zúzza.

Rose egymaga feküdt az ágyában. Nagy, puha, sötét ágynemű ölelte apró testét, védve a külvilágtól. Párnájába süppedt feje mélyen élvezte takaros melegét. Haja néhol takarta sima bőrét. Ablaka lassan kinyílt, napsütéssel köszönve arcára. Szemei megrezzentek, apró kezével próbálta kitakarni a sugarakat. Hiába igyekezett, felébresztették álmából.

Óvatosan nyíltak szemei, látva ismerős szobáját. Falai tisztán, piros-fekete színben pompáztak. Üvegből készült alma lógott a plafonról, miben két fénypont járta örökös táncát. Asztalán tálban érett gyümölcsök, köztük citrom, kivi és almák sorakoztak. Szokásos, rég nem látott otthona már hiányzott neki. Kis ideig élvezte a pillanatot, utána felült az ágya szélére.

Hosszú alvópólója gyűrötten simult testéhez, hangsúlyozva nőies testét. Kezeivel gyengéden világoskék szemét dörzsölte.

– Hogy kerültem ide? – kérdezte magától, majd végignézte sérüléseinek helyeit. Tapogatta lábait, alkarját és hasát alaposan. Semmit sem talált. Minden heg begyógyult. Csupán a fájdalom, mit akkor érzett, pár másodpercre megijesztette, hátha nyomai rajta maradtak.

Megkönnyebbülten talpra állt. Bizonytalanul sétált a szobájában lévő hatalmas tükör elé. Nyújtózkodott lábujjhegyre emelkedve, mielőtt belenézett. Elégedetten felmérte saját testét. Szép lábai, karcsú dereka örömmel töltötték tele szívét. Lenge pólója minimálisan simult melleihez, ahonnan tekintetét feljebb vitte. Hirtelen, amikor haját észrevette, elképedten ért hozzá.

– Mi történt? Hisz' nekem... – Pár pillanat erejéig figyelte immáron feketévé lett frizuráját. Fogalma sem volt róla, mi történhetett vele. Eddig szőke, rövid haja már a múlté volt. Kis ideig nézte, míg talpával a hűvös szőnyegét taposta, lábujjaival szorította magához a kiálló, puha szálakat. Felvillant neki egy emlékkép rólunk az erdőben. Fejéhez kapott, aztán hátrébb lépkedett.

– Sasy... hol... vagy? – Lassan sarkon fordult. Ágya előtti székéhez sietett, és feneketlen zsákjába nyúlt. Elf vesszőbe akadt ujja. Nézegette, forgatta, gyönyörködve a sárga tollban. Tudta, mihamarabb vissza kell térnie hozzám. Ablaka alatt, asztalon, összehajtogatva tiszta ruhája várakozott. Sértetlen és kellemes illatú. Magára öltötte, utána néhány dolgot elrakott, hátha szüksége lesz rá az úton. Véletlenül kezébe akadt az íjam. Kivette, majd szemeivel végigpásztázta. Érintésétől ismét eszébe jutott számos közös pillanat. Magához szorította fegyverem. Érezte kalapján tenyerem súlyát, miképp nyomom bele fejébe és válaszolok sokadik kérdésére. A jelenbe érkezve fegyveremet tárolójába helyezte.

– Visszaviszem neked... – Oldalára akasztotta zsákját, kezébe vette botját. Az ajtóhoz sietett, és lendülettel kinyitotta. Amint kilépett rajta, hosszú csigalépcső fogadta.

Biztos léptekkel haladt lefelé. Miután a földszintre ért, baloldalról tanára, a fekete varázsló üdvözölte.

Bámulatos sötétlilás mágusruházatot viselt fekete övvel derekán, magasra nyúló kalappal büszkélkedett, kezében kékes-zöldes pálcát tartva, aminek tetején éjsötét ékkő díszelgett. A második legerősebb és leghatalmasabb tudású varázsló volt ő. Kétezer éve Chaos mágus hű társa, illetve ő képzi ebben a toronyban a világ legtehetségesebb varázslóit. Rose talán a hasáig ért tanárának. Ránézett, boldog mosolyt társítva mellé. A mágus hasonlóképp viszonozta e gesztust.

– Rose, hát felébredtél? – Rose elé állt, kékes-lilás szemeibe nézett, utána válaszolt.

– Dark! Teljesen jól vagyok! – Mestere közelebb lépett, szemügyre vette Rose-t.

– Látom, apád haját örökölted tizennyolcadik születésnapodra. – Hirtelen varázslattal vörös rózsát húzott elő tenyere mögül, amit tisztelettel nyújtott tanítványának. Rose hatalmas szemeivel figyelte a trükköt, és átvette tőle a virágot.

– Nagyon köszönöm, mester! Nekem is szoknom kell még – felelte, közben megszagolta a virágot. Édes illatok kényeztették. Hasonló boldogság töltötte apró szívét, mikor tanult társaival a torony akadémiáján.

– Jól érzed magad?

– Igen... bár nincsenek emlékeim az ideútról, sem az eltelt időről. – Rose lehajtott fejjel válaszolt, kezében szorítva a tövis nélküli virágot.

– Két hetet pihentél fent a toronyban. Gyógyító mágiát hajtottak végre rajtad, az állapotodra való tekintettel. Ez miatt alhattál sokáig – válaszolta Dark, közben elindultak a hosszú folyosón. Falain képek sorakoztak, állványon öreg könyvek díszelegtek.

– Sajnálom, ha gondot okoztam.

– Társaid sokszor látogattak a napokban. Charlotte és Luna naponta hoztak friss gyümölcsöket.

– Mindig túlaggódják a dolgokat – mosolygott Rose.

– Ismered őket. Bár ha visszatérnek a kristálygyűjtésről, beszélj velük.

– Köszönetet szeretnék mondani nekik!

– Bizonyára örülnének neki.

– Netán... valami hír Sasyról? – Kérdése után ránézett a nagy fa ajtóra, amihez érkeztek.

– A vámpírok királyának várába vitték, ahol foglalkoztak sérüléseivel. Más hírt nem kaptunk tőlük – folytatta a fekete mágus, pálcájával kopogtatva a szépen rakott köveket talpuk alatt.

– Életben van még? – Határozottan pillantott tanárára. Rose reménykedett a legjobbakban.

– Valószínű. Apád szerint rég meg kellett volna halnia az állapota miatt. Valami mégis e földön tartotta. – Rose kis mosoly kíséretében lehunyta szemeit.

– Értem. Örülök neki! – A kapura intett fekete varázslópálcájával, mitől az kinyílt némán.

Rose a folyosó középen állva nézett maga elé. Szorította kezében botját türelmetlenül, számos gondolat viharában. Indulni akart rögtön. Realizálta az időt, mi vészesen suhant felette. Reményei szerint a várban tartózkodom. Lassan pillantott apjára.

Állt a terem közepén, kezében könyvvel. Fekete lapokon vörös betűket olvasott, amik rég elfeledett, titkos sötét mágiát tartalmaztak. A szoba közepén gömb díszelgett, körülötte lila köd fátyolozott. A gömbben események zajlottak a világ számos tájáról. Innen figyelte a külvilágot.

Sötét kövekkel rakott padló borította a termet. Körben polcrendszerek futottak a falakon, töméntelen mennyiségű és méretű könyvekkel. Itt gyűjtötte népének összes tudását, amit magáévá tett a legfőbb mágus. Az ő varázstornya meghaladta az összes többi terem méretét. Egyedi kialakításának köszönhetően könnyed, szisztematikus rendszert tudott alkotni magának.

Rose belépett. Kezében rendületlenül fogta botját, míg Dark meghajolva becsukta a terem kapuit. Magukra hagyta őket kérdés nélkül. Chaos mágus várta, míg az összes zaj elcsendesült, és Rose is közelebb lépett hozzá.

Végül kinyitotta szemeit. Mélységes tekintélye alig fért idebenn. Leereszkedett két lábára állva, koptatva öreg padlóját. Könyvet kezében tartva szólt:

– Üdv itthon, Rose. – Lányának szemébe könnyek szöktek. Lehajtotta a fejét és apjához bújt. Átkarolta erősen. Hiányzott neki, és szüksége volt rá. Apja pontosan tudta, így hátára tette kezét.

– Hiányoztál. – A mágus elrakta könyvét. Másik kezével intett, amire a pálcája világítani kezdett.

– Újra egészséges vagy, amit örömmel látok. – A mögöttük lévő nagy kristálygömb más színben kezdett pompázni, a szobát átfestve.

– Semmi bajom. – Rose arcát apja kemény felsőjébe tolta, lassan levegőt véve onnan.

– Érzem, sok mondanivaló nyomja szíved. – Beszélni szeretett volna órákat, és tanácsot kérni, mert annyi minden történt vele az elmúlt időben. Nehezen talált válaszokat kérdéseire a folyton növekvő teherrel vállán.

– Apám... el kell mennem... mert én... – Rose hangja torkába szorult.

– Tudom. Viszont előtte beszélnünk kell – jelentette ki, s izzó szemeivel a gömbre tekintett. Rose távolabb állt, majd apja odavezette. Rose megtörölte arcát, míg Chaos mágus nyelvükön szavakat kezdett hangoztatni a gömb előtt. Számtalan kép villant fel előttük, egyszer csak megakadt valamilyen kék kristályon. Hasonlított lányának zöld kövére. Rose kezében forgatta pálcáját, szemével hasonlítva össze a kettőt.

Apja természetesen nem véletlenül mutatta ezt neki. Céljai voltak lányával, aki többszörösen felülmúlta elvárásait, ezért sem félt más kihívásokkal szembeállítani. Bízott döntéseiben, továbbá tisztelte kitartását. Hasonlított anyjára, kinek adott végső ígéretéhez tartotta magát.

– A vizek kristálya. Testvére a tiednek, amit az elfek őriztek évezredeken át.

– Miért mutatod nekem? – kérdezte Rose, szemeit le sem véve a gömbről.

– Szükséged lesz rá utad folytatásához. Nagy fejlődésen mentél keresztül, míg az emberek földjén jártál. Mindez segít téged arra a szintre eljutni, amire hivatott vagy. Kiválasztottak téged az elemek. Erre példa nem volt a varázslók történelmében. – Rose fülei nyelték a szavakat, fejében viszont nem értette a dolgokat.

– Meg kell szereznem azt a követ? Az elemek kiválasztottja? – gondolkozott hangosan a lány, egyre jobban apja szavaiba mélyülve.

– Pontosan. Aqua a kristály őrzője. Tudása vetekedik számos varázslóéval, bölcsessége is figyelemre méltó. Hozzá kell menned, mielőtt útra kelnél! – pontosított Chaos mágus, közben különböző képeket mutatva Aqua tenger alatti városáról. Kék hajú sellőkről, hatalmas halakról. Kagyló-tetős házak, amiknek ablakában növények ringtak. Elképedve figyelte Rose, s érdeklődése jócskán növekedett.

– Hogy szerezzem meg tőle a kristályt? Harcolnom kell?

– Tanulnod – vágta rá apja. Elillant az illúziók gömbje, ismét átlagos pillanatokat mutatva az emberek világáról. Arrébb sétált, a jókora könyvespolchoz. Szemeivel keresett valamit.

– Tanulni? – kérdezett vissza Rose, míg apja után lépett a vöröslő félhomályba burkolózó szobában.

– Aqua a vizek istene. Nemrégiben látogatót tett itt a toronyban, és szívesen neked adná a kristályt, amennyiben megtanulod a használatát. Mindegyik kő több képességgel bír. Ő taníthat téged. – lánya csendben figyelte apjának szavait, közben tisztázódott benne a feladata. Tudta: még erősebbnek kell lennie, hogy megvédje azokat, akik fontosak neki.

– Rendben! Szeretnék tanulni! – Chaos mágus lassan leemelt egy sötét borítós könyvet. Piros lapjai voltak, rajtuk fehér betűkkel alkotott szavak. Rose felé nyújtotta, majd folytatta:

– Mától olvasd ezt! A könyvet, mit Dark adott neked, kinőtted. Ezzel tudod tovább fejleszteni mágiádat, továbbá számos újabb varázslatot tartalmaz. Fontos a sorrend! – hangsúlyozta apja. Rose közben átadta régi könyvét neki. Chaos mágus legyintéssel a helyére tette. Lánya az újat kezébe vette. Öregnek tűnt, két borítója össze volt fogva vékony bőrszíjjal. Érezte a sötét erőket, miket a könyv tartalmazott. A tudás teljes tárháza várja.

– Köszönöm, apám. Igyekezni fogok! – Rose mélyen zsákjába helyezte. Apja elment mellette, hívva maga után.

Rose sarkon fordult, követve őt. Nagy üvegajtóhoz értek, amit balra intéssel kinyitottak. Kiléptek rajta mindketten, megpillantva a végtelen óceánt maguk körül. Tornyuk kis sziget közepén nyújtózkodott az ég felé, gyengéd szellő fújta hajukat. A nap lassan mászott magasabbra. Öltözetük szívta magába a meleget. A tenger sós vizének illata játszott orrukkal. Madarak tucatjai szálltak felettük, repülve az óceánon át az új világ felé. Fürkészték a tájat, Rose szemei viszont szomorú képet festettek. Apja jól tudta, mi bántja lányát. Sosem szerette nézni szenvedését, ezért ragaszkodott a legjobb varázsló tanárhoz, továbbá tornyának biztos falaihoz. Tanítását korán kezdte, saját érdekében. Fel szerette volna készíteni minél előbb a külvilág szörnyűségeire. Óvva intette, akárhányszor maga mögött hagyta a tornyot. Figyelte gömbjéből, őrizve álmát. Rose, függetlenül ezektől, megszerezte hosszú életének első törését, amitől apja sehogy sem óvhatta meg. Ez az ő harca. Vihar dúlt kettejük lelkében heves esőzésekkel, óriási hullámokkal. Villámok szabták ketté dulakodó érzéseik helytelen ösvényét.

– Szerinted lehetek olyan nagy mágus, mint te? – kérdezte, szemeivel végigtekintve apjának elképesztő kisugárzásán.

– Sokkal bölcsebb és erősebb mágus leszel nálam! Viszont ahhoz számtalan dolgot kell megtanulnod. Elfogadni az elmúlást. Viselni a terhet, amit mind magunkon hordozunk. – Rose töprengett, mert számára az elmúlás, a sok halál volt körülötte elviselhetetlen.

– Én félek attól, hogy… elveszítem azokat, akiket szeretek. – Chaos mágus pásztázta a tenger békésen hullámzó hosszát. Számára az idő nem volt mértékegység. Mentálisan átlépett felfoghatatlan határokat, amik magyarázatot adtak oly kérdésekre, mikre Rose még álmában sem gondolt.

– Sosem halunk meg. Igaz, a test eltűnik e világról, de a lélek örökre itt marad. Újjászülethet, és ismét rátalál szeretteire. – Rose nem fogadta ezt el.

– Nem szeretném valakiről csak az emléket őrizni örök időkön keresztül. Biztos van megoldás! – jelentette ki naivan.

– Sokat jelent neked az a férfi? – Lánya lélegzete elakadt. Nem mert apja szemébe nézni. Csak arcát törölte, aztán botját letette maga mellé.

– Nagyon... sokat tanultam tőle. Mindent megtesz, hogy védje a boszorkányokat. Nincs lehetetlen számára, mert tudja, hogy elérheti a céljait. Számtalanszor megmentett a bajban, és segített, mikor nehezen boldogultam. Sosem haragudott rám... támogatott... – Rose haja takarta arcát, mégis könnyek csöpögtek álláról. Fogait összeszorította, amivel hangját próbálta viszszafogni. Ökölbe szorította kis kezét, fogva a tornyot körbevevő korlátot. A sötét, szürkés tető még erősebben kiemelte apjának arcvonásait. Lányának szavait figyelve közelebb lépett, kezét fejére rakta, végigsimítva, az arcánál lévő haját pedig füle mögé tűrte. Rose megszeppenve pillantott rá, mikor apja szólt:

– Egy pillanat alatt felnőttél. De oly fiatal vagy. Örülök, hogy meglelted, akit szeretsz, mert a szíved ezt zengi gyengéd dobbanásával. Érzem a tested melegét, amikor rá gondolsz. Ne rejtegesd érzéseidet, mert mikor elmondanád őket, már túl késő lesz. – Rose kicsit összeszedte magát.

– Megteszek mindet. Köszönöm, apám! – újdonsült erővel ragadta meg botját, kihúzva magát. A mágus büszkén pillantott lányára, látva talpraesettségét.

– Dark tanárod elvezet Aqua városának lejáratához. – Chaos mágus hátranézett, Dark pedig megjelent egy varázskapun keresztül mögöttük.

– Hívattál – mondta kis hajlás után.

– Itt az idő.

– Köszönök mindent, apám! – Rose beszaladt a toronyba; még néhány dolgot magához akart venni.

A fekete varázsló követte szemével, majd vissza nézett Chaos mágusra, aki büszkén tekintett a tájra. Látta már, mi fog történni, ismerte a végét az egésznek, amiről Rose jelenleg semmit sem tudott. Bízott benne, olyat tehet, mi változást hoz történelmükben. Képes lehet rá? Léphet akkorát ilyen fiatalon, maga mögött hagyva évszázadok tudásának lemaradását? Tisztában volt diáktársai jelenlegi szintjével, kik a tanulást azóta folytatták, viszont lánya már most egész más szinten állt. Át kellett gondolnia a helyzetüket, hisz' ha beigazolódik az elmélete, mire az esélyek rohamosan nőnek, akkor teljesen más rendszert kell felállítaniuk, amivel hatékonyabb fejlődést érhet el a következő generáció. Rose döntésein, kitartásán és elszántságán alapszik az egész. Dark nem szeretett volna zavarni, kérdései mégis nyomasztották.

– A lánya tudja már?

– Idővel tudni fogja. Ő is átéli, és ezt nem akadályozhatjuk meg.

– Van rá esély, hogy képes lesz rá?

– Számára is ugyanazok az ajtók állnak rendelkezésre. Döntései pedig befolyásolják a jövőjét. Ha átlépi az összes határát, képes lesz megváltoztatni az egész eddig ismert mágia határait.

– Támogatni fogom a lányát! – jelentette ki Dark. Ekkor Chaos mágus felé fordult, tekintetével azonnal némaságot borítva a helyre.

– Nagyra értékelem segítségedet, viszont ebben neki kell helytállnia. Külső szemlélők lehetünk hosszú útján.

– Értettem – fejezte be Dark, majd tisztelettel behátrált egy átjáróba, amin keresztül nyoma veszett.

Chaos mágus kis ideig gondolkozott. Ismét elvette könyvét, aztán visszasétált a toronyba. Tudását bővítette tovább, miközben a gömbben nézte az emberek szánalmas csatározásait. Tenni fölösleges ellene, hisz' próbálták már megosztani tudásukat velünk, aminek újabb harcok lettek az eredményei. Így hátráltak ki az emberi szövetségből a mágusok, elszigetelve magukat saját tornyaikba, hol közösen éltek. Sokfajta varázslóház létezett szerte a világon, kikkel tartották a kapcsolatot. A legfőbb természetesen Chaos mágus volt, mind felett. A tanács tagjaként számtalanszor hangoztatta a távolságtartást önző királyoktól. Beleszólni mágiával nem akart, mert azzal borítaná az egyensúlyt, ami szerinte stabilan körbefogja az egész bolygót. Mi értelme lenne kiirtani vagy megváltoztatni minket?

Jönnének újabb, sokkal rosszabb nemzedékek, akik gyorsabban tönkretennék a mostani világot. A varázslók számára az elszigeteltség, illetve a tanulás végtelen tárháza állt rendelkezésre. A mágusok történelmében minden leszármazott hozzátett varázslatokat, vagy valami építő jellegűt közösségük fejlődéséhez. Így végtelen volt az út, ami megnyitotta előttük az Univerzum számos ajtaját.

Chaos mágus csukott szemmel olvasta tovább könyvét, míg másik kezével félkör alakú vonalat rajzolt. Kék színű, sok ráccsal körülötte, végtelen vizek húzódtak mögötte. Pont így nézett ki a kapu, ami előtt Rose és tanára állt. Messze a toronytól, más szigeten jártak.

Puha homok pergett talpuk alatt abban néhol hegyes kövek csúcsosodtak. A kapun Rose átnézett. Semmi különöset nem vett észre, számára átlagos, boltíves átjárónak tűnt. Dark mágus természetesen bátorította.

– Át kell sétálnod rajta. Utána egyenesen a vízbe. Ott leled Aqua városát – fejezte be, Rose pedig határozottan elindult.

– Sikerülni fog! – válaszolt, végül átlépte a kaput. Ahogy maga mögött hagyta, lábai alatt a tengerben lépcső húzódott, körülötte pedig vízbuborék.

Készen állt a lejárat. Dark mágus elfordult, tudván, biztonságban átjutott. Kis idő múlva, mikor Rose már lemerült, ő maga is visszatért a toronyba.

Lenyűgözte az állatvilág, ami körülötte élt békésen. Halak úsztak csapatokban sebesen, akár a szél. Teknősök tolták magukat lassan az áramlattal a felszínre. Rose szívta magába a friss sós levegőt, és csodálta a buborékot. Óvatosan gyalogolt lefelé.

Feltűnt neki a csodás épület, amihez haladt. A város alatta fénylett, sok kedves lakosával. Különleges épületek sorakoztak, ritkán tetőjük hatalmas kagylóból készült. Tengeri csillagok sorakoztak utakat jelölve. Ablakokban magasba ágaskodó zöld növények ringatóztak. Gyerek sellők úszkáltak halrajokkal nevetve naphosszat. Az aranyból készült ruhájukat összetartó gomb csillogott mellkasukon. A kellemes, barátságos környezet nyomban magával ragadta Rose teljes lényét. A lent mozgó sellők boldog mosolya adott neki erőt, ami hajtotta tovább.

Végül lelépett az utolsó lépcsőfokról, ezzel egy kupolába érkezett. Belsejében az oszlopokon kívül az emberi kultúra több jele felfedezhető volt. Írások, képek, vagy épp szobrok. Besétált a csarnok közepére, amikor feltűnt neki a kristály. Fehér vizestálban hevert, büszkén körbeölelve. Gyönyörű, tengerkék színe elragadtatta szemeit. Közelebb lépett lassan, mitől reakcióba került a másik zöld kövével. Furcsa érzés járta át testét. Meg szerette volna fogni a kristályt. Botját szorította, bár húzta magával kezét. Ebben a pillanatban Aqua jelent meg mellette. Gyönyörű, emberi alakban lépett elő. Hosszú, földet súroló, kékes hajához csodás világoskék szem társult. Ruházata hosszú és karcsú, és sötétkék színekben pompázott. Puha, selymes bőre, ártatlan tekintete megnyugvást hozott Rose lelkére. Aqua közelebb lépett, és aranyos mosollyal, meleg hangon fogadta.

– Szia, Rose! Aqua vagyok. Chaos mágus jelentette érkezésed, remélem, kellemesen telt az út idefelé. – a fiatal varázsló meglepetten, hasonló mosollyal felelt neki, hátratéve a kezét.

– Nagyon örülök! Csodaszép itt a tenger! Boldogok az élőlények is, ami melegséggel töltötte a szívem! – válaszolta. Aqua összerakta kezét.

– Kellemes ezt hallani! Az óceán hatalmas, rengeteg titokkal.

– Bár láthatnék ehhez hasonló, meseszép víz alatti városokat!

– Semmi sem lehetetlen, Rose. Ha jól tudom, a kristály miatt jöttél hozzám.

– Igen, tanulni szeretnék! – válaszolta magabiztosan.

– Rendben. Akkor hát tedd a kristályt a botodra – mondta Aqua. Elvette a helyéről, és tenyerébe fektetve a követ tanoncának nyújtotta.

Rose kicsit nézte, végül elvette tőle. Bele akarta tenni a botba. Hirtelen a kristály magától hozzá repült. Eggyé vált vele, közösen, fényesen világított a kék és zöld kő, mitől még több fa bomlott le róla. Egyre inkább alakult a pálcájának kinézete. Rose szemei kis időre kékké váltak. Érezte a vizek áramlatát hőmérsékletét. A benne lüktető életet. Látta a halak mozgását és a hínárok lebegését. Összhangba került a földkristállyal. Elfogadta egymást a két elem. Aqua boldogan figyelte az eseményeket. Rose, erőt véve magán, újra tudta kontrolálni a testét és meglepődött.

– Csodálatos ez a kristály! Érzem a tengerben lévő élőlényeket. Értem, miről beszélnek. – Rose élvezte az erejét. Aqua mégis óvva intette.

– Ez csak a jéghegy csúcsa! Az, hogy a vízzel eggyé válsz, még nem jelenti azt, hogy tudod irányítani, ami nagyon fontos. Ugyanis ez a kristály – akárcsak az előző – képes sok csodálatos dologra. Ugyanakkor veszélyes.

– Értem. Kész vagyok a tanulásra – jelentette ki Rose, ekkor Aqua büszkén intett maga mögé.

– Fáradj hát a tálhoz, amiből kivettem a követ. – Rose követte utasítását, fölé hajolva mélyen belenézett a vízbe.

– Emeld ki a tálból a folyadékot, amilyen magasra csak tudod. – Aqua bemutatta neki a mozdulatot. Elképedve figyelte, ahogy csavarja és játszik a vízzel. Ő is csinálni akarta már. Aqua lassan visszaengedte, utána a víz is pihent.

– Rendben, megpróbálom! – vágta rá Rose. Jobb tenyerében szorította a pálcát, míg bal kezével előrenyúlt, a tálra irányítva ujjait. Koncentrált, viszont a víz nem mozdult. Aqua meglepetten figyelte az eseményeket, majd kis mosollyal bátorította.

– Át kell állítanod az elmédet a föld elemről a vízre. Összpontosíts erősen a tálban lévő folyadékra. – Rose gyakorolt – sikertelenül. Fókuszált a vízre, de mellette fejében már az útra gondolt. Indult volna utánam, mert tudta, nehéz nekem egyedül. Légzése zavaros volt, szívében vihar dúlt.

– Nem megy... nagyon nehéznek érzem a vizet.

– Annak tűnik? Fejben legyél könnyed és határozott. A víz elmos mindent maga körül. Tiszta és érintetlen. Azonosulnod kell vele. Az érzéseidet átadni teljesen. – Rose természetesen sokat tudott most magáénak. Fejében kusza pillanatok. Érintések, mik azonnal részegítően hatottak rá. Mély levegőt vett. Az áramló energia a testében gátak nélkül keringett. Másodpercek múlva újra próbálta. Kezét felemelte határozottan, a vizet kiemelte a tálból. Hirtelen becsukta szemét, és képek villantak fel rólam. A sebeimről és arról, ahogy csepeg arcára a vérem. Hirtelen megfagyott a víz, aztán pár méter magasról tömbként zuhant eléjük. Aqua kicsit megijedt, de mosolyogva tette tenyerét Rose hideg vállára. Az ifjú varázsló szégyellte a galibát, amit okozott.

– Semmi gond! Történik ilyesmi! Viszont ami fontos: nem csak a fejedet kell kiüríteni a víz irányítása közben, hanem a szívedet is! – Közben tanára egy mozdulattal összeszedte a jeget, vízzé formálta, amit aztán a tálba helyezett ismét. Mágus lány képtelen volt kiüríteni a szívét. Hogy tehetné? Más utat kell találnia. – Megpróbálom újra! – mondta, majd kezdetét vette az edzés. Rose naponta tizenkét órán át gyakorolta a víz „idomítását", különböző formálását. Lelkében rácsatlakozott a kék kristályra, ami befogadta érzéseit. Maga körül kedvére hajlította a vizet. Aqua engedett be nagyobb tömegű folyadékot a kupolába. Sokadszorra kellett Rose-nak megbirkóznia a növekvő terheléssel. Ugyanis az egyre nagyobb felületű víz távolabbra irányítása több manát igényelt addig a percig, míg teljes hangolódás nem jött létre a kristály és közte. Az alvás előtti négy-öt órát meditálásra, illetve a mana-bővítő képesség fejlesztésére áldozta.

Bújta frissen kapott könyvét, miben komplex mágiák, továbbá hatásuk részletesen le volt jegyezve. Nehezebbnek bizonyultak ezek a varázsok. Sokat használni sem bírt, ezért összpontosított továbbra a víz hajlítására. Kemény napokon esett keresztül. Tanára terhelte, bőséggel kitolva mentális határait.

Végezetül Rose négy nap alatt teljesen elsajátította a képességet. Aqua oktatta, hogyan védheti meg magát a vízzel, és azt is, hogy gyógyíthat vele.

Képessé tette az öngyógyításra, ami azt jelenti, hogy míg a kristály aktívan használja, addig minimálisan tudja testét koncentráció nélkül épségben tartani. Manát sem igényel ez a képesség. Rose megtanulta a tenger alatti földet mozgatni, amennyiben közel van hozzá a talaj.

Fejében tudatosult, mennyire nem ismerheti a föld kristályt, hisz' rengeteg időt kellene azzal is foglalkoznia.

Aqua büszkén nézte tanonca játékát a vízzel. Támadásait az oszlopokra, illetve a különböző technikákat, amelyekkel segítette magát a célba éréshez. Büszkén megtapsolta, mikor feljutott a legmagasabban lévő pontra. Onnan karnyújtásnyira lehetett tőle a víz. Óvatosan hozzá is érintette ujjait a kupola tetejéhez. Váratlanul egy hal reagált. Közelebb úszott, annyira, hogy véletlenül beesett. Zuhant lefelé, s ezt Rose látta. Meg szerette volna akadályozni a becsapódást, viszont Aqua gyorsabb volt.

Kezében tartotta a ficánkoló halat. Rose kifújta magát a lassú ereszkedést követően.

– Segítek, visszaengedem a vízbe. – Rose nyúlt érte, Aqua viszont türelemre intette.

– Várj egy percet! – vágta rá tanára kicsit arrébb lépve.

– Tudod, a víz irányítása már jól megy – őszintén bevallva, kifejezetten gyorsan tanulsz! Nem véletlen, hiszen a leghatalmasabb mágus lánya vagy! Viszont a tanításod nem ért véget! – Rose meglepetten hallotta ezt, míg szemeivel a vergődő halat nézte.

– Van még lecke? – kérdezett rá. Aqua tanoncához fordult, és a halat maga elé tartotta. Kezét felé nyújtotta.

– A víz elem irányítása nem csak a kész folyadék mozgatásáról szól! Képességeidet fejlesztheted ugyan a végtelenségig, de mi történik, ha nincs víz? – Rose gondolkozott rajta, de mire akármit mondhatott volna, Aqua hirtelen oldalra rántotta karját. A halból az összes folyadékot kivonta, kis gömbbé formálva tenyere alatt.

– Szerzel vizet – fejezte be saját mondatát. Rose megszeppenve követte az eseményeket. Ez ellentmondott az ő gondolkozásának. Ártatlan élőlényeket sosem bántana. Most mégis nézte a száradt haltetemet, amit Aqua felemelt, a tenger élőlényeinek adva. Kis vízbuborékot kezébe fogott, s jégtőrré alakítva. Rose fejében tudatosult a kristályok sötét oldala. Tanára a levegőben a másik kezét elegánsan lendítette, így abból is vizet nyert, szintúgy jégtőrt formálva.

– Mindig van körülötted víz. Akármikor képes vagy használni ezt az erőt. Szerezhetsz gyakorlatilag bármiből folyadékot. Ha elég ügyes vagy, nem csak a vizet, hanem más, hasonló halmazállapotú anyagot is tudsz ugyanígy irányítani. – Bár Rose ezt az opciót legutoljára alkalmazta volna, belül, mélyen, függetlenül az elveitől fontosnak érezte.

– Értem. Akkor megpróbálom! – Aqua leejtett Rose elé egy halat, ami hevesen vergődve csattant a padlón. Kis ideig nézte, aztán maga elé emelte. Kezét előrenyújtotta, végül oldalra húzta, kirántva a halból a folyadékot. Az állat elpusztult, Rose a kezében tartva nézte, aztán visszairányította a halba teste nedvét. A száraz tetem viszont mozdulatlanul feküdt. Szájából és kopoltyújából csordogált a víz. Halkan kopogott lábai előtt a hulló cseppek szimfonikus moraja. Aqua közelebb lépett, megfogta Rose vállát.

– Ha egyszer elveszed, többé sohasem adhatod vissza. Ezt a terhet kell magaddal hordanod, ha használod az erőt.

– Nem akarok senkit megölni!

– Még ha valaki olyanért is teszed, akit szeretsz? – Rose fejében egyértelmű volt a válasz. Elválásunk előtti mosolyomat felidézte, ami teljes melegséggel töltötte tele szívét. Át akarta lépni a korlátait, tartva magát, büszkén.

– Érte... bármit megtennék.

– Miatta sietsz annyira a tanulással, igaz? Félsz, hogy elkésel?

– Mondanom kell neki valamit! Szeretném, ha megértené az érzéseimet... – Aqua boldogan pillantott Rose arcára.

– Ő is vár rád. Csodálatos lány vagy! Ne habozz lépni! – Rose csillogó tekintettel nézett tanárára, aki lehunyta szemeit, úgy sétált félre. Több halat ejtett le közéjük a magasból.

Ahol nem ért földet hal, onnan a talpuk alól eltüntette a talajt. Rose meglepetten szökkent, kis vizet nyerve környezetéből, talpa alá jeget fagyasztva.

– Gyere ide hozzám! Csak a halakból származó vízzel csinálhatsz magadnak utat – vagy a levegőből. Amennyiben más mágiát használsz, az eddigi tanulmányaid semmissé válnak! – Amint befejezte, Aqua csápokat formált a vízből. A kupolán kívülről törtek be, és azokkal csapott le Rose-ra.

Rose felhasználta környezetének folyadékát és a halakat, s lábai alatt lépcsőket alkotott. Megközelíteni sem tudta Aquát. Higgadtan, csukott szemmel irányította a vízoszlopokat. Öszszezúzott minden közelébe érő jeget. Rose támadásban nem gondolkozott, mindössze meg kellett érintenie tanárát. Folyamatos kitérések után taktikát váltott. Lefagyasztotta a csápokat, ezzel pár métert közelített Aquához. Nyújtotta karját, érezve a sikert. Hirtelen vízoszlop tört elő mérhetetlen erővel mögüle. Varázsló apró testét nekilökte az egyik kőoszlopnak. Lélegzete szaggatott, fájt neki a támadás. Pihenésre ideje sem maradt, reagálni meg végképp arra, ami következett. Aqua kék szemekkel a jéggé fagyasztott csápokkal is nekicsapott. Széttörte a kőoszlopokat, Rose velük zuhant a mélybe. Hangos csobbanást követően haja lebegni kezdett. Tenyerébe szorított pálcáját alig tartotta. Szemei lassan csukódtak.

Víz nyelte a testét. Orrából levegőbuborékok szöktek a felszínre. Megszűntek a zajok körülötte.

Hirtelen gazdag zöld mezőn találta magát. Sütött a nap felette, meleg szél fújta szárazra sötét haját. Fogalma sem volt, hol lehet. Lábait pillanatokig mozdulatlanul tartotta. Kényelmes volt neki a helyzet. Bőrét száz fűszál simította. Előtte álltam, míg ő feküdt, az eget bámulva.

– Mi a gond, Rose? – kérdeztem tőle. Ő hangomat hallva hirtelen felállt. Remegő ajkára harapott. Maradék erejét beleadva hozzám rohant. Rám ugrott, és sírva átölelt. Ezzel a lendülettel dőltünk a hűvös fűre, felettünk a nap sugarai melegítették a tájat. Rose a mellemre rakta kis fejét és szorosan átkarolt. El sem hitte, mi történik. Számára kész csoda volt ez a pillanat.

– Hiányzol... – súgta halkan.

– Tudom – válaszoltam közel a füléhez. Levegőt vettem, amitől kirázta a hideg, és még jobban szorította a ruhámat.

– Mondd... hol vagy most? – kérdezte tőlem. Számba vettem egy szalmaszálat és gondolkoztam.

– Hát, itt, veled. Rég nem láttalak. – Rose markolta vállamat, közben aprókat szipogott. Rám nézett, aztán az orrára irányítottam a szalmaszálat. Meglepetten pillantott oda, sok közös emléket felidézve. Óvatosan letöröltem könnyeit, és arcát simítottam hosszan. Becsukta a szemeit, élvezve tenyerem melegét.

– Miért csinálod ezt? Annyi mindenről szeretnék beszélni veled! – mondta. Kis ujjaival megfogta a kezem, ezzel esélyt sem adva annak, hogy szabadon engedjem.

– Csak az arcodat nézem.

– El szeretném mondani, hogy...

Hirtelen közbevágtam, ajkaira téve hüvelykujjamat.

– Lesz lehetőséged rá. Most viszont menned kell!

– Nem akarok... olyan jó itt. – Amikor ezt mondta, kinyitotta szemeit, én pedig kiköptem a szalmaszálat. Megböktem homlokát és feleltem:

– Most a fejedben létezem. Ha nem sietsz, akkor sosem találkozunk. – Ő továbbra is szememben nézve mosolygott, kis kezét a szívemre tette.

– Itt vagy nekem. Mindig is itt leszel... – Amikor ezt mondta, hátradöntöttem a fejem. Mély levegővétel után óvatosan átkaroltam törékeny testét.

Buta...

Ebben a pillanatban Rose felnyitotta a szemét. Sötét, hideg víz ölelte körbe. A távolodó fény, miközben merült, egyre kisebb pontban ragyogott. Elgyengült végtagjai, fázó teste hirtelen tűzforróra hevültek. Kékké váltak szemei, s a körötte lévő vizet csavarva hatalmas örvényt generált. Visszaúszott a felszínre, megfagyasztva az egész kupolát és az annak közelében lévő vizet is, öt méter vastagon. A komplett talajt jéggé alakította, Aqua lábait rögzítve. Mire észbe kapott, már előtte állt mosolyogva.

– Elkaptalak! – Aqua meglepetten látta Rose erejét. Tudta, ez még csak a kezdet, és amennyiben fejleszti a képességet, akármit elérhet. Tanára mosolygott, kifújta leheletét, mivel megolvasztotta környezetüket maguk körül.

– Készen állsz. Most már rajtad áll. Tőlem mást nem tanulhatsz. – fejezte be tanára, majd elfordult és készült indulni.

– Köszönöm szépen! Én... hogy hálálhatnám meg?

Gondolkozott, utána válaszolt.

– Végezetül az érzéseid segítettek feljutni onnan a sötét mélységből?

– Igen... azt hiszem, azok nélkül képtelen lettem volna rá – válaszolt teljesen őszintén. Aqua boldogan bólintott.

– Akkor hát egyszerű a válaszom. Mentsd meg azt, akit szeretsz! Az érzései adjanak erőt neked utad során! Sose hagyd, hogy elvegyék ezt tőled!

– Sosem hagynám... – mondta Rose. Lenézett botjára, Aqua pedig maga mellé mutatott. Kinyílt a kapu, ami a felszínre vezetett. Jégből épült, csodás lépcső, körülötte levegővel.

– Jó utat, Rose! Járj sikerrel! – Varázslólány integetett és indult. Lassan lépkedett a fehér lépcsőfokokon, míg gondolataiba meredt. A maga körül lévő élővilágot érzékelte teljes egészében. Hirtelen észrevett pár fokkal feljebb egy halat. Vergődött szegény.

– Hogy kerültél ide, halacska? Várj csak, segítek. – Rose kezébe vette, kedvesen visszaengedte a vízbe. Boldogan várta, míg továbbúszik.

Lassan közeledett a felszínhez. Mögötte fokozatosan tűnt el az átjáró, biztosítva a zavartalan tengeri alatti életet. Pár sellő utoljára integetett neki, mielőtt kilépett a felszínre. Csodás kék szemük, páratlan színű hajuk búcsúztatta.

Átsétált a kapun. A másik felén Dark varázsló állt. Büszkén nézett végig rajta, látva, megszerezte a kristályt. Rose mutatta neki, és dicsekedett tanulmányaival.

Utoljára visszanézett a kapura. Csodás helynek tartotta az óceánt. Másodpercek múlva ismét a toronyba kerültek. Rose búcsúzott mesterétől. Dark látta tanítványán az elszántságot. Felnőtt, míg távolodott a torony biztos falaitól. Nőként tekintett rá, aki számos lehetőséggel rohan a nagyvilágba.

– Biztosan vissza fogsz térni az emberekhez?

– Igen.

– Rendben. Tudd, rám mindig számíthatsz.

– Köszönöm, mester! De ez az én harcom... – Dark fülében csengtek ezek a szavak.

– Akkor viszlát, Rose! Sok sikert! – Búcsúzás után sarkon fordult. Tanonca intett neki, majd indult apjához.

Sietett végig a folyosón, amin a képek szemeikkel követték lépteit. Termének ajtaja előtt készült benyitni, viszont az magától tárta ki kapuit. Az apja magasan felette, az egyik polcnál lebegett, keresve valamilyen könyvet. Rose belépett a terem közepére, utána ránézett. Chaos mágus környezetét alaposan kémlelve narancssárga szemeivel, higgadtan kérdezett.

– Készen állsz?

– Igen. Útra kelek! – Chaos botját Rose mellé lebegtette. Aktiválta vele a gömböt. Megjelent egy térkép, ami jelezte a tartózkodásukat, illetve az irányt, amerre a vámpírok királyának vára feküdt.

– Most már tudod az utat. Sok idő és energia lesz még repülve is! Napokba telhet, mire odaérsz.

– Tudom, apám! Ettől függetlenül mennem kell. – Chaos mágus leereszkedett lányához, aki teljesen felemelte a fejét, így apja szemébe tekintett. Nézett gyermekére büszkén. Hosszú, vékony karjával gyengéden simította frizuráját.

– Olyan fekete lett a hajad, mint az enyém. Nem hiányolod az előzőt? Visszaváltoztathatom, ha szeretnéd. – Rose kis ideig gondolkozott, végül apja kezére tette sajátját.

– Anyának biztos tetszene. Szeretném, ha ez maradna – válaszolta. Apja meglepődve dörzsölte ujjaival a puha szálakat. Szemeivel utoljára végignézett lányán. Tudta, az anyja eggyé vált a mágiával, mégis, mosolya és haja tapintása teljesen öröklődött.

– Büszke vagyok rád. – Rose mosollyal búcsúzott, majd hatalmas sebességgel kiszállt a toronyból.

Chaos mágus gyermeke után nézett. Rose anyjának arcát idézte néhány emlékkel. Vissza akarta hozni az élők sorába. Megtett mindent, alkalmazott végtelen sötét mágiát, eladva egész lényét a Káosznak – sikertelenül. Ezért óvja lányát, egyengeti az útját. Talán képes lesz átlépni határait, megmentve azt a férfit, akit a biztos halál vár? Lehet, hogy új fejezetet nyit a mágusok végtelen könyvében Rose a halál legyőzésével? Ezeket ő sem látta pontosan. Chaos mágus szemei a férfi jövőjében sötétséget és szenvedést láttak. Miért ragaszkodik hozzá a lánya? A választ előbb-utóbb biztosan megleli. Kezébe ismét könyvet vett, majd távolodott a talajtól, kitárva végtelen tudását.

Rose útja a vámpírkirály várához vezetett. Rendületlenül sietett az összes felhő felett. Fejében csak én jártam, és találkozásunk pillanata. Semmi és senki sem tántoríthatta el. Két kristállyal pálcájában, újdonsült máguskönyvével képes lehet csodákat tenni. Ő legalábbis ezt hitte. Rendületlenül remélte.

16. FEJEZET

A KÖNYV

1487: Malleus Maleficarum, azaz a Boszorkányok pörölye. A könyv tartalmazza a boszorkányok átkait, továbbá kínzási módszereit. 1520-ra 14 kiadás készült belőle, hatalmas olvasótábort állítva maga mellé. Két inkvizítor írta ezen oldalak sötét fejezeteit. Később, az 1600-as években angol földeken is jelentek meg hasonló irományok. Előbbi könyvnek számos darabját elpusztították vagy rejtegetik. Világunkban több ember elítélte ezen írásokat. Kevés példány maradhatott belőle. A Boszorkányok pörölye sötét tudás és hatalom tárháza. Aki azon szavakat olvassa, mérhetetlen károkat okozhat pusztán hangjával a boszorkányoknak. Az e hatalom és legenda birtokában lévők maguknál tartották fegyverüket. Nagyjából a fele maradhatott ép. A két inkvizítor rég meghalt, munkájukat örökölték a papok, bennfentesek, vagy más vak követők. Használták előszeretettel, illetve bővítették azóta tudásukat.

Legendák szólnak a boszorkánygyilkosról, aki teljes páncélzatban, fekete borítós könyvvel járta országát, a célszemélyeket kegyetlenül kivégezve. Pusztán a lapok szavainak olvasása elegendő a boszorkányok kínzására. További kísérleteit az ártalmatlanított áldozatokon már könnyedén végrehajtotta. Ez a férfi rég halott. Könyvét állítólag Angliába küldette, ismeretlen helyre. Gyerekként gyűlöltem azokat, akik írták a könyvet, és azt az embert is, aki ölt velük.

A „boszorkányvadászok bibliája". Így hívták.

Másfél napja gyalogolunk rendületlenül. Talpunkkal tiporjuk a havas táj szépséges talaját. Erősen próbálkozik a nap meleget sugározni nekünk, de idefenn csekélynek érezzük hatását. Az összes ruha, amit vásároltunk, rajtuk lógott. Melegítette testünket a szarvasbőr, cipőnket viszont lassan átfagyasztotta a hó. Alig mozgó lábujjainkat néha körbeforgattuk, minimális vért pumpálva bele.

Gyengén fújt a csípős, fagyos szél arcunkat szárítva. A létező összes élelmünk megfagyott, vizünk pedig jeges kására hasonlóan kopogott kulacsunk falán. Tüzet gyújtottunk este magányos barlang szájánál vagy egy szikla tövében. Szélvédett hely tökéletesen megfelelt nekünk.

Ban előttem haladt határozott, nagy léptekkel. Mögötte kicsit lemaradva, összefogva ruháimat, enyhén remegve a hidegtől követtem. Fejemben hangokat hallottam. Számos lélek veszett oda e havas tájon. Lehet, hogy a hullájukon gázolunk át. Fagyott vérük tökéletes talajt biztosít a haladáshoz. Madarak rég nem kísérnek utunkon. Tegnap délelőtt jávorszarvast láttunk magányosan lefelé szaladni a hegyről, azóta más állat sem jött elő.

– Élsz még? – kérdezte tőlem Ban.

– Muszáj – feleltem fejemet mélyebbre dugva a kapucnimba. A szembeszél miatt majdhogynem lassabban haladtunk, mint szerettünk volna.

– Lehet, hogy a kitérő kellemesebb lett volna – mondta fél szemmel hátranézve.

– Nincs annyi időnk! Bár most nem érzem gyorsabbnak ezt az utat – vágtam rá. Leheletem másodpercekig melegítette nyakamat, míg szavakat formáltam. A következő pillanatban azonnal bőrömre fagyott a pára.

– Majdnem egy hetet spórolunk így! – jelentette ki, tartva a lelket bennünk. Talán az egyetlen pozitívum.

– Tudom. Remélem, nem tévedünk el idefenn!

– Esélytelen – mondta magabiztosan. Hirtelen orrát furcsa szagok kezdték csavarni. Mélyet szívott a levegőbe, fejéről lehullott a kapucni. Mögé értem, ő előrenézett kissé hunyorítva. Vörös szemei izzottak, a táj összképébe színt festett.

– Emberszagot érzek. Távol, de intenzíven.

– Az lehetetlen. Itt fenn? – Sok gondolat futott végig a fejemen, köztük papok vagy zsoldos katonák.

– Képesek az emberek bárhol élni. Fajod olyan, akár a vírus! – minősített Ban, ezzel okot adva arra, hogy egyetértsek vele magamban.

– Ti sem panaszkodhattok. – Ban félrenézett. A szél gyengébben süvített.

– Haladjunk tovább. Ha van itt élet, velünk szemben biztosan feltűnik.

Előrement, bár szerintem hullákat érezhet. A faluban sok eltűnést jelentettek olyanokról, akik egyedül indultak útnak ide. Érthető, mivel az időjárás és a terep is embert próbáló. Kevés ruhával, élelemmel és vízzel képtelenség átkelni. Ráadásul egyedül? A Halálhegy nevéhez híven végez azokkal, akik túl vakmerőek, nem tisztelik erejét. Meséket rebesgettek bőséges kincsekről idefenn. Hasonló babonák terjengenek szerte az országban, vonzva a kalandorokat, kik halálukba rohannak. Ban könnyen van, neki ellenállóbb a szervezete, erősebb a csontozata. Bár biztosan megviselheti hosszú távon, hisz' ma már nehezebb a mozgás, mint mikor a hegynek indultunk. Kezeit rég zsebébe bújtatta. Lassan lélegzik, amivel csökkenti a kihűlés kockázatát.

Ismét magaslatra törtünk. Néhol kapaszkodva segítettünk magunkat. Pár órás küzdelem után hófal peremére értünk. Ban meglepetten nézett le, míg beértem őt. Amikor szemem nekem is az alattunk lévő völgybe meredt, elképedve méregettem a területet. Bölcsőre emlékeztető formában feküdt e település, mi jobban hasonlított az északon fekvő halászfalvakra.

– Falu?

Ekkor a szél csendesült.

– Hogy lehet? – kérdeztem magamtól. Mozgást messziről nem érzékeltünk. Ennyiben nem hagyhatjuk a dolgot. Tudtuk nagyon jól. Húzott magához a völgy.

– Le kéne mennünk körbenézni – mondta, fél lépést előre téve.

– Nem tudom, hogy ez jó ötlet-e. – Sok elveszett lelket érzékeltem lenn. Mind testüket vagy a békét kutatták.

– Figyelj, lehet, hogy van lent élelem. Talán még ruhák is. Szükséged lesz rá, mert még egy ilyen nap, és a tested fel fogja adni! – Ezzel próbált motiválni. Lehet, hogy igaza van. A szám lilult, a hátam remegett a fagytól. Ránéztem Banra. Láttam reszkető kezét, fagyott körmeit.

– Neked sem ártana – vágtam rá, utána féloldalas léptekkel kezdtünk együtt ereszkedni.

Térdünkig lepett a hó, de ahogy megérkeztünk a völgybe, rögtön bokánkat fedte, áztatva lábbelinket. Faházak és szalmatetők fogadtak. Üres, lábnyomok nélküli utcák. Érintetlen talaj mindenütt. Körültekintően jártuk át a komplett falut. Tíz-tizennégy házzal büszkélkedett, törött ablakok, félig beszakadt tetők. Karámok üresen, nyitott kapuval, pár a ház mögött bujkált. Nyikorgó hangjuk a magány dalát játszotta. Földbe fagyott plüss játék varrott szájjal, szakadt gombszemmel tekintett ránk. Szerszámok összedőlve, rendetlenül váltak településük szerves részévé. Kosarakban barna ruhák régóta várták viselőik meleg testét. Hetek vagy hónapok óta bámulták az eget. Mióta nem élhetnek itt? Miért érzett erről emberszagot? Kezdett számomra zavaros lenni a kép. Nyomasztó érzés kerített hatalmába. Ban tekintete megakadt az egyik házon. Ugyan azt éreztük.

– Van valaki bent. Nézzünk körbe. – Hirtelen a szívemhez kaptam és letérdeltem. Meg sem tudtam szólalni. Lehet, hogy mágiát alkalmaznak? Akkor biztosan itt ér véget az utam. Főzet nem volt nálam, és társam sem tud hatástalanítani ilyen erőket. Nehezen kezdtem lélegezni. Ban térdelt mellém, megfogva a vállam.

– Hé, Sasy! Mi a baj? – A földet néztem, aztán vért köptem. Hátamba láthatatlan kar nyúlt. Megragadta lelkem egy darabját, közben szemeim teljesen fehérré lettek.

– Itt... van... – Ebben a pillanatban kirántotta belőlem lelkem apró szeletét. Izzadni kezdtem, erőtlenül támaszkodva a hóban. Hajam arcomba lógott, magába szívva bőröm páráját, mi rögtön rám fagyott. Ban felvett a vállára és sietett a házba.

Lábával a kilincset lerúgva szakította be tokostul az ajtót. Ráemelt az asztalra, amin fekve összerándult testem. Fejem sajgott, kezem remegett. Üvöltöttem hangosan, mert a darab, mit kitépett ez a démon belőlem, jobban fájt, mint eddig. Lehet, hogy túl sokat szakítottak már ki testemből?

Ban pár pillanatig figyelte vonaglásomat, utána körben kezdett kutatni a házban. Nem törődött a szaggal, pedig szüntelen orrát csavarta. Kirántott polcokat, felborított szekrényeket. Pokrócot talált, illetve sapkát. Átment a konyhába, aminek teljes tartalma üresen állt. Rothadó kenyéren kívül fagyott vér honolt a padlón. Kis időbe telt, mire testem végre ellazult. Fázni kezdtem, Ban hiába terített rám pokrócot. Lógtak a levegőben végtagjaim, fejemről szállt magasba a pára. Ban ült mellettem, lábával kocogtatva a padlót. Széke recsegett kis ideig a súlya alatt. Percekkel később talpra állt.

– Lemegyek a pincébe. Köszöntöm a vendégünket. – Amint mondta, erőt véve magamon fel szerettem volna ülni, ő viszont mellkasomra tette az ujját és nekinyomott a fagyos asztalnak. Ellentmondást nem tűrően nézett rám.

– Te itt maradsz.

– Jól vagyok. Lemegyek! – Ujjával természetesen nem engedett. Körme áthatóan szúrta mellkasomat.

– Hátráltatnál. Gyűjts erőt. Aztán indulunk tovább. – Végül fejemet nekivágtam az asztalnak és lecsuktam a szemem. Ban mellém tette zsebéből a hideg ellen védő italt. Sajátját szájába öntötte. Vörös szemeivel sarkon fordulva indult lefelé.

Lassan nyílt, nyikorgó hangon zenélve a rozsdás faajtó. Intenzív szagok facsarták orrát. A recsegő, öreg lépcsőfokokon figyelmesen haladt. Havas, dermedt deszkák sorakoztak büszkén, köszöntve a vendéget. Amint leért, undorító látvány fogadta. Láncon pár napja halott női testek lógtak, két kampóval a plafonhoz rögzítve. Fagyott vérük és arcuk üres tekintete bámulta a falakat. Hasukon és hátukon mélyen kereszt vájva bőrükbe. Tálban vörös víz, benne ujjak halott testeik előttük. Lábaik csonkítva, néhányon égésnyomok is felfedezhetőek. Kínok, végtelen sikolyok csengtek idelenn. Kötél sebesítette az áldozatok kezeit, szaggatott ruháik erőszakról árulkodtak. Jeges, véres könnyük arcukon csillogott a beszűrődő fényben.

Ban nyugodtan, undorral nézte sorba a testeket. Szánta mindet. Tudatosult fejében, miért eshettem össze. Kezdte megérteni a helyzetet. Besétált gondolkozás közben ezen átkozott holtak közé. A helyiség végében Biblia hevert, gyertya mögötte.

– Papok... – fordult balra lassan. A sarokban gyermek kuporgott halálra fagyva, nyitott szemmel őt bámulva. Ban sóhajtott, és hátrahagyta a pincét. Visszatért hozzám, ekkor már ültem az asztal szélén. Üres fiola és annak kupakja hevert mellettem. Fejemet fogtam, összeszedve gondolataimat.

– Holtak. A pincében csonkított, kereszt-sebhelyes nők lógnak. Átnézem a többi házat is. Szerzek még ruhákat. Addig várj meg itt!

– Ne szórakozz! – válaszoltam, mire ő hirtelen elhagyta a szobát. Lassan talpra állva, hátamon a pokróccal mentem ki az épület lépcsőjére. Leültem, remegő kézzel cigimet a számba raktam. Három szál gyufával sikerült meggyújtani nehezen. Lassan füstöltem, mélyeket szívva savanyú dohányomból. Égett, mint testemben lévő, darabokra szabdalt lelkem. Minél hamarabb tökéletesítenem kell irányításukat. Fel fognak emészteni. Tudtam jól. Cigimet elnyomtam a verandán, Ban pedig ruhákkal a kezében tért vissza. Hozzám dobott párat.

– Az összes ház pincéjében legalább két hulla lóg. Élelmet nem találtam, viszont ez a vékony réteg nem fog ártani.

– Értem.

– Öltözz és induljunk! Valószínűleg vannak papok a környéken. És azt sem tudom, pontosan meddig tart a főzet hatása.

– Nem érdekel! El fogom temetni őket. – Ban rám nézett, utána magára vette az újabb vékony leplet. Köpenyét hátára terítette, felső részét összegombolta.

– Tégy, amit akarsz. Megvárlak itt. – Leült pipáját tömni. Erőt véve magamon újra talpra álltam. Kerestem egy ásót, amivel a falu végében harminc sírt készítettem. Hosszú órákon át törtem a fagyos földet. Felhoztam az összes testet, majd eltemettem. Botokat szúrtam sírjaikhoz, ezzel tisztelegve lelkük szabadságának, illetve névtelen testüknek. Lehet, hogy egy nap ilyen jelöletlen sírban fekszem majd. Sebhelyes és Stonekill is komolyan mondta. Ez a mi sorsunk.

– Lassan le fog menni a nap. – Ban kezében a térképpel egy pontra mutatott, amit alaposabban szemügyre vett.

– Indulhatunk. Végeztem. – Ban hosszasan előrepillantott, a kis emelkedőre. Mutatta az irányt.

– Azon a gerincen átkelünk, és onnan már csak egynapnyi járóföld nagyjából az út – válaszolta utoljára a sírokra tekintve. Szemeimet hirtelen levettem róluk.

– Rendben.

Némán sétáltunk a magaslatra, távolodva ettől a helytől. Ban fejében rengeteg gondolat kavargott a hátralévő út nehézségeiről. Táskájába rakta térképét, míg én mögötte haladtam kissé lemaradva. Jobban éreztem magam a ruhák melege és a kásás víz után. Gyomrom üresen emésztette szerveimet. Étvágyamat nap mint nap elvette valami. Talán spóroltunk így az élelmünkön. Ki tudja, történhetnek dolgok, amitől tovább kell élveznünk a hegy vendégszeretetét.

Felértünk végül. Sík terület fogadott, gyengén lengedező széllel. A napot takarta pár felhő, ezzel szürkületet hozva szemünkre. Sokáig nem maradhattunk kinn, mivel az idő ellenünk dolgozott. Rohamosan csökkent a hőmérséklet. Sietve haladtunk, versenyt futva saját magunkkal. Észrevétlenül szállt alá az éj.

Két egymásnak dőlő szikla tövében húztuk meg magunkat. Tüzet raktunk fából, amit a faluból szereztünk. Nehezen, de égett a nedves tölgy, elegendő meleget nyújtva szétfagyott testünknek. Hátunkat a lángoknak fordítva vészeltük át az estét, alattunk pokróccal. Kevés élelmet fogyasztottunk, amivel pont kihúztuk napkeltéig. Éjjel keveset sikerült aludnom. Reszkető testünk, ismeretlen hangok, távoli sikolyok bolygattak. Reggelre a tűz kialudt. Deres arccal ébredtünk. Ban a sziklának támaszkodva pipázott. Vizem elfogyott, most reggel ezért havat tömtem kulacsomba, reménykedve, hogy testem hője megolvasztja délelőtt. Átfagyott, vörös kézzel csavartam vissza a kupakot.

– Ha jól haladunk, ma hátra hagyhatjuk a Halálhegy szívét. Holnap délelőtt pedig leérünk róla.

– Remélem.

Északon nőttél fel, nem? Miért visel meg ennyire ez az idő? – kérdezte Ban, kikocogtatva maradék szenes dohányát pipájából. – Nem az idő a legnagyobb baj, hanem a lelkek. Körbevesznek minket – válaszoltam, míg talpra álltam. – Értem. – Ban ellökte magát a sziklától, és mutatva az utat sietett tovább.

Ma jóval erősebb szél és hóvihar kísért. Vakon tántorogtunk előre, ezzel meghosszabbítva az időt, amit szabadulásunkra jósolt a térkép. Lábainkat nem éreztük pár óra menetelés után. Kezeink remegtek, füleink lefagytak. A reggeli kihagyása rendesen megviselt. Zúzva magunk alá a térdig érő havat törtük az utat. Ki hitte volna, az ország szívében ekkora kietlen vidék tombol? Ráadásul az összes szóbeszéd igaz. Távolról békésebb hegynek ígérkezett. Talpam alatt köveket éreztem. Néhol mélyebbé vált a talaj. Ban óvatosan lépkedett, bár lassult mozgása. Beszélgetni esélyünk sem volt. Próbáltam néha szavakat formálni, viszont a vihar torzítva nyelte hangomat. Messze szállt a széllel.

Ban hirtelen elesett. Arcát hó fedte. Mozdulatlanul hevert. Kis ideig néztem, mire feldolgoztam az eseményeket. Forróra hevült testem adrenalint pumpált halott végtagjaimba. Az arcomba szálló hópihék gyönge ujjként simították bőröm.

– Ban! – futottam hozzá. Mozdulatlan teste pár taszítás után sem reagált. Kezét átraktam vállamon és felállítottam. Csukott szemmel, gyengén lélegezve, remegő testtel alig állt lábain. Eszméletét vesztette valószínűleg.

– Szedd össze magad! Itt akarsz meghalni? – kiáltottam rá, körbenézve a havas, hófehér tájon. Fejemről lefújta a csuklyát a szél, majd előreindultam, magammal rántva őt. Tántorogva lépkedett, minden erejét beleadva. Néha magánál lehetett kicsit, mégsem szólt.

– Meddig akarsz még aludni, Ban? Nyisd már ki a szemed! – Hiába, szavaimra semmit sem reagált. Lélegzett gyengén, ebben biztos voltam. Találnom kell valami fedezéket!

Ban kietlen, sivár táj közepén várakozott. Melegség járta át testét. Körbetekintett. Ekkor szemben állt vele apja, bal lába mellett méretes szikla, minek árnyékában gyíkok hűsöltek. Kihúzta magát, gondolkozott helyzetén. Ismeretlen tájon időzött, az előbbi jeges vidéknek oly hamar búcsút intve. A vámpírkirály méregette fiát, beleértve állapotát, kinézetét, és életben maradási esélyeit. *Nem így nevelte őt* – gondolta magában. Trónörökös létére a határait feszegeti. Vörös szemeik találkozása mérhetetlen erőket mozgósított. Elegáns ruházatuk taszította a táj száraz homokos képét.

– Mit művelsz, Ban? – Fia értetlenül tartotta a távolságot, ám végre biztos volt apja jelenlétében.

– Teljesítem a kérésedet. Hogy kerültem ide? – Jobb karját kitárva vett mély levegőt, ami fagyosan töltötte tele tüdejét.

– Ha így lenne, most nem járnál itt. Épp haldokolsz! – Ban félrenézett, haját szél lengette, végül kezét zsebre téve felelt:

– Számít ez neked valamit? Ott hagysz meghalni a hegyen!

– Nem lesz belőled méltó király. Anyád életet adott neked, és ez lenne érte a hála?

Ban dühösen fordult apjához. Harag őrölte szívét. Megszámolni sem tudta, hányszor hallotta a hasonlóképp csengő mondatokat.

– Tévedsz! Sokkal nagyobb király lesz belőlem. Amint enyém a trón, meglátod, apám!

– Kétezer év múlva sem állsz készen arra a teherre, ami nyomná nap mint nap vállaidat – folytatta. Erre Ban közelebb lépett, apjának szemébe nézve. Hatalmas erők mozdultak körülöttük.

– Eddig is egyedül csináltam mindent. Ezt is megoldom nélküled! – legyintett Ban. Fekete körmei hevesen nyelték az izzó nap sugarait. Apja hirtelen közel került. Lenézett fiára elégedetlen tekintettel.

– Mit gondolsz, kivel beszélsz?

– Anyám nincs többé! Egyedül én vagyok! – Ban felemelte hangját, mire apja pofon vágta. Visszhangzott ütése a kanyonok között, sok száz madarat kiűzve hűvös, árnyékos menedékéről. Néma csend uralkodott kettőjük között. Mozdulatlanul várták egymás reakcióját.

– Bár ő lenne itt! – szólt apja, mire Ban ránézett. Felszakadt arcából vér folyt a gyűrű által szakított sebből.

– Egyedül fogsz maradni. Sötétben csend emészti majd örök életedben porladó lelkednek minden darabját. – A király utoljára gyermeke arcára nézett. Megígérte feleségének, sosem emel kezet fiára. Most haragszik rá? Elfordult és köddé vált. Ban az égre nézve a felhők közt kutatta anyja arcát. Rémlett neki halványan a mosoly, mi életben tartotta gyermekként. Gyengéd érintés a hátán. Örömkönnyek, melyek oly rég arcára hullottak. Valami apró játékszer, amin illatát érezte. Kellemes szellő gyógyította hegét. Fejben továbblépett. Hirtelen hangok törték meg a csendet. Vissza kell térnie hamarosan. Ha tovább marad, valóban meghal. Háta mögött ismerős szavak csengtek:

– Ban, mire vársz? Itt hagylak! – Rin nyújtotta kezét. Ő segíthet neki, hisz' számtalanszor járták be közösen széles e birodalmat.

– Mit keresel itt, Rin?

– Hisz indulunk közös kalandunkra, amit megígértél! Emlékszel, ugye? – ragadta kézen társát, és húzta maga után minden erejével.

– Miért vagy vastagon öltözve? Tűz a nap és sivár a táj. – Rin hátrafordult, mosolygott, és felelt:

– Nagyon hideg van!

Ban értetlenül fogta kezét.

– Mi? – kezdett bizonytalan lenni. Rin közel lépett, arcát simítva.

– Nyisd ki a szemed. Itthon várok rád! – Tekintetük hosszas táncot járt, ujjaik összeforrva. Ban több kérdést tett fel magának, köztük a legfontosabbat: Ez a valóság lenne?

Nehezen tettem meg minden lépést. Kilométereknek éreztem a centiket.

Sziklafalak közé keveredtünk újra. Körbevettek, kétoldalról elzárva a nyugati szelet. Szemből viszont intenzívebben kaptuk arcunkba a kellemetlen, szöges havat. Váratlanul elestem. A fülemben suhogó szél altatódalt énekelt. Ban arcát lassan betakarta a hó. Kezemmel fogtam kabátja ujját és magamhoz közel húztam. Előrenyújtottam másik tenyeremet, belemarkolva a végtelen fagyos talajba, a jeges hóba, így kúszva tovább. Semmit sem láttam. Fájni kezdett gerincem, és a vállaim is, mert társamat kénytelen voltam vonszolni magammal. Ruhám alá beszökött rengeteg hó. Lefagytak érzéketlen ujjaim, végleg az elhalás peremén álltak. Testem egyre jobban kihűlt. A nap sugarai nem adtak semmilyen jellegű hőt, ami még tarthatta volna bennem a lelket. Térdeim sajogtak. Végül már húzni sem tudtam magam előre.

– Hát ennyi lenne? – kérdeztem. Hátamra fordultam. Mély levegőt vettem. Ban testét lassan kezdte betemetni a véget nem érő hózuhatag. Nekem is befedte ruhámat. Felhők kúsztak fölénk sötétedve, egyre inkább melegséggel töltve rideg fagyos testem.

– R-Rin... – nyögte Ban. Utolsó gondolatát szavakká tudta formálni? Kilehelte lelkét? Elnyel minket a Halálhegy?

– Francokat! – kiabáltam. Utoljára erőt vettem magamon. Hasamra fordultam, majd magamhoz húztam Ban haldokló testét.

Kezeimbe leheltem többször, késleltetve kékülő ujjvégeim sorsát. Érdekes hangokat hallottam kórusban. Rideg szavak szálltak fülembe. Többen énekelték ugyanazt a dalt. Lassan kiemeltem fejem a hóból, és az alattunk lévő völgyben szemeimet erőltetve láttam sok embert, akik hangyák módjára, sorjában, dalolva léptek be egy barlang nagykapura hasonlító bejáratán. Hatszáz méterre lehettek alattunk. Barna ruhában mozogtak, kapucniba rejtett fejjel. Az elsőnek és a hátsónak lámpás izzott kezében.

– El kell jutnunk oda... – ismételgettem. Lassan térdre álltam. Lehajolva több falat fagyos húst nyeltem le egyben. Belső zsebemből a gyógyfüvek felét bevettem, a másik felét Ban szájába nyomtam.

– Gyerünk már! – kiabáltam rá. Nem várhattam. Másodpercek évek terhét szakították vállaimra.

Kezdte testemet átjárni az erő, amit az élelem és a füvek összhatása nyújtott. Talpra álltam, Bant magamra vettem, és rögtön indultunk. Lábaim remegtek, tántorogtam állandóan, egyensúlyomat őrizgetve, akár újszülött gidát az anyja. Hátamon a vámpírok hercegével osztoztunk testünk minimális hőjén. Remélni sem akartam már, mindössze magamban számolgattam a lépéseket. A kegyetlenül lassú, fájdalmas út végéhez érve megpillantottam az óriási barlang száját.

Igazából ez nem is barlang volt, hanem egy bányaszerű bejárat. A szikla kifaragva, motívumokkal teli díszelgett, jegessé fagyva. Különböző írások voltak felfedezhetők összemosva, boltívesen. Faragott arcok az oldalán, méretes szakállal. Beléptünk a köveken, amit egybefüggő, csiszolt, kijárt kőpadló borított.

Mérhetetlenül nagy, kivájt tér vett körül bennünket, minek plafonját mellettünk oszlopok tartották. Számos tömb igényesen faragva, más viszont hasonló motívumokat tartalmazott, mint a kintiek. Többé nem világító lámpások tucatjai kormosodtak a falakon. Fáklyatartókban félig égett, vastag botok hevertek. Páncélok és csillék szétszórva körülöttünk.

– Törpök? – kérdeztem magamtól, majd Ban testét az egyik oszlopnak támasztottam. Csodáltam a környezetet. Távolabb fáklyák égtek néhány oszlopon. Lángjuk elegendő teret bevilágított a látás könnyítésére. Annyira hideg nem volt már benn. Mély lélegzetvételt követően ujjaimat dörzsöltem.

– Hol vagyok? – kérdezte Ban, lassan kinyitva lefagyott szemét.

– Törpök bányájában. Ez lehet a hegy szíve.

– Mit keresünk itt? – Már használt neki a fű, amit lenyomtam a torkán. Kezdett életre kelni.

– Láttam pár alakot bejönni ide. Biztos helynek tűnik, míg a vihar el nem áll. – Válaszom után Ban a fejét fogta, és fagyott ujjait összeérintette. Vállairól lesöpörte a havat. Gondolkozva nézett a tájra. Kiesett neki a teljes út. Fel sem fogta, mi történt.

– Egész idáig hoztál?

– Igen.

– Miért nem hagytál ott? – Kérdezte rekedt hangon, míg próbált talpra állni.

– Senkit sem hagyok meghalni, míg velem van. – válaszoltam az oszlopokon lévő írásokat olvasva. Ő hátratűrte haját. Kifújta tüdejéből az állott, fagyos levegőt.

– Mindenkit te sem menthetsz meg. Viszont hálás vagyok – felelte. Én a fények irányába fordulva válaszoltam:

– Mindenkit nem is akarok. – Ebben a pillanatban ének zendült, visszhangját több irányból hallottuk, sokkal hangosabban és erélyesebben. Kórusuk szinkronban kiáltott.

– Ezek nem törpök – jelezte Ban higgadtan az ének forrása felé pillantva. Már tudtam; beugrott a dal. Hallottam régebben.

– Papok – vágtam rá, aztán habozás nélkül a hang irányába siettünk.

Bántani kezdte fülemet énekük, mi idevezetett. Megállás nélkül zengett. Hol lehetnek a törpök? Miért nem akadályozzák meg ezeknek az ittlétét? Az írások szerint makacs és hirtelen haragú népek. Előbb cselekednek, mint gondolkoznak. Fejszéjük két fát is átvág, csákányuk pedig a legkeményebb ércet is kinyeri a földből. Arany, gyémánt: ezekért ásnak egész életükben. Kapzsi, szorgos népség. Lehet, hogy túl mélyre ástak, a visszaút pedig számukra elveszett? Beomlottak járataik, maguk alá temetve az egész klánt? Boltíves faragások, aranytömbök és ékszerek hevertek lábunk alatt. Fegyverek nekitámasztva a falaknak.

Végül elértünk egy nagy ajtót. Piros fények, énekek és női sikolyok törtek ki onnan. Benéztem, Piros csuklyás papokból tíz, míg normálisból kettő állt ott. Kétoldalt, párhuzamosan a terem oldalsó falaival a csuklyások sorakoztak, míg a terem elején a két átlagos atya. Előttük nők feküdtek vékony ruházatban.

Ban kivárta a pillanatot. Kíváncsian figyeltük az eseményeket. Kezemet fegyvereimre helyeztem. Mégis, fejemben megfordult a gondolat. Rengetegen vannak. Sok pap – majdnem annyi, mint az erdőben. Meggondolatlan cselekedeteinkért drága árat fizethetünk. Főleg, hogy erőnk sem az igazi.

A két pap közben magasra emelte kezét. Mögöttük kőállványon egy fekete könyv hevert, rajta üveg fedővel. A szélső papok kezükbe fém keresztet vettek. A nőket bámulták, akiknek vizes fekete haja takarta arcukat. Összekötözött kezüket rögzítették fejük fölé. Lábaik is szorosan feszítve, átfagyva remegett. Az egyik maga alá vizelt.

– Mi Urunk! Jézus Krisztus, hallgasd imáinkat! – Az összes pap plafonig emelte keresztjét, kissé a könyv felé fordulva, latin imába kezdve folytatták:

– Elvezettél minket e szent könyvhöz, amivel megmutatod nekünk a helyes irányt! Tiszta kézzel, bölcsen használjuk tudását! A Boszorkányok pörölyét! – Amint ezt kimondta, nem hittem füleimnek.

– Lehetetlen – suttogtam halkan, majd a könyvre néztem. Rettenetes aurát éreztem. Az egyik nő még hangosabban kezdett sikítani. Menekülni próbált. Vonaglott, nyüszített. Közönyös arcok követték figyelemmel érzések nélkül.

– Mi az a könyv? – kérdezte Ban. Vörös szemei, fekete, hegyes körme, növekvő szemfogai áldozatra vártak. Elővettem a kardom, utána bakancsomból tőrt a másik kezembe.

– Az a könyv már nem kéne, hogy létezzen! Azzal irtottak francia és német földeken számtalan boszorkányt. Gyilkolási technikák, átkok, és sok más van benne lejegyezve.

– Ha ezt megkaparintják, sokkal nehezebb dolgunk lesz – folytatta Ban harcra készen.

– Nem engedhetjük! Tiltott erőket hordoz magával!

Az egyik pap megfordult, és a könyv felé vette az irányt. Több sem kellett. Lelkemben azonnal a szellemek erejét kezdtem használni. Fehér szememmel, testemben túltengő, bosszúra éhes lélekkel azonnal berontottunk a terembe. Első tőröm egy pap koponyájába állt, Ban pedig a falnak rúgta ellenfelét. Észrevettek minket, ezért a papok ordítottak.

– Védjétek meg a könyvet! Győzedelmeskedjetek a gonosz felett! Ezzel elindult a harc.

Míg az atyák rendületlen siettek – magukkal húzva az egyik nőt – a könyvért, mi már a második papot végeztük ki kegyetlenül.

Kardom ketté nyeste húsukat. Ban gyorsan leszabdalta karjaikat vagy eltörte lábukat. Hirtelen ezüst keresztet dobtak a combomba. Megrogytam, ekkor ellenfelem arcon ütött, amire társa azonnal háton rúgott. Kitéptem magamból esés közben a keresztet, késemet pedig eldobva valamelyik torkába repítettem. Újra, bár gyengülve szálltam harcba. Bant sikeresen megvágták, utána karjába szúrtak keresztet. Élét a sok réteg ruha sem fogta fel. Rögtön marni kezdte bőrét és húsát.

Agresszíven ütötte távolabb magától ellenfelét, majd mérhetetlen sebességgel szedte ki magából a keresztet. Túl sok irányból támadtak, ezért nehezen ment a harc. Egymást támogatva sikeresen föléjük kerekedtünk.

Sajnos túl későn. A pap széttörte az üveget, ami rejtette a könyvet. Lassan, remegő kézzel elvette helyéről. Mikor kezébe fogta sötét borítóját, szemei feketévé váltak. Levágtuk az utolsó piros csuklyás papot, erre a nő, akit magukkal rángattak, sikítani kezdett. A pap nyitott lapokról értelmetlen szavakat olvasott. Tenyerét a nő fejére tette, akinek átégett a pólója, s megjelent rajta az izzó kereszt. Szájából vér folyt, szemeiből könnyek. Elszáradt teste lehullott a lépcsőn, a másik, élő nő mellé.

Tehetetlenül álltam és néztem. Miféle hatalom került birtokába? – kérdeztem magamtól, aztán a földön heverő nőhöz siettem. A másik pap lelépett hozzá; magával akarta rángatni. Ban megjelent mellette, kezét kitörte, utána torkon ragadva egy oszlopnak dobta. Vörös szemeivel a könyvet birtokló papra éhezett. Az atya lapozott egyet és keresztjével Banra intett. Társam erőtlenül fél térdre borult. Szeme üresen vörösen bámult. Kezei elernyedtek. A pap újra a boszorkányra fordította öreg, ráncos arcát. Mire ez megtörtént, már odaértem mellé. Kardommal vágni akartam, de a pap hátralépett keresztjét pedig beledobta a jobb mellkasomba. Erejétől földre estem.

Hihetetlenül marni kezdete a bőrömet, szívta ki belőlem a levegőt. Lassú mozdulattal nyúltam érte. Üvöltöttem, míg Ban teste, akár egy urna, figyelte a könyv hűlt helyét. A pap nyugodtan a nő elé lépett, hajába markolt, és a könyvből sorokat olvasott.

Hangja berekedt, teste elernyedt. Neki is vér áztatta ruháit, kereszt jelent meg a bőrén több helyen. A látvány gyűlölettel töltötte tele szívem. Kitéptem magamból keresztjét, kardommal szúrtam felé.

A pap elengedte magától a holt nő testét és a könyvet rakta kardom útjába, ezzel megállítva a csapást. Talán a borítóját karcolta minimálisan pengém. Nem hittem szemeimnek. Túlszárnyalt minket ereje. A tiszteletes másik kezében fakeresztet fogott.

– Imádkozz, fiam. Az Úr meghallgatja tisztátlan szavaid– mondta mély, démoni hangon, sötét szemekkel. Lenéztem a halott nőkre. Láttam élettelen testüket. Az ereje térdre kényszerített. Megszegtem a szavam: hagytam meghalni őket. Ban továbbra is üres szemekkel bámult. Lassan leengedtem kardomat. A pap keresztjét közelebb rakta, míg könyvében lapozott párat, kicsit távolabb nyújtva magától. Várt rám. Mikor kezdek bele.

– Bánd meg bűneidet! – bátorított tovább. Fejébe szállt hatalma, illetve győzelmének íze nyelvén táncot járt. Velem kell végeznie, aztán el kell hagynia a helyet. Új fejezetet hoz egész Anglia boszorkányűzési történetében. Saját sorokat írhat történelmünk mocskos lapjaira. Maradandót alkothat, nevét évszázadokig zengik egyházakban. Szentté avatják halála után. Virágkor köszönhet reá.

– Atyám... vétkeztem... – Amint ezt kimondtam, a kezéből kivágtam a könyvet. Lehullott a földre, s mire elérte a talajt, már a pap fejét is eltávolítottam testétől. Gondolatai ekképp szakadtak szét. Ban hirtelen észhez tért. Környezetét felmérve tudatosult benne minden. Szemeimet le sem vettem a fekete borítóról. Éreztem a mélységesen sötét erőt, ami áradt belőle.

– Meg kell semmisítenünk! – szólt Ban, aztán a könyvért nyúlt. Amint megfogta, bőre izzani kezdett, akár az ezüst keresztektől: szétmarta ujjait. Visszaejtette a földre.

– Elképesztő. Ezt alkotta tehát az a két inkvizítor? – kérdeztem hangosan, utána letérdeltem a kézirat elé.

Papok vére folyt össze a terem közepén, ami a könyv borítója alá csorgott. Lassan érte nyúltam. Megfogtam, és abban a pillanatban szemem előtt forgott a múltja. Láttam, amint írják. Éreztem a toll vonásait, a rajzokat a bőrömön. Mélyen szántották testemet. Hallottam a hangokat, amiket tulajdonosaik kiáltottak Isten nevében, mielőtt meghaltak a boszorkányok. Éreztem az összes halott nő fájdalmát, melyet e könyv fogadott magába. Égetthús-szag marta orromat. Láttam a törpöket, amikor kezükbe adta egy ember ezt a borzalmat, rájuk bízva őrzését. Végül erőt véve magamon felsétáltam a kőoszlophoz, amin tárolták

326

száz éve, és visszahelyeztem rá. Az összes kép eltűnt fejemből. Levegőért kapkodtam, közben Ban fáklyát fogva mellém sétált.

– El kell pusztítani.

Természetesen régen meg kellett volna már tenni. Elvettem kezéből a lángoló botot. Kis gondolkozás után felgyújtottam. Fekete füsttel, lilás lánggal égett. Az összes lap porrá vált, hamvait szétszórtuk a teremben.

Lassan, némán sétáltam a boszorkányok közé. Ban fentről figyelt. Letérdeltem, és megfogtam élettelen testüket. Karjaimba vettem az egyiket, magamhoz szorítva.

– Sajnálom... – Csak ennyit tehettem. Ban csatlakozott, felvéve a másik nőt. Bólintott, utána elhagytuk a termet. Magunkkal vittük őket, ki a folyosón át, egészen a bejáratig.

Már nem esett a hó. A szél mostanra teljesen lecsillapodott. Sírokba temettük a boszorkányokat. Kis ideig várakoztam, magamban keresve a hibát. Ban félrelépett, a csodásan festő tájat nézve körülöttünk. Több gondolat terhelte elméjét, amiket azonnal továbbhessegetett. Neki a következő nap számított.

– Megtettünk mindent. Induljunk – mondta egyhangúan.

– Szerinted ez a minden? – kérdeztem vissza remegő ujjakkal.

– Elpusztítottuk a könyvet. Áldozatokkal járt, ennyi az egész.

– Számodra semmit sem jelentenek ők? – kérdeztem zsebre rakva kezemet.

– Rosszul jött ki a lépés. Utunk során sokan meg fognak még halni. Ez elkerülhetetlen. – Lehet, hogy igaza van. Viszont lelkük haragja nem neki emészti fel a testét. Fogalma sincs, mit érzek. Lehunytam szemem, utána Ban felé fordultam.

– Mikor te meghalsz, mit fognak mondani az őseid? Utódaid? A néped? Bölcs királyuk leszel, vagy csak egy vámpír, aki valami névtelen, arctalan emberrel utazott dél felé? – Ban hátranézett, komolytalanul válaszolva:

– Úgysem leszel ott, mikor ez kiderül. Majd meglátogatom azt a sírt, amibe fektetnek. Elmesélem, mit beszélnek rólad az emberek évszázadok múlva. Ha egyáltalán emlékezni fognak rád – zárta a beszélgetést, majd mutatta az utat.

Kis ideig merengtem szavain. Számomra lényegtelen az, hogy elfelejtenek-e vagy sem. A boszorkányüldözés ellen küzdök. Kerül, amibe kerül. Ez a vámpír meg talán köp a síromra majd száz év múlva. Jelenteni fog az valami? Kételkedem benne. Nagy levegőt vettem és utánaeredtem. Zsebemben már csak egy szál cigi lapult, így azt megtartottam későbbre. Sok órát vesztegettünk, de reméltem így is lejutunk a hegyről holnap délelőtt. Ban táskájában élelmet keresett, én meg csuklyámat húztam a fejemre. Rejtettem arcomat az egész világ elől. Maradok árnyék mindenki mögött. A megváltás, mikor kialszik az utolsó fény.

17. FEJEZET

BOSZORKÁNYVADÁSZ

Tűréshatárunk messze nem ott helyezkedik el, mint ahol az gondolnánk. Hasonlóképp működnek emlékeink a fejünkben. Számtalanszor villannak képek, miket nem tudunk besorolni sehova. Lehetséges, hogy előző életünk vagy gyermekkorunk meghatározó pillanatai? Mélyen rejtőzik fejünkben, szúr, akár egy szálka. Tudatunk alatt befolyásolja felnőtté válásunk momentumait. Gondolkodásunk, döntéseink, későbbi életvitelünk is mind visszavezethetők a tudat alatt megbúvó emlékekhez. Zaklatás, szeretet, halál különböző utakra terelnek, viszont van esély rá, hogy változtassunk e kijelölt ösvényen, amit sajátunknak tudunk be. Valaki sosem szeretne erről letérni, vakon hisz benne, hogy számára ez a rendelt sors. Létünk összes momentuma előre megírt? Esélytelen sziklába vésett jövőnket kavicsokká zúzni? Vannak nagyhatalmak, akik pontosan ezt akarják elhitetni velünk, s rendületlen porba tiporják azokat, akik tudják: amit fejünkben teremtünk, az valósággá válhat. Az igazi hatalom magunkban rejlik. Mélyen, legbelül.

– Hamarosan leérünk a hegyről! – kiabált Ban.

Búcsú nélkül hagytuk lélegezni a fagyos, havas tájat. Kezeimet végre kivehettem zsebeimből. Ismét melegíteni kezdett a napnak gyenge sugara, ami pumpálta belénk az élet apró erejét. Átázott ruháink száradni kezdtek. A szél egyre kevésbé fújt, kellemesebbé tette számunkra az utat.

– A keleti hágón ereszkedünk le éppen. Pár kilométert nyugatnak gyalogolunk majd, de ez belefér – folytatta Ban. Bólintottam. Végül is a déli lejáró túl veszélyes lett volna.

Szakadékként tátongott előttünk. Aljában farkasok lakmároztak egy szarvasból. Második napja, a hágón megettük az öszszes élelmünket. Nekünk is vadásznunk kell, amennyiben nem találunk települést az éjszaka érkezéséig.

Dél lehetett, gyorsan haladtunk a növekvő, sötétzöld fenyves erdőben. Kemény talaj ropogott talpunk alatt. Bokrok bújtak csoportosan a fák törzse mellett. Piros bogyók nőttek rajtuk. Pár szemet az arra tévedt madarak csipegettek. Élővilágunk büszkén kezdett életre kelni. Csökkent a terület ejtése, mitől felszerelésem kevésbé húzott magával. A távolban zöld foltos táj köszönt reám sűrű fenyvesek mögül. Tudatta velünk: hamarosan könnyebb lesz az út. Tűz fölé lógatnám nedves ruháimat, míg szarvashúst eszem nyársról. Társam hasonlóképp érezhetett. Nyugodt járása továbbra sem adott aggodalomra okot. Zsebeiben kereshette pipáját, mikor recsegtek körülöttünk a faágak. Figyelni kezdtem zajukra, viszont néhány másodpercre abbamaradt.

Pár méter megtétele után hirtelen Ban jobbra nézett, és egy hatalmas, fekete szőrű medve rohant fejjel neki. Körmeivel sikerült a fején lévő bundáján apró sebet ejteni. Négy métert arrébb repült, háttal bele egy fába. Gyantás kérge szétrepedt, a kiálló növekvő ág pedig Ban vállába fúródott. Kis vér folyt szájából, kezét fájó végtagjára tette. A medve vérben forgó szemmel állt két lábra üvöltés kíséretében. Négy-öt méter magas lehetett, akkora tenyérrel, mint három evezőlapát. Bundája vastag és durva. Karmai, akár az alkarom.

Sebeket véltem felfedezni rajta, illetve két nyílvesszőt, amelyek bal mellső lábaiból álltak ki. Lehetséges, hogy harc elől menekült erre, vagy épp leszámolt előző ellenfeleivel.

A medve rám nézett, méregetve az erőviszonyokat. Mélyen a levegőbe szimatolt, aztán visszaereszkedve négy lábára rohanni kezdett irányomba. Kardom elővettem, a másik kezemmel tőrt rántottam. A földön félregurultam, míg ő mancsával céltalanul vert hűlt helyemre. Kis előnyömet kihasználva tőrömet a támaszkodó lábába szúrtam. Bundáját átdöfve vér csordogált sebéből.

A fenevadat persze mindez nem érdekelte. Rendületlenül szaladt utánam, ledolgozva azt a kis előnyt, amire szert tettem. Mellém csapott ismét, ettől elveszítettem egyensúlyomat. Kíméletlenül oldalba vert másik mancsával. Vért köptem, belém szorult lélegzetem azonnal kipréselte a tüdőmből. Párszor körbefordultam a levegőben, utána a földre csapódtam. Sípolt a fejem, és mire a szemeim kinyíltak, már felettem morgott két lábon. Oldalra gurultam, gyorsan gondolataimat próbáltam rendezni, közben talpra álltam. Ismét megvágtam – most az oldalát. Sokkal dühösebben kezdett kapálózni. Apró fenyőt szakított ki helyéről, továbbá mancsaival zúzta maga alatt az ágakat. Acél tőrt dobtam felé, amivel a nyakát sebesítettem minimálisan. Futottam cikázva a fák között, hátha zavart keltek benne. Látszott mozgásán, sokadszorra kergeti az erdőben áldozatait. Már majdnem utolért, mire lebuktam, és hátralökve magam a sáros földön átcsúsztam alatta, magamba szívtam büdös bundájának rothadó szagát. Kardommal súlyos sebet ejtettem támaszkodó bal lábán. Ban ebben a pillanatban páros lábbal a testének ugrott, több bordáját ripityára törve borította fel ellenfelünket. Kisebb fákat kiszakított esés közben a medve. Magasra szökkentem, utána kardommal könyörtelenül átszúrtam szívét, miután ráugrottam óriási testére. Pár pillanatig pumpálta a vért, és éreztem végső levegővételét. Erőteljesen kirántottam belőle fegyverem. Lesétáltam teteméről, derekamon nyugvó tokjába csúsztatva kardomat.

Ban ellenfelünk fejéhez térdelt. Rátette kezét sűrű bundájára. Fehér fogai és zsíros bőre, továbbá friss vére nyugtázta napunkat.

– Megvan az ebédünk.

Végiggondolva a helyzetet, lehet, hogy jó ötlet kicsit pihenni.

– Rendben, rakok tüzet.

– Adj egy tőrt. – Odadobtam neki, aztán hozzávalókat kezdtem gyűjteni. Mire elegendő fát szedtem és méretes tüzet gyújtottam, a medve ehető részei már nyársra szúrva sisteregtek a lángokon. Kellemes illatok terjengtek a levegőben. Éhségünk tetőfokán hamarosan csillapodik. Ban lebontotta a tetemet, közben vérét kóstolta. Forgatta szájában, mintha ínyenc királyi bor lenne, mit értékelhet az udvar nemeseinek. Tőrömet visszaadta. Míg sült az élelem, Ban a medve levágott fejét boncolta. A bundát lerántotta róla. Koponyáját félredobta, utána tisztítani kezdte a szőrmét.

– Mit tervezel vele? – kérdeztem, átforgatva a barnuló húst közben.

– Jó pénzért el lehet adni, vagy megtartom a váramban.

– Váradban?

– Hamarosan az enyém lesz. Ez a medvefej kitömve biztosan jól mutat majd.

– Ha eladnád, vehetnénk készleteket belőle.

– Nem aggaszt a mostani pénzügyi helyzetünk.

– Lesz pár száz éved vadászni ennél nagyobb medvére. – Ban közben lábával kiemelte a tűzből már megsült húst. Fellökte magának, aztán beleharapott.

– Átgondolom. Mindenesetre jóízű az étel.

– Igen – válaszoltam, közben ízlelgettem számban a rágós, vörös húst. Üdítően hatott rám, életet lehelve gyengülő testembe.

Sok időt nem vesztegettünk; magunkhoz vettünk, amire szükségünk lehetett, utána folytattunk leereszkedésünket a magaslatról. Hamar vízszintes, sűrű fás területre értünk.

Borongós idő alakult felettünk szürke felhők kíséretében. Ban átfutotta térképét, míg én az egyik fa kérgén húztam végig ujjaimat. Sárgás nedv folyt törzséből. Betegségként könyveltem el magamban. Magányos madárfészek bámulta az eget a fejem felett, rég üresen.

– Az ország nyugati felén vagyunk még mindig. Délkeleti irányban van egy kisváros. Legalább körbe tudsz szaglászni bent.

– Rendben – válaszoltam.

Sietős léptekkel szeltük át a mezőt. Párszor esőcseppek hullottak bőrünkre. Erőlködtek felettünk a felhők, mégsem tudtak leszakadni. A hegy könnyekkel búcsúzott tőlünk. Ban zsebében a két fiolát forgatta ujjaival, ami az erős fény ellen védené napokig. Szerencséjére spórolhatott ebben a pár napban, viszont hamarosan újabb adagokra lesz szüksége. Hasonlóképp álltam én a tőrökkel. Vásárolnunk kell feltétlenül, akármilyen település határain belül leszünk. Feléltük tartalékainkat az út során. Nedves, vastag ruháinkat áruba bocsájtjuk ezüstért cserébe. Hasznát nem vesszük már a bundáknak.

– Mondd, Sasy. Honnan szerezted azt a kardot? Angol földeken nem láttam hasonlót – kérdezte Ban, míg kabátját maga mögé legyezte a korhadtan fekvő fatörzs átugrása előtt.

– Találkoztam régen egy fiatal, bölcs emberrel, aki messzi, keleti szigetországból származott. Tőle kaptam ajándékba.

– Jó kapcsolatot ápoltatok?

– Sokat tanultam tőle. Viharos estén megmentettem az életét. Erre hivatkozva adta családjának szent kardját nekem.

– Értem – figyelte az ismerős, kopott tokot, és a markolaton szövetből készült mintákat.

– Nektek, vámpíroknak, nincs fegyveretek? – kérdeztem.

Felemelte két kezét és mutatta szemfogait.

– Kell ennél több szerinted?

Pillantást vetettem rá, utána leengedte karját, szemfogai visszahúzódtak. Előre néztem, gondolkozva a dolgon.

Végül is eszméletlenül gyorsak és erősek. Kifinomultabb az összes érzékszervük. Természetesen gyenge pontja fajának az ezüst vagy fa karóban mutatkozik. Szívükbe döfve halált okoz szinte azonnal. Könnyedén kárt lehet bennük tenni szenteltvízzel, ami marja bőrüket. Továbbá a napfény képes teljesen porrá égetni őket hosszú távon, ha sokat tartózkodnak kinn. Viszont gyakorlatilag örökké élhetnek. Áldás és átok ez a lét.

– Ettől függetlenül az uralkodó vámpíroknak örökletes fegyvereik vannak. – Amikor ezt mondta, táskájából elővett pár ujjakra helyezhető karikagyűrt. Kis ideig néztem érdeklődve.

– Ez egy fegyver? – kérdeztem.

– Természetesen. A gyűrűkre fel van tekerve egy hajszálvékony fémhuzal. Csiga köti össze az egészet, amit ha ujjammal megnyomok, állíthatom a huzalok hosszát. Vékony pengék, ezek gyakorlatilag félbevághatnak akármit. Gyorsak és láthatatlanok. – Tetszett az eszköz. Letisztult, egyszerű és halálos. Hátránya, gondolom, a közelharcban rejlik. Távol tartani az ellenfeleket, illetve feldarabolni még megoldható. Viszont a lendület nélküli csapások nyilván nem okozhatnak akkora sebet.

– Miért nem harcolsz vele?

– Sosem kerültem olyan ellenféllel szembe, akire érdemes lett volna. Továbbá a tisztítása fél napot vesz igénybe. Számtalan pengét rejt ez a vékony huzal. Elfek és vámpírok készítették ötezer éve ezt a fegyvert. – Közben zöldellő tisztásra értünk, aminek végében füst szállt. Ban visszarakta oldaltáskájába, utána előrenézett. Vörös szemeivel látta célunkat.

– Elértük a várost. A mező tiszta és békés – válaszolt, megadva a kezdő lendületet.

A magasodó füvet kis búzamezők váltottak. Járőröző katonák szemei lesték a tájat. Barna textilruha borította láncingjüket. Rajta medvefej díszelgett fehér ráccsal. Arcukon sisak, alkarjukon páncél csillant a napfényben. A négy méter magas lesek egymástól harminc méterre, dicsőn fogták körbe a kisvárost. Az íjászok párosával figyelték az őket körülvevő erdőt. A földművesek betakarították a terményeket. Sietve hordák kis pajtákba, vagy épp a város szívében lévő raktáraikba. Magtározóra fontak körbe láncokat, mintha védené a közelgő esőtől. Lehet, hogy minimális zápor fogja kísérni ezt a napot. Hisz' szürkület borítja még mindig eme tájat. A színes virágokat rendületlenül porozzák a méhek. Gyermekek futottak mellettünk, be a város fa kapuján. Körben, a falak mentén két méter széles árkot ástak parasztok, akiket felügyelt egy termetes földesúr. A másik oldalon favágók hegyeztek állítva, földbe nyomva fákat. Egymás közt beszélgettek jó páran, hangjukat bőséggel kiengedve.

– Készen kell lennünk holnapra ezekkel!

– Medvék támadják városunkat! Az Úr ezzel büntet!

– Hallottátok? A franciák is küldenek katonákat angol földekre!

– A városunk vezetője azt mondta, ő saját kezével megvéd minket!

Franciák miért jönnek angol földre? Lehet, hogy követeket küldenek a béketárgyalások miatt? Vagy a püspököt jönnek megajándékozni jó híre miatt? Netán támadni akarnak? Végtére is lényegtelen. Ha odaérünk, fény derül az igazságra – nyugtattam magam, mikor egy kisgyerek neki futott Ban lábának. A fiú hátraesett, majdnem bele a mély árokba, de Ban sikeresen megfogta kezét. Ráéztem – talán hatéves lehetett. Többi társa előrerohant saját házaikhoz. A katonák nem messze tőlünk figyelték az eseményeket, míg én tenyeremet a felhők puha arcához fordítva újabb esőcseppet éreztem bőrömön. Dörgött az ég, ami a munkásokat mielőbbi kocsmába indulásra motiválta.

– Jól vagy, fiú?

Közben homlokát fogta, és mosolyogva válaszolt:

– Igen, de nagyon kemény lába van a bácsinak! – jelentette ki büszkén. Ban kezét a kisfiú fejére tette.

– Neked is ilyen lesz, ha sokat futsz!

– Tényleg?

– Persze. Most viszont menj. Az anyád biztosan keres! – Ban búcsút vett tőle, a fiú pedig büszkén rohant haza. A vámpírra néztem, ő meg a falakon belülre.

A kezemen felmelegedő esőcsepp lassan párolgott, míg betértünk egy félig üres csehóba. Ittas, piros arcú, fáradt emberek csépelték egymást vagy asszonyaikról beszéltek. Kutyák feküdtek a sarokban, előttük koszos csontos tál, minek bogarak másztak tisztára nyalt alján. Koszos, szálkás padló fogadott, néhol betört ablakokkal. A pultnál nagy mellű, aranyos, fiatal kocsmárosné köszöntött minket. Helyet foglaltunk és pénzünket számolgattunk. Néhány részeg alak megnézett magának, de többre képtelenek voltak. Semmi más nem érdekelte őket, csak a jelenlegi napi munkájuk értelme, illetve a holnapi monoton szürkeségének feledése, melyhez italukat hívták segítségül. Savanyúan fogadták az eső miatti pihenőt. Talán feltölti őket erővel.

– Dohányt kérek, és négy szelet marhahúst. – A kocsmárosné elém rakta kis tartóban a dohányt, amit belső zsebembe tettem.

– Sajnos marhahús nincs, de szárított disznóval szolgálhatok a fáradt vándoroknak! – mondta kissé megszeppenve, mire Ban asztalra rakta pénzét és végignézett a nőn.

– Ugyanazt kérem. – A kocsmárosné izgatottan hajolgatott előttünk, vékony ruhái épphogy takarták nőies testét. Ban elé helyezte a dohányt. Utána szétosztotta köztünk a friss húst. Már majdnem elfogyott minden pénzünk.

– Parancsoljanak, uraim. Másban tudok még segíteni? – kérdezte, mire Ban a szemébe nézett és mentális csapdájába ejtette.

– Megpihennék, ha lehet. – A kocsmárosné öntudatlanul, engedelmesen mutatta az utat, és kezébe adta valamelyik szoba kulcsát. Ban felkísértette magát a nővel, addig egy fiatal legény vette át a pultozást. Kértem hűvös narancslevet magamnak, amit lassan, cigarettám füstje mellett fogyasztottam.

Hosszú perces gondolataim zavaros vizekre eveztek. Éreztem belül pár segélykérést. Felnyitottam szemeimet, pihenésüket megzavarva. Elhagytam a csehót, és jobbra, a templom csúcsosodó tornyának irányába fordultam. Csepegő eső kopogott kabátomon, ami magába szívta a soha el nem fogyó folyadékot. Kapucnim fedte arcomat. Az utcákon egyre kevesebb falusi tartózkodott, ezzel könnyítve a dolgomat. Szűk sikátorokon lopakodtam, közel érve a templomhoz.

Éreztem a falából áradni a lelkek bánatát. Ban természetesen nem jött utánam. Egyedül kell megoldanom ezt a dolgot. Sáros utakon mély lábnyomaimba víz gyűlt, miből macskák ittak. A templomtéren keresztülvágtam. Kút, tele falevéllel szégyenkezett középen. Botok, részeg alakok hevertek körülötte. Motyogtak, integettek a felhőknek.

Benyitottam a templom főkapuján. Csend és gyertyaillat köszöntött. Senkit sem véltem felfedezni. Padok sorakoztak, málló festményekkel körben a falakon. Kis Bibliák sárguló lappal, szorosan álltak a szenteltvíz feletti polcon. Érintetlennek tűnt. Az egész épület e része kihaltan pihent. A kopogó eső hangja kintről nyugtatóan hatott tudatomra. Oly rég tűnt fel szava, mi számtalanszor hozott nyugalmat rám. Hirtelen vékony női hang szólt hozzám a templom végéből.

– Elnézést! Segíthetek? – kérdezte tőlem. Kapucnis fejem arra fordítva láttam egy apácát, aki kezében füstölővel, teljes fehér és kék ruházatban az imaasztal előtt állt. Összekötött világosbarna haja nyelte a szürke fényt. Az átlagos testalkatára simuló öltözet az Úr iránti tiszteletét jelképezte. Atyákat nem láttam továbbra sem. Közelebb léptem hozzá, mire ő kissé meg-

336

szeppenve nézett végig barátságtalan külsőmön. Fehér hajamon ragadtak sötétkék szemei.

– Hol vannak a papok? – kérdeztem tőle. Az apáca füstölőjét asztalára rakta. Kezét összekulcsolva derekánál lépett közelebb hozzám.

– Imádkoznak lent a föld alatt. Esznek és isznak. Örvendeznek, mivel a fő tiszteletesnek hároméves lett gyermeke – válaszolta mosolyogva, kifejezve szívének érzéseit. Kellemetlen légkör alakult. Buta naiv szavai bántották fülemet.

– Engedélyezett a papoknak a gyermek? – A lány megszeppent, hallva torzuló torkom hangját.

– Az Úr küldte neki a gyermeket. Akárcsak Jézus... – Felé kezdtem sétálni, mire ő ezt látva befejezte mondatát.

– Valóban?

– I-igen... – Ekkor hátrább lépett, míg én pár méterrel távolabb megálltam. Végignéztem az alig húsz éves lányon, majd válaszoltam.

– Vigyázz magadra. Nehogy az Úr neked is küldjön egy gyermeket. – Oldalra fordultam és a lejárat felé vettem az irányt, viszont a föld alól hirtelen előbukkant két piros csuklyás pap. Kezükben hurcoltak egy nőt. Véres lábait húzták a padlón, bilincsben lévő kezei sebesen váladékoztak. Követte őket még két normális atya, akiknek mellükre szorítva Biblia, másik tenyerükben kereszt pihent.

Az apáca elképedve nézte az eseményeket. Fel sem tudta fogni, mi történik. Kardomat tokjából kihúztam, végig figyelemmel kísérve az eseményeket. Az egyik piros csuklyás a hajába markolt a felvonszolt nőnek, és arcát megmutatta nekünk. Több mély seb ölelte körbe. A másik rozsdás kést rakott torkához. A nőnek kinyílt a szeme, ami feketén tekintett rám.

– B-boszorkány? – kérdezte az apáca mögöttem. Szabad ujjaimmal tőrt ragadtam. Megjelent a fenti kápolnában a frissen kinevezett főpap, kezében gyermekével. Magasba emelte fakeresztjét.

– Nézd meg, fiam! Lent a bűnös boszorkány most elnyeri méltó büntetését! – Körülbelül hároméves gyerek ette mohón apja szavait. Figyelte a nőt, aki erőtlenül várta a kést, mely megszabadítja e föld kegyetlenségétől.

– Gonosz a boszorkány? – kérdezte a fiú. Apja maga mellé állította, és sötét hajára rakta kezét.

– Jól beszélsz, Matthew! Most jól figyelj. – A pap intett. Éppen el akarták vágni a torkát a boszorkánynak, mire tőrömet az egyik szívébe dobtam, majd rájuk rohantam.

A vörös kapucnisok földre vetették a nőt. Arca megízlelte a fa keserű ízét. Az apáca hátrálni kezdett, kezéből elejtve keresztjét, ami akkorát koppant a fapadlón, hogy még a lelkeket is felébresztette, akik lent raboskodtak celláikban.

Az egyik pap a boszorkánnyal maradt, míg a másik kettő rám támadt. Kereszteket dobtak felém, azokat sikeresen félreütöttem. Utána kezükbe sietve kettőt vettek fejenként, és szinkronban támadtak. Késemet harcba bocsájtottam. Az egyik papnak elvágtam alkarját, utána hasba térdeltem, míg a másik hátrarúgta lábamat, mivel támaszkodtam, így földre estem. Kardommal védtem első csapását, végül késemet torkába dobtam. Feltoltam magam a padlóról, de akkor a másik csuhás oldalba rúgott. Kegyetlenségét csapással honoráltam. Lábát elválasztottam testétől. Kis vér fröcscsent az apáca arcára, aki letérdelt és feje fölé emelte a Bibliát remegő kézzel. Szipogott, rosszul érezte magát. Szakadó eső hangja kényeztette füleimet. Könnyed hegedű dala ismétlődött bennem.

Közben szíven szúrtam az atyát, míg a másik készült kivégezni a boszorkányt, aki némán, könnyes szemmel vett utoljára levegőt. Hirtelen határozott csapással levágtam mindkét kezét az eretnek hívőnek. Hagytam vérezni a padlón. Ordítása hamarosan hörgésbe fulladt. Utána két másodpercnyi csend követte. Fentről a tiszteletes üvöltött.

– Az ördög küldöttje! Nézd a sátán fattyát! – kiabált, ahogy torka bírta, míg fia támaszkodva a rácsoknak élvezte a lenti műsort. Végig kellett néznie ezt a mészárlást.

Tudomást sem vettem a fenti papról. Levettem a boszorkány kezeiről a bilincset, majd felültettem. Kulacsomból vizet öntöttem szájába. Lassú, bizonytalan kortyokkal fogadta segítségem. Arcából ítélve középkorú nő lehetett, csúnyán megviselt állapotban. Fekete szemei továbbra sem változtak vissza. Félt környezetétől, amiről ujjai árulkodtak. Szorította felsőmet, körmeivel erősen magához húzva. Az apáca remegő kézzel és könnyes szemmel nézte, amint segítve a veszedelmes, vérszomjas boszorkányt, próbálom életben tartani. Értetlenül eresztette le Bibliáját, amire pár pillantást vetett.

A pap fentről fiával sietett. Kopogó léptekkel közelítettek felénk. Csendesedett az eső heves zaja. Holt papok vére csörgedezett a repedt padló közé, etetve a holtakat.

– Minden rendben lesz. Igyál nyugodtan – mondtam, majd az arcáról a koszt töröltem vizes ruhával. A boszorkány magához tért. Hálálkodott, és maga alá húzta lábait. Az apáca félresöpörte haját és földön hagyta a Bibliát. Összezavarodva fogta fejét. Mi történik körülötte? Ő maga sem tudta.

– Azonnal végezd ki a boszorkányt! – kiabált rám maga mögött hagyva fiát a tiszteletes.

– Miért tenném, atyám? – kérdeztem vissza, míg a nő mellől felálltam.

– Mert ezek átkukkal mérgezik földünket! Kísérleteznek gyermekeinken, akiket utána felfalnak! Tiltott rituálékat folytatnak, az ördöggel hágnak! Mind szégyenfoltja országunknak, szembemennek a Bibliával! – ordította köpködve, kezében kereszttel. Fia mögötte bámult hatalmas apjára, nyelve szavait. Ebben a pillanatban kardom átszúrta a hasát. Vér fröccsent gyermeke arcára, aki semmit sem értett. A pap hörgő hangon lélegezve nézett rám. Fehér szemeimmel átláttam bűnös lelkén, és megforgatva benne a kardom válaszoltam.

– Maguk nem ugyanezt teszik, atyám? – Vért hányt, utána faláncos keresztjére nézett.

– Pokolra... kerülsz...

– Kitől van a gyermek, atyám? – kérdeztem, mire ő elejtette a Bibliáját és holtan zuhant a földre. Feje vérző szemmel, üres tekintettel a nő irányába fordult. A boszorkány fekete szemeivel tekintett vissza rá, majd a gyermekre. A fiú viszonozva rémisztő arcát figyelte, mégsem tett semmit. Apja hullájához lépkedett. Két kézzel lökdösni kezdte.

– Apa... – De csak tocsogott forró vérében, ami átáztatta
zokniját és a padlót.

Az apáca remegő lábakkal talpra állt. Vér alvadt arcán, immá-
ron fel sem tűnt neki. Samantha közben a kapun érkezett. Ha-
tározottan lökte be, utána rögtön bezárult. Tekintélye azonnal
tiszteletet parancsolt a teremben. Az apáca tudta, hogy ő is bo-
szorkány. Remegő kézzel várta, mi fog történni. Attól félt, ez élete
utolsó napja, és mivel semmit sem tett, biztosan pokolra kerül.

Samantha közben elém jött fess, testhezálló, sötét ruháza-
tában. Kis mosollyal az arcán végignézett rajtam. Látta, sike-
resen túljutottam a hegyen. Életben vagyok, valamivel jobb ál-
lapotban. A hullák körülöttünk szokásos látványként különös
érzést keltettek benne. Lilás szemei örültek, tükrében sötét lé-
nyem köszönt rá.

– Visszatértél?

– Sosem mentem el. – Mindketten a boszorkányra tekintet-
tünk, aki lassan felállt, és fejet hajtva hálálkodott.

– Elviszlek egy helyre ahol senki sem bánthat – mondta neki,
majd megfogta a kezét. A boszorkány nyugodt szemeiből köny-
nyek szöktek elő.

– Minden rendben lesz. Most már nem fognak bántani töb-
bé! – biztattam megmentett lelkünket. Samantha bólintott, aztán
a gyermekre nézett, aki még mindig apja hulláját ébresztgette.

– Mi lesz a fiúval?

– Magaddal viszed? – kérdeztem, mire Samantha kis gon-
dolkozás után az apácára fordította tekintetét.

– Majd ő vigyáz rá, és jó embert nevel belőle. – A lány köny-
nyes szemmel, megszeppenve nézett végig Samantha gyönyörű
kisugárzásán. Lassan tudatosult benne, hogy mégsem olyanok
a boszorkányok, mint amiket meséltek róluk. Félt valamiért, de
talán a berögzült hamis tanításnak volt köszönhető ez. Hisz' a
teremben életben lévőknek eszükben sem volt bántani. Ő volt
a legtisztább köztünk.

– Rendben – feleltem. Samantha távozott, vezetve magával
a nőt. Büszke voltam magamra, mert végre folytathattam éle-
temet. Túl sokat tétlenkedtem.

Amikor becsukódtak az ajtók, a gyerek vékony hangja játszott fülemmel. Apjának ruháját rángatta nyöszörögve. Közelebb sétáltam és felvettem, magam elé tartva. Ő értetlenül, csillogó szemmel méregetett. Apró tenyerével szorította a vállam, én pedig az apácára néztem, aki lehajtott fejjel átértékelte az életét. Rémülten szagolta a holtak bűzét, arcán érezte a vér marását. Megtörve a rémálmait közelebb léptem, és hozzá szóltam bal kezemben a gyermekkel, aki már a hajamat fogta, csodálva hófehér színét. Lábaival kapálózott, minek talpáról vércseppek hullottak.

– Menni fog?

– Képtelen vagyok rá – adott egyszerű választ remegő hangon. Láttam, eléggé megrázták az események.

– Mi a neved? – kérdeztem tőle. Ő felkapta fejét és halkan suttogta:

– Emma.

– Miért félsz, Emma? – Közben a fiú fehér hajamat hátul csomóba fogta véres tenyerével.

– Össze vagyok zavarodva. Nem tudom, mi a jó s mi nem! Azt tanultuk, a boszorkányok rosszak! – emelte vékony hangját. A földön kúszó vértócsa tükrében kutattam arcomat.

– Nincs jó vagy rossz. Hihetetlen, de helyes út sem létezik. Saját önző vágyainkat és képzelgéseinket követjük egész életünkön át. Mit gondolsz, azt a könyvet, amire épül a hited, azt ki írta? – Emma némán hallgatta szavaimat. Kis szünet után folytattam.

– Ember. Ugyanolyan, mint mi. Papírra vetett szavakat. Terjeszteni kezdte saját elveit. Ebből felépítve azt a vallást, ami miatt háborúk és ártatlanok mészárlása folyik. – Közben az apácához léptem, és az arcáról kezdtem letörölni a vércseppeket vizes ronggyal lassan, gyengéden. Éreztem, ha ennél erősebben tenném, még kárt tehetnék fiatal, puha bőrében. A gyermek erősen kapaszkodva belém tartotta magát.

– Nem akarok tovább itt lenni! – felelte. Komolyságát nagy, sötétkék szeme nyomatékosított.

– Pedig most van rád a legnagyobb szükség – válaszoltam. Matthew kapálózott, és mosolygott.

– Mit kéne tennem? Hisz' minden, amit eddig hittem... teljesen... – Végül sebes tenyeremet a vállára raktam, utána mélyen a szemébe néztem.

– Neveld fel ezt a fiút. Hozz létre egy olyan egyházat ebben a városban, ami más alapokon áll, mint az összes többi! Teremts olyan templomot, amiben nem halnak meg ártatlanok. Kelj úgy minden reggel, hogy nem kell félned sem neked, sem másnak az miatt, hogy ki kerül máglyára, mert különb, mint az átlag. Légy nyitottabb! Fogadd el az újat! Add át a saját hitedet az embereknek! – Emma könnyes szemmel vette át a gyermeket tőlem. Minden szavam mélyen beleégett. Tudta a feladatát. Látta maga előtt az utat, amit járnia kell.

– Igyekezni fogok! – felelte magabiztosan. A fiú megfogta Emma haját és valamit motyogni kezdett.

– Mi a neve a fiúnak?

– Matthew Hopkins, ha jól tudom. – A fiúból furcsa erőket éreztem, az apáca fénye mégis túlragyogta auráját.

– Vigyázz rá! Ideje mennem. – Összekötöztem a hullákat, aztán lefedtem testüket. Ki akartam vinni őket, de Emma megállított szavaival.

– Hagyd őket! Majd én elintézem.

– Biztos?

– Teljesen. Csak kérlek, áruld el, ki vagy te! – Felálltam a hulláktól, a terem közepére sétáltam. Utoljára Emmára pillantottam, aki kezében tartotta a gyereket. Mögötte a díszes, boltíves festmény hasonló ábrát nyújtott. Az eső kopogása csodás háttérzajt biztosított nekünk. Néhol erőlködő napsugarak világították ártatlan arcát.

– Sasy. – Sarkon fordultam és indultam kifele.

– Hálás vagyok, Sasy! Megmutattad a helyes utat – mondta egyre halkabban. Végül kiléptem a templomból a szakadó esőbe. Nyikorogva csukódott be az ajtó, elvesztve így azt a kis melegséget, amit bentről magammal hoztam. Körbenéztem a holt utcán. A sárosabb poros utak szélén békák ugráltak. Ban a falnak támaszkodva pipázott.

– Sikerült elintézni a dolgodat?

– Remélem, a kocsmárosnőnek nem lett baja. – Továbbra is az eső nyugtató zenéjét hallgattuk.

– Hozzá sem értem! Csupán ízelítőt kaptam az emberi faj gyengébbik nemének bűnös szándékaiból – vágta rá.

– Értem. – Csuklyám a fejemre vettem, és az esőfüggöny alatt indultam dél felé. Ban hasonlóképp tett, követve nyomaimat.

– Közeledünk a partokhoz – folytatta Ban, míg mellém ért.

– Meg kell tudnunk majd, hogy konkrétan melyik régióban tartózkodik a püspök – gondolkoztam hangosan.

– Innen délnyugatra van egy központi kapu. Olyasféle információs pont. Számos vándor kalandor vagy katona kér segítséget, és eligazítják onnan. – Ismét hasznos dolgokat közölt velem.

– Akkor hát mutasd az utat.

Ban elázott térképét fésülte, míg ki nem értünk a kisvárosból. A sáros talaj alattunk körültekintőbb sétát igényelt. Mellettünk magasra polcolt szekeret toltak ketten az útra, amit öreg ló vonszolt fáradtan. Valószínűleg lecsúszott a kavicsos ösvényről nagy súlya miatt. Kiabáltak hangosan, bízva benne, valaki arra téved és segít nekik. Zsebemben lévő órámat hallgattam rövid ideig. Kattogása ismerősen csengett. Oly rég figyeltem már fel rá. Talán még északon. Mikor Rose takarózott kabátommal azon a hűvös estén. Az orromat kényeztette illata, ami elbújva várta ezt a pillanatot. Eszembe jutott ő. Vajon mi lehet vele? Valószínűleg soha nem találkozunk. Legalább több sérülést miattam már nem szenved. Így lesz a legjobb mindkettőnknek.

Ban megállított közben egy útkereszteződésnél, ahol a jobb oldali irányba mutatott.

– Ez lesz a helyes irány. Remélem, bírod a sétát. – Lehajtottam fejem és tartottam a lépést.

– Ha elesel megint, nem rángatlak a kapuig – feleltem. A vámpírok hercege megigazította kabátját és követett.

– Nincs szükségem a segítségedre.

– Természetesen – vágtam rá, ezzel beszélgetésünk véget ért.

Kezdett csillapodni az eső. Az utolsó napsugarak erőlködve halvány szivárványt festettek elénk. Akár egy kapu, amin át kellett sétálnunk, tudván, a túloldalán elérjük céljainkat. Nekem és útitársamnak más kép rajzolódott odaát. A legendák szerint manók őrzik a szivárvány végén a kincses üstöt. Gyerekként sokat kerestem. Végül rájöttem: mindvégig saját magamat kutattam az erdőben.

Gondolataim rövid ideig a templomban történteken kalandoztak. A másik pillanatban pedig a kapun, ami megmondja nekünk, melyik út vezet célunkig. Lenyugvó nap kísért, arcunkat melegítve. Állatok rejtőztek kuckójukba, a halak boldogan úsztak és ugráltak az eső hatására.

Lassan minden véget ér. Érzem a lelkem szavait. Nyugtalanul mozgolódik bennem valami sötét. Kérdést tett fel nekem, amire még nem leltem a választ.

18. FEJEZET

LOVAGVÁROS

– Mondja, atyám, ön mit gondol, a bűnösök lelke megmenthető? – kérdeztem a paptól, kinek vállába állított kardomon támaszkodtam. Bal lábammal másik kezét szorítottam a földnek, a vérző hasából szivárgó belsőségek pedig félig csonkított lábának látványával vetekedett. – Engedj el! Kérlek! – könyörgött fuldokló hangon. Fejemet ráhajtottam kardom markolatára. Késemet oldalra forgattam, ezzel átvágva pár eret. Fájdalmát hangos kiáltással társította. – Miért nem válaszol, atyám? – Zsebembe nyúltam, s véres, koszos kezemmel egy maréknyi sót vettem elő. Lassan szórni kezdtem sebeibe az értékes árut. Rángatózott és menekülni próbált. Testsúlyom és a gyóntatófülke segített kordában tartani vonagló eretneket. Húsát csípte a sok apró, kristályos szemcse. Madarak röppentek messze a templom tetejéről, miről a repedezett, öreg cserép a földre kívánkozott. Füstszag környékezte orromat.

– Pokolra kerülsz! – ordított rám folyamatosan, és hányta sűrű vérét.

– Abba születtünk mindannyian. Miben más ez a lét vagy az ottani? – kérdeztem végül torkát szorította. Arcát teleszórtam sóval. Szemeit marta, illetve összehúzta a bőrén lévő sebeket. Hangszálai szüntelen dolgoztak. Torkaszakadtból átkozott engem, míg körülöttünk több helyen égni kezdtek a fapadok.

– Elegem van, atyám – zártam beszélgetésünket. Órák óta szórakoztatott ez a félnótás. Felálltam, és a nyakára lépve törtem szilánkosra csigolyáit. Kardomat kirántottam végtagjából, majd a fülkéből kilépve széttárt karokkal vettem mély levegőt.

Koszos arcomon a rászáradt vér részemmé vált. Süvítő szél tért be hozzánk a törött ablakokon.

Ban a terem közepén élvezte a tűz ropogó hangját. Követte az eseményeket, kezében egyházi kehellyel, amiből pár halott vérét iszogatta. Körülöttünk számos pap feküdt kiforgatva belsőségeikből. A kis kápolna törött ablakai illetve ledöntött keresztje középen segítségért kiáltottak. Ömlött a füst a teremből, míg a tudatlan falusiak értetlenül néztek a dombtetőre. A házak szűkösen sorakoztak, gyerekek apjuk kezét fogták. Vödrökben vizet hoztak a katonák és legények, mivel siettek menteni a menthetőt. Hangos kiabálás közepette terelték a népet kevésbé zsúfolt útra. Samantha kézen fogva állt egy nővel az ajtó előtt. Sebes karját gondosan bekötözte, koszos arcát óvatosan letörölgette. Hálálkodott gondolatait terelve, hátha könnyebben emészti az eseményeket. Épp készültek megcsonkítani, mire ideértünk. Szakadt, barna ruhái alja sárosan söpörte a fapadlót. Piros csuklyás papból egy a sarokban, levágott karokkal hevert, arc nélkül az égre nézve. Bátran harcolt, viszont erőlködése hiábavalónak bizonyult. Ban könnyedén zúzta össze bordáit, majd tépte szét testét. Samantha elé sétáltam a nyikorgó, forró padlón. A fogyatkozó levegő idebenn égette tüdőmet. Épp indulni készültek.

– Jobban vagy? – kérdeztem a nőtől, aki félresimítva a haját, kissé rémülten tekintett rám:

– Igen... de fogalmam sincs, mi lesz velem.

– Semmi baj. Samantha biztos helyre visz. – A nő a papok hullájára nézett.

– És ha ott is megtalálnak?

– Ahova megyünk, ott senki sem bánthat, ezt megígérem. – Intettek és elhagyták a helyet. Távozásuk közepette hatalmas mennyiségű fekete füst szabadult a teremből, minek köszönhetően teleszívhatta magát a templom friss levegővel, táplálva haragos lángjait. Hosszú út állt előttük. Bólintottam, kardomat visszahelyeztem a tokba. Ban kiszívta pipájából az utolsó szenesre égett dohányt, míg mellém lépett.

– Nem adtál sok esély nekik.

– Ők adtak a nőnek? – kérdeztem vissza, míg elhagytuk a kápolnát.

– Holnap reggelre elérjük a kaput.

– Akkor ne veszegessük az időt. – Ban térképét kezébe vette, közben mögöttünk több faelem lángokba borult és összedőlt, a templom szerkezetével együtt. A ropogó, száraz cölöpök sikolyként visítottak felettünk. A szenteltvíz hevesen párolgott a levegőben.

– Gondoltam... a Liliom erdőn keresztül kell átvágnunk! Könnyű dolgunk lesz – mutatott közben a helyes irányba fekete körmével.

– Liliom erdő?

– Pontosan. – Utána a természet rengetegébe burkolóztunk. Egyenetlen és nehéz terepen kellett keresztülvágnunk. Dombos, néhol magas füves terület gátolta haladásunkat. Ban törte a növényzetet, elüldözve sok állatot a környékünkről. Emlékeztetett régi önmagamra, aki vakon, vérszemet kapva, környezetével nem törődve járta az északi vidéket. Igaz, erre kevesebb csapadékkal találkoztam eddig, és az idő sokkal kellemesebb volt. Kereskedelmi utakkal sem találkoztunk régóta, viszont helyette számos katonai egységgel futottunk össze. Nehézlovasság; tündöklő vaspáncél bújtatta testüket az úton dél felé, dicső lovakon. Muskétások bőr felszerelésben, csilingelős bakancsban kalapos katonák, oldalukon ugyanolyan kardokkal, mintha mindannyian ikrek lennének.

Rendületlenül, ellentmondást nem tűrve siettek saját vesztükbe. Követve olyan királyok és kormányzók parancsait, akik az eredményeket várva ültek kényelmes székükben, asszonyaik szórakoztatták őket, mit sem törődve azok családjával, akiknek férjeik épp az ő országukért esnek, halnak a csatatéren. Az órákig tartó menetelés rövid percekként hullott vállainkra. Ismeretlen szagok terjengtek a levegőben. Pár színes virág erőlködött nőni az égig.

Ban megtorpant előttem, vörös szemével a fák közé nézett. Sötét, magas fák tekintettek vissza ránk széles lombokkal. Kis ideig társulva kémleltem a magányos oszló, kérges fákat. Hívott magához az erdő. Szavaik fejünkben kellemesen csengett.

347

– Megérkeztünk – mondta Ban, majd nagyot lépet.

– Nyugtalanságot érzek. – Közben mélyebbre keveredtünk a fák közé.

– Ez nem egy átlagos erdő. Éjjel varázslat ül rajta, ami a gyengeelméjű embereket elragadja. Régen élt itt egy tündér hercegnő, aki védelmezte az erdőt, őrizve a nagy fát. Állítólag a halhatatlanság forrása is fellelhető volt rajta háromezer évvel ezelőtt.

– Mi lett a tündérrel? – kérdeztem. A fák mögül kővel rakott útra léptünk.

– Elszökött az emberrel, aki megitta a forrás vizét – felelt Ban, közben szemünk elé tárult az erdő éjjeli szépsége.

Kék színben pompázott lábunk alatt az út. Fehéren a növények, bokrok, amik szegélyként jelölték a végtelenül sok, irányba kanyargó köves járdát. A fákon zölden világító lámpások díszelegtek. Mélységes béke és nyugalom öntötte tele szívünket. Az egész hely atmoszférája tiszteletet, nyugalmat sugárzott. Apró tündérek repkedtek, végtelen színű csillámfényt húztak maguk után szárnyaikkal. Különböző ruhában, boldogan beszélgetve, párokban vagy kisebb csapatokban repkedtek. Szárnyaikkal büszkén csapkodtak, nevetésük mélyen szívünkbe hatolt. Alig lehettek nagyobbak húsz centinél. Törékeny testükkel szélsebesen suhantak páran a lombok alatt.

Tudomást sem véve rólunk élték életüket. Ban mesélt nekem az itteni fák által kibocsájtott páráról, amiből ha sokat lélegzünk be, erős hallucinációkat okozhat. Ismerve magát, bízva saját ösztöneiben követte a helyesnek vélt irányt. Elképesztő mennyiségű élőlény töltötte az éjjeli életét teljes békében. Nyulak legelésztek körülöttünk. Kis tündérek ültek hátukon, akárcsak mi, emberek a lovakon. Sosem láttam korábban hasonlót. Mindenfelé nézve arcomra vetült számtalan színes növény nyugtató fénye. Jó ideje mentünk a végtelen útvesztőben, mikor elénk szállt egy szőke rövid hajú, jóval nagyobb, mégis vékony testalkatú férfi tündér. Szélesre nyúló szárnyai tarka színekben pompáztak. Arca sima volt, szemei világos zöldeskékek. Kezében aranyszínű pálcát tartott. Ruházata lenge, átlagos lábain cipőt sem viselve ereszkedett magasságunkba. Végigmért alaposan, akárcsak mi őt. Gyanakodtunk, mert környezetünkben más társai tekintete röpke pillanatokra vetült ránk. Arcukról tündökölt a kérdések hada. Hófehér agancsos szarvas sétált elő a bokrokból, hátán két kék madárral. Barátságos, nyugodt reakciója biztosította környezetét békés szándékainkról. A tündér koránsem átlagos külsőnk ellenére kis mosollyal, lehunyt szemmel szólt:

– Legyetek üdvözölve a Tündérek Erdejében! – Több fajtársa hamar körülvett minket, néhánynak virág volt a kezében, így fogadtak. Örültek érkezésünknek. Nevetésük, csilingelő szárnycsapásuk lenyűgözte Bant. Élénk érdeklődést tanúsított feléjük. Fekete körmeit sokan észrevették.

– Számunkra a megtiszteltetés – feleltem, míg előreléptem. A tündér közelebb repült, majd maga mögé intett.

– Bizonyára fáradtak vagytok. Megkínálhatlak titeket a tavunk vizéből készült liliomteával? – kérdezte. Ban semlegesen bólintott. Hátából növekvő színes szárnyai visszatükröződtek vörös szemében. Én természetesen elfogadtam az ajánlatot. Emlékezetem szerint valamikor meséltek nekem már erről a teáról.

– Nagyra értékelnénk.

Így követtük őt, illetve néhány más tündért. Egymás között beszélgettek, nevetgéltek. Őzek keltek át keresztben az úton, hátukon szép zölden világított a fajtajellegű foltjuk. Kis idő és a völgybe irányuló séta után teraszhoz hasonló helyre érkeztünk. Három szék, továbbá üveg körasztal fogadott. Növények gyökereiből készültek ezek a kényelmes székek, továbbá az asztal lábai is. Majdhognem eggyé váltak a zöld fűvel, ami lábunk alatt burjánzott. Ban háttal ült az apró vízesésnek, minek aljában összegyűlt a folyadék. Abból mert kancsóba nekünk apró lánytündér vizet. Azt utána melegíteni rakta fel nem messze tőle. Zölden fénylő kristály sugárzott hőt – ők nem használtak tüzet. Boldogan tevékenykedtek összhangban. Furcsa, táncra hasonlító mozdulataik elegáns, fajukra jellemző vonásokat hordozott magában. Állandó mosolyuk békés környezetüknek volt köszönhető. Friss, tiszta, hűvös levegő frissítette elménket.

A tündér, aki ide vezetett minket, helyet foglalt, és kis társai csészéket hoztak kanalakkal. Úri fogadtatásban részesítettek.

– Elnézéseteket kérem, be sem mutatkoztam! Én a Tündér Erdő királya, Eliot vagyok. – Mikor ezt mondta, Ban felkapta fejét. Kezdett érdekessé válni számára a történet, amibe csöppentünk.

– Ban vagyok, a vámpírkirály fia és trónörököse – felelte, miután kezét mellkasára tette, ezzel jelezve tiszteletét.

– Sasy vagyok. Örvendek a találkozásnak. – Eliot szemét rajtam tartva jól megnézett magának.

– Örülök a találkozásnak, Ban, a vámpírok leendő királya, és Sasy, a Boszorkányok Védelmezője. – Szavaira tekintetünk megrezzent, majd Ban rám, én pedig Eliot szemébe pillantottam.

– Miért nevezett így? – kérdeztem, közben lerakták elénk a kész teát. Hosszú másodperces csend honolt. Illata azonnal meghódította az orrunkat.

– Talán nem te vagy az? – kérdezte tőlem, míg töltött a kancsóból nekünk.

– Híred megelőzött ismét – felelte Ban, hátradőlve a kényelmes fonott székbe.

– Pontosan! Hiszen az egész országban suttognak egy árnyról, aki sorban menti meg a boszorkányokat. Nagyszerű cselekedet és nemes cél!

Kis kanalainkkal kevergettük a teát, örvényt létrehozva a csészében. Számban ízlelgettem Eliot szavait.

– Igyekszem. Néha jobb lenne, ha nevem is az árnyékban maradna! Minél többen hallanak rólam, annál többen csalódnak, miközben arra várnak, mikor érkezem és viszem őket magammal – feleltem, utána belekortyoltunk a teába. Ízlelőbimbóink teljes extázisba estek. Ismeretlen aromák és illatok borították be szánkat.

– Biztosan nehéz a súly, amit cipelsz. Éreztem az aurádat, mikor beléptetek az erdőbe – válaszolta Eliot, nagyot kortyolva italába. Ban kiürítette az egészet és a teáskannára nézett. A világoszöld hajú, összekulcsolt kézzel várakozó kis tündér észrevette ezt. Vörös szemeit rá vetette, várva a reakciót. A lány megszeppenve, elpirosodva felemelkedett a talajtól kezében a kancsóval, és öntött neki egy keveset. Ban megköszönte fáradalmait.

A tündérlány zavarba esve söpörte félre haját, közben Ban mosolyogva figyelte ettől még ügyetlenebbül mozgó felszolgálóját.

– Ez az életem. Minden boszorkányt meg fogok menteni! – Az utolsó csepp teát nyugodtan nyeltem le rövid ízlelgetés után. A tündérkirály mosolygott, fejét rázta.

– Régen a húgom nagyon magányos volt. Évszázadokon át egyedül vigyázott az erdőre, míg én az emberek oldalán állva küzdöttem országuk békéjéért. Azt hittem, a saját erdőnk biztonságát erősíthetem. Húgomat egy átlagos kalandor mentette meg az örök magánytól. Végül elmentek mindketten, és leélték közös, boldog életüket. Viszont a vándor megöregedett... felette eljárt az idő, míg húgom tündérként végignézte párjának halálát. Földbe helyezte, s örök nyugalomra lelt a férfi. Évszázadok óta fekete ruhában látogatja sírját, messze innen, északon. Kívül boldog, fiatal teste a férfi lelkével együtt öregedett s lett keserű ismét a magánytól. Viszont tudom, szíve boldog, mert az a szempillantásnyi idő, amit együtt töltöttek, számára életének legboldogabb évei voltak. Rég nem láttam már a húgomat. Lehet, hogy soha többé nem is fogom, mivel ő örökre párja mellett fog maradni. Tisztogatja sírját, öntözi a belőle kinövő virágokat – fejezte be Eliot.

Gondolkoztunk temérdek dolgon. Ban megállt ivás közben. Régi ismerős jutott eszébe, aki halandók közül származott. Hangját hallotta fülében. Ízlelgetve az elmúlás pillanatait, mi rá kicsit sem hat. A tündérlány a kannának támaszkodva törölte le világoskék szemei alól a kicsorduló könnyét, elrejtve arcát előlünk. A számomra tanulságos történet emlékképeket idézett fel a fejemben. Sötét erdőt láttam, magányos sírral. Hangot, ami óvta a környezetét.

– Szerette a húgát. És ez a legfontosabb! Ott volt neki, mikor mindenki más elhagyta, és vele maradt egy életen át – válaszoltam a királynak.

– Igen. Ez a legfontosabb – ismételte szavaimat, gondolkozva rajtuk. Végül Ban megtörte a csendet.

– Évezredek alatt láttam már furcsa dolgokat. Embereket, kik fajukat ölik ostoba elvekért. Vámpírokat halandókkal élni, örülni és szenvedni. Elfeket távoli vidékekre vándorolni. Nem gondolnám, hogy akármelyikük bánná, amit tett, csupán az elmúlás fogaskereke hagy nyomot rajtuk, ettől szívükben őrzik szeretteik emlékét. – Szemeim nagyra nyíltak szavaitól. A tündérkirály mély levegőt vett, fejéből üldözve negatív gondolatait.

– Igazad van! Bölcs király lesz belőled. – Bannak kétségei sem voltak efelől.

– Eliot, segítséget kérnék tőled.

– Mi lenne az? – kérdezte jobb kedvre derülve, ismét kiegyenesedve.

– Dél felé tartunk, a Nagy Kapu felé. Hálásak lennénk, ha utat mutatnál. – Eliot leszállt a székről, majd kezébe vette pálcáját. Szőke haját hátrasöpörte, szárnyai magasabbra emelkedtek.

– Szívesen segítek. Kövessetek! – mondta, majd intett a kis tündérnek is, aki eddig hallgatta beszélgetésünket, készen állva csészéink újratöltésére. A király mellé repülve, előttünk haladva mutatták az utat.

Sokat gyalogoltunk, amit kicsit sem bántunk. Csodáltuk a helyet, és az ott élő apró tündérek szemügyre vettek. Suttogtak, mivel ritkán érkezett vendég hozzájuk. Meglepte őket az öltözetünk, illetve királyuk fogadtatása. Hisz' úgy ültünk le teázni, mintha régi ismerősök lennénk. Persze az embereknél ez nem így működik. Sikerült a hely hatására alaposabban visszaemlékezni számos faj szívélyes fogadtatására. Az elfeknél is barátságosan szállást adtak, továbbá élelmet és vizet. Teljes béke honolt szívemben. A boszorkányok tanácsa sem kételkedett. A vámpírok kastélyában az életemet is megmentették. Egy aranyat sem kellett fizetnem a megannyi kedves gesztusért. Nálunk viszont minden pénzbe kerül, akár a szajháknál. Ha fizetsz, élvezheted szolgáltatásukat. Másképp hagynának meghalni az utcán, míg homokká nem lesznek csontjaink, utolsó húscafatjainkat pedig lerágják a kutyák.

Ennyit ér nálunk az emberi élet. Ezért vagyunk ilyen sokan, hisz' ha meghal egy, máris kettő születik. Más népek talán pontosan ezen okból tűnnek el a föld felszínéről vagy rejtőznek mélyen az erdőkben: nem akarnak összefolyni a szennyezett vízzel, amit mi képviselünk.

Eliot megállt és felénk fordult. Tekintetén tükröződött, hogy értékesnek találta a velünk töltött idő. Tanultunk, reménykedve abban, hogy építettük táraságunk kapcsolatát és világnézetét. Kis fa kapu árnyékában álltunk. A másik végén burjánzó mező szürkületben fogadott. Lengedező, sötétzöld fűszálak táncoltak a szélben. Könnyed zápor utáni illat játszott orrommal.

– Itt lennénk. Ha tovább haladtok a mezőn át, magas sziklába ütköztök, mely mögül kinézve látni fogjátok a kaput a távolban. – Ban tekintetét a kis tündérlányra fordította, akinek türkizkék ruháján és zöld cipőjén ragadt a szeme.

– Köszönjük a segítséget! Illetve a teát – feleltem, kezemmel megigazítva kabátom gallérját.

– Csekély ajándék részünkről. Hisz' vendéget rég fogadhattunk.

– Hálásak vagyunk! Sosem felejtem erdőid csodás színét és boldogságát.

– Ha erre jártok, legközelebb szívesen látunk titeket – közölte a király, utána intett, és a tündérek hoztak teának való füvet, amit levelekbe csomagoltak. Kezünkbe fogtuk az ajándékokat. Illata nyugtatóan hatott ránk.

– Nagylelkű ajándék. Mivel hálálhatnánk meg? – kérdezte Ban. Eliot a fejét rázta.

– Járjatok sikerrel! Illetve még egy fontos dolog. A teát nem egyszerű elkészíteni; fontos a víz forralási ideje, továbbá a levelek mennyisége. Ezért Bella veletek tart és segít nektek – utalt a kis tündérre, aki a teát öntötte nekünk. Ban ránézett, Bella is rá, utána nagy szemeit a királyra szegezte. Apró szája enyhén nyitva maradt a hallottak miatt.

– Tessék? – kérdezte aranyos, vékony hangján. Eliot szüntelen bólogatott, véglegesítve a dolgot.

– Bella aranyos és segítőkész tündér. Hosszú fáradt nap után bizonyára jól fog esni egy tea. Viszont ha elfogyott, nyugodtan visszatérhetsz az erdőbe. Kérlek, addig segítsd őket! – Bella természetesen nem szeretett volna ellenkezni. Kis mosollyal az arcán, félve repült elénk. Végignézett rajtunk. Bant félelmetes vámpírnak látta, aki a vérére éhezett, bennem pedig egy rejtőzködő gyilkost látott, aki éjjel vadászott ártatlan nőkre. Érzéseit barátságos arca mögé rejtette. Ban meglepetten vette szemügyre alaposabban a tündérlányt tetőtől talpig, majd felém fordult.

– Biztosan hasznosabb lesz nálad – vágta a fejemhez. Elindultam kifele a kapun.

– Talán végre valaki segíteni fog nekem a harcban. – Ban hátrasimítva haját követett. Bella nem értette a dolgot. Mire célozgathatunk? Rövid, zöld frizuráját igazgatta, majd összekulcsolta ujjait.

– Én? Harc? – A király közben mellé szállt, és biztatva búcsúzott tőle.

– Vigyázz rájuk, Bella! Épségben térj vissza.

– Rendben – válaszolta, utána mosolygott. Követve minket kiszállt a fák sűrűjéből.

A felkelő nap csodás fényei sütötték arcunkat. Bella életében először tapasztalta ezt az érzést. Kis kezével takarta szeme elől a fényt. Ban lefelé tekintett, keresve pipáját zsebében. Én a nap sugarait nézve fehér szemeimmel gondolataimba meredtem. Pár perc pihenő után cigimre gyújtottam. Ban a pipáját kezdte pumpálni. Bella figyelt minket, erőteljesen érzékelve a hasonlóságot. Igaz, háttal voltunk egymásnak, mert különböző dolgokra összpontosítottunk. Ban fehér haja kabátja alá bújt, míg az enyém fekete köpenyem fölé nyújtózkodott. Bakancsunk minimálisan süppedt a puha talajba. Társunk sötét körmei taszították a napfényt. Érezte, hamarosan újabb fiola szert kell innia állapota fenntartásához.

– Ti eléggé hasonlítotok – mondta közelebb repülve. Ban ránézett mélységes tekintetével, utána válaszolt.

– Ne nevettess, tündérke! – Bella meglepődött a becézésén. Gondosan felém fordult. Kifújtam a füstöm, majd hátrasöpörtem a hajam.

– Ha már velünk tartasz, észre fogod venni mennyire, különbözünk – indultam előre, szembe a széllel. Ban utánam lépett fél métert, aztán hátraszólt Bellának, aki egyhelyben lebegett, csapkodva szárnyaival. Figyelte, miképp távolodom.

– Ha nem sietsz, lemaradsz életed kalandjáról – bólintott neki a jövendőbeli vámpírkirály, ettől kissé megszeppenve utánunk repült. Rengeteg kérdés fogalmazódott meg benne. Személyiségünk válaszaink alapján rejtély volt neki. Viszont kevésbé tartott tőlünk. Mélyen belül sejtette: nem vagyunk annyira rosszak, mint ahogy látszik. Tévedett volna?

Végtelen zöld mező és számos fiatal virág vett körül. Lassan gyülekező felhők szálltak ritkán felettünk, néhol árnyékot vetve erre a békés tájra. A madarak rajokban, csiripelve repültek, köszöntve a nyarat, ami hamarosan eléri hazánkat. Ban a belső zsebében lévő tealevelek illatát élvezte, míg én észrevettem egy magányos rózsát kinőni valamelyik közeli nagyobb kő tövéből.

Hirtelen Rose arca jutott eszembe. A hangja már oly rég ébresztett fel sötét álmomból. Puha bőrének érintése. Heves, forró teste, annyira törékeny s ártatlan. Ő biztosan egyedül van valahol. Remélem, mindennél jobban tanulásra összpontosít és elfelejti a sok rosszat, amit velem átélt.

Közben a kőhöz értünk. Legalább öt méter magas volt, és négy méter széles. Sokféle írás belekarcolva, számos névvel. Évszámok, illetve rajzok díszítették. Növényeknek jelét sem láttuk kétméteres körzetében, ami még érdekesebbé tette az egész szituációt. Ban mohón méregette a követ, én viszont elsétáltam mellette, majd kinéztem a narancssárgás-zöldes tájra. A domb lábánál út kanyargott. Folyónyi szekereket húztak ugyanabba az irányba menetelve. Lovakon katonák ültek, sebesen a kapu felé tartva. Feltűnt a messziségben a kapu körvonala. Ban és Bella mellém jöttek. Éles szemükkel tisztán látták, mennyi ember és állat közlekedik. Vámpír herceg tisztában volt vele, mi folyik odalenn. Bella gyengéden hozzáért a kőhöz, árnyékába bújva.

– Úgy tűnik, a király igazat szólt – közölte Ban. Máris a levegőbe szagolt, sok emberi szagot tudva magáénak.

– Viszont van egy kis gond – utána Bellára néztem. Ban rám, majd ő is a tündérre.

– Igazad van. Vele nem számoltunk – válaszolta. Új társunk nem értve a dolgot kissé pánikba esett, és összekulcsolva kezeit tisztázni akarta a dolgot.

– Mi a baj?

– Tudod, ez már nem a tündérek erdeje – mondtam, Ban pedig folytatta.

– Az emberek ritkán találkoznak hozzád hasonló gyöngyszemekkel.

– Mi a baj ezzel? Talán félnek tőlem? – kérdezte naivan.

– Ellenkezőleg. Rendkívül értékes vagy. A feketepiacon kisebb vagyonért is eladhatnak alkimistáknak vagy olyan gazdagoknak, akik szeretnének játszadozni. – Bella máris rohant volna vissza az erőbe. Szó sem volt róla, hogy őt akárki eladná. Szemei előtt az alkimistákról alkotott gonosz kép és a kövér gazdagok mohó arca azonnal félelemre adott okot. Ban szerencsére szólt az érdekében.

– Természetesen nincs mitől félned, míg egy vámpír mellett vagy. Maradj közel hozzám, és ne kelts feltűnést. – Bella ijedten közelebb repült, majd a sarkára állt a levegőben.

– Mégis hogy csináljam azt? Tündér vagyok! – Ban óvatosan a vállára ültette. Bella piros arccal foglalt helyet.

– Itt jó lesz. A szárnyaidat tedd magad mögé, és viselkedj természetesen. – Bella – elfogadva a kisebbik rosszat – némán bólogatott.

Félóra múlva csatlakoztunk mi is a kapu felé tartó emberekhez, akiknek száma egyre több lett, ahogy közeledtünk. Bella megnézett magának számos embert. Fáradhatatlanul maguk után húzták terményeiket, vagy éppen a családjukkal költöztek. A gyerekek játékait figyelte. Nem értette, miért beszéltünk arról a sok dologról, ami annyira megrémítette. Hisz' mindenki elégedetten, céltudatosan sietett dolgára. Érdekes ruházatuk tetszett neki, bár egyszerűnek vélte. Sokrétű arcvonásaikat felettébb viccesnek találta. Először megijedt a szamaraktól, amik húzták a szekereket, máskor meg elképedt a teljes páncélzatú lovagokon, akik dicsőn, le sem tekintve ránk lovagoltak tovább.

– Anya, nézd, kisangyal ül a bácsi vállán! – szólt mögülünk egy hang. Bella hátrapillantott és mosolygott. Az anyukája a kisfiára nézett és boldogan válaszolt neki:

– Igen, vigyáz a bácsira! – Ban eltakarta Bella szárnyait, majd tovább sétált előre. Én is körbenéztem, kezemet a zsebemben lévő tőrre téve. Mivel semmi mozgást és beszélgetést nem vettünk észre, ami gyanús lett volna, a kapuk irányába siettünk. Bella büszkének érezte magát, és kedvesnek tartotta az embereket maga körül. Ban vállába kapaszkodva csodálta az óriási építményt.

Gyakorlatilag a kapu két hatalmas oszloplábon állt, vastag tégla és dísz borította. Boltíves tetején, kis résein átszűrődött a napfény, szép árnyékot vetve az immár összefüggő, köves térre. Senki sem tudta, ki építette ezt, azt sem, hogy mikor. Büszkén állt évszázadok óta, ezrek meséit hallgatva. Suttogták nem messze tőlünk, hogy többször omlott össze a kapu, így akik segítettek a munkálatokba, befalaztatták magukat örök időkre. Azóta tartják saját kezeikkel a falakat. Számos ember gondolkozás nélkül rohant át a kapun, mivel a mondák szerint szerencsét hoz az utazóknak. Muskétás, fegyveres katonák gyülekeztek a túloldalán. Létszámellenőrzés lehetett.

A két kapu lábainak belsejében hat-hat ablaknál kedves szolgálólányok ültek székekben, akik bentről adtak útbaigazítást. Meglepően kevesen vették igénybe segítségüket, páran mégis sorakoztak tiszta ablakuknál. Hamis harcosok a legaranyosabb hölgyekkel szerettek volna beszélgetni. Azok feszült mosollyal hallgatták a sebes katonák történeteit. Néhány vándor italra invitálta őket, amit munkájuk időtartamának hála vissza tudtak utasítani kedves hangon.

– Odamegyek, kiderítem, melyik partrésznél van a püspök. Várjatok meg itt!

– Rendben – felelte Ban, utána tömni kezdte pipáját, ezt Bella nyomon követte, ellesve trükkjét. Körbenéztem, mielőtt indultam. Biztosra vettem, hogy valaki figyel, csak azt nem tudtam, honnan. Sok száz szempár keringett, kutatva a helyes irányt. Mások virágokat dobáltak a kapu lábához, imákat hangoztatva. Az általam kiválasztott ablaknál senki sem várakozott. Aranyos, barna hajú hölgy fogadott hangos üdvözléssel. Talán húsz év körüli lehetett, bal kézfején heggel, ami rég beforrt. Arcán mosoly, szeme világosbarnán csillogott.

– Üdvözlöm! Miben segíthetek? – kérdezte.

– Szép napot! A püspök ceremóniájára szeretnék eljutni, de senki sem tudta, merre van, pontosan csupán a déli partot emlegetik. Tudna segíteni ezügyben? – A hölgy lapozott füzetében, aztán óráját megigazította mellzsebében és felelt.

– Ha jól tudom, Kikötővárosban fejezi be útját hamarosan. Ott tölti az utolsó hetét. Hajószentelés és ünnepség várja az odaérkezőket.

– Nagyszerű. Imádkozni a tisztelettel a helyi kápolnában lehetséges?

– Természetesen! Minden misét és ceremóniát ő tartott az elmúlt időben a déli parton.

– Hálásan köszönöm. További szép napot! – Amint elbúcsúztam, sarkon fordultam.

Láttam, Ban éppen gyújtja pipáját, Bella pedig legyezi a füstöt és valamit mond neki. Hirtelen közel hozzám hat lovag teljes felszerelésben úgy vágtatott el előttem az úton, mintha ott sem lettem volna. Útjukba állni sem mertek. Akár az ellentmondást nem tűrő folyó, mely zúdul mindent sodorva, ami gátolná őt útja során. Utánuk fordultam, sok más emberrel. Az egyik elejtett egy fényes karika-medált. Felvettem és alaposan megnéztem.

Valamilyen lovagrend címere, továbbá a neve szerepelt rajta. Megtartottam a biztonság kedvéért. Belső zsebembe helyeztem órám mellé, utána visszatértem útitársaimhoz. Ban nagy karikát fújt a füsttel, Bella tapsolva értékelte őket. Ebben a fontos tevékenységben zavartam meg őket, amikor közéjük léptem.

– Kikötőváros. Másfél hetünk lehet maximum. – Ban lent tartotta a füstöt, szájában ízlelgetve.

– Rendben, akkor gyakorlatilag célegyenesben vagyunk! Kikötőváros innen ötnapnyi járóföld. Még pár faluba is benézhetünk, ha útba esik.

– Miért állunk meg a falvakban, ha sietnetek kell Kikötővárosba? – Ban rám, én viszont Lovagváros bejáratára figyeltem már. Özönlöttek a katonák és gazdagok. A kereskedők ordítva kellették áruikat.

– Dolgunk van. Majd megérted. – Bella félresimította haját, közben kezdte összerakni a képet. Ban témát váltott, mivel tudta, hamarosan világos lesz számára.

– Nézzünk be a helyi kocsmába! Veszünk élelmet és megiszunk valamit. Délután útra kelünk. – Ban máris a nevezetességek egyikét szerette volna tesztelni.

Temérdek kocsmát megjártunk, lehet, hogy rangsorolta őket ez idő alatt. Biztosra veszem, náluk a királyságban nincs ennyiféle ital. Ha tévednék, biztosan nem annyira borzasztó, hogy mindenütt meg akarja kóstolni a kínálatot. Unja a folytonos vérízt? Viszont illuminált állapota kicsit sem gátolta őt a harcban és elméjét sem tompította, szóval nincs terhemre. Bella meglepetten kérdezett rá. Csillogó kék szemei vágytak az ismeretlen titkainak felfedésére.

– Kocsma? – Rossz ötletnek tartottam, ettől függetlenül elindultunk a városba. Ban egy vörös kendőt húzott elő belső zsebéből, majd Bellának adta.

– Ezt tedd a hátadra és takard el a szárnyaidat.

Így is tett. Ban folytatta mondandóját, míg én a templom magasodó tornyát figyeltem a hosszú, igényes utca végén. Tolongtak be az emberek, szerencsés útjukért imádkozni. Állataikat, vagyonukat férjeikkel a téren hagyták.

– Tudod, a kocsmák az emberi faj kikapcsolódási helye. Gyakorlatilag bármilyen okból eljöhetnek ide és akármit ihatnak. Hallottál már az alkoholról? – kérdezte. Bella értetlenül rázta a fejét.

– Nem. Az valamilyen gyógytea? – E szavak hallatán Ban mosolygott.

– Mondhatjuk annak is. – Ekkor befordultunk a több mint félig lévő, és inkább katonáktól hemzsegő kocsmába. Útitársaim a hátsó sarokban lévő asztalhoz siettek.

A katonák és kereskedők tudomást sem vettek rólunk. Folytatták áruüzleteiket, adtak-vettek. A veterán harcosok egymásnak történeteket meséltek vagy ólom lőszereiket mutogatták.

Ettek-ittak bőséggel. A kocsmáros nő fekete hajjal, kihívó öltözetben fogadott a pultnál. Ajkát nyalta, frizuráját igazgatta. Mellei kidomborultak vékony ruhája alól.

– Jó napot! Mit adhatok a fáradt vándornak?

– Tíz szárított húst kérnék némi zöldséggel. Illetve egy kancsó vörösbort, meg egy üveg rumot – válaszoltam neki, zsebemből az összes ezüsttel fizetve. Az ételt elcsomagoltam, gondosan belső zsebembe raktam. Az italokat fogva, két pohárral kerestem asztalunkat. Ban mellett állt Bella, nézte az épületet, a kultúrát és a kialakítást csodálva. Furcsa szagok terjengtek a levegőben.

– Szóval ez a kocsma? – kérdezte. Herceg kezébe vette a vörösbort. Öntött poharába, utána maga elé rakta.

– Ahogy mondod, tündérke. – Lehúzta az italt, míg én kitöltöttem magamnak az első adagot. Bella érdeklődött a furcsa folyadék iránt. Izgalomba jött, s közelebb lépett a pohárhoz.

– Az ott az alkohol?

– Pontosan. Ez az, amibe az olyanok, mint Sasy, fojtják napi bánatukat, örömüket, és minden mást.

– Pont ezért ilyen káros. – Lehúztam a rumot. Végigmarta torkomat. Kifejezetten erősebb délen ez az ital.

– Meg szeretnéd kóstolni? – kérdezte Ban, s egyenesen Bella elé tolta a félig teli boros poharat.

– Igen... – Bella hosszú pillanatokig szégyenlősen gondolkozott, végül rávette magát, és két kézzel átfogva a poharat kortyolt kicsit. Pár pillanattal később köhögni kezdett és lerakta. Ban mosolygott a szituáción és kinevette.

– Mohó vagy, kislány! – szórakozott vele. Én már láttam a végét ennek az egésznek, ezért rumomat messzebb tolva tőlük figyeltem tovább kettejük játékát.

– Ez nagyon keserű! És a fejem is fájni kezdett! – Ban még inkább élvezni kezdte.

– Tudod mit? Szerzek neked való poharat, és iszogatunk közösen! Nem mindennapi, hogy egy tündér és egy vámpír közösen ihat – fejezte be a mondatot egész halkan, utána felállt az asztaltól és a pulthoz sietett. Körülöttünk senkit sem érdekelt a herceg szava. Annyi mesét hallottak az itt lévők, hogy füleik szűrték az ilyen beszédet.

Bella megfogta apró fejét, lassan levegőt vett, mivel torkát összefacsarta a száraz vörösbor első csókja. Belső zsebemből kenyérsarkot törtem, úgy tettem elé. Meglepődött, utána fehér szememben törődésem halvány sugarát érezte.

– Egyél. Ha hagyod, hogy itasson, a végén rosszul leszel. Ez a kenyér egész puha – válaszoltam, s kinéztem az ablakon fél karéj cipót rágva.

– Köszönöm. – Bella óvatosan nekilátott, majd kis idő múlva Ban visszatért egy csészével a kezében. Lerakta tündérünk mellé, utána teletöltötte borral. Bella lassan megette kenyérének nagy részét.

– Rendben, akkor igyunk arra, hogy hamarosan véget ér ez az egész utazás! Igyunk a déli partra és a tündérekre! – Ban magasba emelte poharát, amit én is követtem. Lehúztuk italainkat, Bella három korty után feladta. Herceg szüntelen töltötte saját ját. Bella leült az asztalra, utána megfogta homlokát.

– Nyom a fejem. És bizsereg!

– Nézzenek oda, a tündérek elég hamar részegek lesznek – cukkolta. Friss hölgytársunk nem engedhette győzedelmeskedni, főleg illuminált állapotában.

– Nem is vagyok részeg! Csak pihennem kell.

– Persze, mind ezzel kezdjük. De erre a megoldás újabb korty az italból! – Bella természetesen nem hagyhatta magát. Támolyogva felállt és nőiesen beleivott poharába, minek széles szája miatt az arcán kicsordult pár csepp bor. Ban figyelte az ital útját. Mi is lehúztuk a második kört.

– Erről van szó. Tudsz te, ha akarsz! Lassan jobb leszel, mint én! – folytatta Ban. Kellemes légkör alakult ki köztünk.

– Ne becsülj alá egy tündért! – büszkélkedett vele, majd újra leült az ablak elé, keresve maradék kenyerét.

– Ha elalszik, te fogod hozni az úton – közöltem vele a tényeket, míg ő pipáját tömte.

– Nem lesz baja, nézz rá. – Bella már most önkívületi állapotban majszolta a száraz kenyér sarkát.

– Rendben – feleltem, utána sodorni kezdtem cigimet.

A kocsmában kellemesen töltöttük a déli órákat. Ettünk, ittunk és beszélgettünk. Ban térképét fésültük át, amin Bella felfedezte az egész országot, végigsétálva rajta, néhol boros lábnyomokat hagyva. Talán háromnegyed óra kellett, míg szegény teljesen kidőlt. Éppen a rumom maradékát ittam, Ban pedig a harmadik kancsó végét töltötte poharába. Ebben a pillanatban valaki az asztalunk elé állt és elvette az üvegemet. Felemelve fejét a szájába öntötte. Nyelte a tömény szeszt, én pedig hirtelen lőfegyveremért nyúltam. Felálltam az asztaltól, hasához tartva csövét. Ban bal kezével takarta Bellát, nehogy véres legyen tiszta ruhája. A jobbal lehúzta az italt. A hívatlan vendég lerakta asztalunkra az üres üvegemet. Fejét megszabadította kapucnijától.

– Így illik fogadni egy régi ismerőst? – kérdezte a sebhelyes arcú vadász, akivel oly rég találkoztam. Komor arcot vágva nézett szemembe. Ugyanazzal a rideg, élettelen pillantással tükröződtek vissza rám.

– Az én rumomat ittad meg, Sebhelyes – válaszoltam neki, s ekkor már éreztem hasamnál az ő rövidített kardját. Akár az első találkozásunkkor.

– Tényleg? – kérdezett vissza, várva a pillanatot, mikor kezdeményez valamelyikünk.

– Hát ez elég érdekesnek ígérkezik – Szólt közbe Ban.

Bellát betakarta a kendővel, majd összekulcsolta két kezét, s vörös szemeivel a vadászra nézett. Sebhelyes először odapillantott, utána vissza rám. Én még mindig őt figyeltem, várva, mit fog lépni.

A kocsma személyzete kis ideig hallgatott minket, majd tudomást sem véve rólunk folytatták tevékenységeiket valamivel csendesebben. Nem értettem, mit keres itt ez a vadász. Fogalmam sincs, hogy talált ránk. De tud Ban kilétéről és látta Bellát. Végül csak meg kell ölnöm. Miért nem maradt északon vérfarkasokkal játszadozni? Lényegtelen, ha nem rakja le kardját, a beleitől kérdezhetem meg.

Néma pillanatsorozat vette kezdetét. Egyikünk sem tágított fegyvere mellől. Szemében kutattam válaszokat, belül csak ürességet és fájdalmat láttam. Tükröződött számtalan emlék is. Bemocskolt kezek és véres karók. Ő mit láthat az enyémben? Hisz' ugyanazt csinálja, amit én. Talán így olvasunk egymás gondolataiban, akár nyitott könyvekben? Ki vagy valójában, Sebhelyes?

19. FEJEZET

A PART

Számtalan ember kelt útra ebben az évszázadban az új világ felé. Tömegek hagyták el Angliát. Betegség lehetett a legnagyobb ok. Ezen felül vallási háborúk, a terméketlenség és a félelem vezérelte az átlagembereket. Magas számban nőtt a hajók használata attól függetlenül, hogy rengetegen vesztek vízbe. Rendületlen vágtak neki az ismeretlen országoknak. Láttuk az itteni családokat reménykedve, hátukon zsákokkal. Hallottuk szavaikat, amelyekkel megingás nélkül, saját tudatukat befolyásolva győzködték a jobb életről magukat. „A tengeren túl minden jobb lesz." A legtöbben igazából csak szerették volna minél hamarabb elhagyni Angliát. Én ezt látom, így gondolom.

– Mit keresel itt, Sebhelyes? – kérdeztem tőle immár a kocsma legeldugottabb asztalánál ülve. Két üveg rum társaságunk fontos részévé válva, rendíthetetlen katonaként állt. Ban ugyanott fogyasztotta italát gondolataiba mélyedve, körmét a repedt fába nyomva. Próbálta felébreszteni Bellát, aki mély álmában szunnyadva motyogott valamit. Reménytelen volt számára a helyzet. Türelemmel kellett várnia, míg apró társunk magához tér. Környezetünk alapzaja tökéletesen fedezte halk szavainkat, mik levélként hullottak alá.

– Áthelyeztek délre. Az északi vidékről ködδé váltak a fenevadak. Katonákkal helyettesítettek minket. Biztos a népvándorlás is közrejátszik – válaszolta. Italát lehúzta, majd körmeivel kocogtatni kezdte az asztal sötétbarna, késhelyektől lyukas felületét.

– Értem. Akkor másik városban fogsz farkasokra vadászni?

– Meg persze vámpírokra – egészítette ki, majd Bant méregette szemeivel, utána ismét rám tekintett.

– Valami gond van?

– Tiszta vérű vámpír az új társad?

– Igen. Viszont vele nem bírnál, Sebhelyes.

– Meglepően beilleszkedett az emberek közé. Talán ő nem öli a fajtánkat? – kérdezte, míg töltött magánk újabb pohárral.

– Akikre amúgy is halál várna, azokat tizedeli. Tudod, hogy a félvérek és köztük elég sok a különbség – válaszoltam cigimet sodorva.

– Persze. Jut eszembe, úgy csicseregték a madarak, hogy Stonekill meghalt a zónában. Tudsz erről valamit? – kérdezte. Számos emléket felidéztem. Láttam, ahogy fejét szétzúzzák a fa törzsén. Miként marják húsát a farkasok, és szívják vérét a vámpírok. Hallani kezdtem a papok imáit, mikor körülötte térdelve, összekulcsolt kézzel búcsúztatták lelkét.

– Velem volt, mikor megölték. Farkasok és vámpírok kereszttüzébe sétáltunk vakon. Piros csuklyás papokról hallottál már? – Sebhelyes felkapta fejét, utána közelebb hajolt.

– Azt rebesgetik az egyház új kivégzőegységei. Gyerekkoruktól képzik őket rendíthetetlen hittel. Hatékonyabbak, mint a vadászok, és még fizetni sem kell nekik – mondta. Én az asztalra koppintottam poharam.

– Egy tucat támadt ránk belőlük. – Sebhelyes jobban ízlelve italát kissé hihetetlennek találta a dolgot. Arcszőrzetét igazgatta morogva. Körbenézett a kocsmában. Manapság sok beépülő személy figyelte lépteit a gyanús alakoknak. Pláne, ha a királyi családdal vagy az egyház valamelyik ágával húz ujjat az ember.

– Értem a dolgot. Akkor mégsem sikerült annyira zökkenőmentesen az út. – Szemügyre vette fehér hajamat, majd hátradőlt. Meredten bámultam a legyet, ami sebesen szállt kettőnk közt, feszítve a hangulatot. Remegő tekintetem láttán Sebhelyes hosszan töltötte tüdejét a poshadt levegővel. Ízlelgette pengeéles szavait, készre húzva nyílpuskáját.

– Na és a kis varázslólány merre van? – Meglepett kérdése. Nyugtalanító érzés kerített hatalmába, mire Rose sebeit és gyenge testének könnyed súlyát éreztem ismét kezemben. Remegő hangját hallottam, közben minden más zaj elcsendesült.

Láttam, ahogy a földön fekszik erőtlenül. Fájdalom szorította lelkemet, kíméletlenül facsarva.

– Visszatért a mágusok közé. Mindannyian megsebesültünk, így külön folytatjuk utunkat. Ban segít, míg elérem a partot – feleltem. Máris tereltem a témát, nagyot szívva cigimbe.

– Érdekes! A vámpírral bizonyára nem olyan nyugodtak az esték, mint az ifjú hölggyel. – Végig figyelte a reakciómat. Poharának száját kocogtatta vagy döntögette. Rumomból töltöttem meg félig feneketlen korsómat.

– Nyugodtabban alszom, mintha egy emberrel kéne álomra hajtanom fejem.

– Fajod ellensége vagy! Nem tudok rájönni, mi váltja ki ezt belőled.

– Nyisd ki a szemed, Sebhelyes! Az emberek ölik egymást szüntelen! Elvek, hitek, erkölcsök. Számítani fog az, amiért küzdenek? Kinek tesznek jót azzal, amit csinálnak?

– Magadnak nem tetted még fel ezt a kérdést? – Épp válaszolni próbáltam, de inkább csak kifújtam a füstömet. Elnyomtam a cigimet, majd felálltam. Halott gyermek jelent meg szemeim előtt, szakadt barna ruhában, fél pár cipőben, tóba fulladva, fejjel a vízben. Fekete haját ringatta a tiszta víz, minek fenekén halak úsztak testéhez. Egy név csengett fülemben; tudtam, ki ő. De miért emlékszem most rá? Annyira régen történt.

– Én hallom őket... a hangjuk... – Megfordultam és Ban mellé mentem, hátam mögött hagyva régi ismerősömet.

Társam Bellát figyelte, míg pipájának füstje a magasba szállt. Meglepően jó kapcsolatot alakított ki vele. A lovagok körülöttünk hangosan kiabálták a hőstetteikről szóló meséket, melyeknek a fele sem volt igaz. Muskétás, bőrpáncélos katonák léptek a kocsmába friss sör reményében, nevetve. Bella lassan ébredezni kezdett, és haját félresimítva a fejét fogta.

– Sokáig aludtam?

– Mennünk kell. Dél bőven elmúlt már – válaszoltam.

– Rendben, máris indulhatunk. – Bella persze fájó fejjel alig bírt lábra állni. Ban nyújtotta kezét, majd széles vállára segítette. Hátára terítette vörös kendőjét, amivel rejtegette szárnyait. Ban nyakába kapaszkodva, enyhén émelyegve, de kész volt az útra.

– Semmi gond, tündérke! Mindannyian így kezdjük, majd belejössz – biztatta Ban. Utána ő is felállt az asztaltól, néhány ezüstpénzt hagyva rajta, honorálva a vendégszeretetet.

– Soha többé nem veszel rá az ivásra! – jelentette ki Bella, míg előrementek. Közben Sebhelyes félhangosan szólt:

– A püspökhöz tartasz? – Hátranéztem, utána kifelé indultam az ajtón, válasz nélkül hagyva őt. Sebhelyesnek ez bőven elegendő volt. Nevetett magában, utána maradék italomat rögvest kiöntötte.

– Mit tervezel, vándor? – kérdezte. Eszébe jutott a lángoló templom és a sáros föld azon a bizonyos hűvös estén. Rose szőke haja, apró termete. Fegyverem éles pengéje, ráadásul a tekintet, mi álmában sokszor megjelent. Sejtelmes mosolyt virított az asztalnak.

– Elnézést, uram, zavarhatom pár percre? – kérdezte az aranyos kocsmáros hölgy kacér tekintettel. Sebhelyes jobban szemügyre vette, gondolkozva, mit akarhat tőle a nő.

Kiérve a csehóból erős napsütés fogadott. Fodros felhők közeledtek keletről. Ban kezébe vette a térképet. Tudta, merre vezet az út, viszont körbe szeretett volna menni a városban. Számos felszerelésre igényt tartott. Jelezte nekem szándékait a piachoz közeledve. Főzetet vásárolt magának a napfény elleni védelemre. Bellának kisméretű köpenyt vett, amit játék babák szoktak viselni a kirakatban. Zöldes színe összeillett cipőjével és hajával. Ban ezen kívül élelmet meg dohányt szerzett, a biztonság kedvéért. A tündérke csodálkozva bejárta vele eme lassan égbe nyúló katonai várost. Mindenfele kovácsműhelyek, továbbá cipészek és pékek dolgoztak. Átlag családok nem is laktak itt. Csupán megszálltak a harcosok fáradt napjuk után, örömlányokhoz jártak esténként. Dicső, páncélos lovak sorakoztak az utcának oldalain. Szalmát és füvet legelésztek, amit tiszta vízzel fojtottak le. Nekik főleg szükség volt az erejükre, végtére is, ha francia földekre utaznak, kevesebb idejük adatik táplálkozásra. Gazdáik élvezték az összes földi jót, mit pár óráig vagy napig nyújtott nekik a település. Állandó jelleggel pletykálták, hogy itt lakni lehetetlen. Felemészt és bedarál a közeg. Az éjszakai élet leépíti a legnemesebb harcosokat is. Finom étel, erős ital, szép lányok és kényelmes szobák. Kell ennél több az átlagnak? Haltak meg földesurak hosszúra nyúlt ünneplés miatt. „Három nap lovagváros vendégszeretete" – írta egy régi tábla, rajta színes virágok díszelegtek magányos gyertyák társaságában.

Dohányt vettem, illetve eladtam a maradék meleg ruháimat, amiket Ban szerzett. Az összegből talán tudok élelmet vásárolni, ha a jelenlegi elfogy. Sózott halat árultak, továbbá bárányokat a város végénél lévő kis piacon. Hátrahagyva a főkaput poros, köves úton szakadtam ki a tolongó tömegből. Pihenni akartam az egyik fa árnyékában. Vártam Bant, közben hűvös szellő kezdett magához ölelni.

Lehunytam a szememet gondolataimba mélyedve. Emberek tömege ment el mellettem, saját problémájukról fecsegtek. Temérdek üres és érdektelen beszélgetést követően pár katona érkezett szürke lovakon, lassan sétálva kommunikáltak. Fényes páncéljuk a kék címerrel dicsőn tört utat. A fekete szemű állatok ezüst patkója szántotta a rossz minőségű talajt. A gyerekek szerették volna megsimítani durva szőrüket.

– Kikötővárosba érkezik a francia egyház és Anglia északi régiójának katonai vezetője!

– A part biztosítása miatt hívtak minket! A levélben ez állt.

– Engem nyugtalanít a francia követség.

– Ha harcolni akarnak, megöljük mindet. Ott lesz egy századnyi lovag és muskétás.

– Velük jönnek katonák?

– Természetesen! Túlerővel szemben viszont tehetetlenek, mint a sebzett vadak!

– Igazad van!

Végül távoztak. Hajamat hátrafogtam, rég gondolkozva a terven: miképp végezzem ki a püspököt? Számos katona és rengeteg piros csuklyás pap lesz a közelben, mind az életüket adná, hogy védelmezze őt. Íjam nélkül a távolsági harc esélytelen. Ha nálam lenne, akkor is kockázattal járna. Erős szél fúj délen. Lehet, hogy hibáznék, és azzal az egész úton át tartó küzdelem semmissé válna.

– Megint töröd a fejed valamin? – kérdezte Ban, közben törölgette a száját. Bella szőlőszemet evett lelkesen. Kissé jobban érezhette magát.

– El kell szakadnunk a kereskedelmi úttól! Rövidebb és kevésbé zsúfolt ösvényen közelítsünk Kikötővároshoz.

Ban haját hátrasöpörte, utána közelebb lépett.

– Ismered a Körök Mezejét? – Bella meglepetten nézett rá. Oldalra fordultam, kabátom ujjáról levettem egy falevelet és válaszoltam.

– Természetesen. A legöregebb boszorkány él ott. Utak nem vezetnek oda, és közelében sem laknak. Sötét, ritka erdő veszi körül torz babákkal. – Bella rémülten elejtette a maradék szőlőszemet. Gondolatai rögtön ijesztő képet festettek.

– Mi lenne, ha megkerülnénk azt az erdőt? – kérdezte. Erre Ban felelt, egyértelműen és határozottan.

– Túl sok időbe telne. Legalább két nap gyalog nyugatnak.

– És ha követjük a katonai útvonalat? Talán elvegyülhetünk a tömegben. – Ekkor két piros csuklyás pap sétált el mellettünk, kicsit távolabb, kezükben vörös Biblia, nyakukban ezüst kereszt. Jól megnéztek maguknak arc nélküli árnyékszemeikkel. Lassan hagytak hátra minket, némán követve a katonákat.

– Az lehetetlen – feleltem, döntve a dolgokról.

– Nincs miért aggódni! Sasy a boszorkányokkal jó kapcsolatot ápol. Számunkra egyszerű lesz az átkelés.

Bella hitt neki.

Herceg bizonyára nem tudhatta, hogy a boszorkányoknak több fajtája létezik. Nem mind annyira barátságos vagy toleráns, mint azt gondolta. Csupán kis százalékuk az, aki az erejét nem képes használni. Nagy részük próbálja fejleszteni magát. Sokan ismerik és tudják, azok kevésbé esnek csapdába. Akár az emberek között, úgy köztük is vannak rosszindulatúak. Sötét erejüket használva manipulálhatnak dolgokat. Sokan fogyasztanak embereket, kísérleteznek rajtuk, vagy gyermekeket rabolnak. Igaz, ez minimális százalékot érint, egyre fogyatkozó fajukból mégis van példa rá. Ők rejtő átkokkal védett helyen élnek, messze a civilizációtól. Álruhában járnak, és az erdő az otthonuk. Hatalmuk nagy, mégsem alkalmazzák sűrűn. Számukra más okoz élvezetet. Távolodtunk a kaputól. Lassan elveszett a tájban, amiben gyönyörködve szeltük át a sűrűn bokros terepet. Ban történeteket mesélt Bellának az elmúlt évezred számos harcáról. Kiderítette, hogy új útitársunk valójában csupán száztizenkét esztendős. Ő az egyik legfiatalabb tündér az erdőben. Királyuk lassan háromezer évesen a legidősebb. Mesélt nekünk a fáról, ami táplálja az egész erdőt, ettől növekszik az élővilág. Állítólag a fák fénye az erdő keringését szimbolizálja, s ha azok halványulnak vagy kialszanak, az erdő halálához, továbbá betegségéhez vezetne.

Érdeklődve hallgattam kettejük meséit, érezve bőrömön az elmúlás nyikorgó fogaskerekét, ami őrölte testemet. Tudatosult bennem, milyen kevés időm van ezen a földön. Felnevelni gyermekeinket. Óvni őket a világ veszélyeitől, talán erre adódik lehetőségünk, mielőtt a földbe süpped testünk. Utódaink továbbviszik tudásunkat, s emlékezve ránk egyedül állják a sarat abban a nyomban, miben azelőtt mi tettük. Lehet, hogy nevelőapám is meghalt hét éve valahol északon? Rám hagyta ezt az életet, én pedig taposom a földet, amit kijárt oly rég előttem? Mit hagyhatunk itt az utókornak? Írnom kéne nekem is egy levelet? Ássam a föld rejtekébe? Írjam bele mindazok nevét, akik meghaltak miattam? Véssem fel nagy betűkkel a nők nevét, kik távoztak a faluba, ahol örök békében élhetnek? Talán soroljam fel a papok bűneit, midőn a vérük áztatta földön majd házakat húznak utódaink? Értelme van megírni ezt, s elrejteni, amit lehet, hogy sosem talál meg senki emberfia? Csak porrá lesz, akár testünk, ebben az ország méretű tömegsírban?

Bár lehetne több évem! Ha ez a tündér kívánságokat teljesítene, biztosan ezt kérném tőle.

Lassan ránk esteledett, és sűrűn fás területen raktunk tüzet. Táborunktól nem messze kis tó hullámzott a halak víz alatti élete miatt. A hold fénye átszűrődött a levelek között. Ban ágakat dobott az égbe törően nagy lángokra. Bella teát készített rajta boldogan, közben emésztette a mai napot. Számára tényleg igazi kalandba csöppent. Hitte, hogy főszereplője lehet. Ban elővett két csészét a kistáskából, az egyiket nekem dobva. Én a fának támaszkodva, az erdőt nézve elkaptam. Tenyeremben forgattam, utána Bella kezébe vette a kannát.

– Kész a tea! – Ban várta már, mint a Messiást. Nyújtotta türelmetlenül a csészét, amit Bella teleöntött.

– Nagyszerű! – mondta a herceg hálálkodva. Sietve kortyolta élete legfinomabb teáját. Utána hozzám repült Bella, s óvatosan nekem is töltött.

– Köszönöm – mondtam. Elmém kattogott tovább. Feltűnt neki, úgyhogy érdeklődni kezdett.

– Valami gond van, Sasy? – Kortyoltam a selymes illatú nektárból, utána válaszoltam.

– Finom a tea. Te is igyál belőle. – Ő közelebb repült.

– I-igen, iszom én is… nem jössz hozzánk a tűzhöz? – kérdezte. Üres csészémből kifolyattam a maradék pár csepp teát, ami a talajba ivódott. Visszadobtam Bannak, ő csukott szemmel elkapta.

– Megyek, hozok egy kis tűzifát – mondtam, utána a tó felé vettem az irányt. Bella szemeivel követett, míg elnyeltek a fák sűrű ágai. Ban mellé repült, utána leült egy ágra a tűztől nem messze, és gondolkozni kezdett. Égig szálló parazsakban gyönyörködtek. Félpercnyi ropogást hallgattak csendben.

– Min töröd a fejed, kislány? – kérdezte, majd a csészéjébe ismét teát töltött.

– Sasy nagyon furcsán viselkedik. Lehet, hogy nem érzi jól magát velünk? – kérdezte. Ban a tűzben saját arcképét kutatva válaszolt.

– Mindig ilyen. Egyedül akarja megoldani a dolgait. Érzem lélekerején a gyengülést. Lassan fel fogja emészteni saját magát belülről. – Bella hosszan pislogott. Ban lerakta a csészét, utána hátradőlt, fejét támasztva kezeivel.

– Segítenünk kéne neki.

– De hisz' itt vagyunk! Teát főzöl neki, én meg mutatom az utat. Ez bőven elég, nem gondolod? – Bella levélből formált kelyhéből kortyolta teájának maradékát.

– Miért siet ennyire dél felé?

– Számít az valamit?

– Ha nem tartozik rám, ne mondd el – folytatták. A tündérke kellemetlenül markolt vékony ruhájába.

– Meg akarja ölni a püspököt! Azt hiszi, akkor véget ér az egész boszorkányüldözés.

– Boszorkányüldözés?

– Erről sem hallottál? Lassan kétszáz éve ítélnek halálra nőket boszorkányság vádjával, különböző módon kivégezve őket. Franciaországból terjedt át hozzánk ez a szokás, az egyháznak köszönhetően.

– Ez borzasztó! Sasy megmenti az ártatlan nőket?

– Vagy boszorkányokat. Mit számít? Megment egyet, viszont aznap kettőt kivégeznek. Őt ez zavarja. Gyilkolja a papokat szüntelenül, napokat ébren töltve. Elér ezzel valamit? – kérdezte Ban a fák lombjait csodálva. Arcát simogatta a hold fénye.

– Igen… és ha harcolnia kell Kikötővárosban?

– Nem láttad őt küzdeni. Megoldja! – Bella felállt és Banra nézett. Zavarta a beszédstílusa. Fölé repült és hasára érkezett. Két lábbal megállt rajta, utána folytatta:

– Jobban kéne törődnöd a társaiddal! Én… segíteni szeretnék nektek az úton! – Herceg végigmérte társát. Törékeny játéknak látta. Érezte apró szívverését és heves keringését. Mosollyal az arcán a szemének tükröződését figyelte.

– Bátor kis tündér vagy, azt meg kell hagyni. – Bella teljes arca elpirosodott. Kezét összekulcsolta, és határozottan kiállt szavai mellett. Ban becsukta a szemeit, hátradöntve fejét. Gondolkozott tovább, főleg új társunk szavain. Miért lenne neki fontos az én harcom, ha megnyernénk? Mi hasznot húzna ő ebből? A trónra előbb nem ülhet. Tisztelni sem fogják azért, mert egy embert kísért az ország másik felére. Viszont az tagadhatatlan, hogy sok dolgot átéltünk ketten. Megmentettük egymás életét, ami jelent valamit. Míg töprengett, Bella apró súlya nyomta a mellkasát.

Közben átszeltem az erdő sűrűjét. Lábam alatt ropogó gallyak kísértek. A hold fénye mutatta a helyes irányt. Mély levegőt vettem, ezzel együtt az egész környezet lélegzett. Pár pillanattal később kiértem a fák közül. A tó vizéhez léptem. Körbevette érintetlen fű, továbbá a túlparton fűzfa ága lógott a vízbe. Mélybe tekintettem, kutatva valamit a felszín alatt, de csak saját tükörképemet találtam. Legszívesebben belezuhannék, hadd nyeljen el a tó tükörsima, holdfényes habja. Átadom neki a vállamat nyomó érzelmi teher összes súlyát. Hirtelen szél fújt hátam mögül, ami átjárta egész lényemet. Gondjaimat messze sodorta. Arcomat felemeltem. Stella állt a túlparton, öreg fűzfa árnyékában.

Némán nézett. Mosolya mellett hosszú fekete haja csillogott a holdfényében. Ujjait hátul összekulcsolta. Környezetünk kiemelte nőies testét. Karcsú derekát, puha bőrét, sima arcát. Egyenesen állt, büszke, szabad lélekként figyelt. Magamban örültem, hogy látom. Kívülről ez mégsem mutatkozott. Földbe gyökerezett talpaimmal, zsebre tett kézzel, kis terpeszben a szemébe néztem. Hozzá kéne szólnom? Talán utoljára látjuk egymást. Ő sem beszél hozzám. Hisz' annyi mindent mondott már. Közölte velem északon, hogy a vesztembe rohanok. Délen nem vár rám semmi más, csak halál? Lehet, hogy igaza van. Látni akart még egyszer utoljára? Megkérdezném tőle, mit lát, a szavak mégsem tudták elhagyni számat. Lehajtottam a fejem és becsuktam a szemem. Ujjai gyengéd simítását éreztem mellkasomon. Mire felnéztem, sehol sem láttam. Elnyelte a fűzfa árnyéka. Hallottam szavait fejemben. Tényleg újra szükségem lesz rá valaha az életben? Vagy majd síromra rakott száradó virágainak hálálhatom meg mindazt, amit értem tett régen?

Sarkon fordultam, utána elindultam az erdőben. Útközben gyűjtöttem fát, amit a táborba vittem. Bella Banhoz közel aludt, betakarózva piros kendőjével. Raktam a tűzre, majd kis idő múlva én is lehajtottam fejemet és pihentem.

Három napba telt, mire elértünk egy dombvonulatot. A tetején állva a völgyben fehér kérgű fák fogadtak minket. Baljós érzés uralkodott el rajtunk. Szürkés, hamuszerű, élettelen talaj fogadott, sok fa repedezett kérgében bogarak mászkáltak. Hollók repkedtek körbe az egész terület felett. Szemünkkel a távolban nem láttuk a mezőt, viszont oda be sem szerettünk volna tévedni. Bella kissé ijedten ült Ban vállán; véletlen sem szeretett volna távolabb kerülni tőle. A vámpírherceg semleges tekintettel nézte a területet. Vörös szemei belátták keresztben a Boszorkány Erdejét. Jómagam furcsa aurát érzékelve vettem mély levegőt a domb gerincén állva.

– Sötét aurát érzek az erdő belsejében. Pár óra alatt átérünk rajta.

– A boszorkányt látod?

– Nem. Biztos rejti magát szemeim elől.

– Járjunk körültekintően, és ne maradjatok le. Nincs garancia arra, hogy szívesen lát minket.

– De mi csak át akarunk kelni – mondta Bella.

– Ez az ő földje évszázadok óta. Biztos nem mi voltunk az elsők, akik ezzel próbálkoztak – válaszoltam. Amikor leereszkedtünk a fák közé, hirtelen szembeszél fújt. Holt szagokkal marta arcüregeinket.

Ban rám nézett – engem persze nem tántorított el attól, hogy átkeljünk itt. Ha megpróbálnánk kikerülni az erdőt, akkor elkésünk. Ez az egy opció létezik.

Ennek fényében indultunk tovább, pár méterre egymástól. Bella fogta Ban felsőjét, másik kezével a mellkasán lévő, levél formájú fémdíszt szorította. Lehet, hogy az adott neki bátorságot. Talpunkat minimálisan elnyelte a talaj, mintha magába akarná szívni ez az élettelen föld. Beljebb merészkedve az erdőbe kötélről lógó, fából készült álomfogókat és sok más nonfiguratív boszorkánytalizmánt találtunk. Körbefont fatörzseken medálok díszelegtek, a földön néhol játék babák ültek.

Csengők hangja kezdte kísérteni füleinket, amit varjak károgása fokozott. Ahogy beljebb értünk, hintalovat láttunk előre-hátra lengedezni egy fa mellett, felette, ágra akasztva, kis, feketére égetett baba. Bella rettegett. Ban kezét rátette remegő lábaira és nyugtatni kezdte.

– Semmi gond, tündérke. Hamar túlleszünk rajta.

– Mi ez a sok borzasztó tárgy?

– Figyelmeztetések. Esélyt ad a távozásra – közöltem, folyvást suhanó árnyakat kutatva környezetünkben.

Szüntelen éreztük a nyomasztó aurát, ami követte lépéseinket. A szürkés égbolt nem engedte át a nap sugarait. Könyörtelenül elvette tőlünk a melegség érzését.

Jól tudtam, mi történik. Egyenesen a boszorkány csapdájába sétálunk. Orrunknál fogva vezet a játékszerei között. Azt akarja, minél előbb veszítsünk józanságunkból, hogy utána különválasztva, mentálisan bénítva a magáévá tegyen. Ezzel csábítják a kisgyerekeket, akik eltévednek az erdőben. És a favágókat, akik épp hazasietnének a fárasztó munka után. Egyszerű, továbbá tökéletes technika.

Pár pillanattal később elértük a mezőt. Kövek szűkültek szabályos kört alkotva befelé. Közepén öreg ház állt. Régies fából készült, repedezett üvegablakkal. Füstölt a kémény. Ban rám nézett, majd jobbra.

– Kerüljük meg a házat. – Elindult arra, én pedig szó nélkül követtem.

Már majdnem sikerült keresztben átérnünk, mikor sok madár egyszerre a földre zuhant. Ropogtak csontjaik és károgtak. Hulláikból felemelkedett az alig másfél méter magas, görbe hátú boszorkány. Szürke arca volt fehér szemekkel. Ősz haja hosszan, melléig ért. Több fa és gyöngy csörömpölt fonva hajába. Fekete leplet viselt, csuklyával a fején. Kampós orra széles mosollyal társult. Ráncos bőrén látszott az idő múlása. Kezében nála magasabb fa botot fogott, tetején koponya, valamint számos más sötét szalag, faág, rajtuk különböző jelek díszelegtek. Hosszú körmeivel másik kezében piros almát tartott. Rekedt vénasszonyhangon kuncogott. Mintha a játékszerei lennénk. Bella rémülten fordította fejét Ban hűvös nyakának. Ő méregette a boszorkányt. Érezte hatalmas erejét, ami sugárzott belőle. Fagyos külseje temérdek évet körbeölelő tapasztalatot sugallt. Termetéből ítélve viszont nem találta rémisztőnek.

Ellentétben velem. Kezeim remegtek, lábaim mozgásra alkalmatlanok voltak. Mentálisan máris uralt. Hallani kezdtem fejemben a hangját. Ő teljesen más szinten áll, mint a többi fajtársa, akit valaha láttam. A boszorkány ránk nézett, szinte már örült nekünk. Régóta magányosan járhatta e vidéket. Esélyt adott a távozásra, mi viszont vakon rohantunk hozzá. Viselnünk kell a következményeket. Botját a földnek ütötte, utána hozzánk szólt:

– Gyermekeim! Mi kerestek itt, ahol a madár sem jár? – Lassan lesétált a talpa alatt ropogó varjúhullákról. Kissé összeszedtem magam és válaszoltam:

– Csupán át szeretnénk kelni az erdőjén békében. Kikötőváros felé tartunk útitársaimmal. – A boszorkány nevetett. A hangomból származó rettegésből táplálkozott.

– Mézesmázas szavak. Ki vagy te, fiam? – kérdezte tőlem. Újra varjak kezdtek hullani az égből. Mind fejre esett, párnak a csőre a földbe fúródott. Ropogó nyakuk és puffanó testük félelmet keltett bennünk. Ban is nyugtalankodni kezdett. A holtak szemei ránk szegeződtek. Utolsó károgásuk fülünkbe csengett.

– Sasy vagyok. Elnézést, ha megzavartuk az erdő békéjét! – A boszorkány közeledett. Nyomasztó aurája lelkembe markolt. Bella befogta füleit.

– Nincs mitől félned. – Ekkor Ban lépett előre vörös szemekkel. Dominanciáját akarta mutatni, oldalra nyújtva karját.

– Elhagyjuk az erdőt! – A vámpír keze hirtelen kicsavarodott. Utána térdre borult. Semmit sem tudott tenni. Hihetetlennek tartotta erejét. Veszített, pedig esélyt sem kapott a harcra. Merőben alábecsülte az öregasszonyt. Vér gyűlt szemében könnyek helyett. Szorította fogait, majd' széttörve őket szájában.

– Ban! Mi a baj? – kérdezte tőle Bella. A boszorkány izgatottan válaszolt.

– Hisz' még csak most érkeztetek. – Dermedten álltam, figyelve az eseményeket. Fegyveremért sem tudtam nyúlni, mert testemet rég nem én irányítottam. A boszorkány közeledett, lábaimat kemény gyökerek kezdték körbefonni. A tündért rögvest észrevette, majd kinyújtotta a karját és magához húzta. Bella repülni próbált, de kevésnek bizonyult az ereje. Erős, öreg ujjaival fogta a társunk szárnyait. Látszólag fájt neki, hiszen kiáltott vékony hangon.

– Mi a gond? Olyan régen láttam már tündéreket! Biztosan értékes beszélgetést tudunk folytatni, míg ez a két fiú beáll a sarokba, várva sorukra. – Bella sírva próbált menekülni. Ban erőt véve magán kiabált:

– Engedd el őt! Meg foglak öli, ha valamit művelsz vele! – A boszorkány a botjával oldalra legyintett, így Ban másik keze is kifordult, majd a földre zuhant. Én hirtelen térdre estem. Hiába szóltam a lelkemben lévő szellemekhez, ők válaszra sem méltattak. Fehér szemem véreresedett. Izmaim sem tudtak annyi erőt adni, hogy talpra álljak. Bellát szorosan fogta, így egész testének súlyát két kis szárnya tartotta.

– Nincs okotok félni! – A boszorkány közel lehetett hozzám, lassan egymásnak ütődő fa talizmánjainak erősödő hangja ezt bizonyította. Vak lettem környezetemre. Szaglásomat elvesztettem, és tapintásom tompult. Körmeimet úgy éreztem, mintha kiszakítanák helyéről.

Hirtelen sötétbarna nyílvessző szállt felé. Botjával sikeresen hárította a lövést. Támadójára nézett, ekkor újabb repült gyilkos szándékkal. Sebhelyes volt az. Lóval érkezett, kezéből maga mögé dobta a nyílpuskát, utána a boszorkány intett az állatra, ami összeesett és elpusztult.

Sebhelyes leugrott róla, aztán földre vetette köpenyét. Hátán hosszú lándzsa volt rögzítve, jobb kezében kard, másikban kis fiolában főzet. Lehúzta az egészet, minek köszönhetően ellenállóbbá vált az átkok ellen, és az erejét bőséggel növelte. Testén több karó és ezüst kés volt rögzítve a testén futó szíjakhoz. Nyakában a zöld talizmán a boszorkányoktól nyújtott védelmet.

A vénség ellenfele irányába fordult, utána elengedte Bellát, aki először a földre esett, majd Ban fekvő testéhez rohant. Gyengült a boszorkány szorítása, így már rendesen tudott lélegezni. Csörgedező nyála a fűre csepegett. Szeméből vér folyt arcán, saját szájába. Keveredett váladékával, úgy ízlelte királyi nedvét.

– Ban! Jól vagy?

– Menj el! Nem vagy biztonságban!

– Nem akarlak itt hagyni! – Ban erőt vett magán, aztán feltámaszkodott. Vörös szemei lángoltak és megnőttek szemfogai. Gyűlölet, harag, megaláztatás hevítette testét.

– Maradj ki ebből! Ébreszd fel Sasyt! – szólt rá, utána vörös erek jelentek meg szemei körül. Fekete körmei bő centit nőttek. Rettegő társunk ökölbe szorította kezét.

– Ban...

Bella rémülten, könnyes szemmel nézte. Sebhelyes közben rátámadt a boszorkányra. Természetesen sikertelen volt az első roham. Könnyedén a földre terítette őt. Hirtelen Ban oldalról rátámadt, amit botjával hárított. Kinyújtotta teste felé a kezét, ettől a herceg vért köpött és pár métert hátrébb repült. A vadász közben két kést dobott a boszorkány irányába, amiket megállított a levegőben, rögtön visszafordítva őket. A vadász sikeresen hárította saját pengéit, utána kardját elrakta és dárdájával kezdett ellencsapásokba. A boszorkány félbetörte, és hirtelen mozdulattal hátralökte. Ban agresszívan lendült támadásba. Több céltalan csapást követően telibe rúgta a koponyát a pálcán, de az egy repedés nélkül bírta. A boszorkány kiütötte lábait, aztán botját beleszúrta combjába. Végtelen fájdalom járta át testét, egészen addig, míg Sebhelyes meg nem dobta a boszorkányt egy főzettel. A kékes füst egy pillanatra gátolta gondolatait. Ez bőven elegendő volt neki arra, hogy kardjával megvágja a lábait. Ban magához tért, és oldalról a karját sebezte meg. A boszorkány a földből növesztett gyökerekkel lassította a vadászt, aki azonnal kivágta magát. A vámpír élt a lehetőséggel: hirtelen arcon térdelte az öreg nőt, aki vékony karjával tompította az óriási csapást.

Bella elém repült és kiabálni kezdett. Valamiért alig hallottam és láttam őt. Homályos pontok lebegtek kavargó színekkel.

– Segítened kell nekik!

Mégis kinek? – kérdeztem magamtól.

– Meg fognak halni!

Kik?

– Sasy! – Újra rám kiáltott. Bant arcon ütötte botjával a boszorkány. Sebhelyes kést állított ellenfelük karjába, amin kék ékkő lógott, blokkolva képességeit.

– Mennem... kell... – mondtam halkan, utána lassan talpra álltam. Tompa elmém tisztulni kezdett.

Bella végre mosolygott – egészen addig, míg kardomat előrántottam. Csuklyámat a fejemre húztam, fehér szemeim rideg arcomban látták a célpontot. Ban kirúgta a boszorkány kezéből a botot, utána a másik lábával mellkason találta. Ellenfelük hátrébb esett. A vadász térddel az arcába ugrott. Zöldes, sötét vért köpött, közben nevetett. Készültek kegyetlenül lesújtani rá. Magabiztosan sétáltak felé. Ban puszta kézzel, hosszú karmokkal, Sebhelyes pedig éles kardjával egyszerre vágtak a térdelő nőre. Hatalmas csattanást követően megállítottam őket. A boszorkány mellett térdeltem, fejünk felett kardommal. Ban tenyerét félig átvágta, míg a vadász kardja kettérepedt. Értetlenül és dühösen néztek rám. A boszorkány nevetni kezdett rekedt hangon. Pillanatok teltek el némán. Forgolódó felhők tekintete vetült az élénk mező közepére, hol fűszálak lengedeztek a frissítő szélben. A talajt itattuk fajaink vérével. Holt madarak bűze járta át tüdőnk apró szegletét, örökre orrunkba ragadva. Szakadt ruhámon katicabogár kúszott a fűre, társait keresve. Bella nyelt, lassan földre ereszkedve.

– Mit művelsz, Árnyék? – kérdezte tőlem Sebhelyes. Kardjának pengéje letört, bakancsára zuhant. Elvette onnan fegyverét, majd késsel pótolta annak hiányát.

– Meg akarsz halni? – kérdezte Ban. Vérző kezét lehúzta pengémről. Nézett gyilkos hajlammal, lassan kiegyenesedve. Bella könnyei felszáradtak arcán. Nem értette, mi történik. Össze volt zavarodva és rettegett.

– Nem engedem, hogy megöljétek! – válaszoltam, utána felálltam.

– Ő is ezt tette volna veletek! – kiabált Sebhelyes. Másik kezébe zöld ékkövet vett, növelve az állóképességét.

– Ostoba ember! Mit képzelsz, mit csinálsz? – Ban felemelte hangját. Kardomat az asszony elé raktam, pengéjét kifele fordítva. A szemükbe meredve válaszoltam:

– Megvédem az összes boszorkányt! – Ezzel parancsoltam teljes csendet a mezőre. A Ban kezéből csöpögő vér lassan kezdett csillapodni. Sebhelyes tartójába rakta kését.

– Tégy, amit akarsz – zárta a dolgot. A vadász utána sarkon fordult. Ban oldalra lépett, majd a fák közé pillantott. A boszorkány kinyújtotta kezét, mibe belerepült pálcája. Segítettem neki felállni. Ő megtörölte arcát, aztán görbe háttal rám nézett hófehér arccal és szemekkel.

– Tehát te vagy az, fiam? – kérdezte. Nem értettem, mire gondol. Sebhelyes megtorpant. Ban mellé repült Bella, akik szintúgy fél szemmel követte az eseményeket.

– Mire gondol?

– Te vagy a Boszorkányok Védelmezője. Hollók hozták híredet évekkel ezelőtt. Láttam a szemükben sötét ruhád és díszes kardod. – Hihetetlennek találtam. Ban maga elé hajtotta fejét. Biztosan átkozta nevemet. Sebhelyes hallgatózott csalódottan.

– Nem érdemlek figyelmet.

– Örülök, hogy van, aki ad népemnek második esélyt. Különleges vagy, fiam.

– Köszönöm.

– Nem. Mi köszönjük. – A boszorkány közben délnyugati irányba lendítette botját, ettől kis ösvény nyílt számunkra, ami kivezet az erdőből. Ban kezét Bella kötözte gondosan. Sebhelyes összeszedte cuccait, azokat táskába pakolás után a hátára vette. Lovának szőrét hosszan simította búcsúja közben.

– Hamarosan befejeződik ez a borzalom. A püspök napjai meg vannak számlálva – mondtam a boszorkánynak, aki lassan sétálva indult a háza füstölgő kéménye felé. Egy pillanatra megtorpant, majd válaszolt:

– Valaminek a vége mindig új kezdetet hoz. Ez elkerülhetetlen. Járj sikerrel utadon! – fejezte be, utána tovább bicegett. Törékeny idős hölgynek tűnt. Ártatlannak, ki nyugalmat szeretne hátralévő napjaiban.

Sebhelyes odajött hozzám. Rázta fejét, aztán magára terítette köpenyét. Ban határozottan közelebb lépett, Bellával a vállán.

– Minden boszorkányhoz ragaszkodnod kell? – kérdezte tőlem a vámpírok hercege.

– Igen. Hisz' nekik szenteltem az életem. – Bella mosolyogva örült válaszomnak. Értette, miért harcolok. Látta saját szemeivel.

– Tudod, vándor, megleptél ismét. Viszont a lovamat sajnálom.

– Szerzek neked egy új lovat – mondtam, utána kifelé indultunk az erdőből.

Közösen átvágva az ösvényen már annyira nem rémisztettek meg a fákon nyugvó babák. Az ok, amiért itt lóghattak, számtalan dolog lehet. Az elveszett embereket szimbolizálta, vagy a halott boszorkányok számával egyre gyarapodtak. Lelkemet nem terhelték szellemek. Talán nyugalomra leltek e földön. Át tudtak kelni a másvilágra békével? Bella lelkesen beszélgetett Bannal, terelve figyelmét környezetéről. A herceg természetesen szívesen hallgatta, közben néha rám nézett, figyelve némán sétáló lényemet, ami saját mentális csapdájába esett. Mögöttük Sebhelyes gondolkozott a mai napon. Élvezte a közös harcot Bannal. Összhangban dolgoztak, megoldották nehézségeiket. Azelőtt sosem tett ilyet, csupán tizedelte fajtáját.

Kiértünk az erdőből, majd dombgerincre másztunk. Kék virágok nőttek talpunk alatt. Bogarak repültek, kutatva szebbnél szebb színeket. Ránk sütött a nap melege. A vadász mellém állt és vállamra rakta kezét.

– Elválnak útjaink, Árnyék! Nyugatra kell mennem. Add át üdvözletemet a kis varázslólánynak! – Felé fordultam, s én is vállára tettem tenyerem.

– Rendben, Sebhelyes.

– Hiszem, hogy találkozunk valamikor a jövőben.

– Félek, akkor már csak te beszélsz hozzám, s én hallgatlak. – Elvettük kezünket egymásról. Ban mellé lépett, és folytatta:

– Jó volt együtt küzdeni veled, vámpír! Talán másik életben társak is lehetnénk. – Ban vörös szemeivel kételkedve pillantott rá, Bellával együtt.

– Talán...

Sebhelyes maga mögött hagyott minket, és továbbállt nyugatra.

Bannal némán néztünk a távolba, ahol már látszott a tenger kéken csillogó tükröződése. Egynapnyi járóföldre lehettünk. Végre sikerült ideérni.

Rose biztosan büszke lenne. Látná ezt a szép panorámát. A tündöklő várost, ami olyan hatalmassá növekszik, ahogy közeledünk hozzá. Sós levegő illata járta át tüdőnket. Lenyugvó nap fénye festette a tájat. Hamarosan elfogyaszthatjuk utolsó teánkat. Ma éjszaka kipihenjük magunkat. Holnap pedig megölöm a püspököt, és véget vetek a boszorkányüldözéseknek! Vissza fogok térni északra, a boszorkánytanácshoz. Jelentek nekik, majd megkeresem Rose-t és bocsánatot kérek tőle.

Ban kutatta a tájat. Fáslizott kezét összeszorítva zsebre rakta.

– Milyen érzés az utad végéhez közeledve?

– Életem legfontosabb napja lesz a holnapi. Pontosan tudom, mit és hogy kell tennem – feleltem, mire Bella közbeszólt.

– Akkor ma elkészítem életetek legjobb teáját! – Ban ujját rátette a tündérlány fejére, kicsit megkócolva a haját. Bella piros arccal tűrte. Szerette a törődését.

– Te figyelj inkább oda, még a végén megégeted magad.

– Tudok magamra vigyázni! – jelentette ki összekulcsolva kezeit.

– Hát persze... – pimaszkodott Ban mosollyal társítva.

– Örülök, hogy velünk tartasz, Bella. Nagyszerű társ vagy! –
Ő meglepetten rám nézett, és büszkén válaszolt:

– Mindent bele fogok adni, hogy segítsek! – Ismerősen csengtek ezek a szavak.

Pár perc múlva útra keltünk. Közelebb akartunk érni a parthoz. Csendesen élvezve a zöldellő, meleg tájat jártuk utunkat. Számos kereskedelmi út jelent meg körülöttünk. Az állatok száma is gyarapodni kezdett, jelezve az élővilág fellélegzését. Boldog madarak csiripeltek körülöttünk, miközben nyulak ugráltak üregeikbe. Bár én is így elbújhatnék minden probléma elől, ami velem szembe kerül! Céltudatosan, csak a holnapon gondolkozva siettem tovább. Ban tartva a lépést, pipázva követett. Bella kémlelte a környezetet, csodálta ezt az erdőt, a növényzetet és minden mást. Az új világ, amibe csöppent, rengeteg meglepetést tartogatott számára. Velünk felfedezte volna az országot. Elfelejtette már saját otthonát. Pillanatra sem bánta, hogy csatlakozott. Boldogan tekintett előre, belevágva új életébe.

20. FEJEZET

VILÁGTANÁCS

Régóta sejtik az emberek felsőbb hatalmak létezését. Olyan csoportokét, akik befolyásolják a világ működését, és a háttérből mozgatják a szálakat. Névtelen, arctalan személyek, tán nem is evilágiak. Történelmünk számos fontos momentumában részt vesznek, eldöntik csaták kimenetelét, vagy épp járványt engednek a bolygó szaporodó népeinek megállítására.

Lehetetlen bekerülni közéjük, hisz' évezredek óta dinasztiájuk tagjai öröklik helyüket az idők végéig. Legendák szólnak alapítójukról, viszont már maguk sem tudják, ki volt valójában. Ősi írások maradtak fenn holt nyelvvel vésett papiruszon. Sötét rajzok, mik rejtett kilétüket ábrázolják. A felső belsős körök távol a világtól, ismeretlen helyen tanácskoznak. Gyűléseiket teljes titokban tartják.

Páran próbáltak nyomára akadni a helynek. Kutatták égen, földön. Sikertelen erőfeszítések voltak. Annyi mindent nem tudunk a világunkról! Felnézünk, és a fénylő égbolt tele kérdéssel tekint vissza ránk. Nyújtózkodnánk elérni, magunkhoz ragadni önzőn titkaikat, jót lakmározni belőlük. Számunkra viszont ez lehetetlen. Porszemek vagyunk mindannyian a gépezetben, aminek évmilliós forgásának egyetlen kattanásában folyik le az emberiség fiatal nemzedékének teljes hossza.

Ezek vagyunk.

Ismeretlen hely

Világtanács, harmincadik gyűlés

A hatalmas, fekete márványasztal dicsőn fénylett egy világos teremben. A mágia által átjárt környezetben elegáns székeken foglaltak helyet a tanácstagok. Némán ültek, és vártak valakire. A vámpírok királya, Zeldra; a mágusok bölcse, Chaos mágus; a törpök királya, Thimeriusz; az elfek királynője, Elaine; a boszorkányok úrnője, Emily; a tündérek királya, Eliot; valamint a vérfarkasok klánkirálynője, Mary alkották a csoportot. Chaos mágus keresztbe rakott kézzel, csukott szemmel pihent. Gondolatai szüntelen keringtek elméjében, feszegetve a világunk határait. Botja mellette lebegett, illetve könyve az asztalon hevert. Fekete borító arany írással. Piros lapjai mélységes erőt áramoltattak magukból.

Zeldra fekete ruházatban ujjával forgatta véres poharának száján tompa körmét. Gondolkozott valamin, környezetének csendjét élvezve. Hófehér haja tökéletesen illett a tiszta környezetükhöz.

Thimeriusz félig hatalmas vaskalapács, félig fejsze fegyverén tartotta kezét. Türelmetlenül várakozott, közben belső zsebéből szárított húst vett elő és megette. Mohón tömte magába, nem törődve környezetével. Vaskos kezei száradtak, cserepesek voltak. Borra vágyott a törp.

Elaine mosolyogva, ujjait összekulcsolva figyelte a tanács többi tagját, fenséges, letisztult ruházatban. Mindenki különleges és egyedi jelenléte örömmel töltötte szívét. Lánya sikeres küldetésének ünnepségére gondolt, amit hamarosan megrendeznek.

Emily levelet szorongatott. Rajta vörös pecsét díszelgett. Nyomasztotta lelkét valami. Hosszú fekete haját félresimította, majd keresztbe rakta lábait. Gyönyörű, nőies testére néha szemek tévedtek.

Eliot teát kortyolt, kezében falevéllel. Forgatta, tüzetesen átnézve. Botja mellette lebegett, csillogva a fényben. Szárnya színes fényeket vetett háta mögé a talajra.

Mary kihúzta magát, barna, göndör haját igazítva tükrében. Dió színű, hosszúszárú csizmájának sarka koppant a márványpadlón. Sárga szemében számára fontos személy tükörképét kereste. Bőrén hűvös levegő simult.

Ebben a pillanatban lépett be a mágikus terembe valaki. Fején csuklya, arcán fehér maszk pihent. Két szemének helyén mély feketeség honolt. Nonfiguratív jelek metszették egységes, szimmetrikus vonalban át a maszkot. Szájának részén rés tátongott. Letisztult, fehér ruhát viselt, ezért elütött a többiek szintúgy egyedi külsejétől.

Leült közéjük, utána körbenézett. Sokak arcán megakadt rideg tekintete. Két üres széket talált, amelyeknek tagjai nem jelentek meg. Vékony könyvet vett elő köpenye belsejéből. Az asztalra helyezte nyugodtan. Borítója fehér volt, arany írással. A lapok szürkék, rajtuk ezüstszínű szavakkal. Kis ideig olvasott, majd tollat vett a kezébe, ami mellé tintát helyezett. Világos folyadék hatalmas tollal. A szagtalan tintát magába fogadta íróeszköze.

– Elnézésüket kérem eme hirtelen gyűlés miatt. Tudom, százévente ülünk össze tanácskozni, de a jelenlegi helyzet más. Mint tudják, több faj kihalt az elmúlt ötven évben, és sok a pusztulás szélén áll – mondta mély hangon a maszkos férfi. Kilétét senki sem ismerte a tanácsban. Neve W1.

– Timor és Aqua ezért nincsenek köreinkben? – kérdezte Elaine.

– Pontosan. Továbbá a boszorkányok ügye miatt is aggódom. Huszonöt éve egyre aktívabb Angliában az üldözésük. – Emily ránézett, utána kezével balról jobbra zöld port húzott végig az asztalon. Ráfújt fokozatosan, mire térkép lett belőle. Északi pontra mutatott, ami érintetlen volt azóta is.

– Ez az a hely, ahol fajom fennmaradhat. Itt még sosem ért veszteség minket, és az ideérkezők száma lassan, de emelkedik. Át fogjuk vészelni ezt az időszakot. – Ezután eltüntette a térképet. A maszkos alak fontolgatta válaszát. Fehér bőrkesztyűjének ujjait dörzsölte. Tekintete időzött Emily őszinte szavain.

– Értem... döntést kell hoznunk. Bár úgy érzem, van még mondanivalód. – Emily kezét a levélen tartotta. Szavak nem hagyják el száját. Várni akart, míg véget ér a többi tanácstag ügye. Hirtelen a törpök királya szólt fennhangon:

– Számunkra is nehéz idők járnak! Népem a föld alá és a hegyekbe menekül az emberek miatt! De mi lesz, ha oda is ter-

jeszkedni akarnak? – A maszkos férfi lapozott könyvében pá-
rat, és felelt.

– Szövetségetek tartalmazza a földek elosztását. Tán beszél-
ned kéne az emberek királyával.

– Felesleges! Az a vérvonal rég felhígult és kihalt! Elfelej-
tették a szövetséget és a határokat – válaszolta, közben Mary
gondolkozott.

– Lépéseket fogunk tenni ez ügyben – felelte W1, utána Ma-
ryre nézett.

– A vérfarkasok száma nem csökkent a polgárháború óta. Ter-
jeszkedni kezdtek a világ többi táján. Ennek felettébb örülök –
jelentette ki a fehér maszkos. Mary erre kissé dühösen reagált:

– Másképp nem maradhatnánk fenn! A tiszta vérűek haldo-
kolnak! Félvérek hagyják hátra az országot.

– Az újabb generáció eljövetelét nem állíthatjuk meg. Van lehe-
tőséged a nemes vérvonalat erősíteni. Gondolnod kell a trónörö-
kösre, ha itt az idő. – Mary szemei előtt emlékek törtek fel. Szavak,
hangok. „Trónörökös" – ízlelgette a szót. Dermedt, kevésbé harcias
jelleme azonnal szelídebbé vált. Elaine figyelmét rögtön felkeltette.

– Igen... – válaszolt, s ujjait a nyakában lévő faragott me-
dálra helyezte.

– Nagyszerű – zárta beszélgetésüket. A vámpírok királyára
nézett. Zeldra kiürítette poharát. A belső zsebéből lógó vörös
kendőn száradt vércsepp honolt.

– Sajnálattal értesültem a hírről. Klánod számára is nehéz
évek lehettek. – W1 várta a reakciót, amire egyhangúan vála-
szolt a vezető.

– Fajom a felvirágzás küszöbén áll. Számos veszteségünk ok-
kal történt. Átvészeltünk már hasonló évezredet, és a következő-
ző sem lesz másképp.

– Értem. – Utána lapozott könyvben, és ujját végighúzta
a lapon. Megakadt tekintete egy néven. Chaos mágus irányá-
ba fordult, aki épp akkor nyitotta szemét. Tudta, ő következik.

– A mágusok száma sem csökkent az elmúlt háromezer év-
ben. A tanácsban is ennyi ideje tevékenykedsz. Viszont a világ

ügyeiből kevésbé veszed ki a részed. Valami aggaszt? – kérdezte tőle, s hófehér maszkjával Chaos mágus szürke arcát kutatta.

– Az emberek elérték azt a fejlettségi szintet, hogy tudnak önállóan gondolkozni, még ha az fajuk fennmaradásával ellenkező döntéseket is szül. Gátolják a technológiai fejlődést, és elítélik világunk élőlényeit a fajok különbsége miatt. Környezetüket pusztítva, károsítva telepednek új helyekre, ahol felélik a természeti erőforrásokat. Számtalanszor adtunk tudást a kezükbe, ezzel negatív eredményt produkálva. Nincs oka a mágusok tornyainak beleszólni az emberek ügyeibe. Kezük és szemeik pedig sosem érhetnek el minket.

Kis gondolkozás után W1 helyesnek találta e választ. Tisztában volt szavai súlyával, és tudásának végtelenségével.

– Bölcsen beszélsz, mint mindig. A friss generáció fejlődése nagyszerű jel a későbbiekre.

– Sokat kell tanulniuk, viszont meglesz az eredménye. Bőven túl fognak szárnyalni minket, ha eljön az idő.

– Ez az, ami a mágusoknál elkerülhetetlen. Járjatok sikerrel. – Chaos mágus bólintott. Pillantása könyvének borítójára terelődött, aminek gerincénél szakadás volt. A maszkos következőnek a tündérek királyára nézett, aki közvetlen mellette foglalt helyet. Eliot a falevelet zsebébe tette.

– Erdőink békében növekednek, viszont emelkedett a menekülő boszorkányok száma. Természetesen befogadjuk őket, viszont aggaszt a jövőjük. – Elaine ezután Emilyre pillantott. Ő hálával bólintott régi barátjára. W1 kis gondolkozás után írt pár dolgot a könyvbe, közben válaszolt.

– Számos mentálisan fejlettebb ország vezetője tiltotta be a boszorkányüldözést. Vezetőikkel beszéltem, tisztáztuk nézőpontjaikat. Nem teljesen reménytelen az emberiség – tett pontot írása végére.

– Örömmel hallom, hogy az elfek földjén béke honol – folytatta. Elaine haját arcától félresimítva válaszolt.

– Sikerült megoldani a feszültséget. Újra felvirágozhatnak erdőink. Királyom szíve nyugodt az évszázados harcok után.

– Nagyszerű. – Kis csend járta át a termet. A jelenlévők várták a további eseményeket. Higgadtan mártotta tintába tollát a maszkos, miről ezüstszínű tinta csöppent vissza tartójába. Lassan, remegő ujjait kordában tartva az asztalra rakta levelét a boszorkányok vezetője. Többen rápillantottak. Semmilyen mágia sem sugárzott belőle. Hétköznapi, már barnuló papír volt, miben levél pihent régóta. Furcsa aura áramlott belőle, sokakat ismerős érzés járt át. Emily beljebb tolta, a hatalmas, fekete márványasztal közepére.

– Ezt a levelet egy ember írta. Azt kérte, olvassam fel hangosan azon körökben, ahol számíthatnak szavai. Lányomat bízta meg azzal, hogy nekem átadja. Én pedig elhoztam a mélyen tisztelt tanácsnak.

– Mi áll benne? – kérdezte a törpkirály.

– Mindeddig érintetlenül hagytam a levelet.

– Mikor került hozzád? – kérdezte Elaine, akiben furcsán ismerős emlékek idéződtek fel.

– Huszonkilenc éve – válaszolta ekkor Chaos mágus, és a vámpírkirály is ránézett a papírra.

– Lehetetlen – mondta Zeldra.

– Ő küldte neked a levelet? – kérdezte a mágus.

– A tanácsnak küldte. Úgy gondolom, hozzánk szól – válaszolta Emily, közben keresztbe rakta a kezét. A maszkos félretette tollát. Összekulcsolt ujjaira támaszkodott. Kis ideig ő is figyelte a borítékot, amit az idő múlása kikezdett.

– Akkor hát nyisd fel a levelet. Olvasd el az ismeretlen szerző szavait – kérte, így a többi tanácstag türelmetlenül várakozott. Emily lassan visszahúzta magához.

A levél súrlódása a márvány asztalon zenei aláfestést biztosított a csendben. A törpök királya hátradőlve követte az eseményeket, megigazítva alkarvédőjét. Az elfek királynője nyugtalanul dörzsölte össze ujjait, míg Zeldra a zsebében lévő kendőt érintette. Mary Eliotra nézett, aki leeresztette pálcáját maga elé, és arra támaszkodott a székben.

Chaos mágus türelmesen várta végig, amíg a boszorkány felbontja a borítékot. Remegő ujjal nyúlt bele, s előhúzta a levelet, majd két kezébe fogta. Erőt kellett vennie magán. Kinyitotta az első, három részbe hajtott levelet. Pár pillanattal később az alját is lehajtotta, miből kopott, hollóval gravírozott fekete gomb hullott a márvány asztalra, hatalmasat koppanva. Emily pár pillanatig a tárgyat figyelte, utána könnyek szöktek szemébe.

– Nem hiszem el... – suttogta halkan. Hozzá sem mert érni. Képtelen volt rá.

Végignézett az íráson, a betűkön, elképedve a teliírt lapon. Tudta, kitől jött. Lassan mindenkiben tudatosult. Emily nagy levegőt vett, utána nekilátott az olvasásnak. Úgy várták, mintha sosem jönne el az a pillanat. Szavakat kezdett formálni szépen, lassan artikulálva.

1621, Anglia, keleti régió

Rose nagy sebességgel repült. A vámpírok városa közel volt. Sok manáját felhasználta az út alatt. A szélnél is gyorsabban szállt a gomolygó felhők között.

Gondolataiban hollétem járt. Szorította erősen pálcáját. Kalapját másik kezével tartotta fején, haja pedig lengett a szélben. Meleg napsugarak kísérték útján. Figyelte a maga alatt lévő természetet és az új települések egyedi kialakítását. Váratlanul végtelen termékeny zöld mezőre ért, aminek végén hatalmas falak és kapuk álltak. Több vámpír figyelték vörös szemekkel az alacsony lányt. Sűrűbben érkeztek hozzájuk manapság ismeretlenek. Sokat beszéltek hasonló dolgokról. Rose leszállt a kapu közelében. Tiszta, dicső, sértetlen sötét falak rejtették szeme elől a várost. Tudta, gyorsan szüksége lesz információra. Felnézett a hatalmas vaskapura, aminek ajtaja nyikorogva tárult.

Fogalma sem volt, kit kell keresnie, aki segít neki. Nyugtalanul várta fogadója megjelenését. Kis idő elteltével Rin sétált elő a kapuból. A háttérben a boldog, nyüzsgő város életének apró szeletét láthatta. Miközben közelített hozzá, Rose végignézett nőies megjelenésén. Mosolyogva fogadta, megállt előtte, és szemügyre vették egymást.

– Üdvözöllek, varázslólány! Rin vagyok. Minek köszönhetjük látogatásod?

– Örülök a találkozásnak! Rose vagyok! Apám, Chaos mágus küldött egy férfi miatt, akit ápoltok. – Rin kis gondolkozás után azonnal tudta, kiről beszél.

– Igen, volt itt egy ember! Sasy-nak hívták, ha jól tudom. – Rose szemei csillogtak, és közelebb lépett.

– Vele tartottam délnek, csak elszakadtunk egymástól.

– Ő is érdeklődött egy lány iránt. Akkor valószínűleg rólad beszélt. – Rose meglepetten fojtotta magába boldogságát. Apró szíve hevesen vert.

– Felépült a sebeiből?

– Pár napig aludt. Valószínűleg már teljesen jól lehet! – Rin félresöpörte haját.

– Itt van még a városban? – kérdezett türelmetlenül Rose.

– Nincs. Egy hónapja elment a király fiával. Dél felé tartanak. – Rose csalódott lett. Lassúnak érezte magát, mintha cserbenhagyna. Hirtelen megjelent mögötte Zeldra. Hatalmas árnyékot vetett rá vörös szemével, hosszú köpenyével. Zsebében fekete kendő pihent. Sötét körmei nyelték a nap fényét. Rose hátranézett, és a tisztelet parancsoló hatalmas aura megrémítette. Rin boldogan pillantott az uralkodóra, aki felsőjén végighúzta a karját, majd közbeszólt:

– Te vagy Chaos mágus lánya?

– Igen! Rose a nevem. Örvendek a találkozásnak! – Az uralkodó másra számított. Sosem hitte, hogy ilyen törékeny utóda van annak a végtelen bölcsességgel bíró mágusnak. A kék szemeiben csillogó boldogság mögött sötét köd bújt csendesen.

– Zeldra vagyok, a vámpírok királya. Régi ismerőse apádnak és anyádnak.

– Ismerte az anyámat?

– Természetesen. Alig nyitottad szemeidet, már búcsúznod kellett tőle. Fogadd részvétemet!

– Köszönöm. – Rose kicsit sem szomorkodott. Tudta, anyja az érdekében cselekedett. A mai napig érezte ölelését. Kedves hangja fülében csengett. Puha ajkának csókja esténként izzott arcán.

– Annak az embernek a kísérője vagy, aki félholtan került ide hozzánk?

– Meg kell találnom őt! – A vámpír király az apró lányon tartotta szemét, érzékelte az elszántságát. A szeretetet, ami hajtotta.

– Pár óra múlva elérik Kikötővárost. – Rose nem tudta, milyen messze van tőle az említett hely, de oda kellett érnie. Viszont az uralkodó még nem engedhette.

– Köszönöm a segítséget! Máris útra kelek!

– Miért sietsz annyira ahhoz a halandóhoz? Tudatlanul saját vesztébe rohan – kérdezte tőle Zeldra, közben Rin felettébb érdeklődve várta a választ. Rose ökölbe szorította kezét, utána semlegesen válaszolt:

– Mert ő sokat jelent nekem.

– Meg is halnál érte?

– Igen!

Zeldra mélyen a szemébe nézett. Látott benne számtalan emlékképet. Boldog pillanatokat, amik örömet okoztak Rose számára. Rég nem tapasztalt hasonlót a király. Talán azt sem tudta már, milyen érzés szeretni.

– Menj, szüksége lesz rád. – Rose felugrott, és nagy sebességgel elszállt.

Fentről vámpírok nézték vörös szemmel a máguslány távozását, tekintetük utána a lent álló vezetőjükre vetült. Mélyen tisztelték.

A király lassan Rin elé sétált, közben városának dicső kapuját figyelte.

– Mi aggaszt? Tekinteted fagyos, akármennyire próbálod rejtegetni.

Rin megszeppenve nézett Zeldra szemeibe, amelyek szüntelen fájdalmat sugároztak.

– Csupán évszázadok óta próbálom megérteni az ilyen érzéseket. Szeretni valakit? Szeretve lenni? Kellemesen hangzik.

– A leggyilkosabb méreg, amit valaha magadba engedhetsz. Amíg a birtokodban van, a végtelen idő is oly gyorsan pereg. Temérdek boldogság birtokos lehetsz. Ha véget ér, azonnal ezer kés metszi szívedet, sötét lyukba lökve halhatatlan tested.

– Ilyen érzés a szerelem? – kérdezte Rin ökölbe szorítva kezét.

– Igen.

– Át akarom élni.

– Valóban?

Rin mindennél jobban vágyott rá. Tudni akart mindent. Eddig még sosem tapasztalt dolgokat.

– Megéri? – kérdezte a királyától. Ő az égre tekintett, és magabiztosan felelt:

– Igen. – Ezután visszatért várába. Rin kezeit mellkasára tette, és vágyva a tűzre, magában kereste azt a dolgot vagy személyt, aki feléleszstheti benne.

Rose közben egyre fogyó manáját beosztva már térképét fogta kezében. Azt a felületes, félig szakadt papírt, amit oly régen vett magához. Zsákjában pihent kalapom és íjam a tegezzel.

– Hol van Kikötőváros? – kérdezte magától, az egész déli partot átfésülve. Végül halvány rajzot látott, ahol hajó és horgony tündöklött elmosódva. Biztosra vette, hogy az lesz célja.

Rose mindent beleadott ebbe az útba. Amíg közeledett, értékes percek, továbbá órák teltek el. Szállt rendületlenül, vakon bízva magában, hogy a helyes úton van. Az ékkövek botjában extra erőt biztosítottak, amivel kitartott szívében a lángoló tűz végtelen ereje.

Kérdéseket szegezett magához. Mit mondhatna nekem? Mit tegyen, amikor újra elém áll? Reménykedett benne, hogy nem taszítom távol magamtól úgy, mint Stellát, az ő védelmére fogva. Félt az érzéstől. Kifacsarná szívéből az utolsó csepp reményt, amikor nem engedem magamhoz közel. Biztosan nem tudná elviselni. Annyi mindenről kell beszélnünk.

Fejében emlékképek idéződtek. Látta magát mellettem az ágyban. Érezte testem hőjét, a takaró puha simítását, amit kezemnek képzelt mély álmában. Felidézte érintésemet puha bőrén, mitől a hideg kirázta. Még jobban akarta magának a közelségemet. Vágyott rá, s ez a parthoz való sietséggel erősödött.

Megint a karjaimban akart lenni, mindegy, milyen okból. Pár percet szeretett volna teljes biztonságban és csendben. Kicsit sem kételkedett magában. Felnőtt érzései mára világosak lettek. Lépni fog, ezért akármit megtesz. Tisztában volt vele, hogy harcolnia kell. Segíteni szeretne, hisz' megígérte. „Mellette akarok maradni örökre." Ezt ismételgette magában.

21. FEJEZET

AZ ÚT VÉGÉN

Angyalok könnyei hullottak a mai reggelen. Verőfényes napsütés ébresztett arcomra vetülve. A fák között lágy szellő söpört keresztül, végig simítva arcomon gyengéd kezével. Éreztem az élővilág heves szívverését, madarak csicsergését, nyulak rágcsálását, őzek patáinak ropogó zaját. Apró rovarok osontak körbevéve minket, ételmaradék után kutatva táborunkban. A középen kialudt tűz égett szaga ébredésem megkoronázásaképp szolgált.

Belső zsebemben az órám kattogása némulva, egyre lassabban járt, mintha pihenni szeretne néhány rövid percet, hogy utána ismét végtelen körbe kezdjen. Nyugodt lélekkel ébredtem életem legfontosabb reggelén. Ma vetek véget két kezemmel ennek a borzalomnak. Túl régóta folyik. Hihetetlen mindaz, amin keresztülmentem. Fejemen átfutottak emlékképek, ezek mind változó érzéseket váltottak ki belőlem. Szívem nagyot dobbant, majd szemem nyitottam.

Ban, nekitámasztva fejét a mohás, kidőlt fának pihent. Lógó kezén feküdt Bella, mély álomba zuhanva. Haja kicsit takarta az arcát. Átkarolta néhány ujját Bannak, és nem is szeretett volna felkelni. Vörös kendővel takarózott, ami melegítette apró testét.

Felültem lassan. Kulacsomból ittam pár kortyot, ezzel indítva szokásos reggelemet. Élelmünknek több mint fele már elfogyott, így hazáig elég sem lenne. Mit számít ez?

Ban hirtelen kinyitotta vörös szemeit. Álma véget ért, és rögtön az ég derűs kék színében gyönyörködött. Elképesztőnek tartotta, mégis unatkozó képet vágott hozzá. Hiányzott belőle talán az a plusz, ami számára érdekessé vagy izgalmassá tenné. Feltűnt neki bal tenyerének meleg érzése. Ránézett, és látta Bellát mély álomban, boldogan, fél testével elfoglalta. Mintha élő ágya lenne, ami éjjel ringatja, nappal üdítően kelti. Ban kis ideig figyelte a tündérlányt. Nem szerette volna felkelteni semmiképp. Pillanatokkal később rám fordította nemes tekintetét, míg én hajamat hátrafésültem.

– Készen állsz, Sasy? – kérdezte. Kardomat elővettem, és a pengének tükröződésében, saját szememben kutattam reménysugár után.

– Igen.

– Mi a terved, hogy végezzük ki a püspököt? – Közben Bella mocorogni kezdett Ban tenyerében.

– Tegnap azt mondták a kereskedők, hogy ma érkezik a francia követség. A katonák valószínű arra összpontosítanak, a célpontom védtelen lesz. Akkor csapok le, utána kivégzem az összes papot. Talán a francia katonák kedvet kapnak harcolni – válaszoltam, utána felálltam.

– Ellenségem ellensége... tehát szemtől szemben szállunk harcba.

– Fedezned kell, míg levágom a papokat. Viszont attól tartok, számos muskétás is tartózkodni fog a mólónál.

– A golyók elől ki tudok térni, de még ha el is találna, sem tenne bennem nagy kárt. Viszont te könnyedén meghalhatsz, ha azok beszállnak a csatába – folytatta. Ban táskájának cipzárját széthúzta, és a drótfegyverét átnézte tüzetesen. Lehet, hogy ma a szükség megkívánja a használatát.

– Végezni szeretnék, mielőtt észbe kapnának. Nagyobb fenyegetés a sok piros csuklyás pap.

– Úgy gondolod, megállíthatnak?

Persze, volt rá példa. Mégsem alapozhatok arra az esetre. Hisz' most a meglepetés ereje mellettünk szolgál, hiába küzdünk ketten, hatékony, szervezett támadás ellen ők sem léphetnek azonnal.

– Rajtunk múlik.

– Igazad lehet – gondolkozott Ban, közben Bella lassan kinyitotta szemeit. Környezetét felmérte, míg szemeit dörzsölve, a herceg kezén támaszkodva felült. Először rám nézett, érezve céltudatos külsőm, ami izzott, akár a levegő körülötte. Utána maga alá pillantva látta, hogy nem az avarágyban ébredt. Fekete körmök és fehér bőr ölelték körbe, tartva apró testének hőjét. Megszeppenve, piros arccal fordult alvótársához, akivel találkozott tekintete. Csodálkozott álmos, ébredező arcán.

– Bátor kis tündér vagy, azt meg kell hagyni. – Bella mosolygott és óvatosan talpra állt.

– Bocsánat – válaszolta, utána elfordult. Ban fejére tette mutatóujját és folytatta:

– Semmi gond. Ha nem figyelsz, még egy macska elrabolna az éjjel. – Bella megsértődve fordult pimasz társához kócos hajával, utána felnézett a számára óriásnak tűnő vámpírra, aki kis mosollyal az arcán várta a reakciót.

– Engem nem is tudna! És különben sem azért aludtam ott! Csak... én... – Ezután Ban levette ujját fejéről.

– Semmi baj! Gyere, szállj fel, indulunk.

Bella közben elfoglalta helyét Ban vállán, hátára terítve a piros kendőt. Rajtuk tartottam szemem, utána Rose vidám személyét képzeltem melléjük. Ők az én társaim. Vajon nélkülük sikerült volna mindez? Egymásra támaszkodva jutottunk idáig. Annyi nehézséget átéltünk. Bár láthatná ő is ezt a napot! Árnyékos fa ágán ülve, miképp befejezem azt, amit közösen kezdtünk. Talán elmesélem majd neki. Biztosan kíváncsi rá. Csillogó szemmel, szalmaszállal a szájában nevetne azon a sok kalandon, amiről lemaradt. Régi könyvét szorongatná, furcsa nyelven a mágiát gyakorolná. Fényes hajába kapna a szél gyönge ujja.

– Induljunk.

Ban Bellával együtt bólintott. Közösen hagytuk el a tábort. Sűrű, öreg fák között vergődtünk. Több katonát hallottunk beszélgetni a mellettünk húzódó úton. Bizakodás töltötte tele szívüket. Teljes páncélzatban, lovakon ülve siettek, mintha csak az év legjelesebb napjáról maradnának le, ha késnek egy percet. Lovaik tikkadtan nyerítettek – talán ők is beszélgettek. A szürke szőrű, vaspáncélos kancák szinkronban léptek. Patáik alatt zúzták a köveket. Valószínűleg sok csatát járt lovak lehettek, gazdáik viszont zöldfülűnek látszottak. Korábbi gazdáik otthagyhatták fogukat a csatában. Sírjaikra mára senki sem emlékszik. Hőstetteik feledésbe merülnek? Lovaik szemében sötét feketeség honolt, fogaikkal rágták a zablát.

– Hamarosan megérkezik a francia követség.

– Pápájuk jön, beszédet tart, és értekezik a püspökünkkel.

– Biztos az Úr akarta így! Mindent meg kell tennünk a védelmük érdekében!

– Nem hallottad talán?

– Mit? – kérdezte a másik lovag izgatottan, egyre jobban szorítva a gyeplőt.

– Papok lehetnek csak a tiszteletesek körül, illetve muskétások óvják őket a kikötő melletti falról. Nekünk a városra és környékére kell figyelnünk.

– Akkor nem láthatjuk a követek érkezését? Igazságtalan!

– Ez a dolgunk! Légy büszke rá!

Ezután már túl messze kerültek tőlünk. Sok hasznos információval szolgáltak. Ban felkapta fejét, mivel tudta, könnyebb lesz fedeznie. A muskétások amúgy sem lőhetnek a tömegbe, saját véreikre, míg a katonák távolból figyelik a műsort. Gyakorlatilag gyerekjáték lesz megoldani ezt a dolgot. Bella felettébb pozitívnak gondolta a híreket. Számára még kérdéses volt, mit kéne csinálnia. Hisz' sosem harcolt, egyedül a teafőzéshez értett. Ráadásul az utolsó adag tegnap este elfogyott.

Már számolgattam maradék fegyvereim kapacitását. Hat lőszer van összesen nálam. Ebből három a forgótárban. Egy tőr a belső zsebemben. Ezekkel rögtön négy pappal végezhetek. Késem hibátlan állapotban, pengeélesen várta a megfelelő pillanatot. Kardom szokás szerint tokjában, kicsit sem tompulva, készen pihent.

Hamarosan megérkeztünk az erdő szélére. Kiléptünk a fák mögül, szemünk előtt a kikötő óriási tornya, stégje és számos ember rajta, akik összevissza mászkáltak. Valószínűleg a végső készülődés fázisába léptek. Talpunk alatt, a fényes város kellős közepén tündököltek a templom hatalmas, tiszteletet parancsoló falai. A házak csodás, cérnán húzott egyenes vonalban épültek. A tetők falak igényes szakember munkáját tükrözték. A kereskedelem miatt valószínűleg a befolyt összeget a város fejlesztésére fordíthatták. Tornyok vették körbe a várost, járőröző katonákkal. Tehenek húzták az igát, előttük jobbágyokkal, kik fehér felsőt viseltek.

– Át kell vágnunk a városon. Az egyik háztetőn kivárhatjuk a megfelelő pillanatot – mondtam, utána Ban bólintott, s vörös szemével átfésülte a környezetet.

– Számos katona tartózkodik az utcákon. Nem lenne bölcs döntés átvágni.

– Van más útvonal szerinted? – Tüzetesebben kémleltük a város összképét, amiben Bella rendületlenül gyönyörködött. Csillogtak szemei; boldog volt a sok ember láttán.

– Talán a külső gyűrűjénél, ahol ritkábbak a házak, lehet esélyünk észrevétlenül elérni a kikötőig. Nyilván arra is járőröznek, viszont könnyedén kijátszhatjuk őket.

– Nincs több esélyünk! Ha arra megyünk, végig kell csinálnunk – mondtam, utána a széles mezőkre és a kaszáló parasztokra néztem.

– Mit gondolsz, Bella? Szerinted melyik lenne a helyes út? – kérdeztem tőle, mire ő zavarodottan a városra pillantott, és kis gondolkozás után válaszolt:

– Miért számít az én véleményem? Ti biztosan jobban fel tudjátok mérni a terepet.

– Mert te is a csapat tagja vagy! Számít a szavad – tette hozzá Ban. Bella piros arccal csodálkozott. Kis gondolkozás után válaszolt, míg én őt figyeltem.

– Szerintem... a külső gyűrűn való átkelés biztonságosabb, mint a belváros. Mármint ha az emberek számát vesszük figyelembe.

– Rendben. Akkor eldőlt – feleltem, utána előrementem. Oldalazva ereszkedtem a magaslatról, közben társaim még fenn álltak és a vámpírherceg gondolkozott. Bella észrevette, utána érdeklődve, üres tekintetét fürkészve megszólította.

– Mi a gond, Ban?

– Harcolni fogunk. Rossz előérzetem van. – A tündérlány nem értette a dolgot. Állára rakta kis kezét.

– De hiszen ezzel tisztában voltatok. Miért aggaszt ennyire?

– Sasyt és előző két útitársát tíz pap majdnem kivégezte. Eddig húszat számoltam lenn a mólónál. Plusz a muskétások, és a lovagokról nem is beszélek. Ketten vagyunk ellenük. Mit gondolsz, mennyi az esélye annak, hogy ha megöljük a püspököt, élve kijutunk a szorításukból? – Bella realizálta az esélyeket, s kezdett megijedni. Végig Ban szemébe nézett, mégsem akarta elfogadni szavait.

– Mi lett a két társával?

– Az egyik vadász volt és meghalt. A másik varázsló. Őt talán sikerült megmenteni. Hasonló félholt állapotban lehetett, mint Sasy, mikor a várba hozták. – Bella figyelt, miközben lefelé mentem rendületlenül.

– Szóval még nagyobb a túlerő...

– Szeretném, ha nem jönnél velünk. Ha elértük a házat, amitől indítjuk a rajtaütést, ott kell maradnod.

– Mi? Én segíteni akarok!

– Megvárod, míg befejezzük a dolgot!

– Nem bízol bennem?

– Nem szeretnék aggódni miattad.

– Ban...

– Ígérd meg nekem. – Levette a válláról, s maga elé tartotta a húsz centi magas tündérlányt, aki hátrakulcsolva kezét válaszolt:

– De én...

– Ígérd meg! – Mélyen egymás szemébe néztek. Bella végül vett egy nagy levegőt és kifújta.

– Rendben! Megígérem. – Ban mosolygott, közelebb emelte magához tenyerén egyensúlyozó társát.

– Helyes válasz, apróság. – Utána visszarakta vállára.

Bella nem örült ennek, mivel nem csak látni, még bele sem akart gondolni abba, hogy valami történik velünk. Élvezte a közösen töltött idő minden percét. Velünk akart maradni. Kalandozni az országban, míg van erő aprócska szárnyaiban. Még több boldog emléket szerezni, amit azelőtt az erdőben számos év alatt sem sikerült. Beszélgetni akart hosszú órákat. Ban mellett aludni, és késő estig a tűz meleg lángjaiban sütkérezni.

Mi mást kívánhatna? Apró szívét megdobbantotta ezek gondolata. Átjárta testét valami furcsa érzés, míg Ban arcát nézte. Ő pedig lefelé ereszkedett a dombról, követve engem. Én már a búzamezőt szeltem át.

Eltapostam minden gabonát magam alatt, míg ambícióm növekedett. A város zaja kezdte füleinket zavarni. Néhány járőröző katona elől elbújtunk a házak oldalainál. Pont az egyik sikátor sötét mélyében rejtőzködtünk. Pár méterrel távolabb patkányok rohantak koszos, büdös földalatti járataikba.

Mellkasom hirtelen fájni kezdett. Éreztem, a szellemek dühösek és nyugtalanok. Szerettek volna előtörni. Felemészteni a lelkem. Megrogytam és nagy levegőt vettem. Bella rémülten figyelt. Nem tudta, mi történik. Izzadt tenyeremnél csak reszkető ujjim látványa volt rémisztőbb. Hófehér szemeim szárazak. Légszomj kínzott. Izmaim görcsös, szúró fájdalommal feszültek.

– Mi a baj? Jól vagy? – kérdezte Bella. Ban szánt engem. Épp most kell összeesnem, a célegyenesben.

– Minden rendben. Most vívja harcát a lelkében, hogy a csatát is megnyerhesse idekinn – válaszolta. Bella tehetetlenül aggódott értem.

Erősen szorítottam a mellkasomat. Fojtogató érzés akadályozta a légzést. Szédülni kezdtem, mégsem eshettem térdre. Katonák haladtak a főúton, egymással beszélgetve. Muskétások járták a domb gerincét, figyelve a közelben dolgozókat.

– Szedd össze magad, Sasy! – szólt rám Ban, utána kezét vállamra rakta. Meglepetten nyitottam ki szemeimet. Fejben kezdtem tisztulni. Testemről lassan eltűnt a teher. Talán ez a pár szó kellett, ami új erőt adott. Lassan kiegyenesedtem, fejemet nekitámasztottam a falnak. Légzésem fokozatosan helyreállt.

– Minden rendben – válaszoltam nekik. Bella nyugtalanul figyelt, Ban pedig bólintott.

Végül több utcát hátrahagyva számtalan szemet kikerültünk. A város külső gyűrűjét körbejárva elértük azt a házat, ami a legközelebb helyezkedett el a kikötőhöz. Egymás mellett szorosan katonák sorakoztak. Lovakon, karddal, illetve dárdákkal kezükben.

Mind élete árán védte a püspököt. Rendületlenül figyelték az előttük lévő várost. Többen közelebb léptek, kisebb tömeg alakult a sokféle lakosokból. Látni akarták a követek érkezését. Nők, gyerekek és férfiak. Mi a ház tetején, a cserepeken ültünk kinézve mögüle. Feltűnt a hatalmas hajó a távolban. Sötétbarna színe volt, kék zászló lobogott az árbocon. A hajó orránál faragott női test, ami sellőként ült, nézve Anglia büszke földjét. Dicsőn közelített a ragyogó partok felé. Szelte a habokat, üdvözölve a halakat. Frissen festett oldala ragyogott, akár a püspök nyakában ékeskedő aranymedálok.

A nép örvendezni és suttogni kezdett.

– Jönnek a franciák!

– Mekkora hajóval érkeznek!

– Elképesztő!

A katonák szorosabban álltak, nehogy valaki átszökjön, megzavarva a tökéletesen előkészített kikötőt. Harmincan lettek, végül a vörös kapucnis papok csoportokban körbevették a püspököt. Escanor atya köztük állt büszkén, szép öltözetben. Fiaira tekintett, akik arcukat fedve, némán, engedelmesen várakoztak. Fel voltak készülve minden eshetőségre. Meliod atya fa asztalnál a hordók társaságában ült, mellette két tiszteletessel, akik iratokat készítettek dokumentációs céllal. Fontos leveleket pecsételt illetve írt alá a püspök nevében, engedelmével.

A muskétások közül pontosan húszan védték a kikötőt. A falon állva, fegyverüket kézben tartva lesték a távolból közeledő franciákat. A falak külső peremén páncélos katonák őrködtek, hátha valaki fel akarna szökni.

A hajón is rengetegen tartózkodtak. Fegyverekkel, kardokkal. Tengerészsapkájuk dicsőn fedte kopasz fejüket. Dolgoztak keményen, élvezve a sós tenger vizének illatát. Ringott a hajó lábuk alatt, évek óta sértetlenül. A világosbarna fa padlót két matróz sikálta. Köteleket feszítettek és hordókat csoportosítottak.

A kapitány kezében távcsővel figyelte a partot. Látott mindent, mégis furcsállta a fogadtatást.

– Mit gondol, uram? – kérdezte az első tiszt.

– Legyenek résen. A pápának semmi baja sem lehet onnantól kezdve, hogy elhagyta a hajót.

– Értettem! – Ezután lement a fedélzetre. Matróz lépett közelebb a kapitányhoz.

– Kapitány, az ágyúkat megtöltsük?

– Igen. Álljatok készenlétben!

– Igenis! – A hajó kapitánya zsebébe rakta távcsövét és a kormányra tette két kezét. Gondolkozott, utána a tengernagy lépett közelebb hozzá.

– Amint partot értünk, biztosítjuk a kikötőt. Akármi történne, indulásra kész legyen a hajó.

– Értettem!

Végül a francia pápa távozott kabinjából.

Dicső, tiszta, kék-fehér ruházat, kezében hatalmas kereszt, ami botként funkcionált. Öreg testét megviselték az évek. Lassan ment a hajó orrához. Átkelve az egész fedélzeten, amit a matrózok ritka alkalomnak vettek, így követték szemeikkel. Suttogtak egymás között. A pápa megállt, és a távoli, bár egyre inkább közeledő partot kémlelte hunyorítva. Békében érkezett az angol földekre, tartalmas beszélgetést akart átélni. Hitüket erősíteni az itteni hívekkel, közös megállapodásra jutni az ország tiszteletesével. Tudta, milyen vallási háborúk folynak szigetországunk szívében. Zavarta, mivel az Úr álmában jelezte neki eme negatív eseményeket évekkel ezelőtt.

– Aggasztja valami, atyám? – kérdezte a tengernagy. A pápa lassan, mélyet pislantva ránézett. A felnőtt férfi egyenes háttal, sötét szemekkel pásztázta aggódva az óceánt. Felesége és gyermeke mosolya tükröződött, kellemes nevetésükkel.

– Az Úr üzenni próbál. Nyugtalanok e víz habjai. Karcos szél jár, szántva a partot.

– Nincs mitől tartania. A katonáink megvédik.

– Fiam. Én Isten kezében vagyok! Akárcsak a hajó teljes egésze. Az Úr gondoskodik rólunk – válaszolta, jobban támaszkodva keresztjére.

– Elnézést! Nem szerettem volna tiszteletlen lenni – mondta a tengernagy, utána a partra pillantott.

– Nem hibáztál, fiam! Légy türelemmel, ma fontos nap elé nézünk. Érzem, az Úr ajándékot küld! Fürödhetünk dicső fényében.

– Legyen igaza, atyám. – Ezzel zárták beszélgetésüket. Kedvező szél sodorta őket Anglia fehér partjaihoz.

Escanor közelebb lépett a püspökhöz, aki büszkén nézte a közelgő hajót. Papok követték az atyát, mint hűséges vadászkutyák gazdájukat. Számos muskétás figyelt egyre izgatottabban a város legapróbb zajára. A katonákból ennek hatására még több ember kezdett sorakozni. Vezetőjük hátuk mögül tartatta velük a szigorú, rendezett vonalat. A nyugtalan harcosok néha hátrapillantottak, látván a közelgő hatalmas bárkát. Felhőket hozott magával, gyenge széllel. A lovakat zavarta a hangoskodó nép morajlása.

– Aggasztja valami, atyám? – kérdezte Escanor. Kezében szorította Bibliáját, nyakában fém kereszt lógott.

– Az Úr mintha hozzám szólna. Mégsem értem szavait.

– Nem történhet önnel semmi gond. Védelmezzük az egyház erejével.

– Az Úr védelmez. Kezei óvnak bennünket.

– Igaza van. Elnézést kérek. – A püspök végignézett a piros kapucnis papokon. Nyugtalanította eltakart arcuk. Egységes, mégis feltűnő ruháik. Némaságuk. Kezükben Biblia, amit maguk előtt tartottak, másikban keresztjük. Fegyverként szorongatták testük mellett.

– Mondja, Escanor, ma miért nem jelent meg a reggeli misén? Híveink várták önt köreinkben.

Escanor keresztet vetett.

– A parton lévő templomban fohászkodtam az Úrhoz. Kértem kegyelmét a mai nap sikeres tárgyalásihoz. – A püspök köpenyét fújta a szél, ami nagyot lengett, akár a zászlók a hajókon. Dicső, lilás színe csillogott a napfényben.

– Értem. Remélem, imáit hallotta az Úr! – válaszolta, zárva a beszélgetést. Escanor titkolta az újabb papok kiképzési projektét. Megérkeztek a fiatal fiúk, továbbá lányok. Lent, a föld alatt már foglalkoztak velük. Újabb generáció kinevelése vette kezdetét.

Mi a tetőn feküdtünk. Bújtunk a repedezett cserepek mögött. Felmértük az egész területet. Talán hat piros csuklyás pap választott el a püspöktől. Figyeltem az öreg, erőtlen tiszteletest. Élete és halála kezemben van. Érzem dobogó szívét. A szemébe akartam nézni. Látni meghalni, ezzel pontot téve e borzalmas korszak végére.

Kicsit sem érdekelt, utána mi fog történni, csak a pillanatra vágytam. Hallani akarom halálhörgését. Utolsó lélegzetvételét, amivel bűnös, rossz tanításai megszűnnek. A boszorkányokról örökre lekerül az átkot, mi már kétszáz éve sújtja őket.

Lángolt a testem. Nem bírtam az indulataimmal. Fél térden szembefordultunk Bannal, mélyen egymás szemébe néztünk. Bella mellénk szállt némán. Számára mérhetetlen volt a levegőben a feszültség. Mindhárman éreztük közeledni a fojtogató pillanatot. Végül hajamat hátrafogtam. Ban ugyanezt tette.

– Eljött az idő – mondtam, s kapucnimat a fejemre húztam.

– Készen állsz? – kérdezte táskáját levette derekáról, öklére helyezve drótos fegyverét.

– Egész életemben erre készültem. – Kardomat előhúztam.

– Ma történelmet írunk. – Kirántott fél méter dróthuzalt. Vékony pengéi csillogtak a fényben.

– Megmentjük a boszorkányokat. – Késemet forgattam tenyeremben. Bella mellkasára rakta két kezét és végignézett rajtunk. Látta elszántságunkat. Féltett minket. Ban utoljára szemében kutatta saját igazát, életének valós célját.

– Ha ennek vége, elmegyünk, bejárjuk egész Angliát! Addig viszont várj itt ránk.

– Rendben – válaszolta könnyeivel küzdve. Arcunkat már nem látta, mivel a partot figyeltük. Legszívesebben megállított volna minket, vagy harcolna. De mit is tehetne?

Még egyszer utoljára felnéztem az égre. Rose jutott eszembe. Érte is befejezem. Tovább hoztam érzéseit magammal. Nem okozhatok csalódást sem neki, sem a boszorkányoknak. Temérdek emlék rohamozta ebben a pillanatban az elmémet. Hűvös szél, szürke égbolt üdvözölt, mint régen. Az első napon.

Mély levegőt vettem, aztán felálltunk a cserepekre és elrugaszkodtunk a herceggel.

Úsztam a levegőben, átugrottam az összes páncélos lovagot. Egy pillanatra megállt az idő. Lengett dicsőn fekete, hosszú kabátom. Akár a sasmadár, mely szárnyait kitárva repül, vadászva az alatta lévőkre, mit sem törődve földhözragadtságukkal. Suhan mindenki felett, áldozatára éhesen. Láttam szemeim előtt azt, akire régóta várt a kardom.

Ban hirtelen eltűnt mellőlem. Ebben a pillanatban az egyik papra érkeztem, késemet nyakába szúrtam, így tompítva az esést. Hullájáról lebukfencezve a köveken értem stabil talajt. A másikat mellette levágtam, így rohantam előre. Ban hirtelen mellettem ért földet, és akik oldalról néztek ránk, mindnek a fejét letépte a dróttal. Körbefogta őket, akár egy pók. Sebesen rohantunk keresztben a papok között. Fel sem tudták dolgozni, mi történik. Aki az utamba állt, azonnal megöltem. Kardommal felvágtam hasukat, vagy késemmel szívüket metszettem ketté. Ban, kihasználva fegyvere előnyét, másfél métert engedett a huzalon, amivel könnyedén vagdosta össze ellenfeleinket. Néhányat falnak rúgott, vagy letépte karjaikat. Vörös szemével emberi képzeletet felülmúló sebességgel gyilkolt. Fürödtünk a vérben, ami kezdte elszínezni a kikötőt.

A falakon sétáló katonák észrevették a mészárlást. A csontok ropogó hangjaira fegyvereiket ránk tartva lőni akartak, viszont vezetőik kiáltottak:

– Ne lőjenek! A püspök is lent van!

Igaz, próbáltak papok közénk állni, viszont a keresztek, amiket dobtak, kivétel nélkül céltalanul értek földet. Láttam, hogy egyre többen kezdenek mozgolódni körülöttünk, kezébe mind feszületet vett. Bibliájukat szorítva közeledtek. Ebben a pillanatban kiabáltam:

– Stella!

Két néma másodpercbe telt. Szívem heves dobbanásának hatására hollómadarak süvítettek fejem felett és ő jelent meg köztük, így előttem ért talajt. Egy papot azonnal földre vitt, míg a másiknak térdét hátrarúgta, ettől nyílt törést szenvedett, és a fejét belezúzta a macskakőbe. Tovább futott, az oldalról érkező papoknak rohanva. Több főzetet kezébe vett, amiből kettőt közéjük dobott. Marni kezdte őket a füst. E fiolák mérget tartalmaztak. Végül szavakat kezdett alkotni. Hangjától ketten összeestek. Ban a másik irányban gyilkolta a papokat. Kezeiket csonkította, vagy messze hajította élettelen rongy-testüket.

Én a püspökhöz rohantam, akinek szemében végtelen félelem uralkodott. Rettegett, mivel a köztünk álló atyák hullottak, akár a legyek. Végül Escanor lépett elé. Gondolkozás nélkül torkába dobtam késemet. Fuldoklást követően vérző orral csuklott össze. Szemében bűnei sorakoztak, gyerekek hangja kísérte az általa képzelt másvilágra. Hirtelen a püspök színe elé járultam.

Csuklyám mögül néztem szemébe. Hallottam, magába szívja a levegőt, teletöltve utoljára roskadozó tüdejét. Megfagyott a világ köztünk. Eljött hát az idő. Fejemről lefújta a szél a kapucnit. Tudta, ki vagyok. Pontosan tisztában volt vele, mi fog történni. Keze, amiben szorongatta a Bibliát, remegett, a másikkal a keresztért nyúlt zsebébe. Büszkén időzött hófehér hajamon, s ugyanilyen szememben kutatta kegyelmemet. Neki könnyek gyűltek benne, miket visszafogva szólt hozzám:

– Ideértél végül?

– Siettem, ahogy csak tudtam.

– Készen állok, fiam – mondta, majd lehunyta szemeit.

– Atyám... vétkeztem. – Ezután szívébe szúrtam a kardomat.

Ropogó bordái szimfonikus zongoraként hozták az új kort. Összeesett előttem a püspök, vér folyt szájából. Amint földet ért, elejtette keresztjét, és Bibliája kezdte elnyelni vörös, szentelt vérét.

Egy pillanatra körbenéztem. Oly csendes világ fogadott. Magamban furcsa érzés kerített hatalmába. Rose. Stella. Sikerült véghezvinni a célomat! Minden boszorkányüldözés meg fog szűnni hamarosan! Új kor küszöbét lépjük át közösen ebben a percben.

Stella gyönyörködött a püspök hullájában. Nyugodt szívvel pillantott rám, közben szorította az egyik pap torkát, aki épp fuldoklott. Mosolygott, utána könnycsepp hagyta el nedvesen szemeit. – Megmentett minket! – gondolta magában.

Ban örült, mert ezzel véget ért minden eddigi küzdelmünk. Közelebb lépett kis mosollyal az arcán. – Sikerült! – gondolta magában.

Meliod atya szívéhez kapva leesett székéről. Fejét összezúzta a kövön.

Ezután széttártam kezeimet és az égre kiáltottam. Minden terhet ledobtam vállaimról. A lelkek békére leltek bennem. A fodros felhőkben nevelőapám arcát kutattam.

– Büszke vagy rám? – kérdeztem halkan.

– Tűz! – kiabált a parancsnok. A muskétások ránk célozva lőttek fegyvereikkel.

Ban elkerülte a golyókat. Stella is kitért. Én viszont kaptam egyet a lábamba meg a karomba. A többi csak porzott körülöttem. Hirtelen visszatértem a világba. Szembejött velem két kereszt. A papok agresszívan rohamoztak minket. Vad méhekként viselkedtek kiknek a kasukat megrongálod, s királynőjük odaveszett.

A csillogó keresztet félreütöttem, míg a másik a hasamba szúródott. Kitéptem magamból, ezzel a lendülettel levágtam az első papot. A másik arcon akart rúgni, azt hárítottam, majd Escanor atya testéből kitéptem a késem és a pap fejébe szúrtam. A következő pillanatban már oldalról a kezembe szállt egy feszület, amire nem számítottam, és a csuhás még rá is rúgott. Teljesen átszúrta az alkarom. Fordulásból levágtam a lábát, viszont fájdalmam nem csökkent.

Banra néztem, aki kitörte a pap nyakát. Újabb ellenfele mellkason rúgta, így távol kerülve tőle. Ruhája alól kivett két karót. Ban felé dobta az elsőt, amit könnyedén hárított. Oldalról repültek felé ezüst keresztek. Hátradőlt, így azok a falba fúródtak. Mire felnézett, az előbbi pap malomkörzéssel, kétszer átfordulva lépett kettőt Ban felé, és fentről lefelé, embertelen sebességgel a szívébe döfte a karót.

– Ne! – kiabált a tetőről Bella. Kezét szája elé tette, teste remegni kezdett. Nem mert megmozdulni; lábai amúgy sem engedelmeskedtek. Szemeit becsukta. Valami furcsa nyomást érzett mellkasában. Zokogott hangosan, fülében a tenger hangja törpült.

Ban hirtelen megállt. Ránézett a karóra. Ujjai zsibbadni kezdtek, elméje zavarodottá vált. Kezével határozottan megfogta a pap torkát és kitépte nyelőcsövét. Párat lépett előre bizonytalanul. Ezután hárman bel lőttek a testébe puskával. Vére mögötte földre csöppent, átfestve az eddig oly gyönyörű vásznat. A vámpírok hercege térdre rogyott. Lefagyva bámultam roskadó testét. Odarohantam hozzá. Elé térdeltem. Kezemet ráraktam a vérző sebére, de nem húztam ki a karót. Tudtam, azzal még hamarabb véget vetnék életének. Rám nézett, utána mosolygott, és vállamra tette tenyerét. Vér folyt szájából, majd én is szorosan fogtam gyengülő testét, vörös szemeibe pedig véres könnycsepp gyűlt.

– Hát itt az idő – mondta úgy téve, mintha fájdalmai semmisek lennének.

– Ban... – Mit kéne mondanom neki? Épp kezeim között hal meg a vámpírkirály egyetlen örököse.

– Mégsem látogatom meg a sírodat, Sasy. Remélem... te majd eljössz az enyémhez. – Ekkor már szemei kezdtek lecsukódni. Mosolya lassan lefagyott arcáról. Várta a válaszomat.

– Gondolni fogok rád.

– Odaát... megvárlak – válaszolta, utána fejét rádöntötte vállamra. Vére áztatta ruhámat.

– Hamarosan találkozunk – súgtam a fülébe, míg magam elé néztem. Láttam számos papot, akik rohantak felénk. Ban testét hátára fektettem. Sok gondolat és érzés hasított belém. Mondtam volna pár szót, de fogyott az időm. Szorítottam vállát, tenyeremre sebéből szivárgó vére tapadt. Hátán pihent, jobb helyre kerülve.

A csuhások irányába pillantottam, majd hátra fordultam lendülettel és levágtam az egyiket. Közben újabb lövést kaptam bal vállamba. Ettől oldalra estem. Késemet a fölöttem álló pap torkába dobtam. Fegyveremet elővettem, amiből kettő lőszerem célba ért. Harmadikra már nem volt lehetőség, mivel kirúgták a kezemből. Talpra álltam, hárítva két keresztet. Düh és csalódottság marta lelkemet. Váratlanul Stella kiáltott.

Hasba rúgták kegyetlenül. Ő a falnak esett. Utána két keresztet dobtak a lábába és arcon ütötték. Földre zuhant, vért köpött, majd ismét hasba verték. Torkára léptek, és tolták fél métert a macskaköves úton.

Futni kezdtem felé, de ekkor a lábamba lőttek és elestem. Fejbe rúgott egy pap, ezután sípolni kezdett a világ. Stellát felemelték a hajánál fogva. Arcát kíméletlenül az égnek fordították. Váratlanul újra földre vetették. Stella vért köpött, remegő kezei erőtlenül védték sebesült testét. Tehetetlenül nyújtózkodtam érte.

– Meghalsz boszorkány! – kiabálta az egyik pap, és fáklyával a kezében közelített hozzá. A másik mögötte olajat hozott kancsóban. Nyilvános kivégzést hajtanának végre. Közben a lovagok rég messzebb terelték a civileket. Sorba álltak, biztosítva az egész kikötő körüli környéket.

– Elég! – kiabáltam erőtlenül.

Ebben a pillanatban partot ért a francia hajó. Élettelenül feküdtem a földön. Semmit sem tehettem. A papok tekintetüket egységesen a pusztító bárkára vetették. Palló ereszkedett a stégre. Lelépett róla sok fegyveres katona. Népükre jellemző ruházatban, büszkén rohantak, mintha gyarmatosítanának. Megjelent a tengernagy, aki végignézte a mészárlást. Angol katonák tartották rájuk puskáikat. A matrózok ágyúkkal készenlétben figyelték az eseményeket. Pattanásig feszült hangulatban szólt hangosan a templom harangja. Hosszú percig kongott, amit mindkét fél némán hallgatott.

Végül a pápa lépett elő. Rendületlenül szánva minket sétált két pap kíséretében, illetve számos katonával a kikötő szívébe. Francia egyenruhások borították az egész partot. Bőven túlerőben, magabiztosan elfoglalták a területet. A vörös csuhások feszülten álltak. A francia pápa elsétált a holt hívők mellett. Nézte fegyvereiket, mégsem értette, miért lenne az Úr szolgáinak szüksége eme eszközökre. Gyászosan vetett keresztet az angol püspök holtteste felett. Zavarodott elméket érzett maga körül. Félrevezetett követőket. Eretnek híveket generáló lelkek járták át az egész mólót. Stellát kezükben tartották, míg a másik haldokló testemen átlépve, kereszttel a kezében nézett a franciákra. A pápa rám, utána Stellára vetette tündöklő tekintetét.

– Isten megbocsájt a vétkeseknek! Vedd le róla a lábad, fiam – szólt hozzá angolul a tiszteletes.

– A te Istened nem a mi Urunk – válaszolta franciául a vörös csuhás. Több katona rögtön felemelte a fegyverét, és az első tiszt is kardot rántott.

– Ez a pap eretnek! – kiáltott rá a tengernagy. A pap forgatta kezében a keresztet, utána folytatta.

– Véget ért a tárgyalás. Távozzanak az angol földről. A hitetlenekről majd mi gondoskodunk. – Stella közben fájdalmait kifejezve szuszogott halkan. Az őt gyalázó csuhás lehajolt hozzá.

– Most megtisztulsz, boszorkány!

A pápa ránézett, utána vissza rám.

– Ki fogják végezni őket?

– Elnyerik méltó büntetésüket! Az Úr eldönti, lelkük a mennyországba vagy a pokolba kerül. Ön is ebben hisz, igaz?

– Én a megbocsájtásban hiszek. – Az atya levette a lábát rólam. Stellához közelebb vitték az olajat, amit rá akartak önteni. A tengernagy intett és rájuk kiáltott:

– Mit művelnek azzal a nővel?

A pap felé fordult, fáklyáját szorongatta.

– Hágott az ördöggel! Boszorkány, ezért megtisztítjuk a testét! – Stella könnyes szemmel nézett engem. Én is rátekintettem, próbáltam erőt venni magamon, hogy érte menjek, de már túl sok vért vesztettem. Kapartam szakadt körömmel a véres macskakövet. Fogyott az erőm. Csak utoljára látni akartam az arcát. Gyönyörű lila szemeit. Könnyed mosolyát.

– Talán bele akarnak szólni Anglia ügyeibe? – kérdezte a pap, közben többen felé fordultak. A pápa a fejét rázta, utána keresztjét botjával földnek ütötte. Tudta szavaknak nincs már jelentősége. Hinnie kell a csodában. Az álmában.

– Mi atyánk, ki vagy a mennyekben... – Ebben a pillanatban hatalmas erővel csapódott a földbe valami.

Nagy köd kerekedett. A lovas katonák közül sokan zavarodottan futottak szét, néhányan leesve a lóról, kiabálva menekülni próbáltak. A porfelhőt mindenki figyelemmel követte. Találgatták, mi történik a távolban. Rémült arcok meredtek az ismeretlenbe. Rá szegezett fegyverek és remegő kezek. A mélységes aura nyomasztóan hatott a gyengékre.

Rose lépett elő a füstből. Félig zöld, félig kék szeme világított. Látott engem és a sok hullát. Számos katonát, akik körbevettek. Érezte Stellát szenvedni, sebesülten haldokolni. Ebben a pillanatban ütötte botját a macskakőnek, az összes lovagot felszúrva föld-dárdákra, amik kiemelkedtek a talajból. A következő pillanatban előreugrott, és a közelben lévő, élő maradék harcos testéből kivonta az összes vizet, miből falat formált maga körül, ezzel védve a golyókat, amit az angol katonák lőttek rá. Füstölő muskétájuk rejtette szemük elől az igazat.

– Fogják ezt a férfit és hozzák a hajóra! – mondta a pápa. A tengernagy értetlenül nézett. Intett az embereinek, akik levágták a vörös csuklyást. Erős markukkal rángatták élettelen testemet. Kardomat és késemet otthagyták. Alig lélegeztem, mégis vonszoltak magukkal. Félig csukott szememmel láttam Rose-t, ahogy harcol. Büszkén mosolyogtam, mert tudtam, képes egyedül állni a hatalmas viharban. Köszönni szerettem volna neki, viszont szavakat képtelen voltam formálni.

– Indulunk azonnal! Mindenki sortűz, és fedélzetre! – kiabált a tengernagy. Harcosai követték parancsát.

Rose földből alakított tőrökkel megölte a falon lévő fegyvereseket. Tüdejüket átlyukasztva rohant felém. Számos pap állt útjába, akiket levegőből kinyert vízpengével hatástalanított. Ekkor már a hajóra vetettek. A padlón koppant testem. Rose közeledett hozzám. Mindent beleadott ezekbe a percekbe.

Kérdés nélkül mészárolta az összes papot. Vérük folyt a macskakövek repedései között. Megállíthatatlanul, maradék erejével sietett a hajóhoz, ami közben szélbe kapott vitorláival távolodott a mólótól.

Stella hangosan sikított. Rose odanézett, utána vissza rám. Hirtelen fejében számtalan emlék tört elő. Mindben a boszorkányok védelméről elhangzott mondatok, illetve megtörtént események. Mélyen belé rögzültek ezen elveim. Fejében megfordult a tény hogy Stella fontos személy mindkettőnknek. Nem hagyhatja meghalni. Szíve félbeszakadt, mikor a másodperc tört része alatt hozott döntést. Ajkát harapva Stellához sietett. Kirántotta az őt körbevevő eretnekekből a vizet, ezzel száraz testük holtan esett össze. Néhány kereszt repült felé, miket könnyedén, földdarabokkal kivédett. Támadójuk irányába fordult, tenyerét arra szegezte, és sötét mágiát küldött rájuk.

– Enderor de Chaos! – A papok hátrarepültek, elméjük darabokra hullott, testükből por lett, a fal mögöttük átszakadt. Még a halászbástya széle is szétrepedt. Rose Stella gyenge testéhez guggolt. Fogta a kezét, és arcát simítva puha ujjaival gyógyító mágiát bocsájtott rá. Stella sérülései kezdtek begyógyulni. Kapkodta a levegőt, és lila szemeivel mélyen a máguslány kék, akaratos és haragos tekintetét csodálta. Élvezte közelségét, óvatosan hozzáérve alkarjához. Távolodtam a parttól. Gyönyörködtem ezen eseményekben. Boldogan pillantottam rájuk. Rose jó döntést hozott! Büszke voltam rá. Felnőtt varázslólány lett belőle. Mosolyogtam, utána szemeimet lassan lehunytam. Fáradt voltam nagyon. Úgy éreztem, a tenger álomba ringat e fa bárkán, ami lehet halálos ágyam. Itt az ideje pihenni.

Rose a partra sétált. Nézte a távolodó, de már így is messze lévő hajót. Ereje nem maradt repülni. Elfogadhatatlannak tartotta a helyzetet. Szemei kékké váltak. Haragosan emelte kezeit az ég felé, így a hajó két oldalára hatalmas vízoszlopot létrehozva. Magasabbra törtek ezek a tornyok, mint a halászbástya csúcsa. Le akart sújtani. Bosszút állni, amiért elvisznek. Harag táplálta szívét. Remegtek ujjai és hangosan lélegzett. Erős szél fújta a vitorlákat a partok felé, mitől a hajó nem mozgott tovább. Rettegtek a matrózok ettől az erőtől. Féltek, mert semmit sem tehetnek.

– Itt ragadtunk, kapitány!

– Eresszük vízre a mentőcsónakokat?

– Uram, mit parancsol? – Természetesen a vezetők szótlanul, cikázó szemekkel várakoztak. Tudták a szívük mélyén, ha úgy alakul, ma haláluk bekövetkezik. Tüdejüket sós víz marja. Gyermekük mosolyát sosem látják többet. Feleségük feketébe burkolózva gyászolja test nélküli sírjukat. Arcomra gyönge vízcseppek hullottak. Száraz ajkam pont erre vágyott.

Stella – ámulva erején – Rose mellé lépett. Kezét rátette vállára, utána közelebb hajolt és a fülébe súgott kedves hangon.

– Rose, elég...

– Nem hagyom, hogy elvigyék! – válaszolta hevesen.

– Tudom, hogy dühös vagy. Viszont ha lesújtasz, megölöd. A hajóval együtt küldöd a mélybe. – Rose remegő kézzel figyelte a barna bárkát.

– Akkor mit kéne tennem? Meg fog halni! – Stella mosolygott, utána a hajóra nézett.

– Engedd el. Kérlek!

– Annyira közel van!

– Nem tehetünk semmit! Talán ők megmentik. – Rose könynyezni kezdett. Leengedte a két vízoszlopot. Térdre zuhant a botjával együtt. Földre szegezte szemét. Haja takarta az arcát és kiabálni kezdett.

– Sasy! Ne menj el! Itt vagyok! Visszajöttem hozzád! – Sírt, áztatva a köveket. Kezével takarta szemeit, majd kiadva magából hangosan zokogott.

– Rose... – Stella is sírni kezdett, míg látta messze távolodni a hajót. Leguggolt az apró mágus mellé, gyengéden átölelte őt. Magához szorította kis, törékeny testét, ami annyi fájdalmat élt át ebben a pár percben. Érezte szíve lüktetését. Tehetetlenség okozta szenvedés járta át lelkét.

– Sasy! Gyere vissza! – Szavait elnyelték a tenger habjai. Széllel szálltak messzi helyekre.

– Minden rendben lesz – nyugtatta Stella, átkarolva, magához szorítva a fiatal varázslólányt.

– Nem akarom elveszíteni megint!

– Én sem. – Lassan eltűnt a horizontról a hajó. Fájdalmuk mérhetetlen alakot öltött.

Bella közben Ban holtestéhez repült. Könnyeivel küzdött. Mellé szállt és figyelte arcát. Látta a szívéből kiálló karót. Bizonytalanul lépett párat, és reménykedett a legjobbakban.

– Ban? – szólt hozzá várva a választ, ami sosem érkezett meg. Sírni kezdett, utána felállt testére és jobban megnézte magának. Látta kezéből kifordult fegyverét. Szívéből csordogáló vé-

rét. Könnyed súlyával támaszkodott mellkasára, piros kendő-
jét leterítette, utána hullani kezdtek könnyei.

– Nem teheted ezt, Ban! Nyisd ki a szemed! Kérlek! – A ha-
lott herceg némán feküdt tovább.

– Azt ígérted, velem maradsz! Menjünk innen! Állj fel! – Be-
lemarkolt felsőjébe; minden erejével magához akarta rántani,
de nem bírta.

A vörös kendőt visszagyűrte véráztatta zsebébe, és fejét rá-
támasztotta jobb mellkasára. Odaadta volna az életét neki. Be-
szélni akart vele.

Csendesen megjelent mögötte a vámpírkirály. Árnyéka ta-
karta fiának holttestét. Lenézett rá, látta szívében a gyilkos
fegyvert. Szóhoz sem jutott. Kihalt az egész dinasztia. Már csak
ő maradt. Utolsó vére némán hullott a földre. Nincs örökös, a
vérvonal megszakadt. Látta rajta Bellát, aki nem törődve sem-
mivel zokogott. A vámpírkirály letérdelt fiához, utána kihúzta
szívéből a karót. Fia mellé helyezte gyilkos fegyverét, mi vesz-
tét okozta. Bella ránézett a királyra, aki vörös szemekkel gyer-
mekét gyászolta. Megfogta az arcát, lehunyta szemeit.

– Büszke vagyok rád, fiam – mondta, belül szanaszét szakít-
va érzései maradék gyönge hálóját.

– Miért történik ez? Mi ez az érzés? Nem akarom, hogy eny-
nyire fájjon – mondta Bella, közben a király hasonló érzések kö-
zepette kivette fia kezéből fegyverét.

– El fog múlni. Idővel könnyebb lesz.

– Nem akarom, hogy elmúljon! Szerettem Bant. – A király
az apró tündérre pillantott, aki rendületlenül szorította fiának
holttestét.

– Talán ezért fáj ennyire. – A magasba emelkedve magára
hagyta a tündérrel halott hercegét. Tekintetét Zeldra Rose-ra
fordította. Látta, hogy bánatosan a tengert nézi térdre hullva.
Közelebb ment, egészen mögéjük. A máguslány a nyugodt vi-
zet kémlelte, míg Stella hátrapillantott a királyra. Kis ideig né-
mán figyelt.

– Elvitték?

– Igen – válaszolta Stella.

413

– Megérte ez a hosszú út? Ennyi áldozat árán kiharcolni a boszorkányüldözések esetleges végét? – Rose szakadozva levegőt vett. Közösen lassan felálltak.

– Sasy mindent erre tett fel! – A máguslány ránézett a királyra. Piros arca és kidörzsölt szemei fájdalmának hű jelei voltak.

– Az emberek ilyenek – válaszolta Zeldra, utána az óceán szabad tükrét kémlelte. Ő még látta a távolodó hajót.

– Ha gyorsabb lettem volna, talán minden másképp alakul – őrölte magát Rose.

– Ez nem a te hibád! – biztatta Stella. Zeldra csodálta az apró varázslólányt, aki összetörve törölte le sima, nőiesedő arcát. Apjának vére, kétségtelenül tudta. Érezte az erőt, mi átjárta.

– Van esély rá, hogy túlélte. Okkal vitték magukkal. Lehet, hogy életben tartják, viszont magától nem tud visszatérni – szólt a király. Rose összeszedve gondolatait ökölbe szorította kezét.

– Nincs hajónk. A kikötő is üres! – mondta Stella a környezetét fürkészve. Zeldra fiára pillantott, sokadszorra.

– Utánamegyek! Bármibe kerül!

– Idegen, francia földre követnéd a férfit? – kérdezte a király.

– Ha ez a helyzet, veled tartok. Ketten megbirkózunk a feladattal.

– Köszönöm!

Elhatározták magukat a lányok. Új reménybe kapaszkodhattak.

– Ma eltemetem fiamat. Holnapra hozatok ide egy hajót, és követhetitek. Ezzel tudok segíteni nektek, ha így döntötök. – Rose boldogan bólintott és kezébe vette pálcáját. Stella örült a király nagylelkűségének.

Ekkor Zeldra távozott. Utoljára rápillantott a végtelen óceánra, mitől emlékek időztek szemeiben. Visszasétált fia holttestéhez. Bella mellette, arcára téve kezét kezdte összeszedni magát. A király a hűvös testhez térdelt.

– Nyugalomra helyezem a fiamat családunk temetőjébe. Ha gondolod, részt vehetsz a ceremónián. Ott elbúcsúzhatsz tőle. – Bella könnyes szemmel köszönte meg a lehetőséget.

Végül kezébe vette, magához szorította fia holttestét. Utoljára születése napján tartotta ilyen közel magához. Fehér haját csodálta, és hosszú szempilláit. Anyjától örökölte, pontosan tudta. Két tenyerében elfért akkor, apró vörös szemeibe gyönyörködött. Ma, alig kétezer évvel később, másodszorra és utoljára tartja így fiát. Bella ráfeküdt Ban mellkasára, utána távoztak. A temetésre az egész királyság összegyűlt. Fekete ruházatban, némán állták körbe az immár negyedik és legnagyobb sírkövet. Az előzőn Zeldra élettársának neve szerepelt, míg a másik kettőn ősei. Saját korukra jellemző sírkővel pihentek évezredek óta a földben. Egy apának sem lenne szabad eltemetni a fiát. Ezelőtt sosem történt hasonló tiszta vérű vámpírok között, főleg a királyi családban. Sokan könnyeket hullajtottak. Tudatosult benne: ő az utolsó uralkodó ezen a trónon. Közel lépett fiának emlékkövéhez. Fekete orchideát fektetett sírjára, ami sosem szárad el. Kezével még egyszer utoljára megérintette sírkövét.

– Pihenj, fiam.

Bella sírva lépett közelebb. Kis, fehér szirmú virágot rakott a sírra, könnyeivel öntözve. Rin teljesen fagyott arccal nézte Ban névtábláját. Remegő kézzel állt, lassan tudatosítva magában gyerekkori barátjának elvesztését. Emlékek, közös kalandok, boldog pillanatok játszódtak szemében. Végső ígérete, amit már nem teljesíthet. Könnyek gyűltek szemébe, halkan fojtotta magába érzéseit. Gyenge eső hullott, amit az egész nemzet viselt hosszasan.

Hat óra tiszteletadás után elhagyták a helyet. A király mély levegőt véve hátat fordított.

Bella viszont rendületlenül állt. Neki itt van a helye, hisz' megígérte: várni fog rá. Kitart mellette, és hoz majd neki teát. Megöntözi a virágokat mindennap. Beszélgetni akar vele. Bejárni egész Angliát. Viszont ha nem mehet innen, ő is maradni fog. Eszébe jutott a térkép, amin sétált, Ban pedig hosszasan nevetett rajta. Számos emlékkel okozott fájdalmat magának. Ökölbe szorította apró kezeit.

– Itt maradok veled... – véglegesítette döntését, utolsó ígéretet téve hercegének. Ő bizonyára boldogan tekint rá.

A vámpírkirály visszaült magányos trónjára. Igazán most érezte magát egyedül. Felesége képe mellé fiáról is festmény készült a falra. Vörös kendője mellkasának zsebében pihent. Ennyi maradt gyermekéből. Száradt vérének szaga kínozta orrát. Elméjét tovább őrölte a nem együtt töltött idő, amit kezdett bánni. Tudta, az elkövetkezendő évszázadokat is sötétségben fogja tölteni. Most már választása sincs másképp tenni. Előremeredt az üres, hűvös, sötétedő teremben. Felemésztette a csend. Érett gyümölcsök színe torzította környezetét.

A parton a testeket elhordták furcsa, fehér kapucnis alakok. Némán jelentek meg, s dolgoztak estig. Összetakarítottak, utána csendben, fekete páncélos lovagokkal távoztak. Figyelembe sem vették a körülöttük lévőket. A nép semmit sem tudott a tegnapi eseményekről. Csupán pár szóbeszéd hagyta el szájukat. Találgatások, továbbá álhírek terjengtek.

Rose és Stella a parton várakoztak. Nézték a lassan felkelő nap sugarait. Mindkettejük ereje visszatért. Útra készen, magabiztosan várták azt a bizonyos hajót.

– Megmenthetjük? – kérdezte Rose.

– Ez a legkevesebb, amit tehetünk érte. Hisz' ő is megmentett minket számtalanszor.

Boldog pillanatokat, közös emlékeket idéztek, ezzel még szorosabbá téve kapcsolatukat.

– Igen. Biztos vagyok benne, hogy sikerüli fog!

– Hazahozzuk!

Ekkor hatalmas fekete hajó jelent meg a sziklák mögött. Sötét zászlóval, rengeteg ágyúval, ami közvetlen előttük horgonyzott. Palló nyúlt át a szárazföldre. Testhezálló fekete ruhás, elegáns vámpír férfi lépett közéjük tengerészsapkában. Meghajolt, utána vörös szemeivel a lányokra nézett.

– Hölgyeim, kérem, fáradjanak a fedélzetre. – Stella szorosan fogta Rose kezét, és közösen léptek át a víz tiszta tükrén. Felszálltak a hajóra. A varázslólány sok serényen dolgozó matrózt látott maga körül, akik indulásra készen feszítették a kötelet. Céltudatosan dolgoztak, egységes ruhában. Sötét hajuk és szürke cipőjük kopogott a padlón. Stella elképedve látta a fegyelmet.

– Ön a kapitány? – kérdezte Stella.

– Igen. Lencent vagyok. Üdvözlöm önöket az Árnyéklovas fedélzetén! Azonnal indulunk. – Ebben a pillanatban felhúzták a vasmacskát és kifutott a hajó.

– Köszönjük, kapitány! – mondta Rose, utána Stellával együtt a hajó orrába mentek.

Közösen figyelték, miképp emelkedik a narancssárga tűzgolyó, kibújva a víz mögül. Szorították a fapárkányt türelmetlenül, a tengerrel farkasszemet nézve. Kutatták, merre lehet a bárka, amin elraboltak Angliából minden ok nélkül. Rose gyengén érezte lélekjelenlétemet. Kezében pálcája, oldalán kardom díszelgett tokjában. Combjához rögzítve lőfegyverem simult, az utolsó golyót cipelve benne, érzéseimet hordozva magával. Hozzám akart szólni, de túl távol voltam tőle. Stella lehunyta szemét és reménykedett: mielőbb rám találnak. Derekán lógott késem, amit letisztított az éjjel, így a napnak fénye csillagként tündökölt rajta. Hajukat fújta a szél, a friss, sós tengeri levegő átjárta tüdejüket. Pozitívan tekintettek jövőjük éppen festményként készülő vásznára.

Hol lehetek? Annyira sötét és hideg a környezetem. Nem hallok és látok semmit. Mégis fény közelít. Rose áll előttem. Stella is mellette van. Kedvesen mosolyogva fogadnak. Ban lép közéjük, féloldalasan figyelve. Vállán Bella, aki szorítja ruháját.

– Itt az idő, Sasy! – intett nekem a tündérke.

– Ne okozz csalódást! – jelentette ki a herceg, utána lehajtotta fejét.

– Gyerünk, Sasy! Add a kezed! – szólt Stella, és nyújtotta saját, mosolyogva, végtelen békét sugározva.

– Hiányoztál! – mondta Rose, széttárva apró karját. Nagy mosollyal várt, teljes szeretettel töltve a szívem.

Talán sosem lesz esélyem felébredni ebből az álomból. Miért is akarnék? Hisz' annyira kellemes. Mindenki körbevesz, aki fontos számomra. Itt vannak, várva rám. Ki szeretném élvezni a pillanatot. Annyira hideg és kegyetlen a világ. Ezen a helyen együtt lehetünk. Új korszak köszönt be. Pár percet megengedhetek magamnak.

Végül erőt vettem magamon és kinyújtottam a kezem. Már majdnem elértem őket. Nem kellett sok, talán egy centi. Biztattak, közben vártak rám.

Vége

Ahelyett, hogy azt kérdeznéd: „mit akarok az élettől?",
egy nyomósabb kérdés az, hogy „mit akar az élet tőlem?".
(Eckhart Tolle)

A szerző

Dezső Sándor Budapesten született 1999.09.12-én.
Gyermekkora óta ír magának és a családjának.
Hobbija az írás mellett a labdarúgás, és szereti a
zenét. Regényének célja, hogy az emberi élettel,
világnézettel kapcsolatos kérdéseket boncolgassa.

A kiadó

Aki feladja,
hogy jobbá váljon,
feladta,
hogy jobb legyen!

E mottó alapján a novum publishing kiadó célja az új kéziratok felkutatása, megjelentetése, és szerzőik hosszútávú segítése. Az 1997-ben alapított, többszörösen kitüntetett kiadó az egyik legjelentősebb, újdonsült szerzőkre specializálódott kiadónak számít többek között Ausztriában, Németországban és Svájcban.

Valamennyi új kézirat rövid időn belül egy ingyenes, kötelezettségek nélküli kiadói véleményezésen esik át.

További információkat a kiadóról és a könyvekről az alábbi oldalon talál:

www.novumpublishing.hu